KB128595

朝鮮刊本 劉向 說苑의 복원과 문헌 연구 (上)

본 저서는 2016년 대한민국 교육부와 한국연구재단의 지원을 받아 수행된 연구결과임.
(NRF-2016S1A5A2A03925653)

경희대학교 글로벌 인문학술원 동아시아 서지문헌 연구소 서지문헌 연구총서 03

朝鮮刊本 劉向 說苑의 복원과 문헌 연구 上

閔寬東
劉承炫 共著

學古房

연구제목	국내 고전문헌의 목록화와 복원
과제번호	NRF-2016S1A5A2A03925653
연구기간	2016.11.01.~ 2019.10.31.
일반공동연구 지원사업 연구진	책임연구원 : 閔寬東 공동연구원 : 鄭榮豪, 朴鍾宇 전임연구원 : 劉僖俊, 劉承炫 연구보조원 : 裵玗桯, 玉珠

머리말

본서는 한국연구재단 일반공동연구 지원사업 과제인《국내 고전문헌의 목록화와 복원》(2016년 11월 01일 ~ 2019년 10월 31일 / 3년 과제)의 일환으로 나온 책이다. 본 연구 프로젝트는 크게 발굴부분과 복원부분으로 나누어 연구되었다

• 발굴 작업

현재 국내의 국립도서관이나 대학의 중앙도서관에 소장된 文·史·哲 古書들은 대부분 정리되어 목록화 되어있다. 또 일부 사찰이나 서원 및 개별 문중 古書들도 지방 자치단체의 후원에 힘입어 지역별로 전체 목록을 정리하여 출간되고 있다. 그러나 個人所藏家나 개별 門中 및 一部 書院의 古書들은 아직도 해제작업은 물론 목록화 작업조차도 미비한 채 그대로 방치되어있는 상황이다.

본 연구팀은 이러한 곳 가운데 비교적 많은 고문헌을 소장하고 있는 안동의 군자마을(광산 김씨, 後彫堂), 봉화의 닭실마을(안동 권씨, 冲齋博物館), 경주의 옥산서원을 선정하여 그 古書들을 목록화하고 古書에 대한 해제집을 발간하는 작업을 계획하였고, 현재는 해당 저서들이 모두 출간되었다.

* 안동 군자마을(광산 김씨) 古書目錄 및 解題 (1년차)
* 봉화 닭실마을(안동 권씨) 古書目錄 및 解題 (2년차)
* 경주 옥산서원 古書目錄 및 解題 (3년차)

이러한 작업으로 만들어진 책자는 각 문중이나 서원에서 서지문헌에 대한 연구는 물론 홍보자료로 활용할 수 있기에 이에 따른 시너지 효과도 기대할 수 있다.

• 복원 작업

조선시대 출판본 가운데는 현재 중국에 남아있는 판본보다도 더 오래전에 간행되었거나 서

지문헌학적 가치 있는 희귀본 판본들이 상당수 있다. 본 연구팀은 이러한 조선간본을 위주로 복원 대상을 선정하였다. 이러한 작업이 완료되면 국내의 학술연구에도 많은 기여가 될 뿐만 아니라 중국과 일본 등지에서도 우리 古書에 대한 연구가 활발히 진행될 것으로 사료된다. 작품의 목록은 다음과 같다.

1) 劉向《新序》
2) 劉向《說苑》
3) 段成式《酉陽雜俎》
4) 陳霆《兩山墨談》
5) 何良俊《世說新語補》
6) 李紹文《皇明世說新語》
7) 조선편집출판본 :《世說新語姓彙韻分》
8) 國立中央圖書館 所藏 한글 飜譯筆寫本《한담쇼하록》(《閒談消夏錄》)

이러한 판본들의 복원은 당시 국내에서 이런 작품들이 간행의 저본이 되었는지 또 원래 중국 판본과의 비교연구까지 할 수 있는 기회를 제공해 준다. 또한 중국이나 일본 등지에서 서지문헌에 대한 비교연구가 활발히 진행될 것으로 기대한다.

본 프로젝트의 또 하나의 결실이 바로《朝鮮刊本 劉向 說苑의 복원과 문헌 연구》이다. 본서는 총 2권(上·下)으로 구성하였고, 각 권은 3부로 구성하였다.

제1부 劉向의 문학작품 전반에 대한 국내의 유입과 수용을 소개하였고, 또한 조선간본《新序》와《說苑》에 대한 서지문헌학적 가치와 조선출판의 意義에 대하여 집중적으로 분석하여 소개하였다. 그리고 조선간본의 원문에서 발견된 이체자들을 정리하여 부록으로 첨부하였다.

제2부 조선간본 劉向《說苑》의 원문을 저본으로 欽定四庫全書本과 向宗魯가 校證한《說苑校證》과 정밀한 대조작업을 하였다. 여기에서 발견되는 異體字 및 판본의 오류를 모두 각주로 처리하여 바로 잡았고 원문을 최대한 원형에 가깝게 복원시키는 데 주력하였다.

제3부 조선간본 劉向《說苑》의 원판을 影印하여 실었다. 안동 군자마을의 후조당 판본을 위주로 복원하였고 각 판본마다 보존 상태가 좋지 못한 것은 다른 소장처의 판본을 이용하여 최초의 출판 형태와 유사하게 복원하였다.

또한 본 연구팀이 주목하는 중국 고전문헌의 조선출판본 현황 연구는 단순한 판본 복원작업이 아니라 해제와 주석까지 곁들여 분석하는 작업이기에 이러한 작업이 완료되면, 우리의 고전문헌 연구에 상당히 寄與할 것이라 확신하며 아울러 국문학, 한문학, 중문학자들의 비교문학적 연구에도 귀중한 자료가 되기를 희망한다.

이번에도 흔쾌히 출간에 협조해 주신 하운근 학고방 사장님을 비롯한 전 직원 여러분께 감사를 드리며, 원고정리 및 교정에 도움을 준 배우정과 본서 제3부의 사진 원본을 편집한 옥주에게 감사의 뜻을 전한다.

2020년 01월 01일

민관동·유승현

일러두기

1. 본서는 조선에서 1492년경에 初刊되고 이후에 原板을 補刻하여 再刊된 조선간본 중 완정본을 소장한 후조당 소장본을 저본으로 삼았다. 이외에 第一冊의 경우 고려대·충재박물관 소장본을 참고하였고, 第二冊의 경우 국립중앙도서관·고려대 소장본을 참고하였으며, 第三冊의 경우 고려대·영남대 소장본을 참고하였고, 第四冊의 경우 영남대 소장본을 참고하였다. 조선간본의 판식은 다음과 같다. 木版本, 有界, 四周雙邊(補刻한 판본은 四周單邊), 11行 18字(부분적으로 字數 不定), 註雙行, 內向黑魚尾, 楮紙.
2. 본서는 제1부에서 해제를 통해 현존판본의 소장상황과 서지·문헌적 특징을 소개하였고, 판본에 등장하는 이체자의 목록을 참고자료로 실었다. 제2부에서는 조선간본 원문에 주를 달아 판본의 특징을 상술하였다. 제3부는 현존판본들 중 인쇄상태가 양호한 부분들을 편집하여 완정한 원문을 구성해 영인하였다.
3. 조선간본과 欽定四庫全書本의 대조 작업을 통해 서로 다른 글자에는 주석을 달았으며 오류가 있는 경우 주석에서 밝혔다. 이때 오류를 판단하는 기준으로 삼은 현대의 저작은 다음과 같다. 劉向 撰, 向宗魯 校證,《說苑校證》, 北京 : 中華書局, 1987(2017 重印)과 劉向 撰, 林東錫 譯註,《설원1~5》, 동서문화사, 2009 그리고 劉向 原著, 王鍈·王天海 譯註,《說苑全譯》, 貴州人民出版社, 1991.
4. 본문은 조선간본을 최대한 원형 그대로 복원하는 것을 기준으로 삼았으며, 원래의 판식과 글자 등을 그대로 살리려고 노력하였다. 조선간본에는 현대에서 사용하지 않은 많은 이체자들이 출현하는데, 필자가 'GlyphWiki(http : //ko.glyphwiki.org/)'에서 직접 만들어서 사용하였다.
5. 저본의 쪽수는 해당 면의 마지막 부분에 {第○面}의 형식으로 첨가하였다. 그리고 원문에 달린 雙行의 작은 글자의 주석까지 저본에 가깝게 구성하였다. 또한 字數 不定한 부분은 주석을 달아 구체적으로 밝혔다.
6. 俗字와 異體字는 저본의 형태 그대로 표기하였으며 주석을 통해 밝혔다. 各 卷마다 처음 나오는 異體字는 모두 주석을 달았다.
7. 본문에 첨가된 문장부호와 구두점은 劉向 撰, 向宗魯 校證,《說苑校證》, 北京 : 中華書局, 1987(2017 重印)을 참고하였으며 현대중국어의 용법을 따랐다.
8. 본문에서 등장하는 부호는 다음의 용도로 사용하였다.

   〖 〗: 1행이 18자가 아닌 경우 字數를 밝히기 위해 행수를 표시

   □ : 저본의 빈칸을 표시

   ■ : 저본의 검은 빈칸을 표시

목차

第三部 朝鮮刊本 劉向《說苑》의 原版本

第一部

朝鮮刊本 劉向《說苑》의 研究와 異體字 目錄

제1장 劉向 文學作品의 국내 유입과 수용*

중국 전한시대 최고의 경학가인 劉向(대략 BC 77년~BC 6년)은 비단 思想家로서 널리 알려진 인물이지만 사학가로서 또는 문학가 및 목록학자로 명성이 높은 인물이다. 그는 漢 高祖의 이복동생 劉交(楚元王)의 4세손으로 字는 子政이고 이름은 更生(성제 때에 이름을 向으로 고침)이다. 유향은 젊은 나이에 재능을 인정받아 諫大夫로 정계에 입문하였으며 벼슬은 光祿大夫를 거쳐 中壘校尉에 이르렀다. 그는 외척의 횡포를 견제하고 天子에게 교훈이 되도록 하기 위해 상고시대부터 진·한에 이르는 符瑞災異(상서롭고 괴이한 징조)의 기록을 집성하여 《洪範五行傳論》(11편)을 저술하기도 하였다.

그 밖의 대표저서로 《詩經》과 《書經》 등에 나타난 여인들 가운데 모범과 경계를 삼을 만한 사례들을 모아 《列女傳》을 만들었고, 또 춘추전국시대부터 한나라에 이르기까지 여러 인사들의 언행을 모아 《新序》와 《說苑》을 편찬하였다. 그 외에도 전국시대 말기와 진·한시대의 역사를 기록한 《戰國策》과 유향 편집의 《楚辭》가 있으며, 또 궁중도서를 정리할 때 지은 《別錄》이 있다. 특히 《別錄》은 중국 目錄學의 비조로 그의 아들 劉歆은 이 책을 이용하여 《七略》을 저술하기도 하였다.(《漢書》〈藝文志〉에 수록)[1)]

이처럼 유향은 한나라의 대표적 사상가이기도 하지만 문학방면에서도 커다란 족적을 남겼던 인물로 평가된다. 특히 그는 문언소설 《列女傳》·《新序》·《說苑》과 詩歌 편집본인 《楚辭》 그리고 역사서이자 산문집으로 분류되는 《戰國策》 등이 그의 대표서라고 할 수 있다. 그 외 《列仙傳》도 그의 저술이라 알려졌지만 위탁임이 드러남에 따라 지금은 일반적으로 유향의 저서에서는 제외하고 있다.

그의 대표 문언소설 《列女傳》·《新序》·《說苑》은 고려시대에 이미 국내에 유입되어 많은 영향을 끼쳤던 작품이다. 급기야 조선시대에는 출판까지 이루어지며 문단에 적지 않은 영향을 주었던 것으로 사료된다. 본 논문의 출발은 유향의 작품이 왜 국내에서 이렇게 적극적으로 수용되었으며 또 고려 및 조선의 문인들에게 어떠한 연유로 애호와 관심의 대상이 되었는지를 규명하는 데서 시작하였다.

---

* 이 논문은 2016년 《중국학보》76집에 투고된 민관동의 논문을 수정 보완하여 작성한 것이다.

1) 劉世德 主編, 《중국고대소설백과전서》, 중국대백과전서출판사, 1993년, 308~309쪽 참고. 그 외 중국 바이두(baidu) 百度百科 인물사전 참고.

본고에서는 유향의 대표 문학저서를 중심으로 작품의 국내 유입시기와 출판개황 그리고 수용과 그 의의를 중심으로 분석하고자 한다. 그러나 《列仙傳》의 경우는 위작으로 보는 견해가 지배적이기에 본고에서는 논외로 하였다.

제1절 작품의 국내 유입시기와 판본

1) 국내 유입시기

유향의 문학작품은 대략 고려시대 초기에 유입의 흔적이 처음으로 나타난다. 물론 삼국 및 통일신라시대에 유입되었을 가능성도 다분히 열려있지만 문헌상에 보이는 최초의 유입 시기는 대략 서기 990년 이전으로 확인된다.

먼저 《朝鮮仁祖實錄》(卷46~78條 : 仁祖 23年)의 기록을 살펴보면 다음과 같다.

> 지난 고려 성종 때에 金審言이 소를 올려, 劉向의 《說苑》에 있는 六正六邪와 《漢書》에 있는 刺史六條를 써서 벽에다 붙여 놓고 드나들며 읽어 귀감으로 삼을 것을 청하자, 왕이 큰 포상을 내리고 이를 시행하였습니다.[2)]
>
> [《仁祖實錄》卷46~78, 仁祖 23年(1645年) 10月 9日, 丁亥]

여기에서 주목되는 부분이 바로 金審言이 소를 올린 시점이다. 즉 이 시기는 高麗 成宗年間(981~997년)으로 이 시기에 이미 유향의 저서인 《說苑》이 국내에 유입되어 여러 문인들 사이에 읽혀지고 유통되어졌다는 사실이다.[3)] 이것이 유향의 여러 저서 가운데 가장 먼저 유입되어진 기록이다.

그 외 유입이 확인되는 서지목록이 《고려사》에 보인다.

> 丙午日에 이자의(戶部尙書) 등이 宋나라에서 돌아와 이렇게 아뢰었다. "송나라 황제가 우리나라 서적 중에는 좋은 책이 많다고 하는 것을 듣고 館伴書에 명령하여 구하려고 하는

---

2) 昔在麗代成宗朝, 金審言上疏, 請以劉向《說苑》六正六邪文及《漢書》刺史六條, 堂壁各寫其文, 出入省覽, 以備龜鑑. 王大加褒奬, 依所奏施行.

3) 이 부분에 대한 기록은 민관동·유희준·박계화의 《희귀본 중국문언소설 소개와 연구》(학고방, 2014년, 134쪽)에 자세하기에 여기에서는 생략한다.

> 목록을 주며 말하기를 '비록 卷帙이 부족한 것이 있더라도 또한 모름지기 傳寫하여 부쳐 보내라.' 하는데 모두 128종입니다."라고 하였다. 《尙書》, 荀爽《周易》十卷, 《京房易》十卷, 鄭康成《周易》九卷, 陸績注《周易》十四卷, 虞飜注《周易》九卷, 《東觀漢記》一百二十七卷, 謝承《後漢書》一百三十卷, 《漢詩》二十二卷, 業遵《毛詩》二十卷, 呂悅《字林》七卷, 《古玉篇》三十卷, 《括地志》五百卷, 《輿地志》三十卷, 《新序》三卷, 《說苑》(劉向撰)二十卷, 劉向《七錄》二十卷 …… 深師方《黃帝鍼經》九卷, 《九墟經》九卷……《淮南子》二十一卷 …… 羊祜《老子》二卷, 羅什《老子》二卷, 鍾會《老子》二卷 …… 吳均齊《春秋》三十卷 ……《班固集》十四卷 …… 稽康《高士傳》三卷 …… 干寶《搜神記》三十卷 …… 등이 그것이다.
>
> [《高麗史》卷10, 宣宗 8年(1091년) 6月條]

이상의 기록은 고려 선종 8년(1091)에 송나라 황제가 고려에 소장되어 있는 중국 선본을 보내달라고 요구하는 내용이다. 이는 당시 고려에 珍貴本이 많다는 사실이 송나라에 조차도 널리 알려져 있었다는 증거이다. 그러면 송나라에서 어떻게 알게 되었을까? 하는 의문이 생긴다. 이는 당시 빈번한 사신들의 왕래를 통해서 자연스레 학술교류가 이루어졌음을 의미하며 고려가 중국의 서적 구입에 적극적이었던 한 단면을 알 수 있는 귀중한 자료가 된다. 또 송나라에서 조차 이 서적들을 고려에 요구하였다는 사실은 이 서적들이 당시 중국에서도 상당히 희귀하였다는 것을 의미하기도 한다.

어찌 되었든 고려 선종시기 1091년에 송나라 황제가 요구한 목록 가운데 유향의 《新序》·《說苑》·《七錄》등이 언급된 것으로 보아 이미 1091년 이전에 이 책들이 고려에 유입되었음이 재확인되는 것이다. 또 여기에서 《七錄》이라고 언급한 부분이 주목된다. 《七略》은 사실 유향의 아들 유흠이 《別錄》을 이용하여 쓴 책인데 여기에서는 유흠의 《七略》을 의미하지는 않는 듯하다. 왜냐하면 《高麗史》에 분명 "劉向七錄二十卷"이라고 유향이라는 저자명이 언급된 점과 또 《隋書·經籍志》에 "《別錄》有二十卷"이라 하여 권수가 일치하고 있는 점으로 보아 여기에서 언급한 《七錄》은 《別錄》의 誤記이거나 혹은 《別錄》의 異名인 것이 확실하다.

이처럼 유향의 대표서적 가운데 《別錄》·《新序》·《說苑》 등 3종이 이미 고려시대 초기에 유입되었다는 사실이 확인된다. 그 외 《列女傳》·《楚辭》·《戰國策》에 대한 유입기록은 비록 조선 초기가 되어서야 발견되지만 이 작품들도 대략 고려시대에는 유입되었을 것으로 추정된다. 이러한 근거로 앞의 인용문 가운데 비록 유향의 작품은 아니지만 중국 문언소설인 《고사전》과 《수신기》 등이 다수 포함되어 있는 것으로 보아 유향의 《열녀전》 역시 이 시기에 이미 유입되었을 가능성이 높다.

그 외에 주목되는 기록이 《신어》라는 서목이다.

> 正朝使 한성부 우윤 李克基와 副使 大護軍 韓忠仁이 와서 復命하고, 이어서 《淸華集》·劉向 《新語》·劉向 《說苑》·《朱子語類》·《分類杜詩》및 羊角書板을 진상하였다.[4)]
>
> 《成宗實錄》, 卷139~6條, 成宗13年(1482年)3月, 丙子條)

이 기록은 조선시대 成宗이 《說苑》에 많은 관심을 보이자, 후에 명나라에 조공사로 갔던 이극기가 《新語》와 《說苑》을 사다가 진상하였다는 기록이다. 조공사는 명나라에서 돌아오며 劉向의 《新語》와 《說苑》을 사가지고 임금님께 진상하였다는 사실인데 여기에서 《新語》라는 서명이 주목을 끈다. 이 책이 《新序》의 단순한 誤記인지 아니면 그동안 알려지지 않은 유향의 또 다른 저서인가 하는 점이다. 사실 《新語》라는 서명은 서한시기의 문인 陸賈가 쓴 《新語》가 있었다. 그러나 여기에서 유향의 《新語》라고 저자명을 밝힌 점으로 보아 육가의 《신어》를 의미하지는 않는 것으로 보인다. 이는 유향 《新序》의 誤記일 수도 있지만, 일실된 유향의 또 다른 저서일 가능성도 배제할 수 없다.

2) 국내 유입된 판본 분석

(1) 《新序》

《신서》는 유향이 30권으로 저술하여 대략 기원전 24年 혹은 25年에 황제에게 바쳤다고 한다. 그 후 출판기록은 보이지 않다가 북송시대에 이르러 曾鞏(1019~1083)이 당시 현존하는 殘本을 모아 다시 재편집하여 10권본으로 만들었다. 그러나 증공이 편집한 10권본 이전에 이미 3권본의 《新序》가 따로 있었던 것으로 확인된다. 그 근거는 고려 선종 8년(1091)에 송나라 황제가 고려에 소장되어 있는 중국 선본을 보내달라고 요구하는 내용의 서목 가운데 "《新序》三卷·《說苑》(劉向撰)二十卷·《劉向七錄》二十卷."이라고 "《新序》三卷"을 따로 언급하고 있기 때문이다. 당시 증공의 편집본이 송나라에서 출간되었음에도 불구하고 따로 선본을 보내달라고 한 의도는 고려에 유입된 판본이 증공의 재편집본보다도 더 희귀한 판본이기에 그러했

---

4) 《朝鮮王朝實錄》中 《成宗實錄》卷139~6, 成宗 13年 3月, 丙子條.
(丙子) 正朝使漢城府右尹李克基, 副使大護軍韓忠仁, 來復命, 仍進《淸華集》、劉向《新語》、劉向《說苑》、《朱子語類》、《分類杜詩》及羊角書板.

던 것으로 추정할 수 있다.

그러나 국내 유입된 3권본《新序》는 이미 유실되었고 현재 국내에 소장된 판본은 대부분 청판본이 주류를 이루며 명판본 조차도 보이지 않는다. 이는《신서》가 1492~1493년경에 국내에서 출판되었기에 유입의 필요성이 상대적으로 적었을 것으로 보이며, 조선후기로 들어와서는 서적의 부족으로 청판본이 다수 유입된 것으로 보인다.

(2)《說苑》

기원전 17년에 편찬된《설원》은 원래 총 20권으로 되어 있었다. 그 후 일실되어 북송 초에는 殘卷 5권만 남아 있었는데 曾鞏이 다시 20권(639장)으로 복원시켰다고 한다. 그 뒤 淸代에 들어와 다시 보충과 분장을 거듭하여 663장으로 정리하였다. 근래 1985년에는 다시 고증을 통해 845장으로 세분한《說苑疏證》[5]이 나왔다가 1992년에 다시 718장으로 고증한《說苑全譯》[6]이 출간되는 등 아직도 보충과 분장의 출입이 빈번하다.

국내에 유입된 판본은 고려 선종 8년(1091)에 송나라 황제가 고려에 소장되어 있는 중국 선본을 보내달라고 요구한 서목 가운데 "《新序》三卷·《說苑》(劉向撰)二十卷·《劉向七錄》二十卷."이라고 "《說苑》二十卷"을 따로 언급하고 있다. 이러한 사실은 당시 증공의 편집본이 아닌 다른 선행 판본이 따로 존재하였음을 의미한다. 이는 陸游의《渭南集》에 "曾鞏이 얻은 것은 〈反質篇〉이 빠진 것이어서 〈修文篇〉을 上·下로 나누어 20卷으로 하였다가 뒤에 〈高麗本〉이 들어와 비로소 책 전체 20권으로 복원시켰다."는 기록이 이를 고증해 준다.[7] 그러나 현존하는 판본으로 중국에서는 명대 萬曆年間本 등이 있으나 국내에서는 명대판본은 보이지 않고 대부분 청대판본만 다수 소장되어 있다.

(3)《열녀전》

《열녀전》은 傳寫過程 중 또는 수정 및 보완과정에서 다양한 판본들이 만들어졌기에 유향이 편찬했던 당시의 원형을 복원하기는 매우 어렵다. 후대에《續列女傳》과《古今列女傳》(3권)이

---

5) 趙善詒,《說苑疏證》, 中國 華東師範大學出版社, 1985年.

6) 王鍈·王天海,《說苑全譯》, 中國 貴州人民出版社, 1992年.

7) 劉向撰, 林東錫譯註,《說苑》, 동서문화사, 2009년, 〈서문〉 중 재인용. 이 문제는 뒤에서 다시 언급하기로 한다.

출현하게 되자 이들과 구분하기 위해 원래 유향의《列女傳》은《古列女傳》이라는 명칭으로 통용되었다. 특히《古列女傳》은 明代 嘉靖 壬子年(1552)에 黃魯曾이 編修하면서 쓴 서문과 萬曆 丙午年(1606) 黃嘉育이 쓴 서문이 있는 것으로 보아 여러 번에 걸쳐 출판되었음을 알 수 있다. 그 외에도 明代 解縉이 勅命을 받들어 다시 편찬한《古今列女傳》(1403, 2卷 4冊), 王照圓의《列女傳補注》(1812), 梁端의《列女傳校注》(1833), 劉開의《廣列女傳校注》(1919) 및《典故列女傳》(4卷 4冊) 등 後續作品들이 지속적으로 출현하였다.[8)]

《열녀전》은 高麗 宣宗(1084~1094) 이전에 이미 유입되었을 가능성이 크다. 그러기에 嘉祐本(1063)《古列女傳》도 유입되었을 것으로 추정된다. 그러나 본격적인 유입기록은 조선 太宗年間에 집중적으로 나타난다. 특히 1403년 명나라에서《古今列女傳》을 새롭게 편찬하였고 다음 해인 태종 4년(1404)에 바로《고금열녀전》이 유입되었다는 기록이 보인다.[9)] 현재 국내 소장된 판본으로는 명대판본은 대부분 일실되었고 청대판본이 주류를 이루고 있다.

(4)《楚辭》의 판본 개황

《초사》에 대한 유향 편찬의 진위여부는 지속적으로 제기되고 있지만 유향과 관련이 있는 것만은 부정할 수 없다. 이 책의 국내 유입은 고려시대로 추정되지만 이를 뒷받침하는 근거는 世宗 11년(1429)에 국내에서 간행된 기록과 판본이 존재하기에 이러한 사실을 고증시켜준다.《초사》의 유입기록은 보이지 않고 다만 국내에 소장된 중국판 劉向編集本《楚辭》만 보인다. 이를 간추려보면 다음과 같다.

(1)《楚辭句解評林》: 劉向(漢)編集·王逸(漢)章句·馮紹祖(明)校正, 萬曆 15(1587) [後刷], 목판본, 한국학중앙연구원.

(2)《楚辭》(卷1~8) : 劉向(漢)輯·馮夢禎(明)校, 尙雙軒刊, 목판본, 영남대.

(3)《楚辭》(卷1~17) : 劉向(漢)編集·王逸(漢)校書·洪興祖補注編, 金陵書局, 同治 11(1872) 刊, 목판본, 충남대·고려대.

---

8) 민관동·유희준·박계화공저,《한국 소장 중국문언소설의 판본목록과 해제》, 학고방, 2013년, 60쪽.

9) "十一月, 己亥朔, 進賀使李至、趙希閔, 賫帝賜《列女傳》、藥材、禮部咨文, 回自京師. 咨文曰 : 欽奉聖旨, 朝鮮國王缺少藥材, 差臣來這裏收買, 恁禮部照他買的數目, 關與他將去. 與王用來的使臣告說, 先蒙頒賜《列女傳》, 分散不周, 再與五百部. 欽此. 藥材、《列女傳》交付 差來使臣李至等. 麝香二斤, 朱砂六斤, 沉香五斤, 蘇合油一十兩, 龍腦一斤, 白花蛇三十條,《古今列女傳》五百部." [《太宗實錄》卷八, 26~27, 太宗 4年 11月 1日, 己亥朔]

(4) 《楚辭》(卷1~4) : 劉向(漢)編 · 朱熹(宋)集註, 同治 11(1872)刊, 목판본, 충남대.
(5) 《楚辭》(卷1~17) : 劉向(漢)編集 · 王逸(漢)章句 · 陶炯照(淸)覆校 · 丁兆松(淸)再三校, 三餘艸堂, 光緖 17(1891)刊, 목판본, 서울대.
(6) 《楚辭》(卷1~17) : 屈原(楚)著 · 王逸(漢)註 · 劉向(漢)集 · 朱熹(宋) 集註, 經舍堂, 光緖 21(1895)刊, 목판본, 충남대(殘本卷1~6 별도 존재)

이처럼 국내에 소장되어 있는 판본은 청대판본이 주류를 이루고 있으며 간혹 일본 출판본도 확인된다.[10]

(5) 《戰國策》의 판본 개황

유향의 대표작 가운데 역사서 《전국책》을 꼽을 수 있다. 이 책은 비록 문학작품은 아니지만 문학성이 높은 산문문학중의 하나로 문인들에게 많이 애독된 작품이다. 이 책 역시 조선시대에 국내에서 출판이 되었다.

국내에 유입된 《전국책》의 주요 판본들을 간추려 보면 다음과 같다.

(1) 《鮑氏國策》(卷1~8) : 劉向(漢)編 · 鮑彪(宋)校柱, 嘉靖 31(1552), 목판본, 충남대.
(2) 《戰國策》(卷1~10) : 劉向(漢)編 · 鮑彪(宋)校注 · 吳師道(元)重校, 綠陰當藏板, 萬曆 9(1581), 목판본, 국립중앙도서관 · 남평문씨 인수문고 등
(3) 《戰國策譚棷》(卷1~14) : 劉向(漢)編 · 鮑彪(宋)校主 · 吳師道(元)重校 · 張文煥校輯, 萬曆 15(1587)序, 목판본, 규장각.
(4) 《戰國策注》(卷1~10) : 劉向(漢)編 · 鮑彪(宋)校註 · 吳師道(元)重校, 文盛堂, 乾隆 11(1746), 목판본(重刊), 규장각 · 국회도서관.
(5) 《戰國策》(卷1~10) : 劉向(漢)撰 · 鮑彪(宋)校注 · 吳師道(元)重校, 二南堂, 乾隆 50(1785), 목판본, 국민대.

이처럼 劉向撰, 鮑彪校注, 吳師道重校本이 주로 유입되었고 현재 소장되어 있는 판본은

---

10) 일본 출판본 《楚辭》(卷1-4[殘本]) : 屈原(楚)著 · 劉向(漢)編集 · 王逸(漢)章句, 靑木恒三郞[1750]序[後刷], 목판본, 동국대. 이상 《초사》와 《전국책》판본 목록은 한국고전적종합목록시스템(http : //www.nl.go.kr/korcis)을 위주로 조사하여 만들었다.

《戰國策》·《鮑氏國策》·《戰國策譚椒》·《戰國策注》 등 다양하다. 그 외 일본 출판본도 유입되어 소장되어[11] 있는 것도 이채롭다.

이상 유향작품의 국내유입과 현존하는 판본을 분석한 결과 유향의 대표작인 《列女傳》·《新序》·《說苑》은 물론 《楚辭》·《戰國策》·《別錄》까지도 모두 유입되었던 것으로 확인된다.

제2절 국내에서 출판된 판본 개황

다음은 유향의 작품들이 얼마나 국내에서 출판되었나 하는 문제이다. 물론 고려시대에 출판되었다는 기록과 근거는 찾을 수 없지만 조선시대에는 이미 유향 작품 대부분이 출간되었다는 사실에 놀라움을 금할 수 없다. 즉 《新序》·《說苑》·《列女傳》·《楚辭》·《戰國策》까지 모두 간행되었으며 모두가 현존하고 있다. 그러나 《別錄》에 대한 출판기록은 따로 발견할 수 없다.

* 유향 작품의 국내 출판개황을 도표로 꾸미면 다음과 같다.

서명	국내 유입 시기	출판관련 문헌	출판자 / 출판 시기	출판 장소	출판 특징 및 소장 장소
新序	1091년 이전	《成宗實錄》 成宗 24年(1493)	이극돈 / 1492~1493	미확인 (安東으로 추정)	목판본 / 총 10권 2책본 / 군자마을 후조당과 계명대 등(잔본)
說苑	981-997年間 또는 이전	《成宗實錄》 成宗 24年(1493) / 宣祖 1年(1568) 간행본《攷事撮要》	이극돈 / 1492~1493	安東	목판본 / 총 20권 4책본 / 군자마을 후조당 등(완정본)
列女傳	고려시대 (추정)	魚叔權《稗官雜記》(1543) / 宣祖 1年(1568) 간행본《攷事撮要》	御命(중종)으로 예조에서 출간 / 1543년 경	光州	목판본 / 언해본 / 번역자: 신정·유항 / 1책(권4) / 국립한글박물관

11) 그 외에도 嘉慶 8(1803)讀未見書齋刊(규장각), 同治 6(1869)崇文書局刊(규장각·충남대), 光緒 18(1892)刊(국립중앙도서관), 光緒 28(1895)三味書室刊(단국대퇴계도서관) 등 여러 종이 있으며 일본판본도 다수 유입되어 흥미를 끈다.
(1)《百家類纂》(卷1-40) : 深津(明)纂輯, 隆慶元年(1567)序, 목판본, 규장각. (2)《戰國策譚諏》(卷1-10) : 劉向著·縉雲鮑彪註, 平安書林, 寬保 1(1741), 목판본(飜刻), 부산대. (3)《戰國策正解》: 劉向·横田惟孝解, 三都書林, 文政 9(1826), 목판본, 계명대. (4)《點註戰國策譚趨》: 劉向(漢)撰·鮑彪校注·土生柳平點註, 山中出版舍, 明治 16(1883)刊, 목판본, 성균관대.

楚辭	고려시대 (추정)	宣祖 1年(1568) 간행본《攷事撮要》	世宗11年(1429)·端宗2年(1454)·仁祖7년(1629)·英祖年間(1725~1776) 등	교서관 및 지방관청(밀양 등)	목판본·금속활자본 / 8권본과 16권본 / 성암고서박물관·규장각 등
戰國策	고려시대 (추정)	출판관련기록 미 발견	肅宗11年(1685)·英祖元年(1725) : 張維精選	교서관 및 지방관청	목판본·금속활자본 / 10권본 / 규장각·국립중앙도서관 등
別錄	1091년 이전	출판기록 없음	無	無	無

1) 《新序》·《說苑》·《列女傳》의 출판 특징

《新序》와 《說苑》의 국내 출판본은 필자에 의하여 처음 발굴된 판본이다. 《新序》와 《說苑》의 국내 출판기록은 《成宗實錄》의 成宗 24年(1493) 12月 29日條에서 처음 발견된다. 당시 이조판서 이극돈이 慶尙道 觀察使로 재직할 때 刊行하도록 지시했다는 기록이 있는데 이 시기가 대략 1492년 말이나 1493년 초로 추정된다. 《新序》는 총 10권 2책본으로 上卷(卷1~5)은 雜事 5篇으로 구성되었고, 下卷은 刺奢·節士·義勇·善謀(上)·善謀(下) 등 총 5편으로 구성되어 있다. 또 《說苑》은 총 20권 4책으로 1책은 권1~5, 2책은 권6~10, 3책은 권11~15, 4책은 권16~20으로 구성되어 있다. 중국판본도 총 20권 4책으로 구성된 것으로 볼 때 복각본으로 보인다. 《說苑》에 대한 국내 출판기록은 《成宗實錄》 외에도 宣祖 1年(1568) 간행본 《攷事撮要》와 《嶺南冊版記》에서도 확인된다.[12] 현존하는 판본가운데 안동 군자마을 후조당본이 보존상태가 가장 양호하고 총 20권 4책 모두가 가장 완전한 상태로 보관되어 있다.[13]

《열녀전》의 출판기록은 魚叔權의 《稗官雜記》권4에서 최초로 찾아 볼 수 있는데[14] 여기에

---

12) 김치우, 《고사촬요 책판목록과 그 수록간본 연구》(아세아문화사, 2007.8). 필자는 《고사촬요》 조선시대 宣祖 1年(1568)판을 근거로 중국고전소설의 출판목록을 따로 정리하였다.(宣祖 1年 刊行本《攷事撮要》는 당시 간행이 아닌 조선 초기부터 간행된 출판목록을 모두 수록한 것이다.) 여기에 언급된 목록을 살펴보면 다음과 같다. 原州 : 《剪燈新話》·江陵 : 《訓世評話》·南原 : 《博物志》·淳昌 : 《效顰集》·《剪燈餘話》·光州 : 《列女傳》·安東 : 《說苑》·草溪 : 《太平廣記》·慶州 : 《酉陽雜俎》·晉州 : 《太平廣記》

13) 《신서》는 楮紙로 되어 있고 一葉 11行 18字에 註雙行의 內向黑魚尾로 되어있다. 그러나 이 책의 출판장소는 확인되지 않는다. 《설원》은 一葉 11行 18字에 註雙行의 大黑口 內向黑魚尾로 되어있으며 안동에서 출판되었으며 楮紙로 만들어 졌다. 판식에 있어서도 《신서》와 매우 유사하다. 이 책들의 정확한 판본상항은 민관동, 「조선출판본 신서와 설원 연구」, 《중국어문논역총간》(제29집, 2011)에 자세하다. 논문의 중복을 피하기 위해 여기서는 관련부분만 간략하게 요약만 한다.

14) "가정 계묘년에(1543년) 중종이 유향의 《열녀전》을 내주며 예조에서 번역하라고 하명하였다. 예조에서는

서 대략 1543년경에 출간된 것으로 확인된다. 이 책은 특히 중국소설 가운데 최초의 한글 번역본이라는데 상당한 의미가 있다. 그 외《列女傳》의 출판과 관련된 서지문헌학 기록도 남아있는데, 宣祖 1年(1568) 刊行本《攷事撮要》에 全羅道 光州에서 출판되었다는 기록이 보인다. 이 기록이 바로 1543년 번역된《列女傳》으로 추정된다. 이 책의 판본은 한 동안 확인되지 않다가 최근에 김영 등에 의하여 발굴되어 그 전모를 볼 수 있게 되었다.15)

그 외《英祖實錄》에 閔鎭遠이《古今列女傳》을 간행하려한다는 기록이 보이나16) 이 책의 출판여부는 알 수 없고 판본도 아직 발견되고 않았다.

2)《楚辭》와《戰國策》의 출판 서지상황과 특징

《초사》는 유향이 屈原·宋玉·景差·賈誼 등의 작품을 편집하여 16권으로 만든 책이었으나 후에 왕일의《九思》를 더하여 총 17권이 되었다. 그 후 송대 주희의《楚辭集註》에서는 한대와 송대의 작품까지 포함하여 총 52편으로 만들었다.17)

이 책은 이미 조선 세종 11년(1429)에 국내에서 金屬活字 庚子字로 출간된 사실로 보아 고려시대나 늦어도 조선 초기에는 유입되었음이 확인된다. 또《攷事撮要》에도《楚辭後語》의 목록

신정과 유항에게 번역하게 하고 유이손으로 하여금 글씨를 쓰게 하였다. 그림은 본래 고개지의 그림인데 여러 해가 되어 각이 와해되어 자못 필격을 잃었으므로 이상좌로 하여금 그림을 모방하여 다시 그리게 하였다." (嘉靖癸卯, 中廟出劉向《列女傳》, 令禮曹飜以諺文。禮曹啓請申珽、柳沆飜譯, 柳耳孫寫字。旧本本顧愷之畵, 而歲久刻訛, 殊失筆格, 令李上佐略倣古圖而更畵之。)

15) 김영 등,「조선본 고열녀전의 발굴과 그 의미」,《중국어문학지》제51집, 2015년.

16) "癸丑에 召對를 행하다. 명기(明紀)를 進講하는데, 참찬관 金致垢가 아뢰기를, "經書와《性理大全》은 모두가 皇明 太宗 때에 편찬한 것이니, 태종이 사문(斯文)을 존숭 한 공로가 큽니다."하니, 임금이 이르기를, "解縉 등이 勅命을 받들어《古今列女傳》을 편수했는데, 글이 완성되자 태종이 친히 序文을 지었고, 우리나라에 있는《內訓》은 곧 皇明 太祖의 高皇后가 지은 것인데, 내가 간행하려고 한다."하다. 판중추부사 閔鎭遠 이 嶺營(嶺南의 監營) 에서 간행하기를 청하니, 임금이 이르기를, "마땅히 玉堂에 頒下하겠다."하였다."(癸丑, 行召對. 講《明紀》參贊官金致垢曰 : "經書及《性理大全》, 皆皇明太宗時所纂也 太宗尊斯文之功大矣." 上曰 : "解縉等, 奉敕修《古今列女傳》書成, 太宗親製文序之. 我國有《內訓》, 乃皇 明太祖高皇后所作也, 予欲刊行." 判府事閔鎭遠請使嶺營刊行. 上曰 : "當頒下於玉堂矣.") [《英祖實錄》, 卷十一· 2 4, 英祖 3年(1727年) 3月 26日 , 癸丑]

17) 현존하는《초사》판본에는「離騷」·「九歌」·「天問」·「九章」·「遠遊」·「卜居」·「漁父」·「九辯」·「招魂」·「大招」·「惜誓」·「招隱士」·「七諫」·「哀時命」·「九懷」·「九歎」·「九思」등 17권이 있다. 여기에 송나라 주희는 굴원부(賦) 25편을「離騷」, 송옥 이하 16편을「續離騷」라 하여《楚辭集注》8권을 만들었고, 周나라의 순경부터 송나라의 여대림까지의 52편을《楚辭後語》(6권)에 수록하였다.

이 확인된다.[18] 먼저 국내 출판본의 서지학적 상황을 살펴보면 다음과 같다.

(1) 《楚辭》(卷1~8) : 劉向(漢)編 · 朱熹(宋)集註, 世宗 11년(1429)刊, 金屬活字本(庚子字), 성암고서박물관.
(2) 《楚辭》: 劉向(漢)編, 世宗年間(1418~1450), 목판본, 규장각.
(3) 《楚辭後語》: 劉向(漢)編 · 朱熹(宋)集註, 密陽府刊, 端宗 2년(1454), 목판본, 숙명여자대학.
(4) 《楚辭》(卷1~3) : 劉向(漢)編 · 朱熹(宋)集註, 仁祖 7년(1629)頃, 목판본, 고려대.
(5) 《楚辭》(本集卷4~8, 後語卷2~6) : 劉向(漢)編 · 朱熹(宋)集註, 英祖年間(1725~1776)刊, 金屬活字本, 성암고서박물관.
(6) 《楚辭》(冊1) : 屈原(楚)外著 · 劉向(漢)編集 · 朱熹(宋)集註, 金屬活字本(戊申字), 국회도서관.
(7) 《楚辭》(卷1~2) : 劉向(漢)編 · 朱憙(宋)集註, 朝鮮中期刊, 목판본, 동국대.
(8) 《楚辭》(16卷中卷1~2(1冊) : 劉向(漢)編, 목판본, 규장각.
(9) 《楚辭》(卷1~8) : 劉向(漢)編 · 朱憙(宋)集註, 朝鮮後期刊, 목판본, 동국대.

이상의 자료에서처럼 《초사》는 世宗 11年(1429) · 端宗 2年(1454) · 仁祖 7년(1629) · 英祖年間(1725~1776) 등 여러 차례 간행되었으며 심지어는 金屬活字本인 庚子字와 戊申字로까지 출간되었다는 사실로 보아 이 책의 가치와 위상을 가늠할 수 있다. 판본은 대략 8권본과 16권본이 있는 것으로 추정된다.

《전국책》은 전국시대 수많은 전략가들의 정치, 군사, 외교 등 책략을 모아 편집한 책으로 총 33편으로 되어있다. "전국시대"의 "戰國"이라는 말도 이 책에 유래되었다. 《전국책》의 내용은 衛悼公 시대(기원전 476년)부터 진시황 시대(기원전 222년)까지 육국이 진나라에게 멸망될 때까지 대략 250여 년에 간의 이야기들을 기록하고 있다. 이 책은 송나라 때 증공이 다시 정리하였다. 주석은 한나라 高誘의 주석이 있었지만 송나라 때 鮑彪가 주를 새로 달아 《戰國策注》를 간행하였다. 그 후 원대에는 吳師道가 姚宏本과 鮑彪本을 근거로 다시 《戰國策校注》를

18) 김학주의 《조선시대 간행 중국문학 관계서 연구》(서울대학교 출판부, 2000년, 7쪽)에는 세종조에 《초사집주》가 출간하였고 《초사후어》가 세종 11년(1429)에 나온 것으로 기록되어 있다. 필자가 보기에는 《초사집주》가 세종 11년(1429)에 나왔고 《초사후어》는 단종 2년(1454)에 나온 것으로 보인다.

출간하였다. 현재 유통되는 판본은 남송시기 요굉의 교주본(33권)과 포표의 교주본(10권)이 주류를 이루고 있다. 이처럼 원작에 주석을 달아 교주본을 낸 사람도 고유·증공·포표·요굉·오사도·홍매·오래·김정위 등 여러 명이 있다.

《전국책》은 왕 중심의 역사가 아니라 策士·謀士·說客들의 기묘한 이야기를 중심으로 편찬된 책이기에 歷史書이기도 하지만 중요한 산문집이기도 하다. 이 책은 이미 金屬活字 甲寅字[19]로 출간되었으며 목판본도 확인된다. 먼저 국내 출판본의 서지학적 상황을 살펴보면 다음과 같다.

(1) 《戰國策》(卷1~2, 4, 7~8) : 劉向(漢)撰·鮑彪(宋)注·吳師道(元)校, 金屬活字本(甲寅字), 단국대율곡도서관.
(2) 《戰國策》: 劉向(漢)編·鮑彪(宋)校注·吳師道(元)重校, 肅宗 11年(1685), 金屬活字本(戊申字), 국립중앙도서관·규장각·한국학중앙연구원·계명대·성암고서박물관·고려대 등.
(3) 《戰國策》: 劉向(漢)編·鮑彪(宋)校注·吳師道(元)重校, 張維(朝鮮)精選, 英祖元年(1725), 목판본, 경상대·동아대·대구가톨릭대·계명대 등.

이처럼 《전국책》은 肅宗 11年(1685)과 英祖 元年(1725) 등 여러 차례 출간되었고 또 金屬活字 및 목판으로도 출간되었다. 특이한 점은 조선 영조 원년(1725)에는 張維가 精選하여 《전국책》이 나왔다고 하는데 장유는 실제 생졸년도가 1587~1638년으로 인조 때의 문인이다. 그가 어떻게 백여 년이 지난 시기에 편찬하였는지는 좀 더 심도 있는 연구가 필요하다.[20]

---

19) 갑인자는 조선 말기에 이르기까지 모두 여섯 번에 걸쳐 개주(改鑄)되었다. 이들을 서로 구별하기 위해 세종 때 처음 만들어진 활자를 초조갑인자, 1580년(선조 13) 경진년에 만들어진 활자를 재주갑인자 혹은 경진자(庚辰字), 1618년(광해군 10)에 만들어진 활자를 삼주갑인자 혹은 무오자(戊午字), 1668년(현종 9)에 주조된 활자를 사주갑인자 혹은 무신자(戊申字), 1772년(영조 48)에 만들어진 활자를 오주갑인자 혹은 임진자(壬辰字), 1777년(정조 1) 주조된 활자를 육주갑인자 혹은 정유자(丁酉字)라고 부른다. (두산백과사전 참고)

20) 장유(1587~1638년)는 조선 인조 때의 학자로 字는 持國이고, 號는 谿谷이다. 인조반정 때 공을 세워 대사간과 대사성에 올랐으며 정묘호란 때에는 벼슬이 우의정까지 올랐다. 그는 天文·地理·兵書·書藝 등에 능통하였고 특히 학문이 깊어 저서로 《谿谷漫筆》·《谿谷集》·《陰符經註解》 등이 있다. 여기에서 장유가 精選하였다는 문제는 이전에 장유가 精選을 하여 출판 혹은 필사한 것이 후대에 다시 출판하였을 가능성도 있다.

제3절 국내 수용 양상과 의의

고려초기부터 유입된 유향의 작품들은 고려시대는 물론 조선시대에 이르기까지 지속적으로 유입되어 수용되었으며 또 철학과 역사는 물론 문학에 이르기까지 적지 않은 영향을 끼친 것으로 확인된다. 특히 그의 대표저서 《列女傳》·《新序》·《說苑》·《楚辭》·《戰國策》 등 대부분이 국내에 유입이 되어 출판까지 이루어졌다는 것은 의미하는 바가 크다. 왜냐하면 《三國演義》나 《剪燈新話》처럼 한 사람의 대표작품이 여러 차례 출간된 것은 빈번한 일이지만 한 사람이 쓴 다수의 작품이 모두 출간되었다는 사실은 매우 드문 현상이기 때문이다. 이는 그만큼 독자들의 애호가 있었기에 가능했던 것으로 또한 폭넓은 독자층의 존재를 반영하는 것이다.

그러면 왜 수용을 하였으며 수용의 목적은 무엇인가? 하는 문제를 고찰해 볼 필요가 있다. 우선 유향의 작품들은 시대적 요구에 항상 부합되었다는 점에 주목해야 한다. 사실 《列女傳》·《新序》·《說苑》은 문언소설로 분류되지만 허구라는 소설적 가치보다는 실용적 가치가 더 크게 부각되는 책이다. 즉 교육적인 측면과 교화적 가치를 통하여 귀감을 얻고자 하였던 의도와 신지식에 대한 학문적 수용을 통하여 지적욕구를 채우려는 의도가 강했다는 점에서 수용의 의도와 목적을 찾을 수 있다.

좀 더 자세히 분석하자면 《列女傳》은 賢妃와 貞婦라는 전통적 여인상의 정립 위한 교육적 이상을 실현하려는 의도의 교과서라 할 수 있고, 《新序》와 《說苑》은 교훈적 일화와 名文을 모아 유가의 정치이론과 가치관을 반영한 대표서적이다. 특히 선행을 찬양하고 사회정의에 대한 관념을 정론화한 책으로 조선시대 뿌리 깊게 정착한 유가사상과도 연관이 깊다. 즉 유향의 작품들은 유학을 국가의 근본사상으로 삼았던 조선의 사회분위기와 맞아떨어지면서 풍속교화를 위한 통치술의 일환으로 활용되었고 또 격언과 명언을 통하여 관리들의 훈육과 교육 등의 방편으로 삼기도 하였다.

1) 국내 수용양상 분석

(1) 학문에 대한 지적욕구와 과시

세종이 《열녀전》을 며느리 봉씨에게 읽으라고 하사한 것이나, 성종이 《說苑》의 기록을 인용하여 평론한 기록 등으로 보아 역대 제왕들도 유향의 서적을 즐겨 읽은 것으로 확인된다.[21]

---

21) 《成宗實錄》卷290~30, 成宗 25年(1494년) 5月14日, 辛丑條. "劉向의 《說苑》에 이르기를, 별의 변고와 가뭄의

또한 당시 조선 문인들도 신학문에 대한 욕구와 학구적 욕망은 실로 대단했으며 중국 문사철에도 상당수준의 학식을 겸비하고 있었다. 그러기에《신서》·《설원》·《열녀전》·《전국책》·《초사》등은 고려와 조선시대에 문인은 물론 국왕까지 신지식에 대한 지적 욕구와 마음을 다스리는 修養書로 또는 訓戒書로 사용되었던 필독서였다.

수양서로 또는 훈계서로 가장 적합한 책으로《전국책》과《설원》을 꼽을 수 있다. 유향의 작품 중에는 수많은 격언과 금언 및 고사 성어 등의 명언명구가 나오는데 그중 명언명구가 가장 많이 나오는 책이 바로《설원》과《전국책》이다. 여기에 가장 널리 알려진 명언명구 몇 가지를 소개하면 다음과 같다.

먼저《설원》에 나오는 명언명구로는:

* "어릴 때 학문을 좋아하는 것은 아침의 태양과 같고, 장년에 학문을 좋아하는 것은 정오의 빛과 같으며, 늙어서 학문을 좋아하는 것은 촛불과 같다."(少而好学，如日出之阳；壮而好学，如日中之光；老而好学，如炳烛之明.).
* "官吏는 벼슬이 높아지면 게을러지고, 病은 조금 낫는 데서 탈이 난다. 禍는 게으름에서 생겨나고, 孝는 처자식 때문에 사라진다. 이 네 가지는 끝까지 신중하기를 처음처럼 해야 한다."(官怠於宦成 病加於小愈, 禍生於懈怠, 孝衰於妻子, 察此四者, 愼終如始,[22]
* "군자는 남의 일이 잘 되도록 도와주고 남을 허물을 헐뜯지 않는다."(君子成人之美, 不成人之惡)

등 수많은 명언이 나온다.

또《전국책》에 나오는 명언명구로는:

* "사나이는 자기를 알아주는 사람을 위해 죽고, 여인은 자기를 기쁘게 하는 이를 위하여 얼굴을 가꾼다."(士爲知己者死, 母爲悅己者容).
* "백리를 가는 자는 구십 리를 반으로 놓는다.[시작이 반이다]."(行百里者, 半於九十).
* "욕심을 같이 하는 자는 서로 미워하게 되고, 근심을 같이 하는 자는 서로 친하게 된다."(同欲者相憎, 同憂者相親).
* "과거는 미래의 스승이다."(前事之不忘, 後事之師).

재해를 아무 일의 실수에서 말미암았다고 한다면, 이는 아교로 붙인 것 같이 전혀 융통성이 없는 것이다."

22) 이 명언은《명심보감》에도 나온다.

이처럼 상당수의 명언명구 외에도 漁父之利·狐假虎威·三人成虎·蛇足·犬免之爭·尾生之信·伯樂一顧·不死之藥 등 수많은 故事成語와 격언이 나오기에 교양을 함양하기에는 적격이라 할 수 있다. 이러한 명언명구들은 신지식에 목말라하는 당시 문인들의 지적욕구를 충족시켜줌과 동시에 신학문에 대한 지적과시도 은연중에 내포되어 있었기에 더욱더 환영을 받았던 것으로 사료된다.

(2) 관리의 훈육과 통치술

《설원》은 국내에 유입된 기록과 관련 자료에서 《신서》보다도 더 많은 기록이 발견되고 있어 《설원》이 《신서》보다 더 중시되었던 것으로 보인다. 사실 《說苑》은 고려시대와 조선시대에 걸쳐 위로는 제왕으로부터 문인들에 이르기까지 즐겨 읽던 필독서였다는 기록이 여기저기에서 발견된다. 특히 관리들의 훈육과 훈화용 서적으로 혹은 문인이 마음을 다스리는 修養圖書로도 많이 사용되었다. 먼저 《朝鮮仁祖實錄》(卷46~78條 : 仁祖 23年)의 기록을 살펴보면 다음과 같다.

> 지난 고려 성종 때에 金審言이 소를 올려 劉向의 《說苑》에 있는 六正六邪와 《漢書》에 있는 刺史六條를 써서 벽에다 붙여 놓고 드나들며 읽어 귀감으로 삼을 것을 청하자, 왕이 큰 포상을 내리고 아를 시행하습니다. 그 뒤에 崔冲이 이것이 세월이 오래 되어 색깔이 변했으니 다시 써 붙여서 신칙하고 권장해야 한다고 하자, 또 그대로 따랐는데, 그 말은 모두가 절실하고, 또 예전에 훈계한 내용입니다. 이에 감히 《주례》의 황정과 《설원》 및 자사 육조를 차자 말미에 써서 올립니다. 바라옵건대 전하께서는 이것과 함께 반명과 석명 각 한 통씩을 쓰도록 명하여 좌석 오른편에 붙여 두고 한가한 때에 성찰하소서. 그리고 또 정원으로 하여금 황정 이하의 글을 가져다가 안으로는 의정부와 육조에 주어서 각기 소속 관사의 벽에다 써 붙이도록 하고, 밖으로는 팔도의 감사와 양부(兩府)의 유수에게 하달하여 모든 고을의 청사 벽에다 써 붙여 놓고 늘 각별히 생각하도록 하소서. 그러면 풍속을 교화하는 데 있어 보탬이 없지 않을 것입니다.” [23]

---

23) 昔在麗代成宗朝, 金審言上疏, 請以劉向《說苑》六正六邪文及《漢書》刺史六條, 堂壁各寫其文, 出入省覽, 以備龜鑑. 王大加褒獎, 依所奏施行. 其後崔冲以爲 : 今世代已遠, 宜更書揭之, 使知飭勵. 從之. 其言皆切實, 亦古者訓戒之意也. 敢將《周禮》荒政及《說苑》刺史條, 列錄于箚尾. 伏願殿下命寫一通, 並與盤席之銘而置諸座右, 以寓閑燕之省察. 又令政院取荒政以下之文, 內則付諸政府及六曹, 使之各錄于屬司之壁上, 外則遍諭于八道監司兩府留守州縣, 廳壁並令書揭, 常存惕念. 則其於風化, 不爲無補.

여기에서 《설원》의 "六正六邪"와 《漢書》"刺史六條"라는 어휘가 주목을 끈다. 六正六邪란 좋은 신하와 나쁜 신하를 각각 여섯 가지로 구분한 것으로, 六正은 (1) 聖臣 / (2) 良臣 / (3) 忠臣 / (4) 智臣 / (5) 貞臣 / (6) 直臣으로 분류하였고, 六邪는 (1) 具臣 / (2) 諛臣 / (3) 奸臣 / (4) 讒臣 / (5) 賊臣 / (6) 亡國臣으로 분류하여 경계를 삼았다. 그리고 刺史六條란 刺史가 지방을 순찰하며 정치를 하는데 중점적으로 살펴야 할 여섯 가지 조항을 말한다. 특히 지방토호들의 위법 행위와 연약한 백성들에 대한 횡포, 관료들의 토색질, 부당하고 무고한 송사와 공정한 신상필벌, 공정한 인사 행정, 관료 자제들의 청탁 및 뇌물 수수 행위 등을 말하는데 이러한 내용을 벽에다 붙여놓고 항상 귀감을 삼도록 하였다.

그 뒤 11세기 초·중기에는 최충의 건의로 다시 벽에다 붙이며 국정을 쇄신하였으며, 다시 조선시대 仁祖 23年(1645)에는 제왕은 물론 의정부와 육조 그리고 각 소속 관사 및 팔도의 감사와 兩府의 유수에게도 내려 고을의 청사 벽에다 써 붙여 풍속을 교화하고 관리들을 훈육하자는 내용이 보인다.[24] 이처럼 격언이나 명언명구를 활용하여 관리들의 풍속교화는 물론 통치술의 일환으로 국가정책에 적극 활용되기도 하였다.

(3) 교육을 통한 부녀풍속의 교화

교육을 통한 부녀풍속의 교화라는 측면에서 가장 두드러진 책이 바로 《열녀전》이다. 이 책은 유향이 집필할 때 조비연 자매를 비롯한 후비들이 황실을 어지럽히는 것을 경계하기 위하여 편찬한다고 밝혔듯이 여성에 대한 도덕적 기준율을 제시한 책이기도 하다. 이러한 관점에서 이 책은 조선초기이래 지속적으로 여성 문화에 대한 윤리의 지침서로 활용되었다. 특히 왕실에서도 《열녀전》의 교육적 효과에 주목하여 세종이 며느리 봉씨에게 《열녀전》을 읽게 했다는 기록이 《세종실록》에 보이며, 《삼강행실도》〈열녀편〉에도 《열녀전》의 내용 일부가 인용되기도 하였다. 또 후대 成宗의 어머니인 인수대비가 《列女傳》가운데 일부를 뽑아 《內訓》(3권 3책, 1475년)을 편찬한 사실도 확인된다. 이러한 사실에 비추어 《열녀전》이 얼마나 중요한 여성 윤리교육의 지침서로 활용되었는지 짐작할 수 있다.[25] 더군다나 왕실에서 부터 파생된 이러한 여성의 윤리의식은 조선시대 500여 년 동안 여성 윤리의 근간으로 뿌리를 내리게 되었다.

---

24) 《인조실록》권 46~78, 인조 23년(1645년) 10월 9일, 丁亥條.

25) 민관동·유희준·박계화, 《희귀본 중국문언소설 소개와 연구》, 학고방, 2014년, 23쪽 참고.

(4) 역사를 통한 교훈과 인격수양의 교본

유향 작품의 대부분은 그가 《洪範五行傳論》을 집필하면서 언급하였듯이 외척들의 횡포를 견제하며 또 천자 및 신하들에게 교훈을 주고자 하는 의도를 가지고 집필하였다. 특히 《新序》는 이야기 묘사와 의인화 수법이 뛰어난 고사집으로 과거 역사를 본보기로 삼아 후대에게 교육적 가르침을 주고자 만든 책이며, 《說苑》 역시 여러 책에서 귀감이 될 만한 내용을 발췌해 정리한 책으로, 내용 또한 주로 고대 제후와 선현들의 행적이나 일화 혹은 우화 등이 수록된 책이다. 그러기에 이 책들은 주로 위정자를 교육하고 훈계하기 위한 독본으로 활용하기에 제격이었던 것이다. 또 《列女傳》의 경우도 《시경》과 《서경》 등에 나타난 여성들 가운데 특별히 모범과 경계를 삼을 만한 고사들을 간추려 만든 것이다. 그 외 전국말기와 진·한 대 초기의 역사를 기록한 《戰國策》역시 비록 역사서이기는 하지만 역사를 통하여 정치의 교훈을 얻고자 집필한 역사산문으로 문체가 간결하고 생동적이어서 많은 문인들이 그 문학적 가치를 인정한 역사산문이다. 그러기에 이 책은 후대 《사기》와 《한서》같은 역사서에는 물론 傳記文學 및 소설과 희곡에도 많은 영향을 주었다.

이처럼 유향 작품은 대부분 역사를 통한 교훈과 교화의 공구서로 주로 사용되었음이 확인되지만 이에 못지않게 중요한 역할을 한 부분이 바로 인격수양의 교본으로도 적지 않은 의미를 가지고 있다. 특히 《신서》·《설원》·《전국책》 등의 책에는 격언·잠언·금언 등 수많은 명언명구가 언급되어 있어 정신수양의 텍스트로 활용하기에 손색없는 책이기에 유입은 물론 출판으로까지 이어진 것으로 사료된다.

2) 국내 수용의 의의

중국 고전소설 가운데 《列女傳》·《新序》·《說苑》 등 3종이 유향 한 사람의 손에 의해서 편찬되었다는 것과 이 책을 포함하여 詩歌集의 《楚辭》와 散文集의 《戰國策》 등 유향의 대표작품 모두가 국내에서 출판되어졌다는 사실은 실로 주목할 만한 일이다. 더군다나 대부분 조선전기에 출판되어졌다는 사실은 수용사의 측면에서 매우 중요한 의의와 의미를 내포하고 있다고 할 수 있다. 필자는 주로 "교류사적 의의"와 "서지학적 의의"를 중점적으로 고찰하고자 한다.

(1) 교류사적 의의

한중 문화 및 학술교류사에 독특한 역할을 한 책이 《설원》이다. 이 책은 앞서 언급하였듯이

《설원》의 "六正六邪"를 가지고 통치의 방편으로 삼은 문화 수용적 의미도 있지만 학술교류사에 있어서는 더 중요한 의미를 내포하고 있다.

앞의 인용문(《高麗史》卷10, 宣宗 8年[1091년] 6月條)에서 언급하였듯이 고려 선종 때에 북송의 황제가 고려에 소장되어 있는 희귀본 善本 128종을 을 보내달라는 기록이 있는데 이 서목 가운데 《설원》이 포함되어 있다.

《설원》은 북송 초에 逸失되어 殘卷 5권만 남아 있었으나 曾鞏이 다시 20권으로 복원시켰다고 전한다. 그런데 증공의 생졸년도는 1019~1083년이기에 늦어도 1083년 이전에 《설원》이 송나라에서 출간이 되었던 것으로 보인다. 그러나 북송황제 철종이 고려에 이 책을 요구한 시기가 1091년이기에 의문이 생긴다. 이미 자국에서 출간한 책을 구태여 다시 요구하였던 이유는 무엇일까? 이 문제의 비밀은 陸遊(1125~1210年)의 《渭南集》卷27에 있다.

> 이덕추가 말하길 : 서고에 《설원》20권이 있지만, 그러나 〈反質〉1권이 빠진 것으로 증공이 〈修文篇〉을 상·하로 나누어 20권으로 만든 것이다. 그 후 高麗에서 1권을 들여와 비로소 전체의 면모를 갖추게 되었다.....淳熙(1185)乙巳十月六日務觀(陸游의 字)[26] (陸遊, 《渭南集》卷27)

이처럼 당시 曾鞏이 얻은 《설원》은 〈反質篇〉이 빠진 19편뿐이었기에 할 수 없이 〈修文篇〉을 上·下로 나누어 20卷으로 만들었던 것이다. 완정본이 아닌 상태로 출간되었다가 고려에 완정본이 있다는 소식을 전해들은 황제(哲宗)는 당시 고려 사신 이자의에게 명을 내려 이 책을 요구하였던 것으로 추정된다. 후에 〈高麗本〉이 송나라에 다시 유입되면서 비로소 완정본이 만들어질 수 있었던 것이다.

이처럼 당시에도 중국에서 逸失된 缺本을 상호 보완하는 등의 학술교류가 이루어졌다는 것은 한중 학술교류사의 차원에서 상당히 의미가 있는 자료라 할 수 있다.

(2) 서지학적 의의

하나의 작품이 타국에 유입되어 출간되기까지는 여러 단계의 과정이 필요하다. 사실 작품의 유입은 언제든지 가능하다. 그러나 그것이 출간되기는 쉽지 않은 일이다. 이것은 자국에서

---

26) 陸遊, 《渭南集》卷27, 李德芻云 : 館中《說苑》二十卷, 而闕「反質」一卷, 曾鞏乃分修文爲上下, 以足二十卷. 後高麗進一卷, 遂足. 淳熙乙巳十月六日務觀.

적극적 수용과 감화가 있어야만 가능한 일이기 때문이다. 또 출간이 되었다는 것은 독자의 적극적 애호와 수요가 있었다는 것을 반증하는 것이기도 하다. 특히 유향의 대표작품 모두가 출간되었다는 점은 의미하는 바가 매우 크다고 할 수 있다.

유향 작품의 출간은 두 가지 관점에서 의미를 찾을 수 있다. 첫째는 원문출간과 번역출간이 이루어졌다는 점이다. 즉 《新序》·《說苑》·《楚辭》·《戰國策》 등은 원문으로 출간되었지만 《列女傳》의 경우는 번역으로 출간되었다. 특히 《列女傳》은 1543년에 번역 출간된 국내 최초의 중국소설이라는 점과 또 교서관에서 직접 출간하였다는 점, 그리고 삽화까지 그대로 삽입하여 출판하였다는 점에 있어서 서지학적 가치와 의미가 매우 크다.

두 번째는 원문출간으로 이루어진 《新序》·《說苑》·《楚辭》·《戰國策》의 서지문헌학적 가치를 꼽을 수 있다. 《楚辭》의 경우 世宗 11年(1429)에 金屬活字(庚子字)로 간행하였고 《楚辭後語》의 경우는 端宗 2年(1454)에 密陽에서 간행하였다. 또 《新序》·《說苑》의 경우는 대략 1492~1493년에 안동에서 간행하였으며, 《戰國策》은 1685년 금속활자 戊申字本이 확인되고 그 외 年度未詳의 甲寅字本도 보인다. 특히 간행된 출판년도는 《戰國策》을 제외하고 모두가 1400년대라는 점이 주목된다. 현재 중국에 현존하는 판본들이 대부분 명대말기의 판본이라는 점을 감안하면 중국판본보다도 최소 100년~150년 이른 판본들이다. 조선출판본이 대부분 복각으로 이루어진 판본이기에 조선간행본이 오히려 작품의 원전에 가깝다는 결론이 나온다. 그러기에 중국 서지문헌 연구에 조선간행본이 귀중한 자료가 된다는 점이다.

그 외에 또 다른 의미를 찾는다면 금속활자로 출간하였다는 점이다. 특히 《楚辭》는 庚子字와 戊申字 등으로 출간하였고, 《戰國策》은 甲寅字와 戊申字 등으로 출간되었다. 당시 목판본이나 목활자로 출간하는 것이 일반적이나 이 책들은 금속활자로 출간되었던 것이다. 이는 이 책들이 가지는 학술적 위상과 서지학적 가치를 보여주는 또 다른 의미이기도 하다.

한나라 대표적 경학가인 유향은 사상가 또는 사학가로 명성이 높은 인물이지만 문학가로도 빼놓을 수 없는 인물이라는 것이 확인된다. 특히 그는 문언소설 《列女傳》·《新序》·《說苑》과 詩歌 편집본인 《楚辭》 그리고 역사서이자 산문집으로 분류되는 《戰國策》 등은 중국문학사에서도 중요한 위치를 차지하고 있다.

유향작품의 국내유입을 분석한 결과 유향의 대표작인 《列女傳》·《新序》·《說苑》은 물론 《楚辭》와 《戰國策》 및 《別錄》까지도 모두 유입된 것으로 확인된다. 특히 문언소설 《新序》·《說苑》은 고려시대 초기에 이미 국내에 유입되어 많은 영향을 끼쳤던 작품이며 기타 작품들도 대부분 고려시대에 유입된 것으로 추정된다. 유향의 작품들은 급기야 조선시대에 출판까지 이루어지며 당시의 출판문화에도 적지 않은 영향력을 끼쳤음은 물론이고 우리 고소설 및 문학 분야에 새로운 모형과 방향을 제시해 주는 등 우리 문학의 형성과 발전에 상당한 기여가 있었던 것으로 사료된다.

유향의 작품들은 대부분 시대적 요구에 부합하여 소설적 가치보다는 실용적 가치를 더 중시하는 방향으로 부각되었다. 즉 교육적·교화적 가치를 통하여 귀감을 얻고자 하였던 의도와 신학문을 통하여 지적욕구를 채우려는 의도가 강했다. 그러기에 유향 작품의 국내유입과 출간은 수용사의 측면에서 매우 중요한 의미를 내포하고 있지만 학술교류사적 의의도 상당히 크다고 할 수 있다.

또 유향 작품의 조선출간은 두 가지 관점에서 의미를 찾을 수 있다. 첫째는 번역출간으로 이루어진 《列女傳》은 1543년에 번역본으로 출간된 국내 최초의 중국소설이라는 점에서 문헌학적 가치와 의미가 크다. 둘째로 원문출간으로 이루어진 《新序》·《說苑》·《楚辭》·《戰國策》의 서지학적 가치를 꼽을 수 있다. 현재 중국에 현존하는 판본들이 대부분 명대말기의 판본이라는 점을 감안할 때, 특히 조선판본의 출판년도가 1400년대라는 점은 조선 간행본이 오히려 중국판본보다도 원전에 가깝다. 그러기에 중국 서지문헌 연구에도 귀중한 자료가 된다.

제2장 朝鮮 出版本《新序》와《說苑》연구*

하나의 문학작품이 타국에 전파되어 수용되는 과정에서 가장 강력한 영향을 끼치는 매체가 飜譯出版이다. 그러나 그 보다도 더 강력한 영향을 끼치는 것이 原文出版일 것이다. 왜냐하면 번역은 번역의 과정에서 자신도 모르는 사이에 번역자 자신의 주관이 개입되기에 원작자의 의도를 왜곡할 가능성이 있는 반면 원문출판은 同一文字 文化圈에서만 출판이 가능하기에 원작자의 本意를 독자가 그대로 수용할 수 있기 때문이다.

조선시대에는 비록 한글이 창제되었지만 한문이 여전히 공식적인 문자로 사용되었기에 중국문헌 가운데는 번역이 不必要한 原文出版이 주종을 이루었다. 그 중 중국고전소설의 출판에 있어서도 조선 중·후기 방각본이 출현하기 전까지 대부분 원문출판을 통하여 출판이 이루어졌다.

조선시대 국내에서 직접 출판된 중국고전소설은 현재 확인된 것만 24종이나 된다. 그 목록을 살펴보면 다음과 같다.

> (1)《列女傳》(번역출판)·(2)《新序》·(3)《說苑》·(4)《博物志》·(5)《世說新語補》·(6)《酉陽雜俎》·(7)《訓世評話》·(8)《太平廣記》·(9)《嬌紅記》·(10)《剪燈新話句解》·(11)《剪燈餘話》·(12)《文苑楂橘》·(13)《三國演義》·(14)《水滸傳》·(15)《西遊記》·(16)《楚漢傳》·(17)《薛仁貴傳》·(18)《鍾離葫蘆》·(19)《花影集》·(20)《效顰集》·(21)《玉壺氷》·(22)《錦香亭記》·(23)《兩山墨談》·(24)《皇明世說新語》等.

얼마 전까지 필자는 조선시대 출판된 중국 고전소설을 18종으로 분류하였으나 최근《攷事撮要》를 분석하던 중《新序》·《說苑》·《博物志》·《兩山墨談》·《皇明世說新語》의 출판기록을

---

* 이 논문은 2010년 한국연구재단의 정부재원(교육과학기술부 인문사회연구 역량강화사업비)의 지원을 받은 연구이다.(NRF-2010-322-A00128) 그리고 이 글은 2011년《중국어문논역총간》29집에 투고된 민관동의 논문을 수정 보완하여 작성한 것이다.

27) 拙著,《중국고전소설의 전파와 수용》(아세아문화사, 2007, 78-79쪽)에서는 18종으로 분류하였으나 최근에《新序》·《說苑》·《博物志》·《兩山墨談》·《皇明世說新語》가 추가로 출판기록이 발견되었고,《訓世評話》는 중국원판본이 없고 조선시대 당대 전기류 작품 중에서 선별하여 만든 책이기에 제외하였으나 그래도 중국고전소설에 대한 국내 출판본이기에 추가로 포함시켰다.

추가로 발견하였다. 또 국내 출판된 24종 중국소설 가운데 대부분은 그 原版本을 발굴하였으나 그중에서《列女傳》·《新序》·《說苑》·《博物志》·《嬌紅記》는 최근까지 당시 출판되었던 원본을 찾아내지 못하고 있었다.

2010년 필자는 한국연구재단 토대연구 프로젝트를 수행하면서 전국 각지의 고서목록을 조사하던 중《新序》와《說苑》의 판본이 현존하고 있다는 것을 발견하였다. 이번에 발굴된《新序》와《說苑》이라는 책은 모두가 西漢末에 劉向이 편찬한 작품이다. 그 중《新序》는 劉向이 편찬한 故事集으로 이야기 묘사와 의인화 수법이 뛰어난 작품으로 雜事(5篇)、刺奢、節士、義勇、善謀(上·下篇) 등 총 10편으로 구성되어 있다. 총 176개의 이야기가 들어 있으며 각 편의 폭이 매우 크다. 이 책은 유향 자신의 창작이 아니라 이전 사람들의 저작을 가져와 편집하였다는 점과 故事 대부분이 우언이 아니라는 점에서 평가가 엇갈리는데, 이는 이 책을 정리한 목적이 우언 창작에 있지 않고 과거사를 거울삼아 후대에게 가르침을 주고자 하는 데 있었기 때문이다.《新序》는 세심한 구성 과정을 거쳐 가공됨으로써 서사가 간결하고 의론 전개가 유창하여 문학적 가치가 크다.[28]

또 유향은 이《新序》의 작업이 끝나자, 나머지 방대한 자료를 그냥 둘 수 없어 이번에는 더욱 세분화하고 편장의 주제까지 명확히 하여, 그 유명한《설원》을 완성하게 된다. 이《설원》은 학자들의 연구에 의하면《신서》의 나머지 부분이었던 것으로 추정하고 있다.《신서》가 이루어진(B.C 24年) 7년 뒤인 成帝 鴻嘉 4年(B.C 17年)에 완성된 것으로 내용이나 편장의 장단·분량 등에 있어서 훨씬 자유롭고 방대하다.[29]

《說苑》 또한 여러 책의 내용을 발췌해서 정리한 책으로 총 20권(君道·臣術·建本·立節·貴德·復恩·政理·尊賢·正諫·敬慎·善說·奉使·權謀·至公·指武·談叢·雜言·辨物·修文·反質) 등으로 구성되었다. 또《新序》와 그 체재가 비슷하고 내용도 중복된 것이 있다. 내용은 대략 고대의 제후나 선현들의 행적 및 逸話와 寓話 등을 수록한 것으로 위정자를 교육하고 훈계하기 위한 독본으로 주로 활용되었다.

필자는 먼저《新序》와《說苑》의 국내 유입기록과 당시의 평론 및 출판기록을 살펴보고 이번에 새롭게 발굴된 판본의 개황을 분석해 보고자 한다. 또《新序》와《說苑》이 국내에서 출판하게 된 동기와 의미 및 가치를 재검토해 보고자 한다.

---

28) [출처] 신서 [新序] | 네이버 백과사전 : http : //search.naver.com/search.

29) 劉向撰, 林東錫譯註,《新序》, 동서문화사, 2009년, 〈서문〉해제 중 참조.

제1절 국내 유입기록

西漢時代 劉向이 편찬한 《新序》와 《說苑》은 대략 先秦時代부터 漢代까지의 歷史故事를 기술한 책으로 유향은 이 책을 통하여 漢 王朝에게 諫言과 교훈을 삼도록 하려는 의도였다고 한다. 이 책은 《搜神記》나 《高士傳》처럼 상당히 일찍 국내에 유입된 것으로 보여 진다. 현존하는 문헌에 나타난 가장 빠른 유입기록은 《朝鮮王朝實錄》가운데 《仁祖實錄》에서 그 단서를 찾을 수 있다. 《仁祖實錄》의 仁祖 23年(1645)의 기록에서 《說苑》이 언제 국내에 유입되었으며 어떤 용도로 읽혀지고 사용되었는지 명확하게 밝혀주고 있다.

> 右議政李景奭, 以雷變上箚, 乞免, 且陳時事略曰…又有大於荒政者乎? 周禮荒政, 所當講明而申飭者也. 昔在麗代成宗朝, 金審言上疏, 請以劉向說苑六正六邪文及漢書刺史六條, 堂壁各寫其文, 出入省覽, 以備龜鑑. 王大加褒奬, 依所奏施行. 其後崔沖以爲 : 今世代已遠, 宜更書揭之, 使知飭勵. 從之. 其言皆切實, 亦古者訓戒之意也. 敢將周禮荒政及說苑刺史條, 列錄於箚尾. 伏願殿下命寫一通, 並與盤席之銘而置諸座右, 以寓閑燕之省察. 又令政院取荒政以下之文, 內則付諸政府及六曹, 使之各錄於屬司之壁上, 外則遍諭於八道監司兩府留守州縣, 廳壁並令書揭, 常存惕念. 則其於風化, 不爲無補.
>
> 우의정 이경석이 우뢰의 변고로 차자를 올려 면직을 빌고, 또 시국에 대해 진술하였는데, 그 대략에 이르기를, "그리고 오늘날에 가장 급한 일로서 구황 정책보다 더 급한 일이 있겠습니까. 《周禮》荒政은 당연히 강명(연구하여 밝힘)하고 신칙(단단히 타일러 경계함)하여야 될 것입니다. 지난 고려 성종 때에 金審言이 소를 올려 劉向의 《說苑》에 있는 六正六邪와 《漢書》에 있는 刺史六條를 써서 벽에다 붙여 놓고 드나들며 읽어 귀감으로 삼을 것을 청하자, 왕이 큰 포상을 내리고 아뢴 대로 시행하였습니다. 그 뒤에 崔沖이, 이것이 세월이 오래 되어 바랬으니 다시 써 붙여서 신칙하고 권려하는 도리를 알도록 하여야 된다고 하자, 또 그대로 따랐는데, 그 말은 모두가 절실하고, 또 예전에 훈계한 내용입니다. 이에 감히 《주례》의 황정과 《설원》 및 자사 육조를 차자 말미에 써서 올립니다. 바라건대 전하께서는 이것과 함께 반명과 석명 각 한 통씩을 쓰도록 명하여 좌석 오른편에 붙여 두고 한가한 때에 성찰하소서. 그리고 또 정원으로 하여금 황정 이하의 글을 가져다가 안으로는 의정부와 육조에 주어서 각기 소속 관사의 벽에다 써 붙이도록 하고, 밖으로는 팔도의 감사와 양부(兩府)의 유수에게 하유하여 모든 고을의 청사 벽에다 써 붙여 놓고 늘 각별히 생각하도록 하소서. 그러면 풍속을 교화하는 데 있어 보탬이 없지 않을 것입니다."
>
> [《仁祖實錄》 卷46-78, 仁祖 23年(1645年)10月9日, 丁亥][30]

위 기록은 조선시대 仁祖年間에 쓴 기록이지만 내용은 高麗 成宗年間(981~997)에 金審言이 소를 올려 劉向의《說苑》에 있는 六正六邪와《漢書》에 있는 刺史六條를 써서 벽에다 붙여 놓고 귀감으로 삼을 것을 제청하자, 왕이 큰 포상을 내리고 그대로 시행하였다는 기록과 그 뒤 崔沖(984~1068年)이 이것이 세월이 오래 되어 바랬으니 다시 써 붙여 이글의 내용을 督勵해야 한다고 하자, 또 그대로 따랐다는 이야기를 인용하여 언급하고 있다.

여기에서 주목해야할 것이 高麗 成宗年間으로 이는 西紀 981~997년에 해당된다. 이때 이미《說苑》이 국내에 유입되어 여러 신하들에게 읽혀지고 있었다는 사실이다. 즉 기존에 알려진《高麗史》宣宗 8年(1091)에 언급된 유입기록보다도 약 100년이나 빠른 시기에 유입되어졌다는 점에서 상당한 의미를 지닌다.

그 후《說苑》은 650여년이 지난 朝鮮 仁祖年間인 1600년대 중기에도 여전히 읽혀지고 있었다는 사실, 더더욱 설원의 文章中에 있는 격언을 활용하여 국가정책에 이용하고 또 풍속교화를 위한 통치술에 활용되고 있었다는 사실이 놀랍기만 하다. 그 다음의 유입기록으로는《高麗史》宣祖 8年(1091)의 기록이다.

《高麗史》〈世家〉第10, 宣宗 8年(1091) 曰:(未辛年)

丙午, 李資義等還自宋, 奏雲:帝聞我國書籍多好本, 命館伴書所求書目錄授之, 乃曰:雖有卷第不足者, 亦須傳寫附來, 百二十八篇:尙書, 荀爽周易十卷、京房易十卷、鄭康成周易九卷、陸績注周易十四卷、虞飜注周易九卷、東觀漢記一百二十七卷、謝承後漢書一百三十卷、韓詩二十二卷、業遵毛詩二十卷、呂悅字林七卷、古玉篇三十卷、括地志五百卷、輿地志三十卷、新序三卷、說苑(劉向撰)二十卷、劉向七錄二十卷 …… 深師方黃帝鍼經九卷、九墟經九卷 …… 淮南子二十一卷 …… 羊祐老子二卷、羅什老子二卷、鍾會老子二卷 ……. 吳均齊春秋三十卷 …… 班固集十四卷 …… 稽康高士傳三卷 …… 干寶搜神記三十卷 …….

丙午日에 이자의(戶部尙書)등이 宋나라에서 돌아와 이렇게 아뢰었다. "송나라 왕이 우리나라 서적 중에는 좋은 책이 많다고 하는 것을 듣고 館伴書에 명령하여 구하려고 하는 목록을 주며 말하기를 '비록 卷帙이 부족한 것이 있더라도 또한 모름지기 傳寫하여 부쳐보내라' 하였는데 모두 128종입니다."하였다.《尙書》、荀爽《周易》十卷、《京房易》十卷、鄭康成《周易》九卷、陸績注《周易》十四卷、虞飜注《周易》九卷、《東觀漢記》一百二十七卷、謝承《後漢書》一百三十卷、《漢詩》二十二卷、業遵《毛詩》二十卷、呂悅《字林》七卷、《古玉篇》三

30)《朝鮮王朝實錄》中《仁祖實錄》卷46-78, 仁祖 23年10月9日, 丁亥條.

十卷、《括地志》五百卷、《輿地志》三十卷、《新序》三卷、《說苑》(劉向撰)二十卷、《劉向七錄》二十卷 …….深師方《黃帝鍼經》九卷、《九墟經》九卷 …… 《淮南子》二十一卷 …… 羊祐《老子》二卷、羅什《老子》二卷、鍾會《老子》二卷 ……. 吳均齊《春秋》三十卷 …… 《班固集》十四卷 …… 稽康《高士傳》三卷 …… 干寶《搜神記》三十卷 …… 등이 그것이다.

[《高麗史》卷10, 宣宗 8年(1091年)6月條][31]

이상의 기록내용으로 보아 고려 초기 1091년경에는 이미 劉向의 《新序》와 《說苑》이외에도 稽康의 《高士傳》· 干寶의 《搜神記》 등이 국내에 유입된 사실이 확인된다. 또 1080년 이전에 《太平廣記》가 고려에 유입되었다는 기록(《澠水燕談錄》[王闢之])으로 보아 당시에는 이미 수많은 패설이 국내에 유입되어 수용되어지고 영향을 끼치고 있었던 것으로 보여 진다. 여기에서 注目되는 일은 宋 哲宗이 많은 양의 책들을 고려에 요구해와 보냈다고 하는 기록이다. 중국 宋代文人 陸遊(1125~1210年)의 《渭南集》卷27에 의하면 :

李德芻云 : 館中說苑二十卷, 而闕反質一卷, 曾鞏乃分修文爲上下, 以足二十卷. 後高麗進一卷, 遂足. [陸遊, 《渭南集》卷27]

이덕추가 말하길 : 서고에 《설원》 20권이 있지만, 그러나 〈反質〉1권이 빠진 것이어서 증공이 곧 〈修文篇〉을 상하로 나누어 20권으로 만들었다. 그 후 高麗에서 1권을 들여와 비로소 전체의 면모를 갖추게 되었다.[32]

여기에서 陸遊의 《渭南集》末尾에 "淳熙乙巳十月六日務觀"이라 하였는데 淳熙乙巳는 南宋 孝宗의 淳熙 12年으로 1185년에 해당되며 務觀은 陸遊의 字이다.[33]

이상의 기록을 근거로 살펴보면 중국에서 《說苑》이 殘本形態로 남아 있다가 高麗所藏本을 역수입하여 완본으로 꾸며진 것이 확실시 된다. 이는 이전까지 우리는 중국의 서적들을 일방적으로 수입만 하였다고 인식하고 있었지만 이러한 기록은 일방적인 유입이 아닌 쌍방의 상호보완적인 학술교류가 있었다는 사실을 증명하며 또 당시 학술문화 교류가 왕성하였다는 사실을 확인시켜주는 귀중한 자료로 평가된다.

그 후 《新序》와 《說苑》에 대한 기록은 한동안 뜸하다가 다시 조선 초기에 언급되기 시작한

---

31) 《高麗史》〈世家〉卷10, 宣宗8年(未辛年)6月條.

32) 劉向撰, 林東錫譯註, 《說苑》, 동서문화사, 2009년, 〈서문〉중 재인용.

33) 劉向撰, 林東錫譯註, 《說苑》, 동서문화사, 2009년, 〈서문〉해제 중에서 참조.

다. 주로《朝鮮王朝實錄》에 많이 기록되었는데,《說苑》의 書誌狀況에 대한 기록과 내용에 대한 담론이 많이 언급되어 있다.

命史官金尙直取忠州史庫書冊以進：小兒巢氏病源候論、大廣益會玉篇、鬼穀子、五臟六腑圖、新彫保童秘要、廣濟方、陳郎中藥名詩、神農本草圖、本草要括、五音指掌圖、廣韻、經典釋文、國語、爾雅、白虎通、劉向說苑、山海經、王叔和脈訣口義辯誤、前定錄、黃帝素、武成王廟讚、兵要、前後漢著明論、桂苑筆耕、前漢書、後漢書、文粹、文選、高麗曆代事跡、新唐書、神秘、冊府元龜等書冊也. 且命曰：神秘集、毋得披閱, 而別封以進. 上覽其集曰：此書所載, 皆怪誕不經之說. 命代言柳思訥焚之. 其餘春秋館.

史官 金尙直에게 명하여 忠州史庫의 서적을 가져다 바치게 하였는데,《小兒巢氏病源候論》、《大廣益會玉篇》、《鬼穀子》、《五藏六賦圖》、《新彫保童秘要》、《廣濟方》、陳郎中《藥名詩》、《神農本草圖》、《本草要括》、《五音指掌圖》、《廣韻》、《經典釋文》、《國語》、《爾雅》、《白虎通》、劉向《說苑》、《山海經》、王叔和《脈訣口義辯誤》、《前定錄》、《黃帝素問》、《武成王廟讚》、《兵要》、《前後漢著明論》、《桂苑筆耕》、《前漢書》、《後漢書》、《文粹》、《文選》、《高麗歷代事跡》、《新唐書》、《神秘集》、《冊府元龜》 등의 책이었다.

또 명하여 말하길：“《神秘集》은 펴보지 못하게 하고 따로 봉하여 올리라.”라고 하였다. 임금이 그 책을 읽은 후 말씀하시길：“이 책에 실린 것은 모두 怪誕하고 不經한 說들이다.” 라고하며 代言 柳思訥에게 명하여 이를 불사르게 하고, 그 나머지는 春秋館에 내려 간직하게 하였다.

[《太宗實錄》卷二四-8, 太宗 12年(1412年)8月7日, 己未][34)]

이글에서 언급한 내용을 요약하면 忠州史庫의 서적 중에 일부를 궁중으로 가져오라는 내용으로 그중에는《廣韻》·《國語》·《爾雅》·《桂苑筆耕》·《前漢書》·《後漢書》·《文選》·《新唐書》·《冊府元龜》 등과 같은 文史哲의 명저들 가운데《說苑》과《山海經》같은 책들도 함께 취급되어 궁중의 서고 春秋館에 당당하게 비치되어졌다는 사실이 흥미롭다. 또《神秘集》같은 서적은 어떤 책인지 확인할 수 없으나 “펴보지 못하게 하고 따로 봉하여 올리라.”라고 한 점과 임금이 그 책을 직접 열람하고는 “이 책에 실린 것은 모두 怪誕하고 不經한 說들이다.”라며, 柳思訥에게 불사르게 한 점으로 보아 稗說類 책일 가능성이 농후하다. 다시《說苑》에 대한 기록은

34)《朝鮮王朝實錄》中《太宗實錄》卷二四-8, 太宗 12年8月7日, 己未條.

《成宗實錄》에 多數가 보인다.

左議政韓明澮進新增綱目通鑒、名臣言行錄、新增本草、遼史、金史、劉向說苑、歐陽文忠公集各一帙、慶會樓、大成殿、明倫堂、藏書閱扁額、龍腦一器、蘇合香油二器、墨二封、及中朝文士所和押鷗亭詩軸, 仍啓曰 : 綱目, 太監金輔, 素知上好學, 付臣獻之. 此本 中朝亦罕有之, 若一失, 難再購. 龍腦、蘇合油各一器、墨一封、太監薑玉所獻也餘皆臣私買也.

좌의정 韓明澮가 《新增綱目通鑑》·《名臣言行錄》·《新增本草》·《遼史》·《金史》·劉向의 《說苑》·구양수의 《文忠公集》 각 1질(帙)과 慶會樓·大成殿·明倫堂·藏書閣의 扁額과 龍腦 1器, 소합향유 2器, 먹[墨] 2封 및 중국 조정의 文士가 押鷗亭에서 화답한 詩軸을 올리고, 이어서 아뢰기를, "《강목》은 太監 金輔가 본래 성상의 好學하심을 알고, 신에게 맡겨서 이를 드리는 것입니다. 이 책은 중국에서도 드물게 있는 것이므로, 만약 한번 잃어버리게 되면 다시 사기가 어려울 것입니다. 용뇌·소합유 각 1기와 먹 1봉은 太監 薑玉이 드리는 바이며, 나머지는 모두 신이 사사로이 산 것입니다.

[《成宗實錄》, 卷五六·成宗 6年(1475), 6月, 壬午][35]

이글은 좌의정 한명회가 당시 성종이 책읽기를 좋아함을 알고 임금에게 상납하는 책의 목록으로 그중에는 劉向의 《說苑》도 포함되어 있다. 또 이 책들이 당시에도 드문 책이라고 언급한 점과 그리고 이런 책들이 한명회 자신이 사사로이 샀다는 점들을 감안하여 유추하면 아마도 명나라에 가는 조공사 편에 부탁하여 구입한 것으로 추정된다.

당시 성종은 《說苑》에 많은 관심을 보이게 되자, 후에 조공사로 갔던 이극기가 《說苑》을 사다가 진상하였다는 기록도 보인다.

(丙子) 正朝使漢城府右尹李克基, 副使大護軍韓忠仁, 來復命, 仍進淸華集、劉向新語、劉向說苑、朱子語類、分類杜詩及羊角書板.

正朝使 한성부 우윤 李克基와 副使 大護軍 韓忠仁이 와서 復命하고, 이어서 《淸華集》·劉向《新語》·劉向《說苑》·《朱子語類》·《分類杜詩》및 羊角書板을 진상하였다.

[《成宗實錄》, 卷139…6 成宗 13年(1482年)3月, 丙子][36]

---

35) 《朝鮮王朝實錄》中 《成宗實錄》卷五六·成宗 6年6月, 壬午條.

36) 《朝鮮王朝實錄》中 《成宗實錄》 卷139-6, 成宗 13年3月, 丙子條.

이상에서처럼 조공사들이 명나라에서 돌아오며 劉向의 《新語》와 《說苑》을 사들여 왔다는 사실과 또 이 책들을 임금님께 진상하였다는 사실은 이 책을 매우 중시하였다는 것을 의미하는 것으로 이에 대한 기록은 다음과 같다.

> 傳曰 : 予觀劉向說苑云 : 星變旱災, 由於某事之先. 是膠固不通矣. 洪範庶徵亦云 : 某事得則某體徵應, 某事失則某咎徵應. 先儒亦以爲膠固不通矣.
>
> 전교하기를, 내가 "劉向의 《說苑》을 보니, '별자리의 변고와 가뭄의 재해가 어떤 전후의 징조라고 하는 것은 이는 전혀 융통성이 없는 완고한 발상이다.'라고 하였고, 《書經》洪範의 庶徵에도 이르기를, '어떤 일이 적합하게 다스려지면 徵兆가 없고, 어떤 일이 틀어지게 되면 咎徵이 감응된다.'고 하였는데. 先儒들 역시 이를 융통성 없고 완고한 것이라고 여겼었다.
>
> [《成宗實錄》 卷290-30, 成宗 25(1494年)年5月14日, 辛醜][37]

《說苑》의 말을 인용하여 전교를 내리는 상황으로 보아 임금이 읽었다는 사실이 확인된다. 劉向의 《說苑》은 성종이 특히 좋아하여 즐겨 읽은 책으로 보여 진다. 그 외의 기록으로는 李圭景(1788-1856年)의 《五洲衍文長箋散稿》에 명언명구를 인용한 글이 있다.

> 說苑扈子曰 : 春秋, 國之鑑也. 宋神宗以司馬光所編歷代君臣事跡, 賜名資治通鑑, 以此也. 然則通鑑之體裁, 無異春秋, 而間多訛謬.
>
> 《說苑》에서 扈子가 이르길 : "《春秋》는 나라의 거울이다."라고 하였으니 宋 神宗께서 司馬光이 歷代 君臣의 사적을 편찬한 것에 대하여 《資治通鑑》이라는 이름을 하사한 것도 이 때문이다. 그러나 《通鑑》의 體裁는 《春秋》와 다를 것이 없는데, 간간이 오류가 많다.
>
> [《五洲衍文長箋散稿》제19집, 〈史籍類〉2, 史籍雜說][38]

이상에서 나타난 《新序》와 《說苑》의 기록으로 보아 《新序》보다는 《說苑》에 관련된 기록이 더 많이 발견되고 있어 《설원》이 더 중시되어 읽혀진 것으로 보인다. 《說苑》은 고려시대와 조선시대에 거쳐서 많은 제왕부터 문인들에 이르기까지 즐겨 읽은 필독서였고 특히 마음을 다스리는 修養書籍으로 또는 관리의 훈계용 서적으로 많이 사용되었음이 확인된다.

---

37) 《朝鮮王朝實錄》中 《成宗實錄》 卷290-30, 成宗 25年5月, 辛醜條.

38) 《五洲衍文長箋散稿》제19집, 〈史籍類〉2, 史籍雜說(《오주연문장전산고》 전5권), 민족문화추진회, 민문고 출판, 1989년, 127쪽.

제2절 출판기록과 판본개황

1)《新序》와《說苑》의 출판기록

《新序》와《說苑》에 대한 국내 출판기록은《成宗實錄》의 成宗 24年(1493年) 12月 29日條에 처음으로 나온다. 먼저 그 내용을 살펴보면 다음과 같다.

> 吏曹判書李克墩來啓 : 太平通載、補閑等集, 前監司時已始開刊, 劉向說苑、新序、非徒有關於文藝, 亦帝王治道之所係, 酉陽雖雜以不經, 亦博覽者所宜涉獵, 臣令開刊. 前日諸道新刊書冊, 進上有命, 故進封耳.
>
> 이조판서 이극돈이 와서 아뢰기를, "《太平通載》·《補閑集》 등의 책은 전에 監司로 있을 때 이미 印刊하였고, 유향의《說苑》·《新序》는 文藝에 관계되는 바가 있을 뿐만 아니라, 또한 帝王의 治道에도 관계되며,《酉陽雜俎》가 비록 不經한 말이 섞여 있다 하나 또한 널리 보는 사람들이 마땅히 涉獵하는 바이므로, 신이 刊行하게 하였습니다. 그리고 前日에도 諸道에 새로 간행한 書冊을 進上하라는 명령이 있었기 때문에 進封하였을 뿐입니다.
>
> [《成宗實錄》, 卷二八五 · 21, 成宗 24年(1493年)12月29日, 己醜[39]

상기의 기록에서 언급한 것처럼 당시 이조판서 이극돈이 이전에 地方監司(慶尙道觀察使)로 재직할 때 이미《太平通載》와《補閑集》등의 책을 印刊하였다고 하였고《說苑》과《新序》및《酉陽雜俎》 또한 이극돈이 刊行하도록 지시하였다는 기록이다. 그리고 各道에 새로 간행한 書冊을 직접 進上하였다고 명확하게 언급하고 있다. 이때가 1493년의 기록이므로《新序》·《說苑》·《酉陽雜俎》는 이미 1493년 이전에 간행되어졌음이 확인된다.《酉陽雜俎》가 성종 23년(1492)에《唐段小卿酉陽雜俎》가 月城(慶州)에서 출판되었다는 기록이 존재하는 것으로 보아《新序》와《說苑》도 1492년이나 1493년에 간행되었을 가능성이 높다.

또 宣祖 1年(1568) 간행본《攷事撮要》[40]와《嶺南冊版記》[41]에도《說苑》의 출판기록이 보

---

39)《朝鮮王朝實錄》中《成宗實錄》卷二八五-21, 成宗 24年12月, 己醜條.

40)《攷事撮要》는 魚叔權 등이 明宗 9年(1554) 왕명을 받아《帝王曆年記》및《要集》등을 참조하여 편찬한 책으로, 事大交隣과 일상생활에 필요한 여러 가지 사항들을 모아 상·중·하 3권과 부록으로 엮은 것이다. 이후 英祖 47年(1771) 徐命膺이《攷事新書》로 대폭 개정하고 증보할 때까지 12차례에 걸쳐 간행되었다. 현존하는 最古本은 宣祖 1年(1568)에 발간한 乙亥字本이다. 仙鳥 9年(1576)에 간행된 을해자본 복각본은 坊刻本 중 가장 오래 된 것으로 인정받고 있다. 仙鳥18年(1585)에 간행된 목판본은 許篈이 필요한 부분을 증보·수정하여 간행했으나, 임진왜란으로 판본이 모두 없어져 光海君 5年(1613)에 樸希賢이 보충하여《續

인다. 필자가 宣祖 1年(1568) 간행본《攷事撮要》와 宣祖 18年(1585) 간행본《攷事撮要》에 언급된 중국고전소설의 목록을 조사한 결과를 보면 다음과 같다.

宣祖 1年(1568) 刊行本《攷事撮要》: 557종

原州 :《剪燈新話》· 江陵 :《訓世評話》· 南原 :《博物志》· 淳昌 :《效顰集》·《剪燈餘話》· 光州 :《列女傳》· 安東 :《說苑》· 草溪 :《太平廣記》· 慶州 :《酉陽雜俎》· 晉州 :《太平廣記》

宣祖 18年(1585) 刊行本《攷事撮要》: 988종

위에 언급된 판본목록은 모두 중복되었고 추가 누락된 것만 소개.

延安 :《玉壺氷》· 固城 :《玉壺氷》· 慶州 :《兩山墨談》· 昆陽 :《花影集》.[42]

이처럼 安東地方에서《說苑》이 출간되어졌다는 기록이 보인다. 이 기록은 앞에서 언급한 성종 24년(1493)이전에 출간되었다는《說苑》·《酉陽雜俎》의 출판기록을 의미하는 것으로 추정된다. 그러나《攷事撮要》에는《新序》에 대한 출판 기록이 없다. 하지만 기록의 앞뒤정황으로 보아《新序》도 이때에 함께 출간된 것으로 추정된다.

위 인용문에서 언급되었듯이 당시 成宗은 각도에서 출판된 서적들을 총 정리하여 冊版目錄을 보고하라는 명을 내린 것으로 보아 국가에서 출판에 많은 관심이 있었음이 확인된다. 또 宣祖 18年에 간행된《攷事撮要》에 의하면 당시까지 국내에서 간행된 책들이 988종이나[43] 된

攷事撮要》를 간행했다. 仁祖 14年(1636)에는 崔鳴吉이 다시 증보하여《續編攷事撮要》를 편찬했다. [출처] 고사촬요 [攷事撮要] 네이버 백과사전.

41) 《嶺南冊版記》가 만들어진 시기는 조선 明宗 9年(1554) 以前 說과 宣祖1年(1568) 以後 說이 있다. 이 책에도 劉向《說苑》의 출판 기록이 보인다. 劉向《說苑》(安東) : 壯紙二十二貼二張, 黑三丁이라 언급되어 있다. 이는《攷事撮要》의 기록과 일치한다.

42) 김치우,《고사촬요 책판목록과 그 수록간본 연구》(아세아문화사, 2007.8). 필자는《고사촬요》조선시대 宣祖 1年(1568)판을 근거로 중국고전소설의 출판목록을 따로 만들었다. 1568년 이전에 출간된 책판을 수록한《고사촬요》조선시대 宣祖 1年(1568)판은 557종이 당시에 출판되었다고 언급되었는데 그 출판시기가 當時로 한정된 것이 아니라 조선시대 개국 이래 출판된 것을 모두 정리해 놓은 것으로 추정된다. 또 宣祖 18년 출간된《고사촬요》는 988종이나 늘어났다. 그렇다고 宣祖 1년에서 18년까지 17년 사이에 431종이나 출판된 것은 아니라 이전의 누락된 것을 다시 수집 정리하여 추가한 것으로 추정된다. 이 출판목록이 임진왜란 이전에 출판되어졌다는 사실은 확실하다.

43) 당시에 출판된 책 중에는《攷事撮要》에 누락된 책들이 상당수 있어 실제로는 더 많은 책들이 출간되었을 것으로 추정된다. 예를 들어 박재연에 의해 발굴된 이양재소장본《三國志通俗演義》나, 필자가 발굴한 劉向의《新序》등은 그 당시나 그 이전에 출간된 책임에도 불구하고《攷事撮要》에는 그 출판기록이 누락 되어

다고 하는 기록으로 보아 출판문화가 매우 왕성하였음을 알 수 있다.

또 당시 출판을 주도한 이극돈(1435~1503年)[44]이라는 인물에 주목할 필요가 있다. 그는 世祖 3년(1457)에 과거에 급제한 후 성균관직강, 예문관응교, 世子侍講院弼善, 사헌부집의 등을 역임하였다. 후에 명나라에도 여러 차례 다녀왔고 평안, 강원, 전라, 경상도 등의 관찰사를 차례로 역임하였으며, 의정부의 좌우찬성과 한성부판윤을 거쳐 1494년 이조판서에 이어 병조판서·호조판서를 지냈던 인물이다. 특히 경상도 감찰사로 재직할 때 尙州本《太平通載》를 출간하였고 이조판서로 在職時에는《說苑》과《新序》및《酉陽雜俎》를 刊行하도록 지시한 인물로 출판 및 중국소설 방면에 상당히 관심이 많았던 인물이기도 하다. 또《說苑》과《新序》는 文藝에 관계되는 바가 있으며 帝王의 治道에도 관계된다고 말한 것과《酉陽雜俎》가 비록 不經한 말이 있으나 널리 섭렵한 자들이 많았다고 언급한 글은 이극돈의 문학관과 당시의 독서풍토를 이해하는 데 귀중한 자료로 평가된다.

2)《新序》와《說苑》의 판본개황

《成宗實錄》과《攷事撮要》의 기록에서 보여지 듯《新序》와《說苑》은 朝鮮前期에 출판된 것이 확실해진다. 다음은 그동안 필자가 수집한 중국 고전소설 고서목록 자료에서 확인한 판본목록이다. 최근 수집한 자료에는《新序》와《說苑》의 판본목록이 상당수 있으나 朝鮮出版本만 언급해보기로 한다.

있기 때문이다. 이러한 사실로 볼 때《攷事撮要》에 언급된 988종 책판목록 외에도 누락된 책들은 상당수 있으리라 추정된다.

44) 李克墩(1435년[世宗17]-1503년[燕山君9]) : 조선 초기의 문신. 世祖 3年(1457) 親試文科에 병과로 급제 하여 典農寺注簿에 임명되었으며 이어 성균관직강·예문관응교·世子侍講院弼善·사헌부집의 등을 역임하였다. 1468년 중시문과에 을과로 급제하고, 예조참의로 승진하였으며, 이어 한성부우윤이 되었다. 成宗 1年(1470) 대사헌·형조참판을 거쳐, 이듬해 佐理功臣 4등으로 廣原君에 봉해졌다. 1473년 성절사로 명나라에 다녀오고, 1476년 예조참판으로 奏請使가 되어 또다시 명나라에 다녀왔다. 그 뒤 1484년 正朝使가 되어 명나라에 다녀왔고, 1487년 한성부판윤이 되었다. 1494년 이조판서에 이어 병조판서·호조판서를 지내고, 그동안 평안·강원·전라·경상·永安 5도의 관찰사를 차례로 역임하고 의정부의 좌우찬성을 지냈다. 典禮에 밝고 詞章에 능한 훈구파의 거물로서, 성종 이후 정계에 진출한 사림파와 항상 반목이 심하였고, 燕山君 4年(1498) 戊午士禍를 일으켜 사림파의 많은 학자를 제거하는 데 큰 구실을 한 원흉으로 일컬어진다. 어세겸·柳洵·尹孝孫·金詮 등과 함께 사관으로서 김일손의 사초를 보고도 즉시 보고하지 아니하였다는 이유로 사화가 있은 뒤 잠시 파직을 당하였다가, 다시 광원군에 봉하여졌다. 시호는 翼平이라 하였으나, 뒤에 다시 관직과 함께 추탈되었다.

(1)《新序》의 판본 현황

書名	出版事項	版式狀況	一般事項	所藏處	所藏番號
劉向 新序	劉向(漢)撰, 壬亂以前刊	2卷1冊, 朝鮮木版本, 24×17.5㎝, 四周雙邊, 半郭:18.4×14.5㎝, 有界, 11行18字, 大黑口, 內向黑魚尾, 紙質:楮紙		慶山郡 崔在石	韓國典籍綜合調査目錄 第1輯
劉向 新序	劉向(漢)撰, 壬亂以前刊	4卷1冊, 朝鮮木版本, 25.4×18㎝, 四周雙邊, 半郭:18.3×14.6㎝, 有界, 11行18字, 小黑口, 內向黑魚尾, 紙質:楮紙	版心題:新序	榮豊郡 金用基	韓國典籍綜合調査目錄 第1輯
劉向 新序	劉向(漢)撰, 壬亂以前刊	5卷1冊(卷6-10), 朝鮮木版本, 31×20㎝, 四周雙邊, 半郭:18.5×15㎝, 有界, 11行18字, 註雙行, 內向黑魚尾, 紙質:楮紙	內容:刺奢第 節士第 義勇第 善謀上第 善謀下第	安東市 臥龍面 金俊植	韓國典籍綜合調査目錄 第5輯
劉向 新序	劉向(漢)著, 刊年未詳	1冊(零本, 所藏本:卷1-5), 朝鮮木版本, 25.7×18㎝, 四周單邊, 半郭:18.5×14.7㎝, 有界, 11行18字, 黑口, 內向黑魚尾	內容:卷1-5, 雜事	계명대학교	귀812.8 812.081-유향ㅇ

현재 조선에서 출판된《新序》는 대략 4군데서 발견된다(慶山郡 崔在石 所藏本·榮豊郡 金用基 所藏本·安東市 臥龍面 金俊植 所藏本·계명대학교 所藏本). 이 책은 총 10권 2책으로 上卷에는(계명대 소장본) 卷1-5, 雜事5篇과 下卷에는(安東市 臥龍面 金俊植 所藏本) 刺奢·節士·義勇·善謀(上)·善謀(下)로 총 5편으로 구성되어 있다.

版式狀況은 모두가 木版本이며 半郭은 대략 18.5×15㎝ 內外이다(판본간의 다소의 오차는 目錄 整理者의 오차로 보여 짐). 또 모두가 四周雙邊이고(계명대 본은 四周單邊으로 오기로 보여 짐) 一葉 11行 18字에 註雙行의 內向黑魚尾로 되어있으며 紙質은 모두 楮紙로 일치한다. 古書目錄을 정리한 기록자들은 대부분 출판기록을 壬亂以前刊이나 혹은 刊年未詳(계명대)이라고 기록하였으나 이것은《成宗實錄》과《攷事撮要》에 언급된 출판기록과 거의 일치하고 있다.

이상의 기록을 종합하면《新序》의 출판은 앞서 언급한《成宗實錄》의 기록을 근거하여 1492년이나 1493년에(이극돈이 1493년 12월 29일에 상주한 글이기에 1493년일 가능성도 높다) 간행되었다는 결론이 나온다.

(2) 《說苑》의 판본 현황

書名	出版事項	版式狀況	一般事項	所藏處	所藏番號
劉向說苑	劉向(漢)撰, 壬亂以前刻, 後刷	6冊, 朝鮮木版本, 26.6×18.5㎝, 四周雙邊, 半郭 : 18×14.8㎝, 有界, 11行18字, 大黑口, 內向黑魚尾, 材質 : 楮紙	版心題 : 說苑	奉化郡 權廷羽	韓國典籍綜合調查目錄第1輯
劉向說苑	劉向(漢)撰, 壬亂以前刊	1冊, 朝鮮木版本, 28.5×18.8㎝, 四周雙邊, 半郭 : 18.7×14.8㎝, 有界, 11行18字, 大黑口, 內向黑魚尾, 紙質 : 楮紙	版心題 : 說苑	奉化郡 金門淳	韓國典籍綜合調查目錄第1輯
劉向說苑	劉向(漢)撰, 曾鞏(宋)集, 壬亂以前刊	3卷3冊, 朝鮮木版本, 24.1×17.9㎝, 四周雙邊, 半郭 : 18.8×15㎝, 有界, 11行18字, 大黑口, 內向黑魚尾, 紙質 : 楮紙		奉化郡 金門淳	韓國典籍綜合調查目錄第1輯
劉向說苑	劉向(漢)撰, 壬亂以前刊	2卷1冊, 朝鮮木版本, 28.2×18.4㎝, 四周雙邊, 半郭 : 18.7×14.7㎝, 有界, 10行18字, 小黑口, 內向黑魚尾, 紙質 : 楮紙		醴泉郡 李虎柱	韓國典籍綜合調查目錄第1輯
劉向說苑	劉向(前漢)撰, 朝鮮朝中期刊	5卷1冊(卷16~20), 朝鮮木版本, 25×18.9㎝, 四周雙邊, 半郭 : 19.7×15.9㎝, 有界, 11行18字, 上下大黑口, 內向一·二葉混入花紋魚尾, 紙質 : 楮紙	版心題 : 說苑, 所藏印 : 五美洞印, 豐山金氏, 金憲在印	安東市 豐山邑 金直鉉	韓國典籍綜合調查目錄第5輯
劉向說苑	劉向(漢)撰, 壬亂以前刊	15卷4冊, 朝鮮木版本, 26.9×17.8㎝, 四周雙邊, 半郭 : 18.7×14.9㎝, 有界, 11行18字, 註雙行, 內向一葉花紋魚尾, 紙質 : 楮紙	版心題 : 說苑, 所藏印 : 先祖公家藏書男富義□□□	安東市 臥龍面 金俊植	韓國典籍綜合調查目錄第5輯

《說苑》의 朝鮮版本은 대략 5군데서 발견된다(奉化郡 權廷羽 所藏本·奉化郡 金門淳 所藏本·醴泉郡 李虎柱 所藏本·安東市 豐山邑 金直鉉 所藏本·安東市 臥龍面 金俊植 所藏本).

이 책은 총 20권으로 君道·臣術·建本·立節·貴德·復恩·政理·尊賢·正諫·法誡·善說·奉使·權謀·至公·指武·談叢·雜言·辨物·修文·反質篇 등으로 구성되었다. 중국에서는 20권 4책으로 간행된 것이 주류를 이루고 국내에서도 20권 4책으로 간행된 듯하다. 현재 소장된 판본들 모두가 완전하지 않은 殘本形態라서 단언할 수 없지만 版式이 서로 차이가 나는 것으로 보아 後印도 있는 듯하다.

版式狀況을 살펴보면 판본 모두 木版本이며 半郭은 18.7×14.7㎝ 內外이다. 또 모두 四周雙邊이고 一葉 11行 18字에(醴泉郡 李虎柱 所藏本만 10행 18자로 다른데 이는 필자가 확인을 하지 못하였으나 誤記이거나 그렇지 않다면 後印으로 보인다) 註雙行의 大黑口 內向黑魚尾로 되어 있으며 紙質도 모두 楮紙로 일치한다. 일반적으로 版式이 《新序》와도 거의 유사하다.

그리고 古書目錄을 정리하여 기록한 연구원들은 출판기록을 대부분 壬亂以前刊이나 혹은 朝鮮朝中期刊이라고(安東市 豐山邑 金直鉉 所藏本) 기록하고 있는데 이러한 기록들 모두 《成宗實錄》과 《攷事撮要》의 기록과 일치하고 있다. 이러한 정황으로 보아 《說苑》또한 《新序》의 출판과 함께 1492년이나 1493년에 간행되어진 것이 확실해 보인다.

제3절 국내출판의 목적과 의미

1) 국내출판의 目的

국내에서 출판된 24종 중국 고전소설 가운데 3종이나 되는 작품이 한 사람의 저자에 의하여 나왔다는 것은 실로 대단한 일이다. 즉 조선시대 출판본 《列女傳》·《說苑》·《新序》가 유향 한 사람의 작품이라는 점에는 그만한 연유와 목적 및 의미가 있었을 것이다. 그 의미를 검토하기 전에 먼저 작품의 내용을 간략하게 파악해 보면 다음과 같다.

유향의 《列女傳》은 《詩》·《書》속의 賢妃·貞婦와 興國顯家의 부녀자들 이야기를 모아 완성하였다. 그리고 유별로 교훈적인 이야기와 문장을 모아 찬집한 《新序》와 《說苑》은 오늘날까지 유가의 典範과 방증자료로 널리 이용되고 있는 책이다.

특히 《說苑》은 君道·臣術로 시작하여 修文·反質에 이르기까지 오늘날 20권으로 되어 있으며 당시까지의 교훈적 일화와 명문을 모아 유가의 정치이론과 가치관을 그대로 반영한 대작이다. 그에 비하여 《新序》는 《春秋》의 근본사상을 바탕으로 上古부터 漢代에 이르기까지 嘉言善行을 褒揚하여 太平之基, 萬世之利의 사회정의에 대한 관념을 정론화 한 것으로 평가받고 있다.[45)]

이러한 유향의 작품이 출판되었다는 사실은 당시 조선전기의 유가사상과 연관이 깊다. 즉 前漢의 최고 유학자인 유향의 작품들은 유학을 국가의 근본사상으로 삼았던 朝鮮의 분위기와 맞아떨어지면서 부양효과를 얻게 되었다. 즉 풍속교화를 위한 통치술로의 이용과 격언을 활용한 국가 정책에 반영 및 관리들의 훈육과 교육 등의 측면에서 유향의 작품들은 단순한 소설의 읽을거리 찾기와는 접근부터가 달랐다. 이러한 측면에서 劉向의 《列女傳》·《新序》·《說苑》의 출판적 의미는 조선후기 출판이 주로 상업성에 시작된 것과는 확연히 구별되는 것이다. 즉

---

45) 劉向撰, 林東錫譯註, 《新序》, 동서문화사, 2009년, 〈序文〉解題中 參照.

출판의 목적은 크게 "풍속의 교화와 훈육"이라는 교육적 관점과 "신지식에 대한 갈망과 욕구"라는 학문적 관점으로 나누어진다.

(1) 풍속의 교화와 훈육

풍속의 교화와 교훈이라는 교육용 및 統治用의 관점에서 살펴보면 먼저 高麗 成宗年間(981~997)에 金審言[46]이 왕에게 소를 올려《說苑》에 있는 六正六邪[47]와《漢書》에 있는 刺史六條[48]를 써서 벽에다 붙여 놓고 그 내용을 귀감으로 삼자고 제청한 것과 왕도 이에 크게 호응하여 시행하였다는 기록에 나타난다. 그 후 崔沖(984~1068年)도 이 내용을 재차 상기시켜

---

46) 김심언(미상-1018年) : 고려 초기의 문신. 靜州 靈光縣人. 성종 때 과거에 급제하여 여러 벼슬을 거쳐 右補闕兼起居注가 되었다. 成宗 9年(990)에 封事를 올려 성종의 특별한 주목을 받았다. 그의 봉사는 성종 때 유교적 정치이념의 구현에 큰 공헌을 하였다. 목종 때에 지방관으로 나가 치적을 올렸으며, 현종 초에 右散騎常侍, 예부상서가 되었다. 顯宗 5年(1014)에는 內史侍郞平章事에 승진, 서경유수가 되었다. 시호는 文安이다.

47) 六正六邪란 漢代의 문인 劉向이 바른 신하와 나쁜 신하를 각각 여섯 가지로 구분하여 만든 것으로《說苑》에 나온다. 六正의 첫째는 聖臣으로 어떤 조짐이 나타나기 전에 미리 홀로 환하게 앞을 내다보고 사전에 군주에게 간하여 잘못된 정치를 하지 않고 선정을 베풀 수 있도록 할 수 있는 신하, 둘째는 良臣으로 군주를 예의로써 권면하고 좋은 계책으로써 보필할 수 있는 신하, 셋째는 忠臣으로 賢人薦擧에 힘쓰고 자주 故事를 들어 군주의 뜻을 勉勵할 수 있는 신하, 넷째는 智臣으로 밝게 成敗를 살펴 구제하고 화를 돌려 복을 만들어 군주를 편안하게 할 수 있는 신하, 다섯째는 貞臣으로 법대로 행동하고 일을 분담하며 節儉할 수 있는 신하, 여섯째는 直臣으로 나라가 어지러울 때에 군주의 잘못을 면전에서 말할 수 있는 신하.
六邪의 첫째는 具臣으로 官에 安居하여 官祿을 탐하고 公事에 힘쓰지 않고 관망하는 신하, 둘째는 諛臣으로 군주가 말하는 것은 다 옳다 하고 군주가 하는 것은 다 좋다 하며 아첨만을 일삼는 신하, 셋째는 奸臣으로 마음이 음흉하여 善人을 시기하고 현인을 미워하며 군주의 정사를 흐리게 하는 신하, 넷째는 讒臣으로 간사한 꾀로써 안으로는 골육 사이를 이간시키고 밖으로는 혼란을 야기시켜 조정에 큰 피해를 주는 신하, 다섯째는 賊臣으로 권세를 오로지하여 함부로 왕명을 꾸며서 개인적인 이익만을 추구하는 신하, 여섯째는 亡國臣으로 군주를 불의에 빠지게 하고 군주의 악함을 국내외에 드러나게 하여 나라를 망치는 신하라 하였다. (네이버 사전 참조)

48) 자사육조는《漢書》에 있는 것으로서 자사가 해야 할 일을 열거하고 있다. 한나라 武帝 때에 刺史가 지방 고을을 돌며 治政을 살피는 데 있어 중점적으로 다루던 여섯 가지 조항. 곧 토호들의 위법 행위와 약소민에 대한 횡포, 관료들의 토색질, 의옥(疑獄) 적체와 賞刑濫用, 편견에 의한 인사 행정, 관료 자제들의 청탁 행위, 뇌물 수수 행위를 말하는 것으로 즉, 첫째는 서민의 疾苦와 실직한 자를 살피는 것, 둘째는 묵수장리(墨綬長吏)이상의 官政에 居하는 자를 살피는 것, 셋째는 백성들의 재물을 도둑질하는 자와 간교한 자를 살피는 것, 넷째는 전범률(田犯律)과 사시금(四時禁)을 살피는 것, 다섯째는 백성이 효제(孝悌)하고 염결(廉潔)하며 행수(行修)가 바르고 재주의 특이한 것을 살피는 것, 여섯째는 관리가 전곡(錢穀)을 장부에 기입하지 아니하고 짐짓 흩어버리는 것을 살피는 것이다. (네이버 사전 참조)

분위기를 쇄신하고 위정자들을 독려한 부분이 이에 해당된다.

또《朝鮮王朝實錄》에서 기록한 仁祖年間인 1600년대 중기에《설원》의 文章中에 있는 격언을 활용하여 국가정책에 이용하고 또 풍속교화를 위한 통치술에 활용되었다는 기록[49]이 이러한 사실을 증명해주고 있다.

(2) 신지식에 대한 갈망과 욕구

새로운 지식에 대한 갈망과 욕구라는 학문적 관점에서 살펴보면 제2장의《成宗實錄》卷290-30, 成宗 25年 5月, 辛醜條 인용문에서 언급되었듯이 忠州史庫의 서적 중에 일부를 궁중의 春秋館으로 가져오라는 내용이 나온다. 그 서적들은 주로《廣韻》·《國語》·《爾雅》·《桂苑筆耕》·《前漢書》·《後漢書》·《文選》·《新唐書》·《冊府元龜》·《山海經》 등과 같은 文史哲 명저들로 이중에《說苑》도 이러한 책들과 함께 취급되어졌다는 기록으로 보면 상당히 중히 여겨졌다는 사실이 증명된다.

또 成宗이《說苑》의 기록을 인용하여 "별자리의 변고와 가뭄의 재해가 어떤 전후의 징조라고 하는 것은 이는 전혀 융통성이 없는 완고한 발상이다."라고 하였고,《書經》洪範의 庶徵에도 이르기를, "어떤 일이 적합하게 다스려지면 徵兆가 없고, 어떤 일이 틀어지게 되면 咎徵(천벌이나 재앙이 있을 징조)이 감응된다고 하였는데, 先儒들 역시 이를 융통성 없고 완고한 것이라고 여겼다."[50]라고 말한 것으로 보아 성종도 이 책을 즐겨 읽고 감상한 것으로 보여 진다. 또한《書經》같은 책의 내용을 꿰뚫어 비교하는 지식의 소유자로 학문의 박식함을 엿볼 수 있다.

또 이규경의《五洲衍文長箋散稿》에서도 "《說苑》에서 扈子가 이르길 : '《春秋》는 나라의 거울이다.'라고 하였으니 宋 神宗께서 司馬光이 歷代 君臣의 사적을 편찬한 것에 대하여《資治通鑑》이라는 이름을 하사한 것도 이 때문이다. 그러나《通鑑》의 體裁는《春秋》와 다를 것이 없는데, 간간이 오류가 많다."라고[51] 전문적인 부분까지도 인용하고 있다. 이는 당시 문인인

---

49) 앞의 인용문《仁祖實錄》卷46-78, 仁祖 23年(1645年)10月9日, 丁亥條 참조.

50)《成宗實錄》卷290-30, 成宗 25年(1494年)5月14日, 辛醜條.
傳曰 : 予觀劉向說苑云 : 星變旱災, 由於某事之先. 是膠固不通矣. 洪範庶徵亦云 : 某事得則某體徵應, 某事失則某咎徵應. 先儒亦以爲膠固不通矣.

51)《五洲衍文長箋散稿》제19집, 〈史籍類〉2, 史籍雜說(《오주연문장전산고》 전5권), 민족문화추진회, 민문고출판, 1989년, 127쪽.
說苑扈子曰 : 春秋, 國之鑑也. 宋神宗以司馬光所編歷代君臣事跡, 賜名資治通鑑, 以此也. 然則通鑑之體裁, 無異春秋, 而間多訛謬.

이규경이《說苑》·《春秋》·《資治通鑑》등의 서적내용을 파악하고 있었음은 물론 文史哲의 지식에도 두루 博學多識하였음을 알 수 있다. 이러한 기록은 조선시대 문인들이 중국의 서적을 통하여 신학문에 대한 갈구와 욕망이 얼마나 강렬하였는지를 짐작하게 하는 일부의 단서가 된다. 그 외에도 조선시대 문인들이 중국의 문헌을 통하여 알고자 하였던 학구적 욕망은 일일이 설명하지 않아도 우리 고전의 기록에서 수없이 발견된다.

이처럼《新序》와《說苑》은 고려시대와 조선시대에 거쳐서 국왕을 포함한 많은 문인들의 필독서였고 특히 修養書로 또는 訓戒書로 주로 사용되었기에 급기야 朝鮮前期에는 출판으로까지 이어졌던 것으로 추정된다.

2) 국내출판의 의미

최근에 조사한 자료에 의하면 조선시대에 국내에 유입된 중국 고전소설은 대략 440여종이나 된다. 그중에서 번역된 중국 고전소설은 대략 72종이며 국내에서 출판된 중국 고전소설은 약 24종으로 확인되었다.

이러한 중국 고전소설의 국내 유입은 대략 壬辰倭亂을 前後로하여 급속도로 확산되었다. 이러한 중국 통속소설의 유입은 우리 古小說의 형성과 발전에도 지대한 영향을 끼쳤고 讀者 또한 꾸준히 증가하여 많은 讀書層을 확보하게 되었다. 이렇게 중국 고전소설에 대한 關心과 愛好는 곧 出版으로 이어져 여러 차례 중국 고전소설을 출판하기에 이르게 된다. 사실 하나의 소설작품이 외국에 나가 출판되어 진다는 것은 그 소설작품이 그 該當國의 독자들에게 상당한 환영과 수요가 있었기에 가능한 것으로 그 작품의 影響力 또한 無視할 수 없는 것이다. 더욱이 조선시대와 같은 封建社會에서 중국소설이 출판됐다는 사실만으로도 매우 큰 의미를 부여해주고 있는 것이라 할 수 있다.[52)]

또 중국 고전소설이 원문으로 出版됐다는 사실은 그 작품이 독자들에게 상당히 환영받았다는 것을 반증하는 것이다. 그러나《新序》와《說苑》의 출판은 기타 통속류 소설의 출판과는 또 다른 의미를 지니고 있다. 즉 기타 통속류 소설의 출판은 출판의 취지가 상업성에서 출발한다. 그렇지만《新序》와《說苑》의 출판은 풍속의 교화와 훈육이라는 교육적 관점과 신지식에 대한 갈망과 욕구라는 학문적 관점에서 출발하였기에 다른 소설작품들과는 출판의 목적이 뚜렷하게 대비되는 것이다. 즉 조선전기의 출판이 주로 교화와 훈육의 교육용 출판이라면 조선

---

52) 閔寬東,《중국 고전소설의 전파와 수용》, 아세아문화사, 2007년, 57쪽.

후기의 출판은 방각본의 출현과 함께 상업용 근거한 출판이라 할 수 있다.

이러한 목적의 출판은 당시의 출판문화에도 적지 않은 영향력을 끼쳤음은 부인할 수 없다. 이러한 출판문화는 우리 고소설의 형성과 발전에 새로운 모형과 방향을 제시해 주었고, 또 우리의 독특한 소설문학 발달에도 상당한 기여와 나름의 의미를 內包하고 있는 것이다.

그리고 지금까지 국내에서 출판된 24종의 작품을 시대별로 분류해 보면, 명대이전 작품이 약 9종이고, 명대의 작품은 약 14종, 그리고 청대의 작품은 1종으로 확인된다. 또 24종의 국내 출판본 가운데 대부분은 문언소설이다. 이러한 현상은 文言體 문장이 白話體 문장보다는 더 익숙했던 조선 독자층의 독서성향과 독자들의 需要가 출판에 상당한 영향을 끼친 것이라 사료된다.

이상을 종합하자면, 劉向의《新序》와《說苑》은 이미 990年代 이전에 국내에 유입된 것으로 보여 진다. 특히《說苑》은 중국에서 逸失된 缺本을 보충해 주는 등 韓中學術文化交流에도 일익을 담당한 책으로 의미가 깊다.

《新序》와《說苑》은 국내에 유입되어 위로는 국왕부터 일반 문인에 이르기까지 폭넓은 독자층을 형성하며 愛讀되어진 작품으로 평가된다. 심지어 朝鮮初期 대략 142~1493년에는 국내에서 출판되기까지 하였다.

필자는 최근에 魚叔權의《攷事撮要》에서《新序》와《說苑》의 國內出刊 기록을 확인하고 고서목록을 살펴보던 중,《新序》와《說苑》 두 종 모두 국내 현존하고 있음을 발견하였다. 이 책들은 慶尙北道 安東에서 대략 1492~1493년에 출간되었으며 또 두 책 모두 비슷한 시기에 함께 출간된 것으로 확인되었다.

이 책들의 출간 목적은 크게 풍속의 교화와 훈육이라는 교육적 관점과 신지식에 대한 갈망과 욕구라는 학문적 관점에서 출간이 이루어졌다. 이는 조선후기의 상업성에 근거한 출판과는 확연히 구별되는 것이다.

조선시대에는 대략 24종의 중국 고전소설이 출간되었는데 그 중에서 3종, 즉《列女傳》·《新序》·《說苑》이 모두 劉向의 작품이며 3종의 작품 모두가 국내에서 原文으로 출간되었다. 이러한 출판은 당시의 출판문화를 이해하는 데 귀중한 자료가 될 뿐만 아니라 상당한 의미를 내포하고 있다.

제3장 異體字 目錄

정자	이체자	정자	이체자	정자	이체자
ㄱ		羌	羗	儉	儉
假	假	講	講	劍	劒 劒 劒
暇	暇	釭	釭	黔	黔 黔
猳	猳	皆	皆 偕 皆	劫	刼 刧 刦
郤	郤	喈	喈	揭	揭
慤	慤	改	攺	鬲	鬲 鬲 鬲
覺	覺	漑	漑 漑	擊	擊 擊 擊 擊 擊 擊
幹	幹	慨	慨 槩 槩	堅	堅 堅
衎	衎	開	開	潔	潔 潔 潔 潔
諫	諫	羹	羹 羮	決	决
曷	曷 曷	鏗	鏗	缺	鈌 缺
渴	渴	擧	舉 舉 舉 舉 舉 舉	兼	兼 兼 兼 兼
褐	褐	據	據 據 據 據	謙	謙 謙
竭	竭	遽	遽 遽 遽 遽 遽 遽	京	京
碣	碣	蘧	蘧	鏡	鏡
葛	葛	虡	虡	卿	卿 卿 卿 卿
監	監 監 監 監 監 監	祛	祛	傾	傾 傾
感	感	莒	莒 莒	競	競
歛	歛	愆	僁	徑	徑 徑
鑑	鑑 鑑	虔	虔 虔	勁	勁
襁	襁	乞	乞	經	經
强	強 強 嗵	桀	桀 桀	輕	輕 輕

정자	이체자	정자	이체자	정자	이체자
磬	磬 磬	翶	翶 翶	廓	廓
警	警	谷	㕣	鞟	鞟
黥	黥	穀	穀 穀 穀 穀 穀 穀 穀	冠	冦 冠 冠 冠 冠
係	係			寬	寬
契	契	穀	穀	觀	觀
稽	稽 稽 稽 稽 稽 稽	轂	轂 轂	館	舘 舘
戒	戒 戒	哭	哭	關	關 關 關
堦	堦	礐	礐	匡	匡 匡 匡 匡 匡
階	階	髡	髡	筐	筐
繼	継 繼 繼 繼	骨	骨	廣	廣 廣
繫	繫 繫	功	功	曠	曠
孤	孤 孤 孤	恭	恭	乖	乖
罟	罟	恐	恐 恐 恐	怪	怪 怪
故	故	蛩	蛩	塊	塊 塊 塊
鼓	鼓 皷	鞏	鞏	媿	媿 媿
股	股	贛	贛	槐	槐
羖	羖 羖	瓜	瓜 瓜	愧	愧 愧
高	髙	寡	寡 寡 寡 寡	魁	魁 魁
槀	槀 槁	裹	裹	瑰	瑰
膏	膏	過	過	壞	壞 壞 壞 壞 壞 壞
瞽	瞽	夸	夸	虢	虢 虢 虢 虢
顧	顧 顧	誇	誇 誇	膠	膠
刳	刳 刳 刳 刳	髁	髁	矯	矯
袴	袴 袴 袴	郭	郭 郭	礄	蹻
皐	皐 皐 皐 皐 皐 皐	槨	槨 槨	教	教 敎

정자	이체자	정자	이체자	정자	이체자
久	乆	群	羣 羣	亟	亟 亟
柩	柩 柩	弓	弓	極	極 極 極
臼	臼	宮	宮	戟	戟
仇	仇	窮	窮	隙	隙
究	究	權	權	劇	劇 劇
寇	寇 冦 冦 寇	厥	厥 厥	僅	僅 僅
苟	苟 茍 笱	橛	橛	勤	勤 勤
構	搆 構	闕	闕 闕 闕 闕 闕	謹	謹 謹
溝	溝	蹶	蹷 蹷 蹶	饉	饉 饉
驅	驅 敺	潰	潰	殣	殣 殣
歐	欧 歐	餽	餽	筋	筋
矩	矩	軌	軌	今	今 今 今 今 今 今 今 今
舊	舊 舊 舊 舊 舊	鬼	鬼 鬼		
求	求	劌	劌	金	金
救	救	歸	歸 歸 歸 歸 歸 歸 歸 歸	禁	禁
裘	裘			衿	衿 衿
彀	彀	揆	揆	襟	襟
具	具	珪	珪	錦	錦
俱	俱	糾	糾 糺 糺	矜	矜
轂	轂 轂 轂	規	規	琴	琴 琴
龜	龜 亀 龟 龜 龜 龜 龜 龜 龜 龜 龜	箘	箘	禽	禽 禽 禽
		麕	麕	擒	擒
屨	屨	橘	橘	急	急
窶	窶	克	克	肯	肎 肯
國	國 國	棘	棘	起	起

정자	이체자	정자	이체자	정자	이체자
杞	杞	冀	兾 冀 冀	曩	曩
紀	紀 紀	驥	驥 驥 驥 驥 驥	囊	囊 囊 囊
記	記 記	器	器 噐 器 器 器	內	内
忌	忌	耆	耆	奈	柰 奈
踦	踦 踦	嗜	嗜	迺	迺 迺
跽	跽	羈	羈 羈	怒	怒
期	朞	覊	覊 覊	年	秊
弃	弃	夔	夔	念	念
棄	棄	虁	虁	甯	甯 甯 甯 甯 甯
奇	竒	旣	既 既 旣 旣 旣 旣	寧	寍 寍 寕 寕 寜 寗
寄	寄	吉	吉	佞	佞
綺	綺	ㄴ		嫪	嫪
陭	陭	諾	諾 諾 諾 諾 諾	魯	魯
踦	踦	難	難 難 難 難 難 難	盧	盧
錡	錡	闌	闌	祿	禄 祿
騎	騎	爛	爛	綠	緑
齮	齮	蘭	蘭	錄	録
幾	幾 幾 幾 幾 幾 幾 幾 幾	亂	亂 亂	騄	騄
				論	論
機	機 機 機 機 機			農	農 農
禨	禨	暖	煖	寵	寵
璣	璣 璣	男	男	礱	礱 礱
譏	譏	濫	濫 濫	聾	聾 聾 聾
饑	饑 饑 饑 饑 饑	藍	藍 藍 藍	籠	籠
飢	飢 飢	臘	臘	腦	脳 腦

정자	이체자	정자	이체자	정자	이체자
漏	漏 漏	壇	壇 壇	蹈	蹈
婁	婁	摶	摶 摶	檮	檮
樓	楼	獺	獺	禱	禱
屢	屢	達	達	鞉	鞉
縷	縷	譚	譚 譚 譚	毒	毒 毒
螻	螻	膽	膽	篤	篤
蔞	蔞	答	荅 荅	黷	黷
鏤	鏤	黨	黨	兜	兜
廩	廩 廩 廩	儻	儻	蠹	蠧 蠹 蠹
懍	懍	代	代	敦	敦
能	能 能 能	臺	臺 臺	頓	頓 頓
尼	尼	帶	帶 帶 帶	東	東
泥	泥	對	對 對	臀	臀
溺	溺 溺 溺	戴	戴	登	登 登 登
ㄷ		貸	貸	等	等
丹	丹 丹 丹 丹	德	德	滕	滕
段	段 段 段 段	徒	徒	ㄹ	
鍛	鍛	盜	盜	卵	卵 卵 卵
單	単 單 単	途	途	欒	欒
鄲	鄲	塗	塗 塗	覽	覧 覽 覽 覧
斷	斷 斷 断	逃	逃 逃	郎	郎
溥	溥	跳	跳 跳	螂	螂
袒	袒	度	度	兩	两 两
亶	亶	陶	陶 陶 陶 陶	梁	梁
檀	檀 檀	圖	圖 圖 圖 圖 圖	呂	吕

정자	이체자	정자	이체자	정자	이체자
閭	閭	廖	廖 㢆	鯉	鯉
蠡	蠡	潦	潦	履	履 履
黎	黎	遼	遼	罹	罹 罹
藜	藜 蔾 蔾	龍	龍 龍 龍 龍 龍	羸	羸
麗	麗 麗	螻	螻	鄰	隣
酈	酈	類	類 類	ㅁ	
驪	驪 驪	柳	栁	馬	馬
礪	礪	流	流	莫	莫
慮	慮	旒	旒	幕	幕
廬	廬 廬	留	畱	嫚	嫚
歷	歴 歴	溜	溜	慢	慢
煉	煉	劉	劉	滿	滿 滿 滿 滿 滿 滿 滿 滿 滿 滿 滿 滿
練	練	勠	勠		
鍊	鍊	謬	謬 謬 謬	輓	輓 輓
列	列	僇	僇	亡	亡 亡 亡 芒
廉	廉 廉 廉 廉 廉 廉	戮	戮	罔	罔 罔
斂	歛 歛	侖	侖	忘	忘 忘
獵	獵 獵 獵	崙	崙	網	網 網 網
躐	躐	律	律	望	望 望 望
令	令	隆	隆 隆	盲	盲
靈	靈 靈 靈	勒	勒 勒	莽	莽 莽
禮	禮	懍	懍	每	每
虜	虜	陵	陵	媒	媒
賴	賴	裏	裏 裏	寐	寐 寐
隴	隴 隴	釐	釐 釐 釐 釐	盟	盟 盟

정자	이체자
虻	蝱 蝱
面	靣
眄	眄
綿	緜
冕	冕
滅	烕 滅 滅 滅
蔑	蔑
名	名
明	明
命	命 侖
冥	冥 冥 冥 冥 冥
螟	螟
鳴	鳴
袂	袂
冒	冐
母	毋 毋 毋 毋
茅	茅
暮	暮
慕	慕
某	某
謀	謀 謀 謀
畝	畆
侮	侮 侮
貌	貌 貌
穆	穆 穆 穆 穆 穆 穆

정자	이체자
沒	没 没
歿	殁
矇	矇
蒙	蒙 蒙 蒙 蒙 蒙
夢	夢 夢
昴	昴
茆	茆
武	武 武 武
務	務 務
茂	茂 茂 茂 茂 茂
繆	繆 繆
撫	撫
墨	墨
默	默
嘿	嘿
美	美 美
微	微 微 微 微 微 微 微
芈	芈 芈 芈
民	民
岷	岷
黽	黽 黽 黽 黽 黽 黽 黽 黽 黽 黽 黽
敏	敏 敏

정자	이체자
閔	閔
密	宻 宻
蜜	蜜
ㅂ	
博	愽 博
傅	傅 傅
搏	搏 搏
薄	薄 薄 薄 薄
縛	縛 縛
樸	樸
駮	駮
反	反
飯	飰
般	般 般
盤	盤 盤 盤
蟠	蟠
發	發 發 發 發 發 發 發 發
勃	敦
拔	拔 拔 拔
柭	柭
茇	茇
髮	髮 髮 髮 髮 髮 髮
方	方
邦	邦

정자	이체자	정자	이체자	정자	이체자
尨	厖	籩	籩 籩 籩	本	夲
龐	龐	變	變	鋒	鋒
傍	㑂 㑂	辨	辨 辨	逢	逢 逢
謗	謗 謗	辯	辯 辯	蓬	蓬 蓬
拜	拜	騈	騈 騈	䁝	䁝
背	背 背	別	别	賻	賻
配	配	鱉	鱉	鳳	鳳
帛	帛	鼈	鼈 鼈 鼈 鼈 鼈	父	父 父
魄	䰰	幷	并 幷	斧	斧
番	畨	甁	瓶	傅	傅 傅
燔	燔	兵	兵 兵	溥	溥
藩	藩	步	步 步	缶	缶
膰	膰	報	報 報	富	冨
飜	飜	甫	甫	負	負 負
繁	繁	輔	輔	萯	萯
罰	罰	補	補 補	膚	膚
凡	凡 凡 凡 九	褓	褓	皁	皁 皁
汎	汎	寶	寶	腐	腐 腐
伐	伐	伏	伏	符	苻
辟	辟 辟	僕	僕	賦	賦
僻	僻	濮	濮	北	北 北 北
壁	辟	服	服	鞞	鞞
璧	璧 辟	復	復 復 復	分	分 分 分
甂	甂	腹	腹	汾	汾
邊	邊 邉 邉	複	複	忿	忿

정자	이체자	정자	이체자	정자	이체자
奮	奮 奮	儐	儐	射	射
奔	犇	嬪	嬪	蛇	虵 虵
賁	貫	濱	濵	寫	冩 冩
攢	攢	殯	殯	躧	躧
蚡	蚠	臏	臏	鏟	刬 刬
糞	糞	髕	髕 髕	殺	殺 殺 殺 殺 殺 殺 殺
不	不	鬢	鬢		
紱	紱 紱	騁	騁	參	叅
黻	黻	ㅅ		臿	臿 臿
朋	朋	使	使 使	鍤	鍤
崩	崩	俟	俟	嘗	甞 嘗 嘗
匕	七 匕 匕	私	私	傷	傷 傷
比	比 比	四	罒	殤	殤
妃	妃 妃	絲	絲 絲	觴	觴 觴
卑	畁	死	死 死 死	象	象 象 象 象
俾	俾	師	師 師	像	像 像
脾	脾	舍	舎 舎	爽	爽
裨	裨 裨	捨	捨	喪	喪
畀	畀	虒	虒	翔	翔
淠	淠	詐	詐	商	啇 商 商
鄙	鄙 鄙 鄙 鄙	賜	賜 賜 賜	色	色
備	備 俻	辭	辭 辭 辭 辭 辭 辭 辭 辞 辞 辤 辤 辭 辭 辭 辭 辭 辭 辭 辭 辝 辝 辭 辭 辭 辭	嗇	嗇
嚭	嚭			青	靑
貧	貧			西	覀
賓	賔			徐	徐

정자	이체자	정자	이체자	정자	이체자
庶	庻 庻 庻 庻	成	戍	屬	屬 屬 属
序	序	盛	盛	滄	滄 滄
抒	抒	聲	聲 聲	孫	孫
敍	叙	攝	攝 攝	損	損
黍	黍 黍	懾	懾	率	率
舒	舒	世	世 世 世 世 丗 丗 丗 丗	誦	誦 誦
鼠	鼠			灑	灑 洒 洒
昔	昔	歲	歳 歳 歳	衰	衰 衰
席	席	勢	勢 勢	壽	壽 壽
釋	釋 釋	稅	稅 稅	守	守
宣	宣	召	召 召	收	收 収 収
善	善 善 善	沼	沼	首	首 首
船	船 舡	昭	昭	修	脩 脩 脩 修
綫	綫	紹	紹	須	湏
禪	禪	所	所 所	雖	雖
蟬	蟬	燒	燒	數	數
選	選	疏	疏 疏	藪	藪
說	說 說 說 說	疎	疎	蒐	蒐
設	設 設 設 設	蔬	蔬 蔬	樹	樹 尌 樹
緤	緤	艘	艘	垂	垂
挈	挈	笑	笑 笑 咲	倕	倕
洩	洩	蕭	蕭 蕭 蕭	睡	睡
纖	纖	搔	搔 搔 搔	袖	袖
涉	涉 涉	銷	銷	襚	襚
韘	韘	騷	騷	竪	竪

정자	이체자	정자	이체자	정자	이체자
叟	叜	繩	繩 縄 繩 縄	鞍	鞍 鞍
搜	捜	時	時	謁	謁
蒐	蒐 蒐	是	是	遏	遏
瞍	瞍	屍	屍	巖	巖
膄	膄	弒	弑 弑 弑 弑	黯	黯
繡	綉	試	試	昂	昻 昻
隨	随	植	植	鞅	鞅 鞅
髓	髄 髓 髓	殖	殖 殖 殖	艾	艾
獸	獣	飾	飾 餙 飾	藹	藹
叔	叔 叔 叔	蝕	蝕	隘	隘
宿	宿	晨	晨 晨	腋	腋
孰	孰 孰	身	身 身	野	野
熟	熟 熟	辛	辛 辛 辛	若	若 若 若 若 若 若 若
肅	肅	愼	愼 愼 愼 愼 愼 愼		
淳	淳	室	室	弱	弱 弱 弱
脣	脣 脣	審	審	躍	躍
巡	廵	尋	尋 尋	龠	龠
術	術	鷲	鷲 鷲 鷲	陽	陽 陽 陽
膝	膝 膝	ㅇ		揚	揚 揚
襲	襲 襲 襲 襲 襲 襲 襲 襲 襲 襲 襲	嶽	嶽	楊	楊 楊
		惡	悪 悪	襄	襄 襄
習	習	諤	諤 諤	壤	壌
升	升	鴈	鴈	攘	攘
乘	乗 乗 乗 乗	岸	岍	禳	禳
承	承	顏	顔 顔	讓	譲

정자	이체자
羊	羊
養	養 養
魚	魚
御	御 御 御 御 御 御 御
禦	禦
焉	焉 焉 焉 焉 焉 焉
鄢	鄢
鰋	鰋
孽	孽
業	業 業
予	予
與	與 與 與 與 與
歟	欤
轝	轝
余	余
餘	餘
易	易 易 易 易 易 易 易 易 易
役	役 役
域	域 域
逆	逆 逆
緣	緣
燕	燕 燕

정자	이체자
兗	兖 交
損	捐
悁	悁
涓	涓
捐	捐
椽	椽
掾	掾
然	然 然 然
淵	淵 淵 淵 淵 淵
衍	衍
延	延
緣	緣 緣
蝝	蝝
列	列
悅	悅 悦
熱	熱 熱 熱 熱
染	染
冉	冉 冄
閻	閻 閻
厭	厭
黶	黶
塩	塩
鹽	鹽
葉	葉 葉 葉
偞	偞

정자	이체자
永	永 永
盈	盈 盈 盈 盈
楹	楹
贏	贏 贏 贏
曳	曳
拽	拽
倪	倪
鯢	鯢
詣	詣
羿	羿
穢	穢 穢
銳	銳 銳 銳
豫	豫 豫 豫 豫 豫 豫 豫 豫
隸	隸
翳	翳
藝	藝
瘞	瘞
睿	睿
汚	汚 汙
吳	吳 吳 吳 吳 吳 吳 吳 吳 吳 吳
娛	娛
誤	誤 誤
敖	敖

정자	이체자	정자	이체자	정자	이체자
溫	温	蕘	蕘	鬱	鬱
慍	愠	饒	饒 饒 饒	熊	熊
縕	緼	遼	遼	原	原 厡
蘊	藴	繚	繚	源	源
甕	甕 甕 甕	曜	曜	願	願 願 愿 愿 願
瓦	瓦 瓦 瓦	窈	窈	寃	寃
臥	卧 卧	欲	欲 欲	苑	苑
鼃	鼃 鼃	辱	辱 辱 辱 辱	怨	怨 怨
宛	宛	蓐	蓐	員	貟
婉	婉	褥	褥	圓	圓
外	外	用	用 用	遠	遠 遠 遠
巍	巍 巍	勇	勇 勇 勇 勇	園	園
隗	隗 隗	容	容	袁	袁 袁
夭	夭	庸	庸 庸	猿	猿
妖	妖	尤	尤	轅	轅 轅
傜	傜 傜 傜	友	友	黿	黿 黿 黿 黿
搖	揺 揺 搖 搖 揺	羽	羽	幃	幃
瑤	瑶 瑶 瑶	隅	隅	圍	圍
遙	遥 遙 遙	郵	郵	衛	衛
繇	繇	雨	雨 雨 雨	魏	魏 魏
謠	謡	虞	虞 虞 虞 虞 虞 虞 虞 虞 虞 虞 虞	尉	尉
堯	尭 尭 堯 堯 尭			爲	為
僥	僥	霣	霣	骫	骫
撓	撓 撓	殞	殞	劉	劉
繞	繞	隕	隕	幼	幼

정자	이체자
有	有
游	游
遊	遊 遊
愈	愈
逌	逌 逌 逌
臾	臾 臾
庾	庾
腴	腴 腴 腴
諛	諛 諛
羑	羑
裕	裕 裕
濡	濡
窳	窳
蕤	蕤
酉	酉 酉
鼬	鼬
倫	倫
允	允
潤	潤
隆	隆 隆
融	融 融
殷	殷 殷 殷 殷 殷 殷 殷 殷 殷
恩	恩
隱	隐 隠 隠 隠

정자	이체자
吟	吟 吟
淫	滛 滛 淫 淫 淫 婬 婬
陰	隂
蔭	蔭
邑	邑
宜	冝 亘 宜 冝
毅	毅 毅 毅 毅
矣	矣 矣 矣 矣 矣 矣
倚	倚
衣	衤 衣
疑	疑 疑 疑 疑 疑 疑 疑 疑 疑 疑 疑 疑 疑 疑 疑 疑
擬	擬
義	義 義
醫	醫 醫 毉
以	以 以 以
夷	夷 夷 夷 夷
尒	尒
爾	爾 爾
邇	邇
異	異
耳	耳
貳	貳 貳

정자	이체자
頤	頤 頤
翼	翼 翼 翼 翼
益	益
匿	匿 匿
刃	刃 刄 刀
仞	仞 仞 仞
忍	忍 忍
因	囙
姻	姻
茵	茵
逸	逸
袵	衽 袵
臨	臨 臨 臨 臨
ㅈ	
者	者 者 者
炙	炙
煮	煑
刺	刺
姊	姉
疵	疵
訾	訾
爵	爵 爵
棧	棧
殘	殘
岑	岑

정자	이체자
蠶	蝅 蠺 蠺 蠶
熸	熸
雜	雑 雜
章	章 章
障	鄣 障
場	塲 場 塲 塲 塲
腸	膓 腸
丈	丈
杖	杖
臧	臧 臧
藏	蔵 蔵 蔵 藏 藏 藏
墻	墻 墻 墙 墻
牆	牆
將	将 将 将 將 將 将
壯	壮
莊	荘 莊 莊
裝	装 裝
漿	浆
葬	葬 葬 葬 葵 葵 葵 塟 塟
粧	粧
狀	状
梓	梓
哉	㦲 哉 㦲
再	再 再 再 再

정자	이체자
齋	齋
齎	齎
宰	宰 宰
災	菑
底	底
抵	抵
邸	邸
樗	樗
菹	葅
適	適 適
謫	讁
翟	翟
糴	糴 糴
敵	敵 敵 敵
塡	填 填 塡
巓	巔 巔
顚	顛 顛 顛 顛 顛
剪	翦 鬋
餰	餰
專	専 專
傳	傳 傳
塼	塼
轉	轉 轉
戰	戦 戰
錢	銭 錢 銭

정자	이체자
旃	旃 旃
殿	殿
顫	顫 顫 顫
鸇	鸇 鸇 鸇
切	切 圽 切
摺	摺
節	節 節 莭 莭
竊	竊 竊 竊 竊 竊 竊 竊 竊 竊 竊 竊
定	㝎
亭	亭
停	停
鼎	鼎 鼎 鼑
廷	廷 廷
庭	庭
霆	霆
鋌	鋌
淨	净 淨 浄
祭	祭 祭 祭
際	際 際
弟	弟 弟
悌	悌
梯	梯
苐	苐
第	第

정자	이체자	정자	이체자	정자	이체자
齊	齊 齊	周	周	砥	砥
劑	劑	酒	洒 酒	胝	胝
濟	濟 濟	廚	厨 廚	阯	阯
躋	躋	躕	蹰	遲	遅 遅 遅
霽	霽	走	赱 走	直	直 直
吊	弔 弔	籌	籌	眞	真 眞 真
俎	爼	疇	疇	瞋	瞋
照	照	鑄	鑄	鎭	鎮
詔	詔	鬻	鬻	珍	珎 珎
助	助 助	皺	皺 皺	診	診 診
漕	漕	罇	罇 罇	秦	秦
蚤	蚤 蚤	衆	衆 衆 衆 衆	晉	晋 晋 晉
鳥	鳥 鳥 鳥 鳥	即	即	辰	辰 辰 辰
棗	棗	櫛	櫛	振	振 振
竈	竈 竈 竈 竈 竈 竈 竈	曾	曾 曾 曾 曾	賑	賑
		增	增 增	塵	塵
足	足	憎	憎 憎	震	震 震 震
族	族	繒	繒 繒	盡	盡 盡 盡
尊	尊	贈	贈 贈	執	執 執
卒	卒	矰	矰 矰	徵	徵
從	従 從 從 從 從	甑	甑	懲	懲
嵸	嵸 嵸 嵸	指	指 指	ㅊ	
縱	縱 縱	脂	脂	且	且 且
左	左	祇	祇	此	此 此
舟	舟 舟 舟	秖	秖	次	次 次

정자	이체자	정자	이체자	정자	이체자
遮	遮	摭	摭	招	招
蹔	蹔 蹔 蹔	惕	惕	超	超 趉
錯	錯	脊	脊	草	草
鑿	鑿 鑿 鑿 鑿 鑿	戚	戚 戚 戚	楚	楚
簒	簒	千	千	冢	冢
賛	賛	擅	擅 擅 擅 擅 擅 擅 擅 擅	塚	塚
鑽	鑽			摠	揔
餐	飱 飡	淺	浅	聰	聦 聡
竄	竄	賤	賎 賎 賎 賎	寵	寵
察	察 察 察 察 察 察	踐	践 践	叢	叢 叢
參	叅	薦	薦	藂	藂
欃	欃	鐵	鉄	榱	榱
慙	慙	諂	諂 諂	嶵	嶵
譖	譛	詹	詹 詹	最	最
讒	讒 讒 讒 讒 讒	瞻	瞻	追	追
毚	毚 毚	襜	襜 襜	錐	錐
倉	倉 倉	輒	輙 輙	瘳	瘳
剏	剏 剙	喋	喋	箒	帚
暢	暢 暢	聽	聽 聽 聽 聽 聽 聽 聽 聽 聽	醜	醜 醜
采	采			趨	趍 趍 趍 趍
蔡	蔡 蔡 蔡	涕	涕	捶	捶
策	筞 筞	彘	彘	箠	箠
妻	妻	逮	逮	麤	麁
處	處 処 處 處 處 處 處	體	體 體 躰	築	築 築 築 築 築
		初	初	畜	畜

정자	이체자	정자	이체자	정자	이체자
黜	黜	寑	寑	泰	泰
朿	朿	枕	枕	態	態
充	充	沈	沉 沉 沈	澤	澤 澤 澤 澤 澤
虫	虫	稱	稱 稱 稱 稱 稱 稱 稱	擇	擇 擇
就	就 就			土	土 土
翠	翠	ㅌ		兎	免 兎
醉	醉	唾	唾	痛	痛
取	取 取 取	墮	墮	通	通
娶	娶 娶	鼉	鼉 鼉 鼉	統	統
趣	趣 趣	啄	啄	投	投 投 投
聚	聚 聚	琢	琢	鬪	鬪
驟	驟	擢	擢	鬭	鬭
昃	昃	嘽	嘽	慝	慝
蚩	蚩 蚩	彈	弹 彈 弹	ㅍ	
致	致 致	殫	殫 殫	派	派
恥	耻	歎	歎 歎 歎 歎	播	播
齒	齒	奪	奪	罷	罷
置	置	脫	脫 脫	覇	覇 覇 覇 覇 覇 覇 覇 覇 覇 覇
鴟	鴟	耽	耽		
勅	勅	貪	貪 貪 貪	烹	烹
寘	寘	湯	湯 湯	偏	偏
觶	觶	蕩	蕩 蕩	徧	徧
親	親	碭	碭	編	編 編
漆	漆 漆 漆	兌	兌 兌	褊	褊 褊 褊
侵	侵	殆	殆	篇	篇

정자	이체자	정자	이체자	정자	이체자
遍	遍	寒	寒	鄉	鄉 鄕
廢	廢 廢 癈 廢 廢 廢	韓	韓	嚮	嚮
幣	幣	漢	漢 漢 漢 漢 漢	響	響
弊	弊 獘 獘	捍	捍	饗	饗
哺	哺	割	割	虛	虚 虗 虚 虚 虚 虚
褒	褎	含	含	虗	虗
袍	袍	檻	檻	墟	墟 墟 墟
暴	暴 暴 暴	陷	陷 陷	軒	軒
㬥	㬥	銜	銜	獻	獻 獻 獻 獻 獻 獻
飄	飃	恒	恒	憲	憲 憲
風	風	偕	偕	歇	歇
被	被	諧	諧	險	險
避	避 避 辟	海	海 海 海 海	驗	驗
必	必 必	害	害	革	革 革 革 革 革 革
畢	畢	解	觧 解 解	賢	賢 賢 賢
韠	韠	嶰	嶰	縣	縣 縣
ㅎ		懈	懈 懈 懈	懸	懸
瑕	瑕	邂	邂	絜	絜
霞	霞	蟹	蟹	穴	穴 穴
學	學 學 學 學 學 學	骸	骸	協	協
虐	虐 虐 虐 虐 虐 虐 虐	翮	翮 翮	荊	荆 荊
		行	行	形	形 形 形
瘧	瘧	幸	幸 幸 幸 幸 幸	瓶	瓶
壑	壑 壑 壑	倖	倖	衡	衡
鶴	鶴 鶴	享	享	亨	亨

정자	이체자	정자	이체자	정자	이체자
馨	馨	禍	禍 禍 禍	殽	殽
兮	兮	華	華	厚	厚 厚
惠	恵 恵 恵	戄	戄	侯	侯 侯 侯 侯 侯 侯 侯 侯 矦 矦
蟪	蟪	攫	攫		
戶	户 戸	丸	丸	候	候 候 候
壺	壷 壷	桓	桓 桓	喉	喉 喉
昊	昦	歡	懽	朽	朽
狐	狐 狐 狐	圜	圜	猴	猴
弧	弧 弧	環	環 環	熏	熏
瓠	瓠 瓠	還	還 還	勳	勲
嘷	嘷	宦	宦	燻	燻
虎	虎 虎 虎	滑	滑	薰	薫
號	號 號 號	驩	驩	纁	纁
毫	毫	鰥	鰥 鰥	薨	薨 薨 薨
豪	豪	黃	黄 黄	毁	毀 毀 毀 毀 毀 毀 毀 毀
縞	縞	荒	荒 荒		
蒿	蒿	回	囬 囬	喙	喙
護	護	會	會	虧	虧 虧 虧 虧 虧
鎬	鎬	鄶	鄶	携	擕
或	或 或 或 或	悔	悔 悔	觿	觿
惑	惑	誨	誨 誨	隳	隳 隳
魂	䰟	懷	懐 懐 懐 懐	凶	凶
昏	昬	獲	獲	匈	匈
惛	惽 惽	橫	横	胸	胸
化	化	囂	嚻	胷	胷

정자	이체자
黑	黒
釁	釁 釁
齕	齕 齕
翕	翕
闔	闔
興	興 興 興 興 興
戲	戯 戱 戲 戱
姬	姫 姬 姬 姬 姬
熙	熈 熈 熈
犧	犧
羲	羲
肹	肹 肹

第二部

朝鮮刊本 劉向《說苑》의 原文과 註釋

《第一冊》

劉向說[1]苑序[2]

南 豐 曾[3] 鞏[4] 集

劉向所[5]序《說[6]苑》二十篇[7]。《崇文總[8]目》云：「今[9]存者五篇，餘皆[10]亡。」臣從士大夫間得之者十有五篇，與舊[11]為二十五篇。正其脫[12]謬[13]，疑[14]者闕之，而叙其[15]目，曰：向采傳記[16]百家所載行事之迹，以為此[17]書，奏之，欲以為法戒。然其所取[18]，或[19]有不當於理，故不得而不論也。夫學者之於道，非知

1) 說의 이체자. 오른쪽부분의 '兌'가 '兊'의 형태로 되어있다.
2) 卷首題의 글자크기가 본문에 비해서 크지만, 실제 원문의 卷首題와 본문의 글자 크기는 동일하다. 또한 아래의 본문에서는 현대중국어의 용법에 따라 두 글자 들여쓰기를 하였지만 원문에서는 들여쓰기를 하지 않았다. 이하에서는 이에 대해 따로 주를 달지 않는다.
3) 曾의 이체자. 맨 윗부분의 '八'이 '⺈'의 형태로 되어있다.
4) 鞏의 이체자. 윗부분 오른쪽의 '凡'이 '丶'이 빠진 '几'의 형태로 되어있고, 발의 '革'이 '革'의 형태로 되어있다.
5) 所의 이체자.
6) 說의 이체자. 卷首題에서 사용한 이체자 '説'과는 다르게 오른쪽부분의 '兌'가 '兑'의 형태로 되어있다.
7) 篇의 이체자. 가운데부분의 '戶'가 '尸'의 형태로 되어있다.
8) 總의 이체자. 오른쪽 윗부분의 '囱'이 '囪'의 형태로 되어있다.
9) 今의 이체자. 머리 '人' 아랫부분의 '一'이 '丶'의 형태로 되어있고, 그 아랫부분의 '㇇'의 형태가 '丅'의 형태로 되어있다.
10) 皆의 이체자. 아랫부분의 '白'이 '日'로 되어있다.
11) 舊의 이체자. '艹'의 아랫부분에 '吅'의 형태가 첨가되어있고, 아랫부분의 '臼'가 '旧'의 형태로 되어있다.
12) 脫의 이체자. 오른쪽부분의 '兌'가 '兊'의 형태로 되어있다.
13) 謬의 이체자. 오른쪽 윗부분의 '羽'가 '彐彐'의 형태로 되어있고, 아랫부분의 '㐱'이 '尒'의 형태로 되어있다.
14) 疑의 이체자. 왼쪽 윗부분의 '匕'가 '上'의 형태로 되어있고 아랫부분의 '矢'가 '夫'의 형태로 되어있다. 오른쪽부분의 '疋'의 형태는 '是'의 형태로 되어있다.
15) 欽定四庫全書本에는 '篇目'으로 되어있으나, 조선간본에는 '篇目'에서 '篇'자가 빠진 오류를 범하고 있다.
16) 記의 이체자. 오른쪽부분의 '己'가 '巳'의 형태로 되어있다.
17) 此의 이체자. 좌부변의 '止'가 '山'의 형태로 되어있다.

其大略之難[20]也，知其精微[21]之際[22]固難矣[23]。孔子之徒三千，其顯者七十二人，皆高世之材也。然獨稱「顔氏之子，其殆庶[24]幾[25]乎」。及回死[26]，又以為無好學者。而回亦**{第1面}**稱夫子曰：「仰之彌高，鑽之彌堅[27]。」子貢又以謂「夫子之言性與天道，不可得而聞也。」則其精微之際，固難知夂[28]矣[29]。是以取舍不能[30]無失於其間也。故曰「學然後知不足」，豈虛[31]言哉！向之學博[32]矣，其著書及建言，尤欲有為於世，忘其枉己而為之者有矣，何其徇物者多而自為者少也？蓋古之聖賢[33]，非不欲有為也，然而曰：「求之有道，得之有命。」故孔子所至之邦[34]，必聞其政，而子貢以謂「非夫子之求之也」，豈不求之有道哉？子曰：「道之將行也歟，命也。道之將廢[35]也歟，命也。」豈不得之有命哉？令向知出此，安於行止，以彼其志，能擇其**{第2面}**所學，以盡[36]乎精微，則其所至未可量也。是以夫

---

18) 取의 이체자. 오른쪽부분의 '又'가 'ㄑ'의 형태로 되어있다.
19) 或의 이체자. 왼쪽 아랫부분이 '幺'의 형태로 되어있다.
20) 難의 이체자. 왼쪽 윗부분의 '廿'이 '艹'의 형태로 되어있다.
21) 微의 이체자. 가운데 아랫부분의 '几'의 형태가 '干'의 형태로 되어있다.
22) 際의 이체자. 오른쪽 윗부분의 '𠂉'의 형태가 '夕'의 형태로 되어있다.
23) 矣의 이체자. '厶'의 아랫부분의 '矢'가 '天'의 형태로 되어있다.
24) 庶의 이체자. '广' 안의 윗부분의 '廿'이 '艹'의 형태로 되어있다.
25) 幾의 이체자. 아랫부분 왼쪽의 '人'의 형태가 '𠂊'의 형태로 되어있고, 아랫부분의 오른쪽에 '丿'의 획이 빠져있다.
26) 死의 이체자. 오른쪽부분의 '匕'가 '巳'의 형태로 되어있다.
27) 堅의 이체자. 윗부분 왼쪽의 臣'이 '目'의 형태로 되어있다.
28) 久의 이체자.
29) 矣의 이체자. '厶'의 아랫부분의 '矢'가 '夫'의 형태로 되어있다. 이번 단락의 앞에서는 다른 형태의 이체자 '矣'를 사용하였는데, 여기와 이번 단락의 뒤에서는 모두 이 형태의 이체자를 사용하였다.
30) 能의 이체자. 오른쪽부분의 '⺒'의 형태가 '去'의 형태로 되어있다.
31) 虛의 이체자. '虍' 아랫부분의 '业'의 형태가 '丘'의 형태로 되어있다.
32) 博의 이체자. 오른쪽 윗부분의 '甫'가 '亩'의 형태로 되어있다.
33) 賢의 이체자. 윗부분 왼쪽의 '臣'이 '目'의 형태로 되어있다.
34) 邦의 이체자. 왼쪽부분의 '丰'의 형태가 '王'의 형태로 되어있다.
35) 廢의 이체자. '广' 아래 '癶'이 '业'의 형태로 되어 있고, 그 아래 오른쪽부분의 '殳'가 '攵'의 형태로 되어있다.

子稱[37]「古之學者為己」，孟子稱「君子欲其自得之，自得之，則耶諸左右逢其原[38]」，豈汲汲於外哉[39]？向之得失如此，亦學者之戒也，故見之叙論[40]，令讀其書者知考而擇之也。然向數[41]困於讒[42]，而不改[43]其操，與夫患失者異[44]矣，可謂有志者也。

目録

---

36) 盡의 이체자. 가운데부분의 '灬'가 가운데 세로획에 이어져있고 그 양쪽이 '丷'의 형태로 되어있다.
37) 稱의 이체자. 오른쪽부분의 '爯'이 '再'의 형태로 되어있다.
38) 原의 이체자. '厂' 안쪽 윗부분의 '白'이 '日'의 형태로 되어있다.
39) 哉의 이체자. 왼쪽 아랫부분의 '口'가 'ク'의 형태로 되어있다.
40) 論의 이체자. 오른쪽부분의 '侖'이 '侖'의 형태로 되어있다.
41) 數의 이체자. 왼쪽부분의 '婁'가 '婁'의 형태로 되어있다.
42) 讒의 이체자. 오른쪽 윗부분의 '㲋'이 '免'의 형태로 되어있으며, 그 아랫부분의 '兔'도 '免'의 형태로 되어있다.
43) 改의 이체자. 왼쪽부분의 '己'가 '巳'의 형태로 되어있다.
44) 異의 이체자. 아랫부분의 '共'의 가운데에 세로획 하나가 첨가된 '共'의 형태로 되어있다.
45) 術의 이체자. 가운데부분의 '朮'이 위쪽의 '丶'이 빠진 '木'으로 되어있다.
46) 節의 이체자. 아랫부분 왼쪽의 '皀'이 '艮'의 형태로 되어있으며 머리의 '⺮'이 글자 전체를 덮고 있지 않고 '艮'의 위에만 있다.
47) 德의 이체자. 오른쪽부분의 '悳'의 형태가 가운데 가로획이 빠진 '恴'의 형태로 되어있다.
48) 諫의 이체자. 오른쪽부분의 '柬'의 형태가 '東'의 형태로 되어있다.
49) 善의 이체자. 아랫부분이 '古'의 형태로 되어있다.
50) 謀의 이체자. 오른쪽부분의 '某'가 '某'의 형태로 되어있다.

卷十五 捛[51]武　卷十六 叢[52]談

卷十七 雜言　卷十八 辨物

卷十九 修文　卷二十 反質

護左都水使者光禄[53]大夫臣向言：所校中書《說苑》《雜事》, 及臣向書、民[54]間書、誣校讎。其事類[55]衆多, 章句相溷, 或上下謬[56]亂[57], 難分別次序, 除去與《新序》復重者, 其餘者淺[58]薄, 不中義理, 別集以為百家。後令以類相從, 一一條別篇目, 更以[59]造新事**{第4面}**十萬言以上。凡二十篇, 七百八十四章, 號曰《新苑》, 皆可觀。臣向昧死。

{第5面}[60]

{第6面}[61]

---

51) 指의 이체자. 오른쪽 윗부분의 '匕'가 '亠'의 형태로 되어있다.

52) 叢의 이체자. 아랫부분 '取'에서 오른쪽부분의 '又'가 '㇛'의 형태로 되어있다.

53) 祿의 이체자. 오른쪽부분의 '彔'이 '录'의 형태로 되어있다.

54) 民의 이체자. 오른쪽부분의 '乚'의 획이 윗부분 '口'의 빈 공간을 관통하고 있다.

55) 類의 이체자. 왼쪽 아랫부분의 '犬'이 '丶'이 빠진 '大'의 형태로 되어있다.

56) 謬의 이체자. 앞에서 사용한 '謬'와는 다르게 아랫부분의 '彡'이 '尒'의 형태로 되어있다.

57) 亂의 이체자. 왼쪽부분의 '𤔔'의 형태가 '𠮨'의 형태로 되어있다.

58) 淺의 이체자. 오른쪽의 '戔'이 윗부분은 그대로 '戈'로 되어있고 아랫부분 '戈'에 '丶'이 빠진 '戔'의 형태로 되어있다.

59) 以의 이체자. 왼쪽부분이 '山'이 기울어진 형태로 되어있다.

60) 曾鞏의 〈序〉는 제2행에서 끝나고 나머지 9행은 모두 빈칸으로 되어있다.

61) 〈序〉는 이전 면인 제5면에서 끝났는데, 각 권은 홀수 면에서 시작하기 때문에 짝수 면인 이번 제6면은 계선만 인쇄되어있고 한 면이 모두 비어 있다.

劉向說苑卷第一

君道

晉平公問於師曠[1]曰：「人君之道如何？」對[2]曰：「人君之道，清净無為，務在慱[3]愛，趨在任賢[4]。廣開耳目，以察[5]萬方。不固溺於流俗，不拘繫[6]於左右。廓然遠[7]見，踔然獨立，屢[8]省考績，以臨臣下。此人君之操也。」平公曰：「善[9]！」

齊[10]宣王謂尹文曰：「人君之事何如？」尹文對曰：「人君之事，無為而能容下。夫事寡[11]易從，法省易因，故民不以政**獲**罪也。大道容衆，大德[12]容下。聖人寡為而天下理矣。《書》曰：『**睿**作聖。』詩人曰：『岐有夷**{第1面}**之行，子孫其保之！』」宣王曰：「善！」

成王封伯禽[13]為魯公，召而告之曰：「**爾**[14]知為人上之道乎？凡[15]處[16]尊位者，必以敬下，順德規諫[17]，必開不諱之門，撙節安靜以籍之，諫者勿振[18]以威，毋格其言，慱采其辭[19]，乃擇可觀。夫有文無武，無以威下，有武無文，民畏不

---

1) 曠의 이체자. 오른쪽 '广'안의 '黃'이 '黄'의 형태로 되어있다.
2) 對의 이체자. 왼쪽부분의 '丵'의 형태가 '丵'의 형태로 되어있다.
3) 慱의 이체자. 오른쪽 윗부분의 '甫'가 '亩'의 형태로 되어있다. 欽定四庫全書本에는 '博'으로 되어있다.
4) 賢의 이체자. 윗부분 왼쪽의 '臣'이 '目'의 형태로 되어있다.
5) 察의 이체자. '宀' 아랫부분의 '祭'의 형태가 '癶'의 형태로 되어있다.
6) 繫의 이체자. 윗부분 오른쪽 '殳'가 '殳'의 형태로 되어있다.
7) 遠의 이체자. '辶'의 윗부분에서 '土'의 아랫부분의 '𧘇'의 형태가 '𠂭'의 형태로 되어있다.
8) 屢의 이체자. '尸'의 아랫부분의 '婁'가 '婁'의 형태로 되어있다.
9) 善의 이체자. 아랫부분이 '古'의 형태로 되어있다.
10) 齊의 이체자. '亠'의 아래 가운데부분의 'Y'가 '了'의 형태로 되어있다.
11) 寡의 이체자. 아랫부분의 '分'의 형태가 '灬'의 형태로 되어있다.
12) 德의 이체자. 오른쪽부분의 '悳'의 형태가 가운데 가로획이 빠진 '悳'의 형태로 되어있다.
13) 禽의 이체자. 아랫부분의 '离'의 형태가 '禼'의 형태로 되어있다.
14) 爾의 이체자. 안쪽 '㐅'의 형태가 '人'의 형태로 되어있다.
15) 凡의 이체자.
16) 處의 이체자. '虍' 아랫부분의 '処'가 '匆'의 형태로 되어있다.
17) 諫의 이체자. 오른쪽부분의 '柬'이 '東'의 형태로 되어있다.
18) 振의 이체자. 오른쪽부분의 辰'이 '辰'의 형태로 되어있다.

親, 文武俱[20]行, 威德乃成。既成威德, 民親以[21]服[22], 清白上通, 巧佞[23]下塞, 諫者得進, 忠信乃畜。」伯禽**再**拜受命而辭。

陳靈公行僻而言失, 泄冶曰:「陳其亡矣! 吾驟[24]諫君, 君不吾聽[25]而愈失威儀。夫上之化下, 猶風靡草, 東風則草靡而西[26], 西風則草靡而東, 在風所**{第2面}**由而草為之靡, 是故人君之動不可不慎也。夫樹曲木者, 惡得直景, 人君不直其行, 不敬其言者, 未有能保帝王之號, 垂[27]顯令之名者也。《易》曰:『夫君子居其室, 出其言, **善**, 則千里之外應之, 況其邇者乎? 居其室, 出其言, 不**善**, 則千里之外違之, 況其邇者乎? 言出於身, 加於民。行發[28]乎邇, 見乎遠。言行, 君子之樞機[29], 樞機之發, 榮辱[30]之主, 君子之所以動天地, 可不慎乎?』天地動而萬物變化。《詩》曰:『慎**爾**出話, 敬尔[31]威儀, 無不柔嘉。』此之謂也。今君不是之慎[32]而縱恣焉, 不亡必弑。」靈公聞之, 以泄冶妖言而殺[33]之, 後果弑於徵[34]舒。

---

19) 辭의 이체자. 왼쪽부분의 '𤔔'가 '𤕌'의 형태로 되어있으며, 우부방의 '辛'이 아랫부분에 가로획 하나가 더 있는 '𨐋'의 형태로 되어있다.

20) 俱의 이체자. 오른쪽부분의 '具'가 '具'의 형태로 되어있다.

21) 以의 이체자. 왼쪽부분이 '山'이 기울어진 형태로 되어있다.

22) 服의 이체자. 오른쪽 아랫부분의 '又'가 '⺊'의 형태로 되어있다.

23) 佞의 이체자. 오른쪽 윗부분의 '二'의 형태가 '亠'의 형태로 되어있다.

24) 驟의 이체자. 오른쪽 윗부분의 '取'가 '耴'의 형태로 되어있다.

25) 聽의 이체자. 왼쪽부분 '耳'의 아래 '王'이 빠져있으며, 오른쪽부분의 '悳'의 형태가 가운데 가로획이 빠진 '恵'의 형태로 되어있다.

26) 西의 이체자. '口'위의 '兀'의 형태가 'π'의 형태로 되어있으며, 양쪽의 세로획이 '口'의 맨 아랫부분에 붙어 있다.

27) 垂의 이체자. 맨 아랫부분의 가로획 '一'이 '凵'의 형태로 되어있다.

28) 發의 이체자. 머리의 '癶'이 '业'의 형태로 되어있고, 아랫부분 오른쪽의 '殳'가 '攵'의 형태로 되어있다.

29) 機의 이체자. 오른쪽부분의 '幾'가 '幾'의 형태로 되어있다.

30) 辱의 이체자. 윗부분의 '辰'이 '辰'의 형태로 되어있다.

31) 尔의 이체자. 조선간본은 앞에서는 '爾'를 사용하였는데, 여기서는 간자를 사용하였다. 欽定四庫全書本에는 '爾'로 되어있다.

32) 慎의 이체자. 오른쪽부분의 '眞'이 '真'의 형태로 되어있다.

33) 殺의 이체자. 우부방의 '殳'가 '旻'의 형태로 되어있다.

34) 徵의 이체자. 가운데부분의 '山'과 '王'의 사이에 가로획 '一'이 빠져있다.

{第3面}

魯哀公問於孔子曰：「吾聞君子不愽[35]，有之乎？」孔子對曰：「有之。」哀公曰：「何為其不愽也？」孔子對曰：「為其有二乗[36]。」哀公曰：「有二乗則何為不愽也？」孔子對曰：「為行惡道也。」哀公懼焉[37]。有間曰：「若[38]是乎君子之惡惡道之甚也！」孔子對[39]曰：「惡惡道不能甚，則其好善道亦不能甚。好善道不能甚，則百姓之親之也亦不能甚。」《詩》云：『未見君子，憂心惙惙。亦既見止，亦既覯止，我心則悅[40]。』《詩》之好善道之甚也如此。哀公曰：「善哉[41]！吾聞君子成人之美[42]，不成人之惡。微[43]孔子，吾焉聞斯言也哉？」

河間獻[44]王曰：「堯[45]存心於天下，加志於窮民，痛萬**{第4面}**姓之罹[46]罪，憂衆生之不遂也。有一民飢，則曰此我飢之也。有一人寒，則曰此我寒之也。一民有罪，則曰此我陷之也。仁昭而義立，德愽而化廣。故不賞而民勸，不罰而民治。先恕而後教，是堯[47]道也。當舜之時，有苗氏不服，其所以不服者，大山在其南，殿[48]山在其北[49]。左洞庭[50]之波，右彭蠡[51]之川。因此險也，所以不服，禹

---

35) 愽의 이체자. 欽定四庫全書本에는 '博'으로 되어있다. 이번 단락에서 조선간본은 모두 '愽'을 사용하였고, 欽定四庫全書本은 모두 '博'을 사용하였다.

36) 乘의 이체자. 가운데부분의 '北'이 '卄'의 형태로 되어있다.

37) 焉의 이체자. 윗부분의 '正'이 '匸'의 형태로 되어있다.

38) 若의 이체자. 머리의 '++' 아랫부분의 '右'가 '石'의 형태로 되어있고, 머리의 '++'가 아랫부분의 '石'에 붙어 있다.

39) 對의 이체자. 왼쪽부분의 '丵'의 형태가 '𦍌'의 형태로 되어있다. 이번 단락 앞에서는 다른 형태의 이체자 '對'를 사용하였다.

40) 悅의 이체자. 오른쪽부분의 '兌'가 '兊'의 형태로 되어있다. 欽定四庫全書本에는 '說'로 되어있다.

41) 哉의 이체자. 왼쪽 아랫부분의 '口'가 'ク'의 형태로 되어있다.

42) 美의 이체자. 아랫부분의 '大'가 '火'의 형태로 되어있다.

43) 微의 이체자. 가운데 아랫부분의 '儿'의 형태가 '干'의 형태로 되어있다.

44) 獻의 이체자. 오른쪽 아랫부분의 '鬲'이 '鬲'의 형태로 되어있다.

45) 堯의 이체자. 아랫부분의 '兀'이 '几'의 형태로 되어있다.

46) 罹의 이체자. 머리의 '罒'이 '穴'의 형태로 되어있다.

47) 堯의 이체자. 맨 윗부분의 '土'가 '十'의 형태로 되어있고 그 아랫부분이 '卄'의 형태로 되어있으며, 맨 아랫부분의 '兀'이 '儿'의 형태로 되어있다.

欲伐之，舜不許，曰：『諭教猶未竭[52]也。』究諭教焉，而有苗氏請服，天下聞之，皆非禹之義，而歸[53]舜之德。」

周公踐[54]天子之位，布德施惠[55]，遠而逾明，十二牧，方三人，出舉遠方之民，有飢寒而不得衣食者**{第5面}**，有獄訟而失職者，有賢才而不舉者，以入告乎天子。天子於其君之朝也，揖而進之，曰：「意朕之政教有不得者與！何其所臨之民，有飢寒不得衣食者，有獄訟而失職者，有賢才而不舉者也？」其君歸也，乃召其國大夫告用天子之言，百姓聞之，皆喜曰：「此誠天子也！何居之深遠，而見我之明也！豈可欺哉！」故牧者，所以辟[56]四門，明四目，達[57]四聰[58]也，是以近者親之，遠者安之。《詩》曰：「柔遠能邇，以定我王」，此之謂矣。

河間獻[59]王曰：「禹稱民無食，則我不能使也。功成而不利於人，則我不能勸也。故疏[60]河以導之，鑿[61]**{第6面}**江通於九派[62]，灑[63]五湖而定東海，民亦勞

---

48) 殿의 이체자. 우부방의 '殳'가 '攵'의 형태로 되어있다.

49) 北의 이체자. 왼쪽부분의 '⺕'의 형태가 '土'의 형태로 되어있고, 우부방의 '匕'가 '上'의 형태로 되어있다.

50) 庭의 이체자. '广' 안의 '廷'에서 '廴' 위의 '壬'이 '手'의 형태로 되어있다.

51) 蠡의 이체자. 맨 윗부분의 '彑'가 'ヨ'의 형태로 되어있다.

52) 竭의 이체자. 오른쪽부분의 '曷'이 '曷'의 형태로 되어있다.

53) 歸의 이체자. 왼쪽 맨 윗부분의 '丿'이 빠져있고, 아랫부분의 '止'가 '⺃'의 형태로 되어있다.

54) 踐의 이체자. 오른쪽의 '戔'이 윗부분은 그대로 '戈'로 썼으며 아랫부분 '戈'에는 '丶'이 빠진 '戔'의 형태로 되어있다.

55) 惠의 이체자. 윗부분의 '叀'의 형태가 '亩'의 형태로 되어있다.

56) 辟의 이체자. 우부방의 '辛'이 아랫부분에 가로획 하나가 더 있는 '辛'의 형태로 되어있다.

57) 達의 이체자. '辶' 윗부분의 '幸'이 '幸'의 형태로 되어있다.

58) 聰의 이체자. 오른쪽 윗부분의 '囱'이 '囪'의 형태로 되어있다.

59) 獻의 이체자. 앞에서 사용한 이체자 '獻'과는 다르게 왼쪽 아랫부분의 '鬲'이 '鬲'의 형태로 되어있다.

60) 疏의 이체자. 좌부변의 '𤴔'의 형태가 '⻊'의 형태로 되어있고, 오른쪽 윗부분의 '𠫓'의 형태가 '云'의 형태로 되어있다.

61) 鑿의 이체자. 윗부분 왼쪽의 '丵'의 형태가 '业'의 형태로 되어있으며 그 오른쪽의 '殳'는 '攵'의 형태로 되어있다.

62) 派의 이체자. 오른쪽부분의 '𠂢'의 형태가 '瓜'의 형태로 되어있다.

矣, 然而不怨[64]苦者, 利歸於民也。」

禹出見罪人, 下車問而泣之, 左右曰:「夫罪人不順道, 故使然焉, 君王何為痛[65]之至於此也?」禹曰:「堯[66]舜之人, 皆以堯舜之心為心。今寡[67]人為君也, 百姓各自以其心為心, 是以痛之也。」《書》曰:「百姓有罪, 在予一人。」

虞人與芮人質其成於文王, 入文王之境, 則見其人民之讓為士大夫。入其國, 則見其士大夫讓為公**卿**[68]。二國者相謂曰:「其人民讓為士大夫, 其士大夫讓為公**卿**, 然則此其君亦讓以天下**{第7面}**而不居矣。」二國者, 未見文王之身, 而讓其所争, 以為閑田而反。孔子曰:「大哉文王之道乎! 其不可加矣! 不動而變, 無為而成, 敬慎恭已[69]而虞、芮自平。」故《書》曰:「惟文王之敬忌。」此之謂也。

成王與**唐**叔虞燕居, 剪梧桐葉以為珪, 而授**唐**叔虞曰:「余以此封汝。」**唐**叔虞喜, 以告周公, 周公以請, 曰:「天子封虞耶?」成王曰:「**余**[70]一與虞戲[71]也。」周公對曰:「臣聞之, 天子無戲言, 言則史書之, 工誦之, 士稱之。」於是遂封**唐**叔虞於晉, 周公旦可謂**善**說矣, 一稱而成王[72]益重言, 明愛弟之義[73], 有輔王

---

63) 灑의 이체자. 오른쪽 윗부분의 '丽'가 '丽'의 형태로 되어있다.

64) 怨의 이체자. 윗부분 오른쪽의 '㔾'이 '匕'의 형태로 되어있다.

65) 痛의 이체자. '疒'안의 윗부분의 'マ'의 형태가 'コ'의 형태로 되어있다.

66) 堯의 이체자. 아랫부분의 '兀'이 '几'의 형태로 되어있다.

67) 寡의 이체자. 발의 '刀'가 '力'으로 되어있다.

68) 卿의 이체자. 왼쪽의 '卯'의 형태가 '夕'의 형태로 되어있고 가운데 부분의 '皀'의 형태가 '艮'의 형태로 되어있다.

69) 여기서는 '자기 자신'(劉向 撰, 林東錫 譯註, 《설원1》, 동서문화사, 2009. 96쪽)이란 의미이기 때문에 '己'로 써야 하지만, 조선간본은 '己'를 '已'나 '巳'로 쓴 경우가 많다. 이하에서 이런 경우 따로 주석을 달지 않고 원문에서 모두 '己'로 표기한다.

70) 余의 이체자. 머리 아랫부분의 '示'의 형태가 '未'의 형태로 되어있다. 바로 앞에서는 정자를 사용하였으나 여기서는 이체자를 사용하였다.

71) 戲의 이체자. 왼쪽부분의 '虛'가 '虚'의 형태로 되어있다.

72) 欽定四庫全書本에는 '王'으로 되어있다. 조선간본의 '王'는 '크다'라는 의미이기 때문에 '王'의 오자인데, 이번 단락의 아래에서도 '王'을 써야할 곳에 '王'을 쓴 경우가 다시 한 번 나온다. '王'는 판목이 훼손되어 가운데 왼쪽부분이 떨어져나갔을 가능성도 배제할 수 없으나, 고려대 · 충재박물관 · 후조당 소장본 모두 '王'로 되어있다.

室之固。當堯之時，舜為司徒，契[74]為司馬，禹為**{第8面}**司空，后稷為田疇[75]，夔為樂正，倕[76]為工師，伯夷為秩宗，皐陶為大理，益掌敺禽[77]，堯體力便巧，不能為一焉，堯為君而九子為臣，其何故也？堯知九職之事，使九子者各受其事，皆勝其任，以成九功，堯遂成厥[78]功，以王天下，是故知人者王道也，知事者臣道也，王道知人，臣道知事，毋亂[79]舊[80]法而天下治矣[81]。

湯[82]問伊尹曰：「三公、九卿、二十七大夫、八十一元士，知之有道乎？」伊尹對曰：「昔者堯見人而知，舜任人然後知，禹以成功舉之。夫三君之舉賢，皆異[83]道而成功，然尚有失者，況無法度而任己，直**{第9面}**意用人，必大失矣。故君使臣自貢其能，則萬一之不失矣。王者何以選[84]賢？夫王者得賢材以自輔，然後治也，雖有堯舜之明，而股[85]肱不備[86]，則主恩不流，化澤不行，故明君在上，慎於擇士，務於求賢，設[87]四佐以自輔，有英俊以治官，尊其爵，重其祿[88]，賢者進以顯榮，罷者退而勞力，是以主無遺憂，下無邪慝，百官能治，臣下樂職，恩流群生，潤[89]澤草木。昔者，虞舜左禹右皐陶，不下堂而天下治，此使能之効[90]也。」

---

73) 義의 이체자. 아래쪽 왼쪽부분의 '手'가 '禾'의 형태로 되어있다.
74) 契의 이체자. 윗부분 오른쪽의 '刀'가 '刃'의 형태로 되어있다.
75) 疇의 이체자. 오른쪽부분의 '壽'가 '壽'의 형태로 되어있다.
76) 倕의 이체자. 오른쪽부분의 '垂'가 '垂'의 형태로 되어있다.
77) 禽의 이체자. 아랫부분의 '离'의 형태가 '禺'의 형태로 되어있다.
78) 厥의 이체자. '厂' 안의 왼쪽부분의 '屰'이 '丯'의 형태로 되어있다.
79) 亂의 이체자. 왼쪽부분의 '𤔔'의 형태가 '𤔫'의 형태로 되어있다.
80) 舊의 이체자. '艹' 아랫부분에 '吅'의 형태가 첨가되어있고, 아랫부분의 '臼'가 '旧'의 형태로 되어있다.
81) 矣의 이체자. '厶'의 아랫부분의 '矢'가 '天'의 형태로 되어있다. 이번 단락의 앞에서는 다른 형태의 이체자 '矣'를 사용하였다.
82) 湯의 이체자. 오른쪽부분의 '昜'이 '易'의 형태로 되어있다.
83) 異의 이체자. 아랫부분의 '共'의 가운데에 세로획 하나가 첨가된 '共'의 형태로 되어있다.
84) 選의 이체자. 오른쪽 아랫부분의 '共'이 '六'의 형태로 되어있다.
85) 股의 이체자. 오른쪽부분의 '殳'가 '殳'의 형태로 되어있다.
86) 備의 이체자. 오른쪽부분의 '𤰈'의 형태가 '甬'의 형태로 되어있다.
87) 設의 이체자. 오른쪽부분의 '殳'가 '殳'의 형태로 되어있다.
88) 祿의 이체자. 오른쪽부분의 '彔'이 '录'의 형태로 되어있다.

武王問太公曰：「舉賢而以危亡者，何也？」太公曰：「舉賢而不用，是有舉賢之名，而不得真賢之實**{第10面}**也。」武王曰：「其失安在？」太公望曰：「其失在君好用小善[91]，而已不得真賢也。」武王曰：「好用小善者何如？」太公曰：「君好聽譽而不惡讒[92]也，以非賢為賢，以非善為善，以非忠為忠，以非信為信。其君以〖譽為功，以毀[93]為罪。有功者不賞，有罪者不罰。多黨[94]〗[95]者進，少黨者退。是以群臣比[96]周而蔽賢，百吏群黨而多姦。忠臣以誹死於無罪，邪臣以譽賞於無功。其國見於危亡。」武王曰：「善！吾今日聞誹譽之情矣。」

武王問太公曰：「得賢敬士，或不能以為治者，何也？」太公對[97]曰：「不能獨斷，以人言斷者，殃也。」武王**{第11面}**曰：「何為以人言斷？」太公對曰：「不能定所去，以人言去；不能定所取，以人言取；不能定所為，以人言為；不能定所罰，以人言罰；不能定所賞，以人言賞；賢者不必用，不肖者不必退，而士不必敬。」武王曰：「善，其為國何如？」太公對曰：「其為人惡聞其情，而喜聞人之情。惡聞其惡，而喜聞人之惡。是[98]以不必治也。」武王曰：「善。」

齊桓公問於甯戚曰：「筦子今年老矣，為棄[99]寡人而就世也，吾恐[100]法令

---

89) 潤의 이체자. 오른쪽 아랫부분의 '王'이 '玉'의 형태로 되어있다.

90) 效의 속자. 우부방의 '攵'이 '力'의 형태로 되어있다.

91) 善의 이체자. 아랫부분이 '古'의 형태로 되어있다.

92) 讒의 이체자. 오른쪽 윗부분의 '毚'이 '免'의 형태로 되어있으며, 그 아랫부분의 '兔'도 '免'의 형태로 되어있다.

93) 毀의 이체자. 우부방의 '殳'가 '攴'의 형태로 되어있다.

94) 黨의 이체자. 아랫부분의 '黑'이 '黒'의 형태로 되어있다.

95) '〖~〗' 이 부호는 한 행을 뜻한다. 본 판본은 1행에 18자로 되어있는데, '〖~〗'로 표시한 이번 면(제11면)의 제5행은 한 글자가 많은 19자로 되어있다.

96) 比의 이체자. 양쪽 모두 '上'의 형태로 되어있다.

97) 對의 이체자. 왼쪽부분의 '丵'의 형태가 '丵'의 형태로 되어있다. 이번 단락의 아래에서는 다른 형태의 이체자 '對'를 사용하였다.

98) 是의 이체자. 머리의 '日'이 '月' 형태로 되어있으며 그 아랫부분이 '疋'에 붙어 있다. 四部叢刊本은 정자로 되어있다.

99) 棄의 이체자. 가운데부분의 '丗'가 '世'의 형태로 되어있다.

100) 恐의 이체자. 윗부분 오른쪽의 '凡'이 안쪽의 '丶'이 빠진 '几'의 형태로 되어있다.

不行，人多失職，百姓疾怨，國多盜賊，吾何如而使姦邪不起[101]，民衣食足乎[102]？」甯戚對曰：「要在得賢而任之。」桓公曰：「得賢柰何？」**{第12面}**甯戚對曰：「開其道路，察而用之，尊其位，重其祿，顯其名，則天下之士，騷[103]然舉足而至矣。」桓公曰：「既以舉賢士而用之矣，微夫子幸[104]而臨之，則未有布衣屈奇之士踵門而求見寡人者。」甯戚對曰：「是君察之不明，舉之不顯，而用之疑[105]，官之卑[106]，祿之薄也。且夫國之所以不得士者，有五阻焉：主不好士，諂[107]諛在傍，一阻也。言便事者，未嘗[108]見用，二阻也。壅塞掩蔽，必因近習[109]，然後見察，三阻也。訊獄詰窮其辭，以[110]法過之，四阻也。執事適欲，擅[111]國權命，五阻也。去此五阻，則豪俊並興[112]，賢智求處。五阻不去，則上蔽吏民之情，下塞賢士之**{第13面}**路。是故明王聖主之治，若夫江海無不受，故長為百川之主。明王聖君無不容，故安樂而長久[113]。因此觀之，則安主利人者，非獨一士也。」桓公曰：「善，吾將著夫五阻，以為戒[114]本也。」

齊景公問於晏子曰：「寡人欲從夫子而善齊國之政。」對曰：「嬰聞之，國具官

---

101) 起의 이체자. 오른쪽부분의 '己'가 '巳'의 형태로 되어있다.

102) 조선간본의 이번 문장이 宋本에는 '民足衣食乎'로 되어있다.(劉向 撰, 向宗魯 校證,《說苑校證》, 北京:中華書局, 1987(2017 重印), 14쪽.)

103) 騷의 이체자. 오른쪽부분의 '蚤'에서 윗부분의 '叉'의 형태가 '乂'의 형태로 되어있다.

104) 幸의 이체자.

105) 疑의 이체자. 왼쪽 윗부분의 'ヒ'가 '上'의 형태로 되어있고 아랫부분의 '矢'가 '天'의 형태로 되어있으며, 오른쪽 윗부분의 'マ'의 형태가 '口'의 형태로 되어있다.

106) 卑의 이체자. 맨 윗부분의 '丿'이 빠져있다.

107) 諂의 이체자. 오른쪽 아랫부분의 '臼'가 '旧'의 형태로 되어있다.

108) 嘗의 이체자. 아랫부분의 '旨'가 '甘'의 형태로 되어있다.

109) 習의 이체자. 머리의 '羽'가 '彐'의 형태로 되어있으며, 아랫부분의 '白'이 '日'로 되어있다.

110) 以의 이체자. 왼쪽부분이 '山'이 기울어진 형태로 되어있다.

111) 擅의 이체자. 오른쪽 윗부분의 '亩'이 '面'의 형태로 되어있다.

112) 興의 이체자. 윗부분 가운데의 '同'의 형태가 '冋'의 형태로 되어있다.

113) 久의 이체자.

114) 戒의 이체자. 왼쪽 아랫부분의 '廾'이 '天'의 형태로 되어있다. 고려대학교 소장본은 위의 이체자로 되어 있는데, 충재박물관과 후조당 소장본은 이와는 다르게 '戒'의 형태로 되어있다. 처음에는 '天'의 형태였으나, 후에 판목이 마모되어 '六'의 형태로 된 것으로 보인다.

而后政可善。」景公作色曰：「齊國雖小，則何為不具官乎？」對曰：「此非臣之所復也。昔先君桓公，身體墮[115]懈[116]，辭[117]令不給，則隰朋侍。左右多過，刑罰不中，則弦章侍。居處肆縱，左右懾畏，則東郭牙侍。田野不修，人民不安，則甯戚侍。軍吏怠，戎士偷，則五[118]子戎[119]父[120]侍。德義{第14面}不中，信行衰微，則筦子侍。先君能以人之長續其短，以人之厚補[121]其薄[122]。是以辭令窮遠而不道[123]，兵加於有罪而不頓。是故諸侯朝其德而天子致其胙。今君之失多矣，未有一士以聞者也，故曰未具。」景公曰：「善[124]。吾聞高繚[125]與夫子游[126]，寡人請見之。」晏子曰：「臣聞為地戰者不能成王，為祿仕者不能成政。若高繚與嬰為兄弟久矣，未嘗干嬰之過，補嬰之闕，特進仕之臣也，何足以補君。」

燕昭王問於郭隗[127]曰：「寡人地狹人寡，齊人削取八城，匈奴驅馳樓[128]煩之

---

115) 墮의 이체자. 윗부분 오른쪽의 '育'의 형태가 '有'의 형태로 되어있다.

116) 懈의 이체자. 오른쪽부분의 '䍧'의 형태가 '羊'의 형태로 되어있다.

117) 辭의 이체자. 왼쪽부분의 '𤔔'가 '𠬪'의 형태로 되어있다. 앞의 단락에서 사용한 이체자 '辭'와는 다른 형태의 이체자를 사용하였다.

118) 欽定四庫全書本에는 '王'으로 되어있다. 조선간본의 '五'는 '王'의 오자이며, 이 근거는 아래 주석에서 제시한다.

119) 成의 이체자. 왼쪽 아랫부분이 '工'의 형태로 되어있다.

120) '王子成父'에서 임동석은 '成父'를 '桓公의 王子'로 보았다.(劉向 撰, 林東錫 譯註,《설원1》, 동서문화사, 2009. 119쪽) 王鍈과 王天海는 '王子'가 복성이며 원래 성이 '姬'이며 나중에 벼슬의 계통을 성으로 삼았다고 하였다. 또한 '王子成父'는 齊 桓公 때 大司馬를 지냈다고 하였다.(劉向 原著, 王鍈 · 王天海 譯註,《說苑全譯》, 貴州人民出版社, 1991. 25쪽) 둘의 견해는 차이가 있지만, 조선간본의 '五子'는 '王子'의 오류임을 알 수 있다.

121) 補의 이체자. 좌부변의 '衤'가 '礻'의 형태로 되어있다.

122) 薄의 이체자. 머리 '艹' 아래 오른쪽부분의 '尃'가 '専'의 형태로 되어있다.

123) 欽定四庫全書本에는 '逆'으로 되어있다. 이 구절은 '이 때문에 법령이 멀리 궁한 곳까지 이르러 거역이 없었다.'라고 해석된다.(劉向 撰, 林東錫 譯註,《설원1》, 동서문화사, 2009. 118쪽. 劉向 原著, 王鍈 · 王天海 譯註,《說苑全譯》, 貴州人民出版社, 1991. 25쪽) 조선간본의 '道'는 뜻이 통하지 않기 때문에 '逆'의 오자이다.

124) 善의 이체자. 윗부분의 '羊'의 형태가 가로획이 하나 빠진 '䒑'의 형태로 되어있다.

125) 繚의 이체자. 오른쪽 윗부분의 '𡗜'의 형태가 '大'의 형태로 되어있다.

126) 游의 이체자. 가운데부분의 '方'이 '扌'의 형태로 되어있다.

127) 隗의 이체자. 오른쪽부분의 '鬼'가 맨 위의 '丶'이 빠져있고 아랫부분 오른쪽의 '厶'가 '丶'의

下, 以孤[129]之不肖, 得承宗廟, 恐危社稷, 存之有道乎?」郭隗曰:「有, 然恐王之**{第15面}**不能用也。」昭王避席, 願請聞之, 郭隗[130]曰:「帝者之臣, 其名, 臣也, 其實, 師也。王者之臣, 其名, 臣也, 其實, 友也。覇[131]者之臣, 其名, 臣也, 其實, 賔[132]也。危國之臣, 其名, 臣也, 其實, 虜也。今王將東面[133]目指氣使以求臣, 則廝廝役之材至矣。南面聽朝, 不失揖讓[134]之禮以求臣, 則人臣之材至矣。西面等禮相亢, 下之以色, 不乘[135]勢[136]以求臣, 則朋友之材至矣。北面拘指, 逡巡而退以求臣, 則師傅之材至矣。如此則上可以王, 下可以覇, 唯王擇焉。」燕王曰:「寡人願學而無師。」郭隗曰:「王誠欲興[137]道, 隗請為天下之士開路。」於是燕王常置郭隗上坐, 南面。居**{第16面}**三年, 蘇子聞之, 從周歸燕。鄒衍聞之, 從齊歸燕。樂毅聞之, 從趙歸燕。屈景聞之, 從楚歸燕。四子畢[138]至, 果以弱燕并強齊。夫燕齊非均權[139]敵戰之國也, 所以然者, 四子之力也。《詩》曰:「濟濟多士, 文王以寧。」此之謂也。

楚莊[140]王既服鄭伯, 敗晋師, 将軍子重三言而不當。莊王歸, 過申侯[141]之

형태로 된 '鬼'로 되어있다.

128) 樓의 이체자. 오른쪽부분의 '婁'가 '婁'의 형태로 되어있다.

129) 孤의 이체자. 오른쪽부분의 '瓜'가 '瓜'의 형태로 되어있다.

130) 隗의 이체자. 오른쪽부분의 '鬼'가 맨 위의 '丶'이 빠진 '鬼'의 형태로 되어있다. 이번 단락의 앞에서 사용한 이체자 '隗'와는 다른 형태의 이체자를 사용하였는데 이번 단락의 뒤에서는 여기서 사용한 이체자만 사용하였다.

131) 霸의 이체자. 아랫부분 왼쪽의 '革'이 '艹'의 형태로 되어있다.

132) 賓의 이체자. 머리 '宀'의 아랫부분의 '丆'의 형태가 '尸'의 형태로 되어있다.

133) 面의 이체자. 맨 윗부분 '丆'의 아랫부분의 '囬'가 '回'의 형태로 되어있다.

134) 讓의 이체자. 오른쪽부분 'ㅗ'의 아랫부분의 '吅'가 '从'의 형태로 되어있다.

135) 乘의 이체자. 가운데부분의 '北'이 '艹'의 형태로 되어있다.

136) 勢의 이체자. 윗부분 왼쪽의 '坴'이 '幸'의 형태로 되어있다.

137) 興의 이체자. 윗부분 가운데의 '同'의 형태가 '月'의 형태로 되어있다.

138) 畢의 이체자. 맨 아래의 가로획 하나가 빠져있다.

139) 權의 이체자. 오른쪽 '++'의 아랫부분 '吅'가 '罒'의 형태로 되어있다.

140) 莊의 이체자. 머리 '++' 아래 왼쪽부분의 '爿'이 '丬'의 형태로 되어있다.

141) 侯의 이체자. 오른쪽 윗부분의 'ㄱ'의 형태가 'ㅗ'의 형태로 되어있고 그 아랫부분의 '矢'가 '夫'의 형태로 되어있다.

邑, 申侯進飯, 日中而王不食, 申侯請罪, 莊王喟然歎[142]曰：「吾聞之, 其君賢者也, 而又有師者王。其君中君也, 而又有師者覇。其君下君也, 而群臣又莫[143]若君者亡。今我, 下君也, 而群臣又莫若不穀[144], 不穀恐亡, 且世不絶聖**{第17面}**, 國不絶賢。天下有賢而我獨不得, 若吾生者, 何以食為？」故戰服大國, 義從諸侯, 戚然憂恐, 聖知不在乎身, 自惜不肖, 思得賢佐, 日中忘飯, 可謂明君矣。

明主者有三懼, 一曰處尊位而恐不聞其過；二曰得意而恐驕；三曰聞天下之至言而恐不能行, 何以識其然也？越王勾踐與吳人戰, 大敗之, 兼有九夷, 當是時也, 南面而立, 近臣三, 遠臣五, 令群臣曰：「聞吾過而不告者其罪刑。」此處尊位而恐不聞其過者也。昔者晋[145]文公與楚人戰, 大勝之, 燒其軍, 火三日不滅, 文公退而有憂色, 侍**{第18面}**者曰：「君大勝楚, 今有憂色, 何也？」文公曰：「吾聞能以戰勝而安者, 其唯聖人乎！若[146]夫詐勝之徒, 未嘗不危也, 吾是以憂。」此得意而恐驕[147]也。昔齊桓公得筦仲、隰朋, 辯其言, 說其義, 正月之朝, 令具太牢, 進之先祖, 桓公西面而立, 筦仲、隰朋東面而立, 桓公贊[148]曰：「自吾得聽二子之言, 吾目加明, 耳加聰[149], 不敢獨擅, 願[150]薦之先祖[151]。」此聞天下之至言而恐不能行者也。

齊景公出獵[152], 上山見虎, 下澤見虵[153]。歸, 召晏子而問之曰：「今[154]日寡

---

142) 歎의 이체자. 왼쪽 윗부분의 '廿'이 '卄'의 형태로 되어있고, 아랫부분이 '㚒'의 형태로 되어있다.
143) 莫의 이체자. 머리의 '艹'가 '丷'의 형태로 되어있다. 이번 단락의 뒤에서는 정자를 사용하였다.
144) 穀의 이체자. 왼쪽 아랫부분의 '禾'위에 가로획이 없고 '禾'가 '米'로 되어있으며, 우부방의 '殳'가 '殳'의 형태로 되어있다.
145) 晉의 이체자. 윗부분의 '厸'의 형태가 '吅'의 형태로 되어있다.
146) 若의 이체자. 머리의 '艹'가 '丷'의 형태로 되어있다.
147) 欽定四庫全書本도 조선간본과 동일하게 '者'가 빠져있다.(劉向 撰, 向宗魯 校證,《說苑校證》, 北京:中華書局, 1987(2017 重印), 19쪽)
148) 贊의 이체자. 윗부분의 '先先'이 '夫夫'의 형태로 되어있다.
149) 聰의 이체자. 오른쪽 윗부분의 '囱'이 '囪'의 형태로 되어있다.
150) 願의 이체자. 왼쪽부분의 '原'이 '原'의 형태로 되어있고 우부방의 '頁'이 '真'의 형태로 되어있다.
151) 앞에서는 좌부변이 'ネ'의 형태로 된 '祖'를 사용하였는데, 여기서는 좌부변이 '示'의 형태로 되어있다. 조선간본은 판본 전체적으로 좌부변의 '示'를 대부분 'ネ'의 형태로 사용하고 있다.

人出獵，上山則見虎，下澤則見虵，殆所謂之不祥也。」晏子曰：「國有三不祥，是不**{第19面}**與焉，夫有賢而不知，一不祥；知而不用，二不祥；用而不任，三不祥也。所謂不祥，乃若此者也。今上山見虎，虎之室也，下澤見虵，虵之穴也，如虎之室，如虵之穴而見之[155]，曷[156]為不祥也。」

楚莊王好獵，大夫諫曰：「晋、楚敵國也，楚不謀晋，晋必謀楚，今王無乃耽[157]於樂乎？」王曰：「吾獵將以求士也，其榛藂刺[158]虎豹者，吾是以知其勇也。其攫犀搏[159]兕者，吾是以知其勁[160]有力也。罷田而分所得，吾是以知其仁也。因是道也，而得三士焉，楚國以安。」故曰：「苟有志則無非事者。」此之謂也。

湯之時，大旱七年，雒坼川竭，煎沙爛[161]石，於是使**{第20面}**人持三足鼎[162]，祝山川，教之祝曰：「政不節耶。」使人疾耶？苞苴行耶？讒夫昌耶？宮室營耶？女謁盛耶？何不雨之極[163]也！」盖言未已而天大雨，故天之應人，如影之随[164]形，響之效聲者也。《詩》云：「上下奠瘞[165]，靡神不宗。」言疾旱也。

殷太戊時[166]，有桑穀[167]生於庭，昏[168]而生，比旦而拱，史請卜之湯廟，太戊

---

152) 獵의 이체자. 오른쪽부분의 '巤'이 '巤'의 형태로 되어있다.

153) 蛇의 이체자. 오른쪽부분의 '它'가 '也'의 형태로 되어있다.

154) 今의 이체자. 맨 아랫부분의 '㇆'의 형태가 '丅'의 형태로 되어있다.

155) 고려대학교 소장본은 정자로 되어있으나, 충재박물관과 후조당 소장본은 모두 '乙'의 형태로 되어있다. 이것은 나중에 판목이 마모되어 맨 위의 '丶'이 빠진 형태로 된 것으로 보인다.

156) 曷의 이체자. 아랫부분의 '匃'가 '匂'의 형태로 되어있다.

157) 耽의 이체자. 오른쪽부분의 '冘'에 '丶'이 첨가되어있다.

158) 刺의 이체자. 왼쪽부분의 '朿'의 형태가 '束'의 형태로 되어있다.

159) 欽定四庫全書本은 조선간본과 다르게 '搏'으로 되어있고,《說苑校證》·《說苑全譯》·《설원1》에서도 모두 '搏'으로 되어있다. 여기서는 '잡다'(劉向 撰, 林東錫 譯註,《설원1》, 동서문화사, 2009. 138쪽)라는 의미이고, 조선간본의 '摶'은 '뭉치다'라는 의미이기 때문에 오자이다.

160) 勁의 이체자. 왼쪽부분의 '巠'의 형태가 '圣'의 형태로 되어있다.

161) 爛의 이체자. 오른쪽부분 '門' 안의 '柬'이 '東'의 형태로 되어있다.

162) 鼎의 이체자. 아랫부분의 '爿片'의 형태가 '卄'의 형태로 되어있으며, 윗부분의 '目'을 감싸지 않고 아랫부분에 놓여 있다.

163) 極의 이체자. 오른쪽 가운데부분의 '丂'가 '了'의 형태로 되어있다.

164) 随의 略字. 오른쪽부분 '辶' 위의 '育'의 형태가 '有'의 형태로 되어있다.

165) 瘞의 이체자. '疒' 안의 '坐'에서 윗부분의 '从'이 '夾'의 형태로 되어있다.

從之，卜者曰：「吾聞之，祥者福之先者也，見祥而為不善，則福不生。殃者禍[169]之先者也，見殃而能為善，則禍不至。」於是乃早朝而晏退，問疾弔喪，三日而桑穀自亡。

高宗者，武丁也，高而宗之，故號高宗，成湯之後**{第21面}**，先王道缺，刑法違犯，桑穀俱生乎朝，七日而大拱，武丁召其相而問焉，其相曰：「吾雖知之，吾弗得言也。聞諸祖己，桑穀者，野草[170]也，而生於朝，意者國亡乎？」武丁恐駭，飭身修行，思先王之政，興[171]滅國，繼[172]絶世。舉逸[173]民，明養[174]老。三年之後，蠻夷重譯而朝者七國，此之謂存亡繼絶之主，是以高而尊之也。

宋大水，魯人弔之曰：「天降淫[175]雨，谿谷滿[176]盈[177]，延及君地，以憂執政，使臣敬弔。」宋人應之曰：「寡人不佞[178]，齋[179]戒不謹[180]，邑封不修，使人不時，天加以殃，又遺君憂，拜命之辱。」君子聞之曰：「宋國其庶[181]幾乎**{第22**

---

166) 時의 이체자. 좌부변의 '日'이 '目'의 형태로 되어있다.

167) 穀의 이체자. 왼쪽 아랫부분의 '禾'위에 가로획이 없고 우부방의 '殳'가 '殳'의 형태로 되어있다.

168) 昏의 이체자. 윗부분의 '氏'가 '民'의 이체자인 '民'의 형태로 되어있다.

169) 禍의 이체자. 오른쪽부분의 '咼'가 '咼'의 형태로 되어있다. 여기서는 판본 전체적으로 자주 사용하는 이체자 '禍'와는 다른 형태의 이체자를 사용하였다.

170) 草의 이체자. 머리의 '++'가 '丷'의 형태로 되어있다.

171) 興의 이체자. 윗부분 가운데의 '同'의 형태가 '冂'의 형태로 되어있다.

172) 조선간본은 판본 전체적으로 '糹'의 형태를 주로 사용하였는데, 이번 단락에서는 '糸'의 형태를 사용하였다.

173) 逸의 이체자. '辶' 윗부분의 '兔'이 '免'의 형태로 되어있다.

174) 養의 이체자. 윗부분의 '关'의 형태가 '䒑'의 형태로 되어있다.

175) 淫의 이체자. 오른쪽 아랫부분의 '壬'이 '缶'의 형태로 되어있다.

176) 滿의 이체자. 오른쪽 윗부분의 '廿'이 '丷'의 형태로 되어있고 그 아랫부분의 '兩'이 '用'의 형태로 되어있다.

177) 盈의 이체자. 윗부분 '乃'안의 '又'의 형태가 '夫'의 형태로 되어있다.

178) 佞의 이체자. 오른쪽 윗부분의 '二'의 형태가 '亠'의 형태로 되어있다.

179) 齋의 이체자. '亠'의 아래쪽 가운데부분의 'Y'가 '了'의 형태로 되어있다.

180) 謹의 이체자. 왼쪽 윗부분의 '廿'이 '卄'의 형태로 되어있고 아랫부분에는 가로획 하나가 빠진 형태로 되어있다.

181) 庶의 이체자. '广'안의 윗부분의 '廿'이 '艹'의 형태로 되어있다.

面}！」問曰：「何謂也？」曰：「昔者夏桀、殷紂不任其過，其亡也忽焉。成湯、文、武知任其過，其興也勃焉。夫過而改[182]之，是猶不過也。故曰其**庶**幾乎！」宋人聞之，夙興夜寐[183]，早朝晏退，弔死問疾，勠[184]力宇內。三年，歲豐政平，嚮使宋人不聞君子之語，則年穀未豐而國未**寧**，《詩》曰：「佛時仔肩，示我顯德行。」此之謂也。

楚昭王有疾，卜之曰：「河為祟。」大夫請用三牲焉。王曰：「止，古者先王割地制土，祭不過望。江、漢、睢、漳，楚之望也。禍福之至，不是過也。不穀雖不德，〖河非所獲罪也。」遂不祭焉。仲尼[185]聞之曰：「昭王可謂〗[186]**{第23面}**知天道矣，其不失國，宜[187]哉！」

楚昭王之時，有雲如飛鳥，夾日而飛，三日，昭王患之，使人乘馹[188]，東而問諸太史州黎[189]，州黎曰：「將虐[190]於王身，以令尹、司馬說焉，則可。」令尹、司馬聞之，宿齋沐浴，將自以身禱[191]之焉。王曰：「止，楚國之有不穀也，由身之有匈脅也。其有令尹、司馬也，由身之有股[192]肱也。匈脅有疾，轉之股肱，庸

---

182) 改의 이체자. 왼쪽부분의 ‘己’가 ‘巳’의 형태로 되어있다.

183) 寐의 이체자. 아랫부분 왼쪽의 ‘爿’이 ‘丬’의 형태로 되어있다.

184) 勠의 이체자. 왼쪽 윗부분의 ‘羽’가 ‘彐’의 형태로 되어있다. 欽定四庫全書本은 ‘戮’을 사용하였고, ‘戮力’은 ‘힘을 다하다’라는 의미이다.(劉向 撰, 林東錫 譯註,《설원1》, 동서문화사, 2009. 149쪽. 劉向 原著, 王鍈 · 王天海 譯註,《說苑全譯》, 貴州人民出版社, 1991. 39쪽) 조선간본의 ‘勠’도 ‘협력하다’ 또 ‘합하다’라는 의미가 있으므로, ‘勠力’은 ‘힘을 합하다’라는 의미가 있으므로 뜻이 통하다.

185) 尼의 이체자. ‘尸’의 아랫부분의 ‘匕’가 ‘工’의 형태로 되어있다.

186) ‘〖~〗’ 이 부호는 한 행을 뜻한다. 본 판본은 1행에 18자로 되어있는데, ‘〖~〗’로 표시한 이번 면(제23면)의 제11행은 한 글자가 많은 19자로 되어있다.

187) 宜의 이체자. 머리의 ‘宀’이 ‘冖’의 형태로 되어있다.

188) 欽定四庫全書本은 ‘驛’으로 되어있다. 조선간본의 ‘馹’과 欽定四庫全書本의 ‘驛’은 모두 ‘驛馬’라는 뜻을 가지고 있다.

189) 黎의 이체자. 맨 아랫부분의 ‘氺’의 형태가 ‘小’의 형태로 되어있다.

190) 虐의 이체자. 머리의 ‘虍’가 ‘声’의 형태로 되어있고 그 아랫부분은 ‘⺕’의 형태가 ‘ㅌ’의 형태로 되어있다.

191) 禱의 이체자. 오른쪽부분의 ‘壽’가 ‘壽’의 형태로 되어있다.

192) 股의 이체자. 오른쪽부분의 ‘殳’가 ‘叏’의 형태로 되어있다. 이번 단락의 아래에서는 정자를

為去是人也？」

邾文公卜徙於繹，史曰：「利於民，不利於君。」君曰：「苟利於民，寡人之利也，天生蒸[193]民而樹之君，以利之也，民既利矣，孤必與焉！」侍者曰：「命可長也**{第24面}**，君胡不為？」君曰：「命在牧民，死之短長，時也。民苟[194]利矣，吉孰[195]大焉。」遂徙於繹。

楚荘王見天不見妖，而地不出孽，則禱於山川曰：「天其忘予歟？」此能[196]求過於天，必不逆諫矣，安不忘危，故能終而成霸[197]功焉。

湯曰：「藥食先嘗於卑，然後至於貴。藥言先獻[198]於貴，然後聞於卑。」故藥[199]嘗乎卑，然後至乎貴，教也。藥言獻於貴，然後聞於卑，道也。故使人味食然後食者，其得味也多。使人味言然後聞言者，其得言也少。是以明王之言，必自他聽[200]之，必自他聞之，必自他擇之，必自他取之，必自他聚之，必**{第25面}**自他藏[201]之，必自他行之。故道以數取之為明，以數行之為章[202]，以數施之萬物為藏。是故求道者不以目而以心，取道者不以手而以耳。

楚文王有疾，告大夫曰：「筦饒飽[203]我以[204]義，違我以禮，與處不安，不見

사용하였다.

193) 欽定四庫全書本은 '烝'으로 되어있다. '烝民'은 '온 백성'이란 뜻으로 '烝'은 '많다'라는 의미이다. 조선간본의 '蒸'은 이런 뜻이 없으므로 오자이다.

194) 苟의 이체자. 머리의 '艹'가 '䒑'의 형태로 되어있다.

195) 孰의 이체자. 왼쪽부분의 '享'이 '享'의 형태로 되어있다.

196) 能의 이체자. 오른쪽부분의 '⺋'의 형태가 '长'의 형태로 되어있다.

197) 霸의 이체자. 앞에서 사용한 이체자 '覇'와는 다르게 아래부분 왼쪽의 '革'이 '羊'의 형태로 되어있다.

198) 獻의 이체자. 머리의 '虍'가 '声'의 형태로 되어있고 그 아랫부분의 '鬲'이 '鬲'의 형태로 되어있다.

199) 欽定四庫全書本도 조선간본과 동일하게 '食'자가 빠져있는데, 宋本과 元本에는 모두 '食'자가 빠져있지 않다.(劉向 撰, 向宗魯 校證,《說苑校證》, 北京:中華書局, 1987(2017 重印), 24쪽)

200) 聽의 이체자. 왼쪽부분 '耳'의 아래 '王'이 '土'의 형태로 되어있으며, 오른쪽부분의 '悳'의 형태가 가운데 가로획이 빠진 '悳'의 형태로 되어있다.

201) 藏의 이체자. 아랫부분 왼쪽의 '爿'의 형태가 빠져있고, '臣'이 '目'의 형태로 되어있다.

202) 章의 이체자. 머리 '立'의 아랫부분의 '早'가 '甲'의 형태로 되어있다.

不思，然吾道[205]得焉，必以吾時爵之。申侯伯，吾所[206]欲者，勸我為之。吾所樂者，先我行之。與處則安，不見則思，然[207]吾有喪焉，必以吾時遣之。」大夫許諾，乃爵筦饒以大夫，贈申侯伯而行之。申侯伯将之鄭，王曰：「必戒之矣，而為人也不仁，而欲得人之政，毋以之魯、衛、宋、鄭。」不聽[208]，遂之鄭，三年而得鄭國之政，五月而鄭人殺**{第26面}**之。

趙簡子與欒激遊，將沈[209]於河，曰：「吾嘗好聲色矣，而欒激致之。吾嘗好宮室臺榭矣，而欒激為之。吾嘗好良馬善[210]御[211]矣，而欒激求之。今吾好士六年矣，而欒激未嘗進一人，是進吾過而黜[212]吾善也。」

或謂趙簡子曰：「君何不更乎？」簡子曰：「諾[213]。」左右曰：「君未有過，何更？」君曰：「吾謂是諾，未必有過也，吾將求以恭[214]諫[215]者也，今我却之，是

---

203) 欽定四庫全書本은 조선간본과 다르게 '犯'자로 되어있다. '犯'은 '범하다' 혹은 '範'과 같으며 '규범에 맞추다'라는 의미로 사용되었는데,(劉向 撰, 向宗魯 校證,《說苑校證》, 北京:中華書局, 1987(2017 重印), 26쪽) 조선간본의 '飽'는 '물리다' 혹은 '싫증나다'라는 의미가 있어서 어느 정도 뜻은 통한다.

204) 以의 이체자. 가운데 '丶'이 '∨'의 형태로 되어있다. 이번 단락의 아래에서는 정자와 이체자를 혼용하였다.

205) 欽定四庫全書本은 조선간본과 다르게 '有'자로 되어있다. 여기서는 '얻은 것이 있다'(劉向 撰, 林東錫 譯註,《설원1》, 동서문화사, 2009. 162쪽)라는 의미로 사용되었기 때문에 조선간본의 '道'는 뜻이 통하지 않으므로 오자로 보인다.

206) 所의 이체자.

207) 然의 이체자. 윗부분 오른쪽의 '犬'이 '丶'이 빠진 '大'의 형태로 되어있다. 이번 단락의 앞에서는 정자를 사용하였다.

208) 聽의 이체자. '耳'의 아래 '王'이 '土'의 형태로 되어있으며, 오른쪽부분의 '悳'의 형태가 가운데 가로획이 빠진 '悳'의 형태로 되어있다.

209) 沈의 이체자. 왼쪽부분 '冘'의 오른쪽 가운데에 '丶'이 첨가되어있다.

210) 善의 이체자. 앞에서 사용한 이체자 '善'과는 다르게 아랫부분이 '口'의 형태로 되어있다.

211) 御의 이체자. 가운데부분의 '缶'의 형태가 '缶'의 형태로 되어있다.

212) 黜의 이체자. 좌부변의 '黑'이 '黒'의 형태로 되어있고, 오른쪽부분의 '出'이 '灬'의 위에 있다.

213) 諾의 이체자. 오른쪽부분의 '若'이 '若'의 형태로 되어있다.

214) 欽定四庫全書本은 조선간본과 다르게 '有'자로 되어있다. 여기서는 '오다'(劉向 撰, 林東錫 譯註,《설원1》, 동서문화사, 2009. 167쪽)라는 의미이기 때문에 조선간본의 '恭'은 뜻이 통하지 않으므로 오자로 보인다. 그런데 후조당 소장본은 '恭'자 위에 '来'자를 가필하였으나 겹쳐있어

却諫者，諫者必止，我過無日矣。」

韓武子田，獸已聚矣，田車合矣，**傳**[216]来告曰：「晋公**{第27面}**薨[217]。」武子謂欒懐[218]子曰：「子亦知吾好田獵也，獸已聚矣，田車合矣，吾可以卒獵而後吊乎？」懐子對[219]曰：「范氏之亡也，多輔而少拂，今臣於君，輔也。畾於君，拂也，君胡不問於畾也？」武子曰：「盈[220]而欲拂我乎？而拂我矣，何必畾哉？」遂輟田。

師經鼓琴，魏文侯起[221]儛[222]，賦曰：「使我言而無見違。」師[223]經援琴而撞文侯，不中，中旒[224]，潰之，文侯謂左右曰：「為人臣而撞其君，其罪如何？」左右曰：「罪當烹。」提師經下堂一等。師經曰：「臣可一言而死乎？」文侯曰：「可。」師經曰：「昔堯、舜之為君也，唯恐言而人不違。桀、紂之為君也，唯恐言而人違之。臣撞**{第28面}**桀、紂，非撞吾君也。」文侯曰：「釋之！是寡人之過也。懸琴於城門以為寡人符，不**補**[225]旒以為寡人戒。」

齊景公游於蔞[226]，聞晏子卒，公乘輿素服，駬[227]而驅[228]之，自以為遅[229]，

서 알아보기 힘들기 때문에 위의 여백부분에 다시 '来'자를 써놓았다. 이 판본의 소장자는 '恭'이 '来'의 오자임을 인식하고 고쳐놓은 것으로 보인다.

215) 諫의 이체자. 오른쪽부분의 '柬'이 '東'의 형태로 되어있다. 조선간본은 판본 전체적으로 이 이체자를 사용하였는데, 이번 단락의 아래에서는 정자를 사용하였다.

216) 傳의 이체자. 오른쪽 윗부분의 '叀'의 형태가 '亩'의 형태로 되어있다.

217) 薨의 이체자. 아랫부분의 '死'가 판본 전체적으로 자주 사용하는 이체자 '歹'의 형태로 되어있다.

218) 懷의 이체자. 오른쪽 가운데부분의 '罒'의 형태가 빠져있으며, 그 아랫부분이 '衣'의 형태로 되어있다.

219) 對의 이체자. 자주 사용하는 이체자 '對'와는 다르게 왼쪽부분의 '丵'의 형태가 '䒑'의 형태로 되어있다.

220) 盈의 이체자. 윗부분 '乃'안의 '又'의 형태가 '夬'의 형태로 되어있다.

221) 起의 이체자. 오른쪽부분의 '己'가 '巳'의 형태로 되어있다.

222) 欽定四庫全書本은 조선간본과 다르게 '舞'자로 되어있는데, 조선간본의 '儛'는 '舞'와 같다.

223) 師의 이체자. 왼쪽 맨 윗부분의 '丿'의 형태가 빠져있다. 이번 단락의 앞에서는 정자를 사용하였는데, 이번 단락의 아래에서는 모두 이 이체자를 사용하였다.

224) 旒의 이체자. 오른쪽 '亠' 아랫부분의 '厶'의 형태가 '厶'의 형태로 되어있다.

225) 補의 이체자. 좌부변의 '衤'가 'ネ'의 형태로 되어있다.

226) 蔞의 이체자. 머리 '艹' 아래의 '婁'가 '婁'의 형태로 되어있다.

下車而趨, 知不若車之速, 則又乘, 比至於國者, 四下而趨, 行哭而徃[230]矣, 至, 伏屍而號[231]曰：「子大夫日夜責寡人, 不遺尺寸, 寡人猶且淫泆而不收[232], 怨罪重積於百姓。今天降禍於齊國, 不加寡人, 而加夫子, 齊國之社稷危矣, 百姓將誰告矣？」

晏子沒, 十有七年, 景公飲諸大夫酒, 公射出質, 堂上唱善[233], 若出一口, 公作色太息, 播[234]弓矢。弦章**{第29面}**入, 公曰：「章[235], 自吾失晏子, 於今十有七年, 未嘗聞吾過不善, 今[236]射出質而, 唱善者若出一口。」弦章對曰：「此[237]諸臣之不肖也, 知不足以知君之不善, 勇不足以犯君之顏色。然而有一焉, 臣聞之：『君好之, 則臣服之。君嗜之, 則臣食之。』夫尺蠖食黃, 則其身黃, 食蒼則其身蒼。君其猶有諂人言乎？」公曰：「善！今日之言, 章為君, 我為臣。」是時海人入魚, 公以五十乘[238]賜弦章歸, 魚乘塞塗, 撫其御之手, 曰：「曩[239]之唱善者,

227) 欽定四庫全書本은 '驛'으로 되어있다. 조선간본의 '馹'과 欽定四庫全書本의 '驛'은 모두 '驛馬'라는 뜻을 가지고 있다.

228) 驅의 이체자. 좌부변의 '馬'가 '馬'의 형태로 되어있다.

229) 遲의 이체자. 오른쪽 '尸'의 아랫부분이 '辛'의 형태로 되어있다.

230) 往의 俗字. 오른쪽부분의 '主'가 '生'의 형태로 되어있다.

231) 號의 이체자. 오른쪽 윗부분의 '虍'가 '声'의 형태로 되어있다.

232) 收의 이체자. 왼쪽부분의 '丩'의 형태가 '丬'의 형태로 되어있다.

233) 善의 이체자. 아랫부분이 '古'의 형태로 되어있다. 이번 단락 아래에서는 이 이체자와 '善'을 혼용하였다.

234) 播의 이체자. 오른쪽부분의 '番'에서 맨 위의 '丿'의 형태가 빠진 '畨'으로 되어있다.

235) 章의 이체자. 머리 '立'의 아랫부분의 '早'가 '甲'의 형태로 되어있다. 이번 단락의 앞에서는 정자를 사용하였고, 뒤에서는 정자와 이체자를 혼용하였다.

236) 今의 이체자. 앞에서 자주 사용한 이체자 '今'과는 다르게 아랫부분의 '㇆'의 형태가 '丆'의 형태로 되어있다. 고려대 소장본은 맨 아랫부분이 희미하여 '亼'의 형태로 보이며, 충재박물관 소장본은 '亼'의 형태로 되어있고, 후조당 소장본은 '入'의 형태로 되어있다. 이는 글자가 점점 마모되어 아예 다른 글자로 변해가는 양상을 보여준다.

237) 此의 이체자. 좌부변의 '止'가 '山'의 형태로 되어있다.

238) 乘의 이체자. 가운데부분의 '北'이 '卄'의 형태로 되어있다. 이번 단락의 아래에서는 정자를 사용하였다.

239) 曩의 이체자. 가운데부분의 '吅'가 '从'의 형태로 되어있다.

皆欲若魚者也。昔者，晏子辭[240]賞以正君，故過失不掩，今諸臣諂諛以干利，故出質而唱善如出一口，今所輔於君，未見於衆**{第30面}**而受若魚，是反晏子之義而順諂諛之欲也。」固辭魚不受。君子曰：「弦章之廉[241]，乃晏子之遺行也。」

夫天之生人也，盖非以為君也。天之立君也，盖非以為位也。夫為人君，行其私欲而不顧其人，是不承天意，忘其位之所以宜[242]事也，如此者，《春秋》不予[243]能君而夷狄之，鄭伯惡一人而兼[244]弃[245]其師，故有夷狄不君之辭，人主不以此自省惟，既以失實，心奚因知之，故曰：「有國者不可以不學《春秋》。」此之謂也。

齊人弑其君，魯襄公援戈而起曰：「孰臣而敢殺其君乎？」師懼曰：「夫齊君治之不能，任之不肖，縱**{第31面}**一人之欲以，虐[246]萬夫之性，非所以立君也。其身死，自取之也。今君不愛萬夫之命而傷一[247]人之死，奚其過也。其臣已無道矣，其君亦不足惜也。」

孔子曰：「文王似元年，武王似春王，周公似王[248]月，文王以王季為父，以太任為母，以太姒為妃[249]，以武王，周公為子，以泰顛，閎夭為臣，其本美矣。武

---

240) 辭의 이체자. 왼쪽부분의 '𤔔'가 '𠬪'의 형태로 되어있으며, 우부방의 '辛'이 아랫부분에 가로획 하나가 더 있는 '辛'의 형태로 되어있다. 이번 단락의 아래에서는 왼쪽부분이 다른 형태의 이체자 '辭'를 사용하였다.

241) 廉의 이체자. '广' 안의 '兼'에서 아랫부분이 '灬'의 형태로 되어있다.

242) 宜의 이체자. 머리의 '宀'이 '冖'의 형태로 되어있다.

243) 고려대와 충재박물관 소장본은 모두 '予'로 되어 있는데, 후조당 소장본은 가필하여 '矛'로 만들어놓았으나 '矛'는 오자이다.

244) 兼의 이체자. 맨 아랫부분이 '灬'의 형태로 되어있다.

245) 棄의 俗字. 윗부분 '去'의 아랫부분이 '廾'의 형태로 되어있다.

246) 虐의 이체자. 머리의 '虍'가 '声'의 형태로 되어있고 그 아랫부분은 '⺕'의 형태가 'ㅌ'의 형태로 되어있다.

247) 고려대와 충재박물관 소장본은 모두 '一'로 되어 있는데, 후조당 소장본은 아무것도 인쇄되지 않은 빈칸으로 되어있다.

248) 欽定四庫全書本에는 '正'으로 되어있다. 조선간본의 '王'는 '크다'라는 의미이기 때문에 '正'의 오자이다. '王'는 판목이 훼손되어 왼쪽 아랫부분의 세로획이 떨어져나갔을 가능성도 배제할 수 없으나, 고려대·충재박물관·후조당 소장본 모두 '王'로 되어있다.

249) 妃의 이체자. 오른쪽부분의 '己'가 '巳'의 형태로 되어있다.

王正其身以正其國，正其國以正天下，伐無道，刑有罪，一動天下正，其事正矣。春致其時，萬物皆及生，君致其道，萬人皆及治，周公戴[250]己而天下順之，其誠至矣。」

尊君卑臣者，以勢使之也。夫勢失則權傾，故天**{第32面}**子失道，則諸侯尊矣。諸侯失政，則大夫起矣。大夫失官，則庶人興矣。由是觀之，上不失而下得者，未嘗有也。

孔子曰：「夏道不亡，商德不作。商德不亡，周德不作。周德不亡，《春秋》不作。《春秋》作而後君子知周道亡也。」故上下相虧[251]也，猶水火之相滅也，人君不可不察而大盛其臣下，此私門盛而公家毀也，人君不察焉，則國家危殆矣。筦子曰：「權不兩[252]錯，政不二門。」故曰：「脛大於股者難以步[253]，指[254]大於臂者難以把。」本小末大，不能相使也。

司城子罕相宋，謂宋君曰：「國家之危定，百姓之**{第33面}**治亂，在君行之賞罰也。賞當則賢人勸，罰得則姦人止。賞罰不當，則賢人不勸，姦人不止，姦邪比周，欺上蔽主，以争爵祿，不可不慎也。夫賞賜讓[255]與者，人之所好也，君自行之。刑罰殺戮[256]者，人之所惡也，臣請當之。」君曰：「善[257]，子主其惡，寡人行其善，吾知不為諸侯笑[258]矣。」於是宋君行賞賜，而與子罕刑罰。國人知刑戮之威，專[259]在子罕也，大臣親之，百姓附之，居期年，子罕逐其君而專其政，故

---

250) 戴의 이체자. 왼쪽 아랫부분의 '異'가 '異'의 형태로 되어있다.

251) 虧의 이체자. 왼쪽 윗부분의 '虍'가 '严'의 형태로 되어있다.

252) 兩의 이체자. 바깥부분 '帀'의 안쪽의 '入'이 '人'의 형태로 되어있으며 그것의 윗부분이 '帀'의 밖으로 튀어나와 있다. 위의 글자는 고려대 소장본을 따랐으며, 충재박물관 소장본은 글자가 뭉그러져있고, 후조당 소장본은 가필하여 '两'으로 되어있다.

253) 步의 이체자. 아랫부분의 '少'의 형태가 '丶'이 첨가된 '少'의 형태로 되어있다.

254) 指의 이체자. 오른쪽 윗부분의 '匕'가 '亠'의 형태로 되어있다.

255) 讓의 이체자. 오른쪽부분 '亠'의 아랫부분 '吅'가 '八'의 형태로 되어있다. 이번 단락의 앞에서는 정자를 사용하였는데, 여기에서는 이 이체자를 사용하였다.

256) 戮의 이체자. 왼쪽 윗부분의 '羽'가 'ヨヨ'의 형태로 되어있다.

257) 善의 이체자. 앞에서 사용한 이체자 '善'과는 다르게 아랫부분이 '口'의 형태로 되어있다.

258) 笑의 이체자. 아랫부분의 '夭'가 '犬'의 형태로 되어있다.

259) 專의 이체자. 윗부분 '叀'의 형태가 '亩'의 형태로 되어있다.

曰：「無弱君無彊大夫。」老子曰：「魚不可脫於淵[260)]，國之利器[261)]，不可以借人。」此之謂也。

劉[262)]向說苑卷第一[263)]**{第34面}**

260) 淵의 이체자. 오른쪽부분의 '𣶒'이 '𣶒'의 형태로 되어있다.

261) 器의 이체자. 가운데부분의 '犬'이 '工'의 형태로 되어있다.

262) 劉의 이체자. 왼쪽 윗부분이 '卯'의 형태로 되어있다.

263) 卷尾題의 글자크기가 본문에 비해서 크지만, 실제 원문의 卷尾題와 본문의 글자 크기는 동일하다. 이하에서는 이에 대해 따로 주를 달지 않는다.

劉向說苑卷第二

臣術

人臣之術，順從而復命，無**所**[264]敢專[265]，義不苟合，位不苟尊。必有益於國，必有**補**[266]於君。故其身尊而子孫保之。故人臣之行有六正六邪，行六正則榮，犯六邪則辱[267]。夫榮辱者，禍福之門也。何謂六正六邪？六正者：一曰萌牙[268]未動，形**兆**[269]未見，昭然獨見存亡之幾[270]，得失之要，預禁乎不然之前，使主超然立乎顯榮之處，天下稱孝焉，如此者聖臣也。二曰虛[271]心白意，進**善**通道，勉主以禮**誼**[272]，諭主以長策[273]，將順其美，匡[274]救[275]其惡，功成事立，歸[276]**善{第35面}**於君，不敢獨伐其勞，如此者良臣也。三曰卑身[277]賤[278]體，夙興[279]夜寐，進賢不解[280]，**數**[281]稱於往古之德[282]行事，以厲主意，**庶**幾有益，以

---

264) 所의 이체자. 이번 단락의 아래에서는 정자와 이체자를 혼용하였다.

265) 專의 이체자. 윗부분 '叀'의 형태가 '亩'의 형태로 되어있다.

266) 補의 이체자. 좌부변의 '衤'가 '礻'의 형태로 되어있다.

267) 辱의 이체자. 윗부분의 '辰'이 '辰'의 형태로 되어있다.

268) 欽定四庫全書本도 조선간본과 동일하게 '牙'로 되어있는데,《說苑校證》에는 '芽'로 되어 있다.(劉向 撰, 向宗魯 校證,《說苑校證》, 北京:中華書局, 1987(2017 重印), 34쪽) '萌牙'도 역시 '싹트다'라는 의미가 있기 때문에 오자로 볼 수는 없다.

269) 兆의 이체자. 欽定四庫全書本은 조선간본과 다르게 정자로 되어있다.

270) 幾의 이체자. 아랫부분 왼쪽의 '人'의 형태가 'ク'의 형태로 되어있고, 아랫부분의 오른쪽에 'ノ'이 빠져있다.

271) 虛의 이체자. '虍' 아랫부분의 '业'의 형태가 '丘'의 형태로 되어있다.

272) 誼의 이체자. 오른쪽 윗부분의 '宀'이 '冖'의 형태로 되어있다.

273) 策의 이체자. 머리 '⺮' 아래의 '朿'가 '宋'의 형태로 되어있다.

274) 匡의 이체자. '匚'에서 맨 위의 가로획이 빠져있으며 그 부분에 '丶'이 첨가되어있다.

275) 救의 이체자. 왼쪽의 '求'에서 윗부분의 '丶'이 빠져있다. 이번 단락의 아래에서는 정자를 사용하였다.

276) 歸의 이체자. 왼쪽 맨 윗부분의 '㇒'이 빠져있고, 아랫부분의 '止'가 'ㄴ'의 형태로 되어있다.

277) 身의 이체자. 윗부분의 '自'의 형태에서 가로획이 빠져있다.

278) 賤의 이체자. 오른쪽의 '戔'이 윗부분은 그대로 '戈'로 되어있고 아랫부분 '戈'에 '丶'이 빠진 '戋'의 형태로 되어있다.

279) 興의 이체자. 윗부분 가운데의 '同'의 형태가 '目'의 형태로 되어있다.

安國家社稷宗廟, 如灿[283]者忠臣也。四曰明察幽, 見成敗, 早防而救之, 引而復之, 塞其間, 絶其源, 轉禍以為福, 使君終以無憂, 如灿者智臣也。五曰守文奉法, 任官職事, 辭[284]禄[285]讓[286]賜, 不受贈遺, 衣服端齊, 飲食節儉[287], 如灿者貞臣也。六曰國家昏亂[288], 所為不諫[289], 然而敢〖犯主之顏面[290], 言主之過失, 不辭[291]其誅, 身死國安, 不〗[292]悔所行, 如灿者直臣也。是為六正也。六邪者：一曰安官貪禄, 營於私家, 不務公事, 懐[293]其智, 蔵[294]其{**第36面**}能, 主飢於論[295], 渇[296]於策[297], 猶不肯盡節, 容容乎與世沈[298]浮上下, 左右觀望, 如灿者

---

280) 解의 이체자. 오른쪽부분이 '羊'의 형태로 되어있다.

281) 數의 이체자. 왼쪽부분의 '婁'가 '婁'의 형태로 되어있다.

282) 德의 이체자. 오른쪽부분의 '悳'의 형태가 가운데 가로획이 빠진 '悳'의 형태로 되어있다.

283) 此의 이체자.

284) 辭의 이체자. 왼쪽부분의 '𤔔'가 '𤔔'의 형태로 되어있으며, 우부방의 '辛'이 아랫부분에 가로획 하나가 더 있는 '辛'의 형태로 되어있다.

285) 祿의 이체자. 오른쪽부분의 '彔'이 '录'의 형태로 되어있다.

286) 讓의 이체자. 오른쪽부분 '亠'의 아랫부분 '吅'가 '从'의 형태로 되어있다.

287) 儉의 이체자. 오른쪽 맨 아랫부분의 '从'이 '灬'의 형태로 되어있다.

288) 亂의 이체자. 왼쪽부분의 '𤔔'의 형태가 '𤔔'의 형태로 되어있다.

289) 欽定四庫全書本은 조선간본과 다르게 '道'로 되어있는데, 林東錫은 '도에 어긋나다'(劉向 撰, 林東錫 譯註, 《설원1》, 동서문화사, 2009. 197쪽)라는 의미로 번역하였다. 그런데 《說苑校證》에서는 宋本 등에는 조선간본과 동일하게 '諫'으로 되어 있으나, '諛'를 잘못 쓴 것으로 의심했다.(劉向 撰, 向宗魯 校證, 《說苑校證》, 北京:中華書局, 1987(2017 重印), 35쪽)

290) 面의 이체자. 맨 윗부분 '丆'의 아랫부분의 '囬'가 '回'의 형태로 되어있다.

291) 辭의 이체자. 왼쪽부분의 '𤔔'가 '𤔔'의 형태로 되어있다. 이번 단락의 앞에서 사용한 이체자 '辭'와는 다른 형태의 이체자를 사용하였다.

292) '〖~〗' 이 부호는 한 행을 뜻한다. 본 판본은 1행에 18자로 되어있는데, '〖~〗'로 표시한 이번 면(제36면)의 제9행은 한 글자가 많은 19자로 되어있다.

293) 懷의 이체자. 오른쪽 가운데부분의 '土'의 형태가 빠져있으며, 그 아랫부분이 '衣'의 형태로 되어있다.

294) 藏의 이체자. 아랫부분 왼쪽의 '爿'의 형태가 빠져있고, '臣'이 '目'의 형태로 되어있다.

295) 論의 이체자. 오른쪽부분의 '侖'이 '侖'의 형태로 되어있다.

296) 渴의 이체자. 오른쪽부분의 '曷'이 '曷'의 형태로 되어있다.

297) 策의 이체자. 머리 '⺮' 아래의 '朿'가 '宋'의 형태로 되어있다.

298) 沈의 이체자. 왼쪽부분 '冘'의 오른쪽 가운데에 '丶'이 첨가되어있다.

具臣也。二曰主所言皆曰善，主所為皆曰可，隐[299]而求主之所好，即進之以快主耳目，偷合苟容，與主為樂，不顧其後害，如此者諛臣也。三曰中實頗險[300]，外容貌小謹[301]，巧言令色，又心嫉賢，所欲進，則明其美而隐其惡，所欲退，則明其過而匿其美，使主妄行過任，賞罰不當，號令不行，如此者姦臣也。四曰智足以飾非，辯足以行說，反言易辭，而成文章，内離骨肉之親，外妬亂朝廷[302]，如此者讒[303]臣也。五曰專權擅[304]勢[305]，持抔[306]國事，以為輕重，於私門成黨，以{第37面}富[307]其家，又復增加威勢，擅矯主命，以自貴顯，如此者賊臣也。六曰諂言以邪，墜主不義，朋黨比周，以蔽主明，入則辯言好辭，出則更復異[308]其言語，使白黑[309]無別，是非無間，伺候[310]可推，而因附然，使主惡布於境内，聞於四隣，如此者亡國之臣也。是謂六邪。賢臣處六正之道，不行六邪之術，故上安而下治，生則見樂，死則見思，此人臣之術也。

---

299) 隱의 이체자. 오른쪽부분의 '㥯'이 '急'의 형태로 되어있다.

300) 險의 이체자. 오른쪽 맨 아랫부분의 '从'이 '灬'의 형태로 되어있다.

301) 謹의 이체자. 오른쪽부분 '堇'이 윗부분의 '廿'이 '艹'의 형태로 되어있고 그 아랫부분에는 가로획 하나가 빠진 '堇'의 형태로 되어있다.

302) 廷의 이체자. '廴' 위의 '壬'이 '手'의 형태로 되어있다.

303) 讒의 이체자. 오른쪽 윗부분의 '㲋'이 '免'의 형태로 되어있으며, 그 아랫부분의 '兔'도 '免'의 형태로 되어있다.

304) 擅의 이체자. 오른쪽 윗부분의 '亩'이 '面'의 형태로 되어있다.

305) 勢의 이체자. 윗부분 왼쪽의 '坴'이 '圭'의 형태로 되어있다. 판본 전체적으로 자주 사용하는 이체자 '勢'와는 다른데, 이후에는 거의 사용하지 않았다.

306) 欽定四庫全書本은 조선간본과 다르게 '招'로 되어있는데, 林東錫은 '國事를 빌미로'(劉向 撰, 林東錫 譯註,《설원1》, 동서문화사, 2009. 162쪽)라고 번역하였다. 그런데《說苑校證》에서는 조선간본과 동일하게 '抔'를 사용하였으며, 宋本 등에도 '抔'로 되어 있다고 하였다.(劉向 撰, 向宗魯 校證,《說苑校證》, 北京:中華書局, 1987(2017 重印), 36쪽) 조선간본의 '抔'는 '國事를 움켜쥐다'라는 의미이기 때문에 뜻이 더 맞는다.

307) 富의 이체자. 머리의 '宀'이 '冖'의 형태로 되어있다.

308) 異의 이체자. 아랫부분의 '共'의 가운데에 세로획 하나가 첨가된 '共'의 형태로 되어있다.

309) 黑의 이체자. '灬'의 윗부분이 '里'의 형태로 되어있다.

310) 候의 이체자. 오른쪽 윗부분의 'ユ'의 형태가 '亠'의 형태로 되어있고 그 아랫부분의 '矢'가 '夫'의 형태로 되어있다.

湯問伊尹曰：「三公、九卿[311]、大夫、列士，其相去何如？」伊尹對曰：「三公者，知通於大道，應變而不窮，辯於萬物之情，通於天道者也。其言足以調陰[312]陽**{第38面}**，正四時，節風雨，如是者舉以為三公，故三公之事，常在於道也。九卿者，不失四時，通於[313]溝[314]渠，修隄防，樹五穀[315]，通於地理者也。能通不能通，能利不能利，如此者舉以為九卿，故九卿之事，常在於德也。大夫者，出入與民同衆，取去與民同利，通於人事，行猶舉繩[316]，不傷於言，言之於世，不害於身，通於關[317]梁[318]，實於府庫，如是者舉以為大夫，故大夫之事，常在於仁也。列士者，知義而不失其心，事功而不獨專其賞，忠政彊諫，而無有姦詐，去私立公，而言有法度，如是者舉以為列士，故列士之事，常在於義也。故道德仁義定而天**{第39面}**下正，凡[319]此四者，明王臣而不臣。」湯曰：「何謂臣而不臣？」伊尹對曰：「君之所不名臣者四：諸父臣而不名，諸兄臣而不名，先王之臣臣而不名，盛德之士、臣而不名，是謂大順也。」

湯問伊尹曰：「古者所以立三公、九卿、大夫、列士者，何也？」伊尹對曰：「三公者，所以叅[320]五事也。九卿者，所以叅三公也。大夫者，所以叅九卿也。列士者，所以叅大夫也。故叅而有叅，是謂事宗。事宗不失，外內若一。」

子貢問孔子曰：「今之人臣孰為賢？」孔子曰：「吾未識也。往[321]者，齊有鮑

---

311) 卿의 이체자. 왼쪽의 'ㄗ'의 형태가 '夕'의 형태로 되어있고 가운데 부분의 '皀'의 형태가 '艮'의 형태로 되어있다.

312) 陰의 이체자. 오른쪽부분의 '侌'이 '侌'의 형태로 되어있다.

313) 於의 이체자. 좌부변의 '方'이 '扌'의 형태로 되어있다. 이번 단락의 앞과 뒤에서는 정자와 이 이체자를 혼용하였다.

314) 溝의 이체자. 오른쪽 아랫부분의 '冉'이 '冄'의 형태로 되어있다.

315) 穀의 이체자. 왼쪽 아랫부분의 '禾'위에 가로획이 없고 '禾'가 '米'로 되어있으며, 우부방의 '殳'가 '殳'의 형태로 되어있다.

316) 繩의 이체자. 오른쪽부분의 '黽'이 '黽'의 형태로 되어있다.

317) 關의 이체자. '門'안의 '𢇇'의 형태가 '𢇇'의 형태로 되어있다.

318) 梁의 이체자. 윗부분 오른쪽의 '刅'의 형태가 '刃'의 형태로 되어있다.

319) 凡의 이체자. '几' 안쪽의 '丶'이 직선 형태로 되어있으며 그 가로획이 오른쪽 '乁'획의 밖으로 삐져나와 있다.

320) 叅의 이체자. 아랫부분의 '彡'이 '小'의 형태로 되어있다.

叔，鄭有子皮，賢[322]者也。」子貢曰**{第40面}**：「然則齊無管[323]仲，鄭無子產乎？」子曰：「賜，汝徒知其一，不知其二。汝聞進賢為賢耶？用力為賢耶？」子貢曰：「進賢為賢？」子曰：「然。吾聞鮑叔之進管仲也，聞子皮之進子產也，未聞管仲、子產有所進也。」

魏文侯且置相，召李克而問焉，曰：「寡人將[324]置相，置於季成子與翟[325]觸，我孰置而可？」李克曰：「臣聞之，賤不謀[326]貴，外不謀內，疏[327]不謀親，臣者疏賤，不敢聞命。」文侯曰：「此國[328]事也，願與先生臨事而勿辭。」李克曰：「君不察故也，可知矣，貴視其所舉，富視其所與，貧視其所不取，窮視其所不為，由此觀之，可知矣。」文侯曰：「先生出矣，寡人之相定矣**{第41面}**。」李克出，過翟黃，翟黃問曰：「吾聞君問相於先生，未知果孰為相？」李克曰：「季成子為相。」翟黃作色不說曰：「觸失望[329]於先生。」李克曰：「子何遽[330]失望於我？我於子之君也，豈與我比周而求大官哉？君問相於我，臣對曰：『君不察故也，貴視其所舉，富視其所與，貧視其所不取，窮視其所不為，由此觀之可知也。』君曰：『出矣，寡人之相定矣。』以是知季成子為相。」翟黃不說曰：「觸何遽不為相乎？西[331]

---

321) 往의 俗字. 오른쪽부분의 '主'가 '生'의 형태로 되어있다.

322) 賢의 이체자. 윗부분 왼쪽의 '臣'이 '目'의 형태로 되어있다. 이번 단락의 앞과 뒤에서는 모두 정자를 사용하였다.

323) 欽定四庫全書本은 조선간본과 다르게 이체자 '筦'으로 되어있다. 조선간본도 앞에서는 '筦'을 사용하였는데, 이번 단락에서는 모두 정자를 사용하였다.

324) 將의 이체자. 왼쪽부분의 '爿'이 '丬'의 형태로 되어있고, 오른쪽 윗부분의 '夕'의 형태가 '爫'의 형태로 되어있다.

325) 翟의 이체자. 머리의 '羽'가 '彐'의 형태로 되어있다.

326) 謀의 이체자. 오른쪽부분의 '某'가 '某'의 형태로 되어있다.

327) 疏의 이체자. 좌부변의 '𤴔'의 형태가 '足'의 형태로 되어있고, 오른쪽부분의 '㐬'가 '束'의 형태로 되어있다.

328) 國의 이체자. '口' 안의 '或'이 '戓'의 형태로 되어있다. 이번 단락의 아래에서는 모두 정자를 사용하였다.

329) 望의 이체자. 윗부분 왼쪽의 '亡'이 '𠃊'의 형태로 되어있다.

330) 遽의 이체자. 오른쪽 아랫부분의 '豕'이 '㐱'의 형태로 되어있다.

331) 西의 이체자. '口'위의 '兀'의 형태가 'ㅠ'의 형태로 되어있으며, 양쪽의 세로획이 '口'의 맨 아랫부분에 붙어 있다.

河之守，觸所任也。計事内史，觸所任也。王欲攻中山，吾進樂羊。無使治之臣，吾進先生。無使傅其子，吾進屈侯附。觸何負於季成子？」李克曰：「不{第42面}如季成子，季成子食菜[332]千鐘，什九居，外一居中。是以東得卜子夏、田子方、段[333]干木，彼其所舉，人主之師也；子之所舉，人臣之才也。」翟黄迮然而慙曰：「觸失對於先生，請自脩然後學。」言未卒，而左右言季成子立為相矣，於是翟黄默然[334]變，色内慙，不敢出，三月也。

楚令尹死，景公遇成公乾曰：「令尹將焉[335]歸？」成公乾曰：「殆於屈春乎！」景公怒曰：「國人以為歸於我。」成公乾曰：「子資少，屈春資多，子義獲，天下之至憂也，而子以為友。鳴鶴與芻狗，其知甚少，而子玩之。鴟夷子皮日侍於屈春，損頗為友，二人者{第43面}之智足以為令尹，不敢專其智，而委之屈春，故曰政其歸於屈春乎！」

田子方渡西河，造翟黄。翟黄乘[336]軒車，載華盖。黄金之勒[337]，約鎮簟席，如此者其駟八十乘，子方望之，以為人君也，道狹，下抵車而待之。翟黄至而睹其子方也，下車而趨，自投下風，曰：「觸。」田子方曰：「子與！吾嚮者望子，疑[338]以為人君也，子至而人臣也，將何以至此乎？」翟黄對曰：「此皆君之所以賜臣也，積三十歲[339]，故至於此，時以閒暇，祖之曠野，正逢先生。」子方曰：

---

332) 欽定四庫全書本도 조선간본과 다르게 ‘采’로 되어있다. 《說苑校證》에서는 宋本과 元本에는 모두 ‘菜’로 되어 있으며, 과거에 두 글자는 서로 통하였다고 하였다.(劉向 撰, 向宗魯 校證, 《說苑校證》, 北京:中華書局, 1987(2017 重印), 40쪽)

333) 段의 이체자. 왼쪽부분의 ‘𠂤’의 형태가 ‘巨’의 형태로 되어있고 우부방의 ‘殳’가 ‘殳’의 형태로 되어있다.

334) 然의 이체자. 윗부분 오른쪽의 ‘犬’이 ‘丶’이 빠진 ‘大’의 형태로 되어있다. 이번 단락의 앞과 뒤에서는 정자를 사용하였기 때문에 필자는 판목의 훼손을 의심하였으나, 영남대와 후조당 소장본 모두 이 이체자로 되어있다.

335) 焉의 이체자. 윗부분의 ‘正’이 ‘匸’의 형태로 되어있다.

336) 乘의 이체자. 가운데부분의 ‘北’이 ‘卄’의 형태로 되어있다.

337) 勒의 이체자. 왼쪽부분의 ‘革’이 ‘草’의 형태로 되어있다.

338) 疑의 이체자. 왼쪽 윗부분의 ‘匕’가 ‘上’의 형태로 되어있고 아랫부분의 ‘矢’가 ‘天’의 형태로 되어있다.

339) 歲의 이체자. 머리의 ‘止’가 ‘山’의 형태로 되어있다.

「何子賜車轝之厚也？」翟黄對曰：「昔者，西河無守，臣進吴起。而西河之外，寗[340]**{第44面}**鄴無令，臣進西門豹，而魏無趙患；酸棗[341]無令，臣進北門可，而魏無齊憂；魏欲攻中山，臣進樂羊，而中山拔[342]；魏無使治之臣，臣進李克，而魏國大治。是以進此五大夫者，爵禄倍，以故至於此。」子方曰：「可。子勉之矣，魏國之相不去子而之他矣。」翟黄對曰：「君母弟有公孫季成者，進子夏而君師之，進段[343]干木而君友之，進先生而君敬之，彼其所進，師也，友也，所敬者也。 臣之所進者，皆守職守禄之臣也，何以至魏國相乎？」子方曰：「吾聞身賢者賢也，能進賢者亦賢也，子之五舉者盡[344]賢，子勉之矣，子終其次也。」**{第45面}**

齊威王遊於瑶[345]臺，成侯卿来奏事，從車羅綺[346]甚衆，王望之，謂左右曰：「来者何為者也？」左右曰：「成侯卿也。」王曰：「國至貧也，何出之盛也？」左右曰：「與人者有以責之也，受人者有以易之也，王試問其說。」成侯卿至，上謁曰：「忌也。」王不應，又曰：「忌也。」王不應，又曰：「忌也。」王曰：「國至貧也，何出之盛也？」成侯卿曰：「赦其死罪，使臣得言其說。」王曰：「諾」。對曰：「忌舉田居子為西河，而秦、梁弱，忌舉田鮮子為南城，而楚人抱羅綺而朝，忌舉黔[347]涿子[348]為冥[349]州，而燕人給牲，趙人給盛，忌舉田種首子為即墨而於齊足

340) 寧의 이체자. 머리 '宀' 아랫부분의 '心'이 '丆'의 형태로 되어있고, 아랫부분의 '罒'의 형태가 '罒'의 형태로 되어있다.

341) 棗의 이체자. 위와 아랫부분의 '朿'의 형태가 모두 '朿'의 형태로 되어있다.

342) 拔의 이체자. 오른쪽부분의 '犮'이 '犮'의 형태로 되어있다.

343) 段의 이체자. 왼쪽부분의 '⺼'의 형태가 '⺼'의 형태로 되어있으며, 우부방의 '殳'가 '殳'의 형태로 되어있다. 이번 단락의 아래에서는 정자를 사용하였다.

344) 盡의 이체자. 가운데부분의 '灬'가 가운데 세로획에 이어져있고 그 양쪽이 '丷'의 형태로 되어있다.

345) 瑤의 이체자. 오른쪽 윗부분의 '夕'의 형태가 '爫'의 형태로 되어있고, 아랫부분의 '缶'가 '缶'의 형태로 되어있다.

346) 綺의 이체자. 오른쪽부분의 '奇'가 '竒'의 형태로 되어있다.

347) 黔의 이체자. 좌부변의 '黑'이 '黒'의 형태로 되어있고 오른쪽부분이 '今'이 아니라 '令'의 형태로 되어있으며 '令'이 '灬'의 형태 위로 올라와 있다.

348) 涿의 이체자. 오른쪽부분의 '豖'이 '豕'의 형태로 되어있다.

349) 冥의 이체자. 머리 '冖'의 아랫부분이 '具'의 형태로 되어있다.

究[350]，忌舉北郭刀勃子為大士，而九**{第46面}**族益親，民益富。舉此數良人者，王枕而卧耳，何患國之貧哉？」

秦穆[351]公使賈人載塩[352]，徵[353]諸賈人，賈人買百里奚以五羖羊之皮，使將車之秦。秦穆公觀塩，見百里奚牛肥，曰：「任重，道遠以險，而牛何以肥也？」對曰：「臣飲食以時，使之不以暴[354]。有險，先後之以身，是以肥也。」穆公知其君子也，令有司具沐浴為衣冠與坐，公大悅。異日，與公孫支論政，公孫支大不寧，曰：「君耳目聰[355]明，思慮審[356]察，君其得聖人乎！」公曰：「然！吾悅夫奚之言，彼類[357]聖人也。」公孫支遂歸[358]，取鴈以賀，曰：「君得社稷之聖臣，敢賀社稷**{第47面}**之福。」公不辭，再拜而受，明日，公孫支乃致上卿以讓百里奚，曰：「秦國處[359]僻民陋，以愚無知，危亡之本也；臣自知不足以處其上，請以讓之。」公不許，公孫支曰：「君不用賓[360]相，而得社稷之聖臣，君之禄也。臣見賢而讓之，臣之禄也。今君既得其禄矣，而使臣失禄，可乎？請終致之！」公不許。公孫支曰：「臣不肖而處上位，是君失倫[361]也，不肖失倫，臣之過。進賢而退不肖，君之明也。今臣處位，廢[362]君之德，而逆臣之行也，臣將逃[363]。」公乃受之。故百

---

350) 究의 이체자. 아랫부분의 '九'가 '丸'의 형태로 되어있다.
351) 穆의 이체자. 오른쪽 가운데부분의 '小'가 '一'의 형태로 되어있다.
352) 鹽의 이체자.
353) 徵의 이체자. 가운데부분의 '山'과 '王'의 사이에 가로획 '一'이 빠져있다.
354) 暴의 이체자. 윗부분 가운데에 세로획이 첨가되어있고 발의 '氺'가 '小'의 형태로 되어있다.
355) 聰의 이체자. 오른쪽 윗부분의 '囪'이 '囱'의 형태로 되어있다.
356) 審의 이체자. 머리 '宀' 아랫부분의 '番'이 '畨'의 형태로 되어있다.
357) 類의 이체자. 왼쪽 아랫부분의 '犬'이 '丶'이 빠진 '大'의 형태로 되어있다.
358) 歸의 이체자. 왼쪽 맨 윗부분의 '丿'이 빠져있고, 아랫부분의 '止'가 '一'의 형태로 되어있다. 판본 전체적으로 이체자 '歸'를 사용하였는데, 여기서는 다른 형태의 이체자를 사용하였다.
359) 處의 이체자. 머리의 '虍'가 '声'의 형태로 되어있다.
360) 賓의 이체자. 머리 '宀'의 아랫부분의 '少'의 형태가 '尸'의 형태로 되어있다.
361) 倫의 이체자. 오른쪽부분의 '侖'이 '侖'의 형태로 되어있다.
362) 廢의 이체자. '广' 아래 '癶'이 '业'의 형태로 되어 있고, 그 아래 오른쪽부분의 '殳'가 '攵'의 형태로 되어있다.
363) 逃의 이체자. '辶' 오른쪽부분의 '兆'가 '兆'의 형태로 되어있다.

里奚為上卿以制之, 公孫支為次卿以佐之也。

趙簡子[364]從晋[365]陽之邯鄲, 中路而止, 引車吏進問**{第48面}**:「君何為止?」簡主曰:「董安于在後。」吏曰:「此三軍之事也, 君柰何以一人留[366]三軍也?」簡主曰:「諾。」驅之百步又止, 吏將進諫, 董安于適至, 簡主曰:「秦道之與晋國交者, 吾忘令人塞之。」董安于曰:「此安于之所為後也。」簡主曰:「官之寶[367]璧[368], 吾忘令人載之。」對曰:「此安于之所為後也。」簡主曰:「行人燭過年長矣, 言未嘗不為晋國法也, 吾行忘令人辭且聘焉。」對曰:「此安于之所爲後也。」簡主可謂內省外知人矣哉! 故身佚國安, 御[369]史大夫周昌曰:「人主誠能[370]如趙簡主, 朝不危矣。」

晏子侍於景公, 朝寒, 請進熱[371]食, 對[372]曰:「嬰非君之**{第49面}**厨[373]養[374]臣也, 敢辭。」公曰:「請進服裘。」對曰:「嬰非田澤之臣也, 敢辭。」公曰:「然。夫子於寡人奚為者也?」對曰:「社稷之臣也。」公曰:「何謂社稷之臣?」對曰:「社稷之臣, 能立社稷, 辨上下之宜, 使得其理。制百官之序, 使得其宜。作為辭令, 可分[375]布於四方。」自是之後, 君不以禮不見晏子也。

---

364) 欽定四庫全書本도 조선간본과 동일하게 '子'로 되어있다.《說苑校證》에서는 宋本과 元本에는 모두 '主'로 되어 있다고 하였다.(劉向 撰, 向宗魯 校證,《說苑校證》, 北京:中華書局, 1987(2017 重印), 82쪽) 趙簡子와 趙簡主는 같은 인물이므로(劉向 原著, 王鍈·王天海 譯註,《說苑全譯》, 貴州人民出版社, 1991. 82쪽) 조선간본의 '子'는 오자로 볼 수 없으나 이 문단의 아래에서는 모두 '簡主'를 사용하였다.

365) 晋의 이체자. 윗부분의 '厸'의 형태가 'ㅁㅁ'의 형태로 되어있다.

366) 留의 이체자. '田'의 윗부분이 'ㅁㅁ'의 형태로 되어있다.

367) 寶의 이체자. '宀'의 아랫부분 오른쪽의 '缶'가 '尔'로 되어있다.

368) 璧의 이체자. 발의 '玉'이 왼쪽 아래 붙어있고, 오른쪽의 '辛'이 '幸'의 형태로 되어있다.

369) 御의 이체자. 가운데부분의 '缶'의 형태가 '山'의 형태로 되어있다.

370) 能의 이체자. 오른쪽부분의 '⺋'의 형태가 '长'의 형태로 되어있다.

371) 熱의 이체자. 윗부분 왼쪽 '坴'의 '幸'의 형태로 되어있다.

372) 對의 이체자. 자주 사용하는 이체자 '對'와는 다르게 왼쪽부분의 '丵'의 형태가 '莘'의 형태로 되어있다.

373) 廚의 이체자. '广'이 '厂'의 형태로 되어있고, 그 안의 왼쪽 윗부분의 '土'가 '一'의 형태로 되어있다.

374) 養의 이체자. 윗부분의 '关'의 형태가 '关'의 형태로 되어있다.

齊侯[376]問於晏子曰：「忠臣之事其君何若？」對曰：「有難不死，出亡不送。」君曰：「裂地而封之，疏[377]爵而貴之。吾有難不死，出亡不送，可謂忠乎？」對曰：「言而見用，終身無難，臣何死焉。謀而見從，終身不亡，臣何送焉。若言不見用，有難而死之，是妄死也**{第50面}**。諫而不見從，出亡而送，是詐為也。故忠臣者，能納善於君，而不能與君陷[378]難者也。」

晏子朝，乘弊[379]車，駕駑馬，景公見之曰：「嘻！夫子之祿寡耶？何乘不任之甚也！」晏子對曰：「賴君之賜，得以壽[380]三族[381]，及國交遊，皆得生焉，臣得煖[382]衣飽食，弊[383]車駑馬，以奉其身，於臣足矣。」晏子出，公使梁丘據遺之輅車乘馬，三返不受。公不悅[384]，趣召晏子，晏子至，公曰：「夫子不受，寡人亦不乘。」晏子對曰：「君使臣臨百官之吏，節其衣服飲食之養，以先齊國之人，然猶恐其侈靡而不顧其行也。今[385]輅車乘馬，君乘之上，臣亦乘之下，民之無義**{第51面}**，侈其衣食，而不顧其行者，臣無以禁之。」遂讓不受也。

景公飲酒，陳桓子侍，望見晏子，而復於公曰：「請浮晏子。」公曰：「何故也？」對曰：「晏子衣緇布之衣，麋鹿之裘，棧[386]軫之車，而駕駑馬以朝，是隐君

---

375) 分의 이체자. 아랫부분의 '刀'가 '㇇'의 형태로 되어있다.

376) 侯의 이체자. 오른쪽 아랫부분의 '矢'가 '夫'의 형태로 되어있다.

377) 疏의 이체자. 좌부변의 '𤴔'의 형태가 '𧾷'의 형태로 되어있다.

378) 陷의 이체자. 오른쪽 윗부분의 '⺈'의 형태가 '爫'의 형태로 되어있다.

379) 欽定四庫全書本은 조선간본과 다르게 '敝'로 되어있는데,《說苑校證》에서는 宋本과 元本에는 모두 '敝'로 되어 있다고 하였다.(劉向 撰, 向宗魯 校證,《說苑校證》, 北京:中華書局, 1987(2017 重印), 45쪽) 조선간본의 '弊'는 '敝'와 뜻이 같다.

380) 壽의 이체자. 가운데 부분의 '工'이 '口'의 형태로 되어있고, 그 가운데 세로획이 윗부분 모두를 관통하고 있다.

381) 族의 이체자. 오른쪽 아랫부분의 '矢'가 '夫'의 형태로 되어있다.

382) 欽定四庫全書本은 조선간본과 다르게 '暖'로 되어있다.

383) 여기서는 欽定四庫全書本도 조선간본과 동일하게 '弊'로 되어있다.

384) 悅의 이체자. 오른쪽부분의 '兌'가 '兑'의 형태로 되어있다.

385) 今의 이체자. 맨 아랫부분의 '㇆'의 형태가 '丁'의 형태로 되어있다.

386) 棧의 이체자. 오른쪽의 '戔'이 윗부분은 그대로 '戈'로 되어있고 아랫부분 '戈'에 '丶'이 빠진 '戔'의 형태로 되어있다.

之賜也。」公曰：「諾。」酌者奉觴而進之曰：「君命浮子。」晏子曰：「何故也？」陳桓子曰：「君賜之卿位，以尊其身，寵[387]之百萬，以富其家，群臣之爵，莫[388]尊於子，祿莫厚於子。今子衣緇布之衣，麋鹿之裘，棧軫之車，而駕駑馬以朝，則是隐君之賜也，故浮子。」晏子避席曰：「請飲而後辭乎？其辭而後飲乎？」公曰：「辭然**{第52面}**後飲。」晏子曰：「君賜卿位，以顯其身，嬰不敢為顯受也，為行君令也。寵之百萬，以富其家，嬰不敢為富受也，為通君賜也。臣聞古之賢臣有受厚賜而不顧其國族，則過之。臨事守職，不勝其任，則過之。君之內隸[389]，臣之父兄，若有離散在於野鄙[390]者，此臣之罪也；君之外隸，臣之所職，若有播[391]亡在四方者，此臣之罪也；兵革[392]不完，戰車不修，此臣之罪也。若夫弊車駑馬以朝，主者非臣之罪也，且臣以君之賜，臣父之黨無不乘車者，母之黨無不足於衣食者，妻之黨無凍餒者，國之簡士，待臣而後舉火者數百家，如此為隐君之**{第53面}**賜乎？彰君之賜乎？」公曰：「善！為我浮桓子也。」

晏子方食，君之使者至，分食而食之，晏子不飽。使者返，言之景公，景公曰：「嘻！夫子之家若是其貧也，寡人不知也，是寡人之過也。」令吏致千家之縣一於晏子，晏子再拜而辭曰：「嬰之家不貧，以君之賜，澤覆三族，延及交遊，以振[393]百姓，君之賜也厚矣，嬰之家不貧也。嬰聞之，厚取之君而厚施之人，代君為君也，忠臣不為也。厚取之君而藏[394]之，是筐[395]篋存也，仁人不為也。厚取之君而無所施之，身死而財遷，智者不為也。嬰也聞為人臣進不事上以為忠，退不克[396]下以為廉，八升**{第54面}**之布，一豆之食足矣。」使者三返，遂辭不受也。

---

387) 寵의 이체자. 머리 '宀'아래 오른쪽부분의 '巨'의 형태가 '巳'의 형태로 되어있다.
388) 莫의 이체자. 머리의 '艹'가 '䒑'의 형태로 되어있다.
389) 隸의 이체자. 왼쪽 윗부분의 '士'가 '上'의 형태로 되어있다.
390) 鄙의 이체자. 왼쪽 윗부분의 '口'가 '厶'의 형태로 되어있다.
391) 播의 이체자. 오른쪽부분의 '番'에서 맨 위의 'ノ'의 형태가 빠진 '畨'으로 되어있다.
392) 革의 이체자. 윗부분의 '廿'이 '卄'의 형태로 되어있고, 아랫부분의 세로획이 '口'의 가운데를 관통하고 있지 않다.
393) 振의 이체자. 오른쪽부분의 辰'이 '㫳'의 형태로 되어있다.
394) 藏의 이체자. 아랫부분 왼쪽의 '爿'의 형태가 빠져있고, '臣'이 '目'의 형태로 되어있다.
395) 筐의 이체자. '⺮' 아랫부분의 '匚'에서 맨 아래 가로획이 빠져있다.

陳成子謂鴟夷子皮曰：「何與常也？」對曰：「君死吾不死，君亡吾不亡。」陳成子曰：「然。子何以與常？」對曰：「未死去死，未亡去亡，其有何死亡矣！」從命利君為397)之順，從命病君為398)之諛，逆命利君謂之忠，逆命病君謂之亂399)，君有過，不諫諍，將危國殞社稷也，有能盡言於君，用則留之，不用則去之，謂之諫。用則可生，不用則死，謂之諍。有能比和同力，率群下，相與彊矯君，君雖不安，不能不聽，遂解400)國之大患，除國之大害，成於尊君安國，謂之輔。有能亢君之命，反君之事，竊401)君之重，以安國**{第55面}**之危，除主之辱，攻伐足以成國之大利，謂之弼。故諫402)諍403)輔弼之人，社稷之臣也，明君之所尊禮，而闇君以為己賊。故明君之所賞，闇君之所殺也。明君好問，闇君好獨，明君上賢使能而享其功。闇君畏賢妬能而滅其業，罰其忠而賞其賊，夫是之謂至闇，桀、紂之所以亡也。《詩》云：「曾404)是莫聽，大命以傾。」此之謂也。

簡子有臣尹綽、赦厥。簡子曰：「厥愛我，諫我必不於衆人中。綽也不愛我，諫我必於衆人中。」尹綽曰：「厥也愛君之醜405)，而不愛君之過也，臣愛君之過，

---

396) 克의 이체자. 맨 윗부분의 '十'의 형태가 '亠'의 형태로 되어있다.

397) 欽定四庫全書本도 조선간본과 동일하게 '爲'로 되어있는데,《說苑校證》에는 '謂'로 되어있다.(劉向 撰, 向宗魯 校證,《說苑校證》, 北京:中華書局, 1987(2017 重印), 50쪽) 여기서는 '~라고 한다.'(劉向 撰, 林東錫 譯註,《설원1》, 동서문화사, 2009. 248쪽)라는 의미이기 때문에 조선간본과 欽定四庫全書本의 '爲'는 오자로 보인다.

398) 여기서도 欽定四庫全書本도 조선간본과 동일하게 '爲'로 되어있는데 '謂'의 오자로 보인다. 아래에서는 조선간본과 欽定四庫全書本 모두 '謂'를 사용하였다.

399) 亂의 이체자. 왼쪽부분의 '𤔔'의 형태가 '𠮦'의 형태로 되어있고, 우부방의 '乚'이 '乙'의 형태로 되어있다.

400) 解의 이체자. 오른쪽부분이 '羊'의 형태로 되어있다.

401) 竊의 이체자. 머리의 '穴' 아래 오른쪽부분의 '禼'의 형태가 '禺'의 형태로 되어있다.

402) 諫의 이체자. 오른쪽부분의 '柬'의 형태가 '東'의 형태로 되어있다. 이번 단락의 앞에서는 모두 정자를 사용하였는데 여기서는 이체자를 사용하였다.

403) 諍의 속자. 오른쪽 윗부분의 '爫'의 형태가 '𠂊'의 형태로 되어있다. 이번 단락의 앞에서는 모두 '諍'을 사용하였다.

404) 曾의 이체자. 맨 윗부분의 '八'이 '𠂊'의 형태로 되어있고 그 아래 '㓁'의 형태가 '田'의 형태로 되어있다.

405) 醜의 이체자. 오른쪽부분의 '鬼'가 맨 위의 '丿'이 빠진 '鬼'의 형태로 되어있다.

而不愛君之醜。」孔子曰：「君子哉尹綽！面訾[406]不**{第56面}**譽也。」

高繚住[407]於晏子，晏子逐之，左右諫曰：「高繚之事夫子三年，曾無以爵位，而逐之，其義可乎？」晏子曰：「嬰，仄陋之人也，四維之然後能直，今[408]此子事吾三年，未嘗弼吾過，是以逐之也。」

子貢問孔子曰：「賜為人下，而未知所以為人下之道也。」孔子曰：「為人下者，其猶土乎！種之則五穀生焉，掘之則甘泉出焉，草木植焉，禽獸育焉，生人立焉，死人入焉，多其功而不言。為人下者，其猶土乎！」

孫**卿**曰：「少事長，賤事貴，不肖事賢，此天下之通**{第57面}**義也。有人貴而不能為人上，賤而羞為人下，此姦人之心也。身不離姦心，而行不離姦道，然而求見譽於衆，不亦難乎？」

公叔文子問於史叟曰：「武子勝事趙簡子久矣，其寵不解奚也？」史叟曰：「武子勝，博[409]聞多能而位賤，君親而近之，致敬以遜，貌[410]而疏[411]之，則恭而無怨色，入與謀國家，出不見其寵，君賜之祿，知足而辭，故能[412]久也。」

《泰誓》曰：「附下而罔[413]上者死，附上而罔下者刑。與聞國政而無益於民者退，在上位而不能進賢者逐。」此所以勸**善**而黜[414]惡也。故**傳**曰：「傷**善**者，國**{第**

---

406) 欽定四庫全書本도 조선간본과 동일하게 '面'이 빠져있다. 여기서는 '얼굴을 맞대고'(劉向 原著, 王鍈·王天海 譯註,《說苑全譯》, 貴州人民出版社, 1991. 94쪽)라는 의미이기 때문에 여기서도 '面'이 있어야 한다.

407) 欽定四庫全書本은 조선간본과 다르게 '仕'로 되어있는데, 여기서는 '벼슬하다'(劉向 撰, 林東錫 譯註,《설원1》, 동서문화사, 2009. 253쪽. 劉向 原著, 王鍈·王天海 譯註,《說苑全譯》, 貴州人民出版社, 1991. 95쪽)라는 의미로 사용되었기 때문에 조선간본의 '住'는 오자이다.

408) '今'을 써야 하는데, 충재박물관과 고려대 소장본은 아랫부분의 'ノ'획이 빠져있다. 이번 면(57면)의 하단 부분은 글자들이 뭉그러져 있는데, 판목이 손상되어 'ノ'획이 빠진 것으로 보인다. 후조당 소장본은 가필하여 '今'으로 만들어놓았다.

409) 博의 이체자. 오른쪽 윗부분의 '甫'가 '亩'의 형태로 되어있다. 欽定四庫全書本에는 '博'으로 되어있다.

410) 貌의 이체자. 오른쪽 아랫부분의 '儿'이 'ハ'의 형태로 되어있다.

411) 疏의 이체자. 좌부변의 '⺪'의 형태가 '𧾷'의 형태로 되어있다.

412) 能의 이체자. 오른쪽부분의 '𣏂'의 형태가 '长'의 형태로 되어있다.

413) 罔의 이체자. '冂'안의 아랫부분의 '亡'이 '𦉪'의 형태로 되어있다.

58面}之殘也；蔽**善**者，國之讒也，愬無罪者，國之賊也。」

《王制》曰：「假於鬼神時日卜筮以疑[415]扵衆者，煞[416]也。」子路為蒲令，備[417]水灾，與民春修[418]溝瀆，為人煩苦，故予人一簞食，一壷[419]漿。孔子聞之，使子貢復之，子路忿然不悅，往見夫子曰：「由也以暴雨將至，恐有水灾，故與人修溝[420]瀆以備之，而民多匱於食，故與人一簞食一壷漿，而夫子使賜止之，何也？夫子止由之行仁也。夫子以仁教，而禁其行仁也，由也不受。」子曰：「爾以民為餓，何不告扵君，發倉廩以給食之。而以爾私饋之，是汝不明君之恵，見汝之德義也。速已則可矣，否則爾之受**{第59面}**罪不久矣。」子路心服而退也。

劉向說苑卷第二**{第60面}**[421]

---

414) 黜의 이체자. 좌부변의 '黑'이 '黒'의 형태로 되어있고, 오른쪽부분의 '出'이 '灬'의 위에 올라가 있다.

415) 疑의 이체자. 왼쪽 윗부분의 '匕'가 '上'의 형태로 되어있고, 그 아랫부분의 '矢'가 '天'의 형태로 되어있으며, 오른쪽부분의 '疋'의 형태가 '足'의 형태로 되어있다.

416) 欽定四庫全書本은 조선간본과 다르게 '殺'로 되어있는데, 뜻은 서로 같다.

417) 備의 이체자. 오른쪽부분의 '𤰈'의 형태가 '甬'의 형태로 되어있다. 후조당 소장본은 판목이 손상되어 '偹'의 형태로 되어있다.

418) 修의 이체자. 오른쪽 윗부분의 '夂'이 '攵'의 형태로 되어있다. 판본 전체적으로 '修'와 '脩'를 혼용하였는데, 여기서는 거의 사용하지 않는 이체자를 사용하였다.

419) 壺의 이체자. 아랫부분의 '亞'가 '亜'의 형태로 되어있다.

420) 溝의 이체자. 오른쪽 아랫부분의 '冉'이 '冄'의 형태로 되어있다. 앞에서는 정자 '溝'를 사용하였는데 여기서는 이체자를 사용하였다.

421) 이 卷尾의 제목은 마지막 제11행에 해당한다. 이번 면은 제1행에서 글이 끝나고, 나머지 9행은 빈칸으로 되어있다.

劉向說苑卷第三

建本

孔子曰：「君子務本，本立而道生。」夫本不正者末必陭[422]，始不盛者終必衰。《詩》云：「原[423]隰既平，泉流既清。」本立而道生，《春秋》之義。有正春者無亂[424]秋，有正君者無危國，《易》曰：「建其本而萬物理，失之毫[425]釐[426]，差以千里。」是故君子貴建本而重立始。

魏[427]武侯[428]問元年於吳[429]子，吳子對曰：「言國君必慎始也。」「慎始柰何？」曰：「正之。」「正之柰何？」曰：「明智。」「智不明何以見正？」「多聞而擇焉[430]，所以明智也。是故古者君始聽[431]治，大夫而一言，士而一見，庶人有謁[432]**{第61面}**，必達[433]，公族[434]請問，必語，四方至者勿距，可謂不壅蔽矣。分祿[435]必及，用刑必中，君心必仁，思君之利，除民之害，可謂不失民衆矣。君身

---

422) 欽定四庫全書本은 조선간본과 다르게 '倚'로 되어있는데,《說苑校證》에서는 宋本 등에는 '陭'로 되어 있다고 하였다.(劉向 撰, 向宗魯 校證,《說苑校證》, 北京:中華書局, 1987(2017 重印), 56쪽) '陭'와 '倚'는 서로 통하여, 여기서는 '치우치다'라는 뜻이다.(劉向 原著, 王鍈·王天海 譯註,《說苑全譯》, 貴州人民出版社, 1991. 102쪽)

423) 原의 이체자. '厂' 안쪽 윗부분의 '白'이 '日'의 형태로 되어있다.

424) 亂의 이체자. 왼쪽부분의 '𤔔'의 형태가 '⿱爫𠮛'의 형태로 되어있다.

425) 毫의 이체자. 윗부분의 '古'의 형태가 '吉'의 형태로 되어있다.

426) 釐의 이체자. 윗부분 왼쪽의 '未'가 '牙'의 형태로 되어있다.

427) 魏의 이체자. 오른쪽부분의 '鬼'가 맨 위의 '丶'이 빠져있고 아랫부분 오른쪽의 '厶'가 '丶'의 형태로 된 '鬼'로 되어있다.

428) 侯의 이체자. 오른쪽 윗부분의 'ユ'의 형태가 '亠'의 형태로 되어있고 그 아랫부분의 '矢'가 '夫'의 형태로 되어있다.

429) 吳의 이체자. '夨'의 형태가 '天'의 형태로 되어있다.

430) 焉의 이체자. 윗부분의 '正'이 '丅'의 형태로 되어있다.

431) 聽의 이체자. 왼쪽부분 '耳'의 아래 '王'이 빠져있으며, 오른쪽부분의 '悳'의 형태가 가운데 가로획이 빠진 '悳'의 형태로 되어있다.

432) 謁의 이체자. 오른쪽부분의 '曷'이 '曷'의 형태로 되어있다.

433) 達의 이체자. '辶' 윗부분의 '幸'이 '幸'의 형태로 되어있다.

434) 族의 이체자. 오른쪽 아랫부분의 '矢'가 '夫'의 형태로 되어있다.

435) 祿의 이체자. 오른쪽부분의 '彔'이 '录'의 형태로 되어있다.

必正, 近臣必選[436], 大夫不兼官, 執民柄者不在一族, 可謂不權勢[437]矣。此皆[438]《春秋》之意, 而元年之本也。」

孔子曰:「行身有六本, 本立焉然後為君子。立體有義矣, 而孝為本;處喪[439]有禮矣, 而哀為本;戰[440]陣有隊矣, 而勇為本;治政有理矣, 而能[441]為本;居國有禮矣, 而嗣為本;生才有時矣, 而力為本。置本不固, 無務豐末。親戚不悅[442], 無務[443]外交。事無終始, 無務多業。聞記[444]不言, 無務多談。比近不說, 無務**{第62面}**修遠[445]。是以反本修邇, 君子之道也。」天地所生, 地之所養[446], 莫貴乎人。人之道, 莫大乎父子之親、君臣之義。父道聖, 子道仁, 君道義, 臣道忠。賢父之於子也, 慈惠[447]以生之, 教誨以成之, 養其誼[448], 藏[449]其偽, 時其節, 偵[450]其施。子年七歲以上, 父為之擇明師, 選良友, 勿使見惡, 少漸之以善, 使之早化。故賢子之事親, 發[451]言陳辭[452], 應對不悖乎耳。趣走進

436) 選의 이체자. 오른쪽 아랫부분의 '共'이 '六'의 형태로 되어있다. 여기서는 이체자를 사용하였으나 다음 단락에서는 정자 '選'을 사용하였다.
437) 勢의 이체자. 윗부분 왼쪽의 '坴'이 '幸'의 형태로 되어있다.
438) 皆의 이체자. 아랫부분의 '白'이 '日'로 되어있다.
439) 喪의 이체자. 가운데부분의 '吅'가 '从'의 형태로 되어있다.
440) 戰의 이체자. 왼쪽부분의 '單'이 '単'의 형태로 되어있다.
441) 能의 이체자. 오른쪽부분의 '⺋'의 형태가 '去'의 형태로 되어있다.
442) 悅의 이체자. 오른쪽부분의 '兌'가 '兊'의 형태로 되어있다.
443) 務의 이체자. 왼쪽 윗부분의 'マ'의 형태가 '口'의 형태로 되어있다.
444) 記의 이체자. 오른쪽부분의 '己'가 '巳'의 형태로 되어있다.
445) 遠의 이체자. '辶'의 윗부분에서 '土'의 아랫부분의 '𧘇'의 형태가 '𠀆'의 형태로 되어있다.
446) 養의 이체자. 윗부분의 '𦍌'의 형태가 '关'의 형태로 되어있다.
447) 惠의 이체자. 윗부분의 '叀'의 형태가 '亩'의 형태로 되어있다.
448) 誼의 이체자. 오른쪽 윗부분의 '宀'이 '冖'의 형태로 되어있다.
449) 藏의 이체자. 아랫부분 왼쪽의 '爿'의 형태가 빠져있고, '臣'이 '目'의 형태로 되어있다.
450) 欽定四庫全書本은 조선간본과 다르게 '慎'으로 되어있다. 여기서는 '신중하다'(劉向 撰, 林東錫 譯註,《설원1》, 동서문화사, 2009. 276쪽)라는 의미이기 때문에 조선간본의 '偵'은 오자이다. 그런데 조선간본은 '愼'의 이체자로 '慎'을 사용하기 때문에 윗부분 왼쪽이 떨어져 나갔을 가능성도 배제할 수 없지만, 고려대·충재박물관·후조당 소장본은 '偵'으로 되어있다.
451) 發의 이체자. 머리의 '癶'이 '业'의 형태로 되어있고, 아랫부분 오른쪽의 '殳'가 '攵'의 형태로 되어있다.

退, 容貇[453]不悖乎目。卑[454]體賤身, 不悖乎心。君子之事親, 以積徳[455]。子者, 親之本也。無所推而不從命, 推而不從命者, 惟害親者也, 故親之所安, 子皆供之。賢臣之事君也, 受官之日, 以主為父, 以國**{第63面}**為家, 以士人為兄弟。故苟有可以安國家, 利民人者, 不避其難, 不憚其勞, 以成其義。故其君亦有助之, 以遂其德。夫君臣之與百姓, 轉相為本, 如循環[456]無端, 夫子亦云:「人之行莫[457]大於孝。」孝行成於內, 而嘉號布扵[458]外, 是謂建之扵本而榮華自茂矣。君以臣為本, 臣以君為本。父以子為本, 子以父為本。棄[459]其本者, 榮華槁矣。

子路曰:「負重道遠者, 不擇地而休。家貧親老者, 不擇祿而仕。昔者, 由事二親之時, 常食藜[460]藿之實, 而為親負[461]米百里之外。親沒之後, 南遊於楚, 従[462]車百乘, 積粟萬鍾, 累茵而坐, 列鼎而食, 願食**{第64面}**藜藿為親負米之時, 不可復得也。枯魚銜[463]索, 幾[464]何不蠹[465], 二親之壽[466], 忽如過隙[467]!草

---

452) 辭의 이체자. 왼쪽부분의 '𤔔'가 '𤕌'의 형태로 되어있으며, 우부방의 '辛'이 아랫부분에 가로획 하나가 더 있는 '幸'의 형태로 되어있다.

453) 貌의 이체자. 오른쪽 아랫부분의 '儿'이 'ハ'의 형태로 되어있다.

454) 卑의 이체자. 맨 윗부분의 '丶'이 빠져있다.

455) 德의 이체자. 오른쪽부분의 '悳'의 형태가 가운데 가로획이 빠진 '㥁'의 형태로 되어있다.

456) 環의 이체자. 오른쪽 아랫부분의 '𧘇'의 형태가 '衣'의 형태로 되어있다.

457) 莫의 이체자. 머리의 '艹'가 '䒑'의 형태로 되어있다.

458) 於의 이체자. 좌부변의 '方'이 '扌'의 형태로 되어있다. 이번 단락의 앞에서는 정자를 사용하였으나 여기와 뒤에서는 이체자를 사용하였다.

459) 棄의 이체자. 가운데부분의 '丗'가 '世'의 형태로 되어있다.

460) 藜의 이체자. 맨 아랫부분의 '氺'가 '小'의 형태로 되어있다.

461) 負의 이체자. 윗부분의 '⺈'가 '力'의 형태로 되어있다. 이번 단락에서 앞에서는 정자를 사용하였는데 여기와 뒤에서는 이체자를 사용하였다.

462) 從의 이체자. 오른쪽부분의 '䢼'의 형태가 '㞷'의 형태로 되어있다.

463) 欽定四庫全書本은 조선간본과 다르게 '銜'로 되어있는데, 조선간본의 '銜'과 통한다.

464) 幾의 이체자. 아랫부분 왼쪽의 '人'의 형태가 'ク'의 형태로 되어있고, 아랫부분의 오른쪽에 'ノ'이 빠져있다.

465) 蠹의 이체자. 맨 윗부분의 가로획이 빠져있다.

466) 壽의 이체자. 가운데 부분의 '工'이 '口'의 형태로 되어있고, 그 가운데 세로획이 윗부분 모두를 관통하고 있다.

木欲長, 霜露不使, 賢者欲養, 二親不待！故曰：家貧親老, 不擇禄而仕也。」

伯禽[468]與康叔封朝于成王, 見周公, 三見而三笞。康叔有駭色, 謂伯禽曰：「有商子者, 賢人也, 與子見之。」康叔封與伯禽見商子, 曰：「某[469]某也, 日吾二子者朝乎成王, 見周公, 三見而三笞, 其説何也？」商子曰：「二子盍相與觀乎南山之陽？有木爲名曰橋。」二子者往[470]觀乎南山之陽, 見橋竦焉實而仰, 反以告乎商子, 商子曰：「橋者父道也。」商子曰{第65面}：「二子盍相與觀乎南山之陰[471]？有木爲名曰梓[472]。」二子者往觀乎南山之陰, 見梓勃焉實而俯, 反以告商子, 商子曰：「梓者子道也。」二子者明日見乎周公, 入門而趨, 登[473]堂而跪, 周公拂其首, 勞而食之, 曰：「安見君子？」二子對曰：「見商子。」周公曰：「君子哉商[474]子也。」

曾[475]子芸瓜[476]而誤斬其根, 曾晳怒, 援大杖擊之。曾子仆地。有頃, 蘇, 蹷然而起[477], 進曰：「曩[478]者, 參得罪於大人, 大人用力教參, 得無疾乎！」退屏鼓琴而歌, 欲令曾晳聽[479]其歌聲, 令知其平也。孔子聞之, 告門人曰：「參来勿内也！」曾子自以無罪, 使人謝孔{第66面}子。孔子曰：「汝聞瞽叟有子名曰舜, 舜之事父也, 索而使之, 未嘗不在側, 求而殺[480]之, 未嘗可得。小箠[481]則待, 大箠

---

467) 隙의 이체자. 오른쪽 윗부분의 '小'가 '少'의 형태로 되어있다.
468) 禽의 이체자. 아랫부분의 '离'의 형태가 '禸'의 형태로 되어있다.
469) 某의 이체자. 윗부분의 '甘'이 '甘'의 형태로 되어있고, 발의 '木'이 '不'의 형태로 되어있다.
470) 往의 俗字. 오른쪽부분의 '主'가 '生'의 형태로 되어있다.
471) 陰의 이체자. 오른쪽부분의 '侌'이 '侌'의 형태로 되어있다.
472) 梓의 이체자. 오른쪽부분의 '辛'이 아랫부분에 가로획 하나가 더 있는 '辛'의 형태로 되어있다.
473) 登의 이체자. 머리의 '癶'의 형태가 '癶'의 형태로 되어있다.
474) 商의 이체자. 아랫부분이 '古'의 형태로 되어있다. 원래 '啇'은 '밑동'이란 의미의 글자인데 여기서는 '商'의 이체자로 쓰였다.
475) 曾의 이체자. 맨 윗부분의 '八'이 '⺈'의 형태로 되어있다.
476) 瓜의 이체자. 가운데 아랫부분에 '丶'이 빠져있다.
477) 起의 이체자. 오른쪽부분의 '己'가 '巳'의 형태로 되어있다.
478) 曩의 이체자. 가운데부분의 '吅'가 '从'의 형태로 되어있다.
479) 聽의 이체자. 왼쪽부분 '耳'의 아래 '王'이 빠져있으며, 오른쪽부분의 '悳'의 형태가 가운데 가로획이 빠진 '悳'의 형태로 되어있다.

則走，以逃暴[482]怒也。今子委身以待暴怒，立體而不去，殺[483]身以陷父不義，不孝孰是大乎？汝非天子之民邪？殺天子之民罪奚如？」以曾子之材，又居孔氏[484]之門，有罪不自知，處義難乎！

伯俞有過，其母笞之，泣。其母曰：「他日笞子，未嘗見泣，今泣，何也？」對曰：「他日俞得罪，笞嘗痛[485]，今母之力不能[486]使痛，是以泣。」故曰父母怒之，不作於意，不見於色，深受其罪，使可哀憐，上也；父母怒**{第67面}**之，不作於意，不見其色，其次也；父母怒之，作於意，見於色，下也。

成人有德，小子有造，大學之教也。時禁於其未發[487]之曰預，因[488]其可之曰時，相觀於善之曰磨，學不陵[489]節而施之曰馴。發然後禁，則扞格而不勝。時過然後學，則勤[490]苦而不馴[491]難成。雜施而不遜，則壞[492]亂而不治。獨學而無

480) 殺의 이체자. 우부방의 '殳'가 '㕛'의 형태로 되어있다.

481) 箠의 이체자. 아랫부분의 '垂'가 '𡍮'의 형태로 되어있다.

482) 暴의 이체자. 윗부분 가운데에 가로획이 첨가되어있고 발의 '氺'가 '小'의 형태로 되어있다.

483) 殺의 이체자. 우부방의 '殳'가 '殳'의 형태로 되어있다. 이번 단락의 앞에서 사용한 이체자 '殺'과는 다른 형태의 이체자를 사용하였다.

484) 欽定四庫全書本은 조선간본과 다르게 '子'로 되어있는데, 《說苑校證》에서는 舊本 등에는 '子'로 되어 있다고 하였다.(劉向 撰, 向宗魯 校證, 《說苑校證》, 北京:中華書局, 1987(2017 重印), 61쪽)

485) 痛의 이체자. '疒'안의 윗부분의 'マ'의 형태가 'コ'의 형태로 되어있다.

486) 能의 이체자. 오른쪽부분의 '𣬉'의 형태가 '长'의 형태로 되어있다.

487) 發의 이체자. 머리의 '癶'이 '业'의 형태로 되어있고, 아랫부분 오른쪽의 '殳'가 '攵'의 형태로 되어있다. 이번 단락의 아래에서는 정자를 사용하였다.

488) 因의 이체자. '口'안의 '大'가 'コ'의 형태로 되어있으며 왼쪽 세로획에 붙어있다.

489) 陵의 이체자. 오른쪽부분의 '夌'이 '麦'의 형태로 되어있다.

490) 勤의 이체자. 왼쪽 윗부분의 '廿'이 '艹'의 형태로 되어있고, '口'의 아랫부분에는 가로획 하나가 빠져있다.

491) 欽定四庫全書本은 조선간본과 다르게 '難成'로 되어있는데, 《說苑校證》에서는 宋本 등에는 '不馴'로 되어있다고 하였다.(劉向 撰, 向宗魯 校證, 《說苑校證》, 北京:中華書局, 1987(2017 重印), 62쪽) 여기서 '難成'은 '이루기 어렵다'(劉向 撰, 林東錫 譯註, 《설원1》, 동서문화사, 2009. 149쪽)라는 의미로 쓰였는데, 조선간본의 '不馴'은 문맥이 잘 통하지 않는다.

492) 壞의 이체자. 오른쪽 가운데부분의 '罒'의 형태가 빠져있으며, 그 아랫부분은 '衣'의 형태로 되어있다.

友, 則孤[493]陋而寡[494]聞。故曰：有昭辟雍, 有賢泮宮, 田里周行, 濟濟鏘[495]鏘, 而相從執質, 有族以文。

周召公年十九, 見正而冠, 冠則可以為方伯諸侯[496]矣。人之幼[497]稚[498]童蒙[499]之時, 非求師正本, 無以立**{第68面}**身全性。夫幼者必愚, 愚者妄行。愚者妄行, 不能保身。孟子曰：「人皆知以食愈飢, 莫知以學愈愚。」故善材之幼者, 必勤於學問, 以脩其性。今人誠能砥礪其材, 自誠其神明, 睹物之應, 通道之要, 觀始卒之端, 覽無外之境, 逍遥乎無方之內, 彷徉乎塵埃之外, 卓然獨立, 超然絶世, 此[500]上聖之所遊神也。然晚世之人莫能, 閒[501]居心思, 鼓琴讀書, 追觀上古, 友賢大夫。學問講辨[502], 日以自虞, 疏[503]遠世事, 分明利害, 籌[504]策[505]得失, 以觀禍福, 設義立度, 以為法式。窮追本末, 究事之情, 死有遺業, 生有榮名。此皆人材之所能建也, 然莫[506]能為者, 偷**{第69面}**慢懈[507]墮[508], 多暇日之

---

493) 孤의 이체자. 오른쪽부분의 '瓜'가 가운데 아랫부분에 '丶'이 빠진 '瓜'의 형태로 되어있다.

494) 寡의 이체자. 아랫부분의 '分'의 형태가 '灬'의 형태로 되어있다.

495) 鏘의 이체자. 가운데부분의 '爿'이 '丬'의 형태로 되어있고, 오른쪽 윗부분의 '夕'의 형태가 '爫'의 형태로 되어있다.

496) 侯의 이체자. 오른쪽 윗부분의 'ㄱ'의 형태가 '亠'의 형태로 되어있고 오른쪽 아랫부분의 '矢'가 '失'의 형태로 되어있다. 판본 전체적으로 이체자 '侫'를 주로 사용하였는데 여기서는 다른 형태의 이체자를 사용하였다.

497) 幼의 이체자. 오른쪽부분의 '力'이 '刀'의 형태로 되어있다.

498) 欽定四庫全書本은 조선간본과 다르게 '穉'로 되어있는데, 조선간본의 '稚'와 '穉'는 同字이다.

499) 蒙의 이체자. 아랫부분의 '冢'에서 '冖'의 아래 가로획이 빠진 '冢'의 형태로 되어있다.

500) 此의 이체자. 좌부변의 '止'가 '山'의 형태로 되어있다.

501) 欽定四庫全書本은 조선간본과 다르게 '閑'로 되어있는데, 여기서 조선간본의 '閒'은 '閑'의 俗字이다.

502) 欽定四庫全書本은 조선간본과 다르게 '辯'으로 되어있는데, '講辯'은 '이야기하다'라는 의미이기 때문에 조선간본의 '辨'은 오자이다.

503) 疏의 이체자. 좌부변의 '𤴔'의 형태가 '𤴓'의 형태로 되어있다.

504) 籌의 이체자. 머리 '⺮' 아래 '壽'가 '壽'의 형태로 되어있다.

505) 策의 이체자. 머리 '⺮' 아래의 '朿'가 '宋'의 형태로 되어있다.

506) 莫의 이체자. 머리의 '艹'가 '丷'의 형태로 되어있다.

507) 懈의 이체자. 오른쪽부분의 '牟'의 형태가 '羊'의 형태로 되어있다.

508) 欽定四庫全書本은 조선간본과 다르게 '惰'로 되어있는데, 여기서는 '나태하다'(劉向 撰, 林東

故也，是以失本而無名。夫學者，崇名立身之本也，儀狀齊[509]等，而飾貌者[510]好，質性同倫[511]，而學問者智。是故砥礪琢磨非金也，而可以利金。詩書辟立非我也，而可以厲心。夫問訊之士，日夜興[512]起[513]，厲中益知，以分別理，是故處[514]身則全，立身不殆，士苟欲深明慱[515]察，以垂[516]榮名，而不好問訊之道，則是伐智本而塞智原也，何以立軀也？騏驥[517]雖疾，不遇伯樂，不致千里。干將雖利，非人力不能自斷[518]焉。烏號之弓雖良，不得排檠，不能自任。人才雖高，不務學問，不能致聖。水積成川，則蛟龍[519]生焉。土積成山，則豫[520]樟生焉**{第70面}**。學積成聖，則富[521]貴尊顯至焉。千金之裘，非一狐之皮。臺廟之榱，非一木之枝。先王之法，非一士之智也。故曰：訊問者智之本，思慮者智之道也。《中庸》曰：「好問近乎智，力行近乎仁，知耻[522]近乎勇。」積小之能大者，其惟仲尼乎！學者所以反情治性盡[523]才者也，親賢學問，所以長德也。論[524]交合友，所

錫 譯註,《설원1》, 동서문화사, 2009. 294쪽)라는 의미이다. 그러므로 조선간본의 '堕(墮의 이체자)'는 오자이다.

509) 齊의 이체자. '亠'의 아래 가운데부분의 'Y'가 '了'의 형태로 되어있다.

510) 貌의 이체자. 오른쪽 아랫부분의 '儿'이 '八'의 형태로 되어있다.

511) 倫의 이체자. 오른쪽부분의 '侖'이 '侖'의 형태로 되어있다.

512) 興의 이체자. 윗부분 가운데의 '同'의 형태가 '冃'의 형태로 되어있다.

513) 起의 이체자. 오른쪽부분의 '己'가 '巳'의 형태로 되어있다.

514) 處의 이체자. '虍' 아랫부분의 '処'가 '夗'의 형태로 되어있다.

515) 愽의 이체자. 오른쪽 윗부분의 '甫'가 '亩'의 형태로 되어있다. 欽定四庫全書本에는 '博'으로 되어있다.

516) 垂의 이체자. 맨 아랫부분의 가로획 '一'이 '凵'의 형태로 되어있다.

517) 驥의 이체자. 오른쪽 윗부분의 '北'이 '八'의 형태로 되어있다.

518) 斷의 이체자. 왼쪽부분의 '㡭'의 형태가 '㡭'의 형태로 되어있다.

519) 龍의 이체자. 오른쪽부분의 '㔾'의 형태가 '㔾'의 형태로 되어있다.

520) 豫의 이체자. 오른쪽 가운데부분의 '田'의 형태가 '罒'의 형태로 되어있다.

521) 富의 이체자. 머리의 '宀'이 '冖'의 형태로 되어있다.

522) 耻의 속자. 欽定四庫全書本은 조선간본과 다르게 정자 '恥'로 되어있다.

523) 盡의 이체자. 가운데부분의 '灬'가 가운데 세로획에 이어져있고 그 양쪽이 '丷'의 형태로 되어있다.

524) 論의 이체자. 오른쪽부분의 '侖'이 '侖'의 형태로 되어있다.

以相致也。《詩》云：「如切[525]如瑳，如琢如磨。」此之謂也。

今夫辟地殖穀[526]，以養生送死，銳金石，雜草藥以攻疾，各知構[527]室屋以避暑雨，累臺榭以避潤濕，入知親其親，出知尊其君，內有男女之別，外有**{第71面}** 朋[528]友之際[529]，此聖人之德教，儒者受之傳之，以教誨於後世。今夫晚世之惡人，反非儒者曰：「何以儒為？」如此人者，是非本也。譬猶食穀衣絲，而非〖耕織者也。載於船車，服而安之，而非工匠者也。食〗[530]於釜[531]甑[532]，須以生活，而非陶冶者也。此言違於情而行矇[533]於心者也。如此人者[534]，骨肉不親也，秀士不友也，此三代之棄[535]民也，人君之所不赦也。故《詩》云：「投畀[536]豺虎，豺虎不食，投畀有北[537]，有北不受，投畀有昊。」此之謂也。

孟子曰：「人知糞其田，莫知糞其心。糞田莫過利苗得粟，糞心易行，而得其所欲。何謂糞心？博學**{第72面}**多聞。何謂易行？一性止淫[538]也。」

---

525) 切의 이체자. 왼쪽부분의 '七'의 형태가 '土'의 형태로 되어있다.

526) 穀의 이체자. 왼쪽 아랫부분의 '禾'위에 가로획이 없고 '禾'가 '米'로 되어있으며, 우부방의 '殳'가 '殳'의 형태로 되어있다.

527) 構의 이체자. 오른쪽 아랫부분의 '冉'이 '冄'의 형태로 되어있다.

528) 朋의 이체자. 왼쪽부분 오른쪽 가로획과 오른쪽부분 왼쪽 가로획이 서로 붙어있고, 전체가 왼쪽으로 기울어진 형태로 되어있다.

529) 際의 이체자. 오른쪽 윗부분의 '夗'의 형태가 '夕'의 형태로 되어있다.

530) '〖~〗' 이 부호는 한 행을 뜻한다. 본 판본은 1행에 18자로 되어있는데, '〖~〗'로 표시한 이번 면(제72면)의 제4행은 한 글자가 많은 19자로 되어있다.

531) 釜의 이체자. 윗부분의 '父'가 '八'의 형태로 되어있다.

532) 甑의 이체자. 왼쪽부분의 '曾'이 '鲁'의 형태로 되어있고, 우부방의 '瓦'가 '瓦'의 형태로 되어있다.

533) 矇의 이체자. 오른쪽부분의 '蒙'이 '家'의 형태로 되어있다.

534) 者의 이체자. 윗부분의 '土'의 형태가 '上'의 형태로 되어있다. 고려대학교와 충재박물관 소장본은 이체자로 되어있는데, 후조당 소장본은 가필하여 정자 '者'로 만들어놓았다.

535) 棄의 이체자. 가운데부분의 '丗'가 '世'의 형태로 되어있다.

536) 畀의 이체자. 아랫부분의 '丌'의 형태가 '廾'의 형태로 되어있다.

537) 北의 이체자. 왼쪽부분의 'ㅋ'의 형태가 '土'의 형태로 되어있고, 우부방의 'ヒ'가 '上'의 형태로 되어있다.

538) 淫의 이체자. 오른쪽 아랫부분의 '壬'이 '缶'의 형태로 되어있다.

子思曰：「學所[539]以益才也，礪所以致刃也，吾嘗幽處而深思，不若學之速。 吾嘗跂而望，不若登高之博見。故順風而呼，聲不加疾，而聞者衆。登丘而招，臂不加長，而見者遠。故魚乘於水，鳥乘於風，草木乘於時。」

孔子曰：「可以與人終日而不倦者，其惟學乎！其身體不足觀也，其勇力不足憚也，其先祖不足稱也，其族姓不足道也。然而可以開[540]四方而昭於諸侯者，其惟學乎！《詩》曰：《不僁[541]不亡，率由舊[542]章。》夫學之謂也。」**{第73面}**

孔子曰：「鯉，君子不可以不學，見人不可以不飾。不飾則無根，無根則失理，失理則不忠，不忠則失禮，失禮則不立。夫遠而有光者飾也，近而逾明者學也。譬之如污池，水潦[543]注焉，萑蒲[544]生之，從上觀之，知其非源也。」

公扈子曰：「有國者不可以不學《春秋》，生而尊者驕，生而富者傲，生而富貴，又無鑑[545]而自得者鮮矣。《春秋》，國之鑑也，《春秋》之中，弑君三十六，亡國五十二，諸侯奔走，不得保其社稷者甚衆，未有不先見而後從之者也。」

晋[546]平公問於師曠曰：「吾年七十，欲學，恐[547]已暮矣**{第74面}**。」師曠曰：

---

539) 고려대학교와 충재박물관 소장본은 인쇄가 흐리지만 정자로 되어있는데, 후조당 소장본은 가필하여 이체자 '所'로 만들어놓았다. 바로 뒤 구절에 나오는 '所'도 동일하게 되어있다.

540) 欽定四庫全書本은 조선간본과 다르게 '聞'으로 되어있는데, 조선간본의 '開'은 '聞'의 이체자로 사용한 것으로 보인다.

541) 欽定四庫全書本은 조선간본과 다르게 '愆'으로 되어있는데, 조선간본의 '愆'과 '僁'은 同字이다.

542) 舊의 이체자. '++' 아랫부분에 '吅'의 형태가 첨가되어있고, 아랫부분의 '臼'가 '旧'의 형태로 되어있다.

543) 潦의 이체자. 오른쪽 윗부분의 '夾'의 형태가 '大'의 형태로 되어있다.

544) 고려대 소장본의 이번 면(제74면)의 하단 부분은 글자들이 뭉그러져 있지만 판독할 수 있는 정도이다. 그리고 충재박물관 소장본은 고려대 소장본보다 훼손이 심해서 판독할 수 없는 글자들도 있다. 그런데 후조당 소장본은 아예 글자가 없어져서 어떤 부분은 가필을 해놓았고 어떤 부분은 빈칸으로 되어있다. 후조당 소장본은 여기의 '萑蒲' 두 글자가 빈칸으로 되어 있다. 아래에서는 고려대 소장본을 따를 것이며 후조당 소장본의 상황에 대해서는 따로 주를 달지 않는다.

545) 鑑의 이체자. 오른쪽 윗부분의 '臣'이 '目'의 형태로 되어있으며, 그 오른쪽의 '𠂉'의 형태가 '勹'의 형태로 되어있다.

546) 晉의 이체자. 윗부분의 '厸'의 형태가 '吅'의 형태로 되어있다.

547) 恐의 이체자. 윗부분 오른쪽의 '凡'이 안쪽의 '丶'이 빠진 '几'의 형태로 되어있다.

「何不炳燭乎？」平公曰：「安有為人臣而戲[548]其君乎？」師曠曰：「盲臣安敢戲[549]其君乎？臣聞之，少而好學，如日出之陽；壯而好學，如日中之光；老而好學，如炳燭之明。炳燭之明，孰與昧行乎？」平公曰：「善哉！」

河間獻王曰：「湯稱學聖王之道者，譬如日焉。静居獨思，譬如火焉。夫捨學聖王之道，若捨日之光，何乃獨思，若火之明也？可以見小耳，未可用大知，惟學問可以廣明德慧也。」

梁[550]丘據謂晏子曰：「吾至死不及夫子矣。」晏子曰：「嬰聞之，為者常成，行者常至。嬰非有異[551]於人也**{第75面}**，常為而不置[552]，常行而不休者，故難[553]及也。」

甯越，中牟鄙[554]人也，苦耕之勞，謂其友曰：「何為而可以免此苦也？」友曰：「莫如學，學三[555]十年則可以達[556]矣。」甯越曰：「請十五歲[557]，人將休，吾將不休；人將卧，吾不敢卧。」十三歲學，而周威公師之。夫走者之速也，而過二里止。步[558]者之遲[559]也，而百里不止。今甯越之材，而久不止，其為諸侯師，豈不宜[560]哉！

孔子謂子路曰：「汝何好？」子路曰：「好長劍[561]。」孔子曰：「非此之問也。

548) 戲의 이체자. 왼쪽부분의 '虛'가 '虗'의 형태로 되어있다.
549) 戲의 이체자. 앞에서 사용한 이체자와는 다르게 왼쪽부분의 '虛'가 '虗'의 형태로 되어있다.
550) 梁의 이체자. 윗부분 오른쪽의 '乃'의 형태가 '刃'의 형태로 되어있다.
551) 異의 이체자. 아랫부분의 '共'의 가운데에 세로획 하나가 첨가된 '共'의 형태로 되어있다.
552) 置의 이체자. 머리 '罒'의 아랫부분이 '直'으로 되어있다.
553) 難의 이체자. 왼쪽 윗부분의 '廿'이 '䒑'의 형태로 되어있으며, 그 아래 '口'의 부분이 비어있다.
554) 鄙의 이체자. 왼쪽 윗부분의 '口'가 'ㅿ'의 형태로 되어있다.
555) 欽定四庫全書本은 조선간본과 다르게 '二'로 되어있는데, '20년'이 조선간본의 '30년'보다 문맥에 어울린다.
556) 達의 이체자. '辶' 윗부분의 '幸'이 '幸'의 형태로 되어있다.
557) 歲의 이체자. 머리의 '止'가 '山'의 형태로 되어있다.
558) 步의 이체자. 아랫부분의 '少'의 형태가 '丶'이 첨가된 '少'의 형태로 되어있다.
559) 遲의 이체자. 오른쪽 '尸'의 아랫부분이 '辛'의 형태로 되어있다.
560) 宜의 이체자. 머리의 '宀'이 '冖'의 형태로 되어있다.

請以汝之所能，加之以學，豈可及哉！」子路曰：「學亦有益乎？」孔子曰：「夫人君無諫臣則失政，士無教交則失德。狂馬不釋其策[562]，操弓**{第76面}**不返於檠。木受繩[563]則直，人受諫則聖。受學重問，孰不順成？毀仁惡士，且近於刑。君子不可以不學。」子路曰：「南山有竹，弗揉自直，斬而射之，通於犀革[564]，又何學為乎？」孔子曰：「括而羽之，鏃而砥礪之，其入不益深乎？」子路拜曰：「敬受教哉！」

子路問於孔子曰：「請釋古之學而行由之意，可乎？」孔子曰：「不可。昔者，東夷慕諸夏之義，有女，其夫死，為之內私壻，終身不嫁。不嫁則不嫁矣，然非貞節之義也。蒼梧之弟，娶妻而美好，請與兄易。忠則忠矣，然非禮也。今子欲釋古之學而行子之意，庸知子用非為是，用是為非乎！不順其初，雖欲悔之，難哉！」[565]

豐墻[566]墝下，未必崩[567]也；流行潦至，壞[568]必先矣。樹本淺，根垓不深，未必橛[569]也，飄風起，暴[570]雨至，拔[571]必先矣。君子居於是國，不崇仁義，不尊賢臣，未必亡也。然一旦有非常之變，車馳人走，指[572]而禍至，乃始乾喉[573]燋

561) 劍의 이체자. 왼쪽부분 '僉'의 아랫부분이 '灬'의 형태로 되어있고, 우부방의 '刂'가 '刃'의 형태로 되어있다.

562) 策의 이체자. 머리 '⺮' 아래의 '朿'가 '朿'의 형태로 되어있다. 앞에서는 이체자 '筞'을 사용하였는데 여기서는 다른 형태의 이체자를 사용하였다.

563) 繩의 이체자. 오른쪽부분의 '黽'이 '黾'의 형태로 되어있다.

564) 革의 이체자. 윗부분의 '廿'이 '艹'의 형태로 되어있고, 아랫부분의 세로획이 '口'의 가운데를 관통하고 있지 않다.

565) 이 단락은 조선간본에서 누락된 부분인데, 欽定四庫全書本을 근거로 첨가하였으며《說苑校證》(劉向 撰, 向宗魯 校證,《說苑校證》, 北京:中華書局, 1987(2017 重印), 71~72쪽)도 참고하였다.

566) 墻의 이체자. 오른쪽부분의 '嗇'이 '啬'의 형태로 되어있다.

567) 崩의 이체자. 아랫부분의 '朋'이 '用'의 형태로 되어있다.

568) 壞의 이체자. 오른쪽 가운데부분의 '罒'의 형태가 빠져있으며 그 아랫부분은 '衣'의 형태로 되어있다.

569) 橛의 이체자. 가운데부분의 '屰'이 '丰'의 형태로 되어있다.

570) 暴의 이체자. 발의 '氺'가 '小'의 형태로 되어있다.

571) 拔의 이체자. 오른쪽부분의 '犮'이 '发'의 형태로 되어있다.

脣, 仰天而嘆, 庶幾[574]爲天其救[575]之, 不亦難乎？孔子曰：「不愼其前而悔其後, 雖悔無及矣**{第77面}**。」《詩》云[576]曰：「啜其泣矣, 何嗟及矣？」言不先正本而成憂於末也。

虞君問盆成子曰：「今工者久[577]而巧, 色者老而衰。今人不及壯之時, 益積心技之術[578], 以備將衰之色, 色者必盡乎老之前, 知謀[579]無以異乎幼之時。可好之色, 彬彬乎且盡, 洋洋乎安託無能之軀哉！故有技者不累身而未嘗[580]滅, 而色不得以常茂。」

齊桓公問管仲曰：「王者何貴？」曰：「貴天。」桓公仰而視天, 管仲曰：「所謂天者, 非謂蒼蒼莽莽[581]之天也。君人者以百姓為天。百姓與之則安, 輔之則彊**{第78面}**, 非之則危, 背之則亡。」《詩》云：『人而無良, 相怨一方。』民怨其上, 不遂亡者, 未之有也。」

河間獻王曰：「管子稱：『倉廩[582]實, 知禮節；衣食足, 知榮辱。』夫穀者, 國家所以昌熾, 士女所以姣好, 禮義所以行, 而人心所以安也。《尚書》五福, 以富[583]為始, 子貢問為政, 孔子曰：『富之。』既富, 乃教之也, 此治國之本也。」

---

572) 指의 이체자. 오른쪽 윗부분의 '匕'가 '亠'의 형태로 되어있다.

573) 喉의 이체자. 오른쪽 윗부분의 'ユ'의 형태가 '亠'의 형태로 되어있고 그 아랫부분의 '矢'가 '夫'의 형태로 되어있다.

574) 幾의 이체자. 아랫부분 왼쪽의 '人'의 형태가 '勹'의 형태로 되어있고, 아랫부분의 오른쪽에 'ノ' 획이 빠져있으며 '丶'이 그 부분에 찍혀있다.

575) 救의 이체자. 왼쪽의 '求'에서 윗부분의 '丶'이 빠져있다.

576) 欽定四庫全書本은 조선간본과 다르게 '曰'로 되어있는데, '曰'과 조선간본의 '云'은 서로 통한다.

577) 久의 이체자.

578) 術의 이체자. 가운데부분의 '朮'이 위쪽의 '丶'이 빠진 '木'으로 되어있다.

579) 謀의 이체자. 오른쪽부분의 '某'가 '某'의 형태로 되어있다.

580) 嘗의 이체자. 아랫부분의 '旨'가 '甘'의 형태로 되어있다.

581) 欽定四庫全書本은 조선간본과 다르게 '莽'으로 되어있는데, '莽'과 조선간본의 '莽'은 同字이다.

582) 廩의 이체자. '广'의 아랫부분의 '亩'이 '面'의 형태로 되어있다.

583) 富의 이체자. 머리의 '宀'이 '冖'의 형태로 되어있다.

文公見咎季，其廟傅於亜[584]墻[585]，公曰：「孰處而亜？」對曰：「君之老臣也。」公曰：「亜益而宅。」對曰：「臣之忠，不如老臣之力，其墻壞而不築[586]。」公曰：「何不築？」對曰：「一日不稼，百日不食。」公出而告之僕，僕頓[587]首於**{第79面}**軫[588]曰：「《呂刑》云：『一人有慶，兆[589]民賴之。』君之明，群臣之福也。」乃令於國曰：「毋滛宮室，以妨人宅，板築以時，無奪農功。」

楚恭[590]王多寵子，而世子之位不定。屈建曰：「楚必多亂[591]。夫一兎走於街，萬人追之，一人得之，萬人不復走。分未定，則一兎走，使萬人擾；分已定，則雖貪夫知止。今楚多寵子，而嫡位無主，亂[592]自是生矣。夫世子者，國之基也，而百姓之望也。國既無基，又使百姓失望，絶其本矣。本絶則撓[593]亂，猶兎走也。」恭王聞之，立康王為太子，其後猶有令尹圍，公子弃疾之亂[594]也。**{第80面}**

晋襄公薨[595]，嗣君少，趙宣子相，謂大夫曰：「立少君，懼多難[596]，請立雍。雍長，出在秦，秦大，足以為援。」賈季曰：「不若公子樂，樂有寵於國，先君愛而仕之翟[597]，翟足以為援。」穆[598]嬴[599]抱太子以呼於庭[600]，曰：「先君奚罪？其嗣

584) 西의 이체자. '口'위의 '兀'의 형태가 'ㅠ'의 형태로 되어있으며, 양쪽의 세로획이 '口'의 맨 아랫부분에 붙어 있다.

585) 墻의 이체자. 앞에서 사용한 이체자 '墻'와는 다르게 오른쪽부분의 '嗇'이 '啬'의 형태로 되어있다.

586) 築의 이체자. '⺮' 아래 오른쪽부분의 '凡'이 '丶'이 빠진 '几'의 형태로 되어있다.

587) 頓의 이체자. 오른쪽부분의 '屯'이 '虫'의 형태로 되어있다.

588) 軫의 이체자. 오른쪽부분의 '㐱'이 '尔'의 형태로 되어있다.

589) 兆의 이체자. 欽定四庫全書本은 조선간본과 다르게 정자로 되어있다.

590) 恭의 이체자. 발의 '㣺'이 '氺'의 형태로 되어있다. 이번 단락의 아래에서는 정자를 사용하였다.

591) 亂의 이체자. 왼쪽부분의 '𤔔'의 형태가 '𠫤'의 형태로 되어있다.

592) 亂의 이체자. 이번 단락의 앞에서 사용한 이체자 '亂'과는 다르게 왼쪽부분의 '𤔔'의 형태가 '𠃧'의 형태로 되어있고 우부방의 '乚'이 '乙'의 형태로 되어있다.

593) 撓의 이체자. 오른쪽부분의 '堯'가 '尭'의 형태로 되어있다.

594) 亂의 이체자. 앞에서 사용한 이체자 '亂'·'亂'과는 다르게 왼쪽부분의 '𤔔'의 형태가 '𠃧'의 형태로 되어있다.

595) 薨의 이체자. 머리의 '++'가 '山'의 형태로 되어있다.

596) 難의 이체자. 왼쪽 윗부분의 '廿'이 'ㅛ'의 형태로 되어있으며, 그 아래 '口'의 부분이 비어 있다. 이번 단락의 아래에서는 동일한 형태의 이체자와 정자를 혼용하였다.

亦奚罪？舍嫡嗣不立，而外求君乎？」出朝，抱以見宣子曰：「惡難也，故欲立長君，長君立而少君壯，難乃至矣。」宣子患之，遂立大[601]子也。

趙簡子以襄子為後，董安于曰：「無恤不才，今以為後，何也？」簡子曰：「是其人能為社稷忍辱[602]。」異日，智伯與襄子飲，而灌襄子之首，大夫請殺之，襄子曰：「先君之立我也，曰能爲[603]社稷忍辱，豈曰能**{第81面}**刺人哉！」處十月，智伯圍襄子於晉陽，襄子疏隊而擊之，大敗智伯，漆[604]其首以爲飲器[605]。

劉向說苑卷第三**{第82面}**[606]

---

597) 翟의 이체자. 머리의 '羽'가 '彐'의 형태로 되어있다.

598) 穆의 이체자. 오른쪽 가운데부분의 '小'가 '一'의 형태로 되어있다.

599) 羸의 이체자. 윗부분 '亡'의 아랫부분의 '口'가 '罒'의 형태로 되어있다.

600) 庭의 이체자. '广' 안의 '廷'에서 '廴' 위의 '壬'이 '手'의 형태로 되어있다.

601) 고려대학교와 충재박물관 소장본은 '大'자로 되어있는데, 후조당 소장본은 가필하여 '太'로 만들어놓았다. 欽定四庫全書本은 조선간본과 다르게 '太'로 되어있는데, 여기서는 왕위계승자이기 때문에 '太子'가 맞고 '大子'는 오자이다.

602) 辱의 이체자. 윗부분의 '辰'이 '辰'의 형태로 되어있다.

603) 앞에서는 거의 '為'자를 사용하였는데, 여기서는 다른 형태의 '爲'를 사용하였다.

604) 漆의 이체자. 오른쪽 윗부분이 '夫'의 형태로 되어있고, 아랫부분의 '氺'가 '小'의 형태로 되어있다.

605) 器의 이체자. 가운데부분의 '犬'이 '工'의 형태로 되어있다.

606) 이 卷尾의 제목은 마지막 제11행에 해당한다. 이번 면은 제2행에서 글이 끝나고, 나머지 8행은 빈칸으로 되어있다.

劉向說苑卷第四

立節

士君子之有勇而果於行者，不以立節行誼[607]，而以妄死非名，豈不痛[608]哉！士有殺身以成仁，觸害以立義，倚[609]於節理而不議死地，故能[610]身死名流於來世。非有勇斷[611]，孰能行之？子路曰：「不能勤[612]苦，不能恬貧窮，不能輕死亡，而曰我能行義，吾不信也。」昔者，申包胥立於秦庭[613]，七日七夜，哭不絶聲，遂以存楚。不能勤苦，安能行此[614]！曾子布衣縕袍[615]未得完，糟糠之食，藜[616]藿之羹[617]未得飽，義不合則辭[618]上卿[619]，不恬貧窮，安能行此！比干將死而諫[620]**{第83面}**逾忠，伯夷、叔齊[621]餓死于首陽而志逾彰。不輕死亡，安能行此！故夫士欲立義行道，毋論[622]難[623]易，而後能行之。立身著名，無顧[624]利

607) 誼의 이체자. 오른쪽부분의 '宜'가 '冝'의 형태로 되어있다.
608) 痛의 이체자. '疒'안의 윗부분의 'マ'의 형태가 'コ'의 형태로 되어있다.
609) 倚의 이체자. 오른쪽부분의 '奇'가 '竒'의 형태로 되어있다.
610) 能의 이체자. 오른쪽부분의 '㠯'의 형태가 '去'의 형태로 되어있다.
611) 斷의 이체자. 왼쪽부분의 '㡭'의 형태가 '㡭'의 형태로 되어있다.
612) 勤의 이체자. 왼쪽 윗부분의 '廿'이 '艹'의 형태로 되어있고, '口'의 아랫부분에는 가로획 하나가 빠져있다.
613) 庭의 이체자. '广' 안의 '廷'에서 '廴' 위의 '壬'이 '手'의 형태로 되어있다.
614) 此의 이체자. 좌부변의 '止'가 '山'의 형태로 되어있다.
615) 袍의 이체자. 좌부변의 '衤'가 'ネ'의 형태로 되어있다.
616) 藜의 이체자. 맨 아랫부분의 '氺'가 '小'의 형태로 되어있다.
617) 羹의 이체자. 윗부분 '羔'의 아래 '美'의 형태가 '大'의 형태로 되어있다.
618) 辭의 이체자. 왼쪽부분의 '𤔔'가 '𤔔'의 형태로 되어있으며, 우부방의 '辛'이 아랫부분에 가로획 하나가 더 있는 '辛'의 형태로 되어있다.
619) 卿의 이체자. 왼쪽의 '卯'의 형태가 '夕'의 형태로 되어있고 가운데 부분의 '皀'의 형태가 '艮'의 형태로 되어있다.
620) 諫의 이체자. 오른쪽부분의 '柬'이 '東'의 형태로 되어있다.
621) 齊의 이체자. '亠'의 아래 가운데부분의 'Y'가 '了'의 형태로 되어있다.
622) 論의 이체자. 오른쪽부분의 '侖'이 '侖'의 형태로 되어있다.
623) 難의 이체자. 왼쪽 윗부분의 '廿'이 '艹'의 형태로 되어있으며, 그 아래 '口'의 부분이 비어있다.
624) 顧의 이체자. 왼쪽부분의 '雇'가 '卮'의 형태로 되어있다.

害，而後能成之。《詩》曰：「彼其之子，碩大且篤。」非良篤脩激之君子，其誰能行之哉？王子比干殺身以成其忠，伯夷[625]、叔齊殺身以成其廉[626]，此三子者，皆[627]天下之通士也，豈不愛其身哉？以為夫義之不立，名之不著，是士之耻也，故殺身以遂其行。因此觀之，卑[628]賤[629]貧窮，非士之耻也。夫士之所耻者，天下舉忠而士不與焉[630]，舉信而士不與焉，舉廉而士不與焉。三者在乎身，名傳於後世，與日月並而不息，雖無**{第84面}**道之世，不能汚焉。然則非好死而惡生也，非惡富[631]貴而樂貧賤也，由其道，遵其理，尊貴及己，士不辭也。孔子曰：「富而可求，雖執鞭之士，吾亦為之。富而不可求，從吾所好。」大聖之操也。《詩》云：「我心匪石，不可轉也。我心匪席，不可卷也。」言不失己也。能不失己，然後可與濟難矣，此士君子之所以越衆也。

楚伐陳，陳西[632]門燔，因使其降民修[633]之。孔子過之，不軾，子路曰：「禮，過三人則下車，過二[634]人則軾。今[635]陳脩門者人數[636]衆矣，夫子何為不軾？」

---

625) 夷의 이체자.

626) 廉의 이체자. '广' 안의 '兼'에서 아랫부분이 '灬'의 형태로 되어있다.

627) 皆의 이체자. 아랫부분의 '白'이 '日'로 되어있다.

628) 卑의 이체자. 맨 윗부분의 '丿'이 빠져있다.

629) 賤의 이체자. 오른쪽의 '戔'이 윗부분은 그대로 '戈'로 되어있고 아랫부분 '戈'에 '丶'이 빠진 '戔'의 형태로 되어있다.

630) 焉의 이체자. 윗부분의 '正'이 '叵'의 형태로 되어있다.

631) 富의 이체자. 머리의 '宀'이 '冖'의 형태로 되어있다.

632) 西의 이체자. '口'위의 '兀'의 형태가 'π'의 형태로 되어있으며, 양쪽의 세로획이 '口'의 맨 아랫부분에 붙어 있다.

633) 修의 이체자. 오른쪽 윗부분의 '夂'이 '攴'의 형태로 되어있다. 이번 단락의 아래에서는 다른 형태의 이체자 '脩'를 사용하였다.

634) 고려대 소장본은 '二'로 되어있고, 충재박물관과 후조당 소장본은 '一'로 되어있다. 그런데 이 구절은 '두 사람이 지나칠 때는 수레에 탄 채 예를 갖추다.'(劉向 撰, 林東錫 譯註, 《설원1》, 동서문화사, 2009. 350쪽)라는 의미이기 때문에 고려대 소장본을 따랐다. 후조당 소장본은 원래는 '二'로 되어있던 것이 훼손되어 '一'로 바뀐 것으로 보인다.

635) 今의 이체자. 머리 '人' 아랫부분의 '一'이 '丶'의 형태로 되어있고, 그 아랫부분의 '㇆'의 형태가 '丅'의 형태로 되어있다.

636) 數의 이체자. 왼쪽부분의 '婁'가 '婁'의 형태로 되어있다.

孔子曰：「丘聞之，國亡而不知不智，知而不争不忠，忠而不**{第85面}**死不廉。今陳脩門者，不行一於此，丘故不為軾也。」

孔子見齊景公，景公致廪637)丘以為養，孔子辭不受，出，謂弟子曰：「吾聞君子當功以受禄638)，今說景公，景公未之行而賜我廩丘，其不知丘亦甚矣！」遂辞639)而行。曽640)子衣弊衣以耕，魯君使人徃641)致邑焉，曰：「請以此脩衣。」曽子不受，反，復徃，又不受，使者曰：「先生非求於人，人則獻之，奚為不受？」曾642)子曰：「臣聞之，受人者畏人，予人者驕人。縱子有賜，不我驕也，我能勿畏乎？」終不受。孔子聞之曰：「參之言，足以全其節也。」子思居於衛，縕**袍**無表。二**{第86面}**旬而九食，田子方聞之，使人遺狐白之裘，恐643)其不受，因644)謂之曰：「吾假人，遂忘之。吾與人也，如棄645)之。」子思辭而不受，子方曰：「我有子無，何故不受？」子思曰：「伋聞之，妄與不如遺，棄物於溝壑646)。伋雖貧也，不忍以身為溝壑647)，是以不敢當也。」

---

637) 廩의 이체자. '广'의 아랫부분의 '㐭'이 '面'의 형태로 되어있다. 이번 단락의 아래에서는 정자를 사용하였다.

638) 祿의 이체자. 오른쪽부분의 '彔'이 '录'의 형태로 되어있다.

639) 辭의 이체자. 왼쪽부분의 '𤔔'가 '台'의 형태로 되어있으며, 우부방의 '辛'이 아랫부분에 가로획 하나가 더 있는 '辛'의 형태로 되어있다. 판본 전체적으로 이체자 '辭'를 주로 사용하였는데, 여기서는 거의 사용하지 않는 이체자를 사용하였다.

640) 曾의 이체자. 맨 윗부분의 '八'이 '丷'의 형태로 되어있고 그 아래 '罒'의 형태가 '田'의 형태로 되어있다.

641) 往의 俗字. 오른쪽부분의 '主'가 '生'의 형태로 되어있다.

642) 曾의 이체자. 맨 윗부분의 '八'이 '⺈'의 형태로 되어있고 그 아래 '罒'의 형태가 '田'의 형태로 되어있다. 이번 단락의 앞에서는 이체자 '曽'을 사용하였는데, 여기서는 다른 형태의 이체자를 사용하였다.

643) 恐의 이체자. 윗부분 오른쪽의 '凡'이 안쪽의 '丶'이 빠진 '几'의 형태로 되어있다.

644) 因의 이체자. '口'안의 '大'가 'コ'의 형태로 되어있으며 왼쪽 세로획에 붙어있다.

645) 棄의 이체자. 가운데부분의 '丗'가 '世'의 형태로 되어있다. 이번 단락의 아래에서는 정자를 사용하였다.

646) 壑의 이체자. 윗부분 왼쪽의 '睿'가 '歩'의 형태로 되어있다.

647) 壑의 이체자. 윗부분 왼쪽의 '睿'가 앞에서 사용한 '歩'의 형태와는 다르게 '峇'의 형태로 되어있다.

宋襄公兹父為桓公太子，桓公有後妻子曰公子目夷，公愛之，兹父為公愛之也，欲立之，請於公曰：「請使目夷立，臣爲之相兄[648]以佐之。」公曰：「何故也？」對曰：「臣之舅在衛，愛臣，若[649]終立，則不可以往，絶迹於衛，是背母也。且臣自知不足以處目夷之上。」公不許，彊以請公，公許之。將立公子目**{第87面}**夷，目夷辭曰：「兄立而弟在下，是其義也。今弟立而兄在下，不義也。不義而使目夷為之，目夷將逃。」乃逃之衛，兹父從之。三年，桓公有疾，使人召兹父：「若不來，是使我以憂死也。」兹父乃反，公復立之，以為太子，然後目夷歸[650]也。

晉[651]驪**姬**[652]譖太子申生於**獻**[653]公，**獻**公將殺之。公子重耳謂申生曰：「為此者，非子之罪也，子胡不進辭[654]，辭之必免於罪。」申生曰：「不可。我辭之，驪姬必有罪矣。吾君老矣，**微**[655]驪**姬寢**[656]不安席，食不甘味，如何使吾君以恨終哉？」重耳曰：「不辭則不若速去矣。」申生曰：「不可。去而免於死，是惡吾君也。夫**{第88面}**彰父之過而取美，諸侯[657]孰肯納之？入困於宗，出困於逃，是重吾惡

648) 欽定四庫全書本도 조선간본과 동일하게 ‘子’로 되어있는데,《說苑校證》에서는 ‘兄’이란 글자가 잘못 들어가 있다고 보았다.(劉向 撰, 向宗魯 校證,《說苑校證》, 北京:中華書局, 1987(2017 重印), 80쪽) 이번 구절은 ‘저는 재상이 되어 그를 보필하겠습니다.’(劉向 撰, 林東錫 譯註,《설원1》, 동서문화사, 2009. 358쪽. 劉向 原著, 王鍈 · 王天海 譯註,《說苑全譯》, 貴州人民出版社, 1991. 148쪽)라고 번역되는데,《說苑校證》의 주장처럼 ‘兄’자는 잘못 들어간 것으로 보인다.

649) 若의 이체자. 머리의 ‘艹’가 ‘䒑’의 형태로 되어있다.

650) 歸의 이체자. 왼쪽 맨 윗부분의 ‘ㇷ’이 빠져있고, 아랫부분의 ‘止’가 ‘𠃊’의 형태로 되어있다.

651) 晉의 이체자. 윗부분의 ‘厸’의 형태가 ‘吅’의 형태로 되어있다.

652) 姬의 이체자. 오른쪽부분의 ‘臣’의 형태가 ‘臣’의 형태로 되어있으며, ‘臣’의 왼쪽부분에 세로획 ‘丨’이 첨가되어있다.

653) 獻의 이체자. 머리의 ‘虍’가 ‘声’의 형태로 되어있고 그 아랫부분의 ‘鬲’이 ‘鬲’의 형태로 되어있다.

654) 辭의 이체자. 왼쪽부분의 ‘𤔔’가 ‘𤔔’의 형태로 되어있으며, 우부방의 ‘辛’이 아랫부분에 가로획 하나가 더 있는 ‘辛’의 형태로 되어있다. 이번 단락의 뒤에서는 판본 전체적으로 자주 사용하는 이체자 ‘辭’를 사용하였다.

655) 微의 이체자. 가운데 아랫부분의 ‘几’의 형태가 ‘干’의 형태로 되어있다.

656) 寢의 이체자. 머리의 ‘宀’이 ‘穴’의 형태로 되어있다.

657) 侯의 이체자. 오른쪽 윗부분의 ‘그’의 형태가 ‘ㅗ’의 형태로 되어있고 그 아랫부분의 ‘矢’가

也。吾聞之，忠不暴[658]君，智不重惡，勇不逃死。如是者，吾以身當之。」遂伏劍[659]死。君子聞之曰：「天命矣夫，世子！」《詩》曰：「萋兮[660]斐兮，成是貝錦。彼譖人者，亦已太甚！」

晉[661]獻公之時，有士焉曰狐[662]突，傅太子申生。公立驪姬為夫人，而國多憂，狐突稱疾不出。六年，獻公以譖誅太子。太子將死，使人謂狐突曰：「吾君老矣，國家多難，傅一出以輔[663]吾君，申生受賜以死不恨。」**再**拜稽[664]首而死。狐突乃復事獻公。三年，獻公卒，狐突辭於諸大夫曰：「突受太子之詔[665]，今**{第89面}**事終矣，與其久[666]生亂[667]世也，不若死而報太子。」乃歸自殺。

楚平王使奮[668]揚殺太子建，未至而遣之，太子奔宋。王召奮揚，使城父人執之以至。王曰：「言出於予口，入於爾耳，誰告建也？」對曰：「臣告之，王**初**[669]命臣曰：『事建如事余。』臣不佞[670]，不能貳也。奉**初**以還，故遣之，已而悔之，亦無及也。」王曰：「而敢來，何也？」對曰：「使而失命，召而不來，是重過也。逃無所入。」王乃赦之。

'夫'의 형태로 되어있다.

658) 暴의 이체자. 발의 '氺'가 '小'의 형태로 되어있다.

659) 劍의 이체자. 왼쪽부분 '僉'의 아랫부분이 '灬'의 형태로 되어있고, 우부방의 '刂'가 '刄'의 형태로 되어있다.

660) 兮의 이체자. 머리의 '八'이 방향이 위쪽을 향하도록 된 '丷'의 형태로 되어있다.

661) 조선간본은 판본 전체적으로 이체자 '晋'을 사용하였는데 여기서는 정자를 사용하였다.

662) 狐의 이체자. 오른쪽부분의 '瓜'가 가운데 아랫부분에 '丶'이 빠진 '瓜'의 형태로 되어있다.

663) 輔의 이체자. 오른쪽의 '甫'에서 '丶'이 빠져있다.

664) 稽의 이체자. 오른쪽 윗부분의 '尤'가 '九'의 형태로 되어있고 그 아랫부분의 '匕'가 '亠'의 형태로 되어있다.

665) 詔의 이체자. 오른쪽부분의 '召'가 '台'의 형태로 되어있다.

666) 久의 이체자.

667) 亂의 이체자. 왼쪽부분의 '𤔔'의 형태가 '𠮦'의 형태로 되어있고, 우부방의 '乚'이 '乚'의 형태로 되어있다.

668) 奮의 이체자. 아랫부분의 '田'이 '旧'의 형태로 되어있다.

669) 初의 이체자. 좌부변의 '衤'가 'ネ'의 형태로 되어있다.

670) 佞의 속자. 오른쪽 윗부분의 '二'의 형태가 '亡'의 형태로 되어있다.

晉靈公暴，趙宣子驟諫，靈公患之，使鉏之彌賊之。鉏之彌晨[671]往，則寢門闢矣，宣子盛服將朝，尚**{第90面}**早，坐而假寢，之彌退，歎而言曰：「不忘恭敬，民之主也。賊民之主不忠。棄君之命不信。有一於此，不如死也。」遂觸槐[672]而死。

齊人有子蘭[673]子者，事白公勝，勝將為難，乃告子蘭子曰：「吾將舉大事於國，願與子共之。」子蘭子曰：「我事子而與子殺君，是助子之不義也。畏患而去子，是遁子於難也。故不與子殺君，以成吾義，契領於庭，以遂吾行。」

楚有士申鳴者，在家而養其父，孝聞於楚國，王欲授之相，申鳴辞[674]不受。其父曰：「王欲相汝，汝何不受乎？」申鳴對[675]曰：「舍[676]父之孝子而為王之忠臣**{第91面}**，何也？」其父曰：「使有祿於國，立義於庭，汝樂吾無憂矣，吾欲汝之相也。」申鳴曰：「諾[677]。」遂入朝，楚王因[678]授[679]之相。居[680]三年，白公為亂[681]，殺司馬子期，申鳴將往死之，父止之曰：「棄父而死，其可乎？」申鳴曰：「聞夫仕者身歸於君，而祿歸於親，今既去子[682]事君，得無死其難乎？」遂辭而

---

671) 晨의 이체자. 아랫부분의 '辰'이 '㫳'의 형태로 되어있다.

672) 槐의 이체자. 오른쪽부분의 '鬼'가 맨 위의 '丶'이 빠진 '鬼'의 형태로 되어있다.

673) 蘭의 이체자. 아랫부분 '門' 안의 '柬'이 '東'의 형태로 되어있다.

674) 辭의 이체자. 왼쪽부분의 '𤔔'가 '舌'의 형태로 되어있다. 이번 면과 다음 면(제91~92면)의 인쇄 상태는 고려대 소장본은 비교적 완정하고, 충재박물관 소장본은 부분부분 글자가 뭉그러져 있으며, 후조당 소장본은 전체적으로 글자가 뭉그러져 있어서 부분부분 가필을 해놓았다. 후조당 소장본은 '辞'를 '辞'로 써놓았다. 이하에서 원문은 고려대 소장본을 따랐으며, 후조당 소장본의 다른 글자는 주를 달아 밝힌다.

675) 對의 이체자. 왼쪽부분의 '丵'의 형태가 '業'의 형태로 되어있다.

676) 후조당 소장본은 '食'으로 써놓았다.

677) 諾의 이체자. 오른쪽부분의 '若'이 '若'의 형태로 되어있다.

678) 因의 이체자. '囗'안의 '大'가 'ㄱ'의 형태로 되어있으며 왼쪽 세로획에 붙어있다.

679) 후조당 소장본은 '諁'로 써놓았다.

680) 후조당 소장본은 '吾'로 써놓았다.

681) 亂의 이체자. 왼쪽부분의 '𤔔'의 형태가 '𠂭'의 형태로 되어있다.

682) 欽定四庫全書本도 조선간본과 동일하게 '子'로 되어있는데, 《說苑校證》에는 '父'로 되어있으며 宋本을 따라 '父'로 고쳤다고 하였다.(劉向 撰, 向宗魯 校證, 《說苑校證》, 北京:中華書局, 1987(2017 重印), 84쪽) 여기서는 白公이 申鳴의 아버지가 잡아와 申鳴을 협박할 때, 申鳴이 말하는 것이기 때문에 宋本의 '父'가 맞다.

往，曰以兵圍之。白公謂石乞曰：「申鳴者，天下之勇士也，今以兵圍我，吾為之奈何？」石乞曰：「申鳴者，天下之孝子也，往刼[683]其父以兵，申鳴聞之必來，曰與之語。」白公曰：「善。」則往取[684]其父，持之以兵，告申鳴曰：「子與吾，吾與子分楚國。子不與吾，子父則死矣。」申鳴流涕而**{第92面}**應之曰：「始吾父之孝子也，今吾君之忠臣也。吾聞之也，食其食者死其事，受其祿者畢[685]其能。今吾已不得為父之孝子矣，乃君之忠臣也，吾何得以全身？」援桴鼓之，遂殺白公，其父亦死。王賞之金百斤。申鳴曰：「食君之食，避君之難，非忠臣也。定君之國，殺臣之父，非孝子也。名不可兩[686]立，行不可兩全也，如是而生。何面目立於天下。」遂自殺也。

齊莊公且伐莒，為車五乘[687]之賓[688]，而杞[689]梁、華舟獨不與焉，故歸而不食。其母曰：「汝生而無義，死而無名，則雖非五乘，孰[690]不汝笑[691]也？汝生而有義，死**{第93面}**而有名，則五乘之賓，盡[692]汝下也。」趣食乃行，杞梁、華舟同車，侍於莊公而行至莒。莒人逆之，杞梁、華舟下鬪，獲甲首三百。莊[693]公止之曰：「子止，與子同齊國。」杞梁、華舟曰：「君為五乘之賓，而舟、梁不與焉，是少吾勇也。臨[694]敵涉[695]難，止我以利，是污吾行也。深入多殺者，臣之事也，齊

---

683) 劫의 이체자. 우부방의 '力'이 '刃'의 형태로 되어있다.
684) 取의 이체자. 우부방의 '又'가 '㇛'의 형태로 되어있다.
685) 畢의 이체자. 맨 아래의 가로획 하나가 빠져있다.
686) 兩의 이체자. 바깥부분 '帀'의 안쪽의 '入'이 '人'의 형태로 되어있으며 그것의 윗부분이 '帀'의 밖으로 튀어나와 있다.
687) 乘의 이체자. 가운데부분의 '北'이 '丠'의 형태로 되어있다.
688) 賓의 이체자. 머리 '宀'의 아랫부분의 '少'의 형태가 '尸'의 형태로 되어있다.
689) 杞의 이체자. 오른쪽 부분의 '己'가 '巳'의 형태로 되어있다.
690) 孰의 이체자. 왼쪽부분의 '享'이 '亨'의 형태로 되어있다.
691) 笑의 이체자. 아랫부분의 '夭'가 '犬'의 형태로 되어있다.
692) 盡의 이체자. 가운데부분의 '灬'가 가운데 세로획에 이어져있고 그 양쪽이 '丷'의 형태로 되어있다.
693) 莊의 이체자. 머리 '艹' 아래 왼쪽부분의 '爿'이 '丬'의 형태로 되어있다. 이번 단락의 앞에서는 정자를 사용하였으나 여기서는 이체자를 사용하였다.
694) 臨의 이체자. 왼쪽부분의 '臣'이 '目'의 형태로 되어있고, 오른쪽 윗부분의 '𠂉'의 형태가 '亠'의

國之利, 非吾所知也。」遂進鬪, 壞[696]軍陷陣, 三軍弗敢當。至莒城下。莒人以炭置地, 二人立有閒[697], 不能入。隰俟[698]重為右, 曰 :「吾聞古之士, 犯患涉[699]難者, 其去遂於物也, 来, 吾踰子 ! 」隰俟重仗楯伏炭, 二子乘而入, 顧而哭之, 華舟後息。杞**梁**曰 :「汝無勇乎 ? 何哭[700]之从也**{第94面}** ? 」華舟曰 :「吾豈無勇哉 ! 是其勇與我同也, 而先吾死, 是以哀之。」莒人曰 :「子毋死, 與子同莒國。」杞**梁**、華舟曰 :「去國歸敵, 非忠臣也。去長受賜, 非正行也。且鷄鳴而期, 日中而忘之, 非信也。深入多殺者, 臣之事也, 莒國之利, 非吾所知也。」遂進鬪, 殺二十七人而死。其妻聞之而哭, 城為之弛[701], 而隅為之崩[702]。此非所以起也。

越甲至齊, 雍門子狄請死之, 齊王曰 :「鼓鐸之聲未聞, 矢石未交, 長兵未接, 子何務死之 ? 為人臣之禮邪 ? 」雍門子狄對曰 :「臣聞之, 昔者王田於囿, 左轂[703]鳴, 車右請死之, 而王曰 :『子何為死 ? 』車右對**{第95面}**曰 :『為其鳴吾君

형태로 되어있다.

695) 涉의 이체자. 오른쪽 윗부분의 '止'가 '山'의 형태로 되어있고, 그 아랫부분의 '少'의 형태가 '少'의 형태로 되어있다. 이번 단락의 아래에서는 윗부분이 '止'로 된 이체자 '涉'을 사용하였다.

696) 壞의 이체자. 오른쪽 가운데부분의 '罒'의 형태가 빠져있으며, 그 아랫부분은 '衣'의 형태로 되어있다.

697) 欽定四庫全書本은 조선간본과 다르게 '間'로 되어있는데, '間'은 '閒'의 俗字이다.

698) 侯의 이체자. 오른쪽 윗부분의 'ユ'의 형태가 '亠'의 형태로 되어있고 오른쪽 아랫부분의 '矢'가 '失'의 형태로 되어있다. 판본 전체적으로 대체로 이체자 '侫'를 사용하였는데 여기서는 다른 형태의 이체자를 사용하였다.

699) 涉의 이체자. 오른쪽 아랫부분의 '少'의 형태가 '少'의 형태로 되어있다. 여기서는 이번 단락의 앞에서 사용한 이체자 '涉'과는 다른 형태의 이체자를 사용하였다.

700) 哭의 이체자. 아랫부분의 '犬'이 '丶'이 빠진 '大'의 형태로 되어있다. 이번 단락의 앞과 뒤에서는 모두 정자를 사용하였다.

701) 欽定四庫全書本은 조선간본과 다르게 '阤'로 되어있으며, 《說苑校證》·《설원1》·《說苑全譯》도 모두 '阤'로 되어있다. 여기서 '阤'는 '기울다'(劉向 撰, 林東錫 譯註, 《설원1》, 동서문화사, 2009. 381쪽) 혹은 '무너지다'(劉向 原著, 王鍈·王天海 譯註, 《說苑全譯》, 貴州人民出版社, 1991. 158쪽)라는 의미로 쓰였는데, 조선간본의 '弛'는 '늦추다'라는 의미로 문맥이 잘 통하지 않는다.

702) 崩의 이체자. 아랫부분의 '朋'이 '用'의 형태로 되어있다.

703) 轂의 이체자. 오른쪽부분의 '殳'가 '殳'의 형태로 되어있다.

也。』王曰：『左轂鳴者，工[704]師之罪也，子何事之有焉？』車右曰：『臣不見工師之乘而見其鳴吾君也。』遂刎頸而死，知有之乎？」齊王曰：「有之。」雍門子狄曰：「今越甲至，其鳴吾君也，豈左轂之下哉？車右可以死左轂，而臣獨不可以死越甲也？」遂刎頸而死。是日，越人引甲而退七十里，曰：「齊王有臣鈞如雍門子狄，擬[705]使越社稷不血食。」遂引甲而歸，齊王葬[706]雍門子狄以上**卿**之禮。

楚人將與吳[707]人戰[708]，楚兵寡而吳兵衆，楚將軍子囊[709]曰：「我擊此國[710]必敗，辱君虧[711]地，忠臣不忍為也。」不復於君，黜[712]兵而退，至於國郊，使人復於君曰**{第96面}**：「臣請死！」君曰：「子大夫之遁也，以為利也。而今誠利，子大夫毋死！」子囊曰：「遁者無罪，則後世之為君臣者，皆入不利之名而效臣遁，若是，則楚國終為天下弱矣，臣請死。」退而伏劍。君曰：「誠如此，請成子大夫之義。」乃為桐棺三寸，加斧質其上，以徇於國。

宋康公攻阿，屠單[713]父，成公趙曰：「始吾不自知，以為在千乘則萬乘不敢伐，在萬乘則天下不敢圖。今趙在阿而宋屠單父，則是趙無以自立也，且往誅宋！」趙遂入宋，三月不得見。或曰：「何不因鄰國之使而見之。」成公趙曰：「不

---

704) 이번 면(제96면)의 인쇄상태는 고려대 소장본은 완정하고, 충재박물관 소장본은 글자들이 뭉그러져 있으며, 후조당 소장본보다 훼손이 심해서 군데군데 가필을 해놓았다. 그런데 후조당 소장본은 '工'이란 글자 아예 없어진 상태에서 '二'로 가필을 해놓았으며, 바로 뒤에서도 '工'의 자리에 '二'를 가필해놓았다. 아래에서는 고려대 소장본을 따를 것이며 후조당 소장본의 상황에 대해서는 따로 주를 달지 않는다.

705) 擬의 이체자. 가운데 윗부분의 '匕'가 '上'의 형태로 되어있고 아랫부분의 '矢'가 '天'의 형태로 되어있으며, 오른쪽부분의 '疋'의 형태가 '走'의 형태로 되어있다.

706) 葬의 이체자. 가운데부분의 '死'가 '夗'의 형태로 되어있다.

707) 吳의 이체자. '吳'의 형태가 '吴'의 형태로 되어있다.

708) 戰의 이체자. 왼쪽 윗부분의 '吅'의 형태가 '从'의 형태로 되어있다.

709) 囊의 이체자. 가운데부분의 '吅'의 형태가 '八'의 형태로 되어있다.

710) 國의 이체자. '口' 안의 '或'이 '或'의 형태로 되어있다. 이번 단락의 아래에서는 모두 정자를 사용하였다.

711) 虧의 이체자. 왼쪽 윗부분의 '虍'가 '严'의 형태로 되어있다.

712) 黜의 이체자. 좌부변의 '黑'이 '黒'의 형태로 되어있고, 오른쪽부분의 '出'이 '灬'의 위에 있다.

713) 單의 이체자. 아랫부분의 '甲'의 형태가 '甲'의 형태로 되어있다. 이번 단락의 아래에서는 정자와 이 이체자를 혼용하였다.

可。吾曰鄰國之{第97面}使而剌[714]之，則使後世之使不信，荷節[715]之信不用，皆曰：『趙使之然也。』不可。」或曰：「何不因群臣道徒處之士而剌之。」成公趙曰：「不可。吾因群臣道徒處之士而剌之，則後世之忠臣不見信，辨[716]士不見顧，皆曰：『趙使之然也。』不可。吾聞古之士怒則思理，危不忘義，必將正行以求之耳。」朞年，宋康公病死，成公趙曰：「廉士不辱名，信士不惰行。今吾在阿，宋屠單父，是辱名也。事誅宋王，朞年不得，是惰行也。吾若是而生，何面[717]目而見天下之士！」遂立槁於彭山之上。

佛肸[718]用中牟之縣[719]畔，設祿邑炊鼎[720]，曰：「與我者受{第98面}邑，不與我者其烹。」中牟之士皆與之。城北[721]餘子田基獨後至，袪[722]衣將入鼎[723]，曰：「基聞之，義者軒冕在前，非義弗乘。斧鉞於後，義死不避。」遂袪衣，將入鼎。佛肸播[724]而之，趙簡子屠中牟，得而取之，論[725]有功者，用田基為始，田基曰：

---

714) 剌의 이체자. 왼쪽부분의 '朿'의 형태가 '束'의 형태로 되어있다.

715) 節의 이체자. 머리의 '⺮'이 '艹'의 형태로 되어있고, 아랫부분 왼쪽의 '皀'이 '艮'의 형태로 되어있으며 '艹'가 그 위에 붙어있다. 여기서는 판본 전체적으로 자주 사용하는 이체자 '節'과는 다른 형태의 이체자를 사용하였다.

716) 欽定四庫全書本은 조선간본과 다르게 '辯'으로 되어있고, 《說苑校證》·《설원1》·《說苑全譯》도 모두 '辯'로 되어있다.

717) 面의 이체자. 맨 윗부분 '丆'의 아랫부분의 '囬'가 '回'의 형태로 되어있다.

718) 肸의 이체자. 오른쪽부분의 '㑒'가 '兮'의 형태로 되어있다. 欽定四庫全書本도 조선간본과 동일하게 '肸(정자로 되어있음)'로 되어있는데, 《說苑校證》·《說苑全譯》·《설원1》에서는 모두 '肹'로 되어있다. 그런데 '佛肹'은 '晉나라 대부로 춘추시대 趙簡子의 가신'(劉向 撰, 林東錫 譯註, 《설원1》, 동서문화사, 2009. 393쪽)인데, '肸(肸)'과 '肹'은 뜻이 같지만 '佛肹'의 경우에는 대체로 '肹'을 사용한다.

719) 縣의 이체자. 왼쪽부분의 '県'이 '県'의 형태로 되어있다.

720) 鼎의 이체자. 윗부분의 '目'이 '日'의 형태로 되어있고 아랫부분의 '𣏟'의 형태가 '𣏟'의 형태로 되어있으며, 이것이 윗부분의 '日'을 감싸지 않고 아랫부분에 놓여 있다.

721) 北의 이체자. 왼쪽부분의 '㇉'의 형태가 '土'의 형태로 되어있고, 우부방의 '匕'가 '上'의 형태로 되어있다.

722) 袪의 이체자. 좌부변의 '衤'가 '礻'의 형태로 되어있다.

723) 鼎의 이체자. 아랫부분의 '𣏟'의 형태가 '𣏟'의 형태로 되어있으며, 윗부분의 '目'을 감싸지 않고 아랫부분에 놓여 있다. 여기서는 이번 단락의 앞에서 사용한 이체자 '鼎'과는 다른 형태의 이체자를 사용하였고, 이번 단락의 뒤에서는 정자를 사용하였다.

「吾聞廉士不耻人。如此而受中牟之功，則中牟之士終身慙矣。」襁[726]負其母，南徙於楚，楚王高其義，待以司馬。

齊崔杼弑莊公，邢蒯聵使晉而反，其僕曰：「崔杼弑莊公，子將奚如？」邢蒯聵曰：「驅之，將入死而報君。」其僕曰：「君之無道也，四鄰諸侯[727]莫不聞也。以夫子而死之，不亦難乎？」邢蒯聵曰：「善能言也，然{第99面}亦晩矣！子早言我，我能諫之，諫不聽，我能去。今既不諫，又不去。吾聞食其祿者死其事吾既食亂[728]君之祿矣，又安得治君而死之？」遂驅[729]車入死。其僕曰：「人有亂[730]君，人猶死之。我有治長，可毋死乎？」乃結轡自刎於車上。君子聞之曰：「邢蒯聵可謂守節死義矣。死者人之所難也，僕夫之死也，雖未能合義，然亦有志之意矣，《詩》云：『夙夜匪懈[731]，以事一人。』邢生之謂也。孟子曰：『勇士不忘喪其元。』僕夫之謂也。」

燕昭王使樂毅伐齊，閔王亡。燕之初入齊也，聞蓋邑人王歜賢，令於軍曰：「環[732]蓋三十里毋入。」以{第100面}歜之故。已而使人謂歜曰：「齊人多高子之義，吾以子為將，封子萬家。」歜固謝燕人，燕人曰：「子不聽，吾引三軍而屠蓋邑。」王歜曰：「忠臣不事二君，貞女不更二夫。齊王不聽吾諫，故退而耕於[733]野。

---

724) 播의 이체자. 오른쪽부분의 '番'이 맨 위의 'ノ'의 형태가 빠진 '畨'으로 되어있다.

725) 論의 이체자. 오른쪽부분의 '侖'이 '侖'의 형태로 되어있다.

726) 襁의 이체자. 좌부변의 '衤'가 '衤'의 형태로 되어있고, 오른쪽부분의 '虽'가 '虽'의 형태로 되어있다.

727) 侯의 이체자. 판본 전체적으로 자주 사용하는 이체자 '侯'와는 다르게 오른쪽 아랫부분이 '失'의 형태로 되어있다.

728) 亂의 이체자. 왼쪽부분의 '𤔔'의 형태가 '𤔔'의 형태로 되어있고 우부방의 '乚'이 '乚'의 형태로 되어있다.

729) 驅의 이체자. 좌부변의 '馬'가 '馬'의 형태로 되어있다.

730) 亂의 이체자. 앞에서 사용한 이체자 '亂'과는 다르게 왼쪽부분의 '𤔔'의 형태가 '𤔔'의 형태로 되어있다. 앞의 이체자는 왼쪽 아랫부분이 '乂'의 형태로 되어있고 이번 이체자는 그 부분이 '又'의 형태로 되어있다.

731) 懈의 이체자. 오른쪽부분의 '羊'의 형태가 '羊'의 형태로 되어있다.

732) 環의 이체자. 오른쪽 아랫부분의 '𧘇'의 형태가 '衣'의 형태로 되어있다.

733) 於의 이체자. 좌부변의 '方'이 '扌'의 형태로 되어있다.

國既破亡，吾不能存，今又劫之以兵，為君將，是助桀為暴也。與其生而無義，固不如烹。」遂懸其軀於樹枝，自奮絶脰而死。齊亡大夫聞之曰：「王歜布衣，義猶不背齊向燕，况在位食禄者乎？」乃相聚如莒，求諸公子，立為襄王。

左儒友於杜伯，皆臣周宣王，宣王將殺杜伯而非其罪也，左儒爭之于王，九復之而王弗許也**{第101面}**。王曰：「別君而異[734]友，斯汝也。」左儒對曰：「臣聞之，君道友逆，則順君以誅友。友道君逆，則率友以違君。」王怒曰：「易而言則生，不易而言則死。」左儒對曰：「臣聞古之士不枉義以從死，不易言以求生，故臣能明君之過，以死杜伯之無罪。」王殺杜伯，左儒死之。

莒穆[735]公有臣曰朱厲附，事穆公，不見識焉。冬處於山林，食杼栗，夏處洲澤，食蔆藕。穆公以難死，朱厲附將往死之。其友曰：「子事君而不見識焉，今君難，吾子死之，意者其不可乎！」朱厲附曰：「始我以爲君不吾知也，今君死而我不死，是果不**{第102面}**知我也。吾將死之，以激天下不知其臣者。」遂往死之。

楚莊王獵[736]於雲夢[737]，射科雉，得之，申公子倍攻而奪之，王將殺之。大夫諫曰：「子倍自好也，爭王雉，必有說，王姑察[738]之。」不出三月，子倍病而死。邲之戰，楚大勝晉，歸而賞功。申公子倍之弟[739]進請賞於王曰：「人之有功也，賞於車下。」王曰：「奚謂也？」對曰：「臣之兄讀故記[740]曰：射科雉者，不出三月必死。臣之兄爭而得之，故夭死也。」王命發[741]乎府而視之，於記果有焉，乃厚賞之。

劉向說苑卷第四**{第103面}**[742]

---

734) 異의 이체자. 아랫부분의 '共'의 가운데에 세로획 하나가 첨가된 '共'의 형태로 되어있다.

735) 穆의 이체자. 오른쪽 가운데부분의 '小'가 '一'의 형태로 되어있다.

736) 獵의 이체자. 오른쪽부분의 '巤'이 '巤'의 형태로 되어있다.

737) 夢의 俗字. 윗부분의 '++'가 '去'의 형태로 되어있다.

738) 察의 이체자. 머리 '宀' 아랫부분의 '夗'의 형태가 '夗'의 형태로 되어있다.

739) 弟의 이체자. 윗부분의 '丷'의 형태가 '八'의 형태로 되어있다.

740) 記의 이체자. 오른쪽부분의 '己'가 '巳'의 형태로 되어있다.

741) 發의 이체자. 머리의 '癶'이 '业'의 형태로 되어있고, 아랫부분 오른쪽의 '殳'가 '攵'의 형태로 되어있다.

742) 이 卷尾의 제목은 마지막 제11행에 해당한다. 이번 면은 제10행에서 글이 끝나고, 빈칸 없이 卷尾의 제목이 붙어있다.

{第104面}[743]

743) 제4권은 이전 면인 제103면에서 끝났는데, 각 권은 홀수 면에서 시작하기 때문에 짝수 면인 이번 제104면은 계선만 인쇄되어있고 한 면이 모두 비어 있다.

劉向說苑卷第五

貴德[744]

聖人之於天下百姓也，其猶赤子乎！飢者則食之，寒者則衣之。將之養[745]之，育之長之。唯恐[746]其不至於大也。《詩》曰：「蔽芾甘棠，勿翦勿伐，召伯所茇[747]。」《傳》曰：「自陝以東者，周公主之，自陝以西者，召公主之。」召公述職，當桑蠶[748]之時，不欲變民事，故不入邑中，舍于甘棠之下，而聽[749]斷[750]焉[751]，陝間之人，皆[752]得其所。是故後世思而歌詠之，善之故言之。言之不足，故嗟嘆[753]之。嗟嘆之不足，故歌詠之。夫詩，思然後積，積然後滿[754]，滿然後發[755]，發由其道，而致**{第105面}**其位焉[756]。百姓嘆其美而致其敬，甘棠之不伐也，政教惡乎不行！孔子曰：「吾於甘棠，見宗廟之敬也甚。尊其人必敬其位，順安萬物，古聖之道幾[757]哉！」仁人之德教也，誠惻隱[758]於中，悃愊於內，不能[759]已於其

---

744) 德의 이체자. 오른쪽부분의 '悳'의 형태가 가운데 가로획이 빠진 '㥁'의 형태로 되어있다.
745) 養의 이체자. 윗부분의 '羊'의 형태가 '关'의 형태로 되어있다.
746) 恐의 이체자. 윗부분 오른쪽의 '凡'이 안쪽의 '丶'이 빠진 '几'의 형태로 되어있다.
747) 茇의 이체자. 머리 '艹'의 아랫부분의 '犮'이 '友'의 형태로 되어있다.
748) 蠶의 이체자. 윗부분의 '兂'가 '先'의 형태로 되어있다.
749) 聽의 이체자. 왼쪽부분 '耳'의 아래 '王'이 빠져있으며, 오른쪽부분의 '悳'의 형태가 가운데 가로획이 빠진 '㥁'의 형태로 되어있다.
750) 斷의 이체자. 왼쪽부분의 '㡭'의 형태가 '㡯'의 형태로 되어있다.
751) 焉의 이체자. 윗부분의 '正'이 '㱏'의 형태로 되어있다.
752) 皆의 이체자. 아랫부분의 '白'이 '日'로 되어있다.
753) 嘆의 이체자. 오른쪽 윗부분의 '廿'이 '艹'의 형태로 되어있다.
754) 滿의 이체자. 오른쪽 윗부분의 '廿'이 '业'의 형태로 되어있고 그 아랫부분의 '兩'이 '用'의 형태로 되어있다.
755) 發의 이체자. 머리의 '癶'이 '业'의 형태로 되어있고, 아랫부분 오른쪽의 '殳'가 '攵'의 형태로 되어있다.
756) 焉의 이체자. 윗부분의 '正'이 '㔯'의 형태로 되어있다.
757) 幾의 이체자. 아랫부분 왼쪽의 '人'의 형태가 'ク'의 형태로 되어있고, 아랫부분의 오른쪽에 'ノ'이 빠져있다.
758) 隱의 이체자. 오른쪽 맨 윗부분의 '爫'의 아래 '工'이 빠져있다.
759) 能의 이체자. 오른쪽부분의 '⻨'의 형태가 '長'의 형태로 되어있다.

心。故其治天下也，如救[760]溺人。見天下強陵[761]弱，衆暴[762]寡，幼[763]孤[764]羸[765]露，死傷係[766]虜，不忍其然。是以孔子歷[767]七十二君，冀道之一行而得施其德，使民生於全育，烝庶安土，萬物熙[768]熙[769]，各樂其終。卒不遇，故睹麟而泣，哀道不行，德澤不洽，於是退作《春秋》，明素王之道，以示後人，思施其惠[770]，未嘗[771]輟忘。是以百王尊之，志士法焉[772]，誦[773]其文章，傳**{第106面}**今[774]不絶，德及之也。《詩》曰：「載馳載驅，周爰咨謀[775]。」此[776]之謂也。聖王布德施惠，非求報於百姓也。郊望禘嘗，非求報於鬼[777]神也。山致其高，雲雨起焉。水致其深，蛟龍[778]生焉。君子致其道德，而福祿[779]歸[780]焉。夫有陰[781]德者

---

760) 救의 이체자. 왼쪽의 '求'에서 윗부분의 '丶'이 빠져있다.

761) 陵의 이체자. 오른쪽부분의 '夌'이 '麦'의 형태로 되어있다.

762) 暴의 이체자. 발의 '氺'가 '小'의 형태로 되어있다.

763) 幼의 이체자. 오른쪽부분의 '力'이 '刀'의 형태로 되어있다.

764) 孤의 이체자. 오른쪽부분의 '瓜'가 가운데 아랫부분에 '丶'이 빠진 '瓜'의 형태로 되어있다.

765) 羸의 이체자. 윗부분 '亡'의 아랫부분의 '口'가 '罒'의 형태로 되어있다.

766) 係의 이체자. 오른쪽부분의 '系'가 '糸'의 형태로 되어있다.

767) 歷의 이체자. '厂'의 안쪽 윗부분의 '秝'이 '林'의 형태로 되어있다.

768) 熙의 이체자. 윗부분 왼쪽의 '臣'의 형태가 '目'의 형태로 되어있으며 그 왼쪽에 세로획이 하나가 첨가되어있다.

769) 熙의 이체자. 바로 앞에서 사용한 이체자와는 다르게 '臣'의 형태가 '目'의 형태로 되어있다.

770) 惠의 이체자. 윗부분의 '叀'의 형태가 '甶'의 형태로 되어있다.

771) 嘗의 이체자. 아랫부분의 '旨'가 '甘'의 형태로 되어있다.

772) 焉의 이체자. 焉의 이체자. 윗부분의 '正'이 'ㅛ'의 형태로 되어있다. 이번 단락의 앞에서는 다른 형태의 이체자 '焉'과 '爲'을 사용하였는데, 여기와 뒤에서는 '爲'과 이 이체자를 사용하였다.

773) 誦의 이체자. 오른쪽 윗부분의 'マ'의 형태가 'ㅁ'의 형태로 되어있다.

774) 今의 이체자. 머리 '人' 아랫부분의 '一'이 '丶'의 형태로 되어있고, 그 아랫부분의 '㇆'의 형태가 '丅'의 형태로 되어있다.

775) 謀의 이체자. 오른쪽부분의 '某'가 '某'의 형태로 되어있다.

776) 此의 이체자. 좌부변의 '止'가 '山'의 형태로 되어있다.

777) 鬼의 이체자. 맨 위의 '㇒'이 빠져있고, 오른쪽 아랫부분의 '厶'가 '丶'의 형태로 되어있다.

778) 龍의 이체자. 오른쪽부분의 '㐮'의 형태가 '𠀎'의 형태로 되어있다.

779) 祿의 이체자. 오른쪽부분의 '彔'이 '录'의 형태로 되어있다.

780) 歸의 이체자. 왼쪽 맨 윗부분의 '㇒'이 빠져있고, 아랫부분의 '止'가 'ㄴ'의 형태로 되어있다.

必有陽報，有隱行者必有昭名。古者，溝防不修，水為人害，禹鑿[782]龍門，闢伊闕，平治水土，使民得陸處。百姓不親，五品不遜，契教以君臣之義，父子之親，夫婦之辨，長幼之序。田野不修，民食不足，后稷教之闢地墾草，糞土樹穀[783]，令百姓家給人足。故三后之後，無不王者，有陰德也。周室衰，禮義廢，孔子以三代之道，教導於**{第107面}**後世，繼嗣至今不絕者，有隱行也。《周頌》曰：「豐年多黍[784]多稌，亦有高廩，萬億及秭，為酒為醴，烝畀[785]祖妣，以洽百禮，降福孔偕[786]。」《禮記》曰：「上牲損，則用下牲；下牲損，則祭不備物。」以其舛之為不樂也。故聖人之於天下也，譬猶一堂之上也，今有滿堂飲酒者，有一人獨索然向隅而泣，則一堂之人皆不樂矣[787]。聖人之於天下也，譬猶一堂之上也，有一人不得其所者，則孝子不敢以其物薦進。

魏武侯[788]浮西河而下，中流，顧謂吳起曰：「美哉乎河山之固也，此魏國之寶[789]也。」吳起對曰：「在德不**{第108面}**在險[790]。昔三苗氏左洞庭[791]，右彭蠡[792]，德義不修，而禹滅之。夏桀之居，左河、濟，右太華，伊闕在其南，羊腸在其北[793]，修政不仁，湯放之。殷、紂之國，左孟門而右太行，常山在其北，大

---

781) 陰의 이체자. 오른쪽부분의 '侌'이 '侌'의 형태로 되어있다.

782) 鑿의 이체자. 윗부분 왼쪽의 '䇂'의 형태가 '丵'의 형태로 되어있다.

783) 穀의 이체자. 왼쪽 아랫부분의 '禾' 위에 가로획이 없고 '禾'가 '米'로 되어있으며, 우부방의 '殳'가 '殳'의 형태로 되어있다.

784) 黍의 이체자. 가운데 부분의 '人'의 형태가 빠져있고, 그 아랫부분의 '氺'가 '米'의 형태로 되어있다.

785) 畀의 이체자. 아랫부분의 '丌'의 형태가 '廾'의 형태로 되어있다.

786) 偕의 이체자. 오른쪽부분의 '皆'가 '皆'의 형태로 되어있다.

787) 矣의 이체자. 판본 전체적으로 자주 사용하는 이체자 '矣'와는 다르게 아랫부분이 '失'의 형태로 되어있다.

788) 侯의 이체자. 오른쪽 윗부분의 'ユ'의 형태가 '亠'의 형태로 되어있고 그 아랫부분의 '矢'가 '失'의 형태로 되어있다.

789) 寶의 이체자. '宀'의 아랫부분 오른쪽의 '缶'가 '尔'로 되어있다.

790) 險의 이체자. 오른쪽 맨 아랫부분의 '从'이 '灬'의 형태로 되어있다.

791) 庭의 이체자. '广' 안의 '廷'에서 '廴' 위의 '壬'이 '手'의 형태로 되어있다.

792) 蠡의 이체자. 맨 윗부분의 '彑'가 '크'의 형태로 되어있다.

793) 北의 이체자. 우부방의 '匕'가 '上'의 형태로 되어있다.

河經其南，修政不德，武王伐之。由此觀之，在德不在險。若[794]君不修德，船中之人盡[795]敵國也。」武侯曰：「**善！**」

武王克殷[796]，召太公而問曰：「將柰其士衆何？」太公對曰：「臣聞愛其人者，兼[797]屋上之烏。憎[798]其人者，惡其餘胥。咸劉厥[799]敵，使靡有餘，何如？」王曰：「不可。」太公出，邵公入，王曰：「為之柰何？」邵公對[800]曰：「有罪者殺[801]之，無罪者活之，何如？」王曰：「不可。」邵公出，周公**{第109面}**入，王曰：「為之柰何？」周公曰：「使各居其宅，田其田，無變舊[802]新，唯仁是親，百姓有過，在予一人！」武王曰：「廣大乎平天下矣。凡[803]所以貴士君子者，以其仁而有德也！」

孔子曰：「里仁為美，擇不處仁，焉得智！」夫仁者，必恕然後行，行一不義，殺一無罪，雖以得高官大位，仁者不為也。夫大仁者，愛近以及遠，及其有所不諧[804]，則虧[805]小仁以就大仁。大仁者，恩[806]及四海。小仁者，止於妻子。妻子

---

794) 若의 이체자. 머리의 '艹'가 '䒑'의 형태로 되어있다.

795) 盡의 이체자. 가운데부분의 '灬'가 가운데 세로획에 이어져있고 그 양쪽이 '丷'의 형태로 되어있다.

796) 殷의 이체자. 왼쪽부분의 '月'의 형태가 '身'의 형태로 되어있고, 우부방의 '殳'가 다른 '殳'의 형태로 되어있다.

797) 兼의 이체자. 맨 아랫부분이 '灬'의 형태로 되어있다.

798) 憎의 이체자. 오른쪽부분의 '曾'이 '曽'의 형태로 되어있다.

799) 厥의 이체자. '厂' 안의 왼쪽부분의 '屰'이 '丰'의 형태로 되어있다.

800) 對의 이체자. 왼쪽부분의 '丵'의 형태가 '莘'의 형태로 되어있다. 이번 단락의 다른 형태의 이체자 '對'를 사용하였다.

801) 殺의 이체자. 왼쪽 윗부분의 '乂'의 형태가 '又'의 형태로 되어있고, 우부방의 '殳'가 '殳'의 형태로 되어있다. 다음 단락에서는 이체자 '殺'과 이 이체자를 혼용하였다.

802) 舊의 이체자. '艹' 아랫부분에 '吅'의 형태가 첨가되어있고, 아랫부분의 '臼'가 '旧'의 형태로 되어있다.

803) 凡의 이체자. '几' 안의 '丶'이 안쪽이 아닌 위쪽에 붙어 있다.

804) 諧의 이체자. 오른쪽부분의 '皆'가 '皆'의 형태로 되어있다.

805) 虧의 이체자. 왼쪽 '虍'의 아랫부분의 '隹'가 '亜'의 형태로 되어있다.

806) 恩의 이체자. 윗부분의 '因'이 '囙'의 형태로 되어있다. 이번 단락에서 두 번은 이체자를 사용하였고, 뒷부분에서 두 번은 정자를 사용하였다.

者, 以其知營利, 以婦人之恩撫之, 飾其内情, 雕畫其偽, 孰知其非真, 雖當時蒙[807]榮, 然士君子以為大辱[808], 故共工、驩兜[809]、符{第110面}里、鄧析, 其智非無所識也, 然而為聖王所誅者, 以無徳而苟利也。豎刁、易牙, 毁體殺子以干利, 卒為賊於齊。故人臣不仁, 篡弑之亂[810]生。人臣而仁, 國治主榮。明主察[811]焉, 宗廟太寧。夫人臣猶貴仁, 况於人主乎！故桀、紂以不仁失天下, 湯、武以積徳有海土, 是以聖王貴徳而務行之。孟子曰：「推恩足以及四海。不推恩不足以保妻子。古人所以大過人者無他焉, 善推其所有而已。」

晏子飲景公酒, 令器[812]必新, 家老曰：「財不足, 請斂[813]於民。」晏子曰：「止。夫樂者, 上下同之, 故天子與天下, 諸侯與境内, 自大夫以下, 各與其僚, 無有獨{第111面}樂。今上樂其樂, 下傷其費, 是獨樂者也, 不可。」

齊桓公北伐山戎氏, 其道過燕, 燕君逆而出境, 桓公問筦仲曰：「諸侯相逆, 固出境乎？」筦仲曰：「非天子不出境。」桓公曰：「然則燕君畏而失禮也, 寡人不道, 而使燕君失禮。」乃割燕君所至之地以與燕君。諸侯聞之, 皆朝於齊。《詩》云：「靖恭爾[814]位, 好是正直, 神之聽之, 介爾景福。」此之謂也。

景公探爵鷇[815], 鷇[816]弱, 故反之, 晏子聞之, 不待請而入見, 景公汗出惕然。晏子曰：「君胡為者也？」景公曰：「我探爵鷇[817], 鷇弱, 故反之。」晏子逡巡

---

807) 蒙의 이체자. 아랫부분의 '家'이 '冖'의 아래 가로획이 빠진 '冢'의 형태로 되어있다.

808) 辱의 이체자. 윗부분의 '辰'이 '辰'의 형태로 되어있다.

809) 兜의 이체자. 윗부분의 양 옆이 '北'의 형태로 되어있다.

810) 亂의 이체자. 왼쪽부분의 '𤔔'의 형태가 '𠧪'의 형태로 되어있다.

811) 察의 이체자. 머리 '宀' 아랫부분의 '癶'의 형태가 '夗'의 형태로 되어있다.

812) 器의 이체자. 가운데부분의 '犬'이 '工'의 형태로 되어있다.

813) 斂의 이체자. 왼쪽 아랫부분의 '从'이 '灬'로 되어있다. 欽定四庫全書本은 조선간본과 다르게 '斂'으로 되어있고, 《說苑校證》·《說苑全譯》·《설원1》에서도 모두 '斂'으로 되어있다. 조선간본의 '歛(斂)'은 '바라다'라는 의미이지만, 여기서는 오자가 아니라 '斂'의 이체자로 사용한 것으로 보인다.

814) 爾의 이체자. 윗부분이 '爫'의 형태로 되어있다.

815) 鷇의 이체자. 부수 '鳥' 위에 가로획이 빠져있으며, 오른쪽부분의 '殳'가 '攵'의 형태로 되어있다.

816) 鷇의 이체자. 왼쪽부분은 바로 앞의 이체자와 같고, 오른쪽부분의 '殳'가 '旻'의 형태로 되어있다.

圵[818]靣[819]**再**拜而賀曰：「吾君有聖王之道矣。」景公曰：「寡人入探**{第112面}**爵**鷇**，**鷇**弱，故反之，其當聖王之道者何也？」晏子對曰：「君探爵鷇，**鷇**弱，故反之，是長幼也。吾君仁愛，禽獸之加焉，而况於人乎？此聖王之道也。」

景公覩嬰兒有乞於途者，公曰：「是無歸夫？」晏子對曰：「君存，何為無歸？使養之，可立而以聞。」

景公遊於壽[820]宮，覩長年負薪而有飢色，公悲之，喟然嘆曰：「令吏養之。」晏子曰：「臣聞之，樂賢而哀不肖，守國之**本**[821]也。今君愛老而恩無不逮，治國之**本**也。」公**笑**[822]有喜色。晏子曰：「聖王見賢以樂賢，見不肖以哀不肖。今請求老弱之不養，鰥寡之不室者，論而供秩焉。」景公曰：「諾。」於是老弱有養**{第113面}**，鰥寡有室。

桓公之平陵，見家人有年老而自養者，公問其故，對曰：「吾有子九人，家貧無以妻之，吾使傭而未返也。」桓公取外御[823]者五人妻之，筦仲入見曰：「公之施惠不亦小矣。」公曰：「何也？」對曰：「公待所見而施惠焉，則齊國之有妻者少矣。」公曰：「若何？」筦仲曰：「令國丈夫二[824]十而室，女子十五而嫁。」

---

817) 鷇의 이체자. 부수 '鳥' 위에 가로획이 빠져있으며, 오른쪽부분은 정자 형태로 되어었다. 이번 단락의 아래에서는 이 이체자를 4번 사용하였고, '鷇'를 1번 사용하였다.

818) 北의 이체자. 왼쪽부분의 'ㅋ'의 형태가 '土'의 형태로 되어있고, 오른쪽부분의 '匕'가 '上'의 형태로 되어있다.

819) 面의 이체자. 맨 윗부분 '丆'의 아랫부분의 '囬'가 '回'의 형태로 되어있다.

820) 壽의 이체자. 가운데 부분의 '工'이 '口'의 형태로 되어있고, 그 가운데 세로획이 윗부분 모두를 관통하고 있다.

821) 本의 이체자. 윗부분은 '大'의 형태로 되어있고 아랫부분은 '十'의 형태로 되어있다.

822) 笑의 이체자. 아랫부분의 '夭'가 '犬'의 형태로 되어있다.

823) 御의 이체자. 가운데부분의 '缶'의 형태가 '缶'의 형태로 되어있다.

824) 欽定四庫全書本은 조선간본과 다르게 '三'으로 되어있다. 《說苑校證》에서는 '三'을 사용하였으나, 元本 등에는 '二'로 되어있다고 하였다.(劉向 撰, 向宗魯 校證, 《說苑校證》, 北京: 中華書局, 1987(2017 重印), 102쪽) 《설원1》은 원문에서는 '三'을 사용하였으나, 번역은 '남자는 스무 살에 결혼하도록'(劉向 撰, 林東錫 譯註, 《설원1》, 동서문화사, 2009. 444쪽)이라고 하였다. 여기서는 '管仲(筦仲-조선간본)'이 결혼을 빨리하는 정책을 건의하는 것이기 때문에 조선간본의 '二十'이 '三十'보다 문맥에 더 맞는다.

孝宣皇帝初即位，守廷[825]尉吏路温舒[826]上書言尚德緩刑，其詞曰：「陛下初即至尊，與天合符，宜改[827]前世之失，正始受之統[828]，滌煩文，除民疾，存亡繼[829]絶，以應天德，天下幸甚。臣聞往者秦有十失。其**{第114面}**一尚存，治獄吏是也。昔秦之時，滅文學，好武勇。賤[830]仁義之士，貴治獄之吏，正言謂之誹謗[831]，謁[832]過謂之妖言，故盛服先生，不用於世，忠良切[833]言，皆欝[834]於胸[835]，譽諛之聲，日滿[836]於耳，虛美薰[837]心，實禍蔽塞，此乃秦之所以亡天下也。方今海内賴陛下厚恩，無金革[838]之危，飢寒之患，父子夫婦？戮[839]力安家，天下幸甚。然太平之未洽[840]者，獄亂[841]之也。夫獄，天下之命，死者不可生，斷

825) 廷의 이체자. '廴' 위의 '壬'이 '手'의 형태로 되어있다.
826) 舒의 이체자. 왼쪽부분의 '舍'가 '舎'의 형태로 되어있다.
827) 改의 이체자. 왼쪽부분의 '己'가 '巳'의 형태로 되어있다.
828) 統의 이체자. 오른쪽부분의 '充'이 '㐬'의 형태로 되어있다.
829) 繼의 이체자. 오른쪽부분의 '㡭'의 형태가 '㡭'의 형태로 되어있다.
830) 賤의 이체자. 오른쪽부분의 '戔'이 '戋'의 형태로 되어있다.
831) 謗의 이체자. 오른쪽부분의 '旁'이 '旁'의 형태로 되어있다.
832) 謁의 이체자. 오른쪽부분의 '曷'이 '曷'의 형태로 되어있다.
833) 切의 이체자. 왼쪽부분의 '七'의 형태가 '十'의 형태로 되어있다. 이번 단락의 아래에서는 이 형태의 이체자 1번과 '切'이란 이체자 1번을 사용하였다.
834) 欽定四庫全書本은 조선간본과 다르게 '鬱'로 되어있고,《說苑校證》·《說苑全譯》·《설원1》에서도 모두 '鬱'로 되어있다. 여기서는 '가슴이 막히다'(劉向 撰, 林東錫 譯註,《설원1》, 동서문화사, 2009. 446쪽)라는 의미이기 때문에 조선간본의 '울창하다'의 '欝'은 오자이다.
835) 胸의 이체자. 오른쪽 아랫부분의 '凶'이 '文'의 형태로 되어있다.
836) 滿의 이체자. 오른쪽부분의 '㒼'에서 윗부분이 '㆐'의 형태로 되어있고, 아랫부분이 '㒳'의 형태로 되어있다.
837) 薰의 이체자. 머리 '艹' 아랫부분의 '熏'이 '熏'의 형태로 되어있다.
838) 革의 이체자. 윗부분의 '廿'이 '卄'의 형태로 되어있고, 아랫부분의 세로획이 '口'의 가운데를 관통하고 있지 않다.
839) 戮의 이체자. 왼쪽 윗부분의 '羽'가 '彐'의 형태로 되어있다.
840) 欽定四庫全書本은 조선간본과 다르게 '洽'으로 되어있고,《說苑校證》·《說苑全譯》·《설원1》에서도 모두 '洽'으로 되어있다. 여기서는 '未洽하다'(劉向 撰, 林東錫 譯註,《설원1》, 동서문화사, 2009. 446쪽)라는 의미인데, 조선간본의 '未洽'은 오자이지만, 조선간본은 '冫'과 '氵'를 혼용하기 때문에 여기서는 '洽'은 '洽'의 이체자로 사용한 것으로 볼 수 있다.
841) 亂의 이체자. 왼쪽부분의 '𤔔'의 형태가 '𤔔'의 형태로 되어있고, 우부방의 '乚'이 '乚'의 형태로

者不可属[842]。《書》曰：『與其殺不辜，寧失不經。』今治獄吏則不然，上下相驅，以刻為明，深者獲公名，平者多後患，故治獄吏，皆欲入死，非憎人也，自安之道，在人之死。是以**{第115面}**死人之血，流離於市。被刑之徒，比肩而立，大辟之計，歳[843]以萬**數**[844]，此聖人所以傷，太平之未洽，凡以是也。人情安則樂生，痛[845]則思死，捶[846]楚之下，何求而不得。故囚人不勝痛，則飾誣詞以示之，吏治者利其然，則指[847]道以明之，上奏恐却，則鍜[848]**煉**[849]而周内之，盖奏當之成，雖皐陶聽之，猶以為死有餘罪。何則？成鍊之者衆而文致之罪明也。是以獄吏専為深刻殘[850]賊而無理，偷為一切，不顧國患，此世之大賊也。故俗語云：『畫地作獄，議不可入。刻木為吏，期不可對。』此皆疾吏之風，悲痛之辭[851]也。故天下之患，莫深於獄，敗法亂[852]政。離親**{第116面}**塞道，莫[853]甚乎治獄之吏，此臣所謂一尚存也。臣聞烏**鷇**之卵[854]不毁，而後鳳皇集，誹謗之罪不誅，而後良言進。故《**傳**[855]》曰：『山藪[856]藏[857]疾，川澤納汚。國君含垢，天之道也。』臣昧死上聞，

되어있다.

842) 屬의 俗字. 머리 '尸'의 아랫부분이 '禹'의 형태로 되어있다.

843) 歲의 이체자. 머리의 '止'가 '山'의 형태로 되어있다.

844) 數의 이체자. 왼쪽부분의 '婁'가 '婁'의 형태로 되어있다.

845) 痛의 이체자. '疒' 안의 윗부분의 'マ'의 형태가 'コ'의 형태로 되어있다.

846) 捶의 이체자. 오른쪽부분의 '垂'가 '垂'의 형태로 되어있다.

847) 指의 이체자. 오른쪽 윗부분의 '匕'가 '亠'의 형태로 되어있다.

848) 鍛의 이체자. 오른쪽부분의 '段'이 '叚'의 형태로 되어있다. 조선간본의 '鍜'는 '목 투구'라는 의미이지만 여기서는 '鍛'의 이체자로 쓰였다.

849) 煉의 이체자. 오른쪽부분의 '柬'이 '東'의 형태로 되어있다.

850) 殘의 이체자. 오른쪽의 '戔'이 윗부분은 그대로 '戈'로 되어있고 아랫부분 '戈'에 '丶'이 빠진 '戔'의 형태로 되어있다.

851) 辭의 이체자. 왼쪽부분의 '𤔔'가 '爫'의 형태로 되어있으며, 우부방의 '辛'이 아랫부분에 가로획 하나가 더 있는 '辛'의 형태로 되어있다.

852) 亂의 이체자. 왼쪽부분의 '𤔔'의 형태가 '爫'의 형태로 되어있다. 여기서는 이번 단락의 앞에서 사용한 이체자 '亂'과는 다른 형태의 이체자를 사용하였다.

853) 莫의 이체자. 머리의 '艹'가 '丷'의 형태로 되어있다.

854) 卵의 이체자. 왼쪽부분의 '卯'의 형태가 '丶'이 빠진 'ㄗ'의 형태로 되어있다.

855) 傳의 이체자. 오른쪽 윗부분의 '叀'의 형태가 '甴'의 형태로 되어있다.

願陛下察誹謗，聽**切**[858]言，開天下之口，廣箴諫之路，改亡秦之一失，遵文、武之嘉德，省法制，寬刑罰，以廢[859]煩獄，則太平之風，可**興**[860]於世，福履和樂，與天地無極[861]，天下幸甚。」書奏，皇帝**善**之。後卒於臨淮太守。

晋[862]平公春**築**[863]臺，叔冋[864]曰：「不可。古者聖王貴德而務施，緩刑辟而趨民時。今春**築**臺，是奪民時也。夫德不施，則民不歸。刑不緩，則百姓愁。使不歸**{第117面}**之民，役[865]愁怨之百姓，而又奪其時，是重竭[866]也。夫牧百姓，養育之而重竭之，豈所以定命安存，而稱為人君於後世哉！」平公曰：「**善**！」乃罷[867]臺役[868]。

趙簡子春**築**臺於邯鄲[869]，天雨而不息，謂左右曰：「可無趨種乎？」尹鐸對曰：「公事急，厝種而懸之臺。夫雖欲趨種，不能得也。」簡子惕然，乃釋臺罷役，曰：「我以臺為急，不如民之急也。民以不為臺故，知吾之愛也。」

---

856) 藪의 이체자. '艹' 아래 왼쪽부분의 '婁'가 '婁'의 형태로 되어있다.
857) 藏의 이체자. 아랫부분 왼쪽의 '爿'의 형태가 빠져있고, '臣'이 '目'의 형태로 되어있다.
858) 切의 이체자. 왼쪽부분의 '七'의 형태가 '土'의 형태로 되어있다.
859) 廢의 이체자. '广' 아래 '癶'이 '业'의 형태로 되어 있고, 그 아래 오른쪽부분의 '殳'가 '攵'의 형태로 되어있다.
860) 興의 이체자. 윗부분 가운데의 '同'의 형태가 '月'의 형태로 되어있다.
861) 極의 이체자. 오른쪽 가운데부분의 '丂'가 '了'의 형태로 되어있고, 그 오른쪽부분의 '又'가 '㇛'의 형태로 되어있다.
862) 晉의 이체자. 윗부분의 '厸'의 형태가 '吅'의 형태로 되어있다.
863) 築의 이체자. '⺮' 아래 오른쪽부분의 '凡'이 '丶'이 빠진 '几'의 형태로 되어있다.
864) 欽定四庫全書本은 조선간본과 다르게 '向'로 되어있고, 《說苑校證》·《說苑全譯》·《설원1》에서도 모두 '向'로 되어있다. 고려대·충재박물관·후조당 소장본은 모두 '冋'으로 되어있는데, '冋'을 '向'의 이체자로 사용하지 않기 때문에 오자이거나 혹은 윗부분의 '丿'이 훼손되어 떨어져나간 것으로 보인다.
865) 役의 이체자. 오른쪽부분의 '殳'가 '殳'의 형태로 되어있다.
866) 竭의 이체자. 오른쪽부분의 '曷'이 '曷'의 형태로 되어있다.
867) 罷의 이체자. 아랫부분의 '能'이 '能'의 형태로 되어있다.
868) 役의 이체자. 오른쪽부분의 '殳'가 '殳'의 형태로 되어있다. 여기서는 이번 단락의 앞에서 사용한 이체자 '役'과는 다른 형태의 이체자를 사용하였다.
869) 鄲의 이체자. 왼쪽부분의 '單'이 '單'의 형태로 되어있다.

中行獻子將伐鄭，范文子曰：「不可。得志於鄭，諸侯讎我，憂必滋長。」郤[870]至又曰：「得鄭，是兼[871]國也，兼國則王，王者固多憂乎？」文子曰：「王者盛其德而**{第118面}**遠[872]人歸，故無憂。今我寡德而有王者之功，故多憂。今子見無土而欲富[873]者樂乎哉？」

季康子謂子游曰：「仁者愛人乎？」子游曰：「然。」「人亦愛之乎？」子游曰：「然。」康子曰：「鄭子產死，鄭人丈夫捨[874]玦珮，婦人舍珠珥，夫婦巷哭，三月不聞竽瑟之聲。仲尼之死，吾不聞魯國之愛夫子，奚也？」子游曰：「譬子產之與夫子，其猶浸水之與天雨乎？浸水所[875]及則生，不及則死，斯民之生也，必以時雨，既以生，莫愛其賜。故曰：譬子產之與夫子也，猶浸水之與天雨乎？」

中行穆[876]子圍鼓，鼓人有以城反者，不許。軍吏曰**{第119面}**：「師徒不勤[877]可得城，奚故不受？」曰：「有以吾城反者，吾所甚惡也。人以城來，我獨奚好焉？賞所甚惡，是失賞也，若所好何？若不賞，是失信也，奚以示民？」鼓人又請降，使人視之，其民尚有食也，不聽。鼓人告食盡力竭，而後取之。克鼓而反，不戮一人。

孔子之楚，有漁者獻魚甚強，孔子不受。獻魚者曰：「天暑遠市，賣之不售，思欲棄之，不若獻之君子。」孔子再拜受，使弟[878]子掃除，將祭之，弟子曰：「夫

---

870) 郤의 이체자. 우부방의 '卩'이 '阝'의 형태로 되어있다.

871) 兼의 이체자. 윗부분의 '八'이 '丷'의 형태로 되어있고, 맨 아랫부분이 '灬'의 형태로 되어있다.

872) 遠의 이체자. '辶'의 윗부분에서 '土'의 아랫부분의 '𧘇'의 형태가 '㐅'의 형태로 되어있다.

873) 富의 이체자. 머리의 '宀'이 '冖'의 형태로 되어있다.

874) 捨의 이체자. 오른쪽부분의 '舍'가 '舎'의 형태로 되어있다. 그런데 欽定四庫全書本은 조선간본과 다르게 '舍'로 되어있고, 《說苑校證》·《說苑全譯》·《설원1》에서도 모두 '舍'로 되어있다. 조선간본은 '舍'와 '捨'를 혼용하기 때문에 오자는 아니지만, 바로 뒤에서는 '舍'를 사용하였다.

875) 所의 이체자.

876) 穆의 이체자. 오른쪽 가운데부분의 '小'가 '一'의 형태로 되어있다.

877) 勤의 이체자. 왼쪽 윗부분의 '廿'이 '艹'의 형태로 되어있고, '口'의 아랫부분에는 가로획 하나가 빠져있다.

878) 弟의 이체자. 윗부분의 '丷'의 형태가 '八'의 형태로 되어있다. 이번 단락의의 아래에서는 정자를 사용하였다.

人將棄之, 今吾子將祭之, 何也？」孔子曰：「吾聞之, 務施而不腐餘財者, 聖人也, 今受聖人之賜, 可{第120面}無祭乎？」

鄭伐宋。宋人將與戰, 華元殺羊食士, 其御879)羊斟不與焉。及戰, 曰：「疇880)昔之羊羹881), 子為政。今日之事, 我為政。」與華元馳入鄭師, 宋人敗績。

楚王問莊882)辛曰：「君子之行柰何？」莊辛對曰：「居不為垣墻883), 人莫能毁傷。行不從周衛, 人莫能暴害君。此君子之行也。」楚王復問：「君子之富柰何？」對曰：「君子之富, 假貸人, 不德也, 不責也。其食飲人, 不使也, 不役也。親戚愛之, 衆人喜之, 不肖者事之。皆欲其壽樂而不傷於患。此君子之富也。」楚王曰：「善。」{第121面}

丞相西884)平侯于定國者, 東海下邳人也。其父號885)曰于公, 為縣獄吏, 决曹掾886)。决獄平法, 未嘗有所寃887)。郡中離文法者, 于公所决, 皆不敢隐888)情。東海郡中為于公生立祠, 命曰于公祠。東海有孝婦, 無子, 少寡, 養其姑甚謹, 其姑欲嫁之, 終不肯889)。其姑告隣之人曰：「孝婦養我甚謹, 我哀其無子, 守寡日久890), 我老, 累丁壯柰何？」其後, 母自經死。母女告吏曰：「孝婦殺891)我母。」

---

879) 御의 이체자. 가운데부분의 '缶'의 형태가 '缶'의 형태로 되어있다.

880) 疇의 이체자. 오른쪽부분의 '壽'가 '壽'의 형태로 되어있다.

881) 羹의 이체자. 윗부분 '羔'의 아래 '美'의 형태가 '大'의 형태로 되어있다.

882) 莊의 이체자. 머리 '艹' 아래 왼쪽부분의 '爿'이 '丬'의 형태로 되어있다.

883) 墻의 이체자. 오른쪽부분의 '嗇'이 '啬'의 형태로 되어있다.

884) 西의 이체자. '口'위의 '兀'의 형태가 'ㅠ'의 형태로 되어있으며, 양쪽의 세로획이 '口'의 맨 아랫부분에 붙어 있다.

885) 號의 이체자. 오른쪽 윗부분의 '虍'가 '声'의 형태로 되어있다.

886) 掾의 이체자. 오른쪽부분의 '彖'의 형태가 '彔'의 형태로 되어있다.

887) 寃의 이체자. 아랫부분의 '兎'가 오른쪽부분의 '丶'이 빠진 '免'의 형태로 되어있다. 이번 단락의 아래에서도 이 이체자를 사용하였다.

888) 隱의 이체자. 오른쪽부분의 '㥯'이 '急'의 형태로 되어있다.

889) 肯의 이체자. 윗부분의 '止'가 '⺊'의 형태로 되어있다.

890) 久의 이체자.

891) 殺의 이체자. 우부방의 '殳'가 '殳'의 형태로 되어있다. 이번 단락의 아래에서는 이 이체자와 정자를 혼용하였다.

吏捕孝婦, 孝婦辭[892]不殺姑, 吏欲毒治, 孝婦自誣服, 具獄以上府。于公以為養姑十年以孝聞, 此不殺姑也。太守不聽, **數**争不能得, 於是于公辭疾去吏, 太守竟殺孝婦。郡**{第122面}**中枯旱三年, 後太守至, 卜求其故, 于公曰:「孝婦不當死, 前太守強殺之, 咎當在此。」於是殺牛祭孝婦冢[893], 太守以下自至焉, 天立大雨, 歲豐熟。郡中以此益敬重于公。于公**築**治廬舍, 謂匠人曰:「為我高門, 我治獄未嘗有所冤, 我後世必有封者, 令容高蓋駟馬車。」及子封為西平侯。

孟簡子相梁并衛, 有罪而走齊, 管仲迎而問之, 曰:「吾子相梁并衛之時, 門下使者幾何人矣?」孟簡子曰:「門下使者有三千餘人。」管仲曰:「今與幾何人來?」對曰:「臣與三人俱。」管仲曰:「是何也?」對曰:「其一人父死無以葬, 我為葬之。一人母死無以葬, 亦為葬之。一人兄有獄, 我為出之。是以得三人來。」管仲上車曰:「嗟茲乎!我窮必矣!吾不能以春風風人。吾不能以夏雨雨人, 吾窮必矣!」[894]

凡[895]人之性, 莫不欲**善**其德, 然而不能為**善**德者, 利敗之也。故君子羞言利名。言利名尚羞之, 况居而求利者也。

周天子使家父毛伯求金於諸侯,《春秋》譏[896]之。故天子好利則諸侯貪[897], 諸侯貪則大夫鄙, 大夫鄙**{第123面}**則庶人盜。上之變下, 猶風之靡草也。故為人君者, 明貴德而賤利, 以道下, 下之為惡, 尚不可止。今隐公貪[898]利而身自漁濟

---

892) 辭의 이체자. 왼쪽부분의 '𤔔'가 '𠂢'의 형태로 되어있으며, 우부방의 '辛'이 아랫부분에 가로획 하나가 더 있는 '辛'의 형태로 되어있다.

893) 欽定四庫全書本은 조선간본과 다르게 '冢'으로 되어있고,《說苑校證》·《說苑全譯》·《설원1》에서도 모두 '冢'으로 되어있다. 조선간본의 '冢'은 '덮어쓰다' 혹은 '어둡다'라는 뜻이지만, 여기서는 '冢(무덤)'의 이체자로 사용된 것으로 보인다.

894) 이 단락은 조선간본에서 누락된 부분인데, 欽定四庫全書本을 근거로 첨가하였으며《說苑校證》(劉向 撰, 向宗魯 校證,《說苑校證》, 北京:中華書局, 1987(2017 重印), 109~110쪽)도 참고하였다.

895) 凡의 이체자. '几' 안의 '丶'이 안쪽이 아닌 위쪽에 붙어 있다.

896) 譏의 이체자. 오른쪽부분의 '幾'가 '㡬'의 형태로 되어있다.

897) 貪의 이체자. 윗부분의 '今'이 '亽'의 형태로 되어있다. 이번 단락의 아래에서는 이 형태의 이체자 1번과 다른 형태의 이체자 1번을 사용하였다.

898) 貪의 이체자. 윗부분의 '今'이 '令'의 형태로 되어있다.

上，而行八佾！以此化於國人，國人安得不解[899]於義？解於義而縱[900]其欲，則災害起而臣下僻[901]矣！故其元年始書螟[902]，言災將起，國家將亂云爾。

孫卿[903]曰：「夫鬪者，忘其身者也，忘其親者也，忘其君者也。行須臾[904]之怒，而鬪終身之禍，然乃為之，是忘其身也。家室離散，親戚被戮，然乃為之，是忘其親也。君上之所致惡，刑法上所大禁也，然乃犯之，是忘其君也。今禽[905]獸猶知近父母，不忘{第124面}其親也。人而忘其身，內忘其親，上忘其君，是不若禽獸之仁也。凡鬪者，皆自以為是，而以他人為非，己誠是也，人誠非也，則是己君子而彼小人也。夫以君子而與小人相賊害。是人之所謂以狐[906]亡補[907]犬羊，身塗其炭，豈不過甚矣哉[908]！以為智乎？則愚莫大焉。以為利乎，則害莫大焉。以為榮乎？則辱莫大焉。人之有鬪何哉？比之狂惑疾病乎？則不可，面目人也，而好惡多同。人之鬪，誠愚惑失道者也。《詩》云：『式號式呼，俾[909]晝作夜。』言鬪行也。」

子路持劍[910]，孔子問曰：「由，安用此乎？」子路曰：「善古{第125面}者固以善之。不善古者固以自衛。」孔子曰：「君子以忠為質，以仁為衛，不出環[911]堵之內，而聞千里之外。不善以忠化，寇[912]暴以仁圍，何必持劍[913]乎？」子路曰：

---

899) 解의 이체자. 오른쪽부분의 '牛'의 형태가 '羊'의 형태로 되어있다.
900) 縱의 이체자. 맨 오른쪽부분의 '䢜'의 형태가 '䢖'의 형태로 되어있다.
901) 僻의 이체자. 오른쪽부분의 '辛'이 '幸'의 형태로 되어있다.
902) 螟의 이체자. 오른쪽부분의 '冥'이 '冥'의 형태로 되어있다.
903) 卿의 이체자. 왼쪽의 '卯'의 형태가 '夕'의 형태로 되어있고 가운데 부분의 '皀'의 형태가 '艮'의 형태로 되어있다.
904) 臾의 이체자. 부수 '臼'가 '臼'의 형태로 되어있으며 오른쪽 아래 '㇏'획이 어긋나 있다.
905) 禽의 이체자. 아랫부분의 '离'의 형태가 '离'의 형태로 되어있다.
906) 狐의 이체자. 오른쪽부분의 '瓜'가 '瓜'의 형태로 되어있다.
907) 補의 이체자. 좌부변의 '衤'가 '礻'의 형태로 되어있다.
908) 哉의 이체자. 왼쪽 아랫부분의 '口'가 'ク'의 형태로 되어있다.
909) 俾의 이체자. 오른쪽부분의 '卑'가 '卑'의 형태로 되어있다.
910) 劍의 이체자. 왼쪽 맨 아랫부분의 '从'이 '灬'의 형태로 되어있고, 우부방의 '刂'가 '刃'의 형태로 되어있다.
911) 環의 이체자. 오른쪽 아랫부분의 '衣'의 형태가 '衣'의 형태로 되어있다.

「由也請攝[914]齊以事先生矣。」

樂羊為魏將，以攻中山。其子在中山，中山懸其子示樂羊，樂羊不為衰志，攻之愈急。中山囙烹其子而遺之，樂羊食之盡一杯。中山見其誠也，不忍與其戰，果下之。遂為魏文侯開地。文侯賞其功而疑[915]其心。孟孫獵[916]得麑，使秦西巴持歸，其母随[917]而鳴，秦西巴不忍，**縱**而與之。孟孫怒而逐秦西巴。居一年，召以為太子**傅**[918]。左右曰：「夫秦西**{第126面}**巴有罪於君，今以為太子傅，何也？」孟孫曰：「夫以一麑而不忍，又將能忍吾子乎？故曰：『巧詐不如拙誠。』樂羊以有功而見疑[919]，秦西巴以有罪而益信。由仁與不仁也。」

智伯還自衛，三**卿**燕于藍[920]臺。智襄[921]子戲[922]韓康子而侮段[923]規。智果聞

---

912) 寇의 이체자. 머리의 '宀'이 '冖'의 형태로 되어있고, 그 오른쪽부분의 '攴'이 '夂'의 형태로 되어있다.

913) 劍의 이체자. 왼쪽부분 '僉'의 아랫부분이 '灬'의 형태로 되어있고, 우부방의 '刂'가 '刃'의 형태로 되어있다.

914) 攝의 이체자. 오른쪽부분의 '聶'이 '聑'의 형태로 되어있다.

915) 疑의 이체자. 왼쪽 윗부분의 'ㄴ'가 '上'의 형태로 되어있고 아랫부분의 '矢'가 '天'의 형태로 되어있으며, 오른쪽 윗부분의 'マ'의 형태가 '口'의 형태로 되어있다.

916) 獵의 이체자. 오른쪽부분의 '巤'이 '巢'의 형태로 되어있다.

917) 隨의 略字. 오른쪽부분 '辶' 위의 '育'의 형태가 '有'의 형태로 되어있다.

918) 傅의 이체자. 오른쪽 윗부분의 '甫'의 형태가 '亩'의 형태로 되어있다. 그런데 欽定四庫全書本은 조선간본과 다르게 '傅'로 되어있고, 《說苑校證》·《說苑全譯》·《설원1》에서도 모두 '傅'로 되어있다. '太子傅'는 '春秋戰國시대에 태자를 補導하는 관직'(劉向 原著, 王鍈·王天海 譯註, 《說苑全譯》, 貴州人民出版社, 1991. 210쪽)으로 '태자의 스승'(劉向 撰, 林東錫 譯註, 《설원1》, 동서문화사, 2009. 485쪽)으로 번역하였다. 그러므로 조선간본의 '傅(傅)'은 오자이다. 그런데 조선간본에서는 '傅'의 이체자로 '傅'를 사용하기도 하였지만, 여기서는 오른쪽 윗부분에 '丶'이 빠져있다. 이번 단락의의 뒤에서는 정확하게 '太子傅'로 되어있으므로, 판목이 훼손되어 '丶'이 빠져있을 가능성도 배제할 수 없다.

919) 疑의 이체자. 왼쪽 윗부분의 'ㄴ'가 '上'의 형태로 되어있고 아랫부분의 '矢'가 '天'의 형태로 되어있으며, 오른쪽 윗부분의 'マ'의 형태가 '口'의 형태로 되어있다.

920) 藍의 이체자. 가운데부분 왼쪽의 '臣'이 '目'의 형태로 되어있으며, 그 오른쪽의 '𠂉'의 형태가 '𠂊'의 형태로 되어있다.

921) 襄의 이체자. 윗부분 '亠'의 아랫부분 '吅'의 형태가 '从'의 형태로 되어있다.

922) 戲의 이체자. 왼쪽부분의 '虛'가 '虗'의 형태로 되어있다.

之，諫曰：「主弗倫[924]難，難必至。」曰：「難將由我，我不為難，誰敢興之。」對曰：「異於是。夫郤氏有車轅[925]之難，趙有孟姬之讒[926]，欒有叔祁之訴，范中行有函冶之難，皆主之所知也。《夏書》有之曰：『一人三失，怨豈在明，不見是圖。』《周書》有之曰：『怨不在大，亦不在小。』夫君子能勤小物，故無**{第127面}**大患。今主一謀而媿人君相，又弗倫，曰：『不敢興難。』毋乃不可乎？嘻，不可不懼！蚋蟻蜂蠆，皆能害人，况君相乎？」不聽，自是五年而有晉陽之難，段規反而殺智伯于師，遂滅智氏。

智襄子為室美，士茁夕焉，智伯曰：「室美矣夫！」對曰：「美則美矣[927]，抑臣亦有懼也。」智伯曰：「何懼？」對曰：「臣以秉筆事君，記有之曰：『高山浚源，不生草木，松柏之地，其土不肥。』今土木勝人，臣懼其不安人也。」室成三年而智氏亡。

劉向說苑卷第五**{第128面}**[928]

---

923) 段의 이체자. 왼쪽부분의 '𠂤'의 형태가 '巨'의 형태로 되어있으며, 우부방의 '殳'가 '殳'의 형태로 되어있다.

924) 備의 이체자. 오른쪽부분의 '𤰈'의 형태가 '侖'의 형태로 되어있다.

925) 轅의 이체자. 오른쪽 아랫부분의 '𧘇'의 형태가 '衣'의 형태로 되어있다.

926) 讒의 이체자. 오른쪽 윗부분의 '㲋'이 '免'의 형태로 되어있으며, 그 아랫부분의 '兔'이 '⺀'의 형태로 되어있다.

927) 矣의 이체자. 판본 전체적으로 자주 사용하는 이체자 '矣'와는 다르게 '厶'의 아랫부분의 '矢'가 '天'의 형태로 되어있다.

928) 이 卷尾의 제목은 마지막 제11행에 해당한다. 이번 면은 제9행에서 글이 끝나고, 나머지 1행은 빈칸으로 되어있다.

《第二冊》

劉向說苑卷第六

復恩

孔子曰：「德[1]不孤[2]，必有鄰。」夫施德者貴不德，受恩[3]者尚必報[4]。是故臣勞勤[5]以為君，而不求其賞，君持施以牧下，而無所德。故《易[6]》曰：「勞而不怨，有功而不德，厚之至也。」君臣相與，以市道接，君縣祿[7]以待之，臣竭[8]力以報之。逮臣有不測之功，則主加之以重賞，如主有超[9]異[10]之恩，則臣必死[11]以復之。孔子曰：「北[12]方有獸，其名曰蟨，前足鼠[13]，後足兎。是獸也，甚矣[14]其愛蛩[15]蛩巨虛[16]也，食得甘草，必齧以遺蛩蛩巨虛[17]，蛩蛩巨虛見人將来，必負蟨以**{第1面}**走，蟨非性之愛蛩蛩巨虛也，為其假[18]足之故也。二獸者，亦非性之愛蟨也，為其得甘草[19]而遺之故也。夫禽獸昆蟲，猶知比假而相有報也，況於士君子

---

1) 德의 이체자. 오른쪽부분의 '悳'의 형태가 가운데 가로획이 빠진 '悳'의 형태로 되어있다.
2) 孤의 이체자. 오른쪽부분의 '瓜'가 가운데 아랫부분에 '丶'이 빠진 '瓜'의 형태로 되어있다.
3) 恩의 이체자. 윗부분의 '因'이 '回'의 형태로 되어있다.
4) 報의 이체자. 오른쪽 아랫부분의 '又'가 '㇛'의 형태로 되어있다.
5) 勤의 이체자. 왼쪽 윗부분의 '廿'이 '艹'의 형태로 되어있고, '口'의 아랫부분에는 가로획 하나가 빠져있다.
6) 易의 이체자. 머리의 '日'이 '月'의 형태로 되어있고, 아랫부분의 '勿'위에 바로 붙어 있다.
7) 祿의 이체자. 오른쪽부분의 '彔'이 '录'의 형태로 되어있다.
8) 竭의 이체자. 오른쪽부분의 '曷'이 '曷'의 형태로 되어있다.
9) 超의 이체자. 오른쪽부분의 '召'가 '合'의 형태로 되어있다.
10) 異의 이체자. 아랫부분의 '共'의 가운데에 세로획 하나가 첨가된 '共'의 형태로 되어있다.
11) 死의 이체자. 왼쪽부분의 '匕'가 '巳'의 형태로 되어있다.
12) 北의 이체자. 왼쪽부분의 'ㅋ'의 형태가 '土'의 형태로 되어있고, 오른쪽부분의 '匕'가 '上'의 형태로 되어있다.
13) 鼠의 이체자. '臼'의 아랫부분이 '用'의 형태로 되어있다.
14) 矣의 이체자. '厶'의 아랫부분의 '矢'가 '夫'의 형태로 되어있다.
15) 蛩의 이체자. 윗부분 오른쪽의 '凡'이 '丶'이 빠진 '几'의 형태로 되어있다.
16) 虛의 이체자. '虍' 아랫부분의 '业'의 형태가 '业'의 형태로 되어있다.
17) 虛의 이체자. '虍' 아랫부분의 '业'의 형태가 '丘'의 형태로 되어있다.
18) 假의 이체자. 오른쪽부분의 '叚'의 형태가 '叚'의 형태로 되어있다.
19) 草의 이체자. 머리의 '艹'가 '䒑'의 형태로 되어있다. 이번 단락의 앞에서는 정자를 사용하였는데

之欲興[20]名利於天下者乎！夫臣不復君之恩而苟營其私門，禍[21]之原[22]也。君不能[23]報臣之功而憚行賞者，亦亂[24]之基也。夫禍亂[25]之源[26]基，由不報恩生矣。

趙襄子見圍於晋[27]陽[28]，罷圍，賞有功之臣五人，高赫無功而受上賞，五人皆[29]怒。張孟談謂襄[30]子曰：「晋陽之中，赫無大功，今[31]與之上賞，何也？」襄子曰：「吾在拘厄之中，不失臣主之禮，唯赫也。子雖有{第2面}功，皆驕寡[32]人。與赫上賞，不亦可乎？」仲尼聞之曰：「趙襄子可謂善賞士乎！賞一人而天下之人臣，莫[33]敢失君臣之禮矣。」

晋文公亡時，陶叔狐從。文公反國，行三賞而不及陶叔狐。陶叔狐見咎犯曰：「吾從君而亡，十有三年，顏色黎[34]黑[35]，手足胼胝。今君反國行三賞而不及我也，意者君忘我與？我有大故與？子試為我言之君。」咎犯言之文公，文公曰：

여기서는 이체자를 사용하였다.

20) 興의 이체자. 윗부분 가운데의 '同'의 형태가 '月'의 형태로 되어있다.

21) 禍의 이체자. 오른쪽부분의 '咼'가 '咼'의 형태로 되어있다.

22) 原의 이체자. '厂' 안쪽 윗부분의 '白'이 '日'의 형태로 되어있다.

23) 能의 이체자. 오른쪽부분의 '⺣'의 형태가 '去'의 형태로 되어있다.

24) 亂의 이체자. 왼쪽부분의 '𤔔'의 형태가 '𠮩'의 형태로 되어있다.

25) 亂의 이체자. 왼쪽부분의 '𤔔'의 형태가 '𠮩'의 형태로 되어있다. 여기서는 이번 단락의 앞에서 사용한 이체자 '亂'과는 다른 형태의 이체자를 사용하였다.

26) 欽定四庫全書本은 조선간본과 다르게 '原'으로 되어있고,《說苑校證》·《說苑全譯》·《설원2》에서도 모두 '原'으로 되어있다. '原'과 '源'은 뜻이 통하지만, 조선간본은 앞에서는 '原(原)'을 사용하였고 여기서는 '源'을 사용하였다.

27) 晉의 이체자. 윗부분의 '𠂈'의 형태가 'ㅁㅁ'의 형태로 되어있다.

28) 陽의 이체자. 오른쪽부분의 '昜'이 '昜'의 형태로 되어있다.

29) 皆의 이체자. 아랫부분의 '白'이 '日'로 되어있다.

30) 襄의 이체자. 윗부분 '亠'의 아랫부분 'ㅁㅁ'의 형태가 '𠂈'의 형태로 되어있다. 이번 단락의 앞과 뒤에서는 정자를 사용하였는데, 여기서만 이체자를 사용하였다.

31) 今의 이체자. 머리 '人' 아랫부분의 '一'이 '丶'의 형태로 되어있고, 그 아랫부분의 '㇇'의 형태가 '丅'의 형태로 되어있다.

32) 寡의 이체자. 아랫부분의 '分'의 형태가 '灬'의 형태로 되어있다.

33) 莫의 이체자. 머리의 '++'가 '䒑'의 형태로 되어있다.

34) 黎의 이체자. 맨 아랫부분의 '氺'이 '小'의 형태로 되어있다.

35) 黑의 이체자. '灬'의 윗부분이 '里'의 형태로 되어있다.

「噫，我豈忘是子哉！夫高明[36]至賢[37]，德行全誠，耽我以道，說我以仁，暴[38]浣我行，昭[39]明我名[40]，使我為成人者，吾以為上賞。防我以禮，諫[41]我以誼[42]，蕃援我使我不得為**{第3面}**非，數[43]引我而請於賢人之門，吾以為次賞。夫勇壯[44]強禦，難[45]在前則居前，難在後則居後，免我於患難之中者，吾又以為之次。且子獨不聞乎？死人者不如存人之身，亡人者不如存人之國。三[46]行賞之後，而勞苦之士次之。夫勞苦之士，是子固為首矣！豈敢忘子哉[47]？」周內史叔輿聞之曰：「文公其霸[48]乎！昔聖王先德而後力，文公其當之矣！《詩》云：『率禮不越。』此之謂也。」

晉文公入國，至於河，令棄籩[49]豆茵[50]席，顏色黎黑，手足胼胝者，在後。咎犯聞之，中夜而哭[51]。文公曰：「吾亡也十有九年矣，今將反國，夫子不喜而哭**{第4面}**，何也？其不欲吾反國乎？」對曰：「籩豆茵席，所以官者也，而棄之。

---

36) 明의 이체자. 좌부변의 '日'이 '目'의 형태로 되어있다. 이번 단락의 아래에서는 정자를 사용하였다.

37) 賢의 이체자. 윗부분 왼쪽의 '臣'이 '目'의 형태로 되어있다.

38) 暴의 이체자. 밑의 '氺'가 '小'의 형태로 되어있다.

39) 昭의 이체자. 오른쪽부분의 '召'가 '台'의 형태로 되어있다.

40) 名의 이체자. 윗부분의 '夕'의 형태가 '夕'의 형태로 되어있다.

41) 諫의 이체자. 오른쪽부분의 '柬'의 형태가 '東'의 형태로 되어있다.

42) 誼의 이체자. 오른쪽부분의 '宜'가 '冝'의 형태로 되어있다.

43) 數의 이체자. 왼쪽부분의 '婁'가 '婁'의 형태로 되어있다.

44) 壯의 이체자. 오른쪽부분의 '爿'이 '丬'의 형태로 되어있다.

45) 難의 이체자. 왼쪽 윗부분의 '廿'이 '++'의 형태로 되어있다.

46) 고려대 소장본은 '三'으로 되어있는데, 후조당 소장본은 빈칸에 '夫'로 가필해놓았으나 이는 오자이다.

47) 哉의 이체자. 왼쪽 아랫부분의 '口'가 'ク'의 형태로 되어있다.

48) 霸의 이체자. 아랫부분 왼쪽의 '革'이 '手'의 형태로 되어있다.

49) 籩의 이체자. 머리 '⺮' 아랫부분에서 오른쪽 윗부분의 '自'가 '白'의 형태로 되어있고, 맨 아랫부분의 '方'이 '口'의 형태로 되어있다.

50) 茵의 이체자. 머리 '++' 아랫부분의 '因'이 '囙'의 형태로 되어있다.

51) 哭의 이체자. 아랫부분의 '犬'이 '丶'이 빠진 '大'의 형태로 되어있다. 이번 단락의 아래에서는 정자를 사용하였다.

顔[52]色黎黑，手足胼胝[53]，所以執勞苦，而皆後之。臣聞國君蔽士，無所耶忠臣。大夫蔽遊[54]，無所耶忠友。今至於國，臣在所蔽之中矣，不勝其哀，故哭也。」文公曰：「禍福利害，不與咎氏同之者，有如白水。」祝之，乃沈[55]璧而盟。介子推曰：「獻公之子九人，唯君在耳。天未絕晉，必將有主，主晉祀者，非君而何？唯二三子者以為己力，不亦誣乎！」文公即位，賞不及推，推母曰：「盍亦求之？」推曰：「尤而効[56]之，罪又甚焉。且出怨言，不食其食。」其母曰：「亦使知之。」推曰：「言，身之文也。身將隐[57]，安用**{第5面}**文？」其母曰：「能如是，與若[58]俱[59]隐，至死不復見。」推從者憐之，乃懸書宮門曰：「有龍[60]矯矯，頃失其所。五蛇從之，周徧[61]天下。龍飢無食，一蛇割股[62]。龍反其淵，安其壤土。四蛇入穴，皆有處所。一蛇無穴，號於中野。」文公出見書，曰：「嗟！此[63]介子推也。吾方憂王室，未圖其功。」使人召[64]之，則亡，遂求其所在，聞其入綿上山中。於是文公表綿上山中而封之，以為介推田，號曰介山。

晉文公出亡，周流天下，舟之僑去虞而從焉[65]。文公反國，擇可爵而爵之，擇可祿[66]而祿之，舟之僑獨不與焉。文公酌諸大夫酒，酒酣，文公曰：「二三**{第6**

52) 顔의 이체자. 왼쪽 아랫부분의 '彡'이 '丷'의 형태로 되어있다.
53) 胝의 이체자. 오른쪽부분의 '氐'가 '氏'의 형태로 되어있다. 이번 단락의 앞에서는 정자를 사용하였으나 여기서는 이체자를 사용하였다.
54) 遊의 이체자. '辶' 위의 왼쪽부분의 '方'이 '扌'의 형태로 되어있다.
55) 沈의 이체자. 왼쪽부분 '冘'의 오른쪽 가운데에 '丶'이 첨가되어있다.
56) 效의 俗字. 우부방의 '攵'이 '力'의 형태로 되어있다.
57) 隱의 이체자. 오른쪽부분의 '㥯'이 '急'의 형태로 되어있다.
58) 若의 이체자. 머리의 '艹'가 '丷'의 형태로 되어있다.
59) 俱의 이체자. 오른쪽부분의 '具'가 '具'의 형태로 되어있다.
60) 龍의 이체자. 오른쪽부분의 '𦚏'의 형태가 '㇒'의 형태로 되어있다.
61) 徧의 이체자. 오른쪽부분의 '扁'이 '扁'의 형태로 되어있다.
62) 股의 이체자. 오른쪽부분의 '殳'가 '旻'의 형태로 되어있다.
63) 此의 이체자. 좌부변의 '止'가 '山'의 형태로 되어있다.
64) 召의 이체자. 윗부분의 '刀'가 '⺈'의 형태로 되어있다.
65) 焉의 이체자. 윗부분의 '正'이 '匸'의 형태로 되어있다.
66) 祿의 이체자. 판본 전체적으로 자주 사용하는 이체자 '禄'과는 다르게 오른쪽부분의 '彔'이 '录'의 형태로 되어있다. 이번 단락의 아래에서는 모두 이 이체자를 사용하였다.

面}子盍為寡人賦乎？」舟之僑進曰：「君子為賦，小人請陳其辭[67]，辭[68]曰：『有龍矯矯，頃失其所。一蛇從之，周流天下。龍反其淵，安**寧**其處。一蛇耆[69]乾，獨不得其所。』」文公瞿然曰：「子欲爵耶？請待旦日之期。子欲祿邪？請今命廩人。」舟之僑曰：「請而得其賞，**廉**[70]者不受也。言盡而名至，仁者不為也。今天油然作雲，沛然下雨，則苗草興起[71]，莫之能禦。今為一人言施一人，猶為一塊[72]土下雨也，土亦不生之矣。」遂歷[73]階而去。文公求之不得，終身誦[74]甫田之詩。

邴吉有陰[75]德於孝宣皇帝微[76]時，孝宣皇帝即位**{第7面}**，衆莫知，吉亦不言。吉從大將軍長史轉[77]遷至御[78]史大夫，宣帝聞之，將封之。會[79]吉病甚，將使人加紳而封之，及其生也，太子太傅夏侯[80]勝曰：「此未死也。臣聞之，有陰德者必饗[81]其樂，以及其子孫。今[82]此未獲其樂而病甚，非其死病也。」後病果愈，封為

---

67) 辭의 이체자. 왼쪽부분의 '𤔔'가 '𤔔'의 형태로 되어있으며, 우부방의 '辛'이 아랫부분에 가로획 하나가 더 있는 '辛'의 형태로 되어있다.

68) 辭의 이체자. 왼쪽부분의 '𤔔'가 '𤔔'의 형태로 되어있으며, 우부방의 '辛'이 아랫부분에 가로획 하나가 더 있는 '辛'의 형태로 되어있다. 여기서는 이번 단락의 바로 앞에서 사용한 이체자 '辭'와는 다른 형태의 이체자를 사용하였다.

69) 耆의 이체자. 아랫부분의 '日'이 '目'의 형태로 되어있다.

70) 廉의 이체자. '广' 안의 '兼'에서 아랫부분이 '灬'의 형태로 되어있다.

71) 起의 이체자. 오른쪽부분의 '己'가 '巳'의 형태로 되어있다.

72) 塊의 이체자. 오른쪽부분의 '鬼'가 '鬼'의 형태로 되어있다.

73) 歷의 이체자. '厂'의 안쪽 윗부분의 '秝'이 '林'의 형태로 되어있다.

74) 誦의 이체자. 오른쪽 윗부분의 'マ'의 형태가 'コ'의 형태로 되어있다.

75) 陰의 이체자. 오른쪽부분의 '侌'이 '侌'의 형태로 되어있다.

76) 微의 이체자. 가운데 아랫부분의 '几'의 형태가 '干'의 형태로 되어있다.

77) 轉의 이체자. 오른쪽 윗부분의 '叀'이 '亩'의 형태로 되어있다.

78) 御의 이체자. 가운데부분의 '缶'의 형태가 '缶'의 형태로 되어있다.

79) 會의 이체자. 가운데부분의 '囮'의 형태가 '亩'의 형태로 되어있다.

80) 侯의 이체자. 오른쪽 윗부분의 'ユ'의 형태가 'ㅗ'의 형태로 되어있고 그 아랫부분의 '矢'가 '夫'의 형태로 되어있다.

81) 饗의 이체자. 윗부분의 '鄉'에서 가운데부분의 '皀'이 '艮'의 형태로 되어있다. 이번 단락과 다음 단락에서는 모두 이 이체자를 사용하였다.

82) 今의 이체자. 머리 '人' 아랫부분의 '一'이 '丶'의 형태로 되어있고, 그 아랫부분의 '㇆'의 형태가 '丅'의 형태로 되어있다.

慱[83]陽侯，終饗其樂。

魏文侯攻中山，樂羊將，已得中山，還[84]反報文侯，有喜功之色。文侯命主書曰：「群臣賔[85]客所獻書，操以進。」主書者舉兩[86]篋以進，令將軍視之，盡難攻中山之事也。將軍還走，北[87]靣[88]而再拜曰：「中山之舉也，非臣之力，君之功也。」{第8面}

平原君既歸[89]趙，楚使春申君將兵救趙，魏信陵[90]君亦矯奪晉[91]鄙[92]軍徃[93]救趙，未至，秦急圍邯鄲，邯〖鄲急且降，平原君患之，邯鄲傳舍[94]吏子李談謂平〗[95]原君曰：「君不憂趙亡乎？」平原君曰：「趙亡即勝虜，何為不憂？」李談曰：「邯鄲之民，炊骨易子而食之，可謂至困。而君之後宮百數，婦妾荷綺[96]縠，厨[97]餘粱[98]肉。士民兵盡[99]，或[100]剡木為矛戟[101]。而君之器[102]物，鐘磬[103]自

---

83) 慱의 이체자. 오른쪽 윗부분의 '甫'가 '亩'의 형태로 되어있다. 欽定四庫全書本에는 '博'으로 되어있다.

84) 還의 이체자. '辶' 위에서 '罒'의 아랫부분의 '宋'의 형태가 '求'의 형태로 되어있다.

85) 賓의 이체자. 머리 '宀'의 아랫부분의 '疋'의 형태가 '尸'의 형태로 되어있다.

86) 兩의 이체자. 바깥부분 '帀'의 안쪽의 '入'이 '人'의 형태로 되어있으며 그것의 윗부분이 '帀'의 밖으로 튀어나와 있다.

87) 北의 이체자. 우부방의 '匕'가 '上'의 형태로 되어있다.

88) 面의 이체자. 맨 윗부분 '丆'의 아랫부분의 '囬'가 '回'의 형태로 되어있다.

89) 歸의 이체자. 왼쪽 맨 윗부분의 '丿'이 빠져있고, 아랫부분의 '止'가 '乚'의 형태로 되어있다.

90) 陵의 이체자. 오른쪽부분의 '夌'이 '麦'의 형태로 되어있다.

91) 奪의 이체자. 맨 아랫부분의 '寸'이 '木'의 형태로 되어있다.

92) 鄙의 이체자. 왼쪽 윗부분의 '口'가 '厶'의 형태로 되어있다.

93) 往의 俗字. 오른쪽부분의 '主'가 '生'의 형태로 되어있다.

94) 舍의 이체자. '人'의 아랫부분의 '舌'의 형태가 '吉'의 형태로 되어있다.

95) '〖~〗' 이 부호는 한 행을 뜻한다. 본 판본은 1행에 18자로 되어있는데, '〖~〗'로 표시한 이번 면(제9면)의 제3행은 한 글자가 많은 19자로 되어있다.

96) 綺의 이체자. 오른쪽부분의 '奇'가 '竒'의 형태로 되어있다.

97) 廚의 이체자. '广'이 '厂'의 형태로 되어있고, 그 안의 왼쪽 윗부분의 '土'가 '一'의 형태로 되어있다.

98) 粱의 이체자. 윗부분 오른쪽의 '刅'의 형태가 '刃'의 형태로 되어있다.

99) 盡의 이체자. 가운데부분의 '灬'가 가운데 세로획에 이어져있고 그 양쪽이 '丷'의 형태로 되어있다. 이런 단락의 아래에서는 정자를 사용하였다.

恣。若使秦破趙，君安得有此？使趙而全，君何患無有？君誠能令夫人以下，編扵[104]士卒間，分[105]功而作之，家所有盡散以饗食士，方其危苦時，易為恵[106]耳。」於是平原君如其計，而勇[107]敢之士三{第9面}千人皆出死，因從[108]李談赴秦軍，秦軍為却三十里。亦會楚魏救至，秦軍遂罷。李談死，封其父為孝侯。

秦繆[109]公嘗[110]出而亡其駿馬，自往求之，見人已殺其馬，方共食其肉，繆公謂曰：「是吾駿馬也。」諸人皆懼而起。繆公曰：「吾聞食駿馬肉不飲酒者殺人。」即以次飲之酒。殺馬者皆慙而去。居三年，晉攻秦繆公，圍之，往時食馬肉者，相謂曰：「可以出死報食馬得酒之恩矣。」遂潰圍，繆公卒得以解[111]難勝晉，獲恵公以歸。此德出而福反也。

楚莊王賜群臣酒，日暮，酒酣，燈燭滅，乃有人引美人之衣者，美人援絶其冠纓，告王曰：「今者燭滅，有引妾衣者，妾援得其冠纓，持之，趣火來上，視絶纓者。」王曰：「賜人酒，使醉失禮，奈何欲顯婦人之節而辱士乎？」乃命左右曰：「今日與寡人飲，不絶冠纓者不歡。」群臣百有餘人皆絶去其冠纓而上火，卒盡歡而罷。居三年，晉與楚戰，有一臣常在前，五合五奮，首却敵，卒得勝之。莊王怪而問曰：「寡人德薄，又未嘗異子，子何故出死不疑如是？」死曰：「臣當死。往者醉失禮，王隱忍不加誅也。臣終不敢以蔭蔽之德而不顯報王也。常願肝腦塗地，用頸血湔敵久矣。臣乃夜絶

100) 或의 이체자. 왼쪽 가운데부분의 ‘口’가 ‘厶’의 형태로 되어있다.
101) 戟의 이체자. 왼쪽부분의 ‘𠦝’의 형태가 ‘卓’의 형태로 되어있다.
102) 器의 이체자. 가운데부분의 ‘犬’이 ‘工’의 형태로 되어있다.
103) 磬의 이체자. 윗부분 오른쪽의 ‘殳’가 ‘殳’의 형태로 되어있다.
104) 於의 이체자. 좌부변의 ‘方’이 ‘扌’의 형태로 되어있다.
105) 分의 이체자. 발의 ‘刀’가 ‘勹’의 형태로 되어있다.
106) 惠의 이체자. 윗부분의 ‘叀’의 형태가 ‘亩’의 형태로 되어있다.
107) 勇의 이체자. 윗부분의 ‘マ’의 형태가 ‘コ’의 형태로 되어있다.
108) 從의 이체자. 오른쪽부분의 ‘従’의 형태가 ‘従’의 형태로 되어있다.
109) 繆의 이체자. 오른쪽 윗부분의 ‘羽’가 ‘彐’의 형태로 되어있다.
110) 嘗의 이체자. 아랫부분의 ‘旨’가 ‘甘’의 형태로 되어있다.
111) 解의 이체자. 오른쪽 아랫부분의 ‘牛’가 ‘丰’의 형태로 되어있다.

纓者也。」遂敗晉軍，楚得以强，此有陰德者必有陽報也。

趙宣孟將上之絳，見翳桑下有臥餓人，不能動，宣孟止車，為之下飡，餐自含而餔之，餓人再咽而能視。宣孟問：「爾何為饑若此？」對曰：「臣居於絳，歸而糧絶，羞行乞而憎自致，以故至若此。」宣孟與之壺飡脯二朐，再拜頓首受之，不敢食。問其故，對曰：「向者食之而美，臣有老母，將以貢之。」宣孟曰：「子斯食之，吾更與汝。」乃復為之簞食，以脯二束與錢百，去之絳。居三年，晉靈公欲殺宣孟，置伏士於房中，召宣孟而飲之酒。宣孟知之，中飲而出。靈公命房中士疾追殺之，一人追疾，既及宣孟，向宣孟之面曰：「今固是君耶！請為君反死。」宣孟曰：「子名為誰？」及是且對曰：「何以名為？臣是翳桑下之餓人也。」遂鬪而死，宣孟得以活。此所謂德惠也。故惠君子，君子得其福；惠小人，小人盡其力。夫德一人活其身，而況置惠於萬人乎？故曰德無細，怨無小。豈可無樹德而除怨，務利於人哉？利施者福報，怨往者禍來，形於內者應於外，不可不慎也。此書之所謂德無小者也。《詩》云：「赳赳武夫，公侯干城。」「濟濟多士，文王以寧。」人君胡可不務愛士乎！

孝景時，吳、楚反，袁盎以太常使吳。吳王欲使將，不肯，欲殺之，使一都尉以五百人圍守盎。盎為吳相時，從史與盎侍兒私通，盎知之，不洩，遇之如故。人有告從史，從史懼，亡歸，盎自追，遂以侍兒賄之，復為從史。及盎使吳，見圍守，從史適為守盎校司馬，夜引盎起曰：「君可以去矣，吳王期旦日斬君。」盎不信，曰：「公何為者也？」司馬曰：「臣故為君從史，盜侍兒者也。」盎乃敬對曰：「公見親，吾不足以累公。」司馬曰：「君去，臣亦且亡，避吾親君，何患！」乃以刀決帳，率徒卒道出，令皆去，盎遂歸報。[112]

智伯與趙襄子戰於晋陽下而死。智伯之臣豫[113]**{第10面}**讓者怒以其精氣，䏈

112) 이 세 단락은 조선간본에서 누락된 부분인데, 欽定四庫全書本을 근거로 첨가하였으며,《說苑校證》(劉向 撰, 向宗魯 校證,《說苑校證》, 北京:中華書局, 1987(2017 重印), 125~129쪽)도 참고하였다.

113) 豫의 이체자. 오른쪽 가운데부분의 '罒'의 형태가 '罒'의 형태로 되어있다.

使襄主動心, 乃漆[114]身變形, 吞炭更聲。襄主将[115]出, 豫讓偽為死人, 處[116]於**梁**下, 駟馬驚不進, 襄主動心, 使使視**梁**下, 得豫讓, 襄主重其義, 不殺也。又盜為抵罪, 被刑人赭衣, 入繕宮, 襄主動心, 則曰:「必豫讓也。」襄主執而問之, 曰:「子始事中行君, 智伯殺中行君, 子不能死, 還反事之。今吾殺智伯, 乃漆身為厲[117], 吞炭為啞, 欲殺寡人, 何與先行異也?」豫讓曰:「中行君衆人畜臣, 臣亦衆人事之。智伯朝士待臣, 臣亦朝士為之用。」襄子曰:「非義也? 子壯士也!」乃自置車庫中, 水漿[118]毋入口者三日, 以禮豫讓, 讓自知, 遂自殺**{第11面}**也。

晉逐欒盈之族[119], 命其家臣有敢從[120]者死。其臣曰:「辛[121]俞從之。」吏得而将[122]殺之, 君曰:「命汝無得從, 敢從何也?」辛俞對曰:「臣聞三世仕於家者君之, 二世者主之。事君以死, 事主以勤, 為其賜之多也。今臣三世於欒氏, 受其賜多矣, 臣敢畏死而忘三世之恩哉?」晉君釋之。

留侯張良之大父開[123]地, 相韓昭侯、宣惠王、襄哀王, 父平, 相釐王、悼惠王。悼惠王二十三年, 平卒。二十歲[124], 秦滅韓, 良年少, 未官事韓。韓破, 良家童三百人, 弟死不葬, 良悉以家財求刺[125]客, 刺秦王**{第12面}**, 為韓報仇[126]。

---

114) 漆의 이체자. 오른쪽 윗부분의 '木'이 '夾'의 형태로 되어있다.

115) 將의 이체자. 왼쪽부분의 '爿'이 '丬'의 형태로 되어있고, 오른쪽 윗부분의 '夕'의 형태가 '爫'의 형태로 되어있다.

116) 處의 이체자. '虍' 아랫부분의 '処'가 '処'의 형태로 되어있다.

117) 欽定四庫全書本은 조선간본과 다르게 '癘'로 되어있고, 《說苑校證》·《說苑全譯》·《설원 2》에서도 모두 '癘'로 되어있다. '癘'는 '瘡疾'이라는 의미인데, 조선간본의 '厲'는 '문둥병'이란 의미가 있지만 여기서는 문맥에 어울리지는 않는다.

118) 漿의 이체자. 윗부분의 '將'이 '将'의 형태로 되어있다.

119) 族의 이체자. 오른쪽 아랫부분의 '矢'가 '夫'의 형태로 되어있다.

120) 從의 이체자. 오른쪽부분의 '从'의 형태가 '从'의 형태로 되어있다. 이번 단락에서는 모두 이체자를 사용하였고, 다음다음 단락에서는 정자를 사용하였다.

121) 辛의 이체자. 아랫부분에 가로획 하나가 더 첨가되어있다. 이번 단락의 아래에서는 정자를 사용하였다.

122) 將의 이체자. 왼쪽부분의 '爿'이 '丬'의 형태로 되어있으며, 앞에서 사용한 이체자 '将'과는 다르게 오른쪽 윗부분의 '夕'의 형태가 '夕'의 형태로 되어있다.

123) 開의 이체자. '門' 안의 '开'가 '井'의 형태로 되어있다.

124) 歲의 이체자. 머리의 '止'가 '山'의 형태로 되어있다.

以大父、父五世相韓，故遂學禮淮陽，東見滄海君，得力士，為鐵椎重百二十斤，秦皇帝東游，良與客狙擊秦皇帝於博浪沙，誤[127]中副車。秦皇帝大怒，大索天下，求購甚急。良更易姓名，深亡匿[128]，後卒随[129]漢報秦。

鮑叔死，管仲舉上衽[130]而哭之，泣下如雨。從者曰：「非君父子也，此亦有說乎？」管仲曰：「非夫子所知也。吾嘗與鮑子負販於南陽，吾三辱[131]於市，鮑子不以我為怯，知我之欲有所明也。鮑子嘗與我有所說王者，而三不見聴[132]，鮑子不以我為不肖，知我之不遇明君也。鮑子嘗與我臨[133]財分貨，吾{**第13面**}自取[134]多者三，鮑子不以我為貪[135]，知我之不足於財也。生我者父母，知我者鮑子也。士為知己者死，而况為之哀乎！」

晉趙盾舉韓厥，晉君以為中軍尉。趙盾死，子朔嗣為卿。至景公三年，趙朔[136]為晉將，朔取成公姊〖為夫人。大夫屠岸賈欲誅趙氏。初，趙盾在時，夢[137]見〗[138]〖叔帶[139]持亀[140]要而哭，甚悲，已而咲[141]，拊手且歌。盾卜之〗[142]，

125) 刺의 이체자. 왼쪽부분의 '朿'의 형태가 '朿'의 형태로 되어있다.

126) 仇의 이체자. 오른쪽부분의 '九'가 '丸'의 형태로 되어있다. 四部叢刊本은 정자를 사용하였다.

127) 誤의 이체자. 오른쪽부분의 '吳'가 이체자 '呉'의 형태로 되어있다.

128) 匿의 이체자. 부수 '匸' 안의 '若'이 이체자 '若'의 형태로 되어있다.

129) 隨의 略字. 오른쪽부분 '辶' 위의 '育'의 형태가 '有'의 형태로 되어있다.

130) 衽의 이체자. 좌부변의 '衤'가 '礻'의 형태로 되어있다.

131) 辱의 이체자. 윗부분의 '辰'이 '辰'의 형태로 되어있다.

132) 聽의 이체자. 왼쪽부분 '耳'의 아래 '王'이 빠져있으며, 오른쪽부분의 '悳'의 형태가 가운데 가로획이 빠진 '恴'의 형태로 되어있다.

133) 臨의 이체자. 좌부변의 '臣'이 '目'의 형태로 되어있다.

134) 取의 이체자. 오른쪽부분의 '又'가 '㇛'의 형태로 되어있다.

135) 貪의 이체자. 윗부분의 '今'이 '亼'의 형태로 되어있다. 이번 단락의 아래에서는 이 형태의 이체자 1번과 다른 형태의 이체자 1번을 사용하였다.

136) 朔의 이체자. 왼쪽부분의 '屰'이 '羊'의 형태로 되어있다. 이번 단락의 이하에서는 이체자를 1번 더 사용하였고, 그외에는 모두 정자를 사용하였다.

137) 夢의 俗字. 윗부분의 '艹'가 '去'의 형태로 되어있다.

138) '〖~〗' 이 부호는 한 행을 뜻한다. 본 판본은 1행에 18자로 되어있는데, '〖~〗'로 표시한 이번 면(제14면)의 제6행은 한 글자가 많은 19자로 되어있다.

139) 帶의 이체자. 윗부분 '卌'의 형태가 '丗'의 형태로 되어있다.

〖占[143]兆絶而後好。趙史援占曰:「此甚惡, 非君之身, 及〗[144]君之子, 然亦君之咎也。」至子趙朔, 世益衰。屠岸賈者, 始有寵於靈公, 及至於晉景公, 而賈為司寇[145], 將作難, 乃治靈公之賊, 以致趙盾, 徧告諸將{第14面}曰:「趙穿弑靈公, 盾雖不知, 猶為首賊。臣殺君, 子孫在朝, 何以懲[146]罪? 請誅之。」韓厥曰:「靈公遇賊, 趙盾在外, 吾先君以為無罪, 故不誅。今諸君將誅其後, 是非先君之意而後妄誅, 妄誅謂之亂[147]臣。有大事而君不聞, 是無君也。」屠岸賈不聽。厥告趙朔趨亡, 趙朔不肯, 曰:「子必不絶趙祀, 朔死且不恨。」韓厥許諾[148], 稱疾不出。賈不請而擅[149]與諸將攻趙氏於下宮, 殺趙朔、趙括、趙嬰齊, 皆滅其族。朔妻成公姊有遺腹, 走公宮匿, 後生男, 乳, 朔客程嬰持亡匿山中。十五年, 晉景公疾, 卜之曰:「大業之後不遂者為祟。」景公疾問韓厥, 韓厥知{第15面}趙孤在, 乃曰:「大業之後在晉絶祀者, 其趙氏乎? 夫自中行衍皆嬴[150]姓也, 中衍人面鳥喙, 降佐殷帝太戊; 及周天子, 皆有明德; 下及幽、厲無道, 而叔帶去周適晉, 事先君文侯; 至于成公, 世有立功, 未嘗有絶祀。今及吾君, 獨滅之趙宗, 國人哀之, 故見龜策[151], 唯君圖之。」景公問云:「趙尚有後子孫乎?」韓厥具[152]以實對。於

---

140) 龜의 이체자.

141) 笑의 古字. 欽定四庫全書本은 조선간본과 다르게 정자 '笑'로 되어있다.

142) '〖~〗' 이 부호는 한 행을 뜻한다. 본 판본은 1행에 18자로 되어있는데, '〖~〗'로 표시한 이번 면(제14면)의 제7행은 한 글자가 많은 19자로 되어있다.

143) 고려대 소장본은 '占'으로 되어있으나, 후조당 소장본은 가필하여 '古'로 만들어놓았다. 후조당 소장본의 제6권 중에는 인쇄가 흐려서 가필한 부분들이 있다. 원문은 고려대 소장본을 따랐으며 이하에서는 후조당 소장본의 오류를 하나하나 밝히지 않는다.

144) '〖~〗' 이 부호는 한 행을 뜻한다. 본 판본은 1행에 18자로 되어있는데, '〖~〗'로 표시한 이번 면(제14면)의 제8행은 한 글자가 많은 19자로 되어있다.

145) 寇의 이체자. 머리의 '宀'이 '冖'의 형태로 되어있고, 그 오른쪽부분의 '攴'이 '攵'의 형태로 되어있다.

146) 懲의 이체자. 위쪽 가운데부분에서 '山'과 '王'의 사이에 가로획이 빠져있다.

147) 亂의 이체자. 왼쪽부분의 '𤔔'의 형태가 '𤔔'의 형태로 되어있다.

148) 諾의 이체자. 오른쪽부분의 '若'이 '若'의 형태로 되어있다.

149) 擅의 이체자. 오른쪽 윗부분의 '亩'이 '面'의 형태로 되어있고, 그 아랫부분의 '旦'이 '且'의 형태로 되어있다.

150) 嬴의 이체자. 윗부분 '亡'의 아랫부분의 '口'가 '罒'의 형태로 되어있다.

是景公乃與韓厥謀[153]立趙孤兒，召而匿之宮中。諸将入問疾，景公曰韓厥之衆，以脅諸将，而見趙孤，孤名曰武。諸将不得已，乃曰：「昔下宮之難，屠岍[154]賈為之，矯以君令，并命群臣，非然，孰敢作難。微君之疾，群臣固且請**{第16面}**立趙後；今君有令，群臣之願[155]也。」於是召趙武、程嬰徧拜諸將軍。將軍遂返與程嬰、趙武攻屠岸賈，滅其族，復與趙武田邑如故。故人安可以無恩？夫有恩於此，攻復於彼。非程嬰則趙孤不全，非韓厥則趙後不復，韓厥可謂不忘恩矣。

北郭騷[156]踵見晏子，曰：「竊[157]悅[158]先生之義，願乞所以養[159]母者。」晏子使人分[160]倉粟府金而遺之，辭[161]金而受粟。有間，晏子見疑[162]於景公，出奔[163]。北郭子召其友而告之曰：「吾悅晏子之義，而嘗乞所以養母者。吾聞之曰：『養及親者，身更其難。』今晏子見疑，吾將以身白之。」遂造公庭[164]，求復者曰：「晏子，天下**{第17面}**之賢者也，今去齊國，齊國必侵矣，方必見國之侵也，不若先死，請絶頸以白晏子。」逡巡而退，因自殺也。公聞之，大駭，乗馳而自追晏子，及之國郊，請而反之。晏子不得已而反之，聞北郭子之以死白己也，太息而歎曰：「嬰不肖，罪過固其所也，而士以身明之，哀哉！」

---

151) 策의 이체자. 머리 ‘⺮’ 아래의 ‘朿’가 ‘宋’의 형태로 되어있다.

152) 具의 이체자. 윗부분의 ‘且’의 형태가 가로획 하나가 적은 ‘且’의 형태로 되어있다.

153) 謀의 이체자. 오른쪽부분의 ‘某’가 ‘某’의 형태로 되어있다.

154) 岸과 同字. 머리의 ‘山’을 좌부변에 사용하였다. 이번 단락의 아래에서는 ‘岸’을 사용하였다.

155) 願의 이체자. 왼쪽부분의 ‘原’이 ‘原’의 형태로 되어있다.

156) 騷의 이체자. 오른쪽부분의 ‘蚤’에서 윗부분의 ‘叉’의 형태가 ‘㕚’의 형태로 되어있다.

157) 竊의 이체자. 머리의 ‘穴’ 아래 오른쪽부분의 ‘禼’의 형태가 ‘咼’의 형태로 되어있다.

158) 悅의 이체자. 오른쪽부분의 ‘兌’가 ‘兊’의 형태로 되어있다.

159) 養의 이체자. 윗부분의 ‘羊’의 형태가 ‘关’의 형태로 되어있다.

160) 分의 이체자. 아랫부분의 ‘刀’가 ‘勹’의 형태로 되어있다.

161) 辭의 이체자. 왼쪽부분의 ‘𤔔’가 ‘受’의 형태로 되어있으며, 우부방의 ‘辛’이 아랫부분에 가로획 하나가 더 있는 ‘辛’의 형태로 되어있다.

162) 疑의 이체자. 왼쪽 윗부분의 ‘匕’가 ‘上’의 형태로 되어있고 아랫부분의 ‘矢’가 ‘天’의 형태로 되어있으며, 오른쪽부분의 ‘疋’의 형태가 ‘疌’의 형태로 되어있다.

163) 奔의 이체자. 欽定四庫全書本은 조선간본과 다르게 ‘奔’으로 되어있다.

164) 庭의 이체자. ‘广’ 안의 ‘廷’에서 ‘廴’ 위의 ‘壬’이 ‘手’의 형태로 되어있다.

呉[165]赤市使於智氏，假道於衛。甯文子具紵絺三百製，将以送之。大夫豹曰：「呉**雒**[166]大國也，不壤交，假之道，則亦敬矣，又何禮焉！」甯文子不聽，遂致之。呉赤市至於智氏，既得事，将歸呉，智伯命造舟為**梁**，呉赤市曰：「吾聞之，天子濟於水，造舟為**{第18面}梁**，諸侯維舟為**梁**，大夫方舟。方舟，臣之職也，且敬太甚，必有故。」使人視之，視則用兵在後矣，将亦襲衛。呉赤市曰：「衛假吾道而厚贈[167]我，我見難而不告，是與為謀也。」稱疾而留，使人告衛，衛人警戒，智伯聞之，乃止。

楚魏會於晉陽，将以伐齊。齊王患之，使人召淳于髡曰：「楚、魏謀欲伐齊。願先生與寡人共憂之。」淳于髡大笑[168]而不應，又復問之，又復大笑而不應，三問而不應，王怫然作色曰：「先生以寡人國為戲[169]乎？」淳于髡對曰：「臣不敢以王國為戲也，臣笑臣隣之祠田也，以奩飯與一鮒魚。其祝曰：『下**{第19面}**田洿邪，得穀[170]百車，蟹[171]堁者宜禾。』臣笑其所以祠者少而所求者多。」王曰：「**善**。」賜之千金，革[172]車百乘，立為上**卿**。

陽虎得罪於衛，北見簡子曰：「自今以來，不復樹人矣。」簡子曰：「何哉？」陽虎對曰：「夫堂上之人，臣所樹者過半矣。朝廷之吏，臣所立者亦過半矣。邊境之士，臣所立者亦過半矣。今夫堂上之人，親郤臣於君。朝廷之吏，親危臣於衆。邊境之士，親劫臣於兵。」簡子曰：「唯賢者為能報恩，不肖者不能。夫樹桃李者，夏得休息，秋得食焉。樹蒺藜者，夏不得休息，秋得其刺焉。今子之所樹者，蒺藜也。自今以來，擇人而樹，毋已樹而

---

165) 吳의 이체자. '夨'의 형태가 '六'의 형태로 되어있다.
166) 雖의 이체자. 왼쪽 윗부분의 '口'가 '厶'의 형태로 되어있다.
167) 贈의 이체자. 오른쪽부분의 '曾'에서 가운데부분의 '四'의 형태가 '田'의 형태로 되어있다.
168) 笑의 이체자. 아랫부분의 '夭'가 '犬'의 형태로 되어있다.
169) 戲의 이체자. 왼쪽부분의 '虛'가 '虗'의 형태로 되어있다.
170) 穀의 이체자. 왼쪽 아랫부분의 '禾' 위에 가로획이 없고 '禾'가 '米'로 되어있으며, 우부방의 '殳'가 '殳'의 형태로 되어있다.
171) 蟹의 이체자. 윗부분의 오른쪽부분이 '羊'의 형태로 되어있다.
172) 革의 이체자. 윗부분의 '廿'이 '艹'의 형태로 되어있고, 아랫부분의 세로획이 '口'의 가운데를 관통하고 있지 않다.

擇之。」

魏文侯與田子方語，有兩僮子衣青白衣，而侍於君前，子方曰：「此君之寵子乎！」文侯曰：「非也，其父死於戰，此其幼孤也，寡人收之。」子方曰：「臣以君之賊心為足矣，今滋甚！君之寵此子也，又且以誰之父殺之乎？」文侯愍然曰：「寡人受令矣。」自是以後，兵革不用。

吳起為魏將，攻中山，軍人有病疽者，吳子自吮其膿，其母泣之，旁人曰：「將軍於而子如是，尚何為泣？」對曰：「吳子吮此子父之創，而殺之於注水之戰，戰不旋踵而死。今又吮之，安知是子何戰而死，是以哭之矣！」[173]

東閭子嘗冨[174]貴而後乞，人問之曰：「公何為如是？」曰：「吾自知。吾嘗相六七年，未嘗薦[175]一人也。吾嘗冨三千萬者再，未嘗冨一人也，不知士出身之咎然也。」孔子曰：「物之難[176]矣，小大多少，各有怨惡，數之理也，人而得之，在於外假之也。」

齊懿公之為公子也，與邴歜之父争田，不勝。及即位，乃掘而刖之，而使歜為僕。奪庸織之妻[177]，而使織為參乘。公游于申池，二人浴於池，歜以鞭**{第20面}**扶織，織怒，歜曰：「人奪女妻，而不敢怒。一扶女，庸何傷？」織曰：「孰與刖其父而不病奚若？」乃謀殺公，納之竹中。

楚人獻[178]黿[179]於鄭靈公。公子家見公子宋之食指動，謂公子家曰：「我如是

173) 이 세 단락은 조선간본에서 누락된 부분인데, 欽定四庫全書本을 근거로 첨가하였으며,《說苑校證》(劉向 撰, 向宗魯 校證,《說苑校證》, 北京:中華書局, 1987(2017 重印), 138~141쪽)도 참고하였다.

174) 富의 이체자. 머리의 '宀'이 '冖'의 형태로 되어있다.

175) 薦의 이체자. 맨 아랫부분의 '灬'가 '一'의 형태로 되어있다.

176) 難의 이체자. 왼쪽 윗부분의 '廿'이 '䒑'의 형태로 되어있으며, 그 아래 '口'의 부분이 비어있다.

177) 妻의 이체자. 윗부분의 '𭕄'의 형태가 '肀'의 형태로 되어있다. 이번 단락의 아래에서는 정자를 사용하였는데, 이 이체자는 여기를 제외하고 판본에 전체에서 사용하지 않았으므로 오자로 보인다.

178) 獻의 이체자. 왼쪽 아랫부분의 '鬲'이 '鬲'의 형태로 되어있다.

必嘗異味。」及食大夫黿[180], 召公子宋而不與。公子宋怒, 染[181]指[182]於鼎, 嘗之而出。公怒, 欲殺之。公子宋與公子家謀先, 遂弑靈公。子夏曰 :「《春秋》者, 記君不君, 臣不臣, 父不父, 子不子者也, 此非一日之事也, 有漸以至焉。」

劉向說苑[183]卷第六**{第21面}**[184]

{第22面}[185]

---

179) 黿의 이체자. 발의 '黽'이 '龜'의 형태로 되어있다.

180) 黿의 이체자. 앞에서 사용한 이체자 '黿'과는 다르게 발의 '黽'이 '龟'의 형태로 되어있다.

181) 染의 이체자. 윗부분 오른쪽의 '九'의 형태가 '丸'의 형태로 되어있다.

182) 指의 이체자. 오른쪽 윗부분의 '匕'가 '亠'의 형태로 되어있다.

183) 苑의 이체자. 머리 '++' 아랫부분 오른쪽의 '㔾'이 '匕'의 형태로 되어있다.

184) 이 卷尾의 제목은 마지막 제11행에 해당한다. 이번 면은 제9행에서 글이 끝나고, 나머지 1행은 빈칸으로 되어있다.

185) 제6권은 이전 면인 제21면에서 끝났는데, 각 권은 홀수 면에서 시작하기 때문에 짝수 면인 이번의 제22면은 계선만 인쇄되어있고 한 면이 모두 비어 있다.

劉向說苑[186]卷第七

政理

政有三品：王者之政化之，覇[187]者之政威之，彊者之政脅之。夫此三者各有所施，而化之為貴矣。夫化之不變，而後威之，威之不變，而後脅之，脅之不變，而後刑之。夫至於刑者，則非王者之所得已也。是以聖王先徳[188]教而後刑罰，立榮耻而明防禁。崇禮義之節[189]以示之，賎[190]貨利之弊以變之。修近理內，政橛機[191]之禮，壹妃[192]匹之際。則莫不慕義禮之榮，而惡貪[193]亂[194]之耻。其所由致之者，化使然也。**{第23面}**

季孫問於孔子曰：「如殺無道，以就有道，何如？」孔子曰：「子為政，焉用殺！子欲善而民善矣。君子之德風也，小人之德草也。草上之風必偃。」言明其化而已也。治國有二機，刑德是也。王者尚其德而希其刑，覇[195]者刑德並湊，強國先其刑而後德。夫刑德者，化之所由興也[196]。德者，養[197]善而進闕者也。刑者，懲[198]惡而禁後者也。故德化之崇者至於賞，刑罰之甚者至於誅。夫誅賞者，

---

186) 苑의 이체자. 머리 '艹' 아랫부분 오른쪽의 '㔾'이 'ㄷ'의 형태로 되어있다.

187) 覇의 이체자. 아랫부분 왼쪽의 '革'이 '␣'의 형태로 되어있다.

188) 德의 이체자. 오른쪽부분의 '悳'의 형태가 가운데 가로획이 빠진 '悳'의 형태로 되어있다.

189) 節의 이체자. 아랫부분 왼쪽의 '皀'이 '艮'의 형태로 되어있으며 머리의 '⺮'이 글자 전체를 덮고 있지 않고 '艮'의 위에만 있다.

190) 賤의 이체자. 오른쪽의 '戔'이 윗부분은 그대로 '戈'로 되어있고 아랫부분 '戈'에 '丶'이 빠진 '戔'의 형태로 되어있다.

191) 機의 이체자. 오른쪽부분의 '幾'가 아랫부분 왼쪽의 '人'의 형태가 '勹'의 형태로 되어있고, 그 오른쪽부분은 '丶'과 '丿'의 획이 빠진 '幾'의 형태로 되어있다.

192) 妃의 이체자. 오른쪽의 '己'가 '巳'의 형태로 되어있다.

193) 貪의 이체자. 윗부분의 '今'이 '亼'의 형태로 되어있다. 이번 단락의 아래에서는 이 형태의 이체자 1번과 다른 형태의 이체자 1번을 사용하였다.

194) 亂의 이체자. 왼쪽부분의 '𤔔'의 형태가 '𤔔'의 형태로 되어있고 우부방의 'L'이 '乚'의 형태로 되어있다.

195) 覇의 이체자. 앞의 단락에서 사용한 이체자 '覇'·'覇'와는 다르게 아랫부분 왼쪽의 '革'이 '羊'의 형태로 되어있다.

196) 興의 이체자. 윗부분 가운데의 '同'의 형태가 '月'의 형태로 되어있다.

197) 養의 이체자. 윗부분의 '羊'의 형태가 '关'의 형태로 되어있다.

所[199]以別賢不肖, 而列有功與無功也。故誅賞不可以繆[200], 誅賞繆則善惡亂矣。夫有功而不賞, 則善不勸, 有過而不誅, 則惡不懼, 善不勸, 而能[201]以行化乎天下**{第24面}**者, 未嘗[202]聞也。書曰:「畢[203]力賞罰。」此之謂也。

水濁則魚困, 令苛則民亂[204], 城峭則必崩, 岸竦則必阤。故夫治國譬若[205]張琴, 大絃急則小絃絶矣。故曰:急轡御者, 非千里御也。有聲之聲, 不過百里, 無聲之聲, 延及四海。故祿[206]過其功者損, 名過其實者削, 情行合而民副之, 禍福不虛[207]至矣。《詩》云:「何其處也, 必有與也。何其久[208]也, 必有以也。」此之謂也。

公叔文子為楚令尹, 三年, 民無敢入朝。公叔子見曰:「嚴矣。」文子曰:「朝廷[209]之嚴也, 寧云妨國家之治哉?」公叔子曰:「嚴則下喑, 下喑則上聾, 聾喑不**{第25面}**能相通, 何國之治也?蓋聞之也, 順針縷[210]者成帷幕, 合升斗者實倉廩, 并小流[211]而成江海。明主者, 有所受命而不行, 未嘗有所不受也。」

衛靈公謂孔子曰:「有語寡人:『為國家者, 謹[212]之於廟堂之上, 而國家治矣。』其可乎?」孔子曰:「可。愛人者, 則人愛之。惡人者, 則人惡之。知得之己

---

198) 徵의 이체자. 위쪽 가운데부분에서 '山'과 '王'의 사이에 가로획이 빠져있다.
199) 所의 이체자. 이번 단락의 앞에서는 정자를 사용하였는데, 여기서는 이체자를 사용하였다.
200) 繆의 이체자. 오른쪽 윗부분의 '羽'가 '彐'의 형태로 되어있다.
201) 能의 이체자. 오른쪽부분의 '𠤎'의 형태가 '去'의 형태로 되어있다.
202) 嘗의 이체자. 아랫부분의 '旨'가 '甘'의 형태로 되어있다.
203) 畢의 이체자. 맨 아래의 가로획 하나가 빠져있다.
204) 亂의 이체자. 왼쪽부분의 '𤔔'의 형태가 '𤕦'의 형태로 되어있다.
205) 若의 이체자. 머리의 '艹'가 '䒑'의 형태로 되어있다.
206) 祿의 이체자. 오른쪽부분의 '彔'이 '录'의 형태로 되어있다.
207) 虛의 이체자. '虍' 아랫부분의 '业'의 형태가 '丘'의 형태로 되어있다.
208) 久의 이체자.
209) 廷의 이체자. '廴' 위의 '壬'이 '手'의 형태로 되어있다.
210) 縷의 이체자. 오른쪽부분의 '婁'가 '婁'의 형태로 되어있다.
211) 流의 이체자. 오른쪽 윗부분의 '㐬'의 형태가 '𠫓'의 형태로 되어있다.
212) 謹의 이체자. 왼쪽 윗부분의 '廿'이 '卄'의 형태로 되어있고 아랫부분에는 가로획 하나가 빠진 형태로 되어있다.

者, 亦知得之人。所謂不出於環[213]堵之室, 而知天下者, 知反之己者也。」

子貢問治民於孔子, 孔子曰:「懍懍焉如以腐索御奔馬。」子貢曰:「何其畏也?」孔子曰:「夫通達[214]之國皆人也, 以道導之, 則吾畜也。不以道導之, 則吾**{第26面}**讎也, 若何而毋畏?」

齊桓公謂管仲曰:「吾欲舉事於國, 昭然如日月, 無愚夫愚婦皆曰善, 可乎?」仲曰:「可。然非聖人之道。」桓公曰:「何也?」對曰:「夫短綆不可以汲深井, 知鮮不可以與聖人之言, 慧士可與辨物, 智士可與辨無方, 聖人可與辨神明。夫聖人之所為, 非衆人之所及也。民知十己, 則尚與之争, 曰不如吾也, 百己則疵[215]其過, 千己則誰而不信。是故民不可稍而掌也, 可并而牧也。不可暴[216]而殺也, 可麾而致也。衆不可户說也, 可舉而示也。」

衛靈公問於史鰌曰:「政孰為務?」對曰:「大理為務**{第27面}**。聽[217]獄不中, 死者不可生也, 斷者不可屬[218]也, 故曰大理為務。」少焉, 子路見公, 公以史鰌言告之, 子路曰:「司馬為務。兩國有難, 兩軍相當, 司馬執枹以行之, 一鬭[219]不當, 死者數萬, 以殺人為非也, 此其為殺人亦衆矣, 故曰, 司馬為務。」少焉, 子貢入見, 公以二子言告之, 子貢曰:「不識哉! 昔禹與有扈氏戰[220], 三陳而不服, 禹於是脩教一年, 而有扈氏請服。故曰:『去民之所事, 奚獄之所聽? 兵革之不陳, 奚鼓之所鳴?』故曰教為務也。」

齊[221]桓公出獵[222], 逐鹿而走, 入山谷之中, 見一老公, 而問之曰:「是為何

---

213) 環의 이체자. 오른쪽 아랫부분의 '𧘇'의 형태가 '衣'의 형태로 되어있다.

214) 達의 이체자. '辶' 윗부분의 '幸'이 '幸'의 형태로 되어있다.

215) 疵의 이체자. '疒' 안의 '此'가 '此'의 형태로 되어있다.

216) 暴의 이체자. 발의 '氺'가 '小'의 형태로 되어있다.

217) 聽의 이체자. 왼쪽부분 '耳'의 아래 '王'이 빠져있으며, 오른쪽부분의 '悳'의 형태가 가운데 가로획이 빠진 '悳'의 형태로 되어있다.

218) 屬의 이체자. '尸' 아래의 '⺕'의 형태가 가운데 세로획이 빠진 '⺕'의 형태로 되어있다.

219) 鬭의 이체자. '門' 안의 왼쪽부분의 '豆'가 '豎'의 형태로 되어있고, 그 오른쪽부분의 '寸'이 '斤'의 형태로 되어있다.

220) 戰의 이체자. 왼쪽 윗부분의 '吅'의 형태가 '厸'의 형태로 되어있다.

221) 齊의 이체자. '亠'의 아래 가운데부분의 'Y'가 '了'의 형태로 되어있다.

谷？」對曰：「為愚公之谷。」桓公曰**{第28面}**：「何故？」對曰：「以臣名之。」桓公曰：「今視公之儀狀[223]，非愚人也，何為以公名？」對曰：「臣請陳之，臣故畜牸[224]牛，生子而人[225]，賣之而買駒，少季[226]曰：『牛不能生馬。』遂持駒去。傍隣聞之，以臣為愚，故名此谷為愚公之谷。」桓公曰：「公誠愚矣！夫何為而與之？」桓公遂歸。明日朝，以告管仲，管仲正衿[227]再拜曰：「此夷吾之愚也，使堯[228]在上，咎繇為理，安有取[229]人之駒者乎？若有見暴如是叟[230]者，又必不與也，公知獄訟之不正，故與之耳。請退而脩政。」孔子曰：「弟[231]子記之，桓公霸[232]君也。管仲賢佐也。猶有以智為愚者也，況不及桓公、管仲者也。」**{第29面}**

魯有父子訟者，康子曰：「殺之。」孔子曰：「未可殺也。夫民不知子父訟之不善者久矣，是則上過也。上有道，是人亡矣。」康子曰：「夫治民以孝為本，今殺一人以戮[233]不孝，不亦可乎？」孔子曰：「不孝而誅之，是虐殺不辜也。三軍大敗，不可誅也。獄訟不治，不可刑也。上陳之教，而先服之，則百姓從[234]風矣，躬行

---

222) 獵의 이체자. 오른쪽부분의 '巤'이 '巤'의 형태로 되어있다.

223) 狀의 이체자. 왼쪽부분의 '爿'이 '丬'의 형태로 되어있다.

224) 欽定四庫全書本은 조선간본과 다르게 '牸'로 되어있고,《說苑校證》·《說苑全譯》·《설원2》에서도 모두 '牸'로 되어있다.

225) 欽定四庫全書本은 조선간본과 다르게 '大'로 되어있고,《說苑校證》·《說苑全譯》·《설원2》에서도 모두 '大'로 되어있다. 여기서 '大'는 '자라다'(劉向 撰, 林東錫 譯註,《설원2》, 동서문화사, 2009. 682쪽. 劉向 原著, 王鍈·王天海 譯註,《說苑全譯》, 貴州人民出版社, 1991. 269쪽)라는 의미이기 때문에 조선간본의 '人'은 오자이다.

226) 年의 本字.

227) 衽의 이체자. 좌부변의 '衤'가 'ネ'의 형태로 되어있고, 오른쪽부분의 '今'이 '今'의 형태로 되어있다.

228) 堯의 이체자. 아랫부분의 '兀'이 '儿'의 형태로 되어있다.

229) 取의 이체자. 오른쪽부분의 '又'가 '㇛'의 형태로 되어있다.

230) 叟의 이체자. 윗부분의 '臼'의 형태가 '臼'의 형태로 되어있다.

231) 弟의 이체자. 윗부분의 '丷'의 형태가 '八'의 형태로 되어있다.

232) 霸의 이체자. 앞에서 사용한 이체자 '霸'·'覇'와는 다르게 아랫부분 왼쪽의 '革'이 '革'의 형태로 되어있다.

233) 戮의 이체자. 왼쪽 윗부분의 '羽'가 '彐'의 형태로 되어있다.

234) 從의 이체자. 오른쪽부분의 '𠂹'의 형태가 '䒑'의 형태로 되어있다.

不從，而後俟[235]之以刑，則民知罪矣。夫一仞[236]之牆，民不能踰，百仞之山，童子升而遊焉，陵[237]遲[238]故也。今是仁義之陵遲久矣，能謂民弗踰乎？《詩》曰：『俾[239]民不迷。』昔者，君子導其百姓不使迷，是以威厲而不至，刑錯而不用也。」於是訟者聞之**{第30面}**，乃請無訟。

魯哀公問政於孔子，對曰：「政有使民富[240]且壽[241]。」哀公曰：「何謂也？」孔子曰：「薄[242]賦歛[243]則民富，無事則遠罪，遠罪則民壽。」公曰：「若是，則寡[244]人貧矣。」孔子曰：「《詩》云：『凱悌君子，民之父母。』未見其子富而父母貧者也。」

文王問於呂望[245]曰：「為天下若何？」對曰：「王國富民，覇國富士。僅[246]存之國富大夫，亡道之國富倉府。是謂上溢而下漏。」文王曰：「善！」對曰：「**宿**[247]**善**不祥。」是日也，發其倉府，以振鰥寡孤獨。

武王問於太公曰：「治國之道若何？」太公對曰：「治**{第31面}**國之道，愛民而已。」曰：「愛民若何？」曰：「利之而勿害，成之勿敗，生之勿殺，與之勿奪，樂之勿苦，喜之勿怒，此治國之道，使民之誼[248]也，愛之而已矣。民失其所務，則害

---

235) 俟의 이체자. 오른쪽부분의 '矣'가 '关'의 형태로 되어있다.
236) 仞의 이체자. 오른쪽부분의 '刃'이 '刄'의 형태로 되어있다.
237) 陵의 이체자. 오른쪽부분의 '夌'이 '麦'의 형태로 되어있다.
238) 遲의 이체자. 오른쪽 '尸'의 아랫부분이 '辛'의 형태로 되어있다.
239) 俾의 이체자. 오른쪽부분의 '卑'가 '甲'의 형태로 되어있다.
240) 富의 이체자. 머리의 '宀'이 '冖'의 형태로 되어있다.
241) 壽의 이체자. 가운데 부분의 '工'이 '口'의 형태로 되어있고, 그 가운데 세로획이 윗부분 모두를 관통하고 있다.
242) 薄의 이체자. 머리 '艹' 아래 오른쪽부분의 '尃'가 '専'의 형태로 되어있다.
243) 歛의 이체자. 왼쪽 아랫부분의 '从'이 '灬'로 되어있다. 欽定四庫全書本은 조선간본과 다르게 '斂'으로 되어있고,《說苑校證》·《說苑全譯》·《설원2》에서도 모두 '斂'으로 되어있다. 조선간본의 '歛(歛)'은 '바라다'라는 의미이지만, 여기서는 '斂'의 이체자로 사용하였다. 뒤의 세 번째 단락에서도 '歛(歛)'을 '斂'의 이체자로 사용하였다.
244) 寡의 이체자. 아랫부분의 '分'의 형태가 '灬'의 형태로 되어있다.
245) 望의 이체자. 윗부분 왼쪽의 '亡'이 '𠃊'의 형태로 되어있다.
246) 僅의 이체자. 오른쪽 윗부분의 '廿'이 '卄'의 형태로 되어있고 아랫부분에는 가로획 하나가 빠진 형태로 되어있다.
247) 宿의 이체자. 머리 '宀' 아랫부분의 오른쪽 '百'이 '白'의 형태로 되어있다.

之也。農失其時249)，則敗之也。有罪者重其罰，則殺之也。重賦斂者，則奪之也。多徭250)役251)以罷252)民力，則苦之也。勞而擾之，則怒之也。故善為國者，遇民如父母之愛子，兄之愛弟，聞其飢寒為之哀，見其勞苦為之悲。」

武王問於太公曰：「賢君治國何如？」對曰：「賢君之治國，其政平，其吏不苛，其賦斂節，其自奉薄，不以私善害公法，賞賜不加於無功，刑罰不施於**{第32面}**無罪，不因253)喜以賞，不因怒以誅，害民者有罪，進賢舉過者有賞，後宮不**荒**254)，女謁255)不聽，上無婬256)慝，下不陰257)害，不幸宮室以費財，不多觀游臺池以罷民，不彫文刻鏤258)以逞耳目，官無腐蠹259)之藏260)，國無流餓之民，此賢君之治國也。」武王曰：「善哉！」

武王問於261)太公曰：「為國而數更法令者，何也？」太公曰：「為國而數更法令者，不法法，以其所善為法者也。故令出而亂262)，亂則更為法，是以其法令數更也。」

成王問政於尹逸263)曰：「吾何德之行而民親其上？」對曰：「使之以時而敬順

---

248) 誼의 이체자. 오른쪽부분의 '宜'가 '冝'의 형태로 되어있다.
249) 時의 이체자. 좌부변의 '日'이 '目'의 형태로 되어있다.
250) 徭의 이체자. 오른쪽부분의 '䍃'에서 윗부분의 '夕'의 형태가 '爫'의 형태로 되어있고 아랫부분의 '缶'가 '缶'의 형태로 되어있다.
251) 役의 이체자. 오른쪽부분의 '殳'가 '殳'의 형태로 되어있다.
252) 罷의 이체자. 아랫부분의 '能'이 '能'의 형태로 되어있다.
253) 因의 이체자. '口'안의 '大'가 'ㄷ'의 형태로 되어있으며 왼쪽 세로획에 붙어있다.
254) 荒의 이체자. 가운데부분의 '亡'이 '亡'의 형태로 되어있다.
255) 謁의 이체자. 오른쪽부분의 '曷'이 '曷'의 형태로 되어있다.
256) 婬의 이체자. 오른쪽 아랫부분의 '壬'이 '缶'의 형태로 되어있다.
257) 陰의 이체자. 오른쪽부분의 '侌'이 '侌'의 형태로 되어있다.
258) 鏤의 이체자. 오른쪽부분의 '婁'가 '婁'의 형태로 되어있다.
259) 蠹의 이체자. 맨 윗부분의 '中'의 형태가 '士'의 형태로 되어있다.
260) 藏의 이체자. 아랫부분 왼쪽의 '爿'의 형태가 빠져있고, '臣'이 '目'의 형태로 되어있다.
261) 於의 이체자. 좌부변의 '方'이 '扌'의 형태로 되어있다.
262) 亂의 이체자. 왼쪽부분의 '𤔔'의 형태가 '𤔔'의 형태로 되어있다.
263) 逸의 이체자. '辶' 윗부분의 '兔'가 '免'의 형태로 되어있다.

之，忠而愛之，布令信而**{第33面}**不食言。」王曰：「其度安至？」對曰：「如臨[264]深淵，如履薄[265]氷。」王曰：「懼哉！」對曰：「天地之間，四海之內，善之則畜也之，不善則讎也。夏、殷之臣，反讎桀、紂而巨[266]湯、武，夙沙之民，自攻其主而歸[267]神農氏。此君之所明知也，若何其無懼也？」

仲尼見**梁**[268]君，**梁**君問仲尼曰：「吾欲長有國，吾欲列都之得，吾欲使民安不惑，吾欲使士竭其力，吾欲使日月當時，吾欲使聖人自來，吾欲使官府治，為之柰何？」仲尼對曰：「千乘[269]之君，萬乘之主，問於丘者多矣，未嘗有如主君問丘之術也。然而盡[270]可得也。丘聞之，兩君相親，則長有國。君惠**{第34面}**臣忠，則列都之得。毋殺[271]不辜，毋釋罪人，則民不惑。益士祿賞，則竭其力。尊天敬鬼[272]，則日月當時。善為刑罰，則聖人自來。尚賢使能，則官府治。」**梁**君

---

264) 臨의 이체자. 판본 전체적으로 자주 사용하는 이체자 '臨'과는 다르게 왼쪽부분의 '臣'이 '目'의 형태로 되어있다.

265) 薄의 이체자. 앞 단락에서 사용한 '薄'과는 다르게 머리 '艹' 아래 오른쪽 윗부분의 '甫'가 '亩'의 형태로 되어있다.

266) 欽定四庫全書本은 조선간본과 다르게 '臣'으로 되어있고, 《說苑校證》·《說苑全譯》·《설원2》에서도 모두 '臣'로 되어있다. 여기서 '臣'은 '臣服하다'(劉向 撰, 林東錫 譯註, 《설원2》, 동서문화사, 2009. 699쪽)라는 의미이기 때문에 조선간본의 '巨'는 오자이다. 그런데 인쇄상태가 가장 좋은 국립중앙도서관 소장본은 '巨'로 되어있고, 후조당 소장본은 진하게 가필을 하여 '臣'자를 써놓았다. 그리고 고려대 소장본의 경우 이번 면(제34면)에는 깨진 형태의 글자들이 보이는데, 원래 '巨'의 형태로 되어있는 것에 흐릿하게 가필을 하여 '臣'으로 만들에 놓았다. 그러므로 국립중앙도서관 소장본의 '巨'는 원래 '臣'의 형태가 훼손된 것이 아니었음을 알 수 있고, 고려대와 후조당 소장본의 소장자는 '臣'이 문맥에 맞기 때문에 '巨'에 가필하여 '臣'으로 만들어놓은 것이다.

267) 歸의 이체자. 판본 전체적으로 자주 사용하는 이체자 '歸'와는 다르게 왼쪽 맨 윗부분의 '丿'만 빠져있다.

268) 梁의 이체자. 윗부분 오른쪽의 '刅'의 형태가 '刃'의 형태로 되어있다.

269) 乘의 이체자. 가운데부분의 '北'이 '丗'의 형태로 되어있다.

270) 盡의 이체자. 가운데부분의 '灬'가 가운데 세로획에 이어져있고 그 양쪽이 '丷'의 형태로 되어있다.

271) 殺의 이체자. 우부방의 '殳'가 '殳'의 형태로 되어있다. 제1책(권1~5)에서는 이 이체자를 주로 사용하였으나, 제2책(권6~10)의 권6과 권7에서는 정자를 주로 사용하였는데 여기서는 이체자를 사용하였다.

曰：「豈有不然哉！」

子貢曰：「葉公問政於夫子，夫子曰：『政在附近而來遠。』魯哀公問政於夫子，夫子曰：『政在於諭臣。』齊景公問政於夫子，夫子曰：『政在於節用。』三君問政於夫子，夫子應之不同，然則政有異[273]乎？」孔子曰：「夫荊之地廣而都狹，民有離志焉，故曰在於附近而來遠。哀公有臣三人，內比周公以[274]惑其君，外鄣[275]距諸侯賓[276]客，以蔽其明，故曰政在諭{**第35面**}臣。齊景公奢於臺榭，淫[277]於**苑**[278]囿，五官之樂不解，一旦而賜人百乘之家者三，故曰政在於節用，此三者政也，《詩》不云乎：『亂離斯瘼，爰其適歸。』此傷[279]離散以為亂者也。『匪其止共，惟王之邛。』此傷姦臣蔽主以為亂者也。『相亂蔑[280]資，曾[281]莫惠我師。』此傷奢侈不節以為亂者也。察此三者之所欲，政其同乎哉！」

公儀休相魯，魯君死，左右請閉門，公儀休曰：「止！池淵吾不稅[282]，蒙[283]山吾不賦，苛令吾不布，吾已閉心矣！何閉於門哉？」

子產相鄭，簡公謂子產曰：「內政毋出，外政毋入{**第36面**}。夫衣裘[284]之不美，車馬之不飾，子女之不潔，寡人之醜[285]也。國家之不治，封彊[286]之不正，夫

---

272) 鬼의 이체자. 맨 위의 '丿'이 빠진 형태로 되어있다.

273) 異의 이체자. 아랫부분의 '共'의 가운데에 세로획 하나가 첨가된 '丗'의 형태로 되어있다.

274) 以의 이체자. 왼쪽부분이 '山'이 기울어진 형태로 되어있다.

275) 欽定四庫全書本은 조선간본과 다르게 '障'으로 되어있고, 《說苑校證》에는 조선간본과 동일하게 '鄣'으로 되어 있다. 그런데 《說苑校證》에서는 宋本 등에는 '障'으로 되어 있다고 하였다.(劉向 撰, 向宗魯 校證, 《說苑校證》, 北京:中華書局, 1987(2017 重印), 154쪽) 조선간본의 '鄣'은 '障'과 부수 '阝'의 위치가 다르지만 둘 글자 모두 '막다'라는 의미가 있다.

276) 賓의 이체자. 머리 '宀'의 아랫부분의 '少'의 형태가 '尸'의 형태로 되어있다.

277) 淫의 이체자. 오른쪽 아랫부분의 '壬'이 '缶'의 형태로 되어있다.

278) 苑의 이체자. 머리 '艹' 아랫부분 오른쪽의 '㔾'이 '匕'의 형태로 되어있다.

279) 傷의 이체자. 오른쪽부분의 '昜'이 '昜'의 형태로 되어있다.

280) 蔑의 이체자. 아랫부분의 '戍'가 '戊'의 형태로 되어있다.

281) 曾의 이체자. 맨 윗부분의 '八'이 '丷'의 형태로 되어있고, 그 아래 '㓁'의 형태가 '田'의 형태로 되어있다.

282) 稅의 이체자. 오른쪽의 '兌'가 '兊'의 형태로 되어있다.

283) 蒙의 이체자. 아랫부분의 '冡'에서 '冖'의 아래 가로획이 빠진 '冢'의 형태로 되어있다.

284) 裘의 이체자. 윗부분의 '求'에 '丶'이 빠져있다.

子之醜[287]也。」子産相鄭，終簡公之身，内無國中之亂，外無諸侯之患也。子産之從政也，擇能而使之，馮簡子善斷[288]事，子太叔善決而文，公孫揮知四[289]國之為，而辨於其大夫之族姓，變而立至，又善為辭[290]令，裨[291]諶善謀，於野則獲，於邑則否，有事，乃載裨諶與之適野，使謀可否，而告馮簡子斷之，使公孫揮為之辭令，成，乃受子太叔行之，以應對賓客，是以鮮有敗事也。

董安于治晋陽，問政於蹇老，蹇老曰：「曰忠，曰信**{第37面}**，曰敢。」董安于曰：「安忠乎？」曰：「忠於主。」曰：「安信乎？」曰：「信於令。」曰：「安敢乎？」曰：「敢於不善人。」董安于曰：「此三者足矣。」

魏文侯使西[292]門豹往治於鄴，告之曰：「必全功成名布義。」豹曰：「敢問全功成名布義，為之柰何？」文侯曰：「子往[293]矣！是無邑不有賢豪辯博[294]者也，無邑不有好揚人之惡，蔽人之善者也。往必問豪賢者，因[295]而親之。其辯博者，

285) 醜의 이체자. 오른쪽부분의 '鬼'가 맨 위의 '丿'이 빠져있고 아랫부분의 '厶'가 '丶'의 형태로 된 '鬼'로 되어있다.

286) 欽定四庫全書本은 조선간본과 다르게 '疆'으로 되어있고,《說苑校證》·《說苑全譯》·《설원2》에서도 모두 '疆'로 되어있다. 여기서 '疆'은 '영토'(劉向 撰, 林東錫 譯註,《설원2》, 동서문화사, 2009. 708쪽)라는 의미이기 때문에 조선간본의 '彊'은 오자이다.

287) 醜의 이체자. 오른쪽부분의 '鬼'가 맨 위의 '丿'이 빠진 '鬼'로 되어있다.

288) 斷의 이체자. 왼쪽부분의 '㡭'의 형태가 '㡯'의 형태로 되어있다. 이번 단락의 아래에서는 정자를 사용하였다.

289) 四의 이체자. '口' 안의 '儿'이 직선 형태로 되어있으며 그 아랫부분이 '口'의 맨 아래 가로획에 닿아있다.

290) 辭의 이체자. 왼쪽부분의 '𤔔'가 '𤔔'의 형태로 되어있으며, 우부방의 '辛'이 아랫부분에 가로획 하나가 더 있는 '辛'의 형태로 되어있다.

291) 裨의 이체자. 좌부변의 '衤'가 '礻'의 형태로 되어있으며, 오른쪽부분의 '卑'가 '卑'의 형태로 되어있다.

292) 西의 이체자. '口'위의 '兀'의 형태가 'ㅠ'의 형태로 되어있으며, 양쪽의 세로획이 '口'의 맨 아랫부분에 붙어 있다.

293) 往의 俗字. 오른쪽부분의 '主'가 '生'의 형태로 되어있다.

294) 博의 이체자. 오른쪽 윗부분의 '甫'가 '亩'의 형태로 되어있다.

295) 因의 이체자. '口' 안의 '大'가 'ㅋ'의 형태로 되어있으며 왼쪽 세로획에 붙어있다. 이번 단락의 아래에서는 정자와 이 이체자를 혼용하였다.

因而師之。問其好揚人之惡，蔽人之善者，囙而察之，不可以特聞從事。夫耳聞之不如目見之，目見之不如足踐之，足踐之不如手辨之。人始入官，如入晦室，从而愈**{第38面}**明，明乃治，治乃行。」

宓子賤[296]治单[297]父，彈鳴琴，身不下堂而单父治。巫馬期亦治单父，以星出，以星入，日夜不處，以身親之，而单父亦治。巫馬期問其故於宓子賤，宓子賤曰：「我之謂任人，子之謂任力。任力者固勞，任人者固佚。」人曰：「宓子賤則君子矣，佚四肢，全耳目，平心氣，而百官治，任其數而已矣。巫馬期則不然，弊性事情，勞煩教詔，雖治，猶未至也。」

孔子謂宓子賤曰：「子治單父而衆說，語丘所以為之者。」曰：「不齊父其父，子其子，恤諸孤而哀喪紀[298]。」孔子曰：「善，小節也，小民附矣！猶未足也。」曰：「不**{第39面}**齊也所父事者三人，所兄事者五人，所友者十一人。」孔子曰：「父事三人，可以教孝矣。兄事五人，可以教弟矣。友十一人，可以教學[299]矣。中節也，中民附矣，猶未足也。」曰：「此地民有賢於不齊者五人，不齊事之，皆教不齊所以治之術[300]。」孔子曰：「欲其大者，乃於此在矣。昔者堯、舜清微其身，以聽觀天下，務來賢人，夫舉賢者。百福之宗也，而神明之主也，不齊之所治者小也！不齊所治者大，其與堯、舜繼矣。」

宓子賤為单父宰，辭於夫子，夫子曰：「毋迎而距也，毋望而許也。許之則失守，距之則閉塞。譬如**{第40面}**高[301]山深淵，仰之不可極[302]，度之不可測也。」子

---

296) 賤의 이체자. 오른쪽의 '戔'이 윗부분은 그대로 '戈'로 되어있고 아랫부분 '戈'에 '丶'이 빠진 '戋'의 형태로 되어있다. '宓子賤'이란 인물이 이번 단락을 포함하여 5단락에 걸쳐 등장한다. 그런데 세 번째 단락에서 1번만 정자를 사용하였고, 나머지 부분에서는 모두 이체자를 사용하였다.

297) 單의 이체자. 윗부분의 '吅'의 형태가 '从'의 형태로 되어있다. '單父'라는 인물도 이번 단락을 포함하여 4단락에 걸쳐 등장한다. 그런데 이번 단락에서는 이체자만 사용하였고, 두 번째 단락에서는 정자를 사용하였고, 세 번째 단락에서는 이체자를 사용하였고, 네 번째 단락에서는 정자와 이체자를 혼용하였다.

298) 紀의 이체자. 오른쪽부분의 '己'가 '已'의 형태로 되어있다.

299) 學의 이체자. 윗부분의 '𦥯'의 형태가 '𦥑'의 형태로 되어있다.

300) 術의 이체자. 가운데부분의 '朮'이 위쪽의 '丶'이 빠진 '木'으로 되어있다.

賤曰：「善，敢不承命乎！」

宓子賤為单父宰，過於陽[303]書，曰：「子亦有以[304]送僕[305]乎？」陽書曰：「吾少也賤，不知治民之術，有釣道二焉，請以送子。」子賤曰：「釣道奈何？」陽[306]書曰：「夫扱綸錯餌，迎而吸之者，陽橋也，其為魚薄而不美。若存若亡，若食若不食者，魴也，其為魚也，博[307]而厚味。」宓子賤曰：「善。」於是未至單父，冠蓋迎之者交接於道，子賤曰：「車驅之，車驅之。夫陽書之所謂陽橋者至矣。」於是至單父，請其耆[308]老尊[309]賢者，而與之共治單父。**{第41面}**

孔子弟子有孔蔑者，與宓子賤皆仕，孔子往過〖孔蔑，問之曰：「自子之仕者，何得何亡？」孔蔑曰：「自吾〗[310]〖仕者，未有所得，而有所亡者三，曰：王事若襲[311]，學焉〗[312]〖得習[313]，以是學不得明也，所亡者一也。奉祿少，鬻[314]鬻〗[315]〖不足及親戚，親戚益疏[316]矣，所亡者二也。公事多急〗[317]，〖不得吊死視

---

301) 高의 이체자. 윗부분의 '古'의 형태가 '古'의 형태로 되어있다.
302) 極의 이체자. 오른쪽 가운데부분의 '丂'가 '了'의 형태로 되어있다.
303) 陽의 이체자. 오른쪽부분의 '昜'이 '昜'의 형태로 되어있다.
304) 以의 이체자. 왼쪽부분이 '山'이 기울어진 형태로 되어있다.
305) 僕의 이체자. 오른쪽부분의 '菐'이 '業'의 형태로 되어있다.
306) 陽의 이체자. 앞에서 사용한 이체자 '陽'과는 다르게 오른쪽부분의 '昜'이 '昜'의 형태로 되어있다. 이번 단락의 아래에서는 두 가지 이체자를 혼용하였다.
307) 博의 이체자. 오른쪽 윗부분의 '甫'가 '亩'의 형태로 되어있다. 欽定四庫全書本에는 '博'으로 되어있다.
308) 耆의 이체자. 아랫부분의 '日'이 '目'의 형태로 되어있다.
309) 尊의 이체자. 아랫부분의 '寸'이 '寺'의 형태로 되어있다.
310) '〖~〗' 이 부호는 한 행을 뜻한다. 본 판본은 1행에 18자로 되어있는데, 이번 면(제42면)은 전체적으로 자수가 일정하지 않다. '〖~〗'로 표시한 제2행은 한 글자가 많은 19자로 되어있다.
311) 襲의 이체자. 윗부분 오른쪽의 '𦣞'의 형태가 '𦣞'의 형태로 되어있고, 발의 '衣'가 오른쪽부분 아래에 있다.
312) '〖~〗'로 표시한 제3행은 한 글자가 많은 19자로 되어있다.
313) 習의 이체자. 머리의 '羽'가 'ヨ'의 형태로 되어있으며, 아랫부분의 '白'이 '日'로 되어있다.
314) 鬻의 이체자. 발의 '鬲'을 이체자 '鬲'의 형태로 되어있다.
315) '〖~〗'로 표시한 제4행은 한 글자가 많은 19자로 되어있다.
316) 疏의 이체자. 좌부변의 '𤴔'의 형태가 '𧾷'의 형태로 되어있고, 오른쪽 윗부분의 '𠫓'의 형태가 '云'의 형태로 되어있다.

病, 是以朋友益踈矣, 所亡者三也。」孔】[318]子不說, 而復往見子賤, 曰:「自子之仕, 何得何亡?」【子賤曰:「自吾之仕, 未有所亡, 而所得者三:始】[319]【誦[320]之文, 今履而行之, 是學日益明也, 所得者一也】[321]。【奉祿雖少, 鬻鬻得及親戚, 是以親戚益親也, 所得者】[322]【二也。公事雖急, 夜勤吊死視病, 是以朋[323]友益親也, 所得】[324]**{第42面}**者三也。」孔子謂子賤曰:「君子哉若人!君子哉若人!魯無君子也, 斯焉取斯?」

晏子治東阿三年, 景公召而數之曰:「吾以子為可, 而使子治東阿, 今子治而亂, 子退而自察也, 寡人將加大誅於子。」晏子對曰:「臣請改[325]道易行而治東阿, 三年不治, 臣請死之。」景公許之。於是明年上計, 景公迎而賀之曰:「甚善矣!子之治東阿也。」晏子對曰:「前臣之治東阿也, 屬[326]託不行, 貨賂不至, 陂池之魚, 以利貧民。當此之時, 民無飢[327]者, 而君反以罪臣。今[328]臣之後治東阿也, 屬託行, 貨賂至, 并會[329]賦斂[330], 倉庫少內, 便事左右, 陂池之**{第43面}**魚,

---

317) '【~】'로 표시한 제5행은 한 글자가 많은 19자로 되어있다.
318) '【~】'로 표시한 제6행은 한 글자가 많은 19자로 되어있다.
319) '【~】'로 표시한 제8행은 한 글자가 적은 17자로 되어있다.
320) 誦의 이체자. 오른쪽 윗부분의 'マ'의 형태가 'コ'의 형태로 되어있다.
321) '【~】'로 표시한 제9행은 한 글자가 많은 19자로 되어있다.
322) '【~】'로 표시한 제10행은 두 글자가 많은 20자로 되어있다.
323) 朋의 이체자. 왼쪽부분 오른쪽 가로획과 오른쪽부분 왼쪽 가로획이 서로 붙어있고, 전체가 왼쪽으로 기울어진 형태로 되어있다.
324) '【~】'로 표시한 제11행은 세 글자가 많은 21자로 되어있다.
325) 改의 이체자. 왼쪽부분의 '己'가 '巳'의 형태로 되어있다.
326) 屬의 이체자. '尸' 아래의 '⺺'의 형태가 가운데 세로획이 빠진 '⺺'의 형태로 되어있다. 이번 단락의 아래에서는 정자를 사용하였다.
327) 飢의 이체자. 오른쪽부분의 '几'가 '凡'의 형태로 되어있다. 이번 단락의 아래에서는 정자를 사용하였다.
328) 今의 이체자. 머리 '人' 아랫부분의 '一'이 '丶'의 형태로 되어있고, 그 아랫부분의 '㇆'의 형태가 '丆'의 형태로 되어있다.
329) 會의 이체자. 가운데부분의 '囮'의 형태가 '田'의 형태로 되어있다.
330) 歛의 이체자. 좌부변의 아랫부분의 '从'이 '灬'로 되어있다. 欽定四庫全書本은 조선간본과 다르게 '斂'으로 되어있고, 《說苑校證》·《說苑全譯》·《설원2》에서도 모두 '斂'으로 되어있다.

入於權家。當此之時，飢者過半矣，君乃反迎而賀臣。愚不能復治東阿，願乞骸骨，避賢者之路。」再拜便辟。景公乃下席而謝之曰：「子強復治東阿。東阿者，子之東阿也，寡人無復與焉。」

子路治蒲，見於孔子曰：「由願受教。」孔子曰：「蒲多壯士，又難治也。然吾語汝，恭以敬，可以攝[331]勇。寬以正，可以容衆。恭以潔[332]，可以親上。」

子貢為信陽令，辭孔子而行，孔子曰：「力之順之，因子之時，無奪無伐，無暴無盜。」子貢曰：「賜少而事君子，君子固有盜者邪！」孔子曰：「夫以不肖伐賢，是謂奪也。以賢伐不肖，是謂伐也。緩其令，急**{第44面}**其誅，是謂暴也。取人善以自為己，是謂盜也。君子之盜，豈必當財幣乎？吾聞之曰：知為吏者，奉法利民，不知為吏者，枉法以侵民，此皆怨之所由生也。臨官莫如平，臨財莫如廉[333]，廉平之守，不可攻也。匿人之善者，是謂蔽賢也。揚人之惡者，是謂小人也。不內相教，而外相謗[334]者，是謂不足親也。言人之善者，有所得而無所傷也。言人之惡者，無所得而有所傷也。故君子慎[335]言語矣，毋先己而後人，擇言出之，令口如耳。」

楊朱見梁王，言治天下如運諸掌然。梁王曰：「先生有一妻一妾不能治，三畝[336]之園不能芸，言治**{第45面}**天下如運諸手掌，何以？」楊朱曰：「臣有之。君不見夫羊乎？百羊而群，使五尺童子荷杖而隨[337]之，欲東而東，欲西而西。君且使堯牽一羊，舜荷杖而隨之，則亂之始也。臣聞之，夫吞舟之魚不遊淵[338]，鴻鵠高飛，不就汙池，何則？其志極遠也。黃鍾大呂，不可從繁奏之舞，何則？其音疏[339]也。將治大者不治小，成大功者不小苛，此之謂也。」

---

331) 攝의 이체자. 오른쪽부분의 '聶'이 '聶'의 형태로 되어있다.
332) 潔의 이체자. 윗부분 오른쪽의 '刀'가 '刃'의 형태로 되어있다.
333) 廉의 이체자. '广' 안의 '兼'에서 아랫부분이 '灬'의 형태로 되어있다.
334) 謗의 이체자. 오른쪽부분의 '旁'이 '旁'의 형태로 되어있다.
335) 愼의 이체자. 오른쪽부분의 '眞'이 '真'의 형태로 되어있다.
336) 畝의 이체자. 오른쪽부분의 '久'가 '人'의 형태로 되어있다.
337) 隨의 略字. 오른쪽부분 '辶' 위의 '育'의 형태가 '有'의 형태로 되어있다.
338) 淵의 이체자. 오른쪽부분의 '𣶒'이 '𣶒'의 형태로 되어있다.
339) 疏의 이체자. 좌부변의 '𤴔'의 형태가 '足'의 형태로 되어있고, 오른쪽 윗부분의 '厶'의 형태가

景差相鄭。鄭人有冬涉[340]水者，出而脛寒，後景差過之，下陪乘而載之，覆以上衽，晋叔向聞之曰：「〖景子為人國相，豈不固哉！吾聞良吏居之，二[341]月而溝[342]〗[343]渠脩，十月而津**梁**成，六畜且不濡足，而况人乎？」{**第46面**}

魏文侯問李克曰：「為國如何？」對曰：「臣聞為國之道，食有勞而禄有功，使有能而賞必行，罰必當。」文侯曰：「吾賞罰皆當，而民不與，何也？」對曰：「國其有淫[344]民乎？臣聞之曰：奪[345]淫民之禄，以来四方之士。其父有功而禄，其子無功而食之，出則乘車馬，衣美裘，以為榮華，入則脩竽瑟鍾石之聲，而安其子女之樂，以亂鄉[346]曲之教，如此者，奪其禄以来四方之士，此之謂奪淫民也。」

齊桓公問於管仲曰：「國何患？」管仲對曰：「患夫社鼠[347]。」桓公曰：「何謂也？」管仲對曰：「夫社束木而塗之，鼠回往託焉，燻[348]之則恐[349]燒[350]燒其木，灌之則恐[351]敗其{**第47面**}塗，此鼠所以不可得殺者，以社故也。夫國亦有社鼠，

'厶'의 형태로 되어있다.

340) 涉의 이체자. 오른쪽 윗부분의 '止'가 '山'의 형태로 되어있고, 그 아랫부분의 '少'의 형태가 '少'의 형태로 되어있다.

341) 欽定四庫全書本은 조선간본과 다르게 '三'으로 되어있고, 《說苑校證》·《설원2》·《說苑全譯》도 모두 '三'으로 되어있다. 여기서 '三月'은 '석 달'(劉向 撰, 林東錫 譯註, 《설원2》, 동서문화사, 2009. 737쪽)이란 의미인데, 조선간본의 '二月'도 기간을 의미하기 때문에 어느 정도 문맥이 통한다.

342) 溝의 이체자. 오른쪽 아랫부분의 '冉'이 '冄'의 형태로 되어있다.

343) '〖~〗' 이 부호는 한 행을 뜻한다. 본 판본은 1행에 18자로 되어있는데, '〖~〗'로 표시한 이번 면(제46면)의 제10행은 두 글자가 많은 20자로 되어있다.

344) 淫의 이체자. 오른쪽 아랫부분의 '壬'이 '缶'의 형태로 되어있다.

345) 奪의 이체자. 아랫부분의 '寸'이 '木'의 형태로 되어있다. 이번 단락의 아래에서 1번은 이체자를 사용하였고, 1번은 정자를 사용하였다.

346) 鄉의 이체자. 가운데부분의 '皀'이 '艮'의 형태로 되어있다.

347) 鼠의 이체자. '臼'의 아랫부분이 '用'의 형태로 되어있다.

348) 燻의 이체자. 오른쪽 가운데부분의 '罒'의 형태가 '田'의 형태로 되어있다.

349) 恐의 이체자. 윗부분 오른쪽의 '凡'이 안쪽의 '丶'이 빠진 '几'의 형태로 되어있다.

350) 燒의 이체자. 오른쪽부분의 '堯'가 '尭'의 형태로 되어있다.

351) 恐의 이체자. 앞에서 사용한 이체자 '恐'과는 다르게 윗부분 오른쪽의 '凡'이 '口'의 형태로 되어있다.

人主左右是也。內則蔽善惡於君上，外則賣權重於百姓，不誅之則為亂，誅之則為人主所察[352]據，腹而有之，此亦國之社鼠也。人有酤酒者，為器[353]甚潔清，置[354]表甚長，而酒酸不售，問之里人其故，里人云：『公之狗猛，人挈[355]器[356]而入，且酤公酒，狗迎而噬之，此酒所以酸不售之故也。』夫國亦有猛狗，用事者也。有道術之士，欲明萬乘之主，而用事者迎而齕[357]之，此亦國之猛狗也。左右為社鼠，用事者為猛狗，則道術之士不得用矣，此治國之所患也。」**{第48面}**

齊侯問於晏子曰：「為政何患？」對曰：「患善惡之不分。」公曰：「何以察[358]之？」對曰：「審[359]擇左右，左右善，則百僚各得其所宜而善惡分[360]。」孔子聞之曰：「此言也信矣。善言進，則不善無由入矣。不進善言，則善無由入矣。」

復槀之君朝齊，桓公問治民焉，復槀之君不對，而循口操衿[361]抑心，桓公曰：「與民共甘苦飢寒乎？夫以我為聖人也，故不用言而諭。」曰禮之千金。晉文公時，翟[362]人有封狐文豹之皮者，文公喟然嘆曰：「封狐文豹何罪哉？以其皮為罪也。」大夫欒枝曰：「地廣而不平，財聚而不散，獨非狐豹之罪**{第49面}**乎？」文

---

352) 察의 이체자. 머리 '宀' 아랫부분의 '祭'의 형태가 '𥘅'의 형태로 되어있다. 欽定四庫全書本은 조선간본과 다르게 '容'으로 되어있고, 《설원2》에서도 '容'으로 되어있다. 《說苑校證》과 《說苑全譯》은 '案'으로 되어있는데, 《說苑校證》에서는 전에는 '察'로 되어있지만 《晏子》에 따라 고쳤다고 하였다.(劉向 撰, 向宗魯 校證, 《說苑校證》, 北京:中華書局, 1987(2017 重印), 166쪽)

353) 器의 이체자. 가운데부분의 '犬'이 '大'의 형태로 되어있다.

354) 置의 이체자. 머리 '罒'의 아랫부분의 '直'이 가로획이 하나 빠진 '直'의 형태로 되어있다.

355) 挈의 이체자. 윗부분 오른쪽의 '刀'가 '刃'의 형태로 되어있다.

356) 器의 이체자. 앞에서 사용한 이체자 '器'와는 다르게 가운데부분의 '犬'이 '工'의 형태로 되어있다.

357) 齕의 이체자. 좌부변의 '齒'가 '齒'의 형태로 되어있다.

358) 察의 이체자. 앞 단락에서 사용한 이체자 '察'과는 다르게 머리 '宀' 아랫부분의 '祭'의 형태가 '𥘅'의 형태로 되어있다.

359) 審의 이체자. 머리 '宀' 아랫부분의 '番'이 '畨'의 형태로 되어있다.

360) 分의 이체자. 발의 '刀'가 '勹'의 형태로 되어있다. 다음 단락과 그 다음 단락에서는 모두 이 이체자를 사용하였다.

361) 衿의 이체자. 오른쪽부분의 '今'이 '수'의 형태로 되어있다.

362) 翟의 이체자. 머리의 '羽'가 '彐'의 형태로 되어있다.

公曰：「善哉！說之。」欒枝曰：「地廣而不平，人将平之。財聚而不散，人將爭之。」於是列地以分民，散財以賑貧。

晉文侯問政於舅犯，舅犯對曰：「分熟不如分腥，分腥不如分地。割以分民而益其爵禄，是以上得地而民知富，上失地而民知貧[363]，古之所謂致師而戰[364]者，其此之謂也。」

晉侯問於士文伯曰：「三月朔，日有蝕之。寡人學惛焉，《詩》所謂『彼日而蝕，于何不臧[365]』者，何也？」對曰：「不善政之謂也。國無政不用善，則自取讁於日月之災，故不可不愼[366]也。政有三而已：一曰因民**{第50面}**，二曰擇人，三曰從時。」

延陵[367]季子游於晉，入其境，曰：「嘻，暴哉國乎！」入其都，曰：「嘻，力屈哉國乎！」立其朝，曰：「嘻，亂[368]哉國乎！」從者曰：「夫子之入晉境未久也，何其名之不疑[369]也？」延陵季子曰：「然。吾入其境，田畝荒[370]穢[371]而不休，雜增崇高，吾是以知其國之暴也。吾入其都，新室惡而故室美，新墻卑[372]而故墻高，吾是以知其民力之屈也。吾立其朝，君能視而不下問，其臣善伐而不上諫[373]，吾是以知其國之亂[374]也。

齊之所以不如魯者，太公之賢不如伯禽。伯禽與太公俱[375]受封而各之國，三

---

363) 貧의 이체자. 윗부분의 '分'이 '分'의 형태로 되어있다.
364) 戰의 이체자. 왼쪽부분의 '單'이 '單'의 형태로 되어있다.
365) 臧의 이체자. 부수 '臣'이 '目'의 형태로 되어있다.
366) 愼의 이체자. 오른쪽 윗부분의 '匕'의 아랫부분이 '具'의 형태로 되어있다.
367) 陵의 이체자. 오른쪽부분의 '夌'이 '麦'의 형태로 되어있다.
368) 亂의 이체자. 왼쪽부분의 '𤔔'의 형태가 '𤕪'의 형태로 되어있다.
369) 疑의 이체자. 왼쪽 윗부분의 '匕'가 '上'의 형태로 되어있고 아랫부분의 '矢'가 '天'의 형태로 되어있으며, 오른쪽부분의 '𤴔'의 형태가 '㞢'의 형태로 되어있다.
370) 荒의 이체자. 가운데부분의 '亡'이 '匸'의 형태로 되어있다.
371) 穢의 이체자. 오른쪽 윗부분의 '止'가 '山'의 형태로 되어있다.
372) 卑의 이체자. 맨 윗부분의 '丿'이 빠져있다.
373) 諫의 이체자. 오른쪽부분의 '柬'의 형태가 '東'의 형태로 되어있다.
374) 亂의 이체자. 앞에서 사용한 이체자 '亂'과는 다르게 왼쪽부분의 '𤔔'의 형태가 '𤕪'의 형태로 되어있다.

年, 太公來朝, 周公**{第51面}**問曰 :「何治之疾也？」對曰 :「尊賢, 先疏後親, 先義後仁也, 此霸者之迹也。」周公曰 :「太公之澤[376]及五世。」五年, 伯禽來朝, 周公問曰 :「何治之難？」對曰 :「親親者, 先內後外, 先仁後義也, 此王者之迹也。」周公曰 :「魯之澤及十世。」故魯有王迹者, 仁厚也。齊有霸迹者, 武政也。齊之所以不如魯也, 太公之賢不如伯禽也。

景公好婦人而丈夫飾者, 國人盡服之, 公使吏禁之, 曰 :「女子而男子飾者, 裂其衣, 斷[377]其帶[378]。」裂衣斷帶相望而不止。晏子見, 公曰 :「寡人使吏禁女子而男子飾者, 裂其衣, 斷其帶, 相望而不止者**{第52面}**, 何也？」對曰 :「君使服之於內, 而禁之於外, 猶懸牛首於門, 而求買馬肉也。公胡不使內勿服, 則外莫敢為也。」公曰 :「善！」使內勿服, 不旋月, 而國莫之服也。

齊人甚好轂[379]擊[380]相犯以為樂, 禁之不止。晏子患之, 乃為新車良馬, 出與人相犯也, 曰 :「轂擊者不祥。臣其祭祀不順, 居處不敬乎？」下車棄[381]而去之。然後國人乃不為。故曰 :「禁之以制, 而身不先行也, 民不肯止。故化其心莫若教也。」

魯國之法, 魯人有贖臣妾於諸侯者, 取金於府。子貢贖人於諸侯, 而還其金。孔子聞之曰 :「賜失**{第53面}**之矣。聖人之舉事也, 可以移風易俗, 而教導可施於百姓, 非獨適其身之行也。今魯國富者寡[382]而貧者衆, 贖而受金則為不廉, 不受則後莫復贖。自今以來, 魯人不復贖矣。」孔子可謂通於化矣。故老子曰 :「見小曰明。」

孔子見季康子, 康子未說, 孔子又見之。宰予曰 :「吾聞之夫子曰 :『王公不

---

375) 俱의 이체자. 오른쪽부분의 '具'가 '具'의 형태로 되어있다.

376) 澤의 이체자. 오른쪽 아랫부분의 '羊'의 형태가 '羊'의 형태로 되어있다. 이번 단락의 아래에서는 정자를 사용하였다.

377) 斷의 이체자. 왼쪽부분의 '㡭'의 형태가 '㡭'의 형태로 되어있다.

378) 帶의 이체자. 윗부분 '卌'의 형태가 '卌'의 형태로 되어있다.

379) 轂의 이체자. 오른쪽부분의 '殳'가 '殳'의 형태로 되어있다.

380) 擊의 이체자. 윗부분 오른쪽의 '殳'가 '殳'의 형태로 되어있다.

381) 棄의 이체자. 가운데부분의 '丗'가 '世'의 형태로 되어있다.

382) 寡의 이체자. 아랫부분의 '分'의 형태가 '⺍'의 형태로 되어있다.

聘不動。』今吾子之見司冦[383]也少數矣。」孔子曰：「魯國以衆相陵，以兵相暴之日久矣，而有司不治，聘我者孰大乎於是？」魯人聞之曰：「聖人将治，何以不先自為刑罰乎？」自是之後，國無爭者。孔子謂弟子曰：「違山十里，蟪[384]{第54面}蛄之聲，猶尚存耳。政事無如膺之矣。」古之魯俗，塗里之間，羅門之羅，收[385]門之漁，獨得於禮，是以孔子善之。夫塗里之間，富家為貧者出。羅門之羅，有親者取多，無親者取少。收門之漁，有親者取巨，無親者取小。

《春秋》曰：「四民均則王道興而百姓寧。所謂四民者，士農工商也。」婚姻[386]之道廢[387]，則男女之道悖，而淫泆之路興矣。

劉[388]向說苑卷第七{第55面}[389]

{第56面}[390]

---

383) 冦의 이체자. 머리의 '宀'이 '冖'의 형태로 되어있고, 그 오른쪽부분의 '攴'이 '攵'의 형태로 되어있다.

384) 蟪의 이체자. 오른쪽부분의 '惠'가 '恵'의 형태로 되어있다.

385) 《설원2》는 조선간본과 동일하게 '收'로 되어있는데, '收門'을 '漁場의 입구를 알리는 문'(劉向 撰, 林東錫 譯註, 《설원2》, 동서문화사, 2009. 708쪽)이라고 하였다. 그런데 欽定四庫全書本은 조선간본과 다르게 '收'로 되어있고, 《說苑校證》과 《說苑全譯》에서도 '收'로 되어있다. 그런데 《說苑全譯》에서는 '收門'을 지명이라고 하였다.(劉向 原著, 王鍈·王天海 譯註, 《說苑全譯》, 貴州人民出版社, 1991. 308쪽)

386) 姻의 이체자. 오른쪽부분의 '因'이 '囙'의 형태로 되어있다.

387) 廢의 이체자. '广' 아래 '癶'이 '业'의 형태로 되어 있고, 그 아래 오른쪽부분의 '殳'가 '攵'의 형태로 되어있다.

388) 劉의 이체자. 왼쪽 윗부분이 '吅'의 형태로 되어있다.

389) 이 卷尾의 제목은 마지막 제11행에 해당한다. 이번 면은 제8행에서 글이 끝나고, 나머지 2행은 빈칸으로 되어있다.

390) 제7권은 이전 면인 제55면에서 끝났는데, 각 권은 홀수 면에서 시작하기 때문에 짝수 면인 이번의 제56면은 계선만 인쇄되어있고 한 면이 모두 비어 있다.

劉向說苑卷第八

尊賢

人君之欲平治天下而垂[391]榮名者，必尊賢而下士。《易》曰：「自上下下，其道大光。」又曰：「以貴下賤[392]，大得民也。」夫明王之施德[393]而下下也，将[394]懐[395]遠[396]而致近也。夫朝無賢人，猶鴻鵠之無羽翼[397]也，雖有千里之望，猶不能[398]致其意之所欲至矣。是故游江〖海者託於船，致遠道者託於乘[399]，欲覇[400]王者託於賢〗[401]。伊尹、呂尚、管夷吾、百里奚，此覇[402]王之船乘也。釋[403]父兄與子孫，非疏[404]之也。任庖人、釣屠與仇讎、僕虜，非阿之也。持社稷，立功名之道，不得不然也**{第57面}**。猶大匠之為宮室也，量小大而知材木矣，比功校而知人數[405]矣。是故呂尚聘而天下知商将亡，而周之王也。管夷吾、百里奚任，

---

391) 垂의 이체자. 맨 아랫부분의 가로획 '一'이 '凵'의 형태로 되어있다.

392) 賤의 이체자. 오른쪽의 '戔'이 윗부분은 그대로 '戈'로 되어있고 아랫부분 '戈'에 '丶'이 빠진 '戋'의 형태로 되어있다.

393) 德의 이체자. 오른쪽부분의 '悳'의 형태가 가운데 가로획이 빠진 '恵'의 형태로 되어있다.

394) 將의 이체자. 왼쪽부분의 '爿'이 '丬'의 형태로 되어있고, 오른쪽 윗부분의 '夕'의 형태가 '爫'의 형태로 되어있다.

395) 懷의 이체자. 오른쪽 가운데부분의 '罒'의 형태가 빠져있으며, 그 아랫부분이 '衣'의 형태로 되어있다.

396) 遠의 이체자. '辶'의 윗부분에서 '土'의 아랫부분의 '𧘇'의 형태가 '㐮'의 형태로 되어있다.

397) 翼의 이체자. 머리의 '羽'가 '彐彐'의 형태로 되어있고, 아랫부분의 '異'가 '異'의 형태로 되어있다.

398) 能의 이체자. 오른쪽부분의 '⺋'의 형태가 '去'의 형태로 되어있다.

399) 乘의 이체자. 가운데부분의 '北'이 '卄'의 형태로 되어있다.

400) 霸의 이체자. 아랫부분 왼쪽의 '革'이 '覀'의 형태로 되어있다.

401) '〖~〗' 이 부호는 한 행을 뜻한다. 본 판본은 1행에 18자로 되어있는데, '〖~〗'로 표시한 이번 면(제46면)의 제10행은 한 글자가 많은 19자로 되어있다.

402) 霸의 이체자. 앞에서 사용한 이체자 '覇'와는 다르게 아랫부분 왼쪽의 '革'이 '草'의 형태로 되어있다.

403) 釋의 이체자. 오른쪽 윗부분의 '罒'이 '罒'의 형태로 되어있고, 그 아랫부분의 '幸'이 '幸'의 형태로 되어있다.

404) 疏의 이체자. 좌부변의 '𤴔'의 형태가 '足'의 형태로 되어있고, 오른쪽 윗부분의 '𠫓'의 형태가 '云'의 형태로 되어있다.

405) 數의 이체자. 왼쪽부분의 '婁'가 '婁'의 형태로 되어있다.

而天下知齊[406]、秦之必霸[407]也，豈特船乘哉[408]！夫成王霸固有人，亡國破家亦固有人。桀用干[409]莘，紂用悪來，宋用唐鞅，齊用蘇秦，秦用趙高，而天下知其亡也。非其人而欲有功，譬其若[410]夏至之日而欲夜之長也，射魚指[411]天，而欲發[412]之當也。雖舜、禹猶亦困，而又况乎俗主哉！

春秋之時，天子微[413]弱，諸侯[414]力政，皆[415]叛不朝。衆暴[416]寡，強刦[417]弱，南夷與北狄交侵，中國之不絕若綫**{第58面}**。桓公於是用管仲、鮑叔、隰朋、賓[418]胥無、甯戚，三存亡國，一繼[419]絕世，救[420]中國，攘戎狄，卒脅荊蠻，以尊周室，霸諸侯。晉[421]文公用咎犯、先軫、陽處父，強中國，敗強楚，合諸侯，朝

406) 齊의 이체자. '亠'의 아래 가운데부분의 'Y'가 '了'의 형태로 되어있다.
407) 覇의 이체자. 앞에서 사용한 이체자 '霸'·'覇'와는 다르게 아랫부분 왼쪽의 '革'이 '草'의 형태로 되어있다.
408) 哉의 이체자. 왼쪽 아랫부분의 '口'가 'ク'의 형태로 되어있다. 이번 제8권에서는 거의 이 이체자를 사용하였으며, 정자는 드물게 혼용하였다.
409) 欽定四庫全書本은 조선간본과 다르게 '干'으로 되어있고, 《說苑校證》·《說苑全譯》·《설원2》에서도 모두 '干'으로 되어있다. 《說苑校證》에서는 '千'으로 되어있는 전적도 있다고 하였다.(劉向 撰, 向宗魯 校證, 《說苑校證》, 北京:中華書局, 1987(2017 重印), 174쪽) 그런데 '干莘'은 '夏나라 桀의 신하'(劉向 撰, 林東錫 譯註, 《설원2》, 동서문화사, 2009. 776쪽. 劉向 原著, 王鍈·王天海 譯註, 《說苑全譯》, 貴州人民出版社, 1991. 312쪽)이기 때문에 조선간본의 '千'은 오자이다.
410) 若의 이체자. 머리의 '++'가 '䒑'의 형태로 되어있다.
411) 指의 이체자. 오른쪽 윗부분의 '匕'가 '亠'의 형태로 되어있다.
412) 發의 이체자. 머리의 '癶'이 '业'의 형태로 되어있고, 아랫부분 오른쪽의 '殳'가 '攵'의 형태로 되어있다.
413) 微의 이체자. 가운데 아랫부분의 '几'의 형태가 '干'의 형태로 되어있다.
414) 侯의 이체자. 오른쪽 윗부분의 'ユ'의 형태가 '亠'의 형태로 되어있고 그 아랫부분의 '矢'가 '夫'의 형태로 되어있다.
415) 皆의 이체자. 아랫부분의 '白'이 '日'로 되어있다.
416) 暴의 이체자. 발의 '氺'가 '小'의 형태로 되어있다.
417) 刦의 이체자. 우부방의 '力'이 '刂'의 형태로 되어있다.
418) 賓의 이체자. 머리 '宀'의 아랫부분의 '少'의 형태가 '尸'의 형태로 되어있다.
419) 繼의 이체자. 오른쪽부분의 '㡭'의 형태가 '㡭'의 형태로 되어있다.
420) 救의 이체자. 왼쪽의 '求'에서 윗부분의 '丶'이 빠져있다.
421) 晉의 이체자. 윗부분의 '厸'의 형태가 '吅'의 형태로 되어있다.

天子, 以顯周室。楚荘[422]王用孫叔敖、司馬子反、将軍子重, 征陳従[423]鄭, 敗強晋, 無敵扵[424]天下。秦穆[425]公用百里子、蹇叔子、王子廖及由余, 據有雍州, 攘敗西[426]戎。吴[427]用延州来季子, 幷[428]兾[429]州, 揚威于雞父。鄭僖公冨[430]有千乘之國, 貴為諸侯, 治義不順人心, 而耶弑於臣者, 不先得賢也。至簡公用子産、裨[431]諶、世叔、行人子羽, 賊臣除, 正臣進, 去強楚, 合中國, 國家安, 二十餘年**{第59面}**, 無強楚之患。故虞有宫之竒, 晋獻[432]公為之終夜不寐[433]。楚有子玉得臣, 文公為之側席而坐。逺乎！賢者之厭難折衝也。夫宋襄公不用公子目夷之言, 大辱[434]於楚。曹不用僖負羈之諫[435], 敗死於戎。故共惟五始之要, 治亂[436]之端, 在乎審[437]己而任賢也。國家之任賢而吉, 任不肖而凶[438], 案往世而視已事, 其必然也如合符, 此為人君者不可以不慎[439]也。國家惽亂而良臣見。魯國大

422) 莊의 이체자. 머리 '艹' 아래 왼쪽부분의 '爿'이 '丬'의 형태로 되어있다.
423) 從의 이체자. 오른쪽부분의 'from'의 형태가 '从'의 형태로 되어있다.
424) 於의 이체자. 좌부변의 '方'이 '扌'의 형태로 되어있다.
425) 穆의 이체자. 오른쪽 가운데부분의 '小'가 '一'의 형태로 되어있다.
426) 西의 이체자. '口'위의 '兀'의 형태가 'ㅠ'의 형태로 되어있으며 양쪽의 세로획이 '口'의 맨 아랫부분에 붙어 있다.
427) 吳의 이체자. '夬'의 형태가 '天'의 형태로 되어있다.
428) 并의 이체자. 윗부분의 '丷'의 형태가 '八'의 형태로 되어있다.
429) 冀의 이체자. 머리의 '羽'가 '八'의 형태로 되어있고, 아랫부분의 '異'가 '異'의 형태로 되어있다.
430) 富의 이체자. 머리의 '宀'이 '冖'의 형태로 되어있다.
431) 裨의 이체자. 좌부변의 '衤'가 '礻'의 형태로 되어있고, 오른쪽부분의 '卑'가 '卑'의 형태로 되어있다.
432) 獻의 이체자. 머리의 '虍'가 '声'의 형태로 되어있고, 그 아랫부분의 '鬲'이 '鬲'의 형태로 되어있다.
433) 寐의 이체자. 머리의 '宀'이 '穴'의 형태로 되어있고, 그 아래 왼쪽부분의 '爿'이 '丬'의 형태로 되어있다.
434) 辱의 이체자. 윗부분의 '辰'이 '辰'의 형태로 되어있다.
435) 諫의 이체자. 오른쪽부분의 '柬'의 형태가 '東'의 형태로 되어있다.
436) 亂의 이체자. 왼쪽부분의 '𤔔'의 형태가 '𠮩'의 형태로 되어있다.
437) 審의 이체자. 머리 '宀' 아랫부분의 '番'이 '畨'의 형태로 되어있다.
438) 凶의 속자. 윗부분에 '亠'의 형태가 첨가되어있다.
439) 愼의 이체자. 오른쪽 윗부분의 '匕'가 '上'의 형태로 되어있고, 그 아랫부분이 '具'의 형태로

亂[440], 季友之賢見, 僖公即位而任季子, 魯國安寧, 外内無憂, 行政二十一年。季子之卒後, 邾擊[441]其南, 齊伐其北, 魯不勝其患, 將乞[442]師於楚以取全耳 或作身[443]。故《傳》{第60面}曰:「患之起[444], 必自此[445]始也。」公子買不可使戍衛, 公子遂不聽[446]君命而擅[447]之晋, 内侵於臣下, 外困於兵亂, 弱之患也。僖公之性, 非前二十一年常賢, 而後乃漸變為不肖也, 此季子存之所益, 亡之所損也。夫得賢失賢, 其損益之驗[448]如此, 而人主忽於所用, 甚可疾痛也。夫智不足以見賢, 無可奈何矣。若智能見之, 而強不能决, 猶豫[449]不用, 而大者死亡, 小者亂傾? 此甚可悲哀也。以宋殤[450]公不知孔父之賢乎? 安知孔父死, 已必死, 趨而救之, 趨而救之者, 是知其賢也。以魯莊公不知季子之賢乎? 安知疾将死, 召季子而授之國政? 授{第61面}之國政者, 是知其賢也。此二君知能見賢, 而皆不能用, 故宋殤公以殺死, 魯莊公以賊嗣。使宋殤蚤[451]任孔父, 魯莊素用季子, 乃将靖隣國, 而况自存乎!

鄒子說梁[452]王曰:「伊尹故有莘氏之媵臣也, 湯立以為三公, 天下之治太平。

되어있다.

440) 亂의 이체자. 앞에서 사용한 이체자 '亂'과는 다르게 왼쪽부분의 '𤔔'의 형태가 '𤔔'의 형태로 되어있다. 이번 단락에서는 이 두 이체자를 혼용하였다.

441) 擊의 이체자. 윗부분 왼쪽의 '軎'가 '叀'의 형태로 되어있고, 그 오른쪽부분의 '殳'가 다른 '殳'의 형태로 되어있다.

442) 乞의 이체자. 윗부분의 '𠂉'의 형태가 '⺊'의 형태로 되어있다.

443) 이것은 원문에 달린 주석인데 이번 면(제60면) 제11행의 제15~16자 해당하는 부분을 차지하며, 그 부분에 위와 같이 본문보다 작은 글자의 주가 雙行으로 달려 있다.

444) 起의 이체자. 오른쪽부분의 '己'가 '巳'의 형태로 되어있다.

445) 此의 이체자. 좌부변의 '止'가 '止'의 형태로 되어있다.

446) 聽의 이체자. 왼쪽부분 '耳'의 아래 '王'이 빠져있으며, 오른쪽부분의 '悳'의 형태가 가운데 가로획이 빠진 '悳'의 형태로 되어있다.

447) 擅의 이체자. 오른쪽 윗부분의 '亩'이 '面'의 형태로 되어있다.

448) 驗의 이체자. 오른쪽 맨 아랫부분의 '从'이 '灬'의 형태로 되어있다

449) 豫의 이체자. 오른쪽 가운데부분의 '罒'의 형태가 '罒'의 형태로 되어있다.

450) 殤의 이체자. 오른쪽 아랫부분의 '昜'이 '昜'의 형태로 되어있다.

451) 蚤의 이체자. 윗부분의 '叉'의 형태가 '㕚'의 형태로 되어있다.

452) 梁의 이체자. 윗부분 오른쪽의 '刅'의 형태가 '刃'의 형태로 되어있다.

管仲故成陰[453]之狗盜也，天下之庸夫也，齊桓公得之以為仲父。百里奚道之於路，傳賣五羊之皮，秦穆公委之以政。甯戚故將車人也，叩轅[454]行歌於康之衢，桓公任以國。司馬喜髕[455]脚於宋，而卒相中山。范睢折脅拉齒於魏[456]而後為應侯。太公望故老婦之出夫也**{第62面}**，朝歌之屠佐也，棘[457]津迎客之舍人也，年七十而相周，九十而封齊。故《詩》曰：『緜緜之葛[458]，在於曠野，良工得之，以為絺紵。良工不得，枯死於野。』此七士者，不遇明君聖主，幾[459]行乞丐，枯死於中野[460]，譬猶緜緜之葛矣。」

眉睫之微，接而形于色。聲音而[461]風，感而動乎心。甯戚擊牛角而商歌，桓公聞而舉之。鮑龍[462]跪石而登嶀，孔子為之下車。堯[463]舜相見，不違桑陰。文王舉太公，不以日久[464]。故賢[465]聖之接也，不待久而親。能者之相見也，不待試而知矣。故士之接也，非必與之臨[466]財分貨，乃知其廉也。非必與之犯**{第63面}**

---

453) 陰의 이체자. 오른쪽부분의 '侌'이 '侌'의 형태로 되어있다.

454) 轅의 이체자. 오른쪽부분의 '袁'이 '表'의 형태로 되어있다.

455) 髕의 이체자. 좌부변의 '骨'이 '骨'의 형태로 되어있고, 오른쪽부분의 '賓'이 '賔'의 형태로 되어있다.

456) 魏의 이체자. 오른쪽부분의 '鬼'가 맨 위의 '丶'이 빠져있고 아랫부분 오른쪽의 '厶'가 '丶'의 형태로 된 '鬼'로 되어있다.

457) 棘의 이체자. 양쪽의 '朿'가 모두 '東'의 형태로 되어있다.

458) 葛의 이체자. 머리 '⺿' 아랫부분의 '曷'이 '曷'의 형태로 되어있다.

459) 幾의 이체자. 아랫부분 왼쪽의 '人'의 형태가 '勹'의 형태로 되어있고, 오른쪽 아랫부분의 '丶'과 '丿'의 획이 모두 빠져있다.

460) 野의 이체자. 오른쪽 윗부분의 'マ'의 형태가 'コ'의 형태로 되어있다. 이번 단락의 앞에서는 정자를 사용하였으나 여기서는 이체자를 사용하였다.

461) 欽定四庫全書本도 조선간본과 동일하게 '而'로 되어있으나, 《說苑校證》·《說苑全譯》·《설원2》에서도 모두 '之'로 되어있다. 여기서는 '~의'라는 의미이기 때문에 조선간본과 欽定四庫全書本의 '而'는 문법에 맞지 않는다.

462) 龍의 이체자. 오른쪽부분의 '㡯'의 형태가 '㡯'의 형태로 되어있다.

463) 堯의 이체자. 아랫부분의 '兀'이 '儿'의 형태로 되어있다.

464) 久의 이체자.

465) 賢의 이체자. 윗부분 왼쪽의 '臣'이 '目'의 형태로 되어있다. 판본 전체적으로 사용하는 이체자 '賢'과는 다른 형태의 이체자를 사용하였다.

466) 국립중앙도서관과 고려대 소장본의 이번 면(제63면)과 다음 면(제64면)의 인쇄상태가 좋지

難涉[467]危，乃知其勇也。擧事决斷，是以知其勇也。耴[468]與有讓，是以知其廉也。故見虎之尾，而知其大於貍狸也。見象之牙，而知其大於牛也。一節見則百節知矣。由此觀之，以所見可以占未茇[469]，覩小節固足以知大體矣。

禹以夏王，桀以夏亡。湯以殷王，紂以殸[470]亡。闔廬以吴戰勝無敵於天下，而夫差以見禽於越；文公以晋國霸，而厲公以見弑於匠麗[471]之宫；威王以齊強於天下，而湣[472]王以弑死於廟**梁**；穆公以秦顯名尊號，而二世以刦於望夷。其所以君王者同，而功迹不荨[473]者，所任異也！是故成王處襁**{第64面}**褓而朝諸侯，周公用事也。趙武靈王年五十而餓死於沙丘，任李兊[474]故也。桓公得管仲，九合諸侯[475]，一匡天下，失管仲，任豎刁、易牙，身死不葵[476]，為天下咲[477]。一人之身，榮辱俱施焉，在所任也。故魏有公子無忌[478]，削地復得。趙任藺相如，秦兵不敢出。鄢[479]**陵任唐**雎，國獨特立。楚有申包胥，而昭王反位。齊有田單，襄王

않고, 후조당 소장본은 이 두 소장본보다 글자가 많이 뭉그러져 있다. 그런데 국립중앙도서관과 고려대 소장본은 '臨'으로 되어있지만, 후조당 소장본은 뭉그러진 글자 위에 '辭'로 가필해 놓았다.

467) 涉의 이체자. 오른쪽 윗부분의 '止'가 '山'의 형태로 되어있고, 그 아랫부분의 '少'의 형태가 '少'의 형태로 되어있다.

468) 取의 이체자. 우부방의 '又'가 '㇛'의 형태로 되어있다.

469) 發의 이체자. 판본 전체적으로 자주 사용하는 이체자 '䒥'과는 다르게 머리의 '癶'이 '艹'의 형태로 되어있고, 아랫부분 오른쪽의 '殳'가 '攵'의 형태로 되어있다.

470) 殷의 이체자. 왼쪽부분의 '㐆'의 형태가 '𠂤'의 형태로 되어있고, 우부방의 '殳'가 다른 '殳'의 형태로 되어있다. 이번 단락의 앞과 뒤에서는 이 이체자와 다른 형태인 '殷'을 사용하였다.

471) 麗의 이체자. 윗부분의 '丽'가 '丽'의 형태로 되어있다.

472) 湣의 이체자. 오른쪽 윗부분의 '民'이 '民'의 형태로 되어있다.

473) 等의 이체자. 머리의 '⺮'이 '++'의 형태로 되어있다.

474) 兌의 이체자.

475) 侯의 이체자. 오른쪽 윗부분의 'ㄱ'의 형태가 'ㅗ'의 형태로 되어있고 오른쪽 아랫부분의 '矢'가 '失'의 형태로 되어있다. 판본 전체적으로 이체자 '侯'를 주로 사용하였는데, 여기서와 이번 단락의 아래에서는 이체자 '侯'를 사용하였다.

476) 葬의 이체자. 맨 아랫부분의 '廾'이 '大'의 형태로 되어있다.

477) 笑의 古字.

478) 忌의 이체자. 윗부분이 '己'가 '巳'의 형태로 되어있다.

479) 鄢의 이체자. 왼쪽부분의 '焉'이 '爲'의 형태로 되어있다.

得國。由此觀之，國無賢佐俊士，而能以成功立名，安危繼絶者，未嘗[480]有也。故國不務大，而務得民心，佐不務多，而務得賢俊。得民心者民往之，有賢佐者士歸[481]之。文王請除炮烙之刑，而殷民從，湯去張網[482]者之三面[483]，而**{第65面}**夏民從，越王不隳[484]舊[485]冢，而吳[486]人服，以其所為之順於民心也。故聲同，則處異[487]而相應，德合，則未見而相親，賢者立於本朝，則天下之豪，相率而趨之矣。何以知其然也？曰：管仲，桓公之賊也，鮑叔以為賢於己而進之為相，七十言而說乃聽[488]，遂使桓公除報讎之心，而委國政為[489]。桓公垂拱無事，而朝諸侯，鮑叔之力也。管仲之所以能北走桓公無，自危之心者，同聲於鮑叔也。紂殺王子比干，箕子被髮[490]而佯狂，陳靈公殺泄冶，而鄧元去陳。自是之後，殷兼[491]於周，陳亡於楚，以其殺比干、泄冶，而失箕子與鄧元也。燕昭王得郭隗[492]**{第66面}**，而鄒衍、樂毅以齊趙至，蘇子、屈景以周楚至，於是舉兵而攻齊，棲閔王於莒。燕校地計衆，非與齊鈞也，然所[493]以能信意至於此者，由得士

---

480) 嘗의 이체자. 아랫부분의 '旨'가 '甘'의 형태로 되어있다.

481) 歸의 이체자. 판본 전체적으로 자주 사용하는 이체자 '歸'와는 다르게 왼쪽부분이 '止'의 형태로 되어있다.

482) 網의 이체자. 오른쪽부분의 '罔'이 '罒'의 형태로 되어있다.

483) 面의 이체자. 맨 윗부분 '丆'의 아랫부분의 '囬'가 '回'의 형태로 되어있다.

484) 隳의 이체자. 윗부분 오른쪽의 '育'의 형태가 '有'의 형태로 되어있다.

485) 舊의 이체자. '++' 아랫부분에 '吅'의 형태가 첨가되어있고, 아랫부분의 '臼'가 '旧'의 형태로 되어있다.

486) 吳의 이체자. '夨'의 형태가 '六'의 형태로 되어있다.

487) 異의 이체자. 아랫부분의 '共'의 가운데에 세로획 하나가 첨가된 '卄'의 형태로 되어있다.

488) 聽의 이체자. '耳'의 아래 '王'이 '士'의 형태로 되어있으며, 오른쪽부분의 '悳'의 형태가 가운데 가로획이 빠진 '悳'의 형태로 되어있다.

489) 欽定四庫全書本은 조선간본과 다르게 '焉'으로 되어있고,《說苑校證》·《說苑全譯》·《설원2》에서도 모두 '焉'으로 되어있다. 여기서는 '焉'은 문장을 끝맺을 때 쓰기 때문에 조선간본의 '為'는 문맥에 맞지 않는다.

490) 髮의 이체자. 아랫부분의 '犮'이 '友'의 형태로 되어있다.

491) 兼의 이체자. 윗부분의 '八'이 '丷'의 형태로 되어있고, 맨 아랫부분이 '灬'의 형태로 되어있다.

492) 隗의 이체자. 오른쪽부분의 '鬼'가 맨 위의 '丿'이 빠져있고 아랫부분의 '厶'가 '丶'의 형태로 된 '鬼'로 되어있다.

也。故無常安之國，無恒治之民。得賢者則安昌，失之者則危亡，自古及今[494]，未有不然者也。明鏡所以照形也，徃[495]古所以知今也，夫知惡徃古之所以危亡，而不務襲[496]迹於其所以安昌，則未有異乎却走而求逮前人也。太公知之，故舉微子之後，而封比干之墓。夫聖人之於死，尚如是其厚也，况當世而生存者乎？則其弗失可識矣！

齊景公問於孔子曰：「秦穆公其國小，處僻[497]而霸[498]**{第67面}**，何也？」對曰：「其國小而志大，雖處僻而其政中，其舉果，其謀[499]和，其令不偷。親舉五羖大夫於係縲之中，與之語，三日而授之政。以此取之，雖王可也，霸則小矣。」

或曰：「將謂桓公仁義乎？殺兄而立，非仁義也。將謂桓公恭儉[500]乎？與婦人同輿，馳於邑中，非恭儉也。將謂桓公清潔[501]乎？閨門之內，無可嫁者，非清潔也。此三者，亡國失君之行也，然而桓公兼有之，以得管仲、隰朋，九合諸侯，一匡[502]天下，畢[503]朝周室，為五霸[504]長，以其得賢佐也。失管仲、隰朋，任豎刁、易牙，身死不葬[505]，蟲流出户。一人之身，榮辱俱**{第68面}**施者，何者？其

---

493) 所의 이체자. 이번 단락의 아래에서는 정자를 사용하였다.

494) 今의 이체자. 머리 '人' 아랫부분의 '一'이 '丶'의 형태로 되어있고, 그 아랫부분의 '㇇'의 형태가 '丅'의 형태로 되어있다.

495) 往의 俗字. 오른쪽부분의 '主'가 '生'의 형태로 되어있다.

496) 襲의 이체자. 윗부분 오른쪽의 '㐆'의 형태가 '㠯'의 형태로 되어있고, 발의 '衣'가 오른쪽부분 아래에 있다.

497) 僻의 이체자. 오른쪽부분의 '辛'이 '𢆉'의 형태로 되어있다. 이번 단락의 아래에서는 정자를 사용하였다.

498) 霸의 이체자. 머리의 '襾'가 '雨'의 형태로 되어있고, 아랫부분 왼쪽의 '革'이 '𠦬'의 형태로 되어있다. 이번 단락의 아래에서는 이와 동일한 이체자를 사용하였다.

499) 謀의 이체자. 오른쪽부분의 '某'가 '𣐺'의 형태로 되어있다.

500) 儉의 이체자. 오른쪽 맨 아랫부분의 '从'이 '灬'의 형태로 되어있다.

501) 潔의 이체자. 윗부분 오른쪽의 '刀'가 '刃'의 형태로 되어있다.

502) 匡의 이체자. 부수 '匚'에서 맨 아래 가로획이 빠져있다.

503) 畢의 이체자. 맨 아래의 가로획 하나가 빠져있다.

504) 霸의 이체자. 머리의 '襾'가 '雨'의 형태로 되어있고, 바로 앞 단락에서 사용한 이체자 '霸'와는 다르게 아랫부분 왼쪽의 '革'이 '𠦬'의 형태로 되어있다.

505) 葬의 이체자. 가운데부분의 '死'가 '歹匕'의 형태로 되어있고, 맨 아랫부분의 '廾'이 '大'의 형태로

所任異也。」由此觀之，則士[506]佐急矣。

周公旦[507]白屋之士所下者七十人，而天下之士皆至。晏子所與同衣食者百人，而天下之士亦至。仲尼脩道行，理文章，而天下之士亦至矣。伯牙子鼓琴，鐘子期聽之，方鼓而志在太山，鐘子期曰：「善哉乎鼓琴！巍[508]巍乎若太山。」少選之間，而志在流水，鐘子期復曰：「善哉乎鼓琴！湯湯乎若[509]流水。」鐘子期死，伯牙破琴絶絃，終身不復鼓琴，以為世無足為鼓琴者。非獨鼓琴若此也，賢者亦然。雖有賢者而無以接之，賢者奚由盡[510]忠哉！驥[511]不自至千里者，待伯樂而後至也。**{第69面}**

周[512]威公問於寗子曰：「取士有道乎？」對曰：「有。窮者達[513]之，亡者存之，廢者起之。四[514]方之士則四面而至矣。窮者不達，亡者不存，廢者不起。四方之士則四面而畔矣。夫城固不能自守，兵利不能自保，得士而失之，必有其間。

되어있다.

506) 欽定四庫全書本은 조선간본과 다르게 '任'으로 되어있고 《說苑校證》과 《설원2》에서도 '任'으로 되어있으나, 《說苑全譯》에는 조선간본과 동일하게 '士'로 되어있다. 그런데 《說苑校證》에서는 宋本에는 '士'로 되어있고, 元本에는 '任'으로 되어있다고 하였다.(劉向 撰, 向宗魯 校證, 《說苑校證》, 北京:中華書局, 1987(2017 重印), 183쪽) '任'은 '임명'(劉向 撰, 林東錫 譯註, 《설원2》, 동서문화사, 2009. 809쪽)이고, '士'는 '임용된 선비'(劉向 原著, 王鍈·王天海 譯註, 《說苑全譯》, 貴州人民出版社, 1991. 312쪽)이기 때문에 조선간본의 '士'는 '任'과 뜻이 통한다.

507) 旦의 이체자. 맨 아랫부분의 '一'이 'ㅗ'의 형태로 되어있다. 필자는 가필임을 의심했지만, 국립중앙도서관·고려대·후조당 소장본 모두 이 이체자로 되어있다.

508) 巍의 이체자. 아랫부분 오른쪽의 '鬼'가 '嵬'의 형태로 되어있다.

509) 若의 이체자. 머리의 '艹' 아랫부분의 '右'가 '石'의 형태로 되어있고, 머리의 '艹'가 아랫부분의 '石'에 붙어 있다. 판본 전체적으로는 이체자 '若'을 주로 사용하였는데, 이번 제8권에서는 이 이체자를 자주 사용하였다.

510) 盡의 이체자. 가운데부분의 '灬'가 가운데 세로획에 이어져있고 그 양쪽이 '丷'의 형태로 되어있다.

511) 驥의 이체자. 오른쪽의 '冀'가 '異'의 형태로 되어있다.

512) 周의 이체자. 바깥쪽의 '冂'이 윗부분에 '丶'이 첨가된 '冂'의 형태로 되어있다. 필자는 가필임을 의심했지만, 국립중앙도서관·고려대·후조당 소장본 모두 이 이체자로 되어있다.

513) 達의 이체자. '辶' 윗부분의 '幸'이 '幸'의 형태로 되어있다.

514) 四의 이체자. 이번 단락의 아래에서는 이 이체자와 정자를 혼용하였다.

夫士存則君尊, 士亡則君卑[515]。」周威公曰：「士壹至如此乎？」對曰：「君不聞夫楚平王有士, 曰楚傒胥、丘負客, 王將殺之, 出亡之晉。晉人用之, 是為城濮[516]之戰。又有士曰苗賁皇, 王將殺之, 出亡走晉。晉人用之, 是為鄢陵之戰。又有士曰上解于, 王將殺之, 出亡走晉。晉人用之, 是為兩堂之戰。又有士曰伍子胥, 王殺**{第70面}**其父兄, 出亡走吳。闔閭用之, 於是興[517]師而襲郢。故楚之大得罪於**梁**、鄭、宋、衛之君, 猶未遽至于此也。此四得罪於其士, 三暴其民骨, 一亡其國。由是觀之, 士存則國存, 士亡則國亡。子胥怒而亡之, 申包胥怒而存之。士胡可無貴乎？」

哀公問於孔子曰：「人何若而可取也？」孔子對曰：「毋取拑者, 無取健者, 毋取口鋭者。」哀公曰：「何謂也？」孔子曰：「拑者大給利, 不可盡用。健者必欲兼[518]人, 不可以為法也。口鋭者多誕而寡信, 後恐[519]不驗也。夫弓矢和調, 而後求其中焉。馬慤[520]愿[521]順, 然後求其良材焉。人必忠信重厚, 然後求其知能**{第71面}**焉。今[522]人有不忠信重厚而多智能, 如此人者, 譬猶豺狼與, 不可以身近也, 是故先其仁信之誠者, 然後親之。於是有知能者, 然後任之。故曰：親仁而使能。夫取人之術也, 觀其言而察[523]其行。夫言者所以抒[524]其匈[525]而發其情者也, 能行之士, 必能言之, 是故先觀其言而揆其行, 夫以言揆其行, 雖有姦軌之人, 無以逃其情矣。」哀公曰：「**善**。」

周公攝[526]天子位七年, 布衣之士執贄所師見者十二人, 窮巷白屋所先見者四

---

515) 卑의 이체자. 맨 윗부분의 '丿'이 빠져있다.
516) 濮의 이체자. 오른쪽부분의 '業'이 '業'의 형태로 되어있다.
517) 興의 이체자. 윗부분 가운데의 '同'의 형태가 '月'의 형태로 되어있다.
518) 兼의 이체자. 맨 아랫부분이 '灬'의 형태로 되어있다.
519) 恐의 이체자. 윗부분 오른쪽의 '凡'이 안쪽의 '丶'이 빠진 '几'의 형태로 되어있다.
520) 慤의 이체자. 윗부분 오른쪽의 '殳'가 '殳'의 형태로 되어있다.
521) 愿의 이체자. 윗부분의 '原'에서 '厂' 안의 윗부분의 '白'이 '日'의 형태로 되어있다.
522) 今의 이체자. 아랫부분의 '㇇'의 형태가 '丆'의 형태로 되어있다.
523) 察의 이체자. 머리 '宀' 아랫부분의 '癶'의 형태가 '夕'의 형태로 되어있다.
524) 抒의 이체자. 오른쪽 윗부분의 'マ'의 형태가 'コ'의 형태로 되어있다.
525) 匈의 이체자. 부수 '勹' 안의 '凶'의 윗부분에 'ㅗ'의 형태가 첨가되어있다.

十九人，時進善者百人，教士者千人，官朝者萬人。當此之時，誠使周公驕而且恡，則天下賢士至者寡矣。苟有**{第72面}**至者，則必貪而尸祿[527]者也。尸祿之臣，不能存君矣。

齊桓公設庭[528]燎，為士之欲造見者。朞年而士不至，於是東野鄙人有以九九之術見者，桓公曰：「九九何足以見乎？」鄙人對曰：「臣非以九九為足以見也，臣聞主君設庭燎以待士，朞年而士不至，夫士之所以不至者，君天下賢君也。四方之士，皆自以論而不及君，故不至也。夫九九薄[529]能耳，而君猶禮之，況賢於九九乎？夫太山不辭[530]壤石，江海不逆小流[531]，所以成大也。《詩》云：『先民有言，詢于芻蕘。』言博[532]謀也。」桓公曰：「善。」乃因禮之。朞月**{第73面}**，四方之士，相攜而並至。《詩》曰：「自堂徂基，自羊徂牛。」言以內及外，以小及大也。

齊景公伐宋，至于岐隄之上，登高以望，大[533]息而歎曰：「昔我先君桓公，長轂[534]八百乘，以霸諸侯；今我長轂三千乘，而不敢久處於此者，豈其無管仲歟？」弦章對曰：「臣聞之，水廣則魚大，君明則臣忠。昔有桓公，故有管仲；今桓公在此，則車下之臣盡管仲也。」

趙簡子游於河而樂之，歎曰：「安得賢士而與處[535]焉？」舟人古乘跪而對

---

526) 攝의 이체자. 오른쪽부분의 '聶'이 '聂'의 형태로 되어있다.

527) 祿의 이체자. 판본 전체적으로 자주 사용하는 이체자 '禄'과는 다르게 오른쪽부분의 '彔'이 '录'의 형태로 되어있다. 이번 단락의 아래에서는 이 이체자를 사용하였다.

528) 庭의 이체자. '广' 안의 '廷'에서 '廴' 위의 '壬'이 '手'의 형태로 되어있다.

529) 薄의 이체자. 머리 '艹' 아래 오른쪽부분의 '尃'가 '専'의 형태로 되어있다.

530) 辭의 이체자. 왼쪽부분의 '𤔔'가 '𤔔'의 형태로 되어있으며, 우부방의 '辛'이 아랫부분에 가로획 하나가 더 있는 '辛'의 형태로 되어있다.

531) 流의 이체자. 오른쪽 윗부분의 '㐬'의 형태가 '㐬'의 형태로 되어있다.

532) 博의 이체자. 오른쪽 윗부분의 '甫'가 '亩'의 형태로 되어있다. 欽定四庫全書本에는 '博'으로 되어있다.

533) 欽定四庫全書本은 조선간본과 다르게 '太'로 되어있고,《說苑校證》·《說苑全譯》·《설원2》에서도 모두 '太'로 되어있다. '太息'은 '한숨 쉬다'(劉向 撰, 林東錫 譯註,《설원2》, 동서문화사, 2009. 827쪽)라는 의미인데, 조선간본의 '大息'도 같은 의미가 있다.

534) 轂의 이체자. 오른쪽부분의 '殳'가 '殳'의 형태로 되어있다.

535) 處의 이체자. '虍' 아랫부분의 '処'가 '㚇'의 형태로 되어있다.

曰：「夫珠玉無足，去此數千里，而所以能來者，人好之也。今士有足而不来{第74面}者，此是吾君不好之乎！」趙簡子曰：「吾門左右客千人，朝食不足，暮收[536]市征，暮食不足，朝收市征，吾尚可謂不好士乎？」舟人古乘對曰：「鴻鵠高飛遠翔，其所恃者六翮[537]也，背上之毛，腹下之毳，無尺寸之數，去之滿[538]把，飛不能為之益卑。益之滿把，飛不能為之益高。不知門下左右客千人者，有六翮之用乎？將盡毛毳也。」

齊宣王坐，淳于髡侍，宣王曰：「先生論寡人何好？」淳于髡曰：「古者所好四，而王所好三焉。」宣王曰：「古者所好，何與寡人所好？」淳于髡曰：「古者好馬，王亦好馬。古者好味，王亦好味。古者好色，王亦{第75面}好色。古者好士，王獨不好士。」宣王曰：「國無士耳，有則寡人亦說之矣。」淳于髡曰：「古者驊騮騏驥[539]，今無有，王選於衆，王好馬矣。古者有豹象之胎，今無有，王選於衆，王好味矣。古者有毛廧、西施，〖今無有，王選於衆，王好色矣。王必將待堯、舜、禹、湯〗[540]之士而後好之，則禹、湯之士亦不好王矣。」宣王嘿[541]然無以應。

衛君問於田讓曰：「寡人封侯盡千里之地，賞賜盡御[542]府繒[543]帛，而士不至，何也？」田讓對曰：「君之賞賜，不可以功及也。君之誅罰，不可以理避也。猶舉杖而呼狗，張弓而祝雞矣。雖有香餌而不能{第76面}致者，害之必也。」

宗衛相齊，遇逐，罷帰舍，召門尉田饒[544]等二十有七人而問焉，曰：「士大夫

---

536) 收의 이체자. 왼쪽부분의 ‘丩’가 ‘丬’의 형태로 되어있다. 이번 단락의 아래에서는 정자를 사용하였다.

537) 翮의 이체자. 왼쪽부분의 ‘鬲’을 이체자 ‘鬲’의 형태로 되어있고 우부방의 ‘羽’가 ‘羽’의 형태로 되어있다.

538) 滿의 이체자. 오른쪽 윗부분의 ‘廿’이 ‘丷’의 형태로 되어있고 그 아랫부분의 ‘兩’이 ‘用’의 형태로 되어있다.

539) 驥의 이체자. 오른쪽의 ‘冀’가 ‘兾’의 형태로 되어있다.

540) ‘〖~〗’ 이 부호는 한 행을 뜻한다. 본 판본은 1행에 18자로 되어있는데, ‘〖~〗’로 표시한 이번 면(제9면)의 제3행은 한 글자가 많은 19자로 되어있다.

541) 嘿의 이체자. 오른쪽부분의 ‘黑’이 ‘黒’의 형태로 되어있다.

542) 御의 이체자. 가운데부분의 ‘缶’의 형태가 ‘缶’의 형태로 되어있다.

543) 繒의 이체자. 오른쪽부분의 ‘曾’이 ‘曽’의 형태로 되어있다.

544) 饒의 이체자. 오른쪽부분의 ‘堯’가 ‘尭’의 형태로 되어있다.

誰能與我赴諸侯者乎？」田饒等皆伏而不對。宗衛曰：「何士大夫之易得而難用也！」饒對曰：「非士大夫之難用也，是君不能用也。」宗衛曰：「不能用士大夫何若？」田饒對曰：「厨[545]中有臭肉，則門下無死士。今夫三升之稷，不足於士。而君鴈鶩有餘粟。紈素綺[546]繡，靡麗堂楯，從風雨弊，而士曾不得以緣衣。果園梨栗，後宮婦人摭[547]以相擿，而士曾[548]不得一嘗。且夫財者，君之所輕也。死者，士之所重也，君不能用所輕之{第77面}財，而欲使士致所[549]重之死，豈不難乎哉？」於是宗衛面有慚色，逡巡避席而謝曰：「此衛之過也。」

魯哀公問於孔子曰：「當今之時，君子誰賢？」對曰：「衛靈公。」公曰：「吾聞之，其閨門之内，姑姊妹無别[550]。」對曰：「臣觀於朝廷[551]，未觀於堂陛之間也。靈公之弟曰公子渠牟，其知足以治千乘之國，其信足以守之，而靈公愛之。又有士曰王林，國有賢人，必進而任之，無不達[552]也，不能達，退而與分其禄，而靈公尊之。又有士曰慶足，國有大事，則進而治之，無不濟也，而靈公說之。史鰌去衛，靈公邸[553]舍三月，琴瑟不御，待史鰌之入也而後入，臣是{第78面}以知其賢也。」

介子推行年十五而相荊，仲尼聞之，使人往視，還[554]，曰：「廊下有二十五俊士，堂上有二十五老人。」仲尼曰：「合二十五人之智，智於湯武。并[555]二十五人

---

545) 廚의 이체자. '广'이 '厂'의 형태로 되어있고, 그 안의 왼쪽 윗부분의 '土'가 '一'의 형태로 되어있다.

546) 綺의 이체자. 오른쪽부분의 '奇'가 '竒'의 형태로 되어있다.

547) 摭의 이체자. 오른쪽부분의 '庶'가 '庻'의 형태로 되어있다.

548) 曾의 이체자. 맨 윗부분의 '八'이 '丷'의 형태로 되어있고 그 아래 '罒'의 형태가 '田'의 형태로 되어있다. 이번 단락의 앞에서는 정자를 사용하였으나 여기서는 이체자를 사용하였다.

549) 所의 이체자. 이번 단락의 앞에서는 정자를 사용하였는데, 여기서는 이체자를 사용하였다.

550) 別의 이체자. 왼쪽 아랫부분의 '勹'의 형태가 '力'의 형태로 되어있다.

551) 廷의 이체자. '廴' 위의 '壬'이 '手'의 형태로 되어있다.

552) 達의 이체자. '辶' 윗부분의 '幸'이 '幸'의 형태로 되어있다.

553) 邸의 이체자. 왼쪽부분의 '氐'가 '氏'의 형태로 되어있다.

554) 還의 이체자. 판본 전체적으로 자주 사용하는 이체자 '還'과는 다르게 오른쪽 아랫부분의 '𧘇'의 형태가 '衣'의 형태로 되어있다.

555) 并의 이체자. 윗부분의 '丷'의 형태가 '八'의 형태로 되어있다.

之力, 力於彭祖。以治天下, 其固免矣乎!」

孔子閒居, 喟然而嘆曰:「銅鞮伯華而無死, 天下其有定矣!」子路曰:「願聞其為人也何若?」孔子曰:「其幼[556]也, 敏而好學, 其壯也, 有勇而不屈, 其老也, 有道而能以下人。」子路曰:「其幼也, 敏而好學, 則可, 其壯也, 有勇而不屈, 則可。夫有道又誰下哉?」孔子曰:「由不知也。吾聞之, 以衆攻寡而, 無不消**{第79面}**也。以貴下賤, 無不得也。昔者[557]周公旦, 制天下之政, 而下士七十人, 豈無道哉[558]?欲得士之故也。夫有道而能下於天下之士, 君子乎哉!」

魏[559]文侯從中山奔命安邑, 田子方後[560], 太子擊遇之, 下車而趨, 子方坐乘如故, 告太子曰:「為我請君, 待我朝謌。」太子不說, 因謂子方曰:「不識貧窮者驕人, 富貴者驕人乎?」子方曰:「貧窮者驕人, 富貴者安敢驕人。人主驕人而亡其國, 吾未見以國待亡者也。大夫驕人而亡其家, 吾未見以家待亡者也。貧[561]窮者若不得意, 納履而去, 安往不得貧窮乎?貧窮者驕人, 富貴者安敢驕人?」太子**{第80面}**及文侯道田子方之語, 文侯嘆曰:「微吾子之故, 吾安得聞賢人之言, 吾下子方以行, 得而友之。自吾友子方也, 君臣益親, 百姓益附, 吾是以得友士之功。我欲伐中山, 吾以武下樂羊, 三年而中山為獻於我, 我是以得有武之功。吾所以不少進於此者, 吾未見以智驕我者也。若得以智驕我者, 豈不及古之人乎?」

---

556) 幼의 이체자. 오른쪽부분의 '力'이 '刀'의 형태로 되어있다.

557) 欽定四庫全書本은 조선간본과 다르게 '在'로 되어있고, 《說苑校證》과 《설원2》에서도 '在'로 되어있다. 《說苑全譯》은 조선간본과 동일하게 '者'로 되어있다. 그런데 《說苑校證》에서는 元本 등에는 '者'로 되어있다고 하였다.(劉向 撰, 向宗魯 校證, 《說苑校證》, 北京:中華書局, 1987(2017 重印), 193쪽)

558) 哉의 이체자. 왼쪽 아랫부분의 '口'가 'ク'의 형태로 되어있다.

559) 魏의 이체자. 판본 전체적으로 자주 사용하는 이체자 '魏'와는 다르게 오른쪽부분의 '鬼'가 맨 위의 '丶'이 빠진 '鬼'의 형태로 되어있다.

560) 欽定四庫全書本은 조선간본과 다르게 '從'으로 되어있고, 《說苑校證》·《說苑全譯》·《설원2》에서도 모두 '從'으로 되어있다. '從'은 '따르다'(劉向 撰, 林東錫 譯註, 《설원2》, 동서문화사, 2009. 847쪽)라는 의미인데, 조선간본의 '後'는 문맥에 맞지 않는다.

561) 貧의 이체자. 윗부분의 '分'이 '分'의 형태로 되어있다. 이번 단락에서는 정자와 이체자를 혼용하였다.

晉文侯行地登隧，大夫皆扶之，随[562]會[563]不扶。文侯曰：「會！夫為人臣而忍其君者，其罪奚如？」對曰：「其罪重死。」文侯曰：「何謂重死？」對曰：「身死，妻子為戮[564]焉。」随會曰：「君奚獨問為人臣忍其君者，而不問**{第81面}**為人君而忍其臣者邪？」文侯曰：「為人君而忍其臣者，其罪何如？」隨會對曰：「為人君而忍其臣者，智士不為謀，辯士不為言，仁士不為行，勇士不為死。」文侯援綏下車，辭[565]大夫曰：「寡人有腰髀[566]之病，願諸大夫勿罪也。」

齊將軍田矔出將，張生郊送曰：「昔者尭[567]讓許由以天下，洗耳而不受，將軍知之乎？」曰：「唯，然，知之。」「伯夷、叔齊辭諸侯之位而不為，將軍知之乎？」曰：「唯，然，知之。」「於陵[568]仲子辭三公之位而傭，為人灌園，將軍知之乎？」曰：「唯，然，知之。」「智過去君弟，變姓名，免為庶[569]人，將軍知之乎？」曰：「唯，然，知之。」「孫叔敖**{第82面}**三去相而不悔，將軍知之乎？」曰：「唯，然，知之。」「此五大夫者，名辭之而實羞之。今將軍方吞一國之權，提鼓擁旗，被[570]堅執鋭[571]，旋回十萬之師[572]，擅[573]斧鉞之誅，慎毋以士之所羞者驕士。」田

562) 随의 略字. 오른쪽부분 '辶' 위의 '育'의 형태가 '有'의 형태로 되어있다.

563) 會의 이체자. 가운데부분의 '㗊'의 형태가 '田'의 형태로 되어있다.

564) 戮의 이체자. 왼쪽 윗부분의 '羽'가 '彐'의 형태로 되어있다.

565) 辭의 이체자. 왼쪽부분의 '𤔔'가 '𠕁'의 형태로 되어있으며, 우부방의 '辛'이 아랫부분에 가로획 하나가 더 있는 '辛'의 형태로 되어있다.

566) 脾의 이체자. 오른쪽부분의 '卑'가 '甲'의 형태로 되어있다. 그런데 欽定四庫全書本은 조선간본과 다르게 '髀'로 되어있고, 《說苑校證》·《說苑全譯》·《설원2》에서도 모두 '髀'로 되어있다. '髀'는 '넓적다리'라는 의미인데, 조선간본의 '脾'는 '지라(脾腸)'라는 의미이기 때문에 문맥에 맞지 않는다.

567) 堯의 이체자. 가운데 부분의 '土土'의 형태가 겹쳐진 '卄'의 형태로 되어있으며, 그 아랫부분의 '兀'이 '儿'의 형태로 되어있다.

568) 陵의 이체자. 오른쪽부분의 '夌'이 '麦'의 형태로 되어있다.

569) 庶의 이체자. '广' 안의 윗부분의 '廿'이 '卄'의 형태로 되어있다.

570) 被의 이체자. 좌부변의 '衤'가 'ネ'의 형태로 되어있다.

571) 銳의 이체자. 오른쪽부분의 '兌'가 '兊'의 형태로 되어있다.

572) 師의 이체자. 판본 전체적으로 자주 사용하는 이체자 '師'와는 다르게 왼쪽부분의 '𠂤'의 형태가 '目'의 형태로 되어있다.

573) 擅의 이체자. 오른쪽 윗부분의 '亩'이 '面'의 형태로 되어있고, 그 아랫부분의 '旦'이 '且'의

贖曰：「今日諸君皆為贖祖道，具酒脯，而先生獨教之以聖人之大道，謹聞命矣。」

魏文侯見段[574]干木，立倦而不敢息。及見翟[575]黃，踞堂而與之言，翟黃不說。文侯曰：「段干木官之則不肯，祿之則不受。今汝欲官則相至，欲祿則上**卿**。既受吾賞，又責吾禮，毋乃難乎？」

孔子之郯，遭程子於塗，傾盖而語終日。有間，顧**{第83面}**子路曰：「取束帛一以贈先生。」子路不對。有間，又顧曰：「取束帛一以贈先生。」子路屑然對曰：「由聞之也，士不中而見，女無媒[576]而嫁，君子不行也。」孔子曰：「由，《詩》不云乎：『野有蔓草[577]，零露溥[578]兮[579]，有美一人，清揚婉[580]兮，邂[581]逅相遇，適我願兮。』今程子天下之賢士也，於是不贈，終身不見。大德毋踰閑，小德出入可也。」

齊桓公使管仲治國，管仲對曰：「賤不能臨貴。」桓公以為上**卿**，而國不治，桓公曰：「何故？」管仲對曰：「貧不能使富。」桓公賜之齊國市租一年，而國不治，桓公曰：「何故？」對曰：「疏不能制親。」桓公立以為**{第84面}**仲父。齊國大安，而遂霸[582]天下。孔子曰：「管仲之賢，不得此三權者，亦不能使其君南面而霸[583]矣。」

형태로 되어있다.

574) 段의 이체자. 왼쪽부분의 '𠂤'의 형태가 '𠁣'의 형태로 되어있고 우부방의 '殳'가 '殳'의 형태로 되어있다.

575) 翟의 이체자. 머리의 '羽'가 'ヨヨ'의 형태로 되어있다.

576) 媒의 이체자. 오른쪽부분의 '某'가 '某'의 형태로 되어있다.

577) 草의 이체자. 머리의 '++'가 '丷'의 형태로 되어있다.

578) 溥의 이체자. 오른쪽 윗부분의 '甫'의 형태가 '亩'의 형태로 되어있다.

579) 兮의 이체자. 머리의 '八'이 방향이 위쪽을 향하도록 된 '丷'의 형태로 되어있다. 이번 단락의 아래에서는 모두 정자를 사용하였다.

580) 婉의 이체자. 오른쪽 아랫부분의 '夗'이 '夗'의 형태로 되어있다.

581) 邂의 이체자. '辶' 위의 오른쪽부분이 '羊'의 형태로 되어있다.

582) 霸의 이체자. 머리의 '覀'가 '雨'의 형태로 되어있고, 아랫부분 왼쪽의 '革'이 '草'의 형태로 되어있다.

583) 霸의 이체자. 머리의 '覀'가 '雨'의 형태로 되어있고, 앞에서 사용한 이체자 '霸'와는 다르게 아랫부분 왼쪽의 '革'이 '草'의 형태로 되어있다. 다음 단락에서는 모두 이 이체자를 사용하였다.

桓公問於管仲曰：「吾欲使爵腐於酒，肉腐於爼[584]，得無害於霸乎？」管仲對曰：「此極[585]非其貴者耳。然亦無害於霸也。」桓公曰：「何如而害霸？」管仲對曰：「不知賢，害霸。知而不用，害霸。用而不任，害霸。任而不信，害霸。信而復使小人參之，害霸。」桓公曰：「善。」

魯人攻鄪，曾子辭[586]於鄪君曰：「請出，寇[587]罷而後復来，請姑毋使狗豕入吾舍。」鄪君曰：「寡人之於先生也，人無不聞。今魯[588]人攻我，而先生去我，我胡**{第85面}**守先生之舍？」魯人果攻鄪而數之罪十，而曾[589]子之所爭者九。魯師罷，鄪君復脩曾子舍而後迎之。

宋司城子罕之貴子韋也，入與共食，出與同衣。司城子罕亡，子韋不從，子罕来，復召子韋而貴之。左右曰：「君之善子韋也，君亡不從，来又復貴之，君獨不愧於君之忠臣乎？」子罕曰：「吾唯不能用子韋，故至於亡。今[590]吾之得復也，尚是子韋之遺德餘教也，吾故貴之。且我之亡也，吾臣之削迹拔[591]樹以從我者，奚益於吾亡哉？」

楊因見趙簡主，曰：「臣居鄉[592]三逐，事君五去，聞君**{第86面}**好士，故走来見。」簡主聞之，絶食而歎，跽而行。左右進諫曰：「居鄉三逐，是不容衆也。事君

---

584) 爼의 이체자. 왼쪽부분의 '仌'이 '𡿨'의 형태로 되어있다.

585) 極의 이체자. 오른쪽 가운데부분의 '丂'가 '了'의 형태로 되어있다.

586) 辭의 이체자. 왼쪽부분의 '𤔔'가 '𤕫'의 형태로 되어있으며, 우부방의 '辛'이 아랫부분에 가로획 하나가 더 있는 '辛'의 형태로 되어있다.

587) 寇의 이체자. 머리의 '宀'이 '冖'의 형태로 되어있고, 그 오른쪽부분의 '攴'이 '攵'의 형태로 되어있다.

588) 魯의 이체자. 맨 윗부분의 '𠂊'의 형태 '丷'의 형태로 되어있다. 이번 단락의 앞과 뒤에서는 모두 정자를 사용하였다.

589) 曾의 이체자. 맨 윗부분의 '八'이 '𠂊'의 형태로 되어있고 그 아래 '㘝'의 형태가 '田'의 형태로 되어있다. 이번 단락의 앞에서는 다른 형태의 이체자 '曽'을 사용하였으나, 여기와 뒤에서는 이 이체자를 사용하였다.

590) 今의 이체자. 판본 전체적으로 자주 사용하는 이체자 '수'과는 다르게 맨 아래 세로획이 오른쪽으로 기울어있다.

591) 拔의 이체자. 오른쪽부분의 '犮'이 '友'의 형태로 되어있다.

592) 鄕의 이체자. 가운데부분의 '皀'이 '艮'의 형태로 되어있다.

五去，是不忠上也。今君有士，見過八矣。」簡主曰：「子不知也。夫美女者，醜[593]婦之仇也。盛德之士，亂[594]世所疏也。正直之行，邪枉所憎也。」遂出見之，因授以為相，而國大治。由是觀之，遠近之人，不可以不察也。

應侯與賈午子坐，聞其鼓琴之聲，應侯曰：「今日之琴，一何悲也？」賈午子曰：「夫張急調下，故使之[595]悲耳。急張者，良材也。調下者，官卑也。取夫良材而卑官之，安能無悲乎？」應侯曰：「善哉！」**{第87面}**

十三年，諸侯舉兵以伐齊。齊王聞之，惕然而恐，召其群臣大夫，告曰：「有智為寡人用之。」於是**博**[596]士淳于髡仰天大笑[597]而不應，王復問之，又大咲[598]不應，三咲不應。王艴然作色不悅曰：「先生以寡人語為戲[599]乎？」對曰：「臣非敢以大王語為戲也，臣笑[600]臣隣之祠田也，以一奩飯，一壺[601]酒，三鮒魚，祝曰：『蟹[602]堁者宜[603]禾，洿邪者百車，**傳**[604]之後世，洋洋有餘。』臣笑其賜鬼薄而請之厚也。」於是王乃立淳于髡為上**卿**，賜之千金，革[605]車百乘，與平諸侯之事。諸侯聞之，立罷[606]其兵，休其士卒，遂不敢攻齊。此非淳于髡之力乎！**{第88面}**

---

593) 醜의 이체자. 오른쪽부분의 '鬼'가 맨 위의 '丶'이 빠진 '鬼'의 형태로 되어있다.

594) 亂의 이체자. 왼쪽부분의 '𤔔'의 형태가 '𤔔'의 형태로 되어있다.

595) 欽定四庫全書本은 조선간본과 다르게 '人'으로 되어있고,《說苑校證》도 '人'으로 되어있다. 그러나《說苑全譯》·《설원2》는 조선간본과 동일하게 '之'로 되어있다. 그런데《說苑校證》에서는 '之'로 된 판본도 있다고 하였다.(劉向 撰, 向宗魯 校證,《說苑校證》, 北京:中華書局, 1987(2017 重印), 201쪽) 여기서는 대명사 '之'보다 '사람을 슬프게 하다'라는 '人'이 문맥에 더 어울린다.

596) 博의 이체자. 오른쪽 윗부분의 '甫'가 '亩'의 형태로 되어있다.

597) 笑의 이체자. 아랫부분의 '夭'가 '大'의 형태로 되어있다.

598) 笑의 古字. 이번 단락에서는 이 古字와 이체자 '笑'와 '笑'를 혼용하였다.

599) 戲의 이체자. 왼쪽부분의 '虛'가 '虗'의 형태로 되어있다.

600) 笑의 이체자. 아랫부분의 '夭'가 '犬'의 형태로 되어있다.

601) 壺의 이체자. 아랫부분의 '亞'가 '亜'의 형태로 되어있다.

602) 蟹의 이체자. 윗부분의 오른쪽부분이 '羊'의 형태로 되어있다.

603) 宜의 이체자. 머리의 '宀'이 '冖'의 형태로 되어있다.

604) 傳의 이체자. 오른쪽 윗부분의 '叀'의 형태가 '亩'의 형태로 되어있다.

605) 革의 이체자. 윗부분의 '廿'이 '卄'의 형태로 되어있고, 아랫부분의 세로획이 '口'의 가운데를 관통하고 있지 않다.

田忌[607]去齊奔楚，楚王郊迎至舍，問曰：「楚萬乘之國也，齊亦萬乘之國也，常欲相弁，為之柰何？」對曰：「易知耳。齊使申孺將，則楚發[608]五萬人，使上將軍將之，至禽將軍首而反耳。齊使田居將，則楚發二十萬人，使上將軍將之，分別[609]而相去也。齊使眄[610]子將，楚發四封之内，王自出將而忌從，相國、上將軍為左右司馬，如是則王僅[611]得存耳。」於是齊使申孺將，楚發五萬人，使上將軍至，擒將軍首反，於是齊王忿[612]然，乃更使眄子將，楚悉發四封之内，王自出將，田忌從，相國、上將軍為左右司馬，益王車屬[613]九乘，僅得免耳。至舍，王北[614]面**{第89面}**正領齊袪，問曰：「先生何知之早也？」田忌曰：「申孺為人，侮賢者而輕不肖者，賢不肖者俱不為用，是以亡也。田居為人，尊賢[615]者而賤不肖者，賢者負任，不肖者退，是以分別而相去也。眄子之為人也，尊賢者而愛不肖者，賢不肖俱負[616]任，是以王僅得存耳。」

魏文侯觴[617]大夫於曲陽，飲酣，文侯喟然嘆曰：「吾獨無豫[618]讓以為臣。」蹇重舉酒進曰：「臣請浮君。」文侯曰：「何以？」對曰：「臣聞之，有命之父母，不知

---

606) 罷의 이체자. 아랫부분의 '能'이 '䏻'의 형태로 되어있다.

607) 忌의 이체자. 윗부분의 '己'가 '巳'의 형태로 되어있다.

608) 發의 이체자. 머리의 '癶'이 '业'의 형태로 되어있고, 아랫부분 오른쪽의 '殳'가 '攵'의 형태로 되어있다. 이번 단락의 아래에서는 이 이체자와 다른 이체자 '發'을 혼용하였다.

609) 别의 이체자. 왼쪽 아랫부분의 'ㄅ'의 형태가 '力'의 형태로 되어있다. 이번 단락의 아래에서는 이 이체자를 사용하였다.

610) 眄의 이체자. 오른쪽의 '丏'이 '丐'의 형태로 되어있다. 四部叢刊本은 정자로 되어있다.

611) 僅의 이체자. 오른쪽 윗부분의 '廿'이 '卄'의 형태로 되어있고 아랫부분에는 가로획 하나가 빠진 형태로 되어있다.

612) 忿의 이체자. 윗부분의 '分'이 '亽'의 형태로 되어있다.

613) 屬의 이체자. '尸' 아래의 '𠃉'의 형태가 가운데 세로획이 빠진 '𠃉'의 형태로 되어있다.

614) 北의 이체자. 왼쪽부분의 'ㅕ'의 형태가 '土'의 형태로 되어있고, 오른쪽부분의 'ヒ'가 '上'의 형태로 되어있다.

615) 賢의 이체자. 윗부분 왼쪽의 '臣'이 '目'의 형태로 되어있다. 이번 단락의 아래에서는 판본 전체적으로 사용하는 이체자 '賢'과 이 이체자를 혼용하였다.

616) 負의 이체자. 윗부분의 '⺈'가 '刀'의 형태로 되어있다.

617) 觴의 이체자. 오른쪽 아랫부분의 '昜'이 '昜'의 형태로 되어있다.

618) 豫의 이체자. 오른쪽 가운데부분의 '罒'의 형태가 '罒'의 형태로 되어있다.

孝子。有道之君，不知忠臣。夫豫讓[619]之君，亦何如哉？」文侯曰：「善！」受浮而飮之，嚼而不讓。曰：「無管仲、鮑叔**{第90面}**以為臣，故有豫讓[620]之功也。」

趙簡子曰：「吾欲得范中行氏良臣。」史黶[621]曰：「安用之？」簡子曰：「良臣，人所願也，又何問焉？」曰：「君以為無良臣故也。夫事君者，諫過而薦可，章善而替否，獻[622]能而進賢。朝夕誦善，敗而納之，聽則進，否則退。今范中行氏之良臣也，不能匡[623]相其君，使至於難。出在於外，又不能入。亡而弃之，何良之為？若[624]不弃，君安得之？夫良，將營其君，使復其位，死而後止，何曰以来？若未能，乃非良也。」簡子曰：「善。」

子路問於孔子曰：「治國何如？」孔子曰：「在於尊賢**{第91面}**而賤[625]不肖。」子路曰：「范中行氏尊賢而賤[626]不肖，其亡何也？」曰：「范中行氏尊賢而不能用也，賤不肖而不能去也。賢者知其不己用而怨之，不肖者知其賤己而讎之。賢者怨之，不肖者讎之。怨讎並前，中行氏雖欲無亡，得乎？」

晋、荊戰於邲，晋師敗績，荀林父將歸請死，昭公將許之，士貞伯曰：「不可，城濮之役，晋勝于荊，文公猶有憂色，曰：『子玉猶存，憂未歇[627]也。困獸猶

619) 讓의 이체자. 오른쪽부분 '亠'의 아랫부분 '吅'가 '八'의 형태로 되어있다. 이번 단락의 앞에서는 정자를 사용하였는데, 여기에서는 이 이체자를 사용하였다.

620) 讓의 이체자. 오른쪽부분 '亠'의 아랫부분 '吅'가 '䒑'의 형태로 되어있다. 이번 단락의 앞에서는 정자 1번 사용하였고 이체자 '讓'을 2번 사용하였는데, 여기에서는 또 다른 형태의 이 이체자를 사용하였다.

621) 黶의 이체자. 발의 '黑'이 '黒'의 형태로 되어있다.

622) 獻의 이체자. 왼쪽 아랫부분의 '鬲'이 '鬲'의 형태로 되어있다.

623) 賤의 이체자. 오른쪽의 '戔'이 윗부분과 아랫부분의 '戈'에서 '丶'이 모두 빠져있다.

624) 若의 이체자. 머리의 '++' 아랫부분의 '右'가 '石'의 형태로 되어있고, 머리의 '++'가 아랫부분의 '石'에 붙어 있다. 이번 단락의 아래에서는 판본 전체적으로는 자주 사용하는 이체자 '若'을 사용하였다.

625) 賤의 이체자. 오른쪽의 '戔'이 윗부분과 아랫부분의 '戈'에서 '丶'이 모두 빠져있다.

626) 賤의 이체자. 오른쪽의 '戔'이 윗부분은 그대로 '戈'로 되어있고 아랫부분 '戈'에 '丶'이 빠진 '戔'의 형태로 되어있다. 이번 단락의 앞에서는 이체자 '賤'을 사용하였는데, 여기서와 아래에서는 모두 이 이체자를 사용하였다.

627) 歇의 이체자. 오른쪽의 '曷'이 '曷'의 형태로 되어있다.

鬪, 况國相乎？』及荊殺子玉, 乃喜曰：『莫予毒也？』令天或者大警晋也。林父之事君, 進思盡忠, 退思**補**[628]過, 社稷之衛也。今殺之, 是重荊勝也。」昭公曰：「善！」**{第92面}**乃使復將。

劉向說苑卷第八**{第93面}**[629]

{第94面}[630]

628) 補의 이체자. 좌부변의 'ネ'가 'ネ'의 형태로 되어있다.

629) 이 卷尾의 제목은 마지막 제11행에 해당한다. 이번 면은 제1행에서 글이 끝나고, 나머지 9행은 빈칸으로 되어있다.

630) 제8권은 이전 면인 제93면에서 끝났는데, 각 권은 홀수 면에서 시작하기 때문에 짝수 면인 이번의 제94면은 11행이 아닌 8행으로 된 계선만 인쇄되어있고 한 면이 모두 비어 있다.

劉向說苑第九

正諫

《易》曰：「王臣蹇蹇，匪躬之故。」人臣之所以蹇蹇為難而諫其君者，非為身也，將欲以䢔[631]君之過，矯君之失也。君有過失者，危亡之萌也。見君之過失而不諫，是輕君之危亡也。夫輕君之危亡者，忠臣不忍為也。三諫而不用則去，不去則身亡。身亡者，仁人之所不為也。是故諫有五：一曰正諫，二曰降諫，三曰忠諫，四曰戇諫[632]，五曰諷諫。孔子曰：「吾其從諷諫[633]矣乎！」夫不諫則危君，固諫則危身，與其危君寧危身。危身而終不用，則諫亦無**{第95面}**功矣。智者度君權時，調其緩急，而處[634]其宜，上不敢危君，下不以危身。故在國而國不危，在身而身不殆。昔陳靈公不聽[635]泄冶之諫而殺之，曹羈[636]三諫曹君不聽而去，《春秋》序義雖俱[637]賢，而曹羈合禮。

齊[638]景公游於海上而樂之，六月不歸[639]，令左右曰：「敢有先言歸者，致死不赦。」顏燭趨進諫曰：「君樂治海上，而六月不歸，彼儻[640]有治國者，君且安得樂此[641]海也？」景公援戟[642]將斫之。顏燭趨進，撫衤待之，曰：「君奚不斫也？

---

631) 匡의 이체자. 부수 '匚'의 윗부분에 '丶'이 첨가되어있고 맨 아래 가로획은 빠져있다.

632) 戇의 이체자. 윗부분 오른쪽의 맨 위의 '夂'가 빠져있다.

633) 諫의 이체자. 오른쪽부분의 '柬'의 형태가 '東'의 형태로 되어있다. 이번 단락의 위에서는 정자만 사용하였는데, 아래에서는 정자와 이 이체자를 혼용하였다. 또한 이번 제9권에서는 정자 '諫'과 이체자 '諌'을 혼용하였으며, 이하에서는 따로 주를 달지 않는다.

634) 處의 이체자. '虍' 아랫부분의 '処'가 '夗'의 형태로 되어있다.

635) 聽의 이체자. 왼쪽부분 '耳'의 아래 '王'이 빠져있으며, 오른쪽부분의 '悳'의 형태가 가운데 가로획이 빠진 '悳'의 형태로 되어있다.

636) 羈의 이체자. 아랫부분 왼쪽의 '革'이 '草'의 형태로 되어있다.

637) 俱의 이체자. 오른쪽부분의 '具'가 '具'의 형태로 되어있다.

638) 齊의 이체자. '亠'의 아래 가운데부분의 'Y'가 '了'의 형태로 되어있다.

639) 歸의 이체자. 왼쪽 맨 윗부분의 '丿'이 빠져있고, 아랫부분의 '止'가 '𠃊'의 형태로 되어있다.

640) 儻의 이체자. 오른쪽 아랫부분의 '黑'이 '黒'의 형태로 되어있다.

641) 此의 이체자. 좌부변의 '止'가 '山'의 형태로 되어있다. 이번 단락의 아래에서는 정자와 이 이체자를 혼용하였다.

642) 戟의 이체자. 왼쪽부분의 '龺'의 형태가 '卓'의 형태로 되어있다.

昔者桀殺關龍[643]逄[644]，紂殺[645]王子比干，君之賢，非此二主也，臣之材，亦非此二子**{第96面}**也，君奚不斫？以臣參此[646]二人者，不亦可乎？」景公說，遂歸，中道聞國人謀[647]不內矣。

楚莊[648]王立為君，三年不聽朝，乃令於國曰：「寡人惡為人臣而遽諫其君者，今[649]寡人有國家，立社稷，有諫則死無赦。」蘇從曰：「處君之高爵，食君之厚祿[650]，愛其死而不諫其君，則非忠臣也。」乃入諫。莊王立鼓鍾之間，左伏楊姬[651]，右擁越姬，左裯衽，右朝服[652]，曰：「吾鼓鍾之不暇，何諫之聽！」蘇從曰：「臣聞之，好道者多資，好樂者多迷，好道者多糧，好樂者多亡。荆國亡無日矣，死臣敢以告王。」王曰：「**善**。」左執蘇從手，右抽陰[653]刀，刎鍾鼓之懸[654]，明日授**{第97面}**蘇從為相。

晉平公好樂，多其賦歛[655]，下治城郭，曰：「敢有諫者死。」國人憂之，有咎犯

---

643) 龍의 이체자. 오른쪽부분의 '乍'의 형태가 '𠃊'의 형태로 되어있다.

644) 逄의 이체자. 오른쪽 아랫부분의 '丰'의 형태가 '牛'의 형태로 되어있다.

645) 殺의 이체자. 우부방의 '殳'가 '旻'의 형태로 되어있다. 앞 단락과 이번 단락의 앞에서는 다른 형태의 이체자 '殺'을 사용하였다.

646) 此의 이체자. 좌부변의 '止'가 '山'의 형태로 되어있다.

647) 謀의 이체자. 오른쪽부분의 '某'가 '某'의 형태로 되어있다.

648) 莊의 이체자. 머리 '++' 아래 왼쪽부분의 '爿'이 '丬'의 형태로 되어있다.

649) 今의 이체자. 머리 '人' 아랫부분의 '一'이 '丶'의 형태로 되어있고, 그 아랫부분의 '㇇'의 형태가 '丅'의 형태로 되어있다.

650) 祿의 이체자. 판본 전체적으로 자주 사용하는 이체자 '禄'과는 다르게 오른쪽부분의 '彔'이 '录'의 형태로 되어있다.

651) 姬의 이체자. 오른쪽부분의 '叵'의 형태가 '臣'의 형태로 되어있으며, '臣'의 왼쪽부분에 세로획 '丨'이 첨가되어있다.

652) 服의 이체자. 오른쪽 아랫부분의 '又'가 'ㄑ'의 형태로 되어있다.

653) 陰의 이체자. 오른쪽부분의 '侌'이 '侌'의 형태로 되어있다.

654) 懸의 이체자. 윗부분 왼쪽의 '県'이 '県'의 형태로 되어있다.

655) 歛의 이체자. 왼쪽 아랫부분의 '从'이 '灬'로 되어있다. 欽定四庫全書本은 조선간본과 다르게 '斂'으로 되어있고, 《說苑校證》·《說苑全譯》·《설원2》에서도 모두 '斂'으로 되어있다. 조선간본의 '歛(歛)'은 '바라다'라는 의미이지만, 여기서는 '斂'의 이체자로 사용하였다. 뒤의 세 번째 단락에서도 '歛(歛)'을 '斂'의 이체자로 사용하였다.

者, 見門大夫曰：「臣聞主君好樂, 故以樂見。」門大夫入言曰：「晉人咎犯也, 欲以樂見。」平公曰：「内之。」止坐殿上, 則出鍾磬竽瑟。坐有頃, 平公曰：「客子為樂？」咎犯對曰：「臣不能為樂, 臣善隱。」平公召隱士十二人。咎犯曰：「隐[656]臣竊[657]顧昧死御。」平公曰：「諾。」咎犯申其左臂而詘五指[658], 平公問於隐官曰：「占之為何？」隐官皆[659]曰：「不知。」平公曰：「歸之。」咎犯則申其一指曰：「是一也, 便游赭盡, 而峻城闕。二也, 柱梁[660]衣繡, 士民無褐[661]。三也{**第98面**}, 侏儒有餘酒, 而死士渴。四也, 民有飢色, 而馬有粟秩。五也, 近臣不敢諫, 遠[662]臣不敢達[663]。」平公曰：「善。」乃屏鍾鼓, 除竽瑟, 遂與咎犯參治國。

孟嘗[664]君將西[665]入秦, 賔[666]客諫之百通則不聽也, 曰：「以人事諫我, 我盡知之。若[667]以鬼道諫我, 我則殺之。」謁者入曰：「有客以鬼道聞。」曰：「請客入。」客曰：「臣之來也, 過於淄水上, 見一土耦人, 方與木梗人語, 木梗謂土耦人曰：『子先土也, 持子以為耦人, 遇天大雨, 水潦[668]並至, 子必沮壞[669]。』應曰：『我沮乃反吾真耳, 今[670]子東園之桃也, 刻子以為梗, 遇天大雨, 水潦並至, 必浮子,

656) 隱의 이체자. 오른쪽부분의 '㥯'이 '急'의 형태로 되어있다. 앞에서는 정자를 사용하였는데, 여기서와 아래에서는 이 이체자를 사용하였다.
657) 竊의 이체자. 머리의 '穴' 아래 오른쪽부분의 '禼'의 형태가 '卨'의 형태로 되어있다.
658) 指의 이체자. 오른쪽 윗부분의 '匕'가 '亠'의 형태로 되어있다.
659) 皆의 이체자. 아랫부분의 '白'이 '日'로 되어있다.
660) 梁의 이체자. 윗부분 오른쪽의 '刅'의 형태가 '刃'의 형태로 되어있다.
661) 褐의 이체자. 좌부변의 '衤'가 '礻'의 형태로 되어있으며, '曷'이 '曷'의 형태로 되어있다.
662) 遠의 이체자. '辶'의 윗부분에서 '土'의 아랫부분의 '𧘇'의 형태가 '𠂢'의 형태로 되어있다.
663) 達의 이체자. '辶' 윗부분의 '幸'이 '幸'의 형태로 되어있다.
664) 嘗의 이체자. 아랫부분의 '旨'가 '甘'의 형태로 되어있다.
665) 西의 이체자. '口'위의 '兀'의 형태가 'π'의 형태로 되어있으며, 양쪽의 세로획이 '口'의 맨 아랫부분에 붙어 있다.
666) 賓의 이체자. 머리 '宀'의 아랫부분의 '丏'의 형태가 '尸'의 형태로 되어있다.
667) 若의 이체자. 머리의 '艹'가 '丷'의 형태로 되어있다.
668) 潦의 이체자. 오른쪽 윗부분의 '夾'의 형태가 '大'의 형태로 되어있다.
669) 壞의 이체자. 오른쪽 가운데부분의 '罒'의 형태가 빠져있으며 그 아랫부분은 '衣'의 형태로 되어있다.
670) 今의 이체자. 판본 전체적으로 자주 사용하는 이체자 '수'과는 다르게 맨 아래 세로획이 오른쪽

人矣。齊客茅焦乃徃上謁曰：「齊客茅焦願上諫皇帝。」皇帝使使者出問：「客得無以太后事諫也。」茅焦曰：「然[697]！」使者還白曰：「果以太后事諫。」皇帝曰：「走徃[698]告之，若不見闕下積死人邪？」使者問茅焦，茅焦曰：「臣聞之，天有二十八「宿[699]，今死者已有二十七人矣，臣所以来者，欲滿[700]其數耳。臣非畏死人也，走入白之。」茅焦邑子同食者，盡負其衣物行亡。使者入白之，皇帝大怒曰：「是子故来犯吾禁，趣炊**{第102面}**鑊湯烹之！是安得積闕下乎？趣召[701]之入。」皇帝按劍[702]而坐，口正沫出。使者召之入，茅焦不肯疾行，足趣相過耳。使者趣之，茅焦曰：「臣至前則死矣！君獨不能忍吾須臾乎？」使者極哀之。茅焦至前，再拜，謁起[703]稱曰：「臣聞之，夫有生者不諱死，有國者不諱亡。諱死者不可以得生，諱亡者不可以得存。死生存亡，聖主所欲急聞也，不審[704]陛下欲聞之不？」皇帝曰：「何謂也？」茅焦對曰：「陛下有狂悖之行，陛下不自知邪！」皇帝曰：「何等也？願聞之。」茅焦對曰：「陛下車裂假[705]父，有嫉妬之心。囊撲兩弟，有不慈之名[706]。遷母萯陽宮，有不孝之行。從蒺藜**{第103面}**[707]於諫士，有桀紂之治。今天下聞之，盡瓦[708]解無嚮秦者，臣竊[709]恐[710]秦亡，為陛下危之。所言

697) 然의 이체자. 윗부분 왼쪽의 '夕'의 형태가 안쪽에 '丶'이 빠진 '夕'의 형태로 되어있다.
698) 往의 俗字. 오른쪽부분의 '主'가 '生'의 형태로 되어있다.
699) 宿의 이체자. 머리 '宀' 아랫부분의 오른쪽 '百'이 '白'의 형태로 되어있다.
700) 滿의 이체자. 오른쪽 윗부분의 '廿'이 '亠'의 형태로 되어있고 그 아랫부분의 '兩'이 '用'의 형태로 되어있다.
701) 召의 이체자. 윗부분의 '刀'가 '⺈'의 형태로 되어있다.
702) 劍의 이체자. 왼쪽부분 '僉'의 아랫부분이 '灬'의 형태로 되어있고, 우부방의 '刂'가 '刃'의 형태로 되어있다.
703) 起의 이체자. 오른쪽부분의 '己'가 '巳'의 형태로 되어있다.
704) 審의 이체자. 머리 '宀' 아랫부분의 '番'이 '畓'의 형태로 되어있다.
705) 假의 이체자. 오른쪽부분의 '叚'의 형태가 '叚'의 형태로 되어있다.
706) 名의 이체자. 윗부분의 '夕'의 형태가 '夕'의 형태로 되어있다.
707) 국립중앙도서관 소장본의 경우 이번 면인 제103면이 일실되어있다.
708) 瓦의 이체자.
709) 竊의 이체자. 머리의 '穴' 아래 오른쪽부분의 '禼'의 형태가 '卨'의 형태로 되어있다.
710) 恐의 이체자. 윗부분 오른쪽의 '凡'이 '口'의 형태로 되어있다.

已畢[711], 乞行就質。」乃觧[712]衣伏質。皇帝下殿, 左手接之, 右手麾左右曰:「赦之! 先生就衣, 今願受事。」乃立焦為仲父, 爵之上卿[713]。皇帝立駕千乘萬騎[714], 空左方, 自行迎太后萯陽宮, 歸於咸陽。太后大喜, 乃大置酒待茅焦, 及飲, 太后曰:「抗枉令直, 使敗更成, 安秦之社稷。使妾母子復得相會[715]者, 盡茅君之力也。」

楚莊王築[716]層臺, 延石千重, 延壤百里, 士有反三月之糧者。大臣諫者七十二人皆死矣。有諸御[717]己者, 違楚百里而耕, 謂其耦曰:「吾將入見於王。」**{第104面}**其耦曰:「以身乎? 吾聞之, 說人主者, 皆閒暇之人也, 然且至而死矣。今子特草茅之人耳。」諸御己曰:「若與子同耕則比力也。至於說人主不與子比[718]智矣。」委其耕而入見莊王。莊王謂之曰:「諸御[719]己来, 汝將諫邪?」諸御己曰:「君有義之用, 有法之行。且己聞之, 土負水者平, 木負繩[720]者正, 君受諫者聖。君築[721]層臺, 延石千里, 延壤百里, 民之釁[722]咎, 血成於通塗, 然且未敢諫也,

711) 畢의 이체자. 맨 아래의 가로획 하나가 빠져있다.

712) 解의 이체자. 오른쪽부분이 '羊'의 형태로 되어있다. 이번 단락의 앞에서는 정자를 사용하였는데, 여기서는 이 이체자를 사용하였다.

713) 卿의 이체자. 왼쪽의 'ㄗ'의 형태가 '夕'의 형태로 되어있고 가운데 부분의 '皀'의 형태가 '艮'의 형태로 되어있다.

714) 騎의 이체자. 오른쪽부분의 '奇'가 '竒'의 형태로 되어있다.

715) 會의 이체자. 가운데부분의 '㕚'의 형태가 '田'의 형태로 되어있다.

716) 築의 이체자. '⺮' 아래 왼쪽부분의 '工'이 '土'의 형태로 되어있고, 그 오른쪽부분의 '凡'이 '口'의 형태로 되어있다.

717) 御의 이체자. 가운데부분의 '缶'의 형태가 '缶'의 형태로 되어있다.

718) 比의 이체자. 양쪽 모두 '上'의 형태로 되어있다.

719) 御의 이체자. 가운데부분의 '缶'의 형태가 '缶'의 형태로 되어있고, 오른쪽부분의 '卩'이 '阝'의 형태로 되어있다. 이번 단락의 앞에서는 이체자 '御'를 사용하였고, 여기서 사용한 이체자는 다음에 1번 사용한 후에 그 아래에서는 다시 이체자 '御'를 사용하였다.

720) 繩의 이체자. 오른쪽부분의 '黽'이 '黽'의 형태로 되어있다.

721) 築의 이체자. 앞에서 사용한 이체자 '築'과는 다르게 그 오른쪽부분의 '凡'만 '口'의 형태로 되어있다.

722) 釁의 이체자. 윗부분 가운데의 '同'의 형태가 '月'의 형태로 되어있고, 맨 아랫부분의 '刀'가 '力'의 형태로 되어있다.

己何敢諫乎？顧臣愚，竊聞昔者虞不用宮之奇而晋[723]幷之，陳不用子家羈而楚幷之，曹不用僖負羈[724]而宋幷之，萊不用子猛而齊幷之，吳不用子胥而越幷之，秦人**{第105面}**不用蹇叔之言而秦國危，桀殺關[725]龍逢而湯得之，紂殺王子比干而武王得之，宣王殺杜伯而周室卑[726]。此三天子六諸侯[727]，皆不能尊賢用辯士之言，故身死而國亡。」遂趨而出。楚王遽而追之曰：「己！子反矣！吾將用子之諫。先日說寡人者，其說也不足以動寡人之心，又危色一作[728]加諸寡人，故皆至而死。今子之說，足以動寡人之心，又不危加諸寡人，故吾將用子之諫。」明日令曰：「有能入諫者，吾將與為兄弟。」遂解層臺而罷民，楚人歌之曰：「薪乎萊乎？無諸御己，訖無子乎？萊乎薪乎？無諸御己，訖無人乎！」**{第106面}**

齊桓公謂鮑叔曰：「寡人欲鑄[729]大鍾，昭寡人之名焉。寡人之行，豈避堯舜哉？」鮑叔曰：「敢問君之行？」桓公曰：「昔者，吾圍譚[730]三年，得而不自與者，仁也。吾北伐孤[731]竹，剗令支而反者，武也。吾為葵丘之會，以偃天下之兵者，文也。諸侯抱美玉而朝者九國，寡人不受者，義也。然則文武仁義，寡人盡有之矣，寡人之行，豈避堯[732]舜哉？」鮑叔曰：「君直言，臣直對。昔者，公子糾[733]在

---

723) 晉의 이체자. 윗부분의 '厸'의 형태가 '吅'의 형태로 되어있다.

724) 羈의 이체자. 이번 단락의 앞에서 사용한 이체자 '羈'와는 다르게 아랫부분 왼쪽의 '革'이 '草'의 형태로 되어있다.

725) 關의 이체자. '門'안의 '丝'의 형태가 '丱'의 형태로 되어있다.

726) 卑의 이체자. 맨 윗부분의 '丿'이 빠져있다.

727) 侯의 이체자. 판본 전체적으로 이체자 '侯'와는 다르게 오른쪽 윗부분의 'ユ'는 그대로 되어있고 그 아랫부분의 '矢'가 '夫'의 형태로 되어있다. 다음 단락에서도 이 이체자를 사용하였다.

728) 이것은 원문에 달린 주석인데 이번 면(제106면) 제6행의 제13~14자에 해당하는 부분을 차지하며, 그 부분에 위와 같이 본문보다 작은 글자의 주가 雙行으로 달려 있다.

729) 鑄의 이체자. 오른쪽부분의 '壽'가 '壽'의 형태로 되어있다.

730) 潭의 이체자. 오른쪽 아랫부분의 '早'가 '申'의 형태로 되어있다.

731) 孤의 이체자. 오른쪽부분의 '瓜'가 가운데 아랫부분에 '丶'이 빠진 '爪'의 형태로 되어있다.

732) 堯의 이체자. 가운데 부분의 '土土'의 형태가 겹쳐진 '艹'의 형태로 되어있으며, 그 아랫부분의 '兀'이 '儿'의 형태로 되어있다.

733) 欽定四庫全書本은 조선간본과 다르게 '糾'로 되어있고, 《說苑校證》·《說苑全譯》·《설원2》에도 모두 '糾'로 되어있다. '糺'와 '糾'는 다른 글자이지만, '叫'의 경우 이체자로 '叫'를 쓰기

上位而不讓，非仁也。背太公之言而侵魯境，非義也。壇塲之上，詘於一劒，非武也。姪娣不離懐[734]衽，非文也。凡為不善遍[735]於物，不自知者，無天禍，必有人害。天處甚高，其**{第107面}**聽甚下。除君過言，天且聞之。」桓公曰：「寡人有過乎？幸記之，是社稷之福也。子不幸教，幾[736]有大罪，以辱[737]社稷。」

楚昭王欲之荊臺游，司馬子綦進諫曰：「荊臺之游，左洞庭[738]之陂[739]，右彭蠡[740]之水。南望獵山，下臨[741]方淮。其樂使人遺老而忘死，人君游者，盡[742]以亡其國。願[743]大王勿往遊焉。」王曰：「荊臺乃吾地也，有地而游之，子何為絶我游乎？」怒而擊之。於是令尹子西駕安車四馬，徑[744]徑於殿下，曰：「今日荊臺之遊，不可不觀也。」王登車而拊其背曰：「荊臺之遊，與子共樂之矣。」步[745]馬十里，引轡而止，曰：「臣不敢下**{第108面}**車，願得有道，大王肯聽之乎？」王曰：「第[746]言之。」令尹子西曰：「臣聞之，為人臣而忠其君者，爵禄[747]不足以賞也。

때문에 조선간본의 '糾'는 '糾'의 이체자로 쓰인 것으로 보인다.

734) 懷의 이체자. 오른쪽 가운데부분의 '罒'의 형태가 빠져있으며, 그 아랫부분이 '衣'의 형태로 되어있다.

735) 遍의 이체자. 오른쪽 윗부분의 '戶'가 '尸'의 형태로 되어있다.

736) 幾의 이체자. 아랫부분 왼쪽의 '人'의 형태가 '勹'의 형태로 되어있으며 아랫부분의 오른쪽에 'ノ' 획이 빠져있다.

737) 辱의 이체자. 윗부분의 '辰'이 '辰'의 형태로 되어있다.

738) 庭의 이체자. '广' 안의 '廷'에서 '廴' 위의 '壬'이 '手'의 형태로 되어있다.

739) 欽定四庫全書本은 조선간본과 다르게 '波'로 되어있고,《說苑校證》·《說苑全譯》·《설원2》에도 모두 '波'로 되어있다. 여기서는 동정호의 '파도'(劉向 撰, 林東錫 譯註,《설원2》, 동서문화사, 2009. 931쪽)라는 의미이기 때문에 조선간본의 '陂'는 오자이다.

740) 蠡의 이체자. 맨 윗부분의 '彑'가 '크'의 형태로 되어있다.

741) 臨의 이체자. 판본 전체적으로 자주 사용하는 이체자 '臨'과는 다르게 왼쪽부분의 '臣'이 '㠯'의 형태로 되어있다.

742) 盡의 이체자. 가운데부분의 '灬'가 가운데 세로획에 이어져있고 그 양쪽이 '丷'의 형태로 되어있다.

743) 願의 이체자. 왼쪽부분의 '原'이 '原'의 형태로 되어있다. 판본 전체적으로 거의 이 이체자를 사용하였는데, 이번 단락의 아래에서는 정자를 1번 사용하였고 이 이체자를 2번 사용하였다.

744) 徑의 이체자. 오른쪽부분의 '巠'이 '至'의 형태로 되어있다.

745) 步의 이체자. 아랫부분의 '少'의 형태가 '丶'이 첨가된 '少'의 형태로 되어있다.

746) 第의 이체자. 머리 '⺾' 아랫부분의 '弔'의 형태가 '弔'의 형태로 되어있다. 그런데 欽定四庫全

為人臣而諛[748]其君者，刑罰不足以誅也。〖若司馬子綦者，忠臣也，若臣者，諛臣也。願大王殺〗[749]臣之軀，罰臣之家，而禄司馬子綦。」王曰：「若我能止聽，公子獨能禁我游耳。後世游之，無有極時，柰何？」令尹子西曰：「欲禁後世易耳，願大王山陵[750]崩阤，為陵於荊臺。未嘗有持鍾鼓管絃之樂而游於父之墓上者也。」於是王還車，卒不游荊臺，令罷[751]先置。孔子從魯聞之，曰：「美哉令尹子西，諫之於十里之前，而權之於百世之後者也。」{第109面}

荊文王得如黃之狗，箘[752]簵之矰[753]，以畋於雲夢，三月不反。得舟[754] 一作冊 [755]之姬，淫[756]，朞年不聽朝。保申諫曰：「先王卜以臣為保吉，今王得如黃之狗，

書本은 조선간본과 다르게 '第'로 되어있고,《說苑校證》·《說苑全譯》·《설원2》에도 모두 '第'로 되어있다. 여기서 '第'는 '차례대로'(劉向 撰, 林東錫 譯註,《설원2》, 동서문화사, 2009. 932쪽) 혹은 '얼마든지'(劉向 原著, 王鍈·王天海 譯註,《說苑全譯》, 貴州人民出版社, 1991. 387쪽)라는 의미이기 때문에 조선간본의 '苐(第의 이체자)'는 오자이다.

747) 祿의 이체자. 오른쪽부분의 '彔'이 '录'의 형태로 되어있다. 이번 단락의 아래에서는 다른 형태의 이체자 '禄'을 사용하였다.

748) 諛의 이체자. 오른쪽부분의 '臾'가 '吏'의 형태로 되어있다.

749) '〖~〗' 이 부호는 한 행을 뜻한다. 본 판본은 1행에 18자로 되어있는데, '〖~〗'로 표시한 이번 면(제109면)의 제4행은 한 글자가 많은 19자로 되어있다.

750) 陵의 이체자. 오른쪽부분의 '夌'이 '麦'의 형태로 되어있다.

751) 罷의 이체자. 아랫부분의 '能'이 '䏻'의 형태로 되어있다.

752) 菌의 이체자. 머리 '++' 아랫부분의 '囷'이 '困'의 형태로 되어있다.

753) 矰의 이체자. 오른쪽부분의 '曾'이 '鲁'의 형태로 되어있다. 이번 단락의 아래에서는 오른쪽부분이 '曽'의 형태로 된 이체자 '矰'을 사용하였다.

754) 舟의 이체자. 몸통 '丹' 안의 '丶'이 직선 형태로 되어있고, 아랫부분의 '丨'의 형태가 빠져있다. 이번 단락의 아래에서는 모두 정자를 사용하였다. 그런데 欽定四庫全書本과《설원2》는 여기와 아래에서 모두 '舟'를 사용하였고,《說苑校證》과《說苑全譯》은 모두 '丹'을 사용하였다.《설원2》에서는 '舟'는 땅이름이며《呂氏春秋》에는 '丹'으로 되어있다고 하였다.(劉向 撰, 林東錫 譯註,《설원2》, 동서문화사, 2009. 937쪽)《說苑全譯》은 '丹'은 '丹陽城'으로 지금의 湖北省 秭歸縣 동쪽이라고 하였다.(劉向 原著, 王鍈·王天海 譯註,《說苑全譯》, 貴州人民出版社, 1991. 387쪽)

755) 이것은 원문에 달린 주석인데 이번 면(제110면) 제2행의 제6~7자에 해당하는 부분을 차지하며, 그 부분에 위와 같이 본문보다 작은 글자의 주가 雙行으로 달려 있다. 주석 안의 '冊'은 '丹'의 이체자이다.

756) 淫의 이체자. 오른쪽 아랫부분의 '壬'이 '缶'의 형태로 되어있다.

箘簬之矰，畋於雲澤，三月不反。及得舟之姬，淫，朞年不聽朝。王之罪當笞。」匍伏將笞王，王曰：「不穀免於襁褓，託於諸侯矣，願請變更而無笞。」保申曰：「臣承先王之命，不敢廢[757]。王不受笞，是廢先王之命也。臣寧得罪於王，無負扵[758]先王。」王曰：「敬諾。」乃席王，王伏，保申束細箭五十，跪而加之王背，如此者再，謂王：「起矣！」王曰：「有笞之名一也，遂致之。」保申曰：「臣聞之，君子耻之，小人痛之。耻之不變**{第110面}**，痛之何益？」保申趨出，欲自流[759]，乃請罪於王。王曰：「此不穀之過，保將何罪？」王乃變行從保申，殺如黄之狗，折箘簬之矰，逐舟之姬，務治乎荆，兼[760]國三十。令荆國廣大至扵此者，保申敢極言之功也。蕭何、王陵聞之，曰：「聖主能奉先世之業，而以成功名者，其惟荆文王乎！故天下譽之，至今明主忠臣孝子以為法。」

晋平公使叔向聘於呉，呉人拭舟以逆之，左五百人，右五百人。有繡衣而豹裘者，有錦衣而狐裘者。叔向歸以告平公，平公曰：「呉其亡乎！奚以敬舟？奚以敬民？」叔向對曰：「君為馳底之臺，上可以**{第111面}**發千兵？下可以陳鐘鼓？諸侯聞君者，亦曰：『奚以敬臺？奚以敬民？』所敬各異也。」於是平公乃罷臺。

趙簡子舉兵而攻齊，令軍中有敢諫者罪至死，被甲之士名曰公盧，望見簡子大笑。簡子曰：「子何笑？」對曰：「臣有夙笑。」簡子曰：「有以解之則可，無以解之則死。」對曰：「當桑之時，臣隣家夫與妻俱之田，見桑中女，因往追之，不能得，還反，其妻怒而去之。臣笑其曠也。」簡子曰：「今吾伐國失國，是吾曠也。」於是罷師而歸。[761]

---

757) 廢의 이체자. '广' 아래 '癶'이 '业'의 형태로 되어 있고, 그 아래 오른쪽부분의 '殳'가 '攵'의 형태로 되어있다.

758) 於의 이체자. 좌부변의 '方'이 '扌'의 형태로 되어있다.

759) 流의 이체자. 오른쪽 윗부분의 '𠫓'의 형태가 '𠫔'의 형태로 되어있다.

760) 兼의 이체자. 윗부분의 '八'이 '丷'의 형태로 되어있고, 맨 아랫부분이 '灬'의 형태로 되어있다.

761) 이번 단락의는 조선간본에서 누락된 부분인데, 欽定四庫全書本을 근거로 첨가하였으며, 《說苑校證》(劉向 撰, 向宗魯 校證, 《說苑校證》, 北京:中華書局, 1987(2017 重印), 223~224쪽)도 참고하였다.

景公為臺，臺成，又欲為鐘。晏子諫曰：「君不勝欲為臺，今復欲為鐘，是重歛[762]於民，民之哀矣。夫歛民之哀，而以為樂，不祥。」景公乃止。

景公有馬，其圉人殺之，公怒，援戈將自擊之。晏子曰：「此不知其罪而死，臣請為君數之，令知其罪而殺[763]之。」公曰：「諾。」晏子舉戈而臨之曰：「汝為吾君養[764]馬而殺之，而罪當死。汝使吾君以馬之故殺圉人，而罪又當死。汝使吾君以馬故殺人，聞於四隣諸侯，汝罪又當死。」公曰：「夫子釋之！夫子**{第112面}**釋之！勿傷吾仁也。」

景公好戈[765]，使燭雛主鳥而亡之，景公怒而欲殺之。晏子曰：「燭雛有罪，請數[766]之以其罪，乃殺之。」景公曰：「可。」於是乃召燭雛數之景公前，曰：「汝為吾君主鳥而亡之，是一罪也。使吾君以鳥之故殺人，是二罪也。使諸侯聞之，以吾君重鳥而輕[767]士，是三罪也。數燭雛罪已畢[768]，請殺之。」景公曰：「止，勿殺而謝之。」

景公正晝被[769]髮[770]，乘六馬，御婦人，以出正閨。刖跪擊其馬而反之，曰：

---

762) 歛의 이체자. 왼쪽 아랫부분의 '从'이 '灬'로 되어있다. 欽定四庫全書本은 조선간본과 다르게 '斂'으로 되어있고,《說苑校證》·《說苑全譯》·《설원2》에서도 모두 '斂'으로 되어있다. 조선간본의 '歛(歛)'은 '바라다'라는 의미이지만, 여기서는 '斂'의 이체자로 사용하였다. 이번 단락의 아래에서는 정자 '歛'을 사용하였으며 거기서도 '斂'의 이체자로 사용하였다.

763) 殺의 이체자. 우부방의 '殳'가 '殳'의 형태로 되어있다. 이번 단락의 앞에서는 정자를 사용하였는데, 여기서와 이번 단락의 아래에서는 모두 이 이체자를 사용하였다.

764) 養의 이체자. 윗부분의 '关'의 형태가 '关'의 형태로 되어있다.

765) 欽定四庫全書本은 조선간본과 다르게 '弋'으로 되어있고,《說苑校證》·《說苑全譯》·《설원2》에도 모두 '弋'으로 되어있다. 여기서 '弋'은 '실을 맨 화살로 새를 사로잡는 사냥법'(劉向 撰, 林東錫 譯註,《설원2》, 동서문화사, 2009. 950쪽, 劉向 原著, 王鍈·王天海 譯註,《說苑全譯》, 貴州人民出版社, 1991. 393쪽)라는 의미이고 이번 단락의는 새를 관리하는 '燭雛'에 대해 이야기하기 때문에 조선간본의 '戈'는 오자이다.

766) 數의 이체자. 왼쪽부분의 '婁'가 '婁'의 형태로 되어있다.

767) 輕의 이체자. 오른쪽부분의 '巠'이 '圣'의 형태로 되어있다.

768) 畢의 이체자. 맨 아래의 가로획 하나가 빠져있다.

769) 被의 이체자. 좌부변의 '衤'가 '礻'의 형태로 되어있다. 이번 단락에서는 이 이체자만 사용하였고, 다음 단락에서는 정자를 사용하였다.

770) 髮의 이체자. 아랫부분의 '犮'이 '友'의 형태로 되어있다.

「爾[771]非吾君也。」公慙而不朝。晏子睹裔敖而問曰：「君何故不朝？」對曰：「昔者君正**{第113面}**晝被髮，乘六馬，御[772]婦人，出正閨，刖跪擊其馬而反之，曰：『爾非吾君也。』公慙而反，不果出，是以不朝。」晏子入見，公曰：「昔者，寡人有罪，被髮，乘六馬以出正閨，刖跪擊其馬而反之，曰：『爾非吾君也。』寡人以天子大夫之賜，得率百姓以守宗廟，今見戮於刖跪，以辱社稷，吾猶可以齊於諸侯乎？」晏子對曰：「君無惡焉。臣聞之，下無直辭[773]，上無隐君。民多諱言，君有驕行。古者，明君在上，下有直言[774]。君上好善，民[775]無諱言。今君有失行，而刖跪有直辭[776]，是君之福也，故臣來慶，請賞之，以明君之好善。禮之，以明君之受諫！」公笑[777]曰：「可乎？」晏子曰**{第114面}**：「可。」於是令刖跪倍資無正，時朝無事。

景公飮酒，移於晏子家，前驅報閭，曰：「君至。」晏子被玄端，立於門，曰：「諸侯得微[778]有故乎？國家得微有故乎？君何為非時而夜辱？」公曰：「酒醴之味，金石之聲，願與夫子樂之。」晏子對曰：「夫布薦席，陳簠簋者有人，臣不敢與焉。」公曰：「移於司馬穰苴之家。」前驅報閭曰：「君至」。司馬穰苴介胄操戟[779]立

---

771) 爾의 이체자. 윗부분이 '爫'의 형태로 되어있다. 이번 단락의 아래에서는 모두 정자를 사용하였다.

772) 御의 이체자. 이번 단락의 앞에서 사용한 이체자 '御'와는 다르게 가운데부분의 '缶'의 형태가 '缶'의 형태로 되어있다.

773) 辭의 이체자. 왼쪽부분의 '𤔔'가 '𤔔'의 형태로 되어있으며, 우부방의 '辛'이 아랫부분에 가로획 하나가 더 있는 '𨐋'의 형태로 되어있다.

774) 欽定四庫全書本은 조선간본과 다르게 '辭'로 되어있고,《說苑校證》·《說苑全譯》·《설원2》에도 모두 '辭'로 되어있다. 조선간본은 이번 단락의 앞에서는 '直辭(直辭)'를 사용하였고 뒤에서도 '直辭(直辭)'를 사용하였다. '直辭'와 '直言'은 의미가 같지만 어쨌든 여기서만 '直言'을 사용하였다.

775) 民의 이체자. 오른쪽부분의 '乚'의 획이 윗부분 'ㅁ'의 빈 공간을 관통하고 있다. 판본 전체적으로 거의 이 이체자만 사용하였는데, 이번 단락의 앞에서는 정자를 사용하였다.

776) 辭의 이체자. 이번 단락의 앞에서 사용한 이체자 '辭'와는 다르게 왼쪽부분의 '𤔔'만 '𤔔'의 형태로 되어있다.

777) 笑의 이체자. 아랫부분의 '夭'가 '犬'의 형태로 되어있다.

778) 微의 이체자. 가운데 아랫부분의 '几'의 형태가 'ㅁ'의 형태로 되어있다. 이번 단락의 아래에서는 판본 전체적으로 자주 사용하는 이체자 '微'와 여기서 사용한 이체자를 혼용하였다.

於門曰：「諸侯得微有兵乎？大臣得微有叛者乎？君何為非時而夜辱？」公曰：「酒醴之味，金石之聲，願與夫子樂之。」對曰：「夫布薦席，陳簠簋者有人，臣不敢與焉。」公曰：「移於梁丘據之家。」前驅報閭**{第115面}**，曰：「君至。」梁丘據左操瑟，右挈[780]竽，行歌而至。公曰：「樂哉！今夕吾飲酒也。微彼二子者，何以治吾國？微此一臣者，何以樂吾身！賢聖之君皆有益友，無偷樂之臣。」景公弗能及，故兩用之，僅得不亡。

吳[781]以伍子胥、孫武[782]之謀，西破強楚，北威齊、晉，南伐越。越王勾踐[783]迎擊之，敗吳[784]於姑蘇，傷闔廬指[785]。軍却，闔廬謂大[786]子夫差曰：「爾忘勾踐殺而父乎？」夫差對曰：「不敢。」是夕，闔廬死。夫差既立為王，以伯嚭為太宰[787]，習[788]戰射，三年，伐越，敗於夫湫，越王勾踐乃以兵五千人一作入[789]棲於會稽[790]山上，使大夫種厚幣遺吳太宰嚭以請和，委國為臣妾，吳**{第116面}**王將許

779) 戟의 이체자. 왼쪽부분의 '草'의 형태가 '卓'의 형태로 되어있다.

780) 挈의 이체자. 윗부분 오른쪽의 '刀'가 '刃'의 형태로 되어있다.

781) 吳의 이체자. 아랫부분의 '夨'의 형태가 '六'의 형태로 되어있다.

782) 武의 이체자. 왼쪽 윗부분의 가로획이 빠져있다. 필자는 후조당 판본을 먼저 검토했기 때문에 훼손 가능성을 의심했지만, 국립중앙도서관 · 고려대 · 후조당 소장본 모두 이 이체자로 되어있다.

783) 踐의 이체자. 오른쪽의 '戔'이 윗부분은 그대로 '戈'로 썼으며 아랫부분 '戈'에는 '丶'이 빠진 '戋'의 형태로 되어있다.

784) 吳의 이체자. 앞에서 사용한 이체자 '吴'와는 다르게 '夨'의 형태가 '天'의 형태로 되어있다. 이번 단락의 아래에서는 앞에서 사용한 이체자와 이 이체자를 혼용하였다.

785) 指의 이체자. 오른쪽 윗부분의 '匕'가 '亠'의 형태로 되어있다.

786) 欽定四庫全書本은 조선간본과 다르게 '太'로 되어있고,《說苑校證》·《說苑全譯》·《설원2》에도 모두 '太'로 되어있다. 여기서는 왕위계승자이기 때문에 '太子'가 맞고 '大子'는 오자이다.

787) 宰의 이체자. 머리 '宀'의 아랫부분의 '辛'이 아랫부분에 가로획 하나가 더 첨가된 '辛'의 형태로 되어있다. 이번 단락의 아래에서는 정자를 사용하였고, 다른 형태의 이체자도 1번 사용하였다.

788) 習의 이체자. 머리의 '羽'가 'ㅋㅋ'의 형태로 되어있으며, 아랫부분의 '白'이 '日'로 되어있다.

789) 이것은 원문에 달린 주석인데 이번 면(제116면) 제10행의 제9~10자에 해당하는 부분을 차지하며, 그 부분에 위와 같이 본문보다 작은 글자의 주가 雙行으로 달려 있다.

790) 稽의 이체자. 오른쪽 윗부분의 '尤'가 '九'의 형태로 되어있고 그 아랫부분의 '匕'가 '亠'의 형태로 되어있다.

之。伍子胥諫曰：「越王為人能辛苦，今王不滅，後必悔之。」吳王不聽，用太宰嚭計，與越平。其後五年，吳王聞齊景公死，而大臣爭寵，新君弱，乃興[791]師北伐齊。子胥諫曰：「不可。勾踐食不重味，弔死問疾，且能用人，此人不死，必為吳患。今越，腹心之疾，齊猶疥癬耳，而王不先越，乃務伐齊，不亦謬乎？」吳王不聽，伐齊，大敗齊師於艾陵，遂與鄒、魯之君會以歸，益疏子胥之言。其後四年，吳將復北伐齊，越王勾踐用子貢之謀，乃率其衆以助[792]吳，而重寶[793]以獻遺太宰嚭。太宰嚭既數受越賂，其愛信越殊甚，日夜為言於吳王，王**{第117面}**信用嚭之計。伍子胥諫曰：「夫越，腹心之疾，今信其游辭[794]偽詐而貪齊，譬猶石田，無所用之。盤庚曰：『古人有顛越不恭。』是商所以興也。願王釋齊而先越，不然，將悔之無及也已。」吳王不聽，使子胥扵齊。子胥謂其子曰：「吾諫王，王不我用，吾今見吳之滅矣，女與吳俱亡，無為也。」乃屬[795]其子於齊鮑氏，而歸報吳王。太宰嚭既與子胥有隙[796]，因[797]讒[798]曰：「子胥為人，剛暴少恩，其怨望猜賊，為禍也深恨。前日王欲伐齊，子胥以為不可，王卒伐之，而有大功，子胥計謀不用，乃反怨望。今王又復伐[799]齊，子胥專愎強諫，沮毀用事，徼幸吳之敗，以**{第118面}**自勝其計謀耳。今王自行，悉國中武力以伐齊，而子胥諫不用，因輟佯病不行，王不可不備[800]，此起禍不難。且臣使人微伺之，其使齊也，乃屬其子於鮑

---

791) 興의 이체자. 윗부분 가운데의 '同'의 형태가 '冂'의 형태로 되어있다.

792) 助의 이체자. 왼쪽부분의 '且'가 '目'의 형태로 되어있다.

793) 寶의 이체자. '宀'의 아랫부분 오른쪽의 '缶'가 '尔'로 되어있다.

794) 辭의 이체자. 왼쪽부분의 '𤔔'가 '𤔫'의 형태로 되어있으며, 우부방의 '辛'이 아랫부분에 가로획 하나가 더 있는 '辛'의 형태로 되어있다.

795) 屬의 이체자. '尸' 아래의 '彐彐'의 형태가 가운데 세로획이 빠진 '彐彐'의 형태로 되어있다.

796) 隙의 이체자. 오른쪽 윗부분의 '小'가 '少'의 형태로 되어있다.

797) 因의 이체자. '口' 안의 '大'가 'ㄱ'의 형태로 되어있으며 왼쪽 세로획에 붙어있다.

798) 讒의 이체자. 오른쪽 윗부분의 '㲋'이 '免'의 형태로 되어있으며, 그 아랫부분의 '兔'도 '免'의 형태로 되어있다.

799) 伐의 이체자. 오른쪽부분의 '戈'에서 '丶'가 빠져있다. 이번 단락의 아래에서는 정자를 사용하기 때문에 판목이 훼손되었음을 의심하였으나, 국립중앙도서관 · 고려대 · 후조당 소장본 모두 이 이체자로 되어있다.

800) 備의 이체자. 오른쪽부분의 '甫'의 형태가 '甬'의 형태로 되어있다.

氏。夫人臣内不得意，外交諸侯，自以先王謀臣，今不用，常怏怏，願王早圖[801]之。」吳王曰：「微子之言，吾亦疑[802]之。」乃使使賜子胥屬鏤[803]之劍[804]，曰：「子以此死。」子胥曰：「嗟乎！讒臣宰[805]嚭為亂[806]，王顧反誅我，我令若父霸[807]，又若立時，諸子弟争立，我以死争之於先王，幾[808]不得立，若既立，欲分[809]吳國與我，我顧不敢當，然若之何聽讒臣殺長者！」乃告舍人曰：「必樹吾墓上以梓，令可以為器[810]，而抉吾**{第119面}**眼著之吳東門，以觀越寇[811]之滅吳也。」乃自刺[812]殺。吳王聞之，大怒，乃取子胥尸，盛以鴟夷革[813]，浮之江中。吳人憐之，乃為立祠於江上，命名曰胥山。後十餘年，越襲吳，吳王還與戰，不勝，使大夫行成於越，不許，吳王將死，曰：「吾以不用子胥之言至於此。令死者無知則已，死者有知，吾何面[814]目以見子胥也？」遂蒙[815]絮覆面而自刎。

---

801) 圖의 이체자. '囗' 안의 윗부분의 'ロ'가 'ム'의 형태로 되어있다.

802) 疑의 이체자. 왼쪽 윗부분의 'ヒ'가 '上'의 형태로 되어있고 아랫부분의 '矢'가 '天'의 형태로 되어있으며, 오른쪽 윗부분의 'マ'의 형태가 'ロ'의 형태로 되어있다.

803) 鏤의 이체자. 오른쪽부분의 '婁'가 '婁'의 형태로 되어있다.

804) 劍의 이체자. 왼쪽부분 '僉'의 아랫부분이 '灬'의 형태로 되어있고, 우부방의 '刂'가 '刃'의 형태로 되어있다.

805) 宰의 이체자. 앞에서 사용한 이체자 '宰'와는 다르게 머리 '宀'의 윗부분이 '土'의 형태로 되어있다.

806) 亂의 이체자. 왼쪽부분의 '𤔔'의 형태가 '𤔔'의 형태로 되어있다.

807) 霸의 이체자. 앞에서 사용한 이체자 '覇'·'覇'와는 다르게 아랫부분 왼쪽의 '革'이 '草'의 형태로 되어있다.

808) 幾의 이체자. 아랫부분 왼쪽의 '人'의 형태가 'ㄅ'의 형태로 되어있고, 아랫부분의 오른쪽에 'ノ' 획이 빠져있으며 '丶'이 그 부분에 찍혀있다.

809) 分의 이체자. 발의 '刀'가 '勹'의 형태로 되어있다.

810) 器의 이체자. 가운데부분의 '犬'이 '工'의 형태로 되어있다.

811) 寇의 이체자. 머리의 '宀' 아래 오른쪽부분의 '攴'이 '攵'의 형태로 되어있다.

812) 刺의 이체자. 왼쪽부분의 '朿'의 형태가 '束'의 형태로 되어있다.

813) 革의 이체자. 윗부분의 '廿'이 '卄'의 형태로 되어있고, 아랫부분의 세로획이 '口'의 가운데를 관통하고 있지 않다.

814) 面의 이체자. 맨 윗부분 '丆'의 아랫부분의 '囬'가 '回'의 형태로 되어있다.

815) 蒙의 이체자. 머리의 '艹'가 '丷'의 형태로 되어있고, 아랫부분의 '冡'에서 '冖'의 아래 가로획이 빠진 '冢'의 형태로 되어있다.

齊簡公有臣曰諸御鞅[816], 諫簡公曰：「田常與宰予, 比[817]二人者甚相憎也, 臣恐其相攻。相攻雖叛而危之, 不可。願君去一人。」簡公曰：「非細人之所敢議也。」居無幾[818]何, 田常果攻宰予於庭, 賊簡公於**{第120面}**朝, 簡公喟爲太息曰：「余不用鞅[819]之言, 以至此患也。」故忠臣之言, 不可不察[820]也。

魯襄[821]公朝荆, 至淮, 聞荆康王卒, 公欲還, 叔仲昭伯曰：「君之來也, 為其威也。今其王死, 其威未去, 何為還？」大夫皆欲還, 子服景伯曰：「子之來也, 為國家之利也, 故不憚勤勞, 不遠道塗[822], 而聽於荆也, 畏其威也！夫義人者, 固將慶其喜而弔其憂, 况畏而聘焉者乎！聞畏而往, 聞喪而還, 其誰曰非悔也。芊[823]姓是嗣, 王太子又長矣, 執政未易, 事君任政, 求說其悔, 以定嗣君, 而示後人, 其讎滋大, 以戰小國, 其誰能止之？若從君而致患, 不若**{第121面}**違君以避難, 且君子計而後行, 二三子其計乎？有御楚之術[824], 有守國之備, 則可。若未有也, 不如行！」乃遂行。

孝景皇帝時, 吴王濞反, **梁**孝王中郎枚乘[825]字叔聞之, 為書諫王, 其辞[826]

---

816) 鞅의 이체자. 좌부변의 '革'이 '革'의 형태로 되어있다.

817) 比의 이체자. 양쪽 모두 '上'의 형태로 되어있다. 그런데 欽定四庫全書本은 조선간본과 다르게 '此'로 되어있고,《說苑校證》·《說苑全譯》·《설원2》에서도 모두 '此'로 되어있다. 여기서는 '이'라는 의미이기 때문에 조선간본의 '比'는 오자이다. 필자는 '比'가 '比'의 이체자가 아니라 '此'가 판목이 훼손되어 왼쪽의 세로획이 빠진 것으로 의심하였으나, 국립중앙도서관·고려대·후조당 소장본 모두 이 이체자로 되어있다.

818) 幾의 이체자. 앞 단락에서 사용한 이체자 '幾'와는 다르게 아랫부분 왼쪽의 '人'의 형태가 '勹'의 형태로 되어있고, 오른쪽 아랫부분의 '丶'과 '丿'의 획이 모두 빠져있다.

819) 鞅의 이체자. 앞에서 사용한 이체자 '鞅'과는 다르게 좌부변의 '革'이 '革'의 형태로 되어있다.

820) 察의 이체자. 머리 '宀' 아랫부분의 '癶'의 형태가 '癶'의 형태로 되어있다.

821) 襄의 이체자. 윗부분 '亠'의 아랫부분 '吅'의 형태가 '八'의 형태로 되어있다.

822) 塗의 이체자. 윗부분 왼쪽의 '氵'가 '冫'의 형태로 되어있다.

823) 欽定四庫全書本은 조선간본과 동일하게 '芊'으로 되어있는데,《說苑校證》·《說苑全譯》·《설원2》에서도 모두 '羋'로 되어있다. '羋'는 '楚나라의 姓氏'로 '《四庫全書本》에 "芊"으로 되어 있으나, 이는 '羋'의 판각 오류이다.'(劉向 撰, 林東錫 譯註,《설원2》, 동서문화사, 2009. 976쪽) 조선간본도 欽定四庫全書本과 동일한 오류를 범하였다.

824) 術의 이체자. 가운데부분의 '朮'이 위쪽의 '丶'이 빠진 '木'으로 되어있다.

825) 乘의 이체자. 판본 전체적으로 자주 사용하는 이체자 '乗'과는 다르게 가운데부분의 '北'이

曰：「君王之外臣乘，竊[827]聞得全者全昌，失全者全亡。舜無立錐之地，以有天下。禹無十户之聚，以王諸侯。湯、武之地，方不過百里。上不絶三光之明，下不傷百姓之心者，有王術也。故父子之道，天性也，忠臣不敢避誅以直諫，故事無廢業[828]，而功流[829]於萬世也。臣誠願披腹心而効[830]愚忠，恐大王不能用之。臣誠願大王**{第122面}**少加意念[831]惻怛之心於臣乘之言。夫以一縷[832]之任，係千鈞之重，上懸之無極之高，下垂[833]之不測之淵[834]，雖甚愚之人，且猶知哀其將絶也。馬方駭而重驚之，係方絶而重鎮之。係絶於天，不可復結。墜入深淵，難以復出。其出不出，間不容髮！誠能用臣乘[835]言，一舉必脫。必若所欲為，危如重卵[836]，難於上天。變所欲為，易於反掌，安於太山。今欲極天命之壽，弊無窮之樂，保萬乘之勢[837]，不出反掌之易，以居太山之安。乃欲乘重卵之危，走上天之難，此愚臣之所大惑也。人性有畏其影而惡其迹者，却背[838]而走，無益也，不知就陰[839]而止，影**{第123面}**滅迹絶。欲人勿聞，莫[840]若勿言。欲人勿知，莫若勿為。欲湯之冷，令一人吹[841]之，百人揚之，無益也。不如絶薪止火而已。不絶

'北'의 형태로 되어있다. 이번 단락의 아래에서는 다른 형태의 이체자 '乗'과 '乗'을 혼용하였다.

826) 辭의 이체자. 왼쪽부분의 '𤔔'가 '台'의 형태로 되어있다.

827) 竊의 이체자. 머리의 '穴' 아래 오른쪽부분의 '禼'의 형태가 '咼'의 형태로 되어있다.

828) 業의 이체자. '业'의 아랫부분이 '耒'의 형태로 되어있다.

829) 流의 이체자. 오른쪽 윗부분의 '𠫓'의 형태가 '云'의 형태로 되어있다.

830) 效의 俗字. 우부방의 '攵'이 '力'의 형태로 되어있다.

831) 念의 이체자. 윗부분의 '今'이 '厶'의 형태로 되어있다.

832) 縷의 이체자. 오른쪽부분의 '婁'가 '婁'의 형태로 되어있다.

833) 垂의 이체자. 맨 아랫부분의 가로획 '一'이 '凵'의 형태로 되어있다.

834) 淵의 이체자. 오른쪽부분의 '㴊'이 '𣶒'의 형태로 되어있다.

835) 乘의 이체자. 이체자 '乗'에서 아랫부분이 '八'의 형태로 되어있다. 이 이체자는 판본 전체적으로는 거의 사용하지 않았다. 필자가 처음 후조당본만 검토했을 때에는 판목이 훼손되지 않았나 의심했지만, 국립중앙도서관 · 고려대 · 후조당 소장본 모두 이 이체자로 되어있다.

836) 卵의 이체자. 왼쪽부분의 '卯'의 형태가 '丶'이 빠진 '卯'의 형태로 되어있다.

837) 勢의 이체자. 윗부분 왼쪽의 '坴'이 '幸'의 형태로 되어있다.

838) 背의 이체자. 윗부분의 '北'에서 왼쪽부분의 'ㅋ'의 형태가 '土'의 형태로 되어있다.

839) 陰의 이체자. 오른쪽부분의 '侌'이 '侌'의 형태로 되어있다.

840) 莫의 이체자. 머리의 '++'가 '䒑'의 형태로 되어있다.

之於彼，而救之於此，譬猶抱薪救[842]火也。養由基，楚之善射者也，去楊葉百步[843]，百發[844]百中。楊葉之小，而加百中焉，可謂善射矣，所止乃百步之中耳，比於臣，未知操弓持矢也。福生有基，禍生有胎。納其基，絶其胎，禍何從来哉[845]？泰山之霤[846]穿石，引繩[847]久[848]之，乃以挈[849]木。水非石之鑽，繩非木之鋸也，而漸靡使之然。夫銖銖而稱之，至石必差。寸寸而度之，至丈必過。石稱丈量，徑[850]而寡失。夫十圍之木，始生於蘖，可引{第124面}而絶，可擢而拔[851]，據其未生，先其未形。磨礱砥礪，不見其損，有時而盡。種樹畜長，不見其益，有時而大。積德修行，不知其善，有時而用。行惡為非，棄[852]義背理，不知其惡，有時而亡。臣誠願大王孰計而身行之，此百王不易之道也。」吴王不聽，卒死冊[853]徒。

吴王欲從民飲酒，伍子胥諫曰：「不可。昔白龍下清泠之淵[854]，化為魚，漁

---

841) 欽定四庫全書本은 조선간본과 다르게 '炊'로 되어있고,《說苑校證》·《說苑全譯》·《설원2》에서도 모두 '炊'로 되어있다. 여기서는 '불을 떼다'(劉向 撰, 林東錫 譯註,《설원2》, 동서문화사, 2009. 979쪽)라는 의미이기 때문에 조선간본의 '吹'는 오자이다.

842) 救의 이체자. 왼쪽의 '求'에서 윗부분의 '丶'이 빠져있다. 이번 단락의 앞에서는 정자를 사용하였으나 여기서는 이체자를 사용하였다.

843) 步의 이체자. 아랫부분의 '少'의 형태가 '丶'이 첨가된 '少'의 형태로 되어있다.

844) 發의 이체자. 머리의 '癶' 아랫부분 오른쪽의 '殳'가 '殳'의 형태로 되어있다.

845) 哉의 이체자. 왼쪽 아랫부분의 '口'가 '夕'의 형태로 되어있다.

846) 霤의 이체자. 오른쪽부분에서 '田'의 윗부분이 '卯'의 형태로 되어있다.

847) 繩의 이체자. 오른쪽부분의 '黽'이 '黽'의 형태로 되어있다.

848) 久의 이체자.

849) 挈의 이체자. 윗부분 왼쪽의 '丯'이 '王'의 형태로 되어있고, 그 오른쪽의 '刀'가 '力'의 형태로 되어있다.

850) 徑의 이체자. 왼쪽부분의 '巠'의 형태가 '坙'의 형태로 되어있다.

851) 拔의 이체자. 오른쪽부분의 '犮'이 '犮'의 형태로 되어있다.

852) 棄의 이체자. 가운데부분의 '世'가 '世'의 형태로 되어있다.

853) 丹의 이체자. '丹'안의 '丶'이 '丿'의 형태로 되어있으며 가운데 가로획을 관통하여 아래쪽까지 나와 있다.

854) 淵의 이체자. 앞 단락에서 사용한 이체자 '淵'과는 다르게 오른쪽부분의 '㴊'이 '㴊'의 형태로 되어있다.

者豫[855]且射中其目，白龍上訴天帝，天帝曰：『當是之時，若安置而形？』白龍對曰：『我下淸泠之淵化為魚。』天帝曰：『魚固人之所射也。若是豫且何罪？』夫白龍，天帝貴畜也。豫且**{第125面}**，宋國賎[856]臣也。白龍不化，豫且不射。今弃[857]萬乘之位，而從布衣之士飲酒，臣恐其有豫且之患矣。」王乃止。

孔子曰：「良藥苦於口，利於病。忠言逆於耳，利於行。故武王諤[858]諤而昌，紂嘿[859]嘿而亡。君無諤諤之臣，父無諤諤之子，兄無諤諤之弟，夫無諤諤之婦，士無諤諤之友，其亡可立而待。故曰：君失之，臣得之。父失之，子得之。兄失之，弟得之。夫失之，婦得之。士失之，友得之。故無亡國破家，悖父亂[860]子，放兄弃弟，狂夫淫[861]婦，絶交敗友。」

晏子復於景公曰：「朝居嚴乎？」公曰：「朝居嚴，則曷[862]**{第126面}**[863]害於治國家哉[864]？」晏子對曰：「朝居嚴，則下無言，下無言，則上無聞矣。下無言則謂之瘖，上無聞則謂之聾。聾瘖則非害治國家如何也？且合菽粟之微，以滿[865]倉廩，合疏[866]縷之緯，以成幃[867]幕[868]，太山之高，非一石也，累卑然後高也。夫

855) 豫의 이체자. 오른쪽 가운데부분의 '罒'의 형태가 '罒'의 형태로 되어있다.

856) 賤의 이체자. 오른쪽부분의 '戔'이 '戋'의 형태로 되어있다.

857) 棄의 俗字. 윗부분 '亠'의 아랫부분이 '廾'의 형태로 되어있다.

858) 諤의 이체자. 오른쪽 아랫부분의 '亏'가 '丂'의 형태로 되어있다.

859) 嘿의 이체자. 오른쪽부분의 '黑'이 '黒'의 형태로 되어있다.

860) 亂의 이체자. 왼쪽부분의 '𤔔'의 형태가 '𤔔'의 형태로 되어있다.

861) 淫의 이체자. 오른쪽 아랫부분의 '壬'이 '缶'의 형태로 되어있다.

862) 曷의 이체자. 아랫부분의 '匃'가 '匂'의 형태로 되어있다.

863) 국립중앙도서관 소장본의 경우 이번 제126면이 일실되어있다.

864) 哉의 이체자. 왼쪽 아랫부분의 '口'가 'ク'의 형태로 되어있다. 이번 단락의 아래에서는 정자를 사용하였다.

865) 滿의 이체자. 오른쪽 윗부분의 '廿'이 '卝'의 형태로 되어있고 그 아랫부분의 '兩'이 '用'의 형태로 되어있다.

866) 疏의 이체자. 좌부변의 '𤴔'의 형태가 '足'의 형태로 되어있고, 오른쪽 윗부분의 '𠫓'의 형태가 '云'의 형태로 되어있다.

867) 欽定四庫全書本은 조선간본과 다르게 '幃'로 되어있고, 《說苑校證》·《說苑全譯》·《설원2》에서도 모두 '幃'로 되어있다. 여기서는 '장막'(劉向 撰, 林東錫 譯註, 《설원2》, 동서문화사, 2009. 988쪽)라는 의미이기 때문에 조선간본의 '愇'는 오자이다. 필자가 처음 후조당본만 검토

治天下者，非[869]一士之言也，固有受而不用，惡有距而不入者哉？」

劉向說苑卷第九**{第127面}**[870]

{第128面}[871]

했을 때에는 판목이 훼손되지 않았나 의심했지만, 국립중앙도서관 · 고려대 · 후조당 소장본은 모두 좌부변의 '巾'이 '忄'의 형태로 되어있다.

868) 幕의 이체자. 맨 윗부분의 '艹'가 '⺍'의 형태로 되어있다.

869) 欽定四庫全書本은 조선간본과 다르게 '用'이 첨가되어있고,《說苑校證》과《설원2》에서도 모두 '用'이 첨가되어있다.《說苑全譯》은 조선간본과 동일하게 '用'을 첨가하지 않았다. 그런데 여기서는 '쓰다'(劉向 撰, 林東錫 譯註,《설원2》, 동서문화사, 2009. 988쪽)라는 의미이기 때문에 조선간본은 문맥이 매끄럽지 않다.

870) 이 卷尾의 제목은 마지막 제11행에 해당한다. 이번 면은 제6행에서 글이 끝나고, 나머지 4행은 빈칸으로 되어있다.

871) 제9권은 이전 면인 제127면에서 끝났는데, 각 권은 홀수 면에서 시작하기 때문에 짝수 면인 이번의 제128면은 11행이 아닌 9행의 계선만 인쇄되어있고 한 면이 모두 비어 있다.

劉向說苑卷第十

敬慎

存亡禍福，其要在身。聖人重誡，敬慎[872]所忽。《中庸》曰：「莫[873]見乎隱[874]，莫顯乎微[875]，故君子能[876]慎其獨也。」諺曰：「誡無垢，思無辱[877]。」夫不誡不思，而以存身全國者，亦難矣[878]。《詩》曰：「戰戰兢兢，如臨[879]深淵[880]，如履[881]薄[882]冰。」此[883]之謂也。昔成王封周公，周公辭[884]不受，乃封周公子伯禽於魯，將辭去，周公戒之曰：「去矣！子其無以魯國驕士矣。我，文王之子也，武王之弟也，今[885]王之叔父也。又相天子，吾於天下亦不輕矣。然嘗[886]一沐而三握髮[887]，一食而三吐哺，猶恐[888]失天**{第129面}**下之士。吾聞之曰：『德[889]行廣大

---

872) 愼의 이체자. 오른쪽부분의 '眞'이 '真'의 형태로 되어있다.

873) 莫의 이체자. 머리의 '艹'가 '丷'의 형태로 되어있다.

874) 隱의 이체자. 오른쪽 윗부분의 '爫'의 형태가 '𠂤'의 형태로 되어있다.

875) 微의 이체자. 가운데 아랫부분의 '几'의 형태가 '干'의 형태로 되어있다.

876) 能의 이체자. 오른쪽부분의 '⺕'의 형태가 '去'의 형태로 되어있다.

877) 辱의 이체자. 윗부분의 '辰'이 '辰'의 형태로 되어있다.

878) 矣의 이체자. '厶'의 아랫부분의 '矢'가 '夫'의 형태로 되어있다.

879) 臨의 이체자. 왼쪽부분의 '臣'이 '目'의 형태로 되어있고, 오른쪽 윗부분의 '𠂉'의 형태가 '亠'의 형태로 되어있다.

880) 淵의 이체자. 오른쪽부분의 '𣶒'이 '𣶒'의 형태로 되어있다.

881) 履의 이체자. '尸'의 아랫부분 왼쪽의 '彳'이 '氵'의 형태로 되어있다.

882) 薄의 이체자. 머리 '艹' 아래 오른쪽부분의 '尃'가 '尃'의 형태로 되어있다.

883) 此의 이체자. 좌부변의 '止'가 '山'의 형태로 되어있다.

884) 辭의 이체자. 왼쪽부분의 '𤔔'가 '舌'의 형태로 되어있으며, 우부방의 '辛'이 아랫부분에 가로획 하나가 더 있는 '辛'의 형태로 되어있다.

885) 今의 이체자. 머리 '人' 아랫부분의 '一'이 '丶'의 형태로 되어있고, 그 아랫부분의 '㇇'의 형태가 '丅'의 형태로 되어있다.

886) 嘗의 이체자. 아랫부분의 '旨'가 '甘'의 형태로 되어있다.

887) 髮의 이체자. 판본 전체적으로 자주 사용하는 이체자 '髮'과는 다르게 아랫부분의 '犮'이 '火'의 형태로 되어있다.

888) 恐의 이체자. 윗부분 오른쪽의 '凡'이 안쪽의 '丶'이 빠진 '几'의 형태로 되어있다.

889) 德의 이체자. 오른쪽부분의 '悳'의 형태가 가운데 가로획이 빠진 '悳'의 형태로 되어있다.

而守以恭者榮，土地博[890]裕[891]而守以儉[892]者安，祿[893]位尊盛而守以卑[894]者貴，人衆兵強而守以畏者勝，聰[895]明叡智而守以愚者益，博聞多記而守以淺[896]者廣。』此六守者，皆[897]謙[898]德也。夫貴為天子，富[899]有四海[900]，不謙者先，天下，亡其身，桀、紂是也。可不慎乎！故《易》曰：『有一道，大足以守天下，中足以守國家，小足以守其身，謙之謂也。夫天道毀[901]滿[902]而益謙，地道變滿而流謙，鬼[903]神害滿而福謙，人道惡滿而好謙。』是以衣成則缺[904]衽[905]，宮成則缺隅，屋成則加錯。示不成者，天道然也。《易》曰：『謙，亨，君子有終，吉。』《詩》曰：『湯降不遲[906]**{第130面}**，聖敬日躋。』其戒之哉！子其無以魯國驕士矣。」

孔子讀《易》，至於損益，則喟然而嘆。子夏避席而問曰：「夫子何為嘆？」孔子曰：「夫自損者益，自益者缺，吾是以嘆[907]也。」子夏曰：「然則學者不可以益乎？」孔子曰：「否，天之道，成者未嘗得久[908]也。夫學者以虛[909]受之，故曰得。

---

890) 博의 이체자. 오른쪽 윗부분의 '甫'가 '亩'의 형태로 되어있다.

891) 裕의 이체자. 좌부변의 '衤'가 '礻'의 형태로 되어있다.

892) 儉의 이체자. 오른쪽 맨 아랫부분의 '从'이 '灬'의 형태로 되어있다.

893) 祿의 이체자. 오른쪽부분의 '彔'이 '录'의 형태로 되어있다.

894) 卑의 이체자. 맨 윗부분의 '丿'이 빠져있다.

895) 聰의 이체자. 오른쪽 윗부분의 '囪'이 '囱'의 형태로 되어있다.

896) 淺의 이체자. 오른쪽의 '戔'이 윗부분은 그대로 '戈'로 되어있고 아랫부분 '戈'에 '丶'이 빠진 '戋'의 형태로 되어있다.

897) 皆의 이체자. 아랫부분의 '白'이 '日'로 되어있다.

898) 謙의 이체자. 오른쪽부분의 '兼'이 '兼'의 형태로 되어있다.

899) 富의 이체자. 머리의 '宀'이 '冖'의 형태로 되어있다.

900) 海의 이체자. 오른쪽 윗부분의 '𠂉'의 형태가 '厶'의 형태로 되어있다.

901) 毀의 이체자. 우부방의 '殳'가 '殳'의 형태로 되어있다.

902) 滿의 이체자. 오른쪽 윗부분의 '廿'이 '丱'의 형태로 되어있고 그 아랫부분의 '兩'이 '㒳'의 형태로 되어있다.

903) 鬼의 이체자. 맨 위의 '丿'이 빠진 형태로 되어있다.

904) 缺의 이체자. 좌부변의 '缶'가 '缶'의 형태로 되어있다.

905) 衽의 이체자. 좌부변의 '衤'가 '礻'의 형태로 되어있다.

906) 遲의 이체자. 오른쪽 '尸'의 아랫부분이 '辛'의 형태로 되어있다.

907) 嘆의 이체자. 오른쪽 윗부분의 '廿'이 '艹'의 형태로 되어있다.

苟接[910]知持滿，則天下之善言不得入其耳矣[911]。昔堯[912]履天子之位，猶允[913]恭以持之，〖虛静以待下，故百載以逾盛，迄今[914]而益章。昆吾自〗[915]臧[916]而滿意，窮高而不衰，故當時而虧[917]敗，迄今而逾惡。是非損益之徵[918]與？吾故曰：『謙也者，致恭以存其位者也。』夫豐明而動，故能大，苟大則虧矣{第131面}。吾戒之，故曰：『天下之善言不得入其耳矣。』日中則昃[919]，月盈[920]則食，天地盈虛，與時消息。是以聖人不敢當盛。升輿而遇三人則下，二人則軾，調其盈虛，故能長久也。」子夏曰：「善！請終身誦之。」

孔子觀於周廟，而有欹[921]器焉[922]。孔子問守廟者曰：「此為何器[923]？」對曰：「盖為右坐之器。」孔子曰：「吾聞右坐之器，滿則覆，虛[924]則欹，中則正。有

908) 久의 이체자.

909) 虛의 이체자. '虍' 아랫부분의 '业'의 형태가 '丘'의 형태로 되어있다.

910) 欽定四庫全書本은 조선간본과 다르게 '不'로 되어있고,《說苑校證》과《說苑全譯》에도 '不'로 되어있다.《설원3》은 조선간본과 동일하게 '接'으로 되어있다. 그런데 여기서는 '부정문'이기 때문에 조선간본의 '接'은 문맥에 맞지 않다.

911) 矣의 이체자. 판본 전체적으로 자주 사용하는 이체자 '矣'와는 다르게 '厶'의 아랫부분의 '矢'가 '天'의 형태로 되어있다.

912) 堯의 이체자. 가운데 부분의 '土土'의 형태가 겹쳐진 '卄'의 형태로 되어있으며, 그 아랫부분의 '兀'이 '儿'의 형태로 되어있다.

913) 允의 이체자.

914) 今의 이체자. 판본 전체적으로 자주 사용하는 이체자 '今'과는 다르게 맨 아래 세로획이 오른쪽으로 기울어있다.

915) '〖~〗' 이 부호는 한 행을 뜻한다. 본 판본은 1행에 18자로 되어있는데, '〖~〗'로 표시한 이번 면(제131면)의 제8행은 한 글자가 많은 19자로 되어있다.

916) 臧의 이체자. 왼쪽부분의 '爿'의 형태가 '丷'의 형태로 되어있고, 가운데부분의 '臣'이 '目'의 형태로 되어있다.

917) 虧의 이체자. 왼쪽부분의 '雐'가 '虛'의 형태로 되어있다.

918) 徵의 이체자. 가운데부분의 '山'과 '王'의 사이에 가로획 '一'이 빠져있다.

919) 昃의 이체자. 머리 '日' 아랫부분의 '仄'이 '六'의 형태로 되어있다.

920) 盈의 이체자. 윗부분 '乃'안의 '又'의 형태가 '夫'의 형태로 되어있다.

921) 欹의 이체자. 왼쪽부분의 '奇'가 '竒'의 형태로 되어있다.

922) 焉의 이체자. 윗부분의 '正'이 '𠂭'의 형태로 되어있다.

923) 器의 이체자. 가운데부분의 '犬'이 '土'의 형태로 되어있다. 앞에서는 정자를 사용하였는데, 여기서와 이번 단락의 아래에서는 모두 이 이체자를 사용하였다.

之乎？」對曰：「然！」孔子使子路耴[925]水而試之，滿則覆，中則正，虛則欹。孔子喟然嘆曰：「嗚呼！惡有滿而不覆者哉！」子路曰：「敢問持滿有道乎？」孔子曰：「持滿之道，挹而損之。」子路曰：「損之有道乎？」孔子曰：「高而能下，滿**{第132面}**而䏻[926]虛，富而䏻儉，貴而䏻卑，智而䏻愚，勇而䏻怯，辯而䏻訥，博而䏻淺，明而䏻闇。是謂損而不極[927]，䏻行此道，唯至德者及之。《易》曰：『不損而益之，故損。自損而終，故益。』」

常摐有疾，老子徃[928]問焉，曰：「先生疾甚矣，無遺教可以語諸弟子者乎？」常摐曰：「子雖不問，吾將語子。」常摐曰：「過故鄕[929]而下車，子知之乎？」老子曰：「過故鄕而下車，非謂其不忘故耶？」常摐曰：「嘻！是已。」常摐曰：「過喬木而趨，子知之乎？」老子曰：「過喬木而趨，非謂敬老邪？」常摐曰：「嘻！是已。」張其口而示老子曰：「吾舌存乎？」老子曰：「然！」「吾齒[930]存乎？」老子曰**{第133面}**：「亡！」常摐曰：「子知之乎？」老子曰：「夫舌之存也，豈非以治之[931]其柔邪？齒之亡也，豈非以其剛邪？」常摐曰：「嘻！是已。天下之事已盡[932]矣，無以復語子哉！」

韓平子問於叔向曰：「剛與柔孰堅？」對[933]曰：「臣年八十矣，齒再堕[934]而舌

924) 虛의 이체자. '虍' 아랫부분의 '业'의 형태가 '业'의 형태로 되어있다. 앞 단락과 이번 단락의 아래에서는 모두 다른 형태의 이체자 '虛'를 사용하였다.

925) 取의 이체자. 오른쪽부분의 '又'가 'く'의 형태로 되어있다.

926) 能의 이체자. 오른쪽부분의 '匕'의 형태가 '去'의 형태로 되어있다. 이번 단락의 앞에서는 정자를 1번 사용하였는데, 앞의 단락들과 이번 단락의 아래에서는 모두 이 이체자를 사용하였다.

927) 極의 이체자. 오른쪽 가운데부분의 '丂'가 '了'의 형태로 되어있다.

928) 往의 俗字. 오른쪽부분의 '主'가 '生'의 형태로 되어있다.

929) 鄕의 이체자. 가운데부분의 '皀'이 '艮'의 형태로 되어있다.

930) 齒의 이체자. 아랫부분의 '𠚕'에서 '凵'이 전체가 아니라 아랫부분만 감싼 형태로 되어있다. 이번 단락의 아래와 다음 단락에서는 모두 정자를 사용하였다.

931) 조선간본의 '治之' 이 두 글자는 欽定四庫全書本을 비롯하여 《說苑校證》·《說苑全譯》·《설원2》에서는 모두 빠져있다. 조선간본의 '治之'는 쓸데없이 첨가되어있어서 문맥에 맞지 않다.

932) 盡의 이체자. 가운데부분의 '灬'가 '一'의 형태로 되어있고, 가운데 세로획이 그것에 닿아있다.

933) 對의 이체자. 자주 사용하는 이체자 '對'와는 다르게 왼쪽부분의 '丵'의 형태가 '荎'의 형태로

尚存。老聃有言曰：『天下之至柔，馳騁乎天下之至堅。』又曰：《人之生也柔弱，其死也剛強。萬物草木之生也柔脆，其死也枯槁。㘥[935]𠙚觀[936]之，柔弱者生之徒也，剛強者死之徒也。』夫生者毁而必復，死者破而愈亡。吾是以知柔之堅於剛也。」平子曰：「善哉[937]！然則子之行何從？」叔向曰：「臣亦柔耳，何以剛為？」平子曰：「柔無乃脆乎？」{第134面}叔向曰：「柔者細[938]而不折，廉[939]而不缺，何為脆也？天之道微者勝。是以兩[940]軍相加，而柔者克之。兩仇争利，而弱者得焉。《易》曰：『天道虧[941]滿而益謙，地道變滿而流謙，鬼神害滿而福謙，人道惡滿而好謙。』夫懷[942]謙不足之柔弱，而四道者助之，則安往而不得其志乎？」平子曰：「善！」

桓公曰：「金剛則折，革[943]剛則裂。人君剛則國家滅，人臣剛則交友絶。」夫剛則不和，不和則不可用。是故四馬不和，取道不長。父子不和，其世破亡。兄弟不和，不能久同。夫妻不和，家室大凶[944]。《易》曰：「二人同心，其利斷[945]

되어있다.

934) 墮의 이체자. 윗부분 오른쪽의 '育'의 형태가 '有'의 형태로 되어있다.

935) 因의 이체자. '囗' 안의 '大'가 'コ'의 형태로 되어있으며 왼쪽 세로획에 붙어있다.

936) 觀의 이체자. 왼쪽부분 '艹' 아래쪽의 '吅'이 '宀'의 형태로 되어있다.

937) 哉의 이체자. 왼쪽 아랫부분의 '口'가 '𠂊'의 형태로 되어있다.

938) 欽定四庫全書本은 조선간본과 다르게 '紐'로 되어있고,《說苑校證》·《說苑全譯》·《설원3》에서도 모두 '紐'로 되어있다. 여기서는 '질기다'(劉向 撰, 林東錫 譯註,《설원3》, 동서문화사, 2009. 1078쪽) 혹은 '꼬다 · 엮다'(劉向 原著, 王鍈 · 王天海 譯註,《說苑全譯》, 貴州人民出版社, 1991. 423쪽)라는 의미라고 하였는데, 조선간본의 '細'는 반대의 의미이기 때문에 오자이다.

939) 廉의 이체자. '广' 안의 '兼'에서 아랫부분이 '灬'의 형태로 되어있다.

940) 兩의 이체자. 바깥부분 '帀'의 안쪽의 '入'이 '人'의 형태로 되어있으며 그것의 윗부분이 '帀'의 밖으로 튀어나와 있다.

941) 虧의 이체자. 왼쪽부분의 '雐'가 '虛'의 형태로 되어있고, 오른쪽부분의 '亏'이 '亐'의 형태로 되어있다.

942) 懷의 이체자. 오른쪽 가운데부분의 '罒'의 형태가 빠져있으며, 그 아랫부분이 '衣'의 형태로 되어있다.

943) 革의 이체자. 윗부분의 '廿'이 '卄'의 형태로 되어있고, 아랫부분의 세로획이 '口'의 가운데를 관통하고 있지 않다.

金。」由不剛也。**{第135面}**

老子曰：「得其所利，必慮其所害。樂其所成，必顧其所敗。人為善者，天報[946]以福。人為不善者，天報以禍也。故曰：『禍兮[947]福所倚[948]，福兮禍所伏。』戒之，慎之！君子不務，何以備[949]之？夫上知天則不失時，下知地則不失財，日夜慎之則無害災。」

曾[950]子有疾，曾元抱首，曾[951]華抱足。曾子曰：「吾無顏氏之才，何以告汝？雖無能，君子務益。夫華多實少者，天也。言多行少者，人也。夫飛鳥以山為卑，而層巢其巔。魚鱉以淵為淺，而穿六[952]其中。然所以得者，餌也。君子苟能無以利害身，則辱安從至乎？」官怠於宦成，病加於少愈，禍生於懈[953]惰，孝**{第136面}**衰[954]於妻子。察此四者，慎終如始。《詩》曰：「靡不有初[955]，鮮克有終。」

單快曰：「國有五寒，而冰凍不與焉。一曰政外，二曰女厲，三曰謀[956]泄，四

---

944) 凶의 속자. 윗부분에 '亠'의 형태가 첨가되어있다.

945) 斷의 이체자. 왼쪽부분의 '㡭'의 형태가 '㡭'의 형태로 되어있다.

946) 報의 이체자. 오른쪽 아랫부분의 '又'가 '〈'의 형태로 되어있다.

947) 兮의 이체자. 머리의 '八'이 방향이 위쪽을 향하도록 된 '丷'의 형태로 되어있다.

948) 倚의 이체자. 오른쪽부분의 '奇'가 '竒'의 형태로 되어있다.

949) 備의 이체자. 오른쪽부분의 '葡'의 형태가 '甭'의 형태로 되어있다.

950) 曾의 이체자. 맨 윗부분의 '八'이 '𠂊'의 형태로 되어있고, 그 아래 '㕚'의 형태가 '田'의 형태로 되어있다.

951) 曾의 이체자. 앞에서 사용한 이체자 '曾'과는 다르게 맨 윗부분의 '八'이 '丷'의 형태로 되어있고, 그 아래 '㕚'의 형태가 '田'의 형태로 되어있다.

952) 欽定四庫全書本은 조선간본과 다르게 '穴'로 되어있고, 《說苑校證》·《說苑全譯》·《설원3》에서도 모두 '穴'로 되어있다. 여기서는 '"굴"을 뚫다'(劉向 撰, 林東錫 譯註, 《설원3》, 동서문화사, 2009. 1085쪽)라는 의미이기 때문에 조선간본의 '六'은 오자이다. 국립중앙도서관과 고려대 소장본은 '六'으로 되어있는데, 후조당 소장본에는 가필하여 '穴'로 만들어놓았다.

953) 懈의 이체자. 오른쪽부분의 '𢆉'의 형태가 '羊'의 형태로 되어있다.

954) 衰의 이체자. 윗부분의 '亠'의 형태가 '一'의 형태로 되어있다. 이 이체자는 여기를 제외하고 판본 전체적으로 사용하지 않았기 때문에 필자가 판목이 훼손되지 않았나 의심했다. 그러나 국립중앙도서관·고려대·후조당 소장본은 모두 같은 형태로 되어있다.

955) 初의 이체자. 좌부변의 '衤'가 'ネ'의 형태로 되어있다.

956) 謀의 이체자. 오른쪽부분의 '某'가 '某'의 형태로 되어있다.

曰不敬𨟊[957]士而國家敗，五曰不能治內而務[958]外。此五者一見，雖祠無福，除禍必得，致福則貸[959]。」

孔子曰：「存亡禍福皆在己而已，天災地妖，亦不能殺也。」昔者殷[960]王帝辛之時，爵生烏於城之隅。工人占之曰：「凡[961]小以生巨，國家必祉，王名必倍。」帝辛喜爵之德，不治國家，亢暴[962]無極，外寇[963]乃至，遂亡殷國。此逆天之時，詭福反為禍至。殷王武**{第137面}**丁之時，先王道缺[964]，刑法弛，桑穀[965]俱生於朝，七月而大拱，工人占之曰：「桑穀[966]者，野物也。野物生於朝，意朝亡乎！」武丁恐[967]駭，側身脩[968]行，思昔先王之政，興[969]滅國，繼絶世，舉逸[970]民，明養老之道。三年之後，遠[971]方之君，重譯而朝者六國。此迎天時，得禍[972]反為

957) 卿의 이체자. 왼쪽의 ‘ㄗ’의 형태가 ‘夕’의 형태로 되어있고 가운데 부분의 ‘皀’의 형태가 ‘艮’의 형태로 되어있다.

958) 務의 이체자. 왼쪽 윗부분의 ‘マ’의 형태가 ‘ㄱ’의 형태로 되어있다.

959) 貸의 이체자. 윗부분의 ‘代’가 오른쪽 윗부분의 ‘丶’이 빠진 ‘代’의 형태로 되어있으며, ‘代’가 발의 ‘貝’를 덮고 있다.

960) 殷의 이체자. 왼쪽부분의 ‘月’의 형태가 ‘帍’의 형태로 되어있고, 우부방의 ‘殳’가 다른 ‘殳’의 형태로 되어있다. 이번 단락의 아래에서는 이 이체자와 다른 형태인 ‘殷’을 사용하였다.

961) 凡의 이체자. ‘几’ 안쪽의 ‘丶’이 직선 형태로 되어있으며 그 가로획이 오른쪽 ‘乁’획의 밖으로 삐져나와 있다.

962) 暴의 이체자. 발의 ‘氺’가 ‘小’의 형태로 되어있다.

963) 寇의 이체자. 머리의 ‘宀’이 ‘冖’의 형태로 되어있고, 그 오른쪽부분의 ‘攴’이 ‘攵’의 형태로 되어있다.

964) 缺의 이체자. 좌부변의 ‘缶’가 ‘缶’의 형태로 되어있다.

965) 穀의 이체자. 왼쪽 아랫부분의 ‘禾’ 위에 가로획이 없고 ‘禾’가 ‘米’로 되어있으며, 우부방의 ‘殳’가 ‘殳’의 형태로 되어있다.

966) 穀의 이체자. 이번 단락의 앞에서 사용한 이체자 ‘穀’과는 다르게 왼쪽 아랫부분의 ‘禾’ 위에 가로획이 없고 우부방의 ‘殳’가 ‘殳’의 형태로 되어있다.

967) 恐의 이체자. 윗부분 오른쪽의 ‘凡’이 안쪽의 ‘丶’이 빠진 ‘几’의 형태로 되어있다.

968) 修의 이체자. 오른쪽 윗부분의 ‘夂’이 ‘𠂉’의 형태로 되어있고, 그 아랫부분이 ‘有’의 형태로 되어있다. 판본 전체적으로 ‘修’와 ‘脩’를 혼용하였는데, 여기서는 거의 사용하지 않는 이체자를 사용하였다.

969) 興의 이체자. 윗부분 가운데의 ‘同’의 형태가 ‘月’의 형태로 되어있다.

970) 逸의 이체자. ‘辶’ 윗부분의 ‘兔’이 ‘免’의 형태로 되어있다.

福也。故妖孽者，天所以譥天子諸侯也。惡夢者，所以譥士大夫也。故妖孽不勝善政，惡夢[973]不勝善行也。至治之極，禍反為福。故太甲曰：「天作孽，猶可違。自作孽，不可逭。」

石讎曰：「《春秋》有忽然而足以亡者，國君不可以不慎也！妃[974]妾不一，足以亡。公族[975]不親，足以亡。大**{第138面}**臣不任，足以亡。國爵不用，足以亡。親佞[976]近讒[977]，足以亡。舉百事不時，足以亡。使民不節[978]，足以亡。刑罰不中，足以亡。內失衆心，足以亡。外嫚[979]大國，足以亡。」

夫福生於隐[980]約，而禍生於得意，齊頃公是也。齊頃公，桓公之子孫也，地廣民衆，兵強國富，又得霸[981]者之餘尊，驕蹇怠傲，未嘗肯出會[982]同諸侯，乃興師伐魯，反敗衛師于新築[983]，輕[984]小嫚大之行甚。俄而晉、魯往聘，以使者戲，二國怒，歸[985]求黨[986]與助，得衛及曹，四國相輔，期戰於鞍[987]，大敗齊師，獲齊

---

971) 遠의 이체자. '辶'의 윗부분에서 '土'의 아랫부분의 '𧘇'의 형태가 '𧘇'의 형태로 되어있다.

972) 禍의 이체자. 오른쪽부분의 '咼'가 '咼'의 형태로 되어있다. 이번 단락의 앞과 뒤에서는 판본 전체적으로 자주 사용하는 이체자 '禍'를 사용하였다.

973) 夢의 俗字. 윗부분의 '艹'가 '厶'의 형태로 되어있다. 이번 단락의 앞에서는 정자를 사용하였으나 여기서는 이체자를 사용하였다.

974) 妃의 이체자. 오른쪽부분의 '己'가 '巳'의 형태로 되어있다.

975) 族의 이체자. 오른쪽 아랫부분의 '矢'가 '夫'의 형태로 되어있다.

976) 佞의 이체자. 오른쪽 윗부분의 '二'의 형태가 '亠'의 형태로 되어있다.

977) 讒의 이체자. 오른쪽 윗부분의 '⺈'이 '⺈'의 형태로 되어있으며, 그 아랫부분의 '兔'는 '免'의 형태로 되어있다.

978) 節의 이체자. 아랫부분 왼쪽의 '皀'이 '艮'의 형태로 되어있으며 머리의 '⺮'이 글자 전체를 덮고 있지 않고 '艮'의 위에만 있다.

979) 嫚의 이체자. 오른쪽 아랫부분의 '又'가 '方'의 형태로 되어있다.

980) 隱의 이체자. 오른쪽부분의 '㥯'이 '急'의 형태로 되어있다.

981) 霸의 이체자. 머리의 '襾'가 '雨'의 형태로 되어있고, 아랫부분 왼쪽의 '革'이 '草'의 형태로 되어있다.

982) 會의 이체자. 가운데부분의 '囮'의 형태가 '亩'의 형태로 되어있다.

983) 築의 이체자. '⺮' 아래 오른쪽부분의 '凡'이 '丶'이 빠진 '几'의 형태로 되어있다.

984) 輕의 이체자. 오른쪽부분의 '巠'이 '坙'의 형태로 되어있다.

985) 歸의 이체자. 왼쪽 맨 윗부분의 '丿'이 빠져있고, 아랫부분의 '止'가 '𠃊'의 형태로 되어있다.

頃公, 斬逄[988]丑父, 於是懼然大恐。賴逄丑父之欺**{第139面}**, 奔逃得歸[989]。弔死問疾, 七年不飮酒, 不食肉, 外金石絲竹之聲, 遠婦女之色, 出會與盟, 卑下諸侯, 國家內得行義, 聲問震[990]乎諸侯。所亡之地, 弗求而自為來, 尊寵不武而得之。可謂能詘免變化以致之。故福生於隱約, 而禍生於得意, 此得失之効也。

大功之効, 在於用賢積道, 浸章浸明。衰滅之過, 在於得意而怠, 浸蹇浸亡, 晋文公是其効也。晋文公出亡, 脩道不休, 得至于饗國。饗國之時, 上無明天子, 下無賢[991]方伯, 強楚主會, 諸侯背畔, 天子失道, 出居于鄭。文公於是憫中國之微, 任咎**{第140面}**犯、先軫、陽處父, 畜愛百姓, 厲養[992]戎士。四年, 政治內定, 則舉兵而伐衛, 執曹伯, 還[993]敗強楚, 威震天下。明王法, 率諸侯而朝天子, 莫敢不聽, 天下曠然平定, 周室尊顯。故曰 : 大功之効, 在於用賢積道, 浸章浸明。文公於是霸[994]功立, 期至意得, 湯、武之心作而忘其衆, 一年三用師, 且弗休息。遂進而圍[995]許, 兵亟[996]弊[997], 不能服, 罷諸侯而歸。自此而怠政事, 為狄泉之盟, 不親至, 信衰誼[998]缺, 如羅不補[999], 威武詘折不信, 則諸侯不

---

986) 黨의 이체자. 아랫부분의 '黑'이 '黒'의 형태로 되어있다.

987) 鞍의 이체자. 좌부변의 '革'이 '𡯁'의 형태로 되어있다.

988) 逢의 이체자. 오른쪽 아랫부분의 '丰'의 형태가 '干'의 형태로 되어있다.

989) 歸의 이체자. 이번 단락의 앞에서 사용한 이체자 '歸'와는 다르게 왼쪽부분이 '𠂤'의 형태로 되어있다.

990) 震의 이체자. 아랫부분의 '辰'이 '辰'의 형태로 되어있다.

991) 賢의 이체자. 윗부분 왼쪽의 '臣'이 '𦣝'의 형태로 되어있다. 이번 단락의 앞과 뒤에서는 모두 판본 전체적으로 사용하는 이체자 '賢'을 사용하였다.

992) 養의 이체자. 윗부분의 '𦍌'의 형태가 '龹'의 형태로 되어있다.

993) 還의 이체자. 판본 전체적으로 자주 사용하는 이체자 '還'과는 다르게 오른쪽 아랫부분의 '𧘇'의 형태가 '衣'의 형태로 되어있다.

994) 霸의 이체자. 머리의 '覀'가 '雨'의 형태로 되어있고, 아랫부분 왼쪽의 '革'이 '𡯁'의 형태로 되어있다.

995) 圍의 이체자. '囗' 안의 '韋'에서 아랫부분의 '㐄'의 형태가 '巾'의 형태로 되어있다.

996) 亟의 이체자. 가운데부분의 '丂'가 '了'의 형태로 되어있다.

997) 弊의 이체자. 윗부분 왼쪽의 '㡀'가 '尚'의 형태로 되어있다.

998) 誼의 이체자. 오른쪽부분의 '宜'가 '冝'의 형태로 되어있다.

999) 補의 이체자. 좌부변의 '衤'가 '礻'의 형태로 되어있다.

朝, 鄭遂叛, 夷、狄內侵, 衛遷于商丘。故曰：衰減之過, 在於得意而怠, 浸蹇浸亡。**{第141面}**

田子方侍魏文侯坐, 太子擊[1000]趨而入見, 賔[1001]客群臣皆起[1002], 田子方獨不起。文侯有不說之色, 太子亦然。田子方稱曰：「為子起歟？無如禮何！不為子起歟？無如罪何！請為子誦[1003], 楚恭[1004]王之為太子也, 将[1005]出之雲夢, 遇大夫工尹, 工尹遂趨避家人之門中, 太子下車, 從之家人之門中, 曰：『子大夫, 何為其若是？吾聞之, 敬其父者不兼[1006]其子, 兼其子者不祥莫大焉。子大夫, 何為其若是？』工尹曰：『向吾望[1007]見子之面[1008], 今而後記子之心。審[1009]如此, 汝将何之？』」文侯曰：「善！」太子擊[1010]前誦恭王之言, 誦三遍而請習[1011]之。**{第142面}**

子贛之承或[1012], 在塗, 見道側巾幣布擁蒙[1013]而衣衰[1014], 其名曰舟綽。子贛問焉, 曰：「此至承幾[1015]何？」嘿[1016]然不對。子贛曰：「人問乎己而不應, 何

1000) 擊의 이체자. 윗부분 오른쪽의 '殳'가 '殳'의 형태로 되어있다.
1001) 賓의 이체자. 머리 '宀'의 아랫부분의 '尐'의 형태가 '尸'의 형태로 되어있다.
1002) 起의 이체자. 오른쪽부분의 '己'가 '巳'의 형태로 되어있다.
1003) 誦의 이체자. 오른쪽 윗부분의 'マ'의 형태가 'コ'의 형태로 되어있다.
1004) 恭의 이체자. 발의 '⺗'이 '氺'의 형태로 되어있다
1005) 將의 이체자. 왼쪽부분의 '爿'이 '丬'의 형태로 되어있고, 오른쪽 윗부분의 '夕'의 형태가 '爫'의 형태로 되어있다.
1006) 兼의 이체자. 윗부분의 '八'이 '丷'의 형태로 되어있고, 맨 아랫부분이 '灬'의 형태로 되어있다. 이번 단락의 바로 아래에서는 정자를 사용하였다.
1007) 望의 이체자. 윗부분 왼쪽의 '亡'이 '巨'의 형태로 되어있다.
1008) 面의 이체자. 맨 윗부분 '丆'의 아랫부분의 '囬'가 '回'의 형태로 되어있다.
1009) 審의 이체자. 머리 '宀' 아랫부분의 '番'이 '畨'의 형태로 되어있다.
1010) 擊의 이체자. 윗부분 오른쪽의 '殳'가 '叓'의 형태로 되어있다. 이번 단락의 앞에서는 '殳'가 '殳'의 형태로 '擊'을 사용하였는데, 여기서는 다른 형태의 이체자를 사용하였다.
1011) 習의 이체자. 머리의 '羽'가 '彐彐'의 형태로 되어있으며, 아랫부분의 '白'이 '日'로 되어있다.
1012) 或의 이체자. 왼쪽 가운데부분의 '口'가 '厶'의 형태로 되어있다.
1013) 蒙의 이체자. 아랫부분의 '冡'에서 '冖'의 아래 가로획이 빠진 '冢'의 형태로 되어있다.
1014) 衰의 이체자. 윗부분의 '亠' 아래 '田'의 형태가 '丑'의 형태로 되어있다.
1015) 幾의 이체자. 아랫부분 왼쪽의 '人'의 형태가 'ㄅ'의 형태로 되어있으며 아랫부분의 오른쪽에

也？」屏其擁蒙而言曰：「望而黷[1017]人者，仁乎？覩而不識者，智乎？輕侮人者，義乎？」子貢[1018]下車曰：「賜不仁，過聞三言，可復聞乎？」曰：「是足於子矣，吾不告子。」於是子贛叅[1019]偶則軾[1020]，五偶則下。

孫叔敖為楚令尹，一國吏民皆來賀，有一老父，衣麤衣，冠白冠，後來弔。孫叔敖正衣冠而出見之，謂老父曰：「楚王不知臣不肖，使臣受吏民之垢，人盡来賀，子獨後来弔，豈有說乎？」父曰：「有說[1021]**{第143面}**。身已貴而驕人者，民去之。位已高而擅權者，君惡之。禄已厚而不知足者，患處之。」孫叔敖再拜曰：「敬受命，願聞餘教。」父曰：「位已髙[1022]而意益下，官益大而心益小，禄已厚而慎不敢取。君謹守此三者，足以治楚矣。」

魏[1023]安釐[1024]王十一年，秦昭[1025]王謂左右曰：「今[1026]時韓、魏與秦孰

'ノ'의 획이 빠져있다.

1016) 嘿의 이체자. 오른쪽부분의 '黑'이 '黒'의 형태로 되어있다.

1017) 黷의 이체자. 좌부변의 '黑'이 '黒'의 형태로 되어있으며, 그 아랫부분의 '灬'가 글자 전체 아래에 있다.

1018) 欽定四庫全書本은 조선간본과 다르게 '贛'으로 되어있고,《說苑校證》·《說苑全譯》·《설원3》에서도 모두 '贛'으로 되어있다. 여기서는 '子贛'은 '공자의 제자로 "子貢"이라고도 하기' 때문에(劉向 撰, 林東錫 譯註,《설원3》, 동서문화사, 2009. 1103쪽. 劉向 原著, 王鍈·王天海 譯註,《說苑全譯》, 貴州人民出版社, 1991. 436쪽) 조선간본의 '貢'은 오자가 아니다. 그런데 조선간본은 이번 단락의의 앞과 뒤에서 4번을 모두 '子贛'이라고 썼는데, 유일하게 여기서만 '子貢'이라고 썼다.

1019) 叄의 이체자. 아랫부분의 '彡'이 '小'의 형태로 되어있다. 그런데 欽定四庫全書本과《說苑校證》은 조선간본과 다르게 '三'으로 되어있는데,《說苑校證》에서는 宋本 등에는 '叄'으로 되어있다고 하였다.(劉向 撰, 向宗魯 校證,《說苑校證》, 北京:中華書局, 1987(2017 重印), 251쪽)

1020) 欽定四庫全書本과《說苑校證》은 조선간본과 다르게 '式'으로 되어있는데,《說苑校證》에서는 宋本 등에는 '軾'으로 되어있다고 하였다.(劉向 撰, 向宗魯 校證,《說苑校證》, 北京:中華書局, 1987(2017 重印), 251쪽)

1021) 說의 이체자. 이번 단락의 앞에서 사용한 이체자 '説'과는 다르게 오른쪽부분의 '兌'가 '兊'의 형태로 되어있다.

1022) 高의 이체자. 윗부분의 '古'의 형태가 '亩'의 형태로 되어있다. 이번 단락의 앞에서는 정자를 사용하였는데 여기서는 이체자를 사용하였다.

1023) 魏의 이체자. 오른쪽부분의 '鬼'가 맨 위의 '丶'이 빠져있고 아랫부분 오른쪽의 '厶'가 '丶'의

強？」對曰：「不如秦強。」王曰：「今時如耳、魏齊與孟嘗、芒卯孰賢？」對曰：「而不知也[1027]芒卯之賢。」王曰：「以孟嘗、芒卯之賢，率強韓、魏以攻秦，猶無奈寡人何也？今以無能如耳、魏齊，而率弱韓魏以伐秦，其無奈寡人何亦明矣！」左右皆曰：「然！」申旗{第144面}伏瑟而對曰：「王之料天下過矣。當六晋之時，智氏最強，滅范中行氏，又率韓、魏之兵以圍趙襄子於晋陽，决晋水以灌晋陽之城，不湍者三板。智伯行水，魏宣子御[1028]，韓康子為驂乘[1029]。智伯曰：『吾始不知水可以亡人國也，乃今知之。汾[1030]水可以灌安邑，絳水可以灌平陽。』魏宣子肘韓康子，康子履魏宣子之足，肘足接於車上，而智氏分[1031]，身死國亡，為天下笑[1032]。今秦雖強，不過智氏，韓、魏雖弱，尚賢其在晋陽之下也。此方其用肘足之時，願王之必勿易也。」於是秦王恐。

魏公子牟東行，穰侯送之，曰：「先生將去冉之山{第145面}東矣，獨無一言以教冉乎？」魏公子牟曰：「微君言之，牟幾[1033]忘語君。君知夫官不與勢[1034]期，

형태로 된 '�'로 되어있다.

1024) 釐의 이체자. 윗부분 왼쪽의 '未'가 '夫'의 형태로 되어있다.

1025) 昭의 이체자. 오른쪽부분의 '召'가 '台'의 형태로 되어있다.

1026) 今의 이체자. 머리 '人' 아랫부분의 '一'이 '丶'의 형태로 되어있고, 그 아랫부분의 '㇇'의 형태가 '㇏'의 형태로 되어있다. 이번 단락의 아래에서는 판본 전체적으로 자주 사용하는 이체자 '今'과 이 이체자를 혼용하였다.

1027) 조선간본의 '而不知也' 네 글자는 欽定四庫全書本은 조선간본과 다르게 '不如孟嘗'으로 되어있고, 《說苑校證》·《說苑全譯》·《설원3》에서도 모두 '不如孟嘗'으로 되어있다. 문장 전체는 '不如孟嘗、芒卯之賢。'으로 '맹상군과 망묘가 훨씬 어질지요!'(劉向 撰, 林東錫 譯註, 《설원3》, 동서문화사, 2009. 1107쪽)라고 번역된다. 조선간본은 '而不知也芒卯之賢。'로 '망묘가 어진지는 모르겠다.'라는 의미로 이 문장만 떼어놓고 봤을 때는 문제가 없어 보인다. 그런데 바로 뒤에 이어지는 대화에서는 맹상군과 망묘가 어질다는 이야기를 하기 때문에 조선간본의 '而不知也'는 문맥에 맞지 않는다.

1028) 御의 이체자. 가운데부분의 '缶'의 형태가 '缶'의 형태로 되어있다.

1029) 乘의 이체자. 판본 전체적으로 자주 사용하는 이체자 '乗'과는 다르게 가운데부분의 '北'이 '比'의 형태로 되어있다. 이번 단락의 아래에서는 다른 형태의 이체자 '乗'과 '乗'을 혼용하였다.

1030) 汾의 이체자. 오른쪽부분의 '分'이 '分'의 형태로 되어있다.

1031) 分의 이체자. 아랫부분의 '刀'가 '么'의 형태로 되어있다.

1032) 笑의 이체자. 아랫부분의 '夭'가 '犬'의 형태로 되어있다.

而勢自至乎？勢不與富期，而富自至乎？富不與貴期，而貴自至乎？貴不與驕期，而驕自至乎？驕不與罪期，而罪自至乎？罪不與死期，而死自至乎？」穰侯[1035]曰：「善！敬受明教。」

高上尊賢，無以驕人。聰[1036]明聖智，無以窮人。資給疾速，無以先人。剛毅勇猛，無以勝人。不知則問，不能則學。雖智必質，然後辯之。雖能必讓，然後為之。故士雖聰明聖智，自守以愚。功被天下，自守以讓。勇力距世，自守以怯。富有天下，自守以{第146面}廉。此所謂高而不危，滿而不溢者也。

齊桓公為大臣具酒，期以日中。管仲後至，桓公舉觴[1037]以飲之，管仲半棄[1038]酒。桓公曰：「期而後至，飲而棄酒，於禮可乎？」管仲對曰：「臣聞『酒入舌出』，舌出者言失，言失者身棄。臣計棄身不如棄酒。」桓公笑曰：「仲父起就[1039]坐。」

楚恭王與晉厲公戰於鄢[1040]陵[1041]之時，司馬子反渴[1042]而求飲，豎穀[1043]陽持酒而進之。子反曰：「退！酒也。」穀陽曰：「非酒也。」子反又曰：「退！酒也。」穀陽又曰：「非酒也。」子反受而飲之，醉而寢。恭王欲復戰，使人召子反，子反辭[1044]以心疾。於是恭王駕往，入幄，聞酒{第147面}臭，曰：「今日之戰，所恃者

1033) 幾의 이체자. 아랫부분 왼쪽의 '人'의 형태가 '𠂊'의 형태로 되어있고, 아랫부분의 오른쪽에 'ノ'의 획이 빠져있으며 '丶'이 그 부분에 찍혀있다.

1034) 勢의 이체자. 윗부분 왼쪽의 '坴'이 '幸'의 형태로 되어있다.

1035) 侯의 이체자. 오른쪽 윗부분의 'ㄱ'의 형태가 'ㅗ'의 형태로 되어있고 그 아랫부분의 '矢'가 '天'의 형태로 되어있다. 이번 단락의 앞에서는 판본 전체적으로 자주 사용하는 이체자 '侯'를 사용하였다.

1036) 聰의 이체자. 오른쪽 윗부분의 '囱'이 '囪'의 형태로 되어있다.

1037) 觴의 이체자. 오른쪽 아랫부분의 '昜'이 '易'의 형태로 되어있다.

1038) 棄의 이체자. 가운데부분의 '丗'가 '世'의 형태로 되어있다.

1039) 就의 이체자. 왼쪽부분의 '京'이 '京'의 형태로 되어있다.

1040) 鄢의 이체자. 왼쪽부분의 '焉'이 '爲'의 형태로 되어있다.

1041) 陵의 이체자. 오른쪽부분의 '夌'이 '麦'의 형태로 되어있다.

1042) 渴의 이체자. 오른쪽부분의 '曷'이 '曷'의 형태로 되어있다.

1043) 穀의 이체자. 왼쪽 아랫부분의 '禾' 위에 가로획이 없고 '禾'가 '米'로 되어있으며, 우부방의 '殳'가 '殳'의 형태로 되어있다.

司馬，司馬至醉如此，是亡吾國而不恤吾衆也。吾無以復戰矣！」於是乃誅子反以為戮[1045]，還師。夫穀陽之進酒也，非以妬子反，忠愛之而適足以殺之。故曰：「小忠，大忠之賊也。小利，大利之殘也。」好戰之臣，不可不察[1046]也。羞小耻以構大怨，貪小利以亡大衆。《春秋》有其戒，晉先軫是也。先軫欲要功獲名，則以秦不假道之故，請要秦師[1047]。襄公曰：「不可。夫秦伯與吾先君有結。先君一日薨而興師擊之，是孤之負吾先君，敗鄰國之交而失孝子之行也。」先軫曰：「先君薨[1048]而不弔[1049]贈，是無哀吾喪也。興師徑吾地而**{第148面}**不假道，是弱吾孤也。且柩[1050]畢[1051]尚薄[1052]屋，無哀吾喪也興師。」卜曰：「大國師將至，請擊之。」則聽先軫興[1053]兵，要之殽，擊之，匹馬隻輪無脫者，大結怨構禍於秦。接刃流血，伏[1054]尸暴[1055]骸，糜爛[1056]國家，十有餘年，卒喪其師衆，禍及大夫，憂累後世。故好戰之臣，不可不察也。

魯哀公問孔子曰：「予聞忘之甚者，徙而忘其妻，有諸乎？」孔子對曰：「此

1044) 辭의 이체자. 왼쪽부분의 ‘𤔔’가 ‘𤔔’의 형태로 되어있으며, 우부방의 ‘辛’이 아랫부분에 가로획 하나가 더 있는 ‘辛’의 형태로 되어있다.

1045) 戮의 이체자. 왼쪽 윗부분의 ‘羽’가 ‘ヨヨ’의 형태로 되어있다.

1046) 察의 이체자. 머리 ‘宀’ 아랫부분의 ‘祭’의 형태가 ‘祭’의 형태로 되어있다.

1047) 師의 이체자. 왼쪽 맨 윗부분의 ‘丿’의 형태가 빠져있다. 이번 단락의 위에서는 정자를 사용하였는데, 이번 단락의 아래에서는 정자와 이체자를 혼용하였다.

1048) 薨의 이체자. 아랫부분의 ‘死’가 판본 전체적으로 자주 사용하는 이체자 ‘死’의 형태로 되어있다. 이번 단락의 앞에서는 정자를 사용하였는데 여기서는 이체자를 사용하였다.

1049) 弔의 이체자. 머리의 ‘口’가 ‘マ’의 형태로 되어있다.

1050) 柩의 이체자. 오른쪽부분 ‘匚’ 안의 ‘久’가 ‘攵’의 형태로 되어있다.

1051) 畢의 이체자. 맨 아래의 가로획 하나가 빠져있다.

1052) 薄의 이체자. 머리 ‘艹’ 아래 오른쪽부분의 ‘尃’가 ‘専’의 형태로 되어있다.

1053) 興의 이체자. 윗부분 가운데의 ‘同’의 형태가 ‘目’의 형태로 되어있다. 이번 단락의 앞에서는 모두 다른 형태의 이체자 ‘興’을 사용하였다.

1054) 伏의 이체자. 오른쪽부분의 ‘犬’이 ‘丶’이 빠진 ‘大’의 형태로 되어있다. 필자는 후조당 판본을 먼저 검토했기 때문에 훼손 가능성을 의심했지만, 국립중앙도서관 · 고려대 · 후조당 소장본 모두 이 이체자로 되어있다.

1055) 暴의 이체자. 윗부분의 ‘日’이 ‘田’의 형태로 되어있다.

1056) 爛의 이체자. 오른쪽부분 ‘門’ 안의 ‘柬’이 ‘東’의 형태로 되어있다.

非忘之甚者也，忘之甚者忘其身。」哀公曰：「可得聞與？」對曰：「昔夏桀貴為天子，富有天下，不脩禹之道，毁[1057]壊[1058]辟法，裂絶世祀，**荒**[1059]湰[1060]于樂，沉酗于酒。其臣有左師觸龍者，諂謏[1061]**{第149面}**不止。湯誅桀，左師觸龍者身死，四支不同壇而居，此忘其身者也。」哀公愀然變色，曰：「**善**！」

孔子之周，觀於太廟。右陛之前，有金人焉，三緘其口，而銘其背曰：「古之慎言人也。戒之哉！戒之哉！無多言，多言多敗。無多事，多事多患。安樂必戒，無行所悔[1062]。勿謂何傷，其禍將長。勿謂何害，其禍將大。勿謂何殘，其禍將然。勿謂莫聞，天妖伺人。熒熒不滅，炎炎奈何。涓涓不壅，將成江河。緜緜不絶，将[1063]成網[1064]羅。青青不伐，將尋[1065]斧柯。誠不能慎之，禍之根也。曰是何傷？禍之門也。強**梁**者不得其死，好勝者必遇其敵。盜怨主人，民害其貴**{第150面}**。君子知天下之不可盖也，故後之下之，使人慕之。執雌持下，莫能與之爭者。人皆趨彼，我獨守此。衆人惑惑，我獨不從。内藏[1066]我知，不與人論[1067]技。我雖尊高，人莫害我。夫江河長百谷者，以其卑下也。天道無親，常與**善**人。戒之哉！戒之哉！」孔子顧謂弟子曰：「記之！此言雖鄙，而中事情。《詩》曰：『戰戰兢兢，如臨深淵[1068]，如履[1069]薄[1070]冰。』行身如此，豈以口遇禍哉！」

1057) 毁의 이체자. 왼쪽 윗부분의 '臼'가 '旧'의 형태로 되어있고, 우부방의 '殳'가 '㕙'의 형태로 되어있다.
1058) 壞의 이체자. 오른쪽 가운데부분의 '罒'의 형태가 빠져있으며 그 아랫부분은 '衣'의 형태로 되어있다.
1059) 荒의 이체자. 가운데부분의 '亡'이 '巨'의 형태로 되어있다.
1060) 淫의 이체자. 오른쪽 윗부분의 '爫'의 형태가 '夕'의 형태로 되어있고, 아랫부분의 '壬'이 '缶'의 형태로 되어있다.
1061) 諛의 이체자. 오른쪽부분의 '臾'가 '叓'의 형태로 되어있다.
1062) 悔의 이체자. 오른쪽 아랫부분의 '母'가 '毋'의 형태로 되어있다.
1063) 將의 이체자. 왼쪽부분의 '爿'이 '丬'의 형태로 되어있고, 오른쪽 윗부분의 '夕'의 형태가 '爫'의 형태로 되어있다. 이번 앞과 뒤에서는 모두 정자를 사용하였다.
1064) 網의 이체자. 오른쪽 '冂' 안의 아랫부분의 '亡'이 '巨'의 형태로 되어있다.
1065) 尋의 이체자. 가운데 오른쪽부분의 '口'가 '几'의 형태로 되어있다.
1066) 藏의 이체자. 아랫부분 왼쪽의 '爿'의 형태가 빠져있고, '臣'이 '目'의 형태로 되어있다.
1067) 論의 이체자. 오른쪽부분의 '侖'이 '侖'의 형태로 되어있다.

魯哀侯棄國而走齊。齊侯曰：「君何年之少而棄國之蚤[1071]？」魯哀侯曰：「臣始為太子之時，人多諫臣，臣受而不用也。人多愛臣，臣愛而不近也。是則**{第151面}**內無聞而外無輔也。是猶秋蓬，惡於根本而美於枝葉[1072]，秋風一起，根且拔[1073]矣也。」

孔子行遊，中路聞哭者聲，其音甚悲。孔子曰：「驅之！驅之！前有異[1074]人音。」少進，見之，丘吾子也。擁鐮帶[1075]索而哭。孔子辟車而下，問曰：「夫子非有喪也，何哭之悲也？」丘吾子對曰：「吾有三失。」孔子曰：「願聞三失。」丘吾子曰：「吾少好學問，周遍天下，還後，吾親亡，一失也。事君奢驕，諫不遂，是二失也。厚交友而後絶，三失也。樹欲静乎風不定，子欲養乎親不待。往而不來者[1076]，年也。不可得再見者，親也。請從此辭。」則自刎而死。孔子曰：「弟[1077]子記之，此**{第152面}**足以為戒也。」於是弟子歸養親者十三人。

孔子論《詩》，至於正月之六章[1078]，懼然曰：「不逢時之君子，豈不殆[1079]哉？從上依世則廢道，違上離俗則危身。世不與善，己獨由之，則曰非妖則孽也。是以桀殺關[1080]龍逄[1081]，紂殺王子比干。故賢者不遇時，常恐[1082]不終焉。《詩》

1068) 淵의 이체자. 오른쪽부분의 '㸚'이 '𣶒'의 형태로 되어있다.
1069) 履의 이체자. '尸'의 아랫부분 왼쪽의 '彳'이 '氵'의 형태로 되어있다.
1070) 薄의 이체자. 머리 '++' 아래 오른쪽부분의 '尃'가 '専'의 형태로 되어있다.
1071) 蚤의 이체자. 윗부분의 '叉'의 형태가 '㕚'의 형태로 되어있다.
1072) 葉의 이체자. 머리의 '++' 아래 '世'가 '丗'의 형태로 되어있다.
1073) 拔의 이체자. 오른쪽부분의 '犮'이 '友'의 형태로 되어있다.
1074) 異의 이체자. 아랫부분의 '共'의 가운데에 세로획 하나가 첨가된 '卄'의 형태로 되어있다.
1075) 帶의 이체자. 윗부분 '卌'의 형태가 '卌'의 형태로 되어있다.
1076) 者의 이체자. 윗부분의 '土'의 형태가 '上'의 형태로 되어있다. 이번 단락의 아래에서는 정자를 사용하였다.
1077) 弟의 이체자. 윗부분의 '丷'의 형태가 '八'의 형태로 되어있다.
1078) 章의 이체자. 머리 '立'의 아랫부분의 '早'가 '甲'의 형태로 되어있다.
1079) 殆의 이체자. 좌부변의 '歹'이 '歺'의 형태로 되어있다.
1080) 關의 이체자. '門'안의 '丝'의 형태가 '关'의 형태로 되어있다.
1081) 逄의 이체자. 오른쪽 아랫부분의 '丰'의 형태가 '牛'의 형태로 되어있다. 이번 단락의 앞에서는 정자를 사용하였는데 여기서는 이체자를 사용하였다.

曰：『謂天盖高，不敢不跼。謂地盖厚，不敢不蹐。』此之謂也。」

孔子見羅者，其所得者，皆黃口也。孔子曰：「黃口盡得，大爵獨不得，何也？」羅者對曰：「黃口從大爵者不得，大爵從黃口者可得。」孔子顧謂弟子曰：「君子愼所[1083]從，不得其人則有羅網[1084]之患。」**{第153面}**

脩身正行，不可以不愼。嗜[1085]欲使行虧[1086]，讒諛亂[1087]正心，衆口使意回。憂患生於所忽，禍起於細微，汙辱[1088]難湔洒[1089]，敗事不可復追，不深念[1090]遠慮[1091]，後悔當幾何？夫徼幸者，伐性之斧也。嗜欲者，逐禍之馬也。謾諛者，窮辱之舍也。取虐於人者，趨禍之路也。故曰：「去徼幸，務忠信，節嗜欲，無取虐於人，則稱為君子，名聲常存。」怨生於不報，禍生於多福，安危存於自處[1092]，不困在於蚤豫[1093]，存亡在於得人。愼終如始，乃能長久[1094]。能行此五者，可以全身。己所不欲，勿施於人，是謂要道也。

顏回將西[1095]游，問於孔子曰：「何以為身？」孔子曰：「恭**{第154面}**[1096]敬忠

1082) 恐의 이체자. 윗부분 오른쪽의 '凡'이 '口'의 형태로 되어있다.

1083) 所의 이체자.

1084) 網의 이체자. 앞의 단락에서 사용한 이체자 '網'과 다르게 오른쪽 '冂' 안의 아랫부분의 '亡'이 'ㄴ'의 형태로 되어있다.

1085) 嗜의 이체자. 오른쪽 아랫부분의 '日'이 '目'의 형태로 되어있다.

1086) 虧의 이체자. 왼쪽부분의 '雐'가 '虐'의 형태로 되어있다.

1087) 亂의 이체자. 앞에서 사용한 이체자 '亂'과는 다르게 왼쪽부분의 '𤔔'의 형태가 '𤔔'의 형태로 되어있고 우부방의 'ㄴ'이 '乚'의 형태로 되어있다.

1088) 辱의 이체자. 윗부분의 '辰'이 '辰'의 형태로 되어있다. 이번 단락의 아래에서는 정자를 사용하였다.

1089) 洒의 이체자. 오른쪽부분의 '西'가 '襾'의 형태로 되어있다. 欽定四庫全書本은 조선간본과 다르게 '灑'로 되어있고, 《說苑校證》과 《설원3》에도 모두 '灑'로 되어있으며, 《說苑全譯》은 본문이 간체자로 되어있기 때문에 '洒'로 되어있다. 그러므로 조선간본의 '洒'는 '灑'의 略字로 쓰인 것이다.

1090) 念의 이체자. 윗부분의 '今'이 '亼'의 형태로 되어있다.

1091) 慮의 이체자. 윗부분의 '虍'가 '戸'의 형태로 되어있다. 다음 단락에서는 정자를 사용하였다.

1092) 處의 이체자. '虍' 아랫부분의 '処'가 '匆'의 형태로 되어있다.

1093) 豫의 이체자. 오른쪽 가운데부분의 '罒'의 형태가 '皿'의 형태로 되어있다.

1094) 久의 이체자.

信, 可以為身。恭則免於衆, 敬則人愛之, 忠則人與之, 信則人恃之。人所愛, 人所與, 人所恃, 必免於患矣, 可以臨國家, 何况於身乎？故不比[1097]數[1098]而比踈[1099], 不亦遠乎？不脩中而脩外, 不亦反乎？不先慮事, 臨難乃謀, 不亦晚乎？」

凡[1100]司其身, 必慎五本：一曰柔以仁, 二曰誠以信, 三曰冨而貴毋敢以驕人, 四曰恭以敬, 五曰寛以静。思此五者, 則無凶命, 曰[1101]飭治敬以助天時, 凶命不至而禍[1102]不来。敬人者, 非敬人也, 自敬也。貴人者, 非貴人也, 自貴也。昔者, 吾嘗見天雨金、石與血。吾嘗見四月、十日並出, 有與天滑。吾嘗**{第155面}**見高山之崩, 深谷之窒, 大都王宮之破, 大國之滅。吾嘗見髙[1103]山之為裂, 深淵之沙竭[1104], 貴人之車裂。吾嘗見稠林之無木, 平原為谿谷, 君子為御僕。吾嘗見江河乾為坑, 正冬采榆**葉**, 仲夏雨雪霜, 千乘之君、萬乘之主, 死而不葬[1105]。是故君子敬以成其名, 小人敬以除其刑。奈何無戒而不慎五本哉！

魯有恭士, 名曰机氾, 行年七十, 其恭益甚, 冬日行陰[1106], 夏日行陽, 市次

1095) 西의 이체자. '口'위의 '兀'의 형태가 'ㅠ'의 형태로 되어있으며, 양쪽의 세로획이 '口'의 맨 아랫부분에 붙어 있다.

1096) 고려대학교 소장본은 이번 면인 제154면부터 제10권의 마지막 면인 제158면까지 모두 일실되어 있다. 그런데 이번 면의 자리에 제11권의 제4면이 제본되어있다.

1097) 比의 이체자. 양쪽 모두 '上'의 형태로 되어있다. 이번 단락의 아래에서는 정자를 사용하였다.

1098) 數의 이체자. 왼쪽부분의 '婁'가 '婁'의 형태로 되어있다.

1099) 疎의 이체자. 좌부변의 '疋'의 형태가 '足'의 형태로 되어있다.

1100) 凡의 이체자. '几' 안쪽의 '丶'이 직선 형태로 되어있으며 그 가로획이 오른쪽 '乁'획의 밖으로 삐져나와 있다.

1101) 欽定四庫全書本은 조선간본과 다르게 '用'으로 되어있고,《說苑校證》·《說苑全譯》·《설원3》에서도 모두 '用'으로 되어있다. 여기서는 '임용하다'라는 의미이기 때문에 조선간본의 '曰'은 문맥에 맞지 않다. 그런데《說苑全譯》에서는 原文(明鈔本)에는 '曰'로 되어있다고 하였다.(劉向 原著, 王鍈·王天海 譯註,《說苑全譯》, 貴州人民出版社, 1991. 455쪽)

1102) 禍의 이체자. 오른쪽부분의 '咼'가 '咼'의 형태로 되어있다. 이 이체자는 판본 전체적으로 자주 사용하는 이체자 '禍'는 다르게 유일하게 여기서만 사용하였다.

1103) 高의 이체자. 윗부분의 '古'의 형태가 '亩'의 형태로 되어있다. 이번 단락의 앞에서는 정자를 사용하였는데 여기서는 이체자를 사용하였다.

1104) 竭의 이체자. 오른쪽부분의 '曷'이 '曷'의 형태로 되어있다.

1105) 葬의 이체자. 가운데부분의 '死'가 '死'의 형태로 되어있다.

不敢不行，参行必随[1107)]，坐必危，一食之間，三起不羞，見衣裘褐[1108)]之士則為之禮。魯君問曰：「机子年甚長矣，不可釋恭乎？」机氾**{第156面}**對[1109)]曰：「君子好恭以成其名，小人學恭以除其刑。對君之坐，豈不安哉[1110)]？尚有差跌。一食之上，豈不美哉？尚有哽噎。今若[1111)]氾所謂幸者也，固未能自必。鴻鵠飛冲天，豈不高哉？繒[1112)]繳尚得而加之。虎豹為猛，人尚食其肉，席其皮。譽人者少，惡人者多，行年七十，常恐斧質之加於氾者，何釋恭為？」

成回學於子路三年，回恭敬不已。子路問其故何也？回對曰：「臣聞之，行者比於鳥，上畏鷹鸇，下畏網羅。夫人為善者少，為讒[1113)]者多，若身不死，安知禍罪不施？行年七十，常恐行節之虧[1114)]。回是以恭敬待大命。」子路稽[1115)]首曰：「君子哉！」**{第157面}**

劉向說苑卷第十**{第158面}**[1116)]

1106) 陰의 이체자. 오른쪽부분의 '侌'이 '侌'의 형태로 되어있다.

1107) 隨의 略字. 오른쪽부분 '辶' 위의 '育'의 형태가 '有'의 형태로 되어있다.

1108) 褐의 이체자. 좌부변의 '衤'가 '衤'의 형태로 되어있으며, '曷'이 '曷'의 형태로 되어있다.

1109) 對의 이체자. 자주 사용하는 이체자 '對'와는 다르게 왼쪽부분의 '丵'의 형태가 '丵'의 형태로 되어있다. 이번 단락의 아래에서는 이 이체자를 사용하였다.

1110) 哉의 이체자. 왼쪽 아랫부분의 '口'가 'ク'의 형태로 되어있다. 이번 단락의 아래에서는 이 이체자와 정자를 혼용하였다.

1111) 若의 이체자. 머리의 '++' 아랫부분의 '右'가 '石'의 형태로 되어있고, 머리의 '++'가 아랫부분의 '石'에 붙어 있다.

1112) 繒의 이체자. 오른쪽부분의 '曾'이 '曽'의 형태로 되어있다.

1113) 讒의 이체자. 오른쪽 윗부분의 '㲋'이 '免'의 형태로 되어있으며, 그 아랫부분의 '兔'도 '免'의 형태로 되어있다.

1114) 虧의 이체자. 왼쪽부분의 '雐'가 '虗'의 형태로 되어있고, 앞의 단락에서 사용한 이체자 '虧'와는 다르게 오른쪽부분의 '亏'이 '亐'의 형태로 되어있다.

1115) 稽의 이체자. 오른쪽 윗부분의 '尤'가 '九'의 형태로 되어있고 그 아랫부분의 '匕'가 '⊥'의 형태로 되어있다.

1116) 제10권의 본문은 이전 면인 제157면에서 끝나고 이번 제158면에는 卷尾의 제목만 인쇄되어있다. 그런데 이번 면의 계선은 11행이 아닌 10행이며, 제목은 제일 마지막 행이 아닌 제4행에 인쇄되어있다.

第三部

朝鮮刊本 劉向《說苑》의 原版本

《第一冊》

劉向說苑序　曾鞏

劉向所序說苑二十篇崇文總目云今存者五
篇餘皆亡臣從士大夫間得之者十有五篇與
舊為二十五篇正其脫謬疑者闕之而敘其目
曰向采傳記百家所載行事之迹以為此書奏
之欲以為法戒然其所取或有不當於理故不
得而不論也夫學者之於道非知其大略之難
也知其精微之際固難矣孔子之徒三千其顯
者七十二人皆高世之材也然獨稱顏氏之子
其殆庶幾乎及回死又以為無好學者而回亦

1

표지

稱夫子曰仰之彌高鑽之彌堅子貢又以謂夫
子之言性與天道不可得而聞也則其精微之
際固難知久矣是以取舍不能無失於其間也
故曰學然後知不足豈虛言哉向之學博矣其
著書及建言尤欲有為於世忘其枉己而為之
者有矣何其徇物者多而自為者少也蓋古之
聖賢非不欲有為也然而曰求之有道得之有
命故孔子所至之邦必聞其政而子貢以謂非
夫子之求之也豈不求之有道哉子曰道之將
行也歟命也道之將廢也歟命也豈不得之有
命哉令向知出此安於行止以彼其志能擇其

2

所學以盡乎精微則其所至未可量也是以孔
子稱古之學者為己孟子稱君子欲其自得之
自得之則取諸左右逢其原豈汲汲於外哉向
之得失如此亦學者之戒也故見之敘論令讀
其書者知考而擇之也然向數困於讒而不改
其操與夫患失者異矣可謂有志者也

目錄

3

十萬言以上凡二十篇七百八十四章號曰新
苑皆可觀臣向昧死

5

卷第九 正諫 卷第十 敬愼
卷十一 善說 卷十二 奉使
卷十三 權謀 卷十四 至公
卷十五 指武 卷十六 叢談
卷十七 雜言 卷十八 辨物
卷十九 修文 卷二十 反質
護左都水使者光祿大夫臣向言所校中書說
苑雜事及臣向書民間書誣校讎其事類衆多
章句相溷或上下謬亂難分別次序除去與新
序復重者其餘者淺薄不中義理別集以為百
家後令以類相從一一條別篇目更以造新事

4

劉向說苑卷第一
君道
晉平公問於師曠曰人君之道如何對曰人君
之道清淨無為務在博愛趨在任賢廣開耳目
以察萬方不固溺於流俗不拘繫於左右廓然
遠見踔然獨立屢省考績以臨臣下此人君之
操也平公曰善
齊宣王謂尹文曰人君之事何如尹文對曰人
君之事無為而能容下夫事寡易從法省易因
故民不以政獲罪也大道容衆大德容下聖人
寡為而天下理矣書曰睿作聖詩人曰岐有夷

1

6

之行子孫其保之宣王曰善
成王封伯禽為魯公召而告之曰爾知為人上
之道乎凡處尊位者必以敬下順德規諫必開
不諱之門撙節安靜以藉之諫者勿振以威毋
格其言博采其辭乃擇可觀夫有文無武無以
威下有武無文民畏不親文武俱行威德乃成
既成威德民親以服清白上通巧佞下塞諫者
得進忠信乃畜伯禽再拜受命而辭
陳靈公行僻而言失泄冶曰陳其亡矣吾驟諫
君君不吾聽而愈失威儀夫上之化下猶風靡
草東風則草靡而西西風則草靡而東在風所

2

由而草為之靡是故人君之動不可不慎也夫
樹曲木者惡得直景人君不直其行不敬其言
者未有能保帝王之號垂顯令之名者也易曰
夫君子居其室出其言善則千里之外應之況
其邇者乎居其室出其言不善則千里之外違
之況其邇者乎言出於身加於民行發乎邇見
乎遠言行君子之樞機樞機之發榮辱之主君
子之所以動天地可不慎乎天地動而萬物變
化詩曰慎爾出話敬爾威儀無不柔嘉此之謂
也今君不是之慎而縱恣焉不亡必弒靈公聞
之以泄冶為妖言而殺之後果弒於徵舒

3

魯哀公問於孔子曰吾聞君子不博有之乎孔
子對曰有之哀公曰何為其不博也孔子對曰
為其有二乘哀公曰有二乘則何為不博也孔
子對曰為行惡道也哀公懼焉有間曰若是乎
君子之惡惡道之甚也孔子對曰惡惡道不能
甚則其好善道亦不能甚好善道不能甚則百
姓之親之也亦不能甚詩云未見君子憂心惙
惙亦既見止亦既覯止我心則悅詩之好善道
之甚也如此哀公曰善哉吾聞君子成人之美
不成人之惡微孔子吾焉聞斯言也哉
河間獻王曰堯存心於天下加志於窮民痛萬

4

姓之罹罪憂恨生之不遂也有一民飢則曰此
我飢之也有一人寒則曰此我寒之也一民有
罪則曰此我陷之也仁昭而義立德博而化廣
故不賞而民勸不罰而民治先恕而後教是堯
道也當舜之時有苗氏不服其所以不服者大
山在其南殿山在其北左洞庭之波右彭蠡之
川因此險也所以不服禹欲伐之舜不許曰諭
教猶未竭也究諭教焉而有苗氏請服天下聞
之皆非禹之義而歸舜之德
周公踐天子之位布德施惠遠而逾明十二牧
方三人出舉遠方之民有飢寒而不得衣食者

5

有獄訟而失職者有賢才而不舉者以入告乎
天子天子於其君之朝也揖而進之曰意朕之
政教有不得者與何其所臨之民有飢寒不得
衣食者有獄訟而失職者有賢才而不舉者也
其君歸也乃召其國大夫告用天子之言百姓
聞之皆喜曰此誠天子也何居之深遠而見我
之明也豈可欺哉故牧者所以辟四門明四目
達四聰也是以近者親之遠者安之詩曰柔遠
能邇以定我王此之謂矣
河間獻王曰禹稱民無食則我不能使也功成
而不利於人則我不能勸也故疏河以導之鑿

6

江通於九派灑五湖而定東海民亦勞矣然而
不怨苦者利歸於民也
禹出見罪人下車問而泣之左右曰夫罪人不
順道故使然焉君王何為痛之至於此也禹曰
堯舜之人皆以堯舜之心為心今寡人為君也
百姓各自以其心為心是以痛之也書曰百姓
有罪在予一人
虞人與芮人質其成於文王入文王之境則見
其人民之讓為士大夫入其國則見其士大夫
讓為公卿二國者相謂曰其人民讓為士大夫
其士大夫讓為公卿然則此其君亦讓以天下

7

而不居矣二國者未見文王之身而讓其所爭
以為閒田而反孔子曰大哉文王之道乎其不
可加矣不動而變無為而成敬慎恭己而虞芮
自平故書曰惟文王之敬忌此之謂也
成王與唐叔虞燕居剪梧桐葉以為珪而授唐
叔虞曰余以此封汝唐叔虞喜以告周公周公
以請曰天子封虞耶成王曰余一與虞戲也周
公對曰臣聞之天子無戲言言則史書之工誦
之士稱之於是遂封唐叔虞於晉周公旦可謂
善說矣一稱而成王益重言明愛弟之義有輔
王室之固當堯之時舜為司徒契為司馬禹為

8

司空后稷為田疇夔為樂正倕為工師伯夷為
秩宗皋陶為大理益掌敺禽堯體力便巧不能
為一焉堯為君而九子為臣其何故也堯知九
職之事使九子者各受其事皆勝其任以成九
功堯遂成厥功以王天下是故知人者王道也
知事者臣道也王道知人臣道知事毋亂舊法
而天下治矣
湯問伊尹曰三公九卿二十七大夫八十一元
士知之有道乎伊尹對曰昔者堯見人而知舜
任人然後知禹以成功舉之夫三君之舉賢皆
異道而成功然尚有失者況無法度而任己直

9

意用人必大失矣故君使臣自貢其能則萬一
之不失矣王者何以選賢夫王者得賢材以自
輔然後治也雖有堯舜之明而股肱不備則主
恩不流化澤不行故明君在上慎於擇士務於
求賢設四佐以自輔有英俊以治官尊其爵重
其祿賢者進以顯榮罷者退而勞力是以主無
遺憂下無邪慝百官能治臣下樂職恩流群生
潤澤草木昔者虞舜左禹右皐陶不下堂而天
下治此使能之効也
武王問太公曰舉賢而以危亡者何也太公曰
舉賢而不用是有舉賢之名而不得真賢之實

10

也武王曰其失安在太公望曰其失在君好用
小善而已不得真賢也武王曰好用小善者何
如太公曰君好聽譽而不惡讒也以非賢為賢
以非善為善以非忠為忠以非信為信其君以
譽為功以毀為罪有功者不賞有罪者不罰多黨
者進少黨者退是以群臣比周而蔽賢百吏群
黨而多姦忠臣以誹死於無罪邪臣以譽賞於
無功其國見於危亡武王曰善吾今日聞誹譽
之情矣
武王問太公曰得賢敬士或不能以為治者何
也太公對曰不能獨斷以人言斷者殃也武王

11

曰何為以人言斷太公對曰不能定所去以人
言去不能定所取以人言取不能定所為以人
言為不能定所罰以人言罰不能定所賞以人
言賞賢者不必用不肖者不必退而士不必敬
武王曰善其為國何如太公對曰其為人惡聞
其情而喜聞人之情惡聞其惡而喜聞人之惡
是以不必治也武王曰善
齊桓公問於甯戚曰筦子今年老矣為棄寡人
而就世也吾恐法令不行人多失職百姓疾怨
國多盜賊吾何如而使姦邪不起民衣食足乎
甯戚對曰要在得賢而任之桓公曰得賢柰何

12

甯戚對曰開其道路察而用之尊其位重其祿
顯其名則天下之士騷然舉足而至矣桓公曰
既以舉賢士而用之矣微夫子幸而臨之則未
有布衣屈奇之士踵門而求見寡人者甯戚對
曰是君察之不明舉之不顯而用之疑官之卑
祿之薄也且夫國之所以不得士者有五阻焉
主不好士諂諛在傍一阻也言便事者未嘗見
用二阻也壅塞掩蔽必因近習然後見察三阻
也訊獄詰窮其辭以法過之四阻也執事適欲
擅國權命五阻也去此五阻則豪俊並興賢智
求處五阻不去則上蔽吏民之情下塞賢士之

13

路是故明王聖主之治若夫江海無不受故長
爲百川之主明王聖君無不容故安樂而長久
因此觀之則安主利人者非獨一士也桓公曰
善吾將著夫五阻以爲戒本也
齊景公問於晏子曰寡人欲從夫子而善齊國
之政對曰嬰聞之國具官而后政可善景公作
色曰齊國雖小則何爲不具官乎對曰此非臣
之所復也昔先君桓公身體墮懈辭令不給則
隰朋侍左右多過刑罰不中則弦章侍居處肆
縱左右懾畏則東郭牙侍田野不修人民不安
則寗戚侍軍吏怠戎士偷則王子成父侍德義

14

不中信行衰微則管子侍先君能以人之長續
其短以人之厚補其薄是以辭令窮遠而不逆
兵加於有罪而不頓是故諸侯朝其德而天子
致其胙今君之失多矣未有一士以聞者也故
曰未具景公曰善吾聞高繚與夫子游寡人請
見之晏子曰臣聞爲地戰者不能成王爲祿仕
者不能成政若高繚與嬰爲兄弟久矣未嘗干
嬰之過補嬰之闕特進仕之臣也何足以補君
燕昭王問於郭隗曰寡人地狹人寡齊人削取
八城匈奴驅馳樓煩之下以孤之不肖得承宗
廟恐危社稷存之有道乎郭隗曰有然恐王之

15

不能用也昭王避席願請聞之郭隗曰帝者之
臣其名臣也其實師也王者之臣其名臣也其
實友也霸者之臣其名臣也其實賓也危國之
臣其名臣也其實虜也今王將東面目指氣使
以求臣則廝役之材至矣南面聽朝不失揖讓
之禮以求臣則人臣之材至矣西面等禮相亢
下之以色不乘勢以求臣則朋友之材至矣北
面拘指逡巡而退以求臣則師傅之材至矣如
此則上可以王下可以霸唯王擇焉燕王曰寡
人願學而無師郭隗曰王誠欲興道隗請爲天
下之士開路於是燕王常置郭隗上坐南面居

16

三年蘇子聞之從周歸燕鄒衍聞之從齊歸燕
樂毅聞之從趙歸燕屈景聞之從楚歸燕四子
畢至果以弱燕并強齊夫燕齊非均權敵戰之
國也所以然者四子之力也詩曰濟濟多士文
王以寧此之謂也
楚莊王既服鄭伯敗晉師將軍子重三言而不
當莊王歸過申侯之邑申侯進飯日中而王不
食申侯請罪莊王喟然歎曰吾聞之其君賢者
也而又有師者王其君中君也而又有師者霸
其君下君也而群臣又莫若君者亡今我下君
也而群臣又莫若君不穀恐亡且世不絶聖

17

國不絶賢天下有賢而我獨不得若吾生者何
以食爲故戰服大國義從諸侯戚然憂恐聖知
不在乎身自惜不肖思得賢佐日中忘飯可謂
明君矣
明主者有三懼一曰處尊位而恐不聞其過二
曰得意而恐驕三曰聞天下之至言而恐不能
行何以識其然也越王勾踐與吳人戰大敗之
兼有九夷當是時也南面而立近臣三遠臣五
令群臣曰聞吾過而不告者其罪刑此處尊位
而恐不聞其過者也昔者晉文公與楚人戰大
勝之燒其軍火三日不滅文公退而有憂色侍

18

者曰君大勝楚今有憂色何也文公曰吾聞能
以戰勝而安者其唯聖人乎若夫詐勝之徒未
嘗不危也吾是以憂此得意而恐驕也昔齊桓
公得管仲隰朋辯其言說其義正月之朝令具
太牢進之先祖桓公西面而立管仲隰朋東面
而立桓公贊曰自吾得聽二子之言吾目加明
耳加聰不敢獨擅願薦之先祖此聞天下之至
言而恐不能行者也
齊景公出獵上山見虎下澤見蛇歸召晏子而
問之曰今日寡人出獵上山則見虎下澤則見
蛇殆所謂之不祥也晏子曰國有三不祥是不

19

與焉夫有賢而不知一不祥知而不用二不祥
用而不任三不祥也所謂不祥乃若此者也今
上山見虎虎之室也下澤見蛇蛇之穴也如虎
之室如蛇之穴而見之曷爲不祥也
楚莊王好獵大夫諫曰晉楚敵國也楚不謀晉
晉必謀楚今王無乃耽於樂乎王曰吾獵將以
求士也其榛藂刺虎豹者吾是以知其勇也其
攫犀搏兕者吾是以知其勁有力也罷田而分
所得吾是以知其仁也因是道也而得三士焉
楚國以安故曰苟有志則無非事者此之謂也
湯之時大旱七年雒坼川竭煎沙爛石於是使

20

人持三足鼎祝山川教之祝曰政不節耶使人
疾耶苞苴行耶讒夫昌耶宮室營耶女謁盛耶
何不雨之極也蓋言未已而天大雨故天之應
人如影之隨形響之效聲者也詩云上下奠瘞
靡神不宗言疾旱也
殷太戊時有桑穀生於庭昏而生比旦而拱史
請卜之湯廟太戊從之卜者曰吾聞之祥者福
之先者也見祥而爲不善則福不生殃者禍之
先者也見殃而能爲善則禍不至於是乃早朝
而晏退問疾弔喪三日而桑穀自亡
高宗者武丁也高而宗之故號高宗成湯之後

21

先王道缺刑法違犯桑穀俱生乎朝七日而大
拱武丁召其相而問焉其相曰吾雖知之吾弗
得言也聞諸祖己桑穀者野草也而生於朝意
者國亡乎武丁恐駭飭身修行思先王之政興
滅國繼絶世舉逸民明養老三年之後蠻夷重
譯而朝者七國此之謂存亡繼絶之主是以高
而尊之也
宋大水魯人弔之曰天降淫雨谿谷滿盈延及
君地以憂執政使臣敬弔宋人應之曰寡人不
佞齋戒不謹邑封不修使人不時天加以殃又
遺君憂拜命之辱君子聞之曰宋國其庶幾乎

22

問曰何謂也曰昔者夏桀殷紂不任其過其亡
也忽焉成湯文武知任其過其興也勃焉夫過
而改之是猶不過也故曰其庶幾乎宋人聞之
夙興夜寐早朝晏退弔死問疾勠力宇內三年
歲豐政平嚮使宋人不聞君子之語則年穀未
豐而國未寧詩曰佛時仔肩示我顯德行此之
謂也
楚昭王有疾卜之曰河爲祟大夫請用三牲焉
王曰止古者先王割地制土祭不過望江漢睢
漳楚之望也禍福之至不是過也不穀雖不德
河非所獲罪也遂不祭焉仲尼聞之曰昭王可謂

23

知天道矣其不失國宜哉
楚昭王之時有雲如飛鳥夾日而飛三日昭王
患之使人乘駟東而問諸太史州黎州黎曰將
虐於王身以令尹司馬說焉則可令尹司馬聞
之宿齋沐浴將自以身禱之焉王曰止楚國之
有不穀也由身之有匈脅也其有令尹司馬也
由身之有股肱也匈脅有疾轉之股肱庸爲去
是人也
邾文公卜徙於繹史曰利於民不利於君君曰
苟利於民寡人之利也天生蒸民而樹之君以
利之也民既利矣孤必與焉侍者曰命可長也

24

君胡不爲君曰命在牧民死之短長時也民苟
利矣吉孰大焉遂徙於繹
楚莊王見天不見妖而地不出孽則禱於山川
曰天其忘予歟此能求過於天必不逆諫矣安
不忘危故能終而成霸功焉
湯曰藥食先嘗於卑然後至於貴藥言先獻於
貴然後聞於卑故藥嘗乎卑然後至乎貴教也
藥言獻於貴然後聞於卑道也故使人味食然
後食者其得味也多使人味言然後聞言者其
得言也少是以明王之言必自他聽之必自他
聞之必自他擇之必自他取之必自他聚之必

25

自他藏之必自他行之故道以數取之爲明以
數行之爲章以數施之萬物爲藏是故求道者
不以目而以心取道者不以手而以耳
楚文王有疾告大夫曰莞饒館我以義違我以
禮與處不安不見不思然吾道得焉必以吾時
爵之申侯伯吾所欲者勸我爲之吾所樂者先
我行之與處則安不見則思然吾有喪焉必以
吾時遣之大夫許諾乃爵莞饒以大夫贈申侯
伯而行之申侯伯將之鄭王曰必戒之矣而爲
人也不仁而欲得人之政毋以之魯衛宋鄭不
聽遂之鄭三年而得鄭國之政五月而鄭人殺

26

之
趙簡子與欒激遊將沈於河曰吾嘗好聲色矣
而欒激致之吾嘗好宮室臺榭矣而欒激爲之
吾嘗好良馬善御矣而欒激求之今吾好士六
年矣而欒激未嘗進一人是進吾過而黜吾善
也
或謂趙簡子曰君何不更乎簡子曰諾左右曰
君未有過何更君曰吾謂是諾未必有過也吾
將求以來諫者也今我却之是却諫者諫者必
止我過無日矣
韓武子田獸已聚矣田車合矣傳來告曰晉公

27

韓武子謂欒懷子曰子亦知吾好田獵也獸已
聚矣田車合矣吾可以卒獵而後反乎懷子對
曰范氏之亡也多輔而少拂今臣於君輔也畾
於君拂也君胡不問於畾也武子曰盈而欲拂
我乎而輔我矣何必畾哉遂輟田
師經鼓琴魏文侯起舞賦曰使我言而無見違
師經援琴而撞文侯不中中旒潰之文侯謂左
右曰爲人臣而撞其君其罪如何左右曰罪當
烹提師經下堂一等師經曰臣可一言而死乎
文侯曰可師經曰昔堯舜之爲君也唯恐言而
人不違桀紂之爲君也唯恐言而人違之臣撞

28

桀紂非撞吾君也文侯曰釋之是寡人之過也
懸琴於城門以爲寡人符不補旒以爲寡人戒
齊景公問於菑聞晏子卒公乘輿素服馹而驅
之自以爲遲下車而趨知不若車之速則又乘
比至於國者四下而趨行哭而往矣至伏屍而
號曰子大夫日夜責寡人不遺尺寸寡人猶且
淫泆而不收怨罪重積於百姓今天降禍於齊
國不加寡人而加夫子齊國之社稷危矣百姓
將誰告矣
晏子沒十有七年景公飲諸大夫酒公射出質
堂上唱善若出一口公作色太息播弓矢弦章

29

入公曰章自吾失晏子於今十有七年未嘗聞
吾過不善入射出質而唱善者若出一口弦章
對曰此諸臣之不肖也知不足以知君之不善
勇不足以犯君之顏色然而有一焉臣聞之君
好之則臣服之君嗜之則臣食之夫尺蠖食黃
則其身黃食蒼則其身蒼君其猶有諂人言乎
公曰善今日之言章為君我為臣是時海人入
魚公以五十乘賜弦章章歸魚車塞塗撫其御之
手曰曩之唱善者皆欲若魚者也昔者晏子辭
賞以正君故過失不掩今諸臣諂諛以干利故
出質而唱善如出一口今所輔於君未見於衆

30

而受若魚是反晏子之義而順諂諛之欲也固
辭魚不受君子曰弦章之廉乃晏子之遺行也
夫天之生人也蓋非以為君也天之立君也蓋
非以為位也夫為人君行其私欲而不顧其人
是不承天意忘其位之所以宜事也如此者春
秋不予能君而夷狄之鄭伯惡一人而兼棄其
師故有夷狄不君之辭人主不以此自省惟既
以失實心奚因知之故曰有國者不可以不學
春秋此之謂也
齊人弒其君魯襄公援戈而起曰孰臣而敢殺
其君乎師懼曰夫齊君治之不能任之不肖縱

31

一人之欲以害萬夫之性非所以立君也其身
死自取之也今君不愛萬夫之命而傷一人之
死奚其過也其臣已無道矣其君亦不足惜也
孔子曰文王似元年武王似春王周公似正月
文王以王季為父以太任為母以太姒為妃以
武王周公為子以泰顛閎夭為臣其本美矣武
王正其身以正其國正其國以正天下伐無道
刑有罪一動天下正其事正矣春致其時萬物
皆及生君致其道萬人皆及治周公戴己而天
下順之其誠至矣
尊君卑臣者以勢使之也夫勢失則權傾故天

32

子失道則諸侯尊矣諸侯失政則大夫起矣大
夫失官則庶人興矣由是觀之上不失而下得
者未嘗有也
孔子曰夏道不亡商德不作商德不亡周德不
作周德不亡春秋不作春秋作而後君子知周
道亡也故上下相虧也猶水火之讙滅也人君
不可不察而大盛其臣下此私門盛而公家毀
也人君不察焉則國家危殆矣筦子曰權不兩
錯政不二門故曰脛大於股者難以步指大於
臂者難以把本小末大不能相使也
司城子罕相宋謂宋君曰國家之危定百姓之

33

治亂在君之賞罰也賞當則賢人勸罰得則
姦人止賞罰不當則賢人不勸姦人不止姦邪
比周欺上蔽主以爭爵祿不可不慎也夫賞賜
讓與者人之所好也君自行之刑罰殺戮者人
之所惡也臣請當之君曰善子主其惡寡人行
其善吾知不為諸侯笑矣於是宋君行賞賜而
與子罕刑罰國人知刑戮之威專在子罕也大
臣親之百姓附之居期年子罕逐其君而專其
政故曰無弱君無彊大夫老子曰魚不可脫於
淵國之利器不可以借人此之謂也
劉向說苑卷第一

34

劉向說苑卷第二
臣術
人臣之術順從而復命無所敢專義不苟合位
不苟尊必有益於國必有補於君故其身尊而
子孫保之故人臣之行有六正六邪行六正則
榮犯六邪則辱夫榮辱者禍福之門也何謂六
正六邪六正者一曰萌芽未動形兆未見昭然
獨見存亡之幾得失之要預禁乎不然之前使
主超然立乎顯榮之處天下稱孝焉如此者聖
臣也二曰虛心白意進善通道勉主以禮誼諭
主以長策將順其美匡救其惡功成事立歸善

35

於君不敢獨伐其勞如此者良臣也三曰卑身
賤體夙興夜寐進賢不解數稱於往古之德行
事以厲主意庶幾有益以安國家社稷宗廟如
此者忠臣也四曰明察幽見成敗早防而救之
引而復之塞其間絕其源轉禍以為福使君終
以無憂如此者智臣也五曰守文奉法任官職
事辭祿讓賜不受贈遺衣服端齊飲食節儉如
此者貞臣也六曰國家昏亂所為不諛然而敢
犯主之顏面言主之過失不辭其誅身死國安不
悔所行如此者直臣也是為六正也六邪者一
曰安官貪祿營於私家不務公事懷其智藏其

36

能主飢於論渴於策猶不肯盡節容容乎與世
沈浮上下左右觀望如此者具臣也二曰主所
言皆曰善主所為皆曰可隱而求主之所好即
進之以快主耳目偷合苟容與主為樂不顧其
後害如此者諛臣也三曰中實頗險外容貌小
謹巧言令色又心嫉賢所欲進則明其美而隱
其惡所欲退則明其過而匿其美使主妄行過
任賞罰不當號令不行如此者姦臣也四曰智
足以飾非辯足以行說反言易辭而成文章內
離骨肉之親外妬亂朝廷如此者讒臣也五曰
專權擅勢持招國事以為輕重於私門成黨以

37

富其家又復增加威勢擅矯主命以自貴顯如
此者賊臣也六曰諂言以邪墜主不義朋黨比
周以蔽主明入則辯言好辭出則更復異其言
語使白黑無別是非無間伺候可推因而附然
使主惡布於境內聞於四隣如此者亡國之臣
也是謂六邪賢臣處六正之道不行六邪之術
故上安而下治生則見樂死則見思此人臣之
術也
湯問伊尹曰三公九卿大夫列士其相去何如
伊尹對曰三公者知通於大道應變而不窮辯
於萬物之情通於天道者也其言足以調陰陽

38

正四時節風雨如是者舉以為三公故三公之
事常在於道也九卿者不失四時通於溝渠修
隄防樹五穀通於地理者也能通不能通能利
不能利如此者舉以為九卿故九卿之事常在
於德也大夫者出入與民同衆取去與民同利
通於人事行猶舉繩不傷於言言之於世不害
於身通於關梁實於府庫如是者舉以為大夫
故大夫之事常在於仁也列士者知義而不失
其心事功而不獨專其賞忠政彊諫而無有姦
詐去私立公而言有法度如是者舉以為列士
故列士之事常在於義也故道德仁義定而天

39

下正凡此四者明王臣而不臣湯曰何謂臣而
不臣伊尹對曰君之所不名臣者四諸父臣而
不名諸兄臣而不名先王之臣臣而不名盛德
之士臣而不名是謂大順也
湯問伊尹曰古者所以立三公九卿大夫列士
者何也伊尹對曰三公者所以參五事也九卿
者所以參三公也大夫者所以參九卿也列士
者所以參大夫也故參而有參是謂事宗事宗
不失外內若一
子貢問孔子曰今之人臣孰為賢孔子曰吾未
識也往者齊有鮑叔鄭有子皮賢者也子貢曰

40

然則齊無管仲鄭無子產乎子曰賜汝徒知其
一不知其二汝聞進賢為賢耶用力為賢耶子
貢曰進賢為賢子曰然吾聞鮑叔之進管仲也
聞子皮之進子產也未聞管仲子產有所進也
魏文侯且置相召李克而問焉曰寡人將置相
置於季成子與翟觸我孰置而可李克曰臣聞
之賤不謀貴外不謀內疏不謀親臣者疏賤不
敢聞命文侯曰此國事也願與先生臨事而勿
辭李克曰君不察故也可知矣貴視其所舉富
視其所與貧視其所不取窮視其所不為由此
觀之可知矣文侯曰先生出矣寡人之相定矣

41

李克出過翟黃翟黃問曰吾聞君問相於先生
未知果孰為相李克曰季成子為相翟黃作色
不說曰觸失望於先生李克曰子何遽失望於
我我於子之君也豈與我比周而求大官哉君
問相於我臣對曰君不察故也貴視其所舉富
視其所與貧視其所不取窮視其所不為由此
觀之可知也君曰出矣寡人之相定矣以是知
季成子為相翟黃不說曰觸何遽不為相乎西
河之守觸所任也計事內史觸所任也王欲攻
中山吾進樂羊無使治之臣吾進先生無使傅
其子吾進屈侯附觸何負於季成子李克曰不

42

如季成子季成子食采千鍾什九居外一居中
是以東得卜子夏田子方段干木彼其所舉人
主之師也子之所舉人臣之才也翟黃迮然而
慙曰觸失對於先生請自脩然後學言未卒而
左右言季成子立為相矣於是翟黃默然變色
內慙不敢出三月也
楚令尹死景公遇成公乾曰令尹將焉歸成公
乾曰殆於屈春乎景公怒曰國人以為歸於我
成公乾曰子資少屈春資多子義獲天下之至
憂也而子以為友鳴鶴與芻狗其知甚少而子
玩之鴟夷子皮曰侍於屈春損頗為友二人者

43

之智足以為令尹不敢專其智而委之屈春故
曰政其歸於屈春乎
田子方渡西河造翟黃翟黃乘軒車載華蓋黃
金之勒約鎮簟席如此者其駟八十乘子方望
之以為人君也道狹下抵車而待之翟黃至而
睹其子方也下車而趨自投下風曰觸田子方
曰子與吾嚮者望子疑以為人君也子至而人
臣也將何以至此乎翟黃對曰此皆君之所以
賜臣也積三十歲故至於此時以閒暇祖之曠
野正逢先生子方曰何子賜車轝之厚也翟黃
對曰昔者西河無守臣進吳起而西河之外寧

44

鄴無令臣進西門豹而魏無趙患酸棗無令臣
進北門可而魏無齊憂魏欲攻中山臣進樂羊
而中山拔魏無使治之臣臣進李克而魏國大
治是以進此五大夫者爵祿倍以故至於此子
方曰可子勉之矣魏國之相不去子而之他矣
翟黃對曰君母弟有公孫季成者進子夏而君
師之進段干木而君友之進先生而君敬之彼
其所進師也友也所敬者也臣之所進者皆守
職守祿之臣也何以至魏國相乎子方曰吾聞
身賢者賢也能進賢者亦賢也子之五舉者盡
賢子勉之矣子終其次也

45

齊威王遊於瑤臺成侯卿來奏事從車羅綺甚
衆王望之謂左右曰來者何為者也左右曰成
侯卿也王曰國至貧也何出之盛也左右曰與
人者有以責之也受人者有以易之也王試問
其說成侯卿至上謁曰忌也王不應又曰忌也
王不應又曰忌也王曰國至貧也何出之盛也
成侯卿曰赦其死罪使臣得言其說王曰諾對
曰忌舉田居子為西河而秦梁弱忌舉田解子
為南城而楚人抱羅綺而朝忌舉黔涿子為冥
州而燕人給牲趙人給盛忌舉田種首子為即
墨而於齊足究忌舉北郭刁勃子為大士而九

46

族益親民益富舉此數良人者王枕而臥耳何
患國之貧哉
秦穆公使賈人載鹽徵諸賈人賈人買百里奚
以五羖羊之皮使將車之秦秦穆公觀鹽見百
里奚牛肥曰任重道遠以險而牛何以肥也對
曰臣飲食以時使之不以暴有險先後之以身
是以肥也穆公知其君子也令有司具沐浴為
衣冠與坐公大悅異日與公孫支論政公孫支
大不寧曰君耳目聰明思慮審察君其得聖人
乎公曰然吾悅夫奚之言彼類聖人也公孫支
遂歸取鴈以賀曰君得社稷之聖臣敢賀社稷

47

之福公不辭再拜而受明日公孫支乃致上卿
以讓百里奚曰秦國處僻民陋以愚無知危亡
之本也臣自知不足以處其上請以讓之公不
許公孫支曰君不用賓相而得社稷之聖臣君
之祿也臣見賢而讓之臣之祿也今君既得其
祿矣而使臣失祿可乎請終致之公不許公孫
支曰臣不肖而處上位是君失倫也不肖失倫
臣之過進賢而退不肖君之明也今臣處位廢
君之德而逆臣之行也臣將逃公乃受之故百
里奚為上卿以制之公孫支為次卿以佐之也
趙簡子從晉陽之邯鄲中路而止引車吏進問

48

君何為止簡主曰董安于在後吏曰此三軍之
事也君奈何以一人留三軍也簡主曰諾驅之
百步又止吏將進諫董安于適至簡主曰秦道
之與晉國交者吾忘令人塞之董安于曰此安
于之所為後也簡主曰官之寶璧吾忘令人載
之對曰此安于之所為後也簡主曰行人燭過
年長矣言未嘗不為晉國法也吾行忘令人辭
且聘焉對曰此安于之所為後也簡主可謂內
省外知人矣哉故身佚國安御史大夫周昌曰
人主誠能如趙簡主朝不危矣
晏子侍於景公朝寒請進熱食對曰嬰非君之

49

厨養臣也敢辭公曰請進服裘對曰嬰非田澤
之臣也敢辭公曰然夫子於寡人奚爲者也對
曰社稷之臣也公曰何謂社稷之臣對曰社稷
之臣能立社稷辨上下之宜使得其理制百官
之序使得其宜作爲辭令可分布於四方自是
之後君不以禮不見晏子也
齊侯問於晏子曰忠臣之事其君何若對曰有
難不死出亡不送君曰裂地而封之疏爵而貴
之吾有難不死出亡不送可謂忠乎對曰言而
見用終身無難臣何死焉謀而見從終身不亡
臣何送焉若言不見用有難而死之是妄死也

50

諫而不見從出亡而送是詐爲也故忠臣者能
納善於君而不能與君陷難者也
晏子朝乘弊車駑馬景公見之曰嘻夫子之
祿寡耶何乘不任之甚也晏子對曰賴君之賜
得以壽三族及國交遊皆得生焉臣得煖衣飽
食弊車駑馬以奉其身於臣足矣晏子出公使
梁丘據遺之輅車乘馬三返不受公不悅趣召
晏子晏子至公曰夫子不受寡人亦不乘晏子
對曰君使臣臨百官之吏節其衣服飲食之養
以先齊國之人然猶恐其侈靡而不顧其行也
今輅車乘馬君乘之上臣亦乘之下民之無義

51

侈其衣食而不顧其行者臣無以禁之遂讓不
受也
景公飲酒陳桓子侍望見晏子而復於公曰請
浮晏子公曰何故也對曰晏子衣緇布之衣麋
鹿之裘棧軫之車而駕駑馬以朝是隱君之賜
也公曰諾酌者奉觴而進之曰君命浮子晏子
曰何故也陳桓子曰君賜之卿位以尊其身寵
之百萬以富其家群臣之爵莫尊於子祿莫厚
於子今子衣緇布之衣麋鹿之裘棧軫之車而
駕駑馬以朝則是隱君之賜也故浮子晏子避
席曰請飲而後辭乎其辭而後飲乎公曰辭然

52

後飲晏子曰君賜卿位以顯其身嬰不敢爲顯
受也爲行君令也寵之百萬以富其家嬰不敢
爲富受也爲通君賜也臣聞古之賢臣有受厚
賜而不顧其國族則過之臨事守職不勝其任
則過之君之內隸臣之父兄若有離散在於野
鄙者此臣之罪也君之外隸臣之所職若有播
亡在四方者此臣之罪也兵革不完戰車不修
此臣之罪也若夫弊車駑馬以朝主者非臣之
罪也且臣以君之賜臣父之黨無不乘車者母
之黨無不足於衣食者妻之黨無凍餒者國之
簡士待臣而後舉火者數百家如此爲隱君之

53

賜乎彭君之賜乎公曰善為我譲桓子也
晏子方食君之使者至分食而食之晏子不飽
使者返言之景公景公曰嘻夫子之家若是其
貧也寡人不知也是寡人之過也令吏致千家
之縣一於晏子晏子再拜而辭曰嬰之家不貧
以君之賜澤覆三族延及交遊以振百姓君之
賜也厚矣嬰之家不貧也嬰聞之厚取之君而
厚施之人代君為君也忠臣不為也厚取之君
而藏之是筐篋存也仁人不為也厚取之君而
無所施之身死而財遷智者不為也嬰也聞為
人臣進不事上以為忠退不克下以為廉八升

54

之布一豆之食足矣使者三返遂辭不受也
陳成子謂鴟夷子皮曰何與常也對曰君死吾
不死君亡吾不亡陳成子曰然子何以與常對
曰未死去死未亡去亡其有何死亡矣從命利
君謂之順從命病君謂之諛逆命利君謂之忠
逆命病君謂之亂君有過不諫諍將危國殞社
稷也有能盡言於君用則留之不用則去之謂
之諫用則可生不用則死謂之諍有能比和同
力率群下相與彊矯君君雖不安不能不聽遂
解國之大患除國之大害成於尊君安國謂之
輔有能亢君之命反君之事竊君之重以安國

55

之危除主之辱攻伐足以成國之大利謂之弼
故諫諍輔弼之人社稷之臣也明君之所尊禮
而闇君以為己賊故明君之所賞闇君之所殺
也明君好問闇君好獨明君上賢使能而享其
功闇君畏賢妬能而滅其業罰其忠而賞其賊
夫是之謂至闇桀紂之所以亡也詩云曾是莫
聽大命以傾此之謂也
簡子有臣尹綽赦厥簡子曰厥愛我諫我必不
於眾人中綽也不愛我諫我必於眾人中尹綽
曰厥也愛君之醜而不愛君之過也臣愛君之
過而不愛君之醜孔子曰君子哉尹綽面訾不

56

譽也
高繚仕於晏子晏子逐之左右諫曰高繚之事
夫子三年曾無以爵位而逐之其義可乎晏子
曰嬰仄陋之人也四維之然後能直今此子事
吾三年未嘗弼吾過是以逐之也
子貢問孔子曰賜為人下而未知所以為人下
之道也孔子曰為人下者其猶土乎種之則五
穀生焉掘之則甘泉出焉草木植焉禽獸育焉
生人立焉死人入焉多其功而不言為人下者
其猶土乎
孫卿曰少事長賤事貴不肖事賢此天下之通

57

義也有人貴而不能爲人上賤而羞爲人下此
姦人之心也身不離姦心而行不離亡道然而
求見譽於衆不亦難乎
公叔文子問於史叟曰武子勝事趙簡子久矣
其寵不解奚也史叟曰武子勝博聞多能而位
賤君親而近之致敬以愻貌而疏之則恭而無
怨色入與謀國家出不見其寵君賜之祿知足
而辭故能久也
泰誓曰附下而罔上者死附上而罔下者刑與
聞國政而無益於民者退在上位而不能進賢
者逐此所以勸善而黜惡也故傳曰傷善者國

58

之殘也蔽善者國之讒也愬無罪者國之賊也
王制曰假於鬼神時日卜筮以疑於衆者殺也
子路爲蒲令備水災與民春修溝瀆爲人煩苦
故予人一簞食一壺漿孔子聞之使子貢復之
子路忿然不悅往見夫子曰由也以暴雨將至
恐有水災故與人修溝瀆以備之而民多匱於
食故與人一簞食一壺漿而夫子使賜止之何
也夫子止由之行仁也夫子以仁教而禁其行
仁也由也不受子曰爾以民爲餓何不告於君
發倉廩以給食之而以爾私饋之是汝不明君
之惠見汝之德義也速已則可矣否則爾之受

59

罪不久矣子路心服而退也

劉向說苑卷第二

60

劉向說苑卷第三

建本

孔子曰君子務本本立而道生夫本不正者末
必倚始不盛者終必衰詩云原隰既平泉流既
清本立而道生春秋之義有正春者無亂秋有
正君者無危國易曰建其本而萬物理失之毫
釐差以千里是故君子貴建本而重立始
魏武侯問元年於吳子吳子對曰言國君必愼
始也愼始奈何曰正之正之奈何曰明智智不
明何以見正多聞而擇焉所以明智也是故古
者君始聽治大夫而一言士而一見庶人有謁

61

必達公族問必語四方至者勿距可謂不壅蔽矣公之及用刑必中君心必仁思君之利除民之害可謂不失民衆矣君身必正近臣必選大夫不兼官執民柄者不在一族可謂不權勢矣此皆春秋之意而元年之本也

孔子曰行身有六本本立焉然後為君子立體有義矣而孝為本處喪有禮矣而哀為本戰陣有隊矣而勇為本治政有理矣而能為本居國有禮矣而嗣為本生才有時矣而力為本置本不固無務豐末親戚不悅無務外交事無終始無務多業聞記不言無務多談比近不說無務

62

修遠是以反本修邇君子之道也天之所生地之所養莫貴乎人人之道莫大乎父子之親君臣之義父道聖子道仁君道義臣道忠賢父之於子也慈惠以生之教誨以成之養其誼藏其偽時其節慎其施子年七歲以上父為之擇明師選良友勿使見惡少漸之以善使之早化故賢子之事親發言陳辭應對不悖乎耳趣走進退容貌不悖乎目卑體賤身不悖乎心君子之事親以積德子者親之本也無所推而不從命推而不從命者惟害親者也故親之所安子皆供之賢臣之事君也受官之日以主為父以國

63

為家以士人為兄弟故苟有可以安國家利民人者不避其難不憚其勞以成其義故其君亦有助之以遂其德夫君臣之與百姓轉相為本如循環無端夫子亦云人之行莫大於孝孝行成於內而嘉號布於外是謂建之於本而榮華自茂矣君以臣為本臣以君為本父以子為本子以父為本棄其本者榮華槁矣

子路曰負重道遠者不擇地而休家貧親老者不擇祿而仕昔者由事二親之時常食藜藿之實而為親負米百里之外親沒之後南遊於楚從車百乘積粟萬鍾累茵而坐列鼎而食願食

64

藜藿為親負米之時不可復得也枯魚銜索幾何不蠹二親之壽忽如過隙草木欲長霜露不使賢者欲養二親不待故曰家貧親老不擇祿而仕也

伯禽與康叔封朝于成王見周公三見而三笞康叔有駭色謂伯禽曰有商子者賢人也與子見之康叔封與伯禽見商子曰某某也日吾二子者朝乎成王見周公三見而三笞其說何也商子曰二子盍相與觀乎南山之陽有木焉名曰橋二子者往觀乎南山之陽見橋竦焉實而仰反以告乎商子商子曰橋者父道也商子曰

65

子孔子曰汝聞瞽叟有子名曰舜舜之事父也
索而使之未嘗不在側求而殺之未嘗可得小
箠則待大箠則走以逃暴怒也今子委身以待
暴怒立體而不去殺身以陷父不義不孝孰是
大乎汝非天子之民邪殺天子之民罪奚如以
曾子之材又居孔氏之門有罪不自知處義難
乎
伯俞有過其母笞之泣其母曰他日笞子未嘗
見泣今泣何也對曰他日俞得罪笞嘗痛今母
之力不能使痛是以泣故曰父母怒之不作於
意不見於色深受其罪使可哀憐上也父母怒

67

二子盍相與觀乎南山之陰有木焉名曰梓二
子者往觀乎南山之陰見梓勃焉實而俯反以
告商子商子曰梓者子道也二子者明日見乎
周公入門而趨登堂而跪周公拂其首勞而食
之曰安見君子二子對曰見商子周公曰君子
哉商子也
曾子芸瓜而誤斬其根曾晳怒援大杖擊之曾
子仆地有頃蘇蹶然而起進曰曩者參得罪於
大人大人用力教參得無疾乎退屏鼓瑟而歌
欲令曾晳聽其歌聲令知其平也孔子聞之告
門人曰參來勿內也曾子自以無罪使人謝孔

66

身全性夫幼者必愚愚者妄行愚者妄行不能
保身孟子曰人皆知以食愈飢莫知以學愈愚
故善材之幼者必勤於學問以脩其性今人誠
能砥礪其材自誠其神明睹物之應通道之要
觀始卒之端覽無外之境逍遙乎無方之內彷
徉乎塵埃之外卓然獨立超然絕世此上聖之
所遊神也然晚世之人莫能閒居心思鼓琴讀
書追觀上古友賢大夫學問講辯日以自虞疏
遠世事分明利害籌策得失以觀禍福設義立
度以為法式窮追本末究事之情死有遺業生
有榮名此皆人材之所能建也然莫能為者偷

69

之不作於意不見其色其次也父母怒之作於
意見於色下也
成人有德小子有造大學之教也時禁於其未
發之曰預因其可之曰時相觀於善之曰磨學
不陵節而施之曰馴發然後禁則扞格而不勝
時過然後學則勤苦而不馴雜施而不遜則壞
亂而不治獨學而無友則孤陋而寡聞故曰有
昭辟雍有賢泮宮田里周行濟濟鏘鏘而相從
執質有族以文
周召公年十九見正而冠冠則可以為方伯諸
矦矣人之幼稚童蒙之時非求師正本無以立

68

慢懈墮多暇日之故也是以失本而無名夫學
者崇名立身之本也儀狀齊等而飾貌者好質
性同倫而學問者智是故砥礪琢磨非金也而
可以利金詩書辟立非我也而可以厲心夫問
訊之士日夜興起厲中益知以分別理是故處
身則全立身不殆士苟欲深明博察以垂榮名
而不好問訊之道則是伐智本而塞智原也何
以立驅也騏驥雖疾不遇伯樂不致千里干將
雖利非人力不能自斷焉烏號之弓雖良不得
排檠不能自任人才雖高不務學問不能致聖
水積成川則蛟龍生焉土積成山則豫樟生焉

70

學積成聖則富貴尊顯至焉千金之裘非一狐
之皮臺廟之榱非一木之枝先王之法非一士
之智也故曰訊問者智之本思慮者智之道也
中庸曰好問近乎智力行近乎仁知恥近乎勇
積小之能大者其惟仲尼乎學者所以反情治
性盡才者也親賢學問所以長德也論交合友
所以相致也詩云如切如瑳如琢如磨此之謂
也
今夫辟地殖穀以養生送死銳金石雜草藥以
攻疾各知構室屋以避暑雨累臺榭以避潤濕
入知親其親出知尊其君內有男女之別外有

71

朋友之際此聖人之德教儒者受之傳之以教
誨於後世今夫晚世之惡人反非儒者曰何以
儒為如此人者是非本也譬猶食穀衣絲而非
耕織者也載於船車服而安之而非工匠者也食
於釜甑須以生活而非陶冶者也此言違於情
而行矇於心者也如此人者骨肉不親也秀士
不友也此三代之棄民也人君之所不赦也故
詩云投畀豺虎豺虎不食投畀有北有北不受
投畀有昊此之謂也
孟子曰人知糞其田莫知糞其心糞田莫過利
苗得粟糞心易行而得其所欲何謂糞心博學

72

多聞何謂易行一性止淫也
子思曰學所以益才也礪所以致刃也吾嘗幽
處而深思不若學之速吾嘗跂而望不若登高
之博見故順風而呼聲不加疾而聞者衆登丘
而招臂不加長而見者遠故魚乘於水鳥乘於
風草木乘於時
孔子曰可以與人終日而不倦者其惟學乎其
身體不足觀也其勇力不足憚也其先祖不足
稱也其族姓不足道也然而可以聞四方而昭
於諸侯者其惟學乎詩曰不愆不忘率由舊章
夫學之謂也

73

孔子曰鯉君子不可以不學見人不可以不飾
不飾則無根無根則失理失理則不忠不忠則
失禮失禮則不立夫遠而有光者飾也近而逾
明者學也譬之如污池水潦注焉生之從
上觀之知其非原也
公扈子曰有國者不可以不學 生而尊者
驕生而富者傲生而富貴又無鑑而自得者鮮
矣春秋國之鑑也春秋之 君三十六亡國
五十二諸侯奔走不得保其社稷 未有
不先見而後從之者也
晉平公問於師曠曰吾年七十欲學恐已暮矣

74

師曠曰何不炳燭乎平公曰安有為人臣而戲
其君乎師曠曰盲臣安敢戲其君乎臣聞之少
而好學如日出之陽壯而好學如日中之光老
而好學如炳燭之明炳燭之明孰與昧行乎平
公曰善哉
河間獻王曰湯稱學聖王之道者譬如日焉靜
居獨思譬如火焉夫捨學聖王之道若捨日之
光何乃獨思若火之明也可以見小耳未可用
大知惟學問可以廣明德慧也
梁丘據謂晏子曰吾至死不及夫子矣晏子曰
嬰聞之為者常成行者常至嬰非有異於人也

75

常為而不置常行而不休者故難及也
甯越中牟鄙人也苦耕之勞謂其友曰何為而
可以免此苦也友曰莫如學學三十年則可以
達矣甯越曰請十五歲人將休吾將不休人將
臥吾不敢臥十三歲學而周威公師之夫走者
之速也而過二里止步者之遲也而百里不止
今甯越之材而久不止其為諸侯師豈不宜哉
孔子謂子路曰汝何好子路曰好長劍孔子曰
非此之問也請以汝之所能加之以學豈可及
哉子路曰學亦有益乎孔子曰夫人君無諫臣
則失政士無教交則失德狂馬不釋其策操弓

76

不返於檠木受繩則直人受諫則聖受學重問
孰不順成毀仁惡士且近於刑君子不可以不
學子路曰南山有竹弗揉自直斬而射之通於
犀革又何學為乎孔子曰括而羽之鏃而砥礪
之其入不益深乎子路拜曰敬受教哉
豐牆墝下未必崩也流行潦至壞必先矣樹本
淺根垓不深未必橛也飄風起暴雨至拔必先
矣君子居於是國不崇仁義不尊賢臣未必亡
也然一旦有非常之變車馳人走指而禍至乃
始乾喉燋脣仰天而嘆庶幾焉天其救之不亦
難乎孔子曰不慎其前而悔其後雖悔無及矣

77

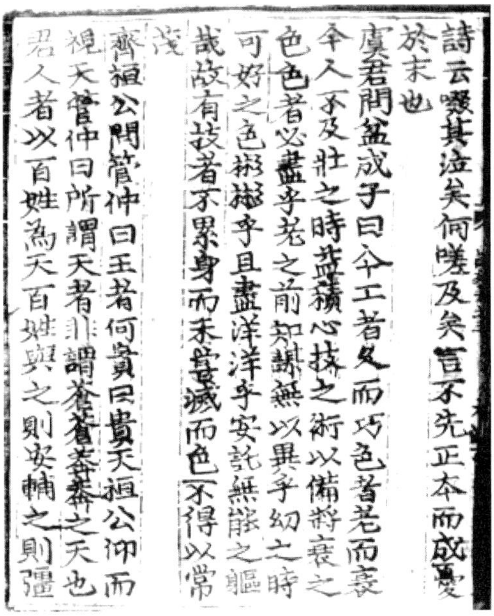

詩云啜其泣矣何嗟及矣言不先正本而成憂
於末也
虞君問盆成子曰今工者久而巧色者老而衰
今人不及壯之時益積心技之術以備將衰之
色色者必盡乎老之前知謀無以異乎幼之時
可好之色彬彬乎且盡洋洋乎安能無衰之軀
哉故有技者不累身而未嘗滅而色不得以常
茂
齊桓公問管仲曰王者何貴曰貴天桓公仰而
視天管仲曰所謂天者非謂蒼蒼莽莽之天也
君人者以百姓為天百姓與之則安輔之則彊

78

非之則危背之則亡詩云人而無良相怨一方
民怨其上不遂亡者未之有也
河間獻王曰管子稱倉廩實知禮節衣食足知
榮辱夫穀者國家所以昌熾士女所以姣好禮
義所以行而人心所以安也尚書五福以富為
始子貢問為政孔子曰富之既富乃教之也此
治國之本也
文公見咎季其廟傅於西墻公曰孰處而西對
曰君之老臣也公曰西益而宅對曰臣之忠不
如老臣之方其墻壞而不築公曰何不築對曰
一日不稼百日不食公出而告之僕僕頓首於

79

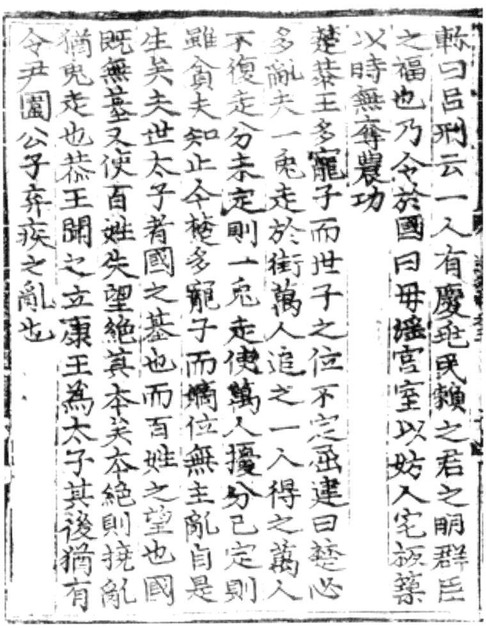

軼曰呂刑云一人有慶兆民賴之君之明群臣
之福也乃令於國曰毋淫宮室以妨人宅毋築
以時無奪農功
楚莊王多寵子而世子之位不定屈建曰楚必
多亂夫一兔走於街萬人追之一人得之萬人
不復走分未定則一兔走使萬人擾分已定則
雖貪夫知止今楚多寵子而嫡位無主亂自是
生矣夫世太子者國之基也而百姓之望也國
既無基又使百姓失望絕其本矣本絕則撓亂
猶兔走也莊王聞之立康王為太子其後猶有
令尹圍公子弃疾之亂也

80

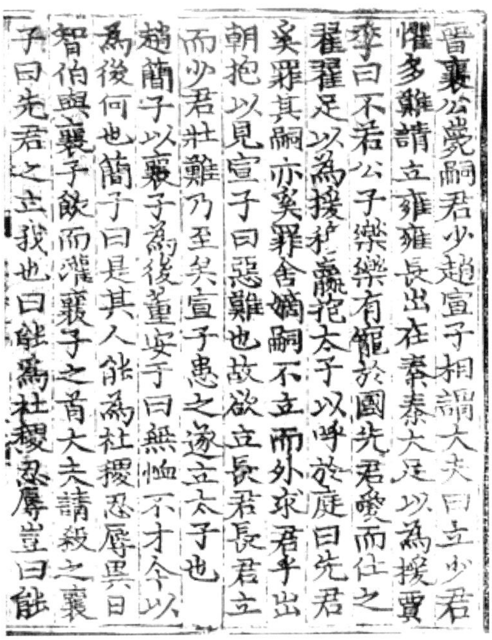

晉襄公薨嗣君少趙宣子相謂大夫曰立少君
懼多難請立雍雍長出在秦秦大足以為援賈
季曰不若公子樂樂有寵於國先君愛而仕之
翟翟足以為援穆嬴抱太子以呼於庭曰先君
奚罪其嗣亦奚罪舍嫡嗣不立而外求君乎出
朝抱以見宣子曰惡難也故欲立長君長君立
而少君壯難乃至矣宣子患之遂立太子也
趙簡子以襄子為後董安于曰無恤不才今以
為後何也簡子曰是其人能為社稷忍辱異日
智伯與襄子飲而灌襄子之首大夫請殺之襄
子曰先君之立我也曰能為社稷忍辱豈曰能

81

荆人哉處十月智伯圍襄子於晉陽襄子疏隊
而擊之大敗智伯漆其首以為飲器

劉向說苑卷第三

82

劉向說苑卷第四

立節

士君子之有勇而果於行者不以立節行誼而
以妄死非名豈不痛哉士有殺身以成仁觸害
以立義倚於節理而不議死地故能身死名流
於來世非有勇斷孰能行之子路曰不能勤苦
不能恬貧窮不能輕死亡而曰我能行義吾不
信也昔者申包胥立於秦庭七日七夜哭不絕
聲遂以存楚不能勤苦安能行此曾子布衣縕
袍未得完糟糠之食藜藿之羹未得飽義不合
則辭上卿不恬貧窮安能行此比干將死而諫

83

適忠伯夷叔齊餓死于首陽而志適彰不輕死
亡安能行此故夫士欲立義行道毋論難易而
後能行之立身著名無顧利害而後能成之詩
曰彼其之子碩大且篤非良篤脩激之君子其
誰能行之哉王子比干殺身以成其忠伯夷叔
齊殺身以成其廉此三子者皆天下之通士也
豈不愛其身哉以為夫義之不立名之不著是
士之恥也故殺身以遂其行因此觀之卑賤貧
窮非士之恥也夫士之所恥者天下舉忠而士
不與焉舉信而士不與焉舉廉而士不與焉三
者在乎身名傳於後世與日月並而不息雖無

84

道之世不能污焉然則非好死而惡生也非惡
富貴而樂貧賤也由其道遵其理尊貴及己士
不辭也孔子曰富而可求雖執鞭之士吾亦為
之富而不可求從吾所好大聖之操也詩云我
心匪石不可轉也我心匪席不可卷也言不失
己也能不失己然後可與濟難矣此士君子之
所以越眾也

楚伐陳陳西門燔因使其降民脩之孔子過之
不軾子路曰禮過三人則下車過一人則軾今
陳脩門者人數眾矣夫子何為不軾孔子曰丘
聞之國亡而不知不智知而不爭不忠忠而不

85

死不厭令陳脩門者不行一於此立故不為軾
也
孔子見齊景公景公致廩丘以為養孔子辭不
受出謂弟子曰吾聞君子當功以受祿今說景
公景公未之行而賜我廩丘其不知丘亦甚矣
遂辭而行曾子衣弊衣以耕魯君使人往致邑
焉曰請以此脩衣曾子不受反復往又不受使
者曰先生非求於人人則獻之奚為不受曾子
曰臣聞之受人者畏人予人者驕人縱子有賜
不我驕也我能勿畏乎終不受孔子聞之曰參
之言足以全其節也子思居於衛縕袍無表二

86

旬而九食田子方聞之使人遺狐白之裘恐其
不受因謂之曰吾假人遂忘之吾與人也如棄
之子思辭而不受子方曰我有子無何故不受
子思曰伋聞之妄與不如遺棄物於溝壑伋雖
貧也不忍以身為溝壑是以不敢當也
宋襄公茲父為桓公太子桓公有後妻子曰公
子目夷公愛之茲父為公愛之也欲立之請於
公曰請使目夷立臣為之相以佐之公曰何
故也對曰臣之舅在衛愛臣若終立則不可以
往絕迹於衛是背母也且臣自知不足以處目
夷之上公不許强以請公公許之將立公子目

87

夷目夷辭曰兄立而弟在下是其義也今弟立
而兄在下不義也不義而使目夷為之目夷將
逃乃逃之衛茲父從之三年桓公有疾使人召
茲父若不來是使我以憂死也茲父乃反公復
立之以為太子然後目夷歸也
晉驪姬譖太子申生於獻公獻公將殺之公子
重耳謂申生曰為此者非子之罪也子胡不進
辭辭之必免於罪申生曰不可我辭之驪姬必
有罪矣吾君老矣微驪姬寢不安席食不甘味
如何使吾君以恨終哉重耳曰不辭則不若速
去矣申生曰不可去而免於死是惡吾君也夫

88

彰父之過而取美諸侯孰肯納之入困於宗出
困於逃是重吾惡也吾聞之忠不暴君智不重
惡勇不逃死如是者吾以身當之遂伏劍死君
子聞之曰天命矣夫世子詩曰萋兮斐兮成是
貝錦彼譖人者亦已太甚
晉獻公之時有士焉曰狐突傅太子申生公立
驪姬為夫人而國多憂狐突稱疾不出六年獻
公以譖誅太子太子將死使人謂狐突曰吾君
老矣國家多難傅一出以輔吾君申生受賜以
死不恨再拜稽首而死狐突乃復事獻公三年
獻公卒狐突辭於諸大夫曰突受太子之詔今

89

事終矣與其父生亂世也不若死而報太子乃
歸自殺
楚平王使奮揚殺太子建未至而遣之太子奔
宋王召奮揚使城父人執之以至王曰言出於
予口入於爾耳誰告建也對曰臣告之王初命
臣曰事建如事余臣不佞不能貳也奉初以還
故遣之已而悔之亦無及也王曰而敢來何也
對曰使而失命召而不來是重過也逃無所入
王乃赦之
晉靈公暴趙宣子驟諫靈公患之使鉏之彌賊
之鉏之彌晨往則寢門闢矣宣子盛服將朝尚

90

早坐而假寐之彌退歎而言曰不忘恭敬民之
主也賊民之主不忠棄君之命不信有一於此
不如死也遂觸槐而死
齊人有子蘭子者事白公勝勝將為難乃告子
蘭子曰吾將舉大事於國願與子共之子蘭子
曰我事子而與子殺君是助子之不義也畏患
而去子是遁子於難也故不與子殺君以成吾
義契領於庭以遂吾行
楚有士申鳴者在家而養其父孝聞於楚國王
欲授之相申鳴辭不受其父曰王欲相汝汝何
不受乎申鳴對曰舍父之孝子而為王之忠臣

91

何也其父曰使有祿於國立義於庭汝樂吾無
憂矣吾欲汝之相也申鳴曰諾遂入朝楚王因
授之相居三年白公為亂殺司馬子期申鳴將
往死之父止之曰棄父而死其可乎申鳴曰聞
夫仕者身歸於君而祿歸於親今既去子事君
得無死其難乎遂辭而往因以兵圍之白公謂
石乞曰申鳴者天下之勇士也今以兵圍我吾
為之奈何石乞曰申鳴者天下之孝子也往劫
其父以兵申鳴聞之必來因與之語白公曰善
則往取其父持之以兵告申鳴曰子與吾吾與
子分楚國子不與吾子父則死矣申鳴流涕而

92

應之曰始吾父之孝子也今吾君之忠臣也吾
聞之也食其食者死其事受其祿者畢其能今
吾已不得為父之孝子矣乃君之忠臣也吾何
得以全身援桴鼓之遂殺白公其父亦死王賞
之金百斤申鳴曰食君之食避君之難非忠臣
也定君之國殺臣之父非孝子也名不可兩立
行不可兩全也如是而生何面目立於天下遂
自殺也
齊莊公且伐莒為車五乘之賓而杞梁華舟獨
不與焉故歸而不食其母曰汝生而無義死而
無名則雖非五乘孰不汝笑也汝生而有義死

93

而有名則五乘之賓盡汝下也趣食乃行杞梁
華舟同車侍於莊公而行至莒莒人逆之杞梁
華舟下鬭獲甲首三百莊公止之曰子止與子
同齊國杞梁華舟曰君為五乘之賓而舟梁不
與焉是少吾勇也臨敵涉難止我以利是汚吾
行也深入多殺者臣之事也齊國之利非吾所
知也遂進鬭壞軍陷陣三軍弗敢當至莒城下
莒人以炭置地二人立有間不能入隰侯重為
右曰吾聞古之士犯患涉難者其去遂於物也
來吾踰子隰侯重仗楯伏炭二子乘而入顧而
哭之華舟後息杞梁曰汝無勇乎何哭之久也

94

華舟曰吾豈無勇哉是其勇與我同也而先吾
死是以哀之莒人曰子毋死與子同莒國杞梁
華舟曰去國歸敵非忠臣也去長受賜非正行
也且雞鳴而期日中而忘之非信也深入多殺
者臣之事也莒國之利非吾所知也遂進鬭殺
五十七人而死其妻聞之而哭城為之阤而隅
為之崩此非所以起也
越甲至齊雍門子狄請死之齊王曰鼓鐸之聲
未聞矢石未交長兵未接子何務死之為人臣
之禮邪雍門子狄對曰臣聞之昔者王田於囿
左轂鳴車右請死之而王曰子何為死車右對

95

曰為其鳴吾君也王曰左轂鳴者二師之罪也
子何事之有焉車右曰臣不見二師之乘而見
其鳴吾君也遂刎頸而死知有之乎齊王曰有
之雍門子狄曰今越君至其鳴吾君也豈左轂
之下哉車右可以死左轂而臣獨不可以死越
甲也遂刎頸而死是日越人引甲而退七十里
曰齊王有臣鈞如雍門子狄擬使越社稷不血
食遂引甲而歸齊王葬雍門子狄以上卿之禮
楚人將與吳人戰楚兵寡而吳兵衆楚將軍子
囊曰我擊此國必敗辱君虧地忠臣不忍為也
不復於君黜兵而退至於國郊使人復於君曰

96

臣請死君曰子大夫之道也以為利也而今誠
利子大夫毋死子囊曰遁者無罪則後世之為
君臣者皆入不利之名而效臣遁若是則楚國
終為天下弱矣臣請死退而伏劍君曰誠如此
請成子大夫之義乃為桐棺三寸加斧質其上
以徇於國
宋康公攻阿屠單父成公趙曰始吾不自知以
為在千乘則萬乘不敢伐在萬乘則天下不敢
圖今趙在阿而宋屠單父則是趙無以自立也
且往誅宋趙遂入宋三月不得見或曰何不因
鄰國之使而見之成公趙曰不可吾因鄰國之

97

使而刺之則使後世之使不信荷節之信不用
皆曰趙使之然也不可或曰何不因辭臣道徒
處之士而刺之成公趙曰不可吾因群臣道徒
處之士而刺之則後世之忠臣不見信辯士不
見顧皆曰趙使之然也不可吾聞古之士怒則
思理危不忘義必將正行以求之耳期年宋康
公病死成公趙曰廉士不辱名信士不惰行今
吾在阿宋屠單父是辱名也事誅宋王期年不
得是惰行也吾若是而生何面目而見天下之
士遂立槁於彭山之上
佛肸用中牟之縣畔設祿邑炊鼎曰與我者受

98

邑不與我者其烹中牟之士皆與之城北餘子
田基獨後至祛衣將入鼎曰基聞之義者軒冕
在前非義弗乘斧鉞於後義死不避遂祛衣將
入鼎佛肸播而之趙簡子屠中牟得而取之論
有功者用田基為始田基曰吾聞廉士不恥人
如此而受中牟之功則中牟之士終身慚矣襁
負其母南徙於楚楚王高其義待以司馬
齊崔杼弒莊公邢蒯聵使晉而反其僕曰崔杼
弒莊公子將奚如邢蒯聵曰驅之將入死而報
君其僕曰君之無道也四鄰諸侯莫不聞也以
夫子而死之不亦難乎邢蒯聵曰善能言也然

99

亦晚矣子早言我我能諫之諫不聽我能去今
既不諫又不去吾聞食其祿者死其事吾既食
亂君之祿矣又安得治君而死之遂驅車入死
其僕曰人有亂君人猶死之我有治長可毋死
乎乃結轡自刎於車上君子聞之曰邢蒯聵可
謂守節死義矣死者人之所難也僕夫之死也
雖未能合義然亦有志士之意矣詩云夙夜匪
解以事一人邢生之謂也孟子曰勇士不忘喪
其元僕夫之謂也
燕昭王使樂毅伐齊閔王亡燕之初入齊也聞
蓋邑人王歜賢令於軍曰環蓋三十里毋入以

100

歜之故已而使人謂歜曰齊人多高子之義吾
以子為將封子萬家歜固謝燕人燕人曰子不
聽吾引三軍而屠蓋邑王歜曰忠臣不事二君
貞女不更二夫齊王不聽吾諫故退而耕於野
國既破亡吾不能存今又劫之以兵為君將是
助桀為暴也與其生而無義固不如烹遂懸其
軀於樹枝自奮絕脰而死齊亡大夫聞之曰王
歜布衣義猶不背齊向燕況在位食祿者乎乃
相聚如莒求諸公子立為襄王
左儒友於杜伯皆臣周宣王宣王將殺杜伯而
非其罪也左儒爭之于王九復之而王弗許也

101

王曰別君而異友斯決也左儒對曰臣聞之君
道友逆則順君以誅友友道君逆則率友以違
君王怒曰易而言則生不易而言則死左儒對
曰臣聞古之士不枉義以從死不易言以求生
故臣能明君之過以死杜伯之無罪王殺杜伯
左儒死之
莒穆公有臣曰朱厲附事穆公不見識焉冬處
於山林食杼栗夏處洲澤食蔆藕穆公以難死
朱厲附將往死之其友曰子事君而不見識焉
今君難吾子死之意者其不可乎朱厲附曰始
我以爲君不吾知也今君死而我不死是果不

102

知我也吾將死之以激天下不知其臣者遂往
死之
楚莊王獵於雲夢射科雉得之申公子倍攻而
奪之王將殺之大夫諫曰子倍自好也爭王雉
必有說王姑察之不出三月子倍病而死邲之
戰楚大勝晉歸而賞功申公子倍之弟進請賞
於王曰人之有功也賞於車下王曰奚謂也對
曰臣之兄讀故記曰射科雉者不出三月必死
臣之兄爭而得之故夭死也王命發乎府而視
之於記果有焉乃厚賞之

劉向說苑卷第四

103

劉向說苑卷第四

104

劉向說苑卷第五

貴德

聖人之於天下百姓也其猶赤子乎飢者則食
之寒者則衣之將之養之育之長之唯恐其不
至於大也詩曰蔽芾甘棠勿翦勿伐召伯所茇
傳曰自陝以東者周公主之自陝以西者召公
主之召公述職當桑蠶之時不欲變民事故不
入邑中舍于甘棠之下而聽斷焉陝間之人皆
得其所是故後世思而歌詠之善之故言之言
之不足故嗟嘆之嗟嘆之不足故詠歌之夫詩
思然後積積然後滿滿然後發發由其道而致

105

其位爲百姓嘆其美而致其愛甘棠之不伐也
政敎惡乎不行孔子曰吾於甘棠見宗廟之敬
也甚尊其人必敬其位順安萬物古聖之道幾
哉仁人之德敎也誠惻隱於中悃愊於內不能
已於其心故其治天下也如救溺人見天下強
陵弱衆暴寡幼孤羸露死傷係虜不忍其然是
以孔子歷七十二君冀道之一行而得施其德
使民生於全育烝庶安土萬物熙熙各樂其終
卒不遇故睹麟而泣哀道不行德澤不洽於是
退作春秋明素王之道以示後人思施其惠未
嘗輟忘是以百王尊之志士法焉誦其文章傳

106

今不絶德及之也詩曰載馳載驅周爰咨謀此
之謂也聖王布德施惠非求報於百姓也郊望
禘嘗非求報於鬼神也山致其高雲雨起焉水
致其深蛟龍生焉君子致其道德而福祿歸焉
夫有陰德者必有陽報有隱行者必有昭名古
者溝防不修水爲人害禹鑿龍門闢伊闕平治
水土使民得陸處百姓不親五品不遜契敎以
君臣之義父子之親夫婦之辨長幼之序田野
不修民食不足后稷敎之闢地墾草糞土樹穀
令百姓家給人足故三后之後無不王者有陰
德也周室衰禮義廢孔子以三代之道敎導於

107

後世繼嗣至今不絶者有隱行也周頌曰豐年
多黍多稌亦有高廩萬億及秭爲酒爲醴烝畀
祖妣以洽百禮降福孔皆禮記曰上牲損則用
下牲下牲損則祭不備物以其舛之爲不樂也
故聖人之於天下也譬猶一堂之上也今有滿
堂飲酒者有一人獨索然向隅而泣則一堂之
人皆不樂矣聖人之於天下也譬猶一堂之上
也有一人不得其所者則孝子不敢以其物薦
進
魏武侯浮西河而下中流顧謂吳起曰美哉乎
河山之固也此魏國之寶也吳起對曰在德不

108

在險昔三苗氏左洞庭右彭蠡德義不修而禹
滅之夏桀之居左河濟右太華伊闕在其南羊
腸在其北修政不仁湯放之殷紂之國左孟門
而右太行常山在其北大河經其南修政不德
武王殺之由此觀之在德不在險若君不修德
船中之人盡敵國也武侯曰善
武王克殷召太公而問曰將奈其士衆何太公
對曰臣聞愛其人者兼屋上之烏憎其人者惡
其餘胥咸劉厥敵使靡有餘何如王曰不可太
公出邵公入王曰爲之奈何邵公對曰有罪者
殺之無罪者活之何如王曰不可邵公出周公

109

入王曰爲之柰何周公曰使各居其宅田其田
無變舊新唯仁是親百姓有過在予一人武王
曰廣大乎平天下矣凡所以貴士君子者以其
仁而有德也
孔子曰里仁爲美擇不處仁焉得智夫仁者必
恕然後行行一不義殺一無罪雖以得高官大
位仁者不爲也夫大仁者愛近以及遠及其有
所不諧則虧小仁以就大仁大仁者恩及四海
小仁者止於妻子妻子者以其知營利以婦人
之恩撫之飾其內情雕畫其僞孰知其非眞雖
當時蒙榮然士君子以爲大辱故共工驩兜符

110

里鄧析其智非無所識也然而爲聖王之所誅者
以無德而苟利也豎刁易牙毁體殺子以干利
卒爲賊於齊故人臣不仁篡弑之亂生人臣而
仁國治主榮明主察焉宗廟太寧夫人臣猶貴
仁況於人主乎故桀紂以不仁失天下湯武以
積德有海土是以聖王貴德而務行之孟子曰
推恩足以及四海不推恩不足以保妻子古人
所以大過人者無他焉善推其所有而已
晏子飲景公酒令器必新家老曰財不足請斂
於民晏子曰止夫樂者上下同之故天子與天
下諸侯與境內自大夫以下各與其僚無有獨

111

樂今上樂其樂下傷其費是獨樂者也不可
齊桓公北伐山戎氏其道過燕燕君逆而出境
桓公問管仲曰諸侯相逆固出境乎管仲曰非
天子不出境桓公曰然則燕君畏而失禮也寡
人不道而使燕君失禮乃割燕君所至之地以
與燕君諸侯聞之皆朝於齊詩云靖恭爾位好
是正直神之聽之介爾景福此之謂也
景公探爵鷇鷇弱故反之晏子聞之不待請而
入見景公汗出惕然晏子曰君胡爲者也景公
曰我探爵鷇鷇弱故反之晏子逡巡北面再拜
而賀曰吾君有聖王之道矣景公曰寡人入探

112

爵鷇鷇弱故反之其當聖王之道者何也晏子
對曰君探爵鷇鷇弱故反之是長幼也吾君仁
愛禽獸之加焉而況於人乎此聖王之道也
景公觀嬰兒有乞於途者公曰是無歸夫晏子
對曰君存何爲無歸使養之可立而以聞
景公遊於壽宮觀長年負薪而有飢色公悲之
喟然嘆曰令吏養之晏子曰臣聞之樂賢而哀
不肖守國之本也今君愛老而恩無不逮治國
之本也公笑有喜色晏子曰聖王見賢以樂賢
見不肖以哀不肖今請求老弱之不養鰥寡之
不室者論而供秩焉景公曰諾於是老弱有養

113

鰥寡有室
桓公之平陵見家人有年老而自養者公問其
故對曰吾有子九人家貧無以妻之吾使傭而
未返也桓公取其御者五人妻之管仲入見曰
公之施惠不亦小矣公曰何也對曰公待所見
而施惠焉則齊國之有妻者少矣公曰若何管
仲曰令國丈夫二十而室女子十五而嫁
孝宣皇帝初即位守廷尉吏路溫舒上書言尚
德緩刑其詞曰陛下初即至尊與天合符宜改
前世之失正始受之統滌煩文除民疾存亡繼
絕以應天德天下幸甚臣聞往者秦有十失其

114

一尚存治獄吏是也昔秦之時滅文學好武勇
賤仁義之士貴治獄之吏正言謂之誹謗謁過
謂之妖言故盛服先生不用於世忠良切言皆
鬱於胸譽諛之聲日滿於耳虛美薰心實禍蔽
塞此乃秦之所以亡天下也方今海內賴陛下
厚恩無金革之危飢寒之患父子夫婦戮力安
家天下幸甚然太平之未洽者獄亂之也夫獄
天下之命死者不可生斷者不可屬書曰與其
殺不辜寧失不經今治獄吏則不然上下相驅
以刻為明深者獲公名平者多後患故治獄吏
皆欲人死非憎人也自安之道在人之死是以

115

死人之血流離於市被刑之徒比肩而立大辟
之計歲以萬數此聖人所以傷太平之未洽凡
以是也人情安則樂生痛則思死捶楚之下何
求而不得故囚人不勝痛則飾誣詞以示之吏
治者利其然則指道以明之上奏恐却則鍛煉
而周內之蓋奏當之成雖皐陶聽之猶以為死
有餘罪何則成鍊之者衆而文致之罪明也是
以獄吏專為深刻殘賊而無理偷為一切不顧
國患此世之大賊也故俗語云畫地作獄議不
可入刻木為吏期不可對此皆疾吏之風悲痛
之辭也故天下之患莫深於獄敗法亂政離親

116

塞道莫甚乎治獄之吏此臣所謂一尚存也臣
聞烏鳶之卵不毀而後鳳凰集誹謗之罪不誅
而後良言進故傳曰山藪藏疾川澤納污國君
含垢天之道也臣昧死上聞願陛下察誹謗聽
切言開天下之口廣箴諫之路改亡秦之一失
遵文武之嘉德省法制寬刑罰以廢煩獄則太
平之風可與於世福履和樂與天地無極天下
幸甚書奏皇帝善之後卒於臨淮太守
晉平公春築臺叔向曰不可古者聖王貴德而
務施緩刑辟而趨民時今春築臺是奪民時也
夫德不施則民不歸刑不緩則百姓愁使不歸

117

之民侵愁怨之百姓而又奪其時是重竭也夫
牧百姓養育之而重竭之豈所以定命安存而
稱為人君於後世哉平公曰善乃罷臺役
趙簡子春築臺於邯鄲天雨而不息謂左右曰
可無趨種乎尹鐸對曰公事急厝種而懸之臺
夫雖欲趨種不能得也簡子惕然乃釋臺罷役
曰我以臺為急不如民之急也民以不為臺故
知吾之愛也
中行獻子將伐鄭范文子曰不可得志於鄭諸
侯讎我憂必滋長郤至又曰得鄭是兼國也兼
國則王王者固多憂乎文子曰王者盛其德而

118

遠人歸故無憂今我寡德而有王者之功故多
憂今子見無土而欲富者樂乎哉
季康子謂子游曰仁者愛人乎子游曰然人亦
愛之乎子游曰然康子曰鄭子產死鄭人丈夫
捨玦珮婦人舍珠珥夫婦巷哭三月不聞竽瑟
之聲仲尼之死吾不聞魯國之愛夫子奚也子
游曰譬子產之與夫子其猶浸水之與天雨乎
浸水所及則生不及則死斯民之生也必以時
雨既以生莫愛其賜故曰譬子產之與夫子也
猶浸水之與天雨乎
中行穆子圍鼓鼓人有以城反者不許軍吏曰

119

師徒不勤可得城奚故不受曰有以吾城反者
吾所甚惡也人以城來我獨奚好焉賞所甚惡
是失賞也若所好何若不賞是失信也奚以示
民鼓人又請降使人視之其民尚有食也不聽
鼓人食盡力竭而後取之克鼓而反不戮一
人
孔子之楚有漁者獻魚甚強孔子不受獻魚者
曰天暑遠市賣之不售思欲棄之不若獻之君
子孔子再拜受使弟子掃除將祭之弟子曰夫
人將棄之今吾子將祭之何也孔子曰吾聞之
務施而不腐餘財者聖人也今受聖人之賜可

120

無祭乎
鄭伐宋宋人將與戰華元殺羊食士其御羊斟
不與焉及戰曰疇昔之羊羹子為政今日之事
我為政與華元馳入鄭師宋人敗績
楚王問莊辛曰君子之行奈何莊辛對曰居不
為垣墻人莫能毀傷行不從司衛人莫能暴害
此君子之行也楚王復問君子之富奈何對曰
君子之富假貸人不德也不責也其食飲人不
使也不役也親戚愛之衆人喜之不肖者事之
皆欲其壽樂而不傷於患此君子之富也楚王
曰善

121

丞相西平侯于定國者東海下邳人也其父號
曰于公爲縣獄吏決曹掾決獄平法未嘗有所
寃郡中離文法者于公所決皆不敢隱情東海
郡中爲于公生立祠命曰于公祠東海有孝婦
無子少寡養其姑甚謹其姑欲嫁之終不肯其
姑告隣之人曰孝婦養我甚謹我哀其無子守
寡日久我老累丁壯奈何其後母自經死母女
告吏曰孝婦殺我母吏捕孝婦孝婦辭不殺姑
吏欲毒治孝婦自誣服具獄以上府于公以爲
養姑十年以孝聞此不殺姑也太守不聽數爭
不能得於是于公辭疾去吏太守竟殺孝婦郡

122

中枯旱三年後太守至卜求其故于公曰孝婦
不當死前太守強殺之咎當在此於是殺牛祭
孝婦冢太守以下自至焉天立大雨歲豐熟郡
中以此益敬重于公于公築治廬舍謂匠人曰
爲我高門我治獄未嘗有所寃我後世必有封
者令容高蓋駟馬車及子封爲西平侯
凡人之性莫不欲善其德然而不能爲善德者
利敗之也故君子羞言利名言利名尚羞之況
居而求利者也
周天子使家父毛伯求金於諸侯春秋譏之故
天子好利則諸侯貪諸侯貪則大夫鄙大夫鄙

123

則庶人盜上之變下猶風之靡草也故爲人君
者明貴德而賤利以道下下之爲惡尚不可止
今隱公貪利而身自漁濟上而行八佾以此化
於國人國人安得不解於義解於義而縱其欲
則災害起而臣下僻矣故其元年始書螟言災
將起國家將亂云爾
孫卿曰夫鬪者忘其身者也忘其親者也忘其
君者也行須臾之怒而鬪終身之禍然乃爲之
是忘其身也家室離散親戚被戮然乃爲之是
忘其親也君上之所致惡刑法之所大禁也然
乃犯之是忘其君也今禽獸猶知近父母不忘

124

則庶人盜上之變下猶風之靡草也故爲人君
者明貴德而賤利以道下下之爲惡尚不可止
今隱公貪利而身自漁濟上而行八佾以此化
於國人國人安得不解於義解於義而縱其欲
則災害起而臣下僻矣故其元年始書螟言災
將起國家將亂云爾
孫卿曰夫鬪者忘其身者也忘其親者也忘其
君者也行須臾之怒而鬪終身之禍然乃爲之
是忘其身也家室離散親戚被戮然乃爲之是
忘其親也君上之所致惡刑法之所大禁也然
乃犯之是忘其君也今禽獸猶知近父母不忘

125

者固以善之不善古者固以白衛孔子曰君子
以忠為質以仁為衛不出環堵之內而聞千里
之外不善以忠化寇暴以仁圍何必持劍乎子
路曰由也請攝齊以事先生矣
樂羊為魏將以攻中山其子在中山中山懸其
子示樂羊樂羊不為衰志攻之愈急中山因烹
其子而遺之樂羊食之盡一杯中山見其誠也
不忍與其戰果下之遂為魏文侯開地文侯賞
其功而疑其心孟孫獵得麑使秦西巴持歸其
母隨而鳴秦西巴不忍縱而與之孟孫怒而逐
秦西巴居一年召以為太子傅左右曰夫秦西

126

巴有罪於君今以為太子傅何也孟孫曰夫以
一麑而不忍又將能忍吾子乎故曰巧詐不如
拙誠樂羊以有功而見疑秦西巴以有罪而益
信由仁與不仁也
智伯還自衛三卿燕于藍臺智襄子戲韓康子
而侮段規智果聞之諫曰主弗備難難必至曰
難將由我我不為難誰敢興之對曰異於是夫
郤氏有車轅之難趙有孟姬之讒欒有叔祁之
訴范中行有函冶之難皆主之所知也夏書有
之曰一人三失怨豈在明不見是圖周書有之
曰怨不在大亦不在小夫君子能勤小物故無

127

大患今主一讌而媿人君相又弗備曰不敢興
難毋乃不可乎嚍不可不懼蚋蟻蜂蠆皆能害
人況君相乎不聽自是五年而有晉陽之難段
規反而殺智伯于師遂滅智氏
智襄子為室美士茁夕焉智伯曰室美矣夫對
曰美則美矣抑臣亦有懼也智伯曰何懼對曰
臣以秉筆事君記有之曰高山浚源不生草木
松柏之地其土不肥今土木勝人臣懼其不安
人也室成三年而智氏亡
劉向說苑卷第五

128

《第二冊》

劉向說苑卷第六
復恩
孔子曰德不孤必有鄰夫施德者貴不德受恩
者尚必報是故臣勞勤以為君而不求其賞君
持施以牧下而無所德故易曰勞而不怨有功
而不德厚之至也君臣相與以市道接君懸祿
以待之臣竭力以報之逮臣有不測之功則主
加之以重賞如主有超異之恩則臣必死以復
之孔子曰北方有獸其名曰蟨前足鼠後足兔
是獸也甚矣其愛蛩蛩巨虛也食得甘草必齧
以遺蛩蛩巨虛蛩蛩巨虛見人將來必負

1

표지

功皆驕寡人與赫上賞不亦可乎仲尼聞之曰
趙襄子可謂善賞士乎賞一人而天下之人臣
莫敢失君臣之禮矣
晉文公亡時陶叔狐從文公反國行三賞而不
及陶叔狐陶叔狐見咎犯曰吾從君而亡十有
三年顏色黎黑手足胼胝今君反國行三賞而
不及我也意者君忘我與我有大故與子試為
我言之君咎犯言之文公文公曰嘻我豈忘是
子哉夫高明至賢德行全誠耽我以道說我以
仁暴浣我行昭明我名使我為成人者吾以為
上賞防我以禮諫我以誼蕃援我使我不得為

3

走蟨非性之愛蛩蛩巨虛也為其假足之故也
二獸者亦非性之愛蟨也為其得甘草而遺之
故也夫禽獸昆蟲猶知比假而相有報也況於
士君子之欲興名利於天下者乎夫臣不復君
之恩而苟營其私門禍之原也君不能報臣之
功而憚行賞者亦亂之基也夫禍亂之源基由
不報恩生矣
趙襄子見圍於晉陽罷圍賞有功之臣五人高
赫無功而受上賞五人皆怒張孟談謂襄子曰
晉陽之中赫無大功今與之上賞何也襄子曰
吾在拘厄之中不失臣主之禮唯赫也子雖有

2

非數引我而請於賢人之門吾以爲次賞夫勇
壯強禦難在前則居前難在後則居後免我於
患難之中者吾又以爲之次且子獨不聞乎死
人者不如存人之身亡人者不如存人之國夫
行賞之後而勞苦之士次之夫勞苦之士是子
固爲首矣豈敢忘子哉周內史叔輿聞之曰文
公其霸乎昔聖王先德而後力文公其當之矣
詩云率禮不越此之謂也
晉文公入國至於河令棄籩豆茵席顏色黎黑
手足胼胝者在後咎犯聞之中夜而哭文公曰
吾亡也十有九年矣今將反國夫子不喜而哭

4

何也其不欲吾反國乎對曰籩豆茵席所以官
者也而棄之顏色黎黑手足胼胝所以執勞苦
而皆後之臣聞國君蔽士無所取忠臣大夫蔽
遊無所取忠友今至於國臣在所蔽之中矣不
勝其哀故哭也文公曰禍福利害不與咎氏同
之者有如白水祝之乃沈璧而盟介子推曰獻
公之子九人唯君在耳天未絕晉必將有主主
晉祀者非君而何唯二三子者以爲己力不亦
誣乎文公即位賞不及推推母曰盍亦求之推
曰尤而效之罪又甚焉且出怨言不食其食其
母曰亦使知之推曰言身之文也身將隱安用

5

文其母曰能如是與若俱隱至死不復見推從
者憐之乃懸書宮門曰有龍矯矯頃失其所五
蛇從之周徧天下龍飢無食一蛇割股龍反其
淵安其壤上四蛇入穴皆有處所一蛇無穴號
於中野文公出見書曰嗟此介子推也吾方憂
王室未圖其功使人召之則亡遂求其所在聞
其入綿上山中於是文公表綿上山中而封之
以爲介推田號曰介山
晉文公出亡周流天下舟之僑去虞而從焉文
公反國擇可爵而爵之擇可祿而祿之舟之僑
獨不與焉文公酌諸大夫酒酒酣文公曰二三

6

子盍爲寡人賦乎舟之僑進曰君子爲賦小人
請陳其辭辭曰有龍矯矯頃失其所一蛇從之
周流天下龍反其淵安寧其處一蛇耆乾獨不
得其所文公瞿然曰子欲爵耶請待旦日之期
子欲祿耶請今命廩人舟之僑曰請而得其賞
廉者不受也言盡而名至仁者不爲也今天油
然作雲沛然下雨則苗草興起莫之能禦今爲
一人言施一人猶爲一塊土下雨也土亦不生
之矣遂歷階而去文公求之不得終身誦甫田
之詩
邴吉有陰德於孝宣皇帝微時孝宣皇帝即位

7

衆莫知吉亦不言吉從大將軍長史轉遷至御
史大夫宣帝聞之將封之會吉病甚將使人加
紳而封之及其生也太子太傅夏侯勝曰此未
死也臣聞之有陰德者必饗其樂以及其子孫
今此未獲其樂而病甚非其死病也後病果愈
封為博陽侯終饗其樂
魏文侯攻中山樂羊將已得中山還反報文侯
有喜功之色文侯命主書曰群臣賓客所獻書
操以進主書者舉兩篋以進令將軍視之盡難
攻中山之事也將軍還走北面而再拜曰中山
之舉也非臣之力君之功也

8

平原君既歸趙楚使春申君將兵救趙魏信陵
君亦矯奪晉鄙軍往救趙未至秦急圍邯鄲邯
鄲急且降平原君患之邯鄲傳舍吏子李談謂平
原君曰君不憂趙亡乎平原君曰趙亡則勝虜
何為不憂李談曰邯鄲之民炊骨易子而食之
可謂至困而君之後宮百數婦妾荷綺縠廚餘
粱肉士民兵盡或剡木為矛戟而君之器物鐘
磬自恣若使秦破趙君安得有此使趙而全君
何患無有君誠能令夫人以下編於士卒間分
功而作之家所有盡散以饗食士方其危苦時
易為惠耳於是平原君如其計而勇敢之士三

9

千人皆出死因從李談赴秦軍秦軍為却三十
里亦會楚魏救至秦軍遂罷李談死封其父為
孝侯
秦繆公嘗出而亡其駿馬自往求之見人已殺
其馬方共食其肉繆公謂曰是吾駿馬也諸人
皆懼而起繆公曰吾聞食駿馬肉不飲酒者殺
人即以次飲之酒殺馬者皆慙而去居三年晉
攻秦繆公圍之往時食馬肉者相謂曰可以出
死報食馬得酒之恩矣遂潰圍繆公卒得以解
難勝晉獲惠公以歸此德出而福反也
智伯與趙襄子戰於晉陽下而死智伯之臣豫

10

讓者怒以其精氣能使襄主動心乃漆身變形
吞炭更聲襄主將出豫讓僞為死人處於梁下
駟馬驚不進襄主動心使使視梁下得豫讓襄
主重其義不殺也又盜為抵罪被刑人赭衣入
繕宮襄主動心則曰必豫讓也襄主執而問之
曰子始事中行君智伯殺中行君子不能死還
反事之今吾殺智伯乃漆身為癘吞炭為啞欲
殺寡人何與先行異也豫讓曰中行君衆人畜
臣臣亦衆人事之智伯朝士待臣臣亦朝士為
之用襄子曰非義也子壯士也乃自置車庫中
水漿毋入口者三日以禮豫讓讓自知遂自殺

11

也
晉逐欒盈之族命其家臣有敢從者死其臣曰
辛俞從之吏得而將殺之君曰命汝無得從敢
從何也辛俞對曰臣聞三世仕於家者君之二
世者主之事君以死事主以勤爲其賜之多也
今臣三世於欒氏受其賜多矣臣敢畏死而忘
三世之恩哉晉君釋之
留侯張良之大父開地相韓昭侯宣惠王襄哀
王父平相釐王悼惠王悼惠王二十三年平卒
二十歲秦滅韓良年少未宦事韓韓破良家童
三百人弟死不葬良悉以家財求刺客刺秦王

12

爲韓報仇以大父父五世相韓故遂學禮淮陽
東見滄海君得力士爲鐵椎重百二十斤秦皇
帝東游良與客狙擊秦皇帝於博浪沙誤中副
車秦皇帝大怒大索天下求賊甚急良更易姓
名深亡匿後卒隨漢報秦
鮑叔死管仲舉上衽而哭之泣下如雨從者曰
非君父子也此亦有說乎管仲曰非夫子所知
也吾嘗與鮑子負販於南陽吾三辱於市鮑子
不以我爲怯知我之欲有所明也鮑子嘗與我
有所說王者而三不見聽鮑子不以我爲不肖
知我之不遇明君也鮑子嘗與我臨財分貨吾

13

自取多者三鮑子不以我爲貪知我之不足於
財也生我者父母知我者鮑子也士爲知己者
死而況爲之哀乎
晉趙盾舉韓厥晉君以爲中軍尉趙盾死子朔
嗣爲卿至景公三年趙朔爲晉將朔取成公姊
爲夫人大夫屠岸賈欲誅趙氏初趙盾在時夢見
叔帶持龜要而哭甚悲已而笑拊手且歌盾卜之
古兆絕而後好趙史援占曰此甚惡非君之身及
君之子然亦君之咎也至子趙朔世益衰屠岸
賈者始有寵於靈公及至於晉景公而賈爲司
寇將作難乃治靈公之賊以致趙盾徧告諸將

14

曰趙穿弒靈公盾雖不知猶爲首賊臣殺君子
孫在朝何以懲罪請誅之韓厥曰靈公遇賊趙
盾在外吾先君以爲無罪故不誅今諸君將誅
其後是非先君之意而後妄誅妄誅謂之亂臣
有大事而君不聞是無君也屠岸賈不聽厥告
趙朔趣亡趙朔不肯曰子必不絕趙祀朔死且
不恨韓厥許諾稱疾不出賈不請而擅與諸將
攻趙氏於下宮殺趙朔趙括趙嬰齊皆滅其族
朔妻成公姊有遺腹走公宮匿後生男乳朔客
程嬰持亡匿山中居十五年晉景公疾卜之曰
大業之後不遂者爲祟景公疾問韓厥韓厥知

15

趙孤在乃曰大業之後在晉絕祀者其趙氏乎
夫自中衍皆嬴姓也中衍人面鳥喙降佐殷帝
大戊及周天子皆有明德下及幽厲無道而叔
帶去周適晉事先君文侯至于成公世有立功
未嘗有絕祀今及吾君獨滅之趙宗國人哀之
故見龜策唯君圖之景公問云趙尚有後子孫
乎韓厥具以實對於是景公乃與韓厥謀立趙
孤兒召而匿之宮中諸將入問疾景公因韓厥
之衆以脅諸將而見趙孤孤名曰武諸將不得
已乃曰昔下宮之難屠岸賈爲之矯以君令并
命群臣非然孰敢作難微君之疾群臣固且請

16

立趙後今君有令群臣之願也於是召趙武程
嬰徧拜諸將軍將軍遂返與程嬰趙武攻屠岸
賈滅其族復與趙武田邑如故故人安可以無
恩夫有恩於此故復於彼非程嬰則趙孤不全
非韓厥則趙後不復韓厥可謂不忘恩矣
北郭騷踵見晏子曰竊悅先生之義願乞所以
養母者晏子使人分倉粟府金而遺之辭金而
受粟有間晏子見疑於景公出奔北郭子召其
友而告之曰吾悅晏子之義而嘗乞所以養母
者吾聞之曰養及親者身更其難今晏子見疑
吾將以身白之遂造公庭求復者曰晏子天下

17

之賢者也今去齊國齊國必侵矣方必見國之
侵也不若先死請絕頸以白晏子逡巡而退因
自殺也公聞之大駭乘馳而自追晏子及之國
郊請而反之晏子不得已而反之聞北郭子之
以死白己也太息而歎曰嬰不肖罪過固其所
也而士以身明之哀哉
吳赤市使於智氏假道於衛寧文子具紵絺三
百製將以送之大夫豹曰吳雖大國也不壤交
假之道則亦敬矣又何禮焉寧文子不聽遂致
之吳赤市至於智氏既得事將歸吳知伯命造
舟爲梁吳赤市曰吾聞之天子濟於水造舟爲

18

梁諸侯維舟爲梁大夫方舟方舟臣之職也且敬太
甚必有故使人視之視則用兵在後矣將以襲
衛吳赤市曰衛假吾道而厚贈我我見難而不
告是與爲謀也稱疾而留使人告衛衛人警戒
智伯聞之乃止
楚魏會於晉陽將以伐齊齊王患之使人召淳
于髡曰楚魏謀欲伐齊願先生與寡人共憂之
淳于髡大笑而不應王復問之又復大笑而不
應三問而不應王怫然作色曰先生以寡人國
爲戲乎淳于髡對曰臣不敢以王國爲戲也臣
笑臣鄰之祠田也以奩飯與一鮒魚其祝曰下

19

田洿邪得穀百車蟹堁者宜禾臣笑其所以祠
者少而所求者多王曰善賜之千金革車百乘
立為上卿
東閭子嘗富貴而後乞人問之曰公何為如是
曰吾自知吾嘗相六七年未嘗薦一人也吾嘗
富三千萬者再未嘗富一人也不知士出身之
咎然也孔子曰物之難矣小大多少各有怨惡
數之理也人而得之在於外假之也
齊懿公之為公子也與邴歜之父爭田不勝及
即位乃掘而刖之而使歜為僕奪庸織之妻而
使織為參乘公游于申池二人浴於池歜以鞭

20

抶織織怒歜曰人奪女妻而不敢怒一抶女庸
何傷織曰孰與刖其父而不病奚若乃謀殺公
納之竹中
楚人獻黿於鄭靈公公子家見公子宋之食指
動謂子家曰我如是必嘗異味及食大夫黿召
公子宋而不與公子宋怒染指於鼎嘗之而出
公怒欲殺之公子宋與公子家謀先遂弑靈公
子夏曰春秋者記君不君臣不臣父不父子不
子者也此非一日之事也有漸以至焉
劉向說苑卷第六

21

22

劉向說苑卷第七
政理
政有三品王者之政化之霸者之政威之彊者
之政脅之夫此三者各有所施而化之為貴矣
夫化之不變而後威之威之不變而後脅之脅
之不變而後刑之夫至於刑者則非王者之所
得已也是以聖王先德教而後刑罰立榮恥而
明防禁崇禮義之節以示之賤貨利之弊以變
之修近理內政橛機之禮壹妃匹之際則莫不
慕義禮之榮而惡貪亂之恥其所由致之者化
使然也

23

季孫問於孔子曰如殺無道以就有道何如孔子曰子為政焉用殺子欲善而民善矣君子之德風也小人之德草也草上之風必偃言明其化而已也治國有二機刑德是也王者尚其德而希其刑霸者刑德並湊強國先其刑而後德夫刑德者化之所由興也德者養善而進闕者也刑者懲惡而禁後者也故德化之崇者至於賞刑罰之甚者至於誅夫誅賞者所以別賢不肖而列有功與無功也故誅賞不可以繆誅賞繆則善惡亂矣夫有功而不賞則善不勸有過而不誅則惡不懼善不勸而能以行化乎天下

24

者未嘗聞也書曰畢力賞罰此之謂也

水濁則魚困令苛則民亂城峭則必崩岸竦則必阤故夫治國譬若張琴大絃急則小絃絕矣故曰急轡御者非千里御也有聲之聲不過百里無聲之聲延及四海故祿過其功者損名過其實者削情行合而民副之禍福不虛至矣詩云何其處也必有與也何其久也必有以也此之謂也

公叔文子為楚令尹三年民無敢入朝公叔子見曰嚴矣文子曰朝廷之嚴也寧云妨國家之治哉公叔子曰嚴則下喑下喑則上聾聾喑不

25

能相通何國之治也蓋聞之也順針縷者成帷幕合升斗者實倉廩并小流而成江海明主者有所受命而不行未嘗有所不受也

衛靈公謂孔子曰有語寡人為國家者謹之於廟堂之上而國家治矣其可乎孔子曰可愛人者則人愛之惡人者則人惡之知得之己者亦知得之人所謂不出於環堵之室而知天下者知反之己者也

子貢問治民於孔子孔子曰懍懍焉如以腐索御奔馬子貢曰何其畏也孔子曰夫通達之國皆人也以道導之則吾畜也不以道導之則吾

26

讎也若何而毋畏

齊桓公謂管仲曰吾欲舉事於國昭然如日月無愚夫愚婦皆曰善可乎仲曰可然非聖人之道桓公曰何也對曰夫短綆不可以汲深井知鮮不可以與聖人之言慧士可與辨物智士可與辨無方聖人可與辨神明夫聖人之所為非眾人之所及也民知十己則尚與之爭曰不如吾也百己則疵其過千己則謙而不信是故民不可稍而掌也可并而牧也不可暴而殺也可畢而致也眾不可戶說也可舉而示也

衛靈公問於史鰌曰政孰為務對曰大理為務

27

聽獄不中死者不可生也斷者不可屬也故曰
大理爲務必焉子路見公公以史鰌言告之子
路曰司馬爲務兩國有難兩軍相當司馬執枹
以行之一鬬不當死者數萬以殺人爲非也此
其爲殺人亦衆矣故曰司馬爲務必焉子貢入
見公以二子言告之子貢曰不識哉昔禹與有
扈氏戰三陳而不服禹於是脩敎一年而有扈
氏請服故曰去民之所事奚獄之所聽兵革之
不陳奚鼓之所鳴故曰敎爲務也
齊桓公出獵逐鹿而走入山谷之中見一老公
而問之曰是爲何谷對曰爲愚公之谷桓公曰

28

何故對曰以臣名之桓公曰今視公之儀狀非
愚人也何爲以公名對曰臣請陳之臣故畜牸
牛生子而大賣之而買駒少年曰牛不能生
馬遂持駒去傍隣聞之以臣爲愚故名此谷爲
愚公之谷桓公曰公誠愚矣夫何爲而與之桓
公遂歸明日朝以告管仲管仲正衿再拜曰此
夷吾之愚也使堯在上咎繇爲理安有取人之
駒者乎若有見暴如是叟者又必不與也公知
獄訟之不正故與之耳請退而脩政孔子曰弟
子記之桓公霸君也管仲賢佐也猶有以智爲
愚者也況不及桓公管仲者也

29

魯有父子訟者康子曰殺之孔子曰未可殺也
夫民不知子父訟之不善者久矣是則上過也
上有道是人亡矣康子曰夫治民以孝爲本今
殺一人以戮不孝不亦可乎孔子曰不孝而誅
之是虐殺不辜也三軍大敗不可誅也獄訟不
治不可刑也上陳之敎而先服之則百姓從風
矣躬行不從而后俟之以刑則民知罪矣夫一
仞之牆民不能踰百仞之山童子升而遊焉陵
遲故也今是仁義之陵遲久矣能謂民弗踰乎
詩曰俾民不迷昔者君子道其百姓不使迷是
以威厲而不至刑錯而不用也於是訟者聞之

30

乃請無訟
魯哀公問政於孔子對曰政有使民富且壽哀
公曰何謂也孔子曰薄賦斂則民富無事則遠
罪遠罪則民壽公曰若是則寡人貧矣孔子曰
詩云凱悌君子民之父母未見其子富而父母
貧者也
文王問於呂望曰爲天下若何對曰王國富民
霸國富士僅存之國富大夫亡道之國富倉府
是謂上溢而下漏文王曰善對曰宿善不祥是
日也發其倉府以振鰥寡孤獨
武王問於太公曰治國之道若何太公對曰治

31

國之道愛民而已曰愛民若何曰利之而勿害
成之勿敗生之勿殺與之勿奪樂之勿苦喜之
勿怒此治國之道使民之誼也愛之而已矣民
失其所務則害之也農失其時則敗之也有罪
者重其罰則殺之也重賦斂者則奪之也多徭
役以罷民力則苦之也勞而擾之則怒之也故
善為國者遇民如父母之愛子兄之愛弟聞其
飢寒為之哀見其勞苦為之悲
武王問於太公曰賢君治國何如對曰賢君之
治國其政平其吏不苛其賦斂節其自奉薄不
以私善害公法賞賜不加於無功刑罰不施於

32

無罪不因喜以賞不因怒以誅害民者有罪進
賢舉過者有賞後宮不荒女謁不聽上無淫慝
下不陰害不幸宮室以費財不多觀游臺池以
罷民不彫文刻鏤以逞耳目官無腐蠹之藏國
無流餓之民此賢君之治國也武王曰善哉
武王問於太公曰為國而數更法令者何也太
公曰為國而數更法令者不法法以其所善為
法者也故令出而亂亂則更為法是以其法令
數更也
成王問政於尹逸曰吾何德之行而民親其上
對曰使之以時而敬順之忠而愛之布令信而

33

不食言王曰其度安至對曰如臨深淵如履薄
氷王曰懼哉對曰天地之間四海之內善之則
畜也不善則讎也夏殷之臣反讎桀紂而臣湯
武夙沙之民自攻其主而歸神農氏此君之所
明知也吾何為無懼也
仲尼見梁君梁君問仲尼曰吾欲長有國吾欲
列都之得吾欲使民安不惑吾欲使士竭其力
吾欲使日月當時吾欲使聖人自來吾欲使官
府治為之柰何仲尼對曰千乘之君萬乘之主
問於丘者多矣未嘗有如主君問丘之術也然
而盡可得也丘聞之兩君相親則長有國君惠

34

臣忠則列都之得毋殺不辜毋釋罪人則民不
惑益士祿賞則竭其力尊天敬鬼則日月當時
善為刑罰則聖人自來尚賢使能則官府治梁
君曰豈有不然哉
子貢曰葉公問政於夫子夫子曰政在附近而
來遠魯哀公問政於夫子夫子曰政在於諭臣
齊景公問政於夫子夫子曰政在於節用三君
問政於夫子夫子應之不同然則政有異乎孔
子曰夫荊之地廣而都狹民有離志焉故曰在
於附近而來遠哀公有臣三人內比周公以惑
其君外鄣距諸侯賓客以蔽其明故曰政在諭

35

臣齊景公奢於臺榭淫於苑囿五官之樂不解
一日而賜人百乘之家者三故曰政在於節用
此三者政也詩不云乎亂離斯瘼爰其適歸此
傷離散以為亂者也匪其止共惟王之邛此傷
姦臣蔽主以為亂者也相亂蔑資曾莫惠我師
此傷奢侈不節以為亂者也察此三者之所欲
政其同乎哉
公儀休相魯魯君死左右請閉門公儀休曰止
池淵吾不稅蒙山吾不賦苛令吾不布吾已閉
心矣何閉於門哉
子産相鄭簡公謂子産曰内政毋出外政毋入

36

夫衣裘之不美車馬之不飾子女之不潔寡人
之醜也國家之不治封疆之不正夫子之醜也
子産相鄭終簡公之身内無國中之亂外無諸
侯之患也子産之從政也擇能而使之馮簡子
善斷事子太叔善決而文公孫揮知四國之為
而辨於其大夫之族姓變而立至又善為辭令
裨諶善謀於野則獲於邑則否有事乃載裨諶
與之適野使謀可否而告馮簡子斷之使公孫
揮為之辭令成乃受子太叔行之以應對賓客
是以鮮有敗事也
董安于治晉陽問政於蹇老蹇老曰曰忠曰信

37

曰敢董安于曰安忠乎曰忠於主曰安信乎曰
信於令曰安敢乎曰敢於不善人董安于曰此
三者足矣
魏文侯使西門豹往治於鄴告之曰必全功成
名布義豹曰敢問全功成名布義為之奈何文
侯曰子往矣是無邑不有賢豪辯博者也無邑
不有好揚人之惡蔽人之善者也往必問豪賢
者因而親之其辯博者因而師之問其好揚人
之惡蔽人之善者因而察之不可以特聞從事
夫耳聞之不如目見之目見之不如足踐之足
踐之不如手辨之人始入官如入晦室久而愈

38

明明乃治治乃行
宓子賤治單父彈鳴琴身不下堂而單父治巫
馬期亦治單父以星出以星入日夜不處以身
親之而單父亦治巫馬期問其故於宓子賤宓
子賤曰我之謂任人子之謂任力任力者固勞
任人者固佚人曰宓子賤則君子矣佚四肢全
耳目平心氣而百官治任其數而已矣巫馬期
則不然弊性事情勞煩教詔雖治猶未至也
孔子謂宓子賤曰子治單父而衆說語丘所以
為之者曰不齊父其父子其子恤諸孤而哀喪
紀孔子曰善小節也小民附矣猶未足也曰不

39

齊也所父事者三人所兄事者五人所友者十
一人孔子曰父事三人可以教孝矣兄事五人
可以教弟矣友十一人可以教學矣中節也中
民附矣猶未足也曰此地民有賢於不齊者五
人不齊事之皆教不齊所以治之術孔子曰欲
其大者乃於此在矣昔者堯舜清微其身以聽
觀天下務求賢人夫舉賢者百福之宗也而神
明之主也不齊之所治者小也不齊所治者大
其與堯舜繼矣
宓子賤為單父宰辭於夫子夫子曰毋迎而距
也毋望而許也許之則失守距之則閉塞譬如

40

高山深淵仰之不可極度之不可測也子賤曰
善敢不承命乎
宓子賤為單父宰過於陽晝曰子亦有以送僕
乎陽晝曰吾少也賤不知治民之術有釣道二
焉請以送子子賤曰釣道奈何陽晝曰夫扱綸
錯餌迎而吸之者陽橋也其為魚薄而不美若
存若亡若食若不食者魴也其為魚也博而厚
味宓子賤曰善於是未至單父冠蓋迎之者交
接於道子賤曰車驅之車驅之夫陽晝之所謂
陽橋者至矣於是至單父請其耆老尊賢者而
與之共治單父

41

孔子弟子有孔蔑者與宓子賤皆仕孔子往過
孔蔑問之曰自子之仕者何得何亡孔蔑曰自吾
仕者未有所得而有所亡者三曰王事若襲學焉
得習以是學不得明也所亡者一也奉祿少鬻鬻
不足及親戚親戚益疏矣所亡者二也公事多急
不得弔死視病是以朋友益疏矣所亡者三也孔
子不說而復往見子賤曰自子之仕何得何亡
子賤曰自吾之仕未有所亡而所得者三始
誦之文今履而行之是學日益明也所得者一也
奉祿雖少鬻鬻得及親戚是以親戚益親也所得者
二也公事雖急夜勤弔死視病是以朋友益親也所得

42

者三也孔子謂子賤曰君子哉若人君子哉若
人魯無君子也斯焉取斯
晏子治東阿三年景公召而數之曰吾以子為
可而使子治東阿今子治而亂子退而自察也
寡人將加大誅於子晏子對曰臣請改道易行
而治東阿三年不治臣請死之景公許之於是
明年上計景公迎而賀之曰甚善矣子之治東
阿也晏子對曰前臣之治東阿也屬託不行貨
賂不至陂池之魚以利貧民當此之時民無飢
者而君反以罪臣今臣之後治東阿也屬託行
貨賂至并會賦斂倉庫少內便事左右陂池之

43

魚入於權家當此之時飢者過半矣君乃反迎
而賀臣愚不能復治東阿願乞骸骨避賢者之
路再拜便辟景公乃下席而謝之曰子強復治
東阿東阿者子之東阿也寡人無復與焉
子路治蒲見於孔子曰由願受教孔子曰蒲多
壯士又難治也然吾語汝恭以敬可以攝勇寬
以正可以容衆恭以潔可以親上
子貢為信陽令辭孔子而行孔子曰力之順之
因子之時無奪無伐無暴無盜子貢曰賜少而
事君子君子固有盜者邪孔子曰夫以不肖伐
賢是謂奪也以賢伐不肖是謂伐也緩其令急

44

其誅是謂暴也取人善以自為己是謂盜也君
子之盜豈必當財幣乎吾聞之曰知為吏者奉
法利民不知為吏者枉法以侵民此皆怨之所
由生也臨官莫如平臨財莫如廉廉平之守不
可攻也匿人之善者是謂蔽賢也揚人之惡者
是謂小人也不內相教而外相謗者是謂不足
親也言人之善者有所得而無所亡傷也言人
之惡者無所得而有所傷也故君子慎言語矣
毋先己而後人擇言出之令口如耳
楊朱見梁王言治天下如運諸掌然梁王曰先
生有一妻一妾不能治三畝之園不能芸言治

45

天下如運諸手掌何以楊朱曰臣有之君不見
夫羊乎百羊而群使五尺童子荷杖而隨之欲
東而東欲西而西君且使堯牽一羊舜荷杖而
隨之則亂之始也臣聞之夫吞舟之魚不遊淵
鴻鵠高飛不就汙池何則其志極遠也黃鍾大
呂不可從繁奏之舞何則其音疏也將治大者
不治小成大功者不小苛此之謂也
景差相鄭鄭人有冬涉水者出而脛寒後景差
過之下陪乘而載之覆以上衽晉叔向聞之曰
景子為人國相豈不固哉吾聞良吏居之三月而溝
渠脩十月而津梁成六畜且不濡足而況人乎

46

魏文侯問李克曰為國如何對曰臣聞為國之
道食有勞而祿有功使有能而賞必行罰必當
文侯曰吾賞罰皆當而民不與何也對曰國其
有淫民乎臣聞之曰奪淫民之祿以來四方之
士其父有功而祿其子無功而食之出則乘車
馬衣美裘以為榮華入則脩竽瑟鐘石之聲而
安其子女之樂以亂鄉曲之教如此者奪其祿
以來四方之士此之謂奪淫民也
齊桓公問於管仲曰國何患管仲對曰患夫社
鼠桓公曰何謂也管仲對曰夫社束木而塗之
鼠因往託焉燻之則恐燒其木灌之則恐敗其

47

塗此鼠所以不可得殺者以社故也夫國亦有
社鼠人主左右是也內則蔽善惡於君上外則
賣權重於百姓不誅之則爲亂誅之則爲人主
所察據腹而有之此亦國之社鼠也人有酤酒
者爲器甚潔清置表甚長而酒酸不售問之里
人其故里人云公之狗猛人挈器而入且酤公
酒狗迎而噬之此酒所以酸不售之故也夫國
亦有猛狗用事者也有道術之士欲明萬乘之
主而用事者迎而齕之此亦國之猛狗也左右
爲社鼠用事者爲猛狗則道術之士不得用矣
此治國之所患也

48

齊侯問於晏子曰爲政何患對曰患善惡之不
分公曰何以察之對曰審擇左右左右善則百
僚各得其所宜而善惡分孔子聞之曰此言也
信矣善言進則不善無由入矣不進善言則善
無由入矣
復稾之君朝齊桓公問治民焉復稾之君不對
而循口操衿抑心桓公曰與民共甘苦飢寒乎
夫以我爲聖人也故不用言而諭因禮之千金
晉文公時翟人有封狐文豹之皮者文公喟然
嘆曰封狐文豹何罪哉以其皮爲罪也大夫欒
枝曰地廣而不平財聚而不散獨非狐豹之罪

49

乎文公曰善哉說之欒枝曰地廣而不平人將
平之財聚而不散人將爭之於是列地以分民
散財以賑貧
晉文侯問政於舅犯舅犯對曰分熟不如分腥
分腥不如分地割以分民而益其爵祿是以上
得地而民知富上失地而民知貧古之所謂致
師而戰者其此之謂也
晉侯問於士文伯曰三月朔日有蝕之寡人學
惛焉詩所謂彼日而蝕于何不臧者何也對曰
不善政之謂也國無政不用善則自取謫於日
月之災故不可不愼也政有三而已一曰因民

50

二曰擇人三曰從時
延陵季子游於晉入其境曰嘻暴哉國乎入其
都曰嘻力屈哉國乎立其朝曰嘻亂哉國乎從
者曰夫子之入晉境未久也何其名之不疑也
延陵季子曰然吾入其境田畝荒穢而不休雜
增崇高吾是以知其國之暴也吾入其都新室
惡而故室美新墻卑而故墻高吾是以知其民
力之屈也吾立其朝君能視而不下問其臣善
伐而不上諫吾是以知其國之亂也
齊之所以不如魯者太公之賢不如伯禽伯禽
與太公俱受封而各之國三年太公來朝周公

51

問曰何治之疾也對曰尊賢先疏後親先義後
仁也此霸者之迹也周公曰太公之澤及五世
五年伯禽來朝周公問曰何治之難對曰親親
者先內後外先仁後義也此王者之迹也周公
曰魯之澤及十世故魯有王迹者仁厚也齊有
霸迹者武政也齊之所以不如魯也太公之賢
不如伯禽也
景公好婦人而丈夫飾者國人盡服之公使吏
禁之曰女子而男子飾者裂其衣斷其帶裂衣
斷帶相望而不止晏子見公曰寡人使吏禁女
子而男子飾者裂其衣斷其帶相望而不止者

52

何也對曰君使服之於內而禁之於外猶懸牛
首於門而求買馬肉也公胡不使內勿服則外
莫敢為也公曰善使內勿服不旋月而國莫之
服也
齊人甚好轂擊相犯以為樂禁之不止晏子患
之乃為新車良馬出與人相犯也曰轂擊者不
祥臣其祭祀不順居處不敬乎下車棄而去之
然後國人乃不為故曰禁之以制而身不先行
也民不肯止故化其心莫若教也
魯國之法魯人有贖臣妾於諸侯者取金於府
子貢贖人於諸侯而還其金孔子聞之曰賜失

53

之矣聖人之舉事也可以移風易俗而教導可
施於百姓非獨適其身之行也今魯國富者寡
而貧者眾贖而受金則為不廉不受則後莫復
贖自今以來魯人不復贖矣孔子可謂通於化
矣故老子曰見小曰明
孔子見季康子康子未說孔子又見之宰予曰
吾聞之夫子曰王公不聘不動今吾子之見司
寇也少數矣孔子曰魯國以眾相陵以兵相暴
之日久矣而有司不治聘我者孰大乎於是魯
人聞之曰聖人將治何以不先自為刑罰乎自
是之後國無爭者孔子謂弟子曰違山十里蟪

54

蛄之聲猶尚存耳政事無如膺之矣古之魯俗
塗里之間羅門之羅收門之漁獨得於禮是以
孔子善之夫塗里之間富家為貧者出羅門之
羅有親者取多無親者取少收門之漁有親者
取巨無親者取小
春秋曰四民均則王道興而百姓寧所謂四民
者士農工商也婚姻之道廢則男女之道悖而
淫泆之路興矣

劉向說苑卷第七

55

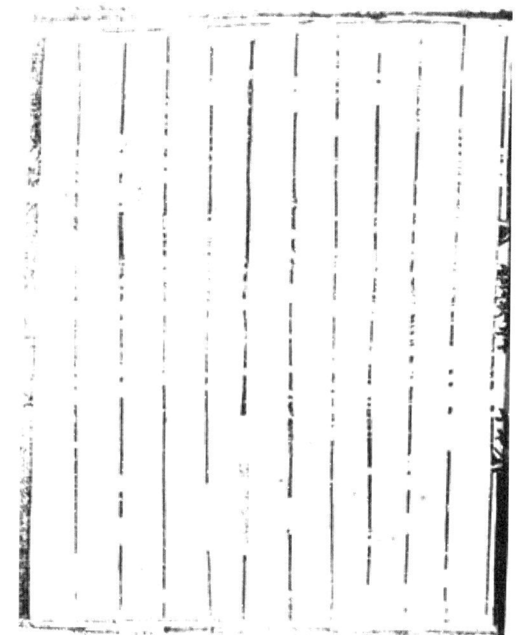

56

劉向說苑卷第八

尊賢

人君之欲平治天下而垂榮名者必尊賢而下
士易曰自上下下其道大光又曰以貴下賤大
得民也夫明王之施德而下下也將懷遠而致
近也夫朝無賢人猶鴻鵠之無羽翼也雖有千
里之望猶不能致其意之所欲至矣是故游江
海者託於船致遠道者託於乘欲霸王者託於賢
伊尹呂尚管夷吾百里奚此霸王之船乘也釋
父兄與子孫非疏之也任庖人釣屠與仇讎僕
虜非阿之也持社稷立功名之道不得不然也

57

猶大匠之為宮室也量小大而知材木矣比功
校而知人數矣是故呂尚聘而天下知商將亡
而周之王也管夷吾百里奚任而天下知齊秦
之必霸也豈特船乘哉夫成王霸固有人亡國
破家亦固有人桀用干莘紂用惡來宋用唐鞅
齊用蘇秦秦用趙高而天下知其亡也非其人
而欲有功譬其若夏至之日而欲夜之長也射
魚指天而欲發之當也雖舜禹猶亦困而又況
乎俗主哉

春秋之時天子微弱諸侯力政皆叛不朝衆暴
寡強劫弱南夷與北狄交侵中國之不絕若綫

58

桓公於是用管仲鮑叔隰朋賓胥無甯戚三存
亡國一繼絕世救中國攘戎狄卒脅荊蠻以尊
周室霸諸侯晉文公用咎犯先軫陽處父強中
國敗強楚合諸侯朝天子以顯周室楚莊王用
孫叔敖司馬子反將軍子重征陳從鄭敗強晉
無敵於天下秦穆公用百里子蹇叔子王子廖
及由余據有雍州攘敗西戎吳用延州來季子
并冀州揚威于雞父鄭僖公富有千乘之國貴
為諸侯治義不順人心而取弑於臣者不先得
賢也至簡公用子產裨諶世叔行人子羽賊臣
除正臣進去強楚合中國國家安寧二十餘年

59

無強楚之患故虞有宮之奇晉獻公為之終夜
不寐楚有子玉得臣文公為之側席而坐遠乎
賢者之厭難折衝也夫宋襄公不用公子目夷
之言大辱於楚曹不用僖負羈之諫敗死於戎
故共惟五始之要治亂之端在乎審己而任賢
也國家之任賢而吉任不肖而凶案往世而視
已事其必然也如合符此為人君者不可以不
慎也國家惛亂而良臣見魯國大亂季友之賢
見僖公即位而任季子魯國安寧外內無憂行
政二十一年季子之卒後邾擊其南齊伐其北
魯不勝其患將乞師於楚以取全耳故傳

60

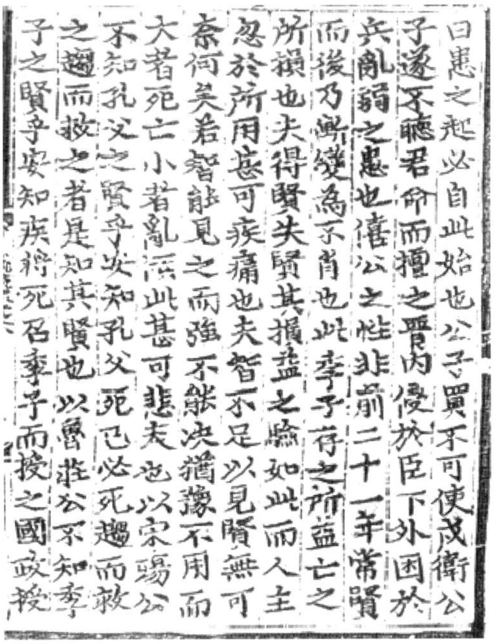

曰患之起必自此始也公子買不可使戍衛公
子遂不聽君命而擅之晉內侵於臣下外困於
兵亂弱之患也僖公之性非前二十一年常賢
而後乃漸變為不肖也此季子存之所益亡之
所損也夫得賢失賢其損益之驗如此而人主
忽於所用甚可疾痛也夫智不足以見賢無可
奈何矣若智能見之而強不能決猶豫不用而
大者死亡小者亂傾此甚可悲哀也以宋殤公
不知孔父之賢乎安知孔父死己必死趨而救
之趨而救之者是知其賢也以魯莊公不知季
子之賢乎安知疾將死召季子而授之國政授

61

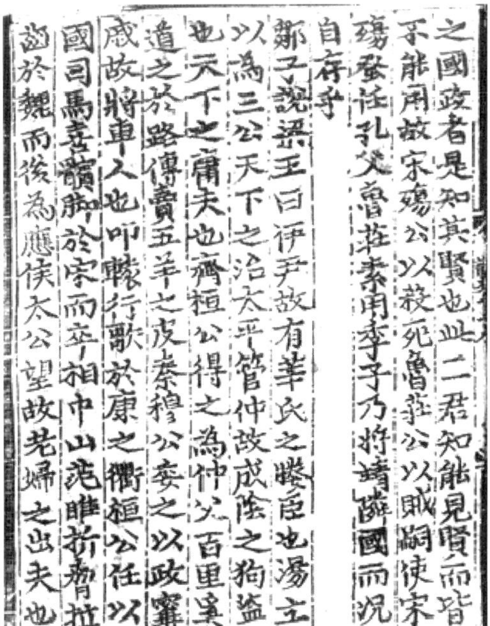

之國政者是知其賢也此二君知能見賢而皆
不能用故宋殤公以殺死魯莊公以賊嗣使宋
殤蚤任孔父魯莊素用季子乃將靖鄰國而況
自存乎
鄒子說梁王曰伊尹故有莘氏之媵臣也湯立
以為三公天下之治太平管仲故成陰之狗盜
也天下之庸夫也齊桓公得之為仲父百里奚
道之於路傳賣五羊之皮秦穆公委之以政甯
戚故將車人也叩轅行歌於康之衢桓公任以
國司馬喜髕腳於宋而卒相中山范睢折脅拉
齒於魏而後為應侯太公望故老婦之出夫也

62

朝歌之屠佐也棘津迎客之舍人也年七十而
相周九十而封齊故詩曰綿綿之葛在於曠野
良工得之以為絺紵良工不得枯死於野此七
士者不遇明君聖王幾行乞丐枯死於中野譬
猶綿綿之葛矣
眉睫之微接而形于色聲音而風感而動于心
甯戚擊牛角而商歌桓公聞而舉之鮑龍跪石
而登嵯孔子為之下車堯舜相見不違桑陰文
王舉太公不以日久故賢聖之接也不待久而
親能者之相見也不待試而知矣故士之接也
非必與之辭財分貨乃知其廉也非必與之犯

63

64

難沙危乃知其勇也舉事決斷是以知其勇也
取與有道是以知其廉也故見虎之尾而知其
大於貍也見象之牙而知其大於牛也一節見
則百節知矣由此觀之以所見可以占未發觀
小節固足以知大體矣
禹以夏王桀以夏亡湯以殷王紂以殷亡闔廬
以吳戰勝無敵於天下而夫差以見禽於越文
公以晉國霸而厲公以見弒於匠麗之宮威王
以齊強於天下而湣王以弒死於廟梁穆公以
秦顯名尊號而二世以劫於望夷其所以君王
者同而功迹不等者所任異也是故成王處襁

65

褓而朝諸侯周公用事也趙武靈王年五十而
餓死於沙丘任李兌故也桓公得管仲九合諸
侯一匡天下失管仲任豎刁易牙身死不葬為
天下笑一人之身榮辱俱施焉在所任也故魏
有公子無忌削地復得趙任藺相如秦兵不敢
出鄢陵任唐睢國獨特立楚有申包胥而昭王
反位齊有田單襄王得國由此觀之國無賢佐
俊士而能以成功立名安危繼絕者未嘗有也
故國不務大而務得民心佐不務多而務得賢
俊得民心者民往之有賢佐者士歸之文王請
除炮烙之刑而殷民從湯去張網者之三面而

66

夏民從越王不隳舊冢而吳人服以其所為之
順於民心也故聲同則處異而相應德合則未
見而相親賢者立於本朝則天下之豪相率而
趨之矣何以知其然也曰管仲桓公之賊也鮑
叔以為賢於己而進之為相七十言而說乃聽
遂使桓公除報讎之心而委國政焉桓公垂拱
無事而朝諸侯鮑叔之力也管仲之所以能北
走桓公無自危之心者同聲於鮑叔也紂殺王
子比干箕子被髮而佯狂陳靈公殺泄冶而鄧
元去陳自是之後殷兼於周陳亡於楚以其殺
比干泄冶而失箕子與鄧元也燕昭王得郭隗

67

而鄒衍樂毅以齊趙至蘇子屈景以周楚至於
是舉兵而攻齊棲閔王於莒燕校地計眾非與
齊鈞也然所以能信意至於此者由得士也故
無常安之國無恒治之民得賢者則安昌失之
者則危亡自古及今未有不然者也明鏡所以
照形也往古所以知今也夫知惡往古之所以
危亡而不務襲迹於其所以安昌則未有異乎
卻走而求逮前人也太公知之故舉微子之後
而封比干之墓夫聖人之於死尚如是其厚也
況當世而生存者乎則其弗失可識矣
齊景公問於孔子曰秦穆公其國小處僻而霸

何也對曰其國小而志大雖亂僻而其政中其
羣異其謀和其令不偷親擧五羖大夫於係縲
之中與之語三日而授之政以此取之雖王可
也霸則小矣
或曰將謂桓公仁義乎殺兄而立非仁義也將
謂桓公恭儉乎與婦人同輿馳於邑中非恭儉
也將謂桓公清潔乎閨門之內無可嫁者非清
潔也此三者亡國失君之行也然而桓公兼有
之以得管仲隰朋九合諸侯一匡天下畢朝周
室爲五霸長以其得賢佐也失管仲隰朋任豎
刁易牙身死不葬蟲流出戶一人之身榮辱俱

68

施者何者其所任異也由此觀之則士佐急矣
周公旦白屋之士所下者七十人而天下之士
皆至晏子所與同衣食者百人而天下之士亦
至仲尼脩道行理文章而天下之士亦至矣伯
牙子鼓琴鍾子期聽之方鼓而志在太山鍾子
期曰善哉乎鼓琴巍巍乎若太山少選之間而
志在流水鍾子期復曰善哉乎鼓琴湯湯乎若
流水鍾子期死伯牙破琴絶絃終身不復鼓琴
以爲世無足爲鼓琴者非獨鼓琴若此也賢者
亦然雖有賢者而無以接之賢者奚由盡忠哉
驥不自至千里者待伯樂而後至也

69

周威公問於寗子曰取士有道乎對曰有窮者
達之亡者存之廢者起之四方之士則四面而
至矣窮者不達亡者不存廢者不起四方之士
則四面而畔矣夫城固不能自守兵利不能自
保得士而失之必有其間夫士存則君尊士亡
則君卑周威公曰士壹至如此乎對曰君不聞
夫楚平王有士曰楚傒胥丘負客王將殺之出
亡之晉晉人用之是爲城濮之戰又有士曰苗
賁皇王將殺之出亡走晉晉人用之是爲鄢陵
之戰又有士曰上解于王將殺之出亡走晉晉
人用之是爲兩堂之戰又有士曰伍子胥王殺

70

其父兄出亡走吳闔閭用之於是興師而襲郢
故楚之大得罪於梁鄭宋衛之君猶未遽至于
此也此四得罪於其士三暴其民胥一亡其國
由是觀之士存則國存士亡則國亡子胥怒而
亡之申包胥怒而存之士胡可無貴乎
哀公問於孔子曰人何若而可取也孔子對曰
毋取拑者無取健者毋取口銳者哀公曰何謂
也孔子曰拑者大給利不可盡用健者必欲兼
人不可以爲法也口銳者多誕而寡信後恐不
驗也夫弓矢和調而後求其中焉馬慤愿順然
後求其良材焉人必忠信重厚然後求其知能

71

爲令人有不忠信重厚而多知能如此人者譬
猶豺狼與不可以身近也是故先其仁信之誠
者然後親之於是有知能者然後任之故曰親
仁而使能夫取人之術也觀其言而察其行夫
言者所以抒其匈而發其情者也能行之士必
能言之是故先觀其言而揆其行夫以言揆其
行雖有姦軌之人無以逃其情矣哀公曰善
周公攝天子位七年布衣之士執贄所師見者
十二人窮巷白屋所先見者四十九人時進善
者百人教士者千人官朝者萬人當此之時誠
使周公驕而且悋則天下賢士至者寡矣苟有

72

至者則必貪而尸祿者也尸祿之臣不能存君
矣
齊桓公設庭燎爲士之欲造見者朞年而士不
至於是東野鄙人有以九九之術見者桓公曰
九九何足以見乎鄙人對曰臣非以九九爲足
以見也臣聞主君設庭燎以待士朞年而士不
至夫士之所以不至者君天下賢君也四方之
士皆自以論而不及君故不至也夫九九薄能
耳而君猶禮之況賢於九九乎夫太山不辭壤
石江海不逆小流所以成大也詩云先民有言
詢于芻蕘言博謀也桓公曰善乃因禮之朞月

73

四方之士相攜而並至詩曰自堂徂基自羊徂
牛言以內及外以小及大也
齊景公伐宋至于岐隄之上登高以望太息而
歎曰昔我先君桓公長轂八百乘以霸諸侯今
我長轂三千乘而不敢久處於此者豈其無管
仲歟弦章對曰臣聞之水廣則魚大君明則臣
忠昔有桓公故有管仲今桓公在此則車下之
臣盡管仲也
趙簡子游於河而樂之歎曰安得賢士而與處
焉舟人古乘跪而對曰夫珠玉無足去此數千
里而所以能來者以好之也今士有足而不來

74

者此是吾君不好之乎趙簡子曰吾門左右客
千人朝食不足暮收市征暮食不足朝收市征
吾尚可謂不好士乎舟人古乘對曰鴻鵠高飛
遠翔其所恃者六翮也背上之毛腹下之毳無
尺寸之數去之滿把飛不能爲之益卑益之滿
把飛不能爲之益高不知門下左右客千人者
有六翮之用乎將盡毛毳也
齊宣王坐淳于髡侍宣王曰先生論寡人何好
淳于髡曰古者所好四而王所好三焉宣王曰
古者所好何與寡人所好淳于髡曰古者好馬
王亦好馬古者好味王亦好味古者好色王亦

75

好色古者好士王獨不好士宣王曰國無士耳
有則寡人亦說之矣淳于髠曰古者驊騮騏驥
今無有王選於衆王好馬矣古者有豹象之胎
今無有王選於衆王好味矣古者有毛廧西施
今無有王選於衆王好色矣王必將待堯舜禹湯
之士而後好之則禹湯之士亦不好王矣宣王
嘿然無以應
衛君問於田讓曰寡人封侯盡千里之地賞賜
盡御府繒帛而士不至何也田讓對曰君之賞
賜不可以功及也君之誅罰不可以理避也猶
舉杖而呼狗張弓而祝雞矣雖有香餌而不能

76

致者害之必也
宗衛相齊遇逐罷歸舍召門尉田饒等二十有
七人而問焉曰士大夫誰能與我赴諸侯者乎
田饒等皆伏而不對宗衛曰何士大夫之易得
而難用也饒對曰非士大夫之難用也是君不
能用也宗衛曰不能用士大夫何若田饒對曰
廚中有臭肉則門下無死士今夫三升之稷不
足於士而君鴈鶩有餘粟紈素綺繡靡麗堂楯
從風雨弊而士曾不得以緣衣果園梨栗後宮
婦人摭以相擿而士曾不得一嘗且夫財者君
之所輕也死者士之所重也君不能用所輕之

77

財而欲使士致所重之死豈不難乎哉於是宗
衛面有慚色逡巡避席而謝曰此衛之過也
魯哀公問於孔子曰當今之時君子誰賢對曰
衛靈公公曰吾聞之其閨門之內姑姊妹無別
對曰臣觀於朝廷未觀於堂陛之間也靈公之
弟曰公子渠牟其知足以治千乘之國其信足
以守之而靈公愛之又有士曰王林國有賢人
必進而任之無不達也不能達退而與分其祿
而靈公尊之又有士曰慶足國有大事則進而
治之無不濟也而靈公說之史鰌去衛靈公邸
舍三月琴瑟不御待史鰌之入也而後入臣是

78

以知其賢也
介子推行年十五而相荊仲尼聞之使人往視
還曰廊下有二十五俊士堂上有二十五老人
仲尼曰合二十五人之智智於湯武并二十五
人之力力於彭祖以治天下其固免矣乎
孔子閒居喟然而嘆曰銅鞮伯華而無死天下
其有定矣子路曰願聞其為人也何若孔子曰
其幼也敏而好學其壯也有勇而不屈其老也
有道而能以下人子路曰其幼也敏而好學則
可其壯也有勇而不屈則可夫有道又誰下哉
孔子曰由不知也吾聞之以衆攻寡而無不消

79

也以貴下賤無不得也昔者周公旦制天下之
政而下士七十人豈無道哉欲得士之故也夫
有道而能下於天下之士君子乎哉
魏文侯從中山奔命安邑田子方後太子擊遇
之下車而趨子方坐乘如故告太子曰為我請
君待我朝謌太子不説因謂子方曰不識貧窮
者驕人富貴者驕人乎子方曰貧窮者驕人富
貴者安敢驕人人主驕人而亡其國吾未見以
國待亡者也大夫驕人而亡其家吾未見以家
待亡者也貧窮者若不得意納屨而去安往不
得貧窮乎貧窮者驕人富貴者安敢驕人太子

80

及文侯道田子方之語文侯嘆曰微吾子之故
吾安得聞賢人之言吾下子方以行得而友之
自吾友子方也君臣益親百姓益附吾是以得
友士之功我欲伐中山吾以武下樂羊三年而
中山為獻於我我是以得有武之功吾所以不
少進於此者吾未見以智驕我者也若得以智
驕我者豈不及古之人乎
晉文侯行地登隧大夫皆扶之隨會不扶文侯
曰會夫為人臣而忍其君者其罪奚如對曰其
罪重死文侯曰何謂重死對曰身死妻子為戮
焉隨會曰君奚獨問為人臣忍其君者而不問

81

為人君而忍其臣者邪文侯曰為人君而忍其
臣者其罪何如隨會對曰為人君而忍其臣者
智士不為謀辯士不為言仁士不為行勇士不
為死文侯援綏下車辭大夫曰寡人有腰髀之
病願諸大夫勿罪也
齊將軍田瞶出將張生郊送曰昔者堯讓許由
以天下洗耳而不受將軍知之乎曰唯然知之
伯夷叔齊辭諸侯之位而不為將軍知之乎曰
唯然知之於陵仲子辭三公之位而傭為人灌
園將軍知之乎曰唯然知之智過去君弟變姓
名免為庶人將軍知之乎曰唯然知之孫叔敖

82

三去相而不悔將軍知之乎曰唯然知之此五
大夫者名辭之而實羞之今將軍方吞一國之
權提鼓擁旗被堅執鋭旋回十萬之師擅斧鉞
之誅慎毋以士之所羞者驕士田瞶曰今日諸
君皆為瞶祖道具酒脯而先生獨教之以聖人
之大道謹聞命矣
魏文侯見段干木立倦而不敢息及見翟黃踞
堂而與之言翟黃不說文侯曰段干木官之則
不肯祿之則不受今汝欲官則相至欲祿則上
卿既受吾賞又責吾禮毋乃難乎
孔子之郯遭程子於塗傾蓋而語終日有間顧

83

子路曰取束帛一以贈先生子路不對有間又
顧曰取束帛一以贈先生子路屑然對曰由聞
之也士不中而見女無媒而嫁君子不行也孔
子曰由詩不云乎野有蔓草零露漙兮有美一
人清揚婉兮邂逅相遇適我願兮今程子天下
之賢士也於是不贈終身不見大德毋踰閑小
德出入可也
齊桓公使管仲治國管仲對曰賤不能臨貴桓
公以為上卿而國不治桓公曰何故管仲對曰
貧不能使富桓公賜之齊國市租一年而國不
治桓公曰何故對曰疏不能制親桓公立以為

84

仲父齊國大安而遂霸天下孔子曰管仲之賢
不得此三權者亦不能使其君南面而霸矣
桓公問於管仲曰吾欲使爵腐於酒肉腐於俎
得無害於霸乎管仲對曰此極非其貴者耳然
亦無害於霸也桓公曰何如而害霸管仲對曰
不知賢害霸知而不用害霸用而不任害霸任
而不信害霸信而復使小人參之害霸桓公曰
善
魯人攻鄪曾子辭於鄪君曰請出寇罷而後復
來請姑毋使狗豕入吾舍鄪君曰寡人之於先
生也人無不聞今魯人攻我而先生去我我胡

85

守先生之舍魯人果攻鄪而數之罪十而曾子
之所爭者九魯師罷鄪君復脩曾子舍而後迎
之
宋司城子罕之貴子韋也入與共食出與同衣
司城子罕亡子韋不從子罕來復召子韋而貴
之左右曰君之善子韋也君亡不從來又復貴
之君獨不愧於君之忠臣乎子罕曰吾唯不能
用子韋故至於亡今吾之得復也尚是子韋之
遺德餘教也吾故貴之且我之亡也吾臣之削
迹拔樹以從我者奚益於吾亡哉
楊因見趙簡主曰臣居鄉三逐事君五去聞君

86

好士故走來見簡主聞之絕食而歎跽而行左
右進諫曰居鄉三逐是不容衆也事君五去是
不忠上也今君有士見過八矣簡主曰子不知
也夫美女者醜婦之仇也盛德之士亂世所疏
也正直之行邪枉所憎也遂出見之因授以為
相而國大治由是觀之遠近之人不可以不察
也
應侯與賈午子坐聞其鼓琴之聲應侯曰今日
之琴一何悲也賈午子曰夫張急調下故使之
悲耳急張者良材也調下者官卑也取夫良材
而卑官之安能無悲乎應侯曰善哉

87

十三年諸侯舉兵以伐齊齊王聞之惕然而恐
召其群臣大夫告曰有智為寡人用之於是博
士淳于髡仰天大笑而不應王復問之又大笑
不應三笑不應王艴然作色不悅曰先生以寡
人語為戲乎對曰臣非敢以大王語為戲也臣
笑臣鄰之祠田也以一奩飯一壺酒三鮒魚祝
曰蟹堁者宜禾洿邪者百車傳之後世洋洋有
餘臣笑其賜鬼薄而請之厚也於是王乃立淳
于髡為上卿賜之千金革車百乘與平諸侯之
事諸侯聞之立罷其兵休其士卒遂不敢攻齊
此非淳于髡之力乎

88

田忌去齊奔楚楚王郊迎至舍問曰楚萬乘之
國也齊亦萬乘之國也常欲相并為之柰何對
曰易知耳齊使申孺將則楚發五萬人使上將
軍將之至禽將軍首而反耳齊使田居將則楚
發二十萬人使上將軍將之分別而相去也齊
使眄子將楚發四封之內王自出將而忌從相
國上將軍為左右司馬如是則王僅得存耳於
是齊使申孺將楚發五萬人使上將軍至禽將
軍首反於是齊王忿然乃更使眄子將楚悉發
四封之內王自出將田忌從相國上將軍為左
右司馬益王車屬九乘僅得免耳至舍王北面

89

正領齊袪問曰先生何知之早也田忌曰申孺
為人侮賢者而輕不肖者賢不肖者俱不為用
是以亡也田居為人尊賢者而賤不肖者賢者
負任不肖者退是以分別而相去也眄子之為
人也尊賢者而愛不肖者賢不肖俱負任是以
王僅得存耳

魏文侯觴大夫於曲陽飲酣文侯喟然嘆曰吾
獨無豫讓以為臣蹇重舉酒進曰臣請浮君文
侯曰何以對曰臣聞之有命之父母不知孝子
有道之君不知忠臣夫豫讓之君亦何如哉文
侯曰善受浮而飲之嚼而不讓曰無管仲鮑叔

90

以為臣故有豫讓之功也

趙簡子曰吾欲得范中行氏良臣史黶曰安用
之簡子曰良臣人所願也又何問焉曰君以為
無良臣故也夫事君者諫過而薦可章善而替
否獻能而進賢朝夕誦善敗而納之聽則進否
則退今范中行氏之良臣也不能匡相其君使
至於難出在於外又不能入亡而棄之何良之
為若不棄君安得之夫良將營其君使復其位
死而後止何日以來若未能乃非良也簡子曰
善

子路問於孔子曰治國何如孔子曰在於尊賢

91

而賤不肖子路曰范中行氏尊賢而賤不肖其
亡何也曰范中行氏尊賢而不能用也賤不肖
而不能去也賢者知其不已用而怨之不肖者
知其賤已而讎之賢者怨之不肖者讎之怨讎
並前中行氏雖欲無亡得乎
晉荊戰於邲晉師敗績荀林父將歸請死昭公
將許之士貞伯曰不可城濮之役晉勝于荊文
公猶有憂色曰子玉猶存憂未歇也困獸猶鬭
況國相乎及荊殺子玉乃喜曰莫予毒也今天
或者大警晉也林父之事君進思盡忠退思補
過社稷之衛也今殺之是重荊勝也昭公曰善

92

乃使復將

劉向說苑卷第八

93

94

劉向說苑第九

正諫

易曰王臣蹇蹇匪躬之故人臣之所以蹇蹇為
難而諫其君者非為身也將欲以匡君之過矯
君之失也君有過失者危亡之萌也見君之過
失而不諫是輕君之危亡也夫輕君之危亡者
忠臣不忍為也三諫而不用則去不去則身亡
身亡者仁人所不為也是故諫有五一曰正諫
二曰降諫三曰忠諫四曰戇諫五曰諷諫孔子
曰吾其從諷諫矣乎夫不諫則危君固諫則危
身與其危君寧危身危身而終不用則諫亦無

95

功矣智者度君權時調其緩急而處其宜上不
敢危君下不以危身故在國而國不危在身而
身不殆昔陳靈公不聽泄冶之諫而殺之曹覊
三諫曹君不聽而去春秋序義雖俱賢而曹覊
合禮
齊景公遊於海上而樂之六月不歸令左右曰
敢有先言歸者致死不赦顔燭趨進諫曰君樂
治海上而六月不歸彼儻有治國者君且安得
樂此海也景公援戟將斫之顔燭趨進撫衣待
之曰君奚不斫也昔者桀殺關龍逄紂殺王子
比干君之賢非此二主也臣之材亦非此二子

96

也君奚不斫以臣參此二人者不亦可乎景公
說遂歸中道聞國人謀不內矣
楚莊王立為君三年不聽朝乃令於國曰寡人
惡為人臣而遽諫其君者今寡人有國家立社
稷有諫則死無赦蘇從曰處君之高爵食君之
厚祿愛其死而不諫其君則非忠臣也乃入諫
莊王立鼓鐘之間左伏揚姬右擁越姬左裯衽
右朝服曰吾鼓鐘之不暇何諫之聽蘇從曰臣
聞之好道者多資好樂者多迷好道者多糧好
樂者多亡荆國亡無日矣死臣敢以告王王曰
善左執蘇從手右抽陰刀刎鐘鼓之懸明日授

97

蘇從為相
晉平公好樂多其賦斂下治城郭曰敢有諫者
死國人憂之有咎犯者見門大夫曰臣聞主君
好樂故以樂見門大夫入言曰晉人咎犯也欲
以樂見平公曰內之止坐殿上則出鐘磬竽瑟
坐有頃平公曰客子為樂咎犯對曰臣不能為
樂臣善隱平公 召隱士十二人咎犯曰隱臣
竊顧昧死御平公曰諾咎犯申其左臂而詘五
指平公問於隱官曰占之為何隱官皆曰不知
平公曰歸之咎犯則申其一指曰是一也便游
赭盡而峻城闕二也柱梁衣繡士民無褐三也

98

侏儒有餘酒而死士渴四也民有飢色而馬有
粟秩五也近臣不敢諫遠臣不得達平公曰善
乃屏鐘鼓除竽瑟遂與咎犯參治國
孟嘗君將西入秦賓客諫之百通則不聽也曰
以人事諫我我盡知之若以鬼道諫我我則殺
之謁者入曰有客以鬼道聞曰請客入客曰臣
之來也過於淄水上見一土耦人方與木梗人
語木梗謂土耦人曰子先土也持子以為耦人
遇天大雨水潦並至子必沮壞應曰我沮乃反
吾真耳今子東園之桃也刻子以為梗遇天大
雨水潦並至必浮子泛泛乎不知所止今秦四

99

塞之國也有虎狼之心恐甚有柔梗之患於是
孟嘗君逡巡而退而無以應卒不敢西嚮秦
吳王欲伐荊告其左右曰敢有諫者死舍人有
少孺子者欲諫不敢則懷丸操彈於後園露沾其
衣如是者三旦吳王曰子來何苦沾衣如此對
曰園中有樹其上有蟬蟬高居悲鳴飲露不知
螳螂在其後也螳螂委身曲附欲取蟬而不知
黃雀在其傍也黃雀延頸欲啄螳螂而不知彈
丸在其下也此三者皆務欲得其前利而不顧
其後之有患也吳王曰善哉乃罷其兵
楚莊王欲伐陽夏師久而不罷群臣欲諫而莫

100

敢莊王獵於雲夢椒舉進諫曰王所以多得獸
者馬也而王國亡王之馬豈可得哉莊王曰善
不穀知詘強國之可以長諸侯也知得地之可
以爲富也而忘吾民之不用也明日飲諸大夫
酒以椒舉爲上客罷陽夏之師
秦始皇帝太后不謹幸郎嫪毐封以爲長信侯
爲生兩子毐專國事浸益驕奢與侍中左右貴
臣俱博飲酒醉爭言而鬪瞋目大叱曰吾乃皇
帝之假父也窶人子何敢乃與我亢所與鬪者
走行白皇帝皇帝大怒毐懼誅因作亂戰咸陽
宮毐敗始皇乃取毐四支車裂之取其兩弟囊

101

撲殺之取皇太后遷之于萯陽宮萯[illegible]作下令
曰敢以太后事諫者戮而殺之從蒺藜其脊肉
幹四支而積之闕下諫而死者二十七人矣齊
客茅焦乃往上謁曰齊客茅焦願上諫皇帝皇
帝使使者出問客得無以太后事諫也茅焦曰
然使者還白曰果以太后事諫皇帝曰走往告
之若不見闕下積死人邪使者問茅焦茅焦曰
臣聞之天有二十八宿今死者已有二十七人
矣臣所以來者欲滿其數耳臣非畏死人也走
入白之茅焦邑子同食者盡負其衣物行亡使
者入白之皇帝大怒曰是子故來犯吾禁趣炊

102

鑊湯煮之是安得積闕下乎趣召之入皇帝按
劍而坐口正沫出使者召之入茅焦不肯疾行
足趣相過耳使者趣之茅焦曰臣至前則死矣
君獨不能忍吾須臾乎使者極哀之茅焦至前
再拜謁起稱曰臣聞之夫有生者不諱死有國
者不諱亡諱死者不可以得生諱亡者不可以
得存死生存亡聖主所欲急聞也不審陛下欲
聞之不皇帝曰何謂也茅焦對曰陛下有狂悖
之行陛下不自知邪皇帝曰何等也願聞之茅
焦對曰陛下車裂假父有嫉妒之心囊撲兩弟
有不慈之名遷母萯陽宮有不孝之行從蒺藜

103

於諫士有桀紂之治今天下聞之盡瓦解無嚮
秦者臣竊恐秦亡爲陛下危之所言已畢乞行
就質乃解衣伏質皇帝下殿左手接之右手麾
左右曰赦之先生就衣今願受事乃立焦爲仲
父爵之上卿皇帝立駕千乘萬騎空左方自行
迎太后萯陽宮歸於咸陽太后大喜乃大置酒
待茅焦及飲太后曰抗枉令直使敗更成安秦
之社稷使妾母子復得相會者盡茅君之力也
楚莊王築層臺延石千里延壤百里士有反三
月之糧者大臣諫者七十二人皆死矣有諸御
已者違楚百里而耕謂其耦曰吾將入見於王

104

其耦曰以身乎吾聞之說人主者皆閒暇之人
也然且至而死矣今子特草茅之人耳諸御已
曰若與子同耕則比力也至於說人主不與子
比智矣委其耕而入見莊王莊王謂之曰諸御
已來汝將諫邪諸御已曰君有義之用有法之
行且已聞之土負水者平木負繩者正君受諫
者聖君築層臺延石千里延壤百里民之釁咎
血成於通塗然且未敢諫也已何敢諫乎顧臣
愚竊聞昔者虞不用宮之奇而晉幷之陳不用
子家羈而楚幷之曹不用僖負羈而宋幷之萊
不用子猛而齊幷之吳不用子胥而越幷之秦人

105

不用蹇叔之言而秦國危桀殺關龍逢而湯得
之紂殺王子比干而武王得之宣王殺杜伯而
周室卑此三天子六諸侯皆不能尊賢用辯士
之言故身死而國亡遂趨而出楚王遽而追之
曰已子反矣吾將用子之諫先日說寡人者其
說也不足以動寡人之心又危一作加諸寡人
故皆至而死今子之說足以動寡人之心又不
危加諸寡人故吾將用子之諫明日令曰有能
入諫者吾將與爲兄弟遂解層臺而罷民楚人
歌之曰薪乎萊乎無諸御已訖無子乎萊乎薪
乎無諸御已[illegible]

106

齊桓公謂鮑叔曰寡人欲鑄大鍾昭寡人之名
焉寡人之行豈避堯舜哉鮑叔曰敢問君之行
桓公曰昔者吾圍譚三年得而不自與者仁也
吾北伐孤竹剗令支而反者武也吾爲葵丘之
會以偃天下之兵者文也諸侯抱美玉而朝者
九國寡人不受者義也然則文武仁義寡人盡
有之矣寡人之行豈避堯舜哉鮑叔曰君直言
臣直對昔者公子糾在上位而不讓非仁也背
太公之言而侵魯境非義也壇場之上詘於一
劍非武也姪娣不離懷衽非文也凡爲不善遍
於物不自知者無天禍必有人害天處甚高其

107

晦甚下除君過言天且聞之桓公曰寡人有過
乎幸記之是社稷之福也子不幸數幾有大罪
以辱社稷
楚昭王欲之荊臺游司馬子綦進諫曰荊臺之
游左洞庭之陂右彭蠡之水南望獵山下臨方
淮其樂使人遺老而忘死人君游者盡以亡其
國願大王勿往遊焉王曰荊臺乃吾地也有地
而游之子何為絕我游乎怒而擊之於是令尹
子西駕安車四馬徑於殿下曰今日荊臺之遊
不可不觀也王登車而拊其背曰荊臺之遊與
子共樂之矣步馬十里引轡而止曰臣不敢下

108

車願得有道大王肯聽之乎王曰第言之令尹
子西曰臣聞之為人臣而忠其君者爵祿不足
以賞也為人臣而諛其君者刑罰不足以誅也
若司馬子綦者忠臣也若臣者諛臣也願大王殺
臣之軀罰臣之家而祿司馬子綦王曰若我能
止聽公子獨能禁我游耳後世游之無有極時
奈何令尹子西曰欲禁後世易耳願大王山陵
崩陁為陵於荊臺未嘗有持鐘鼓管絃之樂而
游於父之墓上者也於是王還車卒不游荊臺
令罷先置孔子從魯聞之曰美哉令尹子西諫
之於十里之前而權之於百世之後者也

109

荊文王得如黃之狗箘簵之矰以畋於雲夢三
月不反得舟一作之姬淫期年不聽朝保申諫
曰先王卜以臣為保吉今王得如黃之狗箘簵
之矰畋於雲澤三月不反及得舟之姬淫期年
不聽朝王之罪當笞匍伏將笞王王曰不穀免
於襁褓託於諸侯矣願請變更而無笞保申曰
臣承先王之命不敢廢王不受笞是廢先王之
命也臣寧得罪於王無負於先王王曰敬諾乃
席王王伏保申束細箭五十跪而加之王背如
此者再謂王起矣王曰有笞之名一也遂致之
保申曰臣聞之君子恥之小人痛之恥之不變

110

痛之何益保申趨出欲自流乃請罪於王王曰
此不穀之過保將何罪王乃變行從保申殺如
黃之狗折箘簵之矰逐舟之姬務治乎荊兼國
三十令荊國廣大至於此者保申敢極言之功
也蕭何王陵聞之曰聖主能奉先世之業而以
成功名者其惟荊文王乎故天下譽之至今明
主忠臣孝子以為法
晉平公使叔向聘於吳吳人拭舟以逆之左五
百人右五百人有繡衣而豹裘者有錦衣而狐裘
者叔向歸以告平公平公曰吳其亡乎奚以敬
舟奚以敬民叔向對曰君為馳底之臺上可以

111

鼓乎兵下可以陳鍾鼓諸侯聞君者亦曰奚以
敬臺奚以敬民所敬各異也於是平公乃罷臺
景公為臺臺成又欲為鍾晏子諫曰君不勝欲
為臺今復欲為鍾是重斂於民民之哀矣夫斂
民之哀而以為樂不祥景公乃止
景公有馬其圉人殺之公怒援戈將自擊之晏
子曰此不知其罪而死臣請為君數之令知其
罪而殺之公曰諾晏子舉戈而臨之曰汝為吾
君養馬而殺之而罪當死汝使吾君以馬之故
殺圉人而罪又當死汝使吾君以馬故殺人聞
於四隣諸侯汝罪又當死公曰夫子釋之夫子

112

鼓乎兵下可以陳鍾鼓諸侯聞君者亦曰奚以
敬臺奚以敬民所敬各異也於是平公乃罷臺
景公為臺臺成又欲為鍾晏子諫曰君不勝欲
為臺今復欲為鍾是重斂於民民之哀矣夫斂
民之哀而以為樂不祥景公乃止
景公有馬其圉人殺之公怒援戈將自擊之晏
子曰此不知其罪而死臣請為君數之令知其
罪而殺之公曰諾晏子舉戈而臨之曰汝為吾
君養馬而殺之而罪當死汝使吾君以馬之故
殺圉人而罪又當死汝使吾君以馬故殺人聞
於四隣諸侯汝罪又當死公曰夫子釋之夫子

113

晝被髮乘六馬御婦人出正闈刖跪擊其馬而
反之曰爾非吾君也公慚而反不果出是以不
朝晏子入見公曰昔者寡人有罪被髮乘六馬
以出正闈刖跪擊其馬而反之曰爾非吾君也
寡人以天子大夫之賜得率百姓以守宗廟今
見戮於刖跪以辱社稷吾猶可以齊於諸侯乎
晏子對曰君無惡焉臣聞之下無直辭上無隱
君民多諱言君有驕行古者明君在上下有直
言君上好善民無諱言今君有失行而刖跪有
直辭是君之福也故臣來慶請賞之以明君之
好善禮之以明君之受諫公笑曰可乎晏子曰

114

可於是令刖跪倍資無正時朝無事
景公飲酒移於晏子家前驅報閭曰君至晏子
被玄端立於門曰諸侯得微有故乎國家得微
有故乎君何為非時而夜辱公曰酒醴之味金
石之聲願與夫子樂之晏子對曰夫布薦席陳
簠簋者有人臣不敢與焉公曰移於司馬穰苴
之家前驅報閭曰君至司馬穰苴介冑操戟立
於門曰諸侯得微有兵乎大臣得微有叛者乎
君何為非時而夜辱公曰酒醴之味金石之聲
願與夫子樂之對曰夫布薦席陳簠簋者有人
臣不敢與焉公曰移於梁丘據之家前驅報閭

115

曰君至梁丘據左操瑟右挈竽行歌而至公曰
樂哉今夕吾飲酒也微彼二子者何以治吾國
微此一臣者何以樂吾身賢聖之君皆有益友
無偷樂之臣景公弗能及故兩用之僅得不亡
吳以伍子胥孫武之謀西破強楚北威齊晉南
伐越越王勾踐迎擊之敗吳於姑蘇傷闔廬指
軍卻闔廬謂太子夫差曰爾忘勾踐殺而父乎
夫差對曰不敢是夕闔廬死夫差既立為王以
伯嚭為太宰習戰射三年伐越敗於夫湫越王
勾踐乃以兵五千人入一作棲於會稽山上使大
夫種厚幣遺吳太宰嚭以請和委國為臣妾吳

116

王將許之伍子胥諫曰越王為人能辛苦今王
不滅後必悔之吳王不聽用太宰嚭計與越平
其後五年吳王聞齊景公死而大臣爭寵新君
弱乃興師北伐齊子胥諫曰不可勾踐食不重
味弔死問疾且能用人此人不死必為吳患今
越腹心之疾齊猶疥癬耳而王不先越乃務伐
齊不亦謬乎吳王不聽伐齊大敗齊師於艾陵
遂與鄒魯之君會以歸益疏子胥之言其後四
年吳將復北伐齊越王勾踐用子貢之謀乃率
其眾以助吳而重寶以獻遺太宰嚭太宰嚭既
數受越賂其愛信越殊甚日夜為言於吳王王

117

信用嚭之計伍子胥諫曰夫越腹心之疾今信
其游辭偽詐而貪齊譬猶石田無所用之盤庚
曰古人有顛越不恭是商所以興也願王釋齊
而先越不然將悔之無及也已吳王不聽使子
胥於齊子胥謂其子曰吾諫王王不我用吾今
見吳之滅矣女與吳俱亡無為也乃屬其子於
齊鮑氏而歸報吳王太宰嚭既與子胥有隙因
讒曰子胥為人剛暴少恩其怨望猜賊為禍也
深恨前日王欲伐齊子胥以為不可王卒伐之
而有大功子胥計謀不用乃反怨望今王又復
伐齊子胥專愎強諫沮毀用事徼幸吳之敗以

118

自勝其計謀耳今王自行悉國中武力以伐齊
而子胥諫不用曰輟佯病不行王不可不備此
起禍不難且臣使人微伺之其使齊也乃屬其
子於鮑氏夫人臣內不得意外交諸侯自以先
王謀臣今不用常怏怏願王早圖之吳王曰微
子之言吾亦疑之乃使使賜子胥屬鏤之劍曰
子以此死子胥曰嗟乎讒臣宰嚭為亂王顧反
誅我我令若父霸又若立時諸子弟爭立我以
死爭之於先王幾不得立若既立欲分吳國與
我我顧不敢當然若之何聽讒臣殺長者乃告
舍人曰必樹吾墓上以梓令可以為器而抉吾

119

眼著之吳東門以觀越寇之滅吳也乃自刺殺
吳王聞之大怒乃取子胥尸盛以鴟夷革浮之
江中吳人憐之乃為立祠於江上名曰胥山
後十餘年越襲吳吳王還與戰不勝使大夫行
成於越不許吳王將死曰吾以不用子胥之言
至於此令死者無知則已死者有知吾何面目
以見子胥也遂蒙絮覆面而自刎
齊簡公有臣曰諸御鞅諫簡公曰田常與宰予
此二人者甚相憎也臣恐其相攻相攻雖叛而
危之不可願君去一人簡公曰非細人之所敢
議也居無幾何田常果攻宰予於庭賊簡公於

120

朝簡公喟焉太息曰余不用鞅之言以至此患
也故忠臣之言不可不察也
魯襄公朝荊至淮聞荊康王卒公欲還叔仲昭
伯曰君之來也為其威也今其王死其威未去
何為還大夫皆欲還子服景伯曰子之來也為
國家之利也故不憚勤勞不遠道塗而聽於荊
也畏其威也夫義人者固將慶其喜而弔其憂
況畏而聘焉者乎聞畏而往聞喪而還其誰曰
非侮也芊姓是嗣王太子又長矣執政未易事
君任政求說其侮以定嗣君而示後人其讎滋
大以戰小國其誰能止之若從君而致患不若

121

違君以避難且君子計而後行二三子其計乎
有御楚之術有守國之備則可若未有也不如
行乃遂行
孝景皇帝時吳王濞反梁孝王中郎枚乘字叔
聞之為書諫王其辭曰君王之外臣乘竊聞得
全者全昌失全者全亡舜無立錐之地以有天
下禹無十戶之聚以王諸侯湯武之地方不過
百里上不絕三光之明下不傷百姓之心者有
王術也故父子之道天性也忠臣不敢避誅以
直諫故事無廢業而功流於萬世也臣誠願披
腹心而効愚忠恐大王不能用之臣誠願大王

122

少加意念惻怛之心於臣乘之言夫以一縷之
任係千鈞之重上懸之無極之高下垂之不測
之淵雖甚愚之人且猶知哀其將絕也馬方駭
而重驚之係方絕而重鎮之係絕於天不可復
結墜入深淵難以復出其出不出間不容髮誠
能用臣乘言一舉必脫必若所欲為危如重卵
難於上天變所欲為易於反掌安於太山今欲
極天命之壽弊無窮之樂保萬乘之勢不出反
掌之易以居太山之安乃欲乘重卵之危走上
天之難此愚臣之所大惑也人性有畏其影而
惡其迹者卻背而走無益也不知就陰而止影

123

臧迹絶欲人勿聞莫若勿言欲人勿知莫若勿
爲欲湯之冷令一人吹之百人揚之無益也不
如絶薪止火而已不絶之於彼而救之於此譬
猶抱薪救火也養由基楚之善射者也去楊葉
百步百發百中楊葉之小而加百中焉可謂善
射矣所止乃百步之中耳比於臣未知操弓持
矢也福生有基禍生有胎納其基絶其胎禍何
從來哉泰山之霤穿石引繩久之乃以挈木水
非石之鑽繩非木之鋸也而漸靡使之然夫銖
銖而稱之至石必差寸寸而度之至丈必過石
稱丈量徑而寡失夫十圍之木始生於蘖可引

124

而絶可擢而拔據其未生先其未形磨礱砥礪
不見其損有時而盡種樹畜長不見其益有時
而大積德修行不知其善有時而用行惡爲非
棄義背理不知其惡有時而亡臣誠願大王孰
計而身行之此百王不易之道也吳王不聽卒
死丹徒
吳王欲從民飲酒伍子胥諫曰不可昔白龍下
清泠之淵化爲魚漁者豫且射中其目白龍上
訴天帝天帝曰當是之時若安置而形白龍對
曰我下清泠之淵化爲魚天帝曰魚固人之所
射也若是豫且何罪夫白龍天帝貴畜也豫且

125

宋國戮臣也白龍不化豫且不射今弃萬乘之
位而從布衣之士飲酒臣恐其有豫且之患矣
王乃止
孔子曰良藥苦於口利於病忠言逆於耳利於
行故武王諤諤而昌紂嘿嘿而亡君無諤諤之
臣父無諤諤之子兄無諤諤之弟夫無諤諤之
婦士無諤諤之友其亡可立而待故曰君失之
臣得之父失之子得之兄失之弟得之夫失之
婦得之士失之友得之故無亡國破家悖父亂
子放兄弃弟狂夫淫婦絶交敗友
晏子復於景公曰朝居嚴乎公曰朝居嚴則曷

126

害於治國家哉晏子對曰朝居嚴則下無言下
無言則上無聞矣下無言則謂之喑上無聞則
謂之聾聾喑則非害治國家如何也且合菽粟
之微以滿倉廩合疏縷之綈以成帷幕太山之
高非一石也累卑然後高也夫治天下者非一
士之言也固有受而不用惡有距而不入者哉

劉向說苑卷第九

127

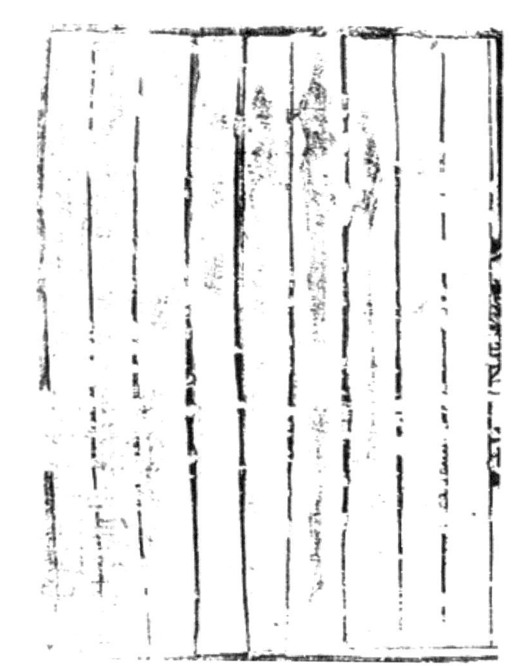

128

劉向說苑卷第十

敬慎

存亡禍福其要在身聖人重誡敬愼所忽中庸
曰莫見乎隱莫顯乎微故君子能愼其獨也諺
曰誡無垢思無辱夫不誡不思而以存身全國
者亦難矣詩曰戰戰兢兢如臨深淵如履薄冰
此之謂也昔成王封周公周公辭不受乃封周
公子伯禽於魯將辭去周公戒之曰去矣子其
無以魯國驕士矣我文王之子也武王之弟也
今王之叔父也又相天子吾於天下亦不輕矣
然嘗一沐而三握髮一食而三吐哺猶恐失天

129

下之士吾聞之曰德行廣大而守以恭者榮土
地博裕而守以儉者安祿位尊盛而守以卑者
貴人衆兵强而守以畏者勝聰明睿智而守以
愚者益博聞多記而守以淺者廣此六守者皆
謙德也夫貴爲天子富有四海不謙者先天下
亡其身桀紂是也可不愼乎故易曰有一道大
足以守天下中足以守國家小足以守其身謙
之謂也夫天道毁滿而益謙地道變滿而流謙
鬼神害滿而福謙人道惡滿而好謙是以衣成
則缺袵宮成則缺隅屋成則加錯示不成者天
道然也易曰謙亨君子有終吉詩曰湯降不遲

130

聖敬日躋其戒之哉子其無以魯國驕士矣
孔子讀易至於損益則喟然而嘆子夏避席而
問曰夫子何爲嘆孔子曰夫自損者益自益者
缺吾是以嘆也子夏曰然則學者不可以益乎
孔子曰否天之道成者未嘗得久也夫學者以
虛受之故曰得苟接知持滿則天下之善言不
得入其耳矣昔堯履天子之位猶允恭以持之
虛靜以待下故百載以逾盛迄今而益章昆吾自
臧而滿意窮高而不衰故當時而虧敗迄今而
逾惡是非損益之徵與吾故曰謙也者致恭以
存其位者也夫豐明而動故能大苟大則虧矣

131

而能虛富而能儉貴而能卑智而能愚勇而能
怯辯而能訥博而能淺明而能闇是謂損而不
極能行此道唯至德者及之易曰不損而益之
故損自損而終故益
常摐有疾老子往問焉曰先生疾甚矣無遺教
可以語諸弟子者乎常摐曰子雖不問吾將語
子常摐曰過故鄉而下車子知之乎老子曰過
故鄉而下車非謂其不忘故耶常摐曰嘻是已
常摐曰過喬木而趨子知之乎老子曰過喬木
而趨非謂敬老邪常摐曰嘻是已張其口而示
老子曰吾舌存乎老子曰然吾齒存乎老子曰

133

吾戒之故曰天下之善言不得入其耳矣日中
則昃月盈則食天地盈虛與時消息是以聖人
不敢當盛升輿而遇三人則下二人則軾調其
盈虛故能長久也子夏曰善請終身誦之
孔子觀於周廟而有欹器焉孔子問守廟者曰
此為何器對曰蓋為右坐之器孔子曰吾聞右
坐之器滿則覆虛則欹中則正有之乎對曰然
孔子使子路取水而試之滿則覆中則正虛則
欹孔子喟然嘆曰嗚呼惡有滿而不覆者哉子
路曰敢問持滿有道乎孔子曰持滿之道挹而
損之子路曰損之有道乎孔子曰高而能下滿

128

叔向曰柔者細而不折廉而不缺何為脆也天
之道微者勝是以兩軍相加而柔者克之兩仇
爭利而弱者得焉易曰天道虧滿而益謙地道
變滿而流謙鬼神害滿而福謙人道惡滿而好
謙夫懷謙不足之柔弱而四道者助之則安往
而不得其志乎平子曰善
桓公曰金剛則折革剛則裂人君剛則國家滅
人臣剛則交友絕夫剛則不和不和則不可用
是故四馬不和取道不長父子不和其世破亡
兄弟不和不能久同夫妻不和家室大凶易曰
二人同心其利斷金由不剛也

135

亡常摐曰子知之乎老子曰夫舌之存也豈非
以其柔耶齒之亡也豈非以其剛邪常摐
曰嘻是已天下之事已盡矣無以復語子哉
韓平子問於叔向曰剛與柔孰堅對曰臣年八
十矣齒再墮而舌尚存老聃有言曰天下之至
柔馳騁乎天下之至堅又曰人之生也柔弱其
死也剛強萬物草木之生也柔脆其死也枯槁
因此觀之柔弱者生之徒也剛強者死之徒也
夫生者毀而必復死者破而愈亡吾是以知柔
之堅於剛也平子曰善哉然則子之行何從叔
向曰臣亦柔耳何以剛為平子曰柔無乃脆乎

134

老子曰得其所利必慮其所害樂其所成必顧
其所敗人為善者天報以福人為不善者天報
以禍也故曰禍兮福所倚福兮禍所伏戒之慎
之君子不務何以備之夫上知天則不失時下
知地則不失財日夜慎之則無害災
曾子有疾曾元抱首曾華抱足曾子曰吾無顏
氏之才何以告汝雖無能君子務益夫華多實
少者天也言多行少者人也夫飛鳥以山為卑
而層巢其巔魚鱉以淵為淺而穿穴其中然所
以得者餌也君子苟能無以利害身則辱安從
至乎官怠於宦成病加於少愈禍生於懈惰孝

136

衰於妻子察此四者慎終如始詩曰靡不有初
鮮克有終
單快曰國有五寒而冰凍不與焉一曰政外二
曰女厲三曰謀泄四曰不敬卿士而國家敗五
曰不能治內而務外此五者一見雖祠無福除
禍必得致福則貸
孔子曰存亡禍福皆在已而已天災地妖亦不
能殺也昔者殷王帝辛之時爵生烏於城之隅
工人占之曰凡小以生巨國家必祉王名必倍
帝辛喜爵之德不治國家亢暴無極外寇乃至
遂亡殷國此逆天之時詭福反為禍至殷王武

137

丁之時先王道缺刑法弛桑穀俱生於朝七日
而大拱工人占之曰桑穀者野物也野物生於
朝意朝亡乎武丁恐駭側身脩行思昔先王之
政興滅國繼絕世舉逸民明養老之道三年之
後遠方之君重譯而朝者六國此迎天時得禍
反為福也故妖孽者天所以警天子諸侯也惡
夢者所以警士大夫也故妖孽不勝善政惡夢
不勝善行也至治之極禍反為福故太甲曰天
作孽猶可違自作孽不可逭
石讎曰春秋有忽然而足以亡者國君不可以
不慎也妃妾不一足以亡公族不親足以亡大

138

臣不任足以亡國爵不用足以亡親佞近讒足
以亡舉百事不時足以亡使民不節足以亡刑
罰不由足以亡內失眾心足以亡外嫚大國足
以亡
夫福生於隱約而禍生於得意齊頃公是也齊
頃公桓公之子孫也地廣民眾兵強國富又得
霸者之餘尊驕蹇怠傲未嘗肯出會同諸侯乃
興師伐魯反敗衛師于新築輕小嫚大之行甚
俄而晉魯往聘以使者戲二國怒歸求黨與助
得衛及曹四國相輔期戰於鞍大敗齊師獲齊
頃公斬逢丑父於是戄然大恐賴逢丑父之欺

139

奔逃得歸[illegible]疾七年不飲酒不食肉外金
石絲竹之聲遠婦女之色出會與盟卑下諸侯
國家內得[illegible]諸侯所亡之地弗求
而自為來[illegible]不武而得之可謂能詘免變化
以致之故福生於隱約而禍生於得意此得失
之效也
大功之[illegible]於用賢積道濅章濅明衰滅之過
在於[illegible]晉文公是其效也晉
文公出亡[illegible]饗國饗國之時上
無明天子下無賢方伯強楚主會諸侯背畔天
子失道出居于鄭文公於是憫中國之微任咎

140

犯先軫陽處父畜愛百姓厲養戎士四年政治
內定則舉兵而伐衛[illegible]是威震天
下明王法率諸侯而朝天子莫敢不聽天下曠
然平定周室尊顯故曰大功之效在於用賢積
道濅章濅明文公於是霸功立[illegible]湯武
之心作而忘其眾一年三用師[illegible]進
而圍許兵亟弊不能服[illegible]而忘
政事為狄泉之盟不親至信衰[illegible]不補
威武詘折不信則諸侯不朝[illegible]侵
衛濮之[illegible]故曰衰滅之過在於[illegible]而忘憂
塞濅亡

141

田子方侍魏文侯坐太子擊趨而入見賓客群
臣皆起田子方獨不起文侯有不說之色太子
亦然田子方稱曰為子起歟無如禮何不為子
起歟無如罪何請為子誦楚恭王之為太子也
將出之雲夢遇大夫工尹工尹遂趨避家人之
門中太子下車從之家人之門中曰子大夫何
為其若是吾聞之敬其父者不兼其子兼其子
者不祥莫大焉子大夫何為其若是工尹曰向
吾望見子之面今而後記子之心審如此汝將
何之文侯曰善太子擊前誦恭王之言誦三遍
而請習之

142

子贛之承或在塗見道側巾幣布擁蔽而衣衰
其名曰舟綽子贛問焉曰此至承幾何嘿然不
對子贛曰人問乎己而不應何也擗其擁蔽而
言曰望而黷人者仁乎覩而不識者智乎輕侮
人者義乎子贛下車曰賜不仁過問三言可復
聞乎曰是足於子矣吾不告子於是子贛三偶
則軾五偶則下
孫叔敖為楚令尹一國吏民皆來賀有一老父
衣麤衣冠白冠後來弔孫叔敖正衣冠而出見
之謂老父曰楚王不知臣不肖使臣受吏民之
垢人盡來賀子獨後來弔豈有說乎父曰有說

143

身已貴而驕人者民去之位已高而擅權者君
惡之祿已厚而不知足者患處之孫叔敖再拜
曰敬受命願聞餘教父曰位已高而意益下官
益大而心益小祿已厚而愼不敢取君謹守此
三者足以治楚矣
魏安釐王十一年秦昭王謂左右曰今時韓魏
與秦孰強對曰不如秦強王曰今時如耳魏齊
與孟嘗芒卯孰賢對曰不知也芒卯之賢王
曰以孟嘗芒卯之賢率強韓魏以攻秦猶無奈
寡人何也今以無能如耳魏齊而率弱韓魏以
伐秦其無奈寡人何亦明矣左右皆曰然申旗

144

伏瑟而對曰王之料天下過矣當六晉之時智
氏最強滅范中行氏又率韓魏之兵以圍趙襄
子於晉陽決晉水以灌晉陽之城不湛者三板
智伯行水魏宣子御韓康子爲驂乘智伯曰吾
始不知水可以亡人國也乃今知之汾水可以
灌安邑絳水可以灌平陽魏宣子肘韓康子康
子履魏宣子之足肘足接於車上而智氏分身
死國亡爲天下笑今秦雖強不過智氏韓魏雖
弱尚賢其在晉陽之下也此方其用肘足之時
願王之必勿易也於是秦王恐
魏公子牟東行穰侯送之曰先生將去冉之山

145

東矣獨無一言以教冉乎魏公子牟曰微君言
之牟幾忘語君君知夫官不與勢期而勢自至
乎勢不與富期而富自至乎富不與貴期而貴
自至乎貴不與驕期而驕自至乎驕不與罪期
而罪自至乎罪不與死期而死自至乎穰侯曰
善敬受明教
高上尊賢無以驕人聰明聖智無以窮人資給
疾速無以先人剛毅勇猛無以勝人不知則問
不能則學雖智必質然後辯之雖能必讓然後
爲之故士雖聰明聖智自守以愚功被天下自
守以讓勇力距世自守以怯富有天下自守以

146

廉此所謂高而不危滿而不溢者也
齊桓公爲大臣具酒期以日中管仲後至桓公
舉觴以飮之管仲半棄酒桓公曰期而後至飮
而棄酒於禮可乎管仲對曰臣聞酒入舌出舌
出者言失言失者身棄臣計棄身不如棄酒桓
公笑曰仲父起就坐
楚恭王與晉厲公戰於鄢陵之時司馬子反渴
而求飮豎穀陽持酒而進之子反曰退酒也穀
陽曰非酒也子反又曰退酒也穀陽又曰非酒
也子反受而飮之醉而寢恭王欲復戰使人召
子反子反辭以心疾於是恭王駕往入幄聞酒

147

臭曰今日之戰所侍者司馬司馬至醉如此是
亡吾國而不恤吾眾也吾無以復戰矣於是乃
誅子反以為戮還師夫穀陽之進酒也非以妬
子反忠愛之而適足以殺之故曰小忠大忠之
賊也小利大利之殘也好戰之臣不可不察也
羞小耻以構大怨貪小利以亡大眾春秋有其
戒晉先軫是也先軫欲要功獲名則以秦不假
道之故請要秦師襄公曰不可夫秦伯與吾先
君有結先君一日薨而興師擊之是孤之負吾
先君敗鄰國之交而失孝子之行也先軫曰先
君薨而不予贈是無哀吾喪也興師徑吾地而

148

不假道是弱吾孤也且柩畢尚薄屋無哀吾喪
也興師卜曰大國師將至請擊之則聽先軫興
兵要之殽擊之匹馬隻輪無脫者大結怨構禍
於秦接刃流血伏尸暴骸糜爛國家十有餘年
卒喪其師眾禍及大夫憂累後世故好戰之臣
不可不察也
魯哀公問孔子曰予聞忘之甚者徙而忘其妻
有諸乎孔子對曰此非忘之甚者也忘之甚者
忘其身哀公曰可得聞與對曰昔夏桀貴為天
子富有天下不脩禹之道毀壞辟法裂絕世祀
荒淫于樂沉酗于酒其臣有左師觸龍者諂諛

149

不止湯誅桀左師觸龍者身死四支不同壇而
居此忘其身者也哀公愀然變色曰善
孔子之周觀於太廟右陛之前有金人焉三緘
其口而銘其背曰古之慎言人也戒之哉戒之
哉無多言多言多敗無多事多事多患安樂必
戒無行所悔勿謂何傷其禍將長勿謂何害其
禍將大勿謂何殘其禍將然勿謂莫聞天妖伺
人熒熒不滅炎炎柰可涓涓不壅將成江河綿
綿不絕將成網羅青青不伐將尋斧柯誠不能
慎之禍之根也曰是何傷禍之門也強梁者不
得其死好勝者必遇其敵盜怨主人民害其貴

150

君子知天下之不可蓋也故後之下之使人慕
之執雌持下莫能與之爭者人皆趨彼我獨守
此眾人惑惑我獨不從內藏我知不與人論技
我雖尊高人莫害我夫江河長百谷者以其卑
下也天道無親常與善人戒之哉戒之哉孔子
顧謂弟子曰記之此言雖鄙而中事情詩曰戰
戰兢兢如臨深淵如履薄冰行身如此豈以口
遇禍哉
魯哀侯棄國而走齊齊侯曰君何年之少而棄
國之蚤魯哀侯曰臣始為太子之時人多諫臣
臣受而不用也人多愛臣臣愛而不近也是則

151

內無閒而外無輔也是猶蓬蒿於根本而美
於枝葉秋風一起根且拔矣
孔子行遊中路聞哭者聲其音甚悲孔子曰驅
之驅之前有異人音少進見之丘吾子也擁鐮
帶索而哭孔子辟車而下問曰夫子非有喪也
何哭之悲也丘吾子對曰吾有三失孔子曰願
聞三失丘吾子曰吾少好學問周遍天下還後
吾親亡一失也事君奢驕諫不遂是二失也厚
交友而後絕三失也樹欲靜乎風不定子欲養
乎親不待往而不來者年也不可得再見者親
也請從此辭則自刎而死孔子曰弟子記之此

152

足以爲戒也於是弟子歸養親者十三人
孔子論詩至於正月之六章懼然曰不逢時之
君子豈不殆哉從上依世則廢道違上離俗則
危身世不與善己獨由之則曰非妖則孽也是
以桀殺關龍逢紂殺王子比干故賢者不遇時
常恐不終焉詩曰謂天蓋高不敢不局謂地蓋
厚不敢不蹐此之謂也
孔子見羅者其所得者皆黃口也孔子曰黃口
盡得大爵獨不得何也羅者對曰黃口從大爵
者不得大爵從黃口者可得孔子顧謂弟子曰
君子慎所從不得其人則有羅網之患

153

脩身正行不可以不慎嗜欲使行虧讒諛亂正
心衆口使意回憂患生於所忽禍起於細微汙
辱難湔洒敗事不可後追不深念遠慮後悔當
幾何夫徼幸者伐性之斧也嗜欲者逐禍之馬
也謾諛者窮辱之舍也取虐於人者趨禍之路
也故曰去徼幸務忠信節嗜欲無取虐於人則
稱爲君子名聲常存怨生於不報禍生於多福
安危存於自處不困在於蚤豫存亡在於得人
慎終如始乃能長久能行此五者可以全身已
所不欲勿施於人是謂要道也
顏回將西遊問於孔子曰何以爲身孔子曰恭

154

敬忠信可以爲身恭則免於衆敬則人愛之忠
則人與之信則人恃之人所愛人所與人所恃
必免於患矣可以臨國家何況於身乎故不比
數而比疏不亦遠乎不脩中而脩外不亦反乎
不先慮事臨難乃謀不亦晚乎
凡司其身必慎五本一曰柔以仁二曰誠以信
三曰富而貴毋敢以驕人四曰恭以敬五曰寬
以靜思此五者則無凶命曰能治敬以助天時
凶命不至而禍不來敬人者非敬人也自敬也
貴人者非貴人也自貴也昔者吾嘗見天雨金
石與血吾嘗見四月十日並出有與天滑吾嘗

155

見高山之崩深谷之窒大都王宮之破大國之
滅吾嘗見高山之為裂深淵之沙竭貴人之車
裂吾嘗見稠林之無木平原為谿谷君子為御
僕吾嘗見江河乾為坑正冬采榆桼仲夏雨雪
霜千乘之君萬乘之主死而不葬是故君子敬
以成其名小人敬以除其刑奈何無戒而不慎
五本哉
魯有恭士名曰机氾行年七十其恭益甚冬日
行陰夏日行陽市次不敢不行參行必隨坐必
危一食之間三起不羞見衣裘褐之士則為之
禮魯君問曰机子年甚長矣不可釋恭乎机氾

156

對曰君子好恭以成其名小人學恭以除其刑
對君之坐豈不安哉尚有差跌一食之上豈不
美哉尚有哽噎今若氾所謂幸者也固未能自
必鴻鵠飛冲天豈不高哉矰繳尚得而加之虎
豹為猛人尚食其肉席其皮譽人者少惡人者
多行年七十常恐斧質之加於氾者何釋恭為
成回學於子路三年回恭敬不已子路問其故
何也回對曰臣聞之行者比於鳥上畏鷹鸇下
畏網羅夫人為善者少為讒者多若身不死安
知禍罪不施行年七十常恐行節之虧回是以
恭敬待大命子路稽首曰君子哉

157

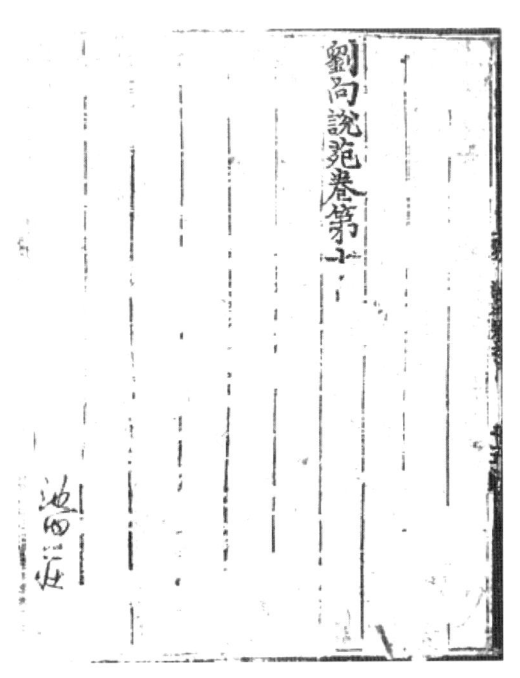
劉向說苑卷第十

158

| 저자 소개 |

민관동 閔寬東, kdmin@khu.ac.kr

- 忠南 天安 出生.
- 慶熙大 중국어학과 졸업.
- 대만 文化大學 文學博士.
- 前 : 경희대학교 외국어대학 학장. 韓國中國小說學會 會長. 경희대 比較文化硏究所 所長.
- 現 : 慶熙大 중국어학과 教授. 동아시아 書誌文獻 硏究所 所長

著作

- 《中國古典小說在韓國之傳播》, 中國 上海學林出版社, 1998.
- 《中國古典小說史料叢考》, 亞細亞文化社, 2001.
- 《中國古典小說批評資料叢考》(共著), 學古房, 2003.
- 《中國古典小說의 傳播와 受容》, 亞細亞文化社, 2007.
- 《中國古典小說의 出版과 硏究資料 集成》, 亞細亞文化社, 2008.
- 《中國古典小說在韓國的硏究》, 中國 上海學林出版社, 2010.
- 《韓國所見中國古代小說史料》(共著), 中國 武漢大學校出版社, 2011.
- 《中國古典小說 및 戲曲硏究資料總集》(共著), 학고방, 2011.
- 《中國古典小說의 國內出版本 整理 및 解題》(共著), 학고방, 2012.
- 《韓國 所藏 中國古典戲曲(彈詞 · 鼓詞) 版本과 解題》(共著), 학고방, 2013.
- 《韓國 所藏 中國文言小說 版本과 解題》(共著), 학고방, 2013.
- 《韓國 所藏 中國通俗小說 版本과 解題》(共著), 학고방, 2013.
- 《韓國 所藏 中國古典小說 版本目錄》(共著), 학고방, 2013.
- 《朝鮮時代 中國古典小說 出版本과 飜譯本 硏究》(共著), 학고방, 2013.
- 《국내 소장 희귀본 중국문언소설 소개와 연구》(共著), 학고방, 2014.
- 《중국 통속소설의 유입과 수용》(共著), 학고방, 2014.
- 《중국 희곡의 유입과 수용》(共著), 학고방, 2014.
- 《韓國 所藏 中國文言小說 版本目錄》(共著), 中國 武漢大學出版社, 2015.
- 《韓國 所藏 中國通俗小說 版本目錄》(共著), 中國 武漢大學出版社, 2015.
- 《中國古代小說在韓國硏究之綜考》, 中國 武漢大學出版社, 2016.
- 《삼국지 인문학》, 학고방, 2018. 외 다수.

飜譯

- 《中國通俗小說總目提要》(第4卷 - 第5卷) (共譯), 蔚山大出版部, 1999.

論文

- 〈在韓國的中國古典小說翻譯情況硏究〉, 《明淸小說硏究》(中國) 2009年 4期, 總第94期.
- 〈中國古典小說의 出版文化 硏究〉, 《中國語文論譯叢刊》第30輯, 2012.1.

- 〈朝鮮出版本 中國古典小說의 서지학적 考察〉, 《中國小說論叢》第39辑, 2013.
- 〈한 · 일 양국 중국고전소설 및 문화특징〉, 《河北學刊》, 중국 하북성 사회과학원, 2016.
- 〈중국고전소설의 書名과 異名小說 연구〉, 《중어중문학》제73집, 2018.
- 〈中國禁書小說의 目錄分析과 국내 수용〉, 《중국소설논총》제56집, 2018. 외 다수

유승현 劉承炫, xuan71@hanmail.net)

- 서울 출생
- 檀國大學校 중문학과 졸업
- 台灣 中國文化大學 문학박사
- 前 : 慶熙大學校 비교문화연구소 한국연구재단 토대연구팀 학술연구교수
- 現 : 慶熙大學校 동아시아 서지문헌 연구소 한국연구재단 공동연구팀 학술연구교수

著作

- 《小說理論與作品評析》(공저), 台北 問津出版社, 2003.
- 《中國古典小說戲曲研究資料總集》(공저), 學古房, 2011.
- 《韓國 所藏 中國古典戲曲(彈詞 · 鼓詞) 版本과 解題》(공저), 學古房, 2012.
- 《中國古典戲曲(彈詞 · 鼓詞)의 流入과 受容》(공저), 學古房, 2014.
- 《朝鮮刊本 劉向 新序의 복원과 문헌 연구》(공저), 學古房, 2018.
- 《봉화 닭실마을의 문화유산 - 冲齋博物館 所藏 古書 目錄과 解題》(공저), 學古房, 2019.

論文

- 〈朝鮮의 中國古典小說 수용과 전파의 주체들〉, 《中國小說論叢》제33집, 2011.4.
- 〈《西廂記》 曲文 번역본 고찰과 각종 필사본 출현의 문화적 배경 연구〉, 《中國學論叢》제42집, 2013.11.
- 〈〈鷰子賦〉의 민중적 웃음〉, 《中國小說論叢》제45집, 2015.4.
- 〈敦煌講唱의 민중적 웃음-〈晏子賦〉와 〈唐太宗入冥記〉를 중심으로〉, 《中國小說論叢》제48집, 2016.4.
- 〈朝鮮刊本 《劉向新序》의 서지 · 문헌 연구〉, 《비교문화연구》제51집, 2018.6.
- 〈16세기 관료 權橃의 朝鮮 · 明刊本 수집 경로 탐색-충재박물관 소장 장서를 중심으로〉, 《東아시아 古代學》제54집, 2019.6. 외 다수.

경희대학교 글로벌 인문학술원 동아시아 서지문헌 연구소 서지문헌 연구총서 03

朝鮮刊本 劉向 說苑의 복원과 문헌 연구 ㊤

초판 인쇄 2020년 4월 20일
초판 발행 2020년 4월 29일

지 은 이 | 민관동·유승현
펴 낸 이 | 하운근
펴 낸 곳 | 學古房

주　　소 | 경기도 고양시 덕양구 통일로 140 삼송테크노밸리 A동 B224
전　　화 | (02)353-9908 편집부(02)356-9903
팩　　스 | (02)6959-8234
홈페이지 | www.hakgobang.co.kr
전자우편 | hakgobang@naver.com, hakgobang@chol.com

등록번호 | 제311-1994-000001호

ISBN 978-89-6071-955-2 94810
978-89-6071-904-0 (세트)

값: 28,000원